Weitere Titel des Autors:

Der Nostradamus-Coup

Gerd Schilddorfer

DER ZERBERUS-SCHLÜSSEL

Thriller

BASTEI LÜBBE TASCHENBUCH
Band 17595

Dieser Titel ist auch als E-Book erschienen

Originalausgabe

Copyright © 2017 by Bastei Lübbe AG, Köln
Titelillustration: © Johannes Wiebel ¦ punchdesign, München,
unter Verwendung von Motiven von shutterstock.com
Umschlaggestaltung: Johannes Wiebel ¦ punchdesign, München
Satz: Urban SatzKonzept, Düsseldorf
Gesetzt aus der Garamond
Druck und Verarbeitung: CPI books GmbH, Leck – Germany
Printed in Germany
ISBN 978-3-404-17595-6

5 4 3 2 1

Sie finden uns im Internet unter www.luebbe.de
Bitte beachten Sie auch: www.lesejury.de

Ein verlagsneues Buch kostet in Deutschland und Österreich jeweils überall dasselbe.
Damit die kulturelle Vielfalt erhalten und für die Leser bezahlbar bleibt,
gibt es die gesetzliche Buchpreisbindung. Ob im Internet, in der Großbuchhandlung,
beim lokalen Buchhändler, im Dorf oder in der Großstadt – überall bekommen Sie Ihre
verlagsneuen Bücher zum selben Preis.

Im Leben geht es nicht darum zu warten,
dass das Unwetter vorbeizieht,
sondern zu lernen, im Regen zu tanzen.
Zig Ziglar, amerikanischer Autor

Wer auf Rache aus ist,
der grabe zwei Gräber.
Chinesisches Sprichwort

Prolog I

10. NOVEMBER 1989, KAISERIN-AUGUSTA-ALLEE,
BERLIN-CHARLOTTENBURG/BUNDESREPUBLIK DEUTSCHLAND

Harald Gärtner überlegte fieberhaft, wie er weiterleben sollte.

Was tun? Seit mehr als fünfzehn Stunden hatte er den Fernseher in seinem Wohnzimmer nicht eine Sekunde aus den Augen gelassen. Er hatte kaum geschlafen, nichts gegessen, und die fettigen Haare hingen ihm wirr ins Gesicht. Mit einer fahrigen Handbewegung streifte er sie zurück und drückte eine weitere Chesterfield in einem überquellenden Aschenbecher aus.

Er konnte einfach nicht glauben, was er sah.

Jubelnde Massen, offene Grenzübergänge, untätige Volkspolizisten und Grenzer, die beisammenstanden und diskutierten, statt zu kontrollieren.

In den Medien überschlugen sich die Nachrichten.

Ein stammelnder Schabowski vor Pressevertretern.

Peinlich. Nur peinlich.

Tausende Menschen turnten auf der Mauer herum wie auf einem überdimensionalen Klettergerüst auf einem Kinderspielplatz, wurden hinaufgezogen von Begeisterten, die bereits oben standen und jubelten. Einige reichten ihre Kleinkinder hinauf, damit sie ins Fernsehen kommen, andere schoben ihre Ehefrauen auf die Mauerkrone.

Ein Fest der deutsch-deutschen Verbrüderung.

Gärtner traute seinen Augen noch immer nicht, als er wieder

und wieder die Berichte in den Nachrichtensendungen von ZDF und ARD verfolgte. War das tatsächlich Realität? Um den Druck der Massen zu mindern, hatten die Posten am Grenzübergang Bornholmer Straße um 21.20 Uhr tags zuvor die ersten DDR-Bürger nach West-Berlin ausreisen lassen. In einem letzten skurrilen Akt von Bürokratie hatte der Leiter der Passkontrolleinheiten die Pässe ungültig stempeln lassen, was einer Ausbürgerung der ahnungslosen Inhaber gleichgekommen war.

Doch das war nur der Anfang vom Ende gewesen.

Gegen 23.30 Uhr war der Ansturm der Menschen so groß geworden, dass selbst der Leiter der Passkontrolle, noch immer ohne offizielle Dienstanweisung, kapituliert und den Schlagbaum endgültig geöffnet hatte. Die Masse war in Bewegung geraten, in Richtung Westen geschwappt, getragen von Begeisterung und Überraschung, und nichts hatte sie mehr aufhalten können.

Die Bilder, die seit Mitternacht über die Bildschirme der ganzen Welt flimmerten, waren unglaublich und unerhört. In der Stunde nach der Grenzöffnung waren rund 20 000 Menschen ohne Kontrolle über die Bösebrücke in den Westen gelangt. Gärtner schüttelte ungläubig den Kopf. Was um Gottes willen ging hier vor? Schlief die Stasi? War sie überhaupt noch aktiv?

In den Sondersendungen der Fernsehanstalten jagte ein unglaubliches Bild das nächste. Nach und nach waren in Berlin auch die anderen innerstädtischen Grenzübergänge im Verlauf des gestrigen späten Abends geöffnet worden.

Die Mauer war gefallen.

Nun würde zusammenwachsen, was zusammengehörte.

»Scheiße!«, rief Gärtner verzweifelt und drückte den roten Knopf auf der abgegriffenen Fernbedienung. Kurz zuvor noch hatte die unsichere Stimme von ZK-Sekretär Günter Schabowski das Wohnzimmer erfüllt.

»Diese Nulpe«, zischte Gärtner und zündete sich eine Zigarette an. Wie hatte er der versammelten Presse verkündet? »Ein Visum für Privatreisen mit Rückkehrrecht werde künftig ohne besondere Voraussetzungen und Wartezeiten ausgestellt werden. Die Genehmigungen werden kurzfristig erteilt.«

Gärtner war fast vom Stuhl gefallen.

Die Szene hatte sich in sein Gehirn eingebrannt. Schabowski, herumeiernd wie eine Jungfrau vor dem ersten Mal, schlug in irgendwelchen Papieren nach, die er sowieso nicht fand. Dann stammelte er: »Die Regelung gilt nach meiner Kenntnis sofort, unverzüglich.«

»Und mir wird schlecht«, murmelte Gärtner und schenkte sich trotz der Tageszeit einen doppelten Cognac ein, den er in einem Zug hinunterstürzte. Dann trat er ans Fenster und lehnte die Stirn gegen die kühlen Scheiben. Durch die Jalousien konnte er auf die graue und neblige Kaiserin-Augusta-Allee sehen, deren Bäume bereits alle kahl waren. Und was nun? Der gedrungene Mittdreißiger in dem etwas fadenscheinigen Morgenmantel und den altmodischen Pantoffeln war ratlos. Auf diesen Fall hatte man ihn nicht vorbereitet. Davon hatte keiner etwas gesagt.

Gärtner fühlte sich, als sei ihm der Boden unter den Füßen weggezogen worden. In seinem Bauch rumorte es. Was jetzt, Herrschaftszeiten? Unten auf der Straße gingen die Passanten wie jeden Tag einkaufen, der Laden von Feinkost König war voll. Alltag im bald vereinten Deutschland. Die Nervosität krampfte seinen Magen zusammen.

Sollte er verschwinden? Sich absetzen? Wohin? Mit diesem verdammten Gorbatschow in Russland, mit Glasnost und

Perestroika und einer Aufbruchsstimmung, die jeden standhaften Kommunisten in die Verzweiflung treiben musste, war der Osten auch kein sicherer Hafen mehr.

Nein, ostwärts war keine Option.

Selten in seinem Leben war er so ratlos gewesen. Und überrascht.

Nein, es war ganz und gar kein Trost, dass er damit nicht alleine war. Denn trotz der Demos in Leipzig und Dresden war die ganze Welt vom Fall der Mauer überrascht worden.

Nicht nur Harald Gärtner.

Er öffnete das Fenster, spürte die kalte Luft, die sofort ins Zimmer strömte. Mit einer unwirschen Handbewegung drückte er die Zigarette am Fensterbrett aus und ließ den Stummel auf die Straße fallen. Rasch blickte er die Augusta rauf und runter. Ein Mann, der sich in einen Hauseingang drückte, eine Zeitung unter den Arm geklemmt, fiel ihm auf.

Waren sie schon da?

Nein, unmöglich, so schnell konnte niemand die Listen ... Gärtner zuckte instinktiv zurück und schloss rasch das Fenster. Verdammt, dachte er, die Listen! Wie lange noch, bis sie die Zentrale in Lichtenberg durchsuchen würden?

Scheiße, Scheiße, Scheiße! Dann wäre er dran, und nicht nur er ...

Mit großen Schritten eilte er ins Schlafzimmer und riss den großen Reisekoffer vom Schrank. Es war sinnlos, noch länger zu warten. Worauf auch? Auf das Klopfen an der Tür, auf die endlosen Verhöre, die spöttischen Mienen, auf das Ende? Wie das aussehen würde, das konnte er sich vorstellen: eine Kugel in den Kopf, irgendwo im bewaldeten Berliner Umland.

Hastig griff er nach Hemden und Pullovern, nach Hosen

und Wäsche in den Fächern, stopfte sie in den Koffer. Zum ersten Mal bedrückte ihn die Stille in der Wohnung. Er hätte doch den Fernseher laufen lassen sollen.

Wohin? Wohin? Wohin?

Wie Paukenschläge hämmerte es in seinem Kopf. Die einzige Antwort, an die er denken konnte, war – nur weg.

Weg von Berlin, weg aus Deutschland.

Spurlos verschwinden.

Er eilte ins Badezimmer, kniete sich hin und öffnete das Metalltürchen am Fuß der verfliesten Badewanne. Dann begann er den Hohlraum leer zu räumen. Pistole? Mitnehmen. Munition? Sowieso. Das dicke Bündel D-Mark im sorgsam gehüteten Kuvert würde ihn sicher ans andere Ende der Welt bringen. Dann tastete er weiter. Das Gewehr ... schade drum, das musste hierbleiben. Er fühlte den kühlen Stahl, das starke Zielfernrohr, die Päckchen mit den Vollmantelgeschossen. Mit einem Ruck zog er die Hand zurück, verschloss die kleine verchromte Metalltür wieder und lief zurück ins Schlafzimmer. Dort zog er zweitausend Mark in Hundertern aus dem Kuvert, den Rest verstaute er im Koffer, gemeinsam mit der Beretta und der Munition.

Dann – Deckel zu, plötzlicher Schlussstrich unter ein Leben. Gab es noch ein anderes, weiteres für ihn?

Autoschlüssel, Reisepass, Geld.

Er stand im Flur, den Koffer auf dem billigen IKEA-Flickenteppich, und überlegte, tastete seine Taschen ab. Schritte kamen die Treppen herauf, und Gärtner hielt den Atem an. Tapp, tapp, tapp. Doch sie zogen ruhig vorbei, entfernten sich wieder, hinauf in die nächste Etage. Irgendwo im Haus schrie ein Baby, und der Geruch nach gedünstetem Kohl zog vom Gang herein. Instinktiv sah Gärtner auf die Uhr.

11.17 Uhr. Noch fünf Minuten, dann war er weg.

Reisefreiheit...

Würden sie an den Grenzübergängen noch stehen? Das konnte ihm im Prinzip egal sein, aber spurlos in den Westen verschwinden...

Plötzlich schrillte das Telefon, und Gärtner zuckte zusammen.

»Nicht hingehen«, flüsterte eine innere Stimme eindringlich, »du bist schon weg.«

Einmal läutete es, zweimal, dreimal.

Dann verstummte der schwarze Apparat, und Gärtner runzelte die Stirn. Er zog die Beretta aus dem Hosenbund und kam sich mit einem Mal lächerlich vor, wie er so dastand, in der leeren Wohnung, mit gezogener Waffe. Der Verkehrslärm von der Augusta drang durch die Fenster. Ein Bus öffnete zischend seine Türen, und jemand hupte, im Stakkato, ärgerlich.

Da läutete das Telefon erneut.

Einmal, zweimal.

Erneut Stille.

Gärtner steckte die Beretta weg und ließ sich auf das durchgesessene Sofa sinken, gleich neben dem Telefontischchen.

Da war das Läuten wieder. Einmal, zweimal, dreimal, viermal. Aufatmend riss er den Hörer von der Gabel und damit beinahe das Telefon von dem kleinen Tisch.

»Ja?« Er schrie es fast ins Telefon. Dann wiederholte er nach einem Augenblick ruhiger: »Ja?«

»Sie bleiben, wo Sie sind.« Der Mann am anderen Ende der Leitung klang ruhig und bestimmt. Die unbeirrbare Besonnenheit tat Gärtner gut.

»Ich...« Gärtner schaute sich um. Konnte ihn sein Gesprächspartner sehen? Woher wusste er...?

»Nur nicht die Nerven verlieren«, fuhr der Anrufer mit tiefer Stimme fort. »Haben Sie genug Geld übrig?«

»Ja ... selbstverständlich ...«, stammelte Gärtner und strich sich die Haare aus der Stirn. »Aber ...«

»Dann igeln Sie sich ein, leben Sie ein normales Leben, wie bisher. Sie verlassen auf keinen Fall die Stadt, haben Sie mich verstanden?«

»Ich weiß nicht ...«, versuchte es Gärtner verwirrt.

»Aber ich weiß es«, antwortete der Anrufer bestimmt. »Keine Bravourstücke, keine unüberlegten Schritte, keine Flucht in den Westen. Sie sind sicher. Wenn man Sie an einer Grenze schnappt, dann ist alles vorbei.«

»Aber ist es das nicht sowieso?«, stieß Gärtner nach und ließ sich zurück aufs Sofa fallen. »Man wird die Listen finden, früher oder später. Wahrscheinlich früher ...«

»Gar nichts wird man finden«, beruhigte ihn der Anrufer. »Die Reißwölfe laufen bereits Tag und Nacht. Akten, Notizen, Geheimdienstberichte, Befehle. Alles muss verschwinden. Die sensibelsten Schriftstücke zuerst ...« Der Anrufer überlegte kurz, bevor er weitersprach. »Sie bleiben an Ort und Stelle, das ist ein Befehl. Was immer auch passiert, leben Sie unauffällig weiter, wie bisher. Gehen Sie aus, lernen Sie eine Frau kennen, heiraten Sie endlich. Legen Sie das Geld bei verschiedenen Banken an, teilen Sie es auf oder verstecken Sie es. Werden Sie zum Schläfer.«

»Und dann?« Gärtners Stimme klang rau, und er räusperte sich, während er auf die graue Mattscheibe des Fernsehers starrte.

»Und dann nichts.« Die Stimme sprach ruhig weiter. »Wer weiß, was die Zukunft bringt? Seilschaften verschwinden nicht, lösen sich nicht spurlos auf, vergessen Sie das nie. Sie verschwinden vielleicht im Untergrund, wechseln den Namen, organisieren sich neu und tauchen unter anderen Bezeichnungen wieder auf. Haben Sie Ihre Ausbildung bereits vergessen? Man wird sich an Sie wenden, wenn es an der Zeit ist.«

Beide Männer schweigen. Nur ein leises statisches Rauschen war in der Leitung zu hören.

»Alle im Westen sind im Freudentaumel«, fuhr der Anrufer schließlich nachdenklich fort. »Die Begeisterung wird bestimmt noch einige Zeit anhalten und sich wie eine Decke über viele Dinge legen. Auch über Sie. Schlafen Sie gut, Dornröschen. Sie werden den Prinzen erkennen, wenn er kommt.« Damit legte er auf.

Gärtner ließ den Hörer sinken. Tut, tut, tut, tönte es leise durchs Zimmer. Das Baby schrie noch immer. Schließlich legte er auf, griff zur Fernbedienung und schaltete den Fernseher wieder ein. Bilder vom Brandenburger Tor und der Mauer davor, besetzt von Tausenden von West- und Ostbürgern.

»Die Aufrufe der Polizei, die Mauerkrone zu verlassen und den Platz wieder freizumachen, verhallten ungehört«, meldete der Kommentator. »Mit der wirtschaftlichen Misere in ihrem Heimatland werden die DDR-Bürger bei ihrem ersten Besuch im Westen unmittelbar konfrontiert: In langen Schlangen warten sie in Sparkassen, Banken und Ämtern auf die Auszahlung des Begrüßungsgeldes in Höhe von hundert D-Mark, um sich irgendetwas kaufen zu können.«

Mit einer verzweifelten Geste riss Gärtner die Beretta wutentbrannt aus dem Hosenbund und schleuderte sie mit voller Kraft auf den Fernseher. Die Bildröhre implodierte mit einem lauten Krach, Glassplitter flogen umher, es zischte, und Rauch stieg auf.

Dann ließ er den Kopf in die Hände fallen. Sie würden ihn finden und liquidieren, das war so sicher, wie das Amen im

Gebet. Früher oder später. Irgendeiner würde reden, dachte er sich, einer redet immer.

Schläfer oder Träumer?

Er stand auf und ging wieder zum Fenster. Der Mann im Hauseingang war verschwunden.

Schläfer.

Er wandte sich ab und schloss die Augen. Nun würden die Albträume kommen, ihn um den Schlaf bringen, wach halten, nächtelang.

Sie würden ihn nie mehr loslassen.

Bis ans Ende seines Lebens, wann immer das auch sein würde.

Prolog II

3. AUGUST 2010, CARL-STORCH-STRASSE, STADTTEIL AIGEN, STADT SALZBURG/ÖSTERREICH

Das kleine weiße Haus in dem verwilderten Garten mit der angebauten Garage sah verlassen und unbewohnt aus. Die Gitter vor den schmutzigen Fenstern, ihrer Form nach aus den Fünfzigerjahren, waren rostig, der Verputz des bescheidenen Hauses grau und an manchen Stellen abgebröckelt. Aus dem Dach wuchsen Moose, und eine kleine Birke, die in der Dachrinne siedelte, wiegte sich im leichten Wind.

Der Mann, der nachdenklich an dem niedrigen Gartentor lehnte und in den fast lilafarbenen Abendhimmel blickte, war schlank und durchtrainiert. Seine verwuselten blonden Haare leuchteten im Licht der nahen Straßenlaterne. Alexander Reiter mochte Mitte vierzig sein, mittelgroß, mit grünbraunen Augen, die stets etwas belustigt in die Welt blickten. Er trug ausgebleichte Jeans und ein verwaschenes T-Shirt und sah mit seiner Umhängetasche aus wie ein spätberufener Student.

Doch Reiter war alles andere als das.

Nach einem letzten Blick auf das Haus, den völlig ungepflegten Garten, die grasbewachsenen Gehwege und das herabhängende Vordach sprang er über den niedrigen Zaun und war einen Augenblick später zwischen den dichten Büschen verschwunden.

Wie ein Schatten, der sich einfach in nichts auflöste.

Niemand hatte ihn kommen sehen, niemand würde ihn gehen sehen.

Die hölzerne Haustür begann bereits, sich in ihre Bestandteile aufzulösen. Die Bretter, eher schwarz als braun, wölbten sich, und von der Messingleiste, die früher den unteren Teil der Tür schützte, waren nur mehr einige Metallfetzen übrig.

Reiter warf einen schnellen Blick in die beiden Mülltonnen, deren Deckel mit Blättern bedeckt waren. Leer. Er schnüffelte. Nichts zu riechen. Das Haus war bereits seit längerer Zeit verlassen.

Da alle Fenster vergittert waren, blieb ein einziger Weg – durch die marode Haustür. Reiter zog einen Dietrich aus der Tasche, und das altersschwache Schloss hielt keine dreißig Sekunden stand, bevor die Tür quietschend in den trockenen Angeln nach innen schwang. Vorsichtig schob sich Reiter durch den Spalt ins Haus und drückte hinter sich die Tür wieder zu. Das war einfacher gegangen, als er es erwartet hatte.

Die dünne Taschenlampe, die er aus seiner Umhängetasche zog, verbreitete einen kalten Schein. Der scharf abgegrenzte Lichtkegel huschte über Wände mit fadenscheinigen Tapeten, Stühlen aus den Siebzigerjahren, Spannteppiche in allen Stadien der Auflösung, einem Abreißkalender von 1981.

In jedem Raum schien sich Müll zu stapeln. Reiter stieg über Berge leerer Verpackungen, gefüllten Mülltüten, zerfledderten Kartons. Warum hatte sie niemand in die leeren Mülltonnen bei der Einfahrt entsorgt?

Chaos, dachte er, hier herrscht das totale Chaos.

Er stieß die nächste Tür auf und warf einen Blick in die Küche. An Essenkochen war hier nicht mehr zu denken. Reiter ließ den Strahl der Taschenlampe über die schmutzigen Schränke wandern, die mit Müll und Essensresten überfüllten

Arbeitsplatten, die Ameisen bereits vor längerer Zeit für sich entdeckt und besetzt hatten.

Der Lichtkegel riss stapelweise Packungen mit Fertigknödeln aus dem Dunkel. Offenbar aß der Hausherr sie ungekocht aus der Tüte ...

Als Reiter weiter ins Haus vordrang, bemerkte er, dass alle Fensterscheiben mit Zeitungsseiten beklebt worden waren, damit niemand einen Blick ins Haus werfen konnte.

Zum ersten Mal fragte sich Reiter, ob ihm sein Informant nicht einen Bären aufgebunden hatte.

Er stieß die Tür zum nächsten Zimmer auf. Eine Bibliothek? Die Bücher in den Regalen waren schon vor langer Zeit der Feuchtigkeit im Haus zum Opfer gefallen und begannen, sich zu zersetzen. Schimmel hatte den Rest besorgt. Aus dem Lehnsessel hatten Mäuse die Polsterung gerissen, der Stoff hing in Fetzen herunter. Ein alter Aschenbecher machte Werbung für das Österreich der späten Sechzigerjahre.

Es war totenstill. Reiter schien es, als hielte das Haus den Atem an. Er konnte Wohnungen und Häuser lesen wie andere Artikel in der Zeitung. Sie erzählten ihm ihre Geschichte, verrieten ihm, was er wissen wollte. Über die Bewohner, die Besucher, die Vergangenheit. Oft wie Komplizen, manchmal wie Diven. Aber sie sprachen stets zu ihm. Was ihm jedoch dieses Haus verriet, wollte er eigentlich gar nicht wissen.

Nach einem letzten Rundblick machte er sich auf den Weg nach oben, über den dünnen Läufer, der die Stufen bedeckte. Spinnweben hingen vor den Fenstern, verstaubte Gardinen vor den Zeitungen; alles verbreitete eine bedrückende Atmosphäre der Trostlosigkeit.

Am ersten Treppenabsatz war eine Decke über eine Kiste oder ein paar Schachteln gebreitet, und Reiter ging in die Hocke, hob sie an und leuchtete mit seiner Lampe darunter.

Unter einer dünnen Schicht von Schimmel und Staub erkannte er lächelnd das Gemälde *Montagne Sainte-Victoire* von Paul Cézanne und wusste mit einem Mal, er war an der richtigen Stelle. Vorsichtig nahm er die Taschenlampe zwischen die Zähne und hob behutsam die Decke ab. Rund zwanzig Bilder lehnten an der Wand.

Monet, Pissaro, Renoir. Verstaubt, schmutzig, teilweise von schwerem Schimmelbefall gezeichnet.

Kopfschüttelnd deckte Reiter die Kostbarkeiten wieder zu. Dann stieg er weiter die Treppe hinauf, zog eine Liste aus seiner Tasche und überflog sie kurz. Als er die nächste Tür aufstieß, verschlug ihm der Anblick den Atem. Zwischen Müll und alten Zeitungen waren im gesamten Raum Stapel von Bildern verteilt, lehnten an den Wänden, lagen auf den Möbeln.

Hunderte Werke weltbekannter Maler zwischen leeren Schachteln von Fertigknödeln...

Reiter erkannte Bilder von Max Liebermann, Edvard Munch, die Radierung *Tête de femme* von Picasso. Auf einer Anrichte stand eine Bronzeskulptur von Auguste Rodin. *La Danaide*, die *Liegende Frau auf dem Felsen*. Als er einige der Mappen aufschlug, die auf einem Tisch lagen, erkannte er Aquarelle von Pablo Picasso, durch die sich bereits die Würmer gefressen hatten.

Reiter spürte, wie die Wut in ihm hochstieg. Gier und Dummheit machten ihn immer wieder zornig. Er klappte die Mappen wieder zu und ging ins nächste Zimmer. Erneut ein Raum voller Gemälde, Bilder überall. Selbst auf dem Bett waren sie gestapelt. Der Zustand der meisten war beklagenswert.

Es tat Reiter in der Seele weh.

Rasch zog er einen Fotoapparat aus seiner Umhängetasche

und begann zu fotografieren. Die wenigen Bilder auf seiner Liste, insgesamt fünf, stellte er beiseite, als er sie nach und nach unter dem Abfall entdeckte.

Nach etwa zwei Stunden hatte er das Haus vom Dachboden bis zum Keller durchkämmt und alle Bilder erfasst. Insgesamt zählte er 239 Meisterwerke plus der fünf, wegen denen er gekommen war. Schließlich zog er zwei dünne Riemen aus seiner Tasche, band die fünf Bilder zusammen und schlug sie in eine Decke. Das Bündel war handlich und erstaunlich klein.

Aber millionenschwer.

Dann verließ Alexander Reiter das kleine weiße Haus im Stadtteil Aigen wieder und verschloss die Tür. Alles war ruhig, Garten und Straße lagen verlassen da. Es war dunkel geworden, und die Straßenlaternen warfen ein gelbliches Licht auf den Asphalt. Das noble Wohngebiet im Süden Salzburgs bereitete sich darauf vor, seine Bewohner ins Bett zu schicken.

Sein dunkler Mercedes-Bus stand in der nächsten Seitenstraße unter einem Baum. Reiter verstaute das Bündel im Laderaum und ließ sich auf den Fahrersitz fallen. Dann holte er ein Handy aus dem Handschuhfach, legte eine brandneue Prepaid-Karte ein und wählte eine Nummer in Tel Aviv, die er aus früheren Zeiten kannte. Als der Teilnehmer sich mit einem vorsichtigen »Hallo?« meldete, begann Reiter zu sprechen.

»Mein Name tut nichts zur Sache, nennen Sie mich einfach Rebus. Hören Sie gut zu, ich werde Ihnen diese Geschichte nur einmal erzählen und nichts wiederholen. Stellen Sie keine Fragen, sonst lege ich sofort auf. In der Salzburger Carl-Storch-Straße in Österreich gibt es ein verlassenes weißes Haus. Es gehört dem Sohn eines der bedeutendsten Kunsthändler des

Dritten Reichs, Hildebrand Gurlitt. Der war damals einerseits damit beauftragt, die aus deutschen Museen beschlagnahmte sogenannte ›Entartete Kunst‹ ins Ausland zu verkaufen, zum anderen war er nach Beginn des Zweiten Weltkriegs als einer der Haupteinkäufer für das Hitler-Museum in Linz am nationalsozialistischen Kunstraub beteiligt. Vor allem in Frankreich. Doch zurück zu dem Haus in Salzburg. Da liegen mehr als zweihundert Meisterwerke, unter anderem von Picasso, Renoir, Monet und Cézanne und verrotten. Ich denke, das sollte für eine fundierte Recherche des Instituts reichen. Und Ihre Kontakte zu den deutschen und österreichischen Behörden sind sicherlich von gegenseitigem Wohlwollen geprägt. Shalom.«

Damit legte er auf und nahm grinsend die Karte aus dem Handy, knickte sie in der Mitte und ließ sie in den nächsten Kanal fallen. Dann legte er das Mobiltelefon vor den linken Vorderreifen, startete den Bus und rollte darüber.

Wer mit dem Mossad telefonierte, konnte nicht vorsichtig genug sein.

*

Wenig später steuerte Reiter den Bus über die Tauernautobahn Richtung Süden, durch Tunnels und über Brücken und rollte zwei Stunden später nördlich an Villach vorbei, bevor er die Abzweigung in Richtung Tarvis und Udine nahm. Die ehemalige Grenzstation zu Italien war verwaist. Nicht einmal ein einsames Polizeifahrzeug parkte in einer der dunklen Zufahrten.

Im Radio sang Gianna Nannini *Bello e impossibile*, und Reiter sang mit. Wenig später querte die Autobahn das erste Mal den Fluss, und das breite steinige Bett des Tagliamento oberhalb von Udine leuchtete im Mondlicht fast blendend weiß.

Die roten Digitalziffern der Uhr am Armaturenbrett sprangen auf 03.55 Uhr, als Reiter die Stadtgrenze von Triest überquerte und die abschüssige Straße zum Hafen hinunterrollte. Wenig später erreichte er die Piazza Giotti, wo sich die Umrisse der großen jüdischen Synagoge der Stadt gegen den Morgenhimmel abzeichneten. Triest, die alte österreichische Hafenstadt, schlief noch, und die Straßen waren bis auf ein paar geschäftige Putzkolonnen der Stadtverwaltung menschenleer.

Reiter stieg aus und atmete tief durch. Die Luft war warm, roch nach Meer und Seetang, nach Schiffsreise und Urlaub im Süden. Er blickte die Fassade der Synagoge hoch, die ein wenig an eine Trutzburg mitten in der Stadt erinnerte. Bereits in der Mitte des 13. Jahrhunderts hatten sich Juden in Triest angesiedelt, und sie waren gekommen, um zu bleiben. Geschützt von einem Toleranzpatent von Kaiser Joseph II. gründeten sie in Triest Versicherungen und Schifffahrtsgesellschaften, wie die *Generali* oder den *Österreichischen Lloyd*. Doch die Spuren der großen Familien aus Habsburger Zeiten waren lange verweht. Geblieben waren eine jüdische Gemeinde von rund sechshundert Menschen, die im Laufe der Jahrzehnte aus aller Herren Länder nach Triest gekommen waren, und eine prächtige Synagoge.

Vorsichtig löste Reiter die Riemen und zog einen kostbar gestalteten Rahmen heraus, der ein fein gezeichnetes, koloriertes Blatt enthielt. Es zeigte eine chinesisch wirkende Parkanlage mit einer Brücke über einen See und einem Pavillon mit Pagodendach im Hintergrund. Er legte es beiseite und verschnürte die übrigen Bilder erneut. Mit dem Bündel auf der Schulter überquerte er die Via Guido Zanetti und suchte nach einer ganz bestimmten Tür unter den Arkaden der Synagoge. Dann drückte er auf den Klingelknopf und wartete.

»Sai che ore sono?« Der Hausmeister sah den frühen Gast verdattert an und tastete gleichzeitig nach seiner Brille in der Tasche seines Schlafrocks.

»Es tut mir leid, Sie geweckt zu haben, aber dies hier gehörte einmal der Familie Vivante. Ich bin mir sicher, Sie werden es an die richtigen Stellen weiterleiten.« Damit lehnte er das Bündel an die offene Tür, drehte sich um und verschwand in der Dunkelheit, bevor der Hausmeister seine Brille aufgesetzt hatte.

»Signore! Aspetta ... un momento ...!«, hallte es über die Straße, doch Reiter lief bereits zu seinem Bus, startete den Motor und beschleunigte wenige Augenblicke später die Via Zanetti hinunter in Richtung Hafen.

»Und jetzt nach Antwerpen«, murmelte er lächelnd.

*

Das Telefonat, das Reiter mit dem israelischen Geheimdienst in jener Nacht führte, brachte die sogenannte »Affäre Gurlitt« ins Rollen. Vier Wochen später wurde Cornelius Gurlitt im Zug von Zürich nach München von deutschen Zollfahndern kontrolliert. Er hatte neuntausend Euro bei sich, und obwohl diese Summe unter die gesetzliche Zehntausend-Euro-Grenze fiel, ließen die Beamten aus bisher unbekannten Gründen nicht locker und leiteten Ermittlungen ein. Gurlitt, der als Heimatadresse München angab, war da jedoch weder gemeldet, noch hatte er eine deutsche Bankverbindung oder eine Sozialversicherung. Mehr als ein Jahr später wurde seine Kunstsammlung beschlagnahmt. Im November 2013 gab der ermittelnde Staatsanwalt an, dass die Bilder in München und Salzburg kein Zufallsfund gewesen seien. Man habe »im

Zusammenhang mit den steuerstrafrechtlichen Ermittlungen gezielt gesucht«.

Doch das Telefongespräch hatte noch weitere Folgen. Der Mann in Tel Aviv hatte sich eine Notiz gemacht, in die Ecke einer Schreibtischunterlage. Sie bestand aus drei Worten: Rebus – Gemälde – Cobra.

Kapitel 1

DER VERSCHWUNDENE SPION

Mittwoch, 28. August 1940

SÜDLICH VON BENNETT ISLAND/OSTSIBIRISCHE SEE

Der Wind frischte auf und entwickelte sich zum Sturm. Das Wetter sah ganz und gar nicht gut aus, und die Voraussage war noch schlechter. Kapitän Robert Tyssen betrachtete nachdenklich die Seekarten, bevor er einen Blick aus der Brücke auf den vor ihnen stampfenden Eisbrecher der sowjetischen Marine warf. Grau-schwarze Wolken drängten von Norden heran, tief hängend und bedrohlich. Heftige Böen pfiffen über die Aufbauten des Hilfskreuzers.

Es roch nach Schnee.

Hoffentlich ist die Arado gut verzurrt, dachte Tyssen und beugte sich vor, um das brandneue Aufklärungsflugzeug besser sehen zu können, das vor der Brücke mit Seilen und Gurten an Deck befestigt worden war. Alles schien in Ordnung zu sein...

Aber in Wahrheit war nichts in Ordnung auf dieser vermaledeiten Reise.

Die ersten Regentropfen platschten laut gegen die Scheiben, und Tyssen verzog das Gesicht. Gischt spritzte hoch auf, wehte über das Schiff und gefror in der eisigen Luft.

Wenig später begann es zu schneien.

»Auch das noch...«, murmelte der Kapitän und versuchte, die grau-weiße Wand aus Nebel und Schneefall vor dem Schiff zu durchdringen. Die *Komet*, deren Umbau vor drei Monaten beendet worden war, befand sich mit 254 Mann Besatzung auf ihrer ersten großen Fahrt. Nicht vor die Haustür, in den Skagerrak oder in den Atlantik, nein. Es würde eine Fahrt ans andere Ende der Welt werden, und keiner auf der *Komet* wusste, ob er jemals wieder nach Hause kommen würde.

Wenn sie denn jemals überhaupt ihr Ziel erreichen würden.

Tyssen, mit seinen achtundvierzig Jahren ein Veteran in den arktischen Gewässern und dienstältester Kapitän der deutschen Hilfskreuzer-Flotte, war kein Risiko eingegangen und hatte das 115 Meter lange Schiff genau nach seinen Vorstellungen umrüsten lassen. Der Rumpf war verstärkt und zusätzliches Material an Bord gebracht worden, mit dem das Schiff rasch getarnt werden konnte. So war es auch Tyssen gewesen, der ihr den Namen gegeben hatte.

Komet.

War Nomen auch in diesem Fall Omen?

Als *Ems* war sie 1937 an den Norddeutschen Lloyd ausgeliefert worden und zwei Jahre lang zwischen Hamburg und Brasilien gefahren, bevor die Kriegsmarine sie beim Ausbruch des Zweiten Weltkriegs beschlagnahmt, umgebaut und schwer bewaffnet hatte.

Nachdem die Russen versichert hatten, einen ihrer großen Eisbrecher zu schicken, um der *Komet* die Fahrt durch arktische Eisfelder und das Packeis zu ermöglichen, war der Hilfskreuzer am 3. Juli 1940 aus Gotenhafen ausgelaufen und mit Kurs Norwegen in See gestochen.

Schon kurz danach waren die ersten Probleme aufgetaucht – »so unvermittelt wie diese verdammten englischen U-Boote, die in letzter Zeit überall zu sein scheinen«, hatte Tyssen zu seinem Ersten Offizier gesagt. Begleitet von ihrem Versorgungstanker *Esso* war die *Komet* am 8. Juli in Bergen eingelaufen, hatte 400 Tonnen Diesel und 200 Tonnen Trinkwasser gebunkert und ein letztes Mal die Speisekammern bis zum

Rand aufgefüllt. Beim Auslaufen dann war es geschehen: Die *Esso* war vor Bergen auf Grund gelaufen und dabei so schwer beschädigt worden, dass an eine Weiterfahrt nicht zu denken war.

Schon gar nicht an eine Fahrt durch die Nordost-Passage.

Der erste Teil von Tyssens Vorhaben war gescheitert, bevor die Reise noch richtig begonnen hatte. Hätte er das Schiff doch nicht umbenennen sollen? Ein jahrhundertealter Aberglaube besagte, dass genau das mit Sicherheit Unglück über Schiff und Besatzung brachte.

Doch Tyssen war Realist und kein abergläubischer Träumer, und so hatte er sich nicht entmutigen lassen. Dutzende von Fässern waren mit zusätzlichen Lebensmitteln, Treibstoff und Wasser befüllt und geladen worden, bevor der Kapitän den Befehl gegeben hatte, die *Komet* in das russische Frachtschiff *Deynev* zu verwandeln. Die Aufbauten wurden verändert, der Schornstein mittels spezieller Teile verlängert, die Silhouette des Schiffs an die der *Deynev* angepasst. Nicht perfekt, doch immerhin täuschend echt auf die Distanz einiger Seemeilen.

Gut genug, um den Feind zu täuschen.

Aber wieder ein anderer Name, tuschelte man in der Besatzung. Das konnte kein Glück bringen ...

Doch das war es nicht, was Tyssen seit dem Auslaufen aus Bergen Sorgen bereitete.

Es war der Mann, der im Hafen an Bord gekommen war und der weder mit der Mannschaft noch mit den Offizieren Kontakt suchte. Er war alleine gekommen, und er blieb auch alleine, nahm die Mahlzeiten in seiner Kabine ein und grüßte nie, wenn er in einem der langen Gänge des Schiffes jemandem über den Weg lief. Das Begleitschreiben, das er mit einem Ausdruck von Überheblichkeit aus der Jackentasche gezogen und vorgewiesen hatte, trug die Unterschriften des Reichsführers-SS Heinrich Himmler und des Chefs des Reichssicherheitshauptamtes, Reinhard Heydrich.

»Noch Fragen?«, hatte sich der Mann mit der schwarzen Uniform und den stechend grünen Augen kurz erkundigt, und Tyssen hatte – einen bitteren Nachgeschmack im Mund und eine dunkle Vorahnung zurückdrängend – nur den Kopf geschüttelt.

SS-Hauptsturmführer Werner Reichert war definitiv niemand, den man zum Feind haben wollte.

Zum Freund allerdings auch nicht.

Doch Tyssen hatte sich fügen müssen. Selbst eine diskrete Anfrage an die Seekriegsleitung, ob man den ungebetenen Gast nicht kurzerhand an einer der nächsten Inseln an Land bringen könnte, war mit einem diplomatischen Schulterzucken und einem inoffiziellen, nichtssagenden Dreizeiler beantwortet worden. Nach dem Motto: »Ihr Problem, Kapitän.«

Was Tyssen allerdings noch mehr geärgert hatte als der Unfall der *Esso*. Er kam sich mit einem Mal sehr alleingelassen vor, ohne Rückendeckung, was ihm niemals zuvor in seiner ganzen Karriere passiert war.

Diese Fahrt steht unter keinem guten Stern, dachte er und kontrollierte erneut den Kurs. Der anfängliche Regen war nach einigen heftigen Schneeschauern zu einer Mischung aus Gewitter und Schneesturm geworden.

Die Sicht war miserabel, der Nebel wurde noch dichter. Tyssen holte seine alte vergilbte Meerschaumpfeife aus der Tasche und begann, sie zu stopfen, wie immer, wenn die Situation haarig wurde. Es war ein Ritual, ein Opfer des Realisten Tyssen an den Gott des Meeres, Neptun. Während die ersten blauen Tabakschwaden durch die Brücke zogen, versuchte der

Steuermann der *Komet*, in der eisfreien Fahrrinne des russischen Eisbrechers zu bleiben.

Beiden Männern kam es vor, als würde sie mit jeder Minute schmäler ...

Nach dem Auslaufen aus Bergen und dem Unfall der *Esso* war die Reise ähnlich katastrophal weitergegangen. Am 12. Juli 1940 hatten sie das Nordkap passiert, nur um zu erfahren, dass der Weg ostwärts noch immer versperrt war. Das Angebot der Russen, Murmansk anzulaufen und auf bessere Bedingungen zu warten, hatte Tyssen kategorisch abgelehnt. Die Gefahr, von den Aufklärern der Alliierten entdeckt zu werden, schien ihm zu groß. Also hatte er kurzerhand befohlen, die *Komet* auf offener See treiben zu lassen, in den eisigen Fluten der Barentsee vor Nowaja Semlja, mit den Strömungen, um Diesel zu sparen.

Eine Woche, zwei Wochen, drei Wochen ...

Schließlich einen ganzen Monat.

Die Stimmung an Bord hatte sich mit jeder weiteren Woche auf See verschlechtert. Reichert, einsilbig und verschlossen, war mit seinem elitären und rüden Auftreten sogar einmal in einen Raufhandel verwickelt worden, den der Erste Offizier jedoch schnell schlichten konnte. Bestraft wurde niemand. Tyssen konnte es jedem nachfühlen. Er hätte am liebsten den SS-Mann eigenhändig über Bord geworfen und zugesehen, wie er in den grün-blauen Fluten des Eismeers versank.

Abgesehen davon nutzte der Kapitän die unerwartete freie Zeit dazu, um seine Mannschaft auf ihre Rolle als Kaperfahrer vorzubereiten, als »Piraten des Führers«. So lautete der offizielle Auftrag dieser Fahrt ans andere Ende der Welt, auch wenn Tyssen sich oft genug gefragt hatte, was sich in dem verschlossenen Kuvert befand, das im Schiffssafe lag und auf dem stand: »Vom Kapitän zu öffnen – beim Überqueren des einundfünfzigsten Breitengrads.«

Doch so weit war es noch lange nicht. Vorher galt es, die feindliche See zu besiegen.

In der zweiten Augustwoche war es dann endlich so weit. Eine Passage durch das Packeis öffnete sich, und die *Komet* hatte per Funk den Befehl erhalten, so rasch wie möglich ostwärts zu laufen, auf einer Reise, die Geschichte schreiben sollte: durch die Karasee, die Laptewsee, die Ostsibirische See bis zur Beringstraße, der Meerenge zwischen Sibirien und Alaska.

Mit zwei russischen Lotsen, die an Bord gekommen waren, schien vorerst alles gut zu gehen, doch auch sie konnten das Eis, das sich plötzlich entgegen aller Vorhersagen vor der *Komet* auftürmte, nicht zum Schmelzen bringen. So war der Hilfskreuzer immer langsamer geworden, bis die Eisschollen ihn gestoppt hatten und sich herausstellte, dass keiner der russischen Eisbrecher nahe genug war, um zu Hilfe zu eilen.

Schließlich musste Tyssen zähneknirschend das Kommando zum Wenden geben.

So viele Pfeifen hatte er auf keiner seiner bisherigen Reisen geraucht.

Es schien wie verhext: Die *Komet* musste tatsächlich in ihrer eigenen Fahrrinne mehr als zweihundert Seemeilen zurücklaufen, um wieder zu warten.

Tyssen versuchte erneut die Tage halbwegs konstruktiv zu nutzen, um die *Komet* sicherheitshalber wieder einmal umzubauen, diesmal in einen deutschen Frachter mit dem klingenden Namen *Donau*. Die Mannschaft meinte inzwischen scherzend und kopfschüttelnd, das sei keine Kaper-, sondern eine Tischlerkreuzfahrt. An Bord sägte, nagelte und verstärkte man, strich Balken und Bretter, und Reichert, der die Arbeiten an Bord skeptisch betrachtete und sie als reine Zeitverschwendung bezeichnete, stellte in einem Nebensatz anlässlich einer seiner seltenen Unterhaltungen sogar den Mut und die Kompetenz Tyssens infrage.

»Warum suchen Sie sich dann nicht einfach ein anderes Schiff?«, hatte ihn der Kapitän zur Rede gestellt. »Oder sind Sie vom letzten wegen inkompetenter Äußerungen runtergeflogen?«

In einem Augenblick war Reichert auf dem Sprung gewesen, wie ein gefährliches Raubtier, und für einen Moment hatte es so ausgesehen, als würden beide Männer hier und jetzt aneinandergeraten. Dann war der SS-Mann mit eisigem Gesicht aufgestanden und wortlos in seine Kabine verschwunden.

»Sie sollten ihm nicht den Rücken zukehren«, hatte der Erste Offizier gemurmelt. »Reichert ist ein hungriger Wolf mit einem Freibrief von ganz oben.«

Am 19. August war endlich die erlösende Nachricht über Funk gekommen: Das Eis sei dünner geworden, und man habe einen Kurs ausgemacht, auf dem die *Komet* weiter ostwärts laufen könne. Tatsächlich gelang es dem Hilfskreuzer, seinen Weg durch das dünner werdende Eisfeld zu brechen und drei Tage später das offene Wasser zu erreichen.

Wem bisher noch nicht bewusst gewesen war, dass der Auftrag der *Komet* ein besonderer sein musste, dem musste es spätestens dann klar geworden sein, als am Morgen der stärkste Eisbrecher der Welt, die *Lenin*, wie ein riesiges Gespenst aus dem Nebel auftauchte und begann, den deutschen Hilfskreuzer in arktische Gewässer zu begleiten.

Doch damit nicht genug.

Als die beiden Schiffe das Kap Tscheljuskin passiert hatten, waren sie vom Flaggschiff der sowjetischen arktischen Flotte, dem Eisbrecher *Stalin*, erwartet worden. Nachdem sich die anfängliche Überraschung gelegt hatte, gingen die drei Schiffe längsseits und wurden Rumpf an Rumpf vertäut. Nach einer Nacht des Feierns und der Verbrüderung war der Konvoi schließlich in den frühen Morgenstunden aufgebrochen.

SS-Sturmbannführer Reichert war die ganze Zeit über in seiner Kabine geblieben.

Niemand hatte dies bedauert.

Als die *Lenin* Abschied genommen hatte und zurückgekehrt war, hatte sich die *Stalin* vor die *Komet* gesetzt und begonnen, einen Weg durch das dicke Packeis zu pflügen.

Das war heute Morgen gewesen.

»Wir müssten eigentlich jeden Moment offenes Wasser erreichen.«

Der Erste Offizier Hans Strübner versuchte mit dem Feldstecher, den dicken Nebel zu durchdringen, der in weißen Schwaden die *Komet* umwaberte. Selbst die *Stalin* war nun hinter der weißen Wand verschwunden, und nur die eisfreie Fahrtrinne verriet ihre Anwesenheit. Hin und wieder krachte eine besonders große Eisscholle an die Bugwand der *Komet*.

Es klang jedes Mal wie ein Paukenschlag in einer Wagner-Oper. Götterdämmerung im Eis.

»Müssten, sollten, dürften«, brummte Tyssen schlecht gelaunt und legte die Pfeife zur Seite. Zu viel Wodka und zu wenig Schlaf waren eine verteufelte Kombination. »Wir müssten schon längst durch die Beringstraße sein, sollten keinen mysteriösen SS-Heini an Bord haben, dürften uns nicht jeden Tag mit diesem beschissenen Wetter herumschlagen, das uns nur aufhält. Es ist Sommer, verdammt noch mal, selbst in der Arktis. Nur weiß das scheinbar keiner da draußen!«

»Den Wetterfröschen nach ist es heuer in ganz Europa zu kalt für August.« Strübner nickte.

»Das Wetter im Rest der Welt ist mir scheißegal«, bellte Tyssen und wies anklagend auf das Weiß, in dem Eis und Nebel ineinander überzugehen schienen. »Aber wenigstens hier könnte die Sonne scheinen.«

Plötzlich flog die Tür zur Brücke auf, und Reichert stürmte herein, mit wehendem Ledermantel, eine Pistole in der Hand. Sein Gesicht war rot, und er wedelte aufgeregt mit einem Blatt Papier. »Wir müssen sofort umkehren!«, rief er.

Tyssen sah ihn an, als habe er den Verstand verloren. »Erst mal weg mit der Pistole, Sie Komiker«, sagte er ruhig und gab dem Ersten Offizier einen Wink. »Das ist mein Schiff, meine Brücke, und hier bestimme ich, wer Waffen trägt. Und Sie gehören nicht dazu.«

Doch Reichert ging nicht darauf ein. Im Gegenteil. Er hob die Waffe und zielte auf Tyssen. »Wir müssen umkehren, sofort!«

»Darf ich fragen, wie Sie zu dieser überraschenden Erkenntnis kommen?«, erkundigte sich Tyssen kopfschüttelnd. »Wir laufen hinter einem russischen Eisbrecher her, die Fahrtrinne ist schmal und wird hinter uns wieder zufrieren. Sieht also schlecht aus, und das sollte selbst ein Süßwassermatrose wie Sie begreifen.«

»Dann geben Sie der *Stalin* den Befehl zu wenden!«, beharrte der SS-Mann und hielt dem Kapitän das Blatt Papier vor die Nase. »Die letzten Informationen aus Ihrem Funkraum. In der Beringstraße wimmelt es nur so von amerikanischen Kriegsschiffen.«

Tyssen ignorierte das Papier und die Waffe, wandte sich Reichert zu und streckte kampflustig das Kinn vor. »Was hatten Sie überhaupt im Funkraum zu suchen? Sind Sie noch ganz bei Trost? Was fällt Ihnen ein?«

»Es ist eine Nachricht vom Reichssicherheitshauptamt, an mich gerichtet.« Reicherts Augen blitzten überheblich.

»Und wenn sie vom Führer persönlich ist, mit Bild und handschriftlicher Widmung!«, entgegnete Tyssen erregt. »Mir scheißegal. Es gibt Regeln auf diesem Schiff, und die gelten auch für Passagiere, die keiner eingeladen hat. Und jetzt runter von der Brücke. Und wenn ich Sie noch einmal auch nur in der Nähe des Funkraums erwische, dann können Sie auf dem Vordeck der *Stalin* weiterreisen.« Er senkte den Kopf wie ein kampfbereiter Stier. »Es braucht Sie hier niemand, es hat Sie niemand eingeladen, und Sie werden niemandem fehlen. Habe ich mich klar ausgedrückt? Raus hier! Sonst wenden Sie alleine, und zwar auf der nächsten Eisscholle!«

Der SS-Mann hob die Waffe, und der Lauf zeigte nun genau auf den Kopf von Tyssen. »Sie Wichtigtuer«, stieß Reichert zwischen den Zähnen hervor und legte mit dem Daumen den Sicherungshebel um. »Dieses Schiff ist nur deshalb unterwegs, weil ich darauf bin. Wer, glauben Sie, hat den Russen die 130 000 US-Dollar überwiesen für ihre Eisbrecher? Wer hat den Treibstoff und die Lebensmittel bezahlt? Glauben Sie tatsächlich, das ist eine Vergnügungsfahrt zur Selbstverwirklichung von Kapitän Tyssen? Eben mal eine kleine Kaperfahrt auf die andere Seite der Welt, um die Karriere bei der Kriegsmarine ein wenig aufzuputzen? Sie lächerlicher Träumer! Sie haben ja keine Ahnung.«

Er streckte den Arm aus. Die Mündung der 08 war nur mehr Zentimeter von Tyssens Schläfe entfernt.

»Der einzige Mann, der auf diesem Schiff entbehrlich ist, sind Sie! Meine Befehle sind klar und eindeutig. Eliminieren Sie alle und jeden, der Ihnen bei der Erreichung des Zieles im Wege steht. Leider trifft das jetzt hundertprozentig auf Sie zu.« Reichert spannte mit unbewegtem Gesicht den Hahn. »Adieu,

Kapitän Tyssen, das Eismeer ist groß. Beim Sturm über Bord gegangen. Man wird Ihren Körper nicht mehr finden, aber ein Platz auf irgendeiner Ehrentafel wird sich schon auftreiben lassen. Hiermit ernenne ich den Ersten Offizier zum Kapitän, wegen plötzlichem Ableben desselben.«

Sein Finger krümmte sich um den Abzug.

In diesem Moment peitschten zwei Schüsse durch die Brücke. Reichert wurde von der Wucht der Einschläge nach vorn geschleudert, prallte mit dem Ausdruck völligen Unverständnisses gegen das Steuerpult, stöhnte auf und brach zusammen. Seine 08 schlitterte über den blanken Holzboden, bis der Erste Offizier seinen Stiefel draufsetzte.

»Der war mir von Anfang an suspekt.«

Der Maschinist Wolfgang Krüger in seiner fleckigen Montur stand in der offenen Tür und ließ die schwere Luger sinken. »Geschniegelt, gestriegelt und hochnäsig. Himmlers Heini. SS vom Übelsten. Pfui Teufel!« Er drehte den Kopf und spuckte eine Prise Kautabak in den arktischen Wind. »Alles in Ordnung, Kapitän?«

Tyssen nickte erleichtert. »Danke, Krüger, das war knapp.« Dann sah er den Ersten Offizier an, der die Hand noch am Alarmknopf hatte. »Das wäre Ihr erstes Kommando gewesen, nehme ich an«, grinste er dünn.

»Verzichte dankend«, antwortete Strübner kopfschüttelnd und entspannte sich. Dann hob er die Pistole auf und händigte sie Tyssen aus. »Würde beim Rasieren auch morgen noch gerne in den Spiegel sehen können, Käpt'n.«

Tyssen sah den leblosen Körper kalt an. »Er wollte wenden, wenn ich mich recht erinnere. Nun, vielleicht ist er mit einem stationären Aufenthalt in der Arktis auch zufrieden. Kälte konserviert bekanntlich. Über Bord mit ihm. Krüger hilft Ihnen dabei. Sonst zu niemandem ein Wort.«

Wenige Minuten später stürzte ein dunkler Körper schwer auf die Eisschollen an Backbord. Zuerst sah es so aus, als würde er ins dunkle Wasser rutschen, doch dann verhakten sich zwei Schollen, hielten sich gegenseitig gerade und drifteten gemeinsam wie ein Floß in die Fahrtrinne zurück.

Bald waren sie im eisigen Nebel verschwunden.

Montag, 14. Juni 1971

BAR DES CONTINENTAL-SAVOY-HOTELS, KAIRO/ÄGYPTEN

Die Klaviermusik schwebte wie ein Vorhang melodischer Noten durch den weiten Raum mit den hohen Fenstern, der von einigen dezent platzierten Lampen zusätzlich erleuchtet war. Der Barkeeper mit dem schnurgerade gezogenen Seitenscheitel in den pomadisierten Haaren sah den jungen Mann auf der anderen Seite der Bar mit schräg gelegtem Kopf an. Er kannte John Finch nun bereits seit fast zehn Jahren, aber es erstaunte ihn immer wieder, wie viel der junge drahtige Engländer mit der militärisch kurzen Frisur, den graublauen Augen hinter der Ray-Ban-Sonnenbrille und dem ansteckenden Lächeln vertragen konnte. Während er zum hundertsten Mal über die spiegelnde Fläche der Theke wischte, fiel der Blick des Barkeepers auf die beeindruckende Batterie leerer Flaschen Sakkara-Bier, die halbvolle Flasche Single Malt Whisky, das Glas mit der bernsteinfarbenen Flüssigkeit auf der hochglanzpolierten Theke und die Stapel blinkender Maria-Theresien-Taler gleich daneben.

»Lassen Sie alles so, wie es ist, Karim. Einfach alles so, wie es ist.« Der junge englische Pilot blickte gerade einer Gruppe von Touristinnen nach, die in leichten Sommerkleidern und einer Wolke Parfum vorbeischwebten.

»Es ist noch nicht einmal fünf Uhr nachmittags, Mr Finch«, meinte Karim schließlich mit einem leisen Vorwurf in der Stimme.

»Sie klingen wie meine Mutter, Karim, und glauben Sie mir, das möchten Sie nicht«, kam prompt die Antwort. »Und irgendwo ist immer fünf Uhr nachmittags.«

»Yes, Sir«, nickte der Barkeeper grinsend. Er mochte den englischen Piloten, der zwar Unmengen in sich hineinkippte, aber stets stocknüchtern seine Einsätze und Aufträge flog.

Und selbst dann wieder erfolgreich zurückkam, wenn alle anderen schon aufgegeben hatten und abgedreht waren.

»Hat sich Ihr Besuch verspätet?«, wollte der Barkeeper wissen, und Finch riss endlich seinen Blick von den schlanken Beinen unter den kokett schwingenden Röcken los.

»Beten wir, dass er noch etwas länger auf sich warten lässt«, meinte der junge Pilot trocken und zugleich erschreckend nüchtern. »Es gibt Aufträge, die bringen Ruhm und Ehre, es gibt solche, die bringen viel Geld, und solche, an die man sich gerne zurückerinnert.«

Karim sah ihn erwartungsvoll an und wartete, während er wie mechanisch weiter die Theke polierte.

»Dann gibt es noch eine letzte Kategorie. Aufträge, die nichts einbringen, die man am liebsten sofort wieder vergessen würde und nach denen man sich jedes Mal vornimmt, so etwas nie wieder anzunehmen. Um wenig später doch wieder schwach zu werden.«

Karim wiegte abwartend den Kopf.

»Sie fliegen doch so gerne, Sir«, meinte er schließlich versöhnlich. »Es ist Ihr Leben.«

»Wer fliegt, der kann auch abstürzen, Karim, auch wenn man nicht daran denkt und es verdrängt. Afrika ist riesig, die Wüste einsam, der Urwald gierig. Und der Teufel, der schläft nie.«

»Nein, Sir, da haben Sie recht, der Schaitan schläft niemals.«

Karim brachte neue Eiswürfel in einer silbernen Schale und stellte sie neben die Maria-Theresien-Taler.

»Der Schaitan...«, wiederholte Finch geistesabwesend und nickte. »Und jetzt, jetzt sitze ich hier und warte auf ihn.« Finch stapelte einige der Silbermünzen zu einem kleinen Turm und schob sie über die Theke. »Verkaufte nicht Judas Jesus und seine Seele für dreißig Silberlinge, bevor er sich auf den Weg in die Hölle machte?«

»Wenn Sie es sagen, Sir.« Der Barkeeper lächelte nachsichtig. »Religion ist nicht so meine Sache, wissen Sie.«

»Ein gutes Prinzip, Karim«, nickte der junge Pilot, »behalten Sie es bei.«

*

John Finch war 1961, mit achtzehn Jahren, nach Kairo gekommen. So unglaublich es klang, damals hatte er bereits zehn Jahre lang in Flugzeugen gesessen. Erst auf dem Schoß seines Vaters, des berühmten Jagdfliegers der Royal Air Force, dann daneben. John konnte früher fliegen als Rad fahren.

Der alte Peter Finch hatte nie viel von Vorschriften gehalten. Der Krieg hatte ihn zu einem sarkastischen Anarchisten der Lüfte gemacht.

»Die Freiheit da oben gehört dir«, hatte er immer zu seinem Sohn gesagt, »lass sie dir nicht von Kleingeistern vermiesen.« Dann hatte er regelmäßig seinem Sohn den Steuerknüppel in die Hand gedrückt und demonstrativ die Augen geschlossen. Und so hatte John seinen Vater geflogen, über die grünen Wiesen Englands, hinaus aufs Meer, durch Gewitterfronten und Regenschauer, Luftlöcher und Sturmböen. War neben dem schweigsamen Fliegerass der Luftschlacht um England gesessen und hatte sich gefragt, ob sein Vater hin und wieder blinzelte...

Doch das hatte er nie herausgefunden.

Denn das eine Mal, das letzte Mal, da war John nicht dabei gewesen.

Jenes eine Mal, das sein ganzes Leben verändern sollte.

Als John an dem Wrack angekommen war, während die Rettungsmannschaften noch verbissen arbeiteten und seinem Vater doch nicht mehr helfen konnten, da war ihm klar geworden, dass er ab nun alleine würde fliegen müssen.

Hellwach, mit offenen Augen, ohne Hilfe und doppelten Boden. Und ohne seinen Vater auf dem Nebensitz.

So war er lange dagestanden, an der Absturzstelle. Stundenlang, die Hände tief in den Taschen vergraben, die Schultern vorgebeugt. Erst waren die Rettungsmannschaften abgezogen und hatten die Leiche mitgenommen, dann die Beamten der Untersuchungsbehörde. Zuletzt hatten sie die Reste des Flugzeugs abtransportiert, verknülltes Aluminium, und mit ihnen Johns heile Welt und alles, woran er glaubte.

Endlich, lange nach Einbruch der Dunkelheit, hatte John sich vor Kälte zitternd umgedreht und geschworen, entweder bald genauso zu sterben oder zum Andenken an seinen Vater noch besser zu werden.

Sein Leben lang am Limit zu fliegen und trotzdem zu überleben.

An die nächsten Tage konnte sich John nicht mehr erinnern. Irgendwann hatten die Behörden seiner Mutter den Tascheninhalt ihres Mannes ausgehändigt, darunter einen Silberdollar von 1844.

Es war das einzige Erinnerungsstück an seinen Vater, das John für sich reklamierte. Als er von der Beerdigung nach Hause gekommen war, an der die besten Flieger Englands Spalier gestanden hatten, war er mit der Vergangenheit, seiner Jugend und der kleinen Welt in Crawley fertig. Er packte wortlos seinen kleinen Koffer, hängte sich seine Fliegerjacke um die Schultern und stopfte das wenige Geld, das er gespart hatte, in die Tasche. Nachdem er seine Mutter flüchtig umarmt hatte, machte er sich auf den Weg zum Bahnhof, zu Fuß, durch den strömenden Regen.

So sah niemand seine Tränen.

Er wollte weg, nur weg.

Weg aus dem engen, kalten und nassen England, weg von den Erinnerungen an sein einziges Idol, weg von seinem bisherigen Leben. Früh genug musste er erkennen, dass man nicht vor allem davonlaufen konnte.

Aber diese Erkenntnis kam erst viele Jahre später, irgendwo über Afrika, in den Ausläufern eines Sandsturms.

Am Bahnsteig angekommen, schlenderte er ziellos auf und ab. Der Regen hatte nachgelassen und Windböen trieben Zeitungsfetzen über den feuchten Asphalt. John hatte noch immer keine Ahnung, wohin er fahren sollte.

Der nächste Zug?

Fuhr nach London.

Auch gut, sagte sich John und steuerte die einzige Bank unter dem Vordach an, auf der eine alte Frau trotz der Kälte vor sich hin döste. Da fiel ihm plötzlich ein verblasstes Plakat ins Auge, das neben einem zerschrammten Zigarettenautomaten hing und im Wind flatterte. Es machte Werbung für das Continental-Savoy-Hotel in Kairo. Im Schattenriss thronte die Sphinx vor drei Pyramiden unter einem heißen Himmel, umgeben von Sanddünen und beschienen von einer glutroten Sonne.

Plötzlich wusste John, wohin ihn sein erster Weg führen würde.

So geschah es, dass ein blasser junger Mann einen Tag später durch die Drehtür mit den geschliffenen Gläsern zum ersten

Mal das ehrwürdige Hotel an der Shareh Gomhouriah in der ägyptischen Hauptstadt betrat und nach einem Blick auf die Zimmerpreise beschloss, mit dem Schicksal zu pokern.

Seine Ersparnisse reichten nämlich gerade mal für sieben Nächte. Danach war er entweder pleite, oder er hatte einen Job, der ihm sein Leben in diesem alten Grandhotel finanzieren würde.

Vier Tage später verlängerte er sein Zimmer auf unbestimmte Zeit und flog seinen ersten Auftrag. Der Algerienkrieg tobte, und man suchte junge unerschrockene Männer, die Geld brauchten, nichts zu verlieren hatten und flogen wie der Teufel... Man stellte keine Fragen und erwartete auch keine. Fluglizenz? Nebensächlichkeiten.

»Bring die Kiste heil wieder zurück, und du bekommst den nächsten Auftrag«, hieß es. »Brauchst gar nicht duschen gehen, kannst gleich wieder starten.«

Wie lange war das jetzt schon her? Zehn Jahre? Es kam John wie eine kleine Ewigkeit vor.

Er drehte sich um, ließ seinen Blick über die Besucher der Bar schweifen und dachte an seinen Vater. Der Silberdollar aus der abgestürzten Maschine begleitete ihn noch immer, wie eine eiserne Reserve für seine Himmelsreisen, den letzten Zoll an der allerletzten Grenze.

To pay the ferryman...

Wer würde die Münze einmal aus seiner Tasche ziehen? Wann und wo?

Nach seinem allerletzten Flug...

Dann würde der alte Silberdollar wohl seinen Mythos verloren haben, seine Kraft und sein Geheimnis. Denn nach ihm würde niemand mehr kommen, der ihn zu seinem Talisman machen würde.

John steckte die Silbermünze nachdenklich und sorgsam

wieder ein. Er erinnerte sich mit einem Mal an seine ersten Wochen im Continental-Savoy, damals, als er die Suite 101 gleich für einen ganzen Monat gemietet hatte. Nun, mehr als zehn Jahre später, war er noch immer da, gleiche Suite, ganze neunundzwanzig Jahre alt und hungrig nach Abenteuern. Das Grab seines Vaters hatte er niemals besucht, England war weit weg, und zu seiner Mutter hatte er keine enge Beziehung gehabt. Und nun? Nun waren die Flugzeuge sein Zuhause, Kairo sein Stützpunkt und Afrika seine große Leidenschaft, Frauen wie Kometen, die vorbeirauschten und verglühten.

So war er in seiner Zimmerflucht im Continental-Savoy geblieben, hatte sich häuslich eingerichtet und war doch immer auf dem Sprung.

Afrika zwischen Beirut und Dakar, Kairo und Kapstadt, das war nun seine Bühne, sein Abenteuerspielplatz, seine neue Heimat.

Finch flog mit allen Flugzeugen, ob alt oder neu. Hauptsache, sie schafften es in die Luft und wieder heil herunter. Die alte DC-3, die er vor wenigen Wochen beinahe einer ägyptischen Fluglinie abgekauft hätte, steckte noch mitten in der Renovierungsphase. Doch irgendwann würde er endlich sein eigenes Flugzeug haben.

Bis dahin hatte es sich der junge Pilot zur Regel gemacht, für alle zu fliegen, die genug bezahlten und das Glück hatten, ihn auf dem Erdboden zu erwischen.

Also in der Bar des Continental-Savoy ... dem Büro mit dem niemals endenden Nachschub an Sakkara-Bier, Islay-Whisky und jungen Touristinnen.

Doch meist war Finch ständig in der Luft, flog Nachschub durch Wüstenstürme und Waffen in Bürgerkriege, Söldner nach Nigeria und gestürzte Potentaten in ein sicheres Exil. Er transportierte Goldbarren aus Südafrika, Sklaven aus Gabun oder Diamanten aus den Minen von Botswana, schaffte Soldaten nach Äthiopien und holte Söldner aus den schwarzafrikanischen Krisenherden heraus. Seine Flüge im Algerienkrieg waren der Stoff, aus dem Piloten ihre Legenden strickten. Man bezahlte ihn in Dollar oder ägyptischen Pfund und manchmal auch mit Taschen voller Maria-Theresien-Taler. Finch war es gleich. Geld war nicht wichtig. Es war nur ein Mittel zum Zweck, der Treibstoff zum Horizont.

Finch war überall und doch nirgends zu Hause, ein fliegender Abenteurer in den Weiten Afrikas. Sein Motto: Hauptsache nur nicht zu lange am Boden. Wenn er von einem Auftrag zurückkam, dann verschwommen die Nächte zu einem Kaleidoskop von Erinnerung an heiße, endlose Stunden bei Bier und Whisky, in Gesellschaft reicher Engländer, vorsichtiger Deutscher und zwielichtiger Mädchen mit tiefen Dekolletées, denen die Gier aus den Augen leuchtete.

»Ein paar Nüsse, Sir?« Karim unterbrach seine Gedanken und räusperte sich. Finch blickte auf. Der Mann, der mit großen Schritten durch die Bar auf ihn zukam, war groß, massig und hatte streng nach hinten gekämmtes Haar über einem grobschlächtigen Gesicht. Die elegante, randlose Brille in seinem gebräunten Gesicht diente nur seiner Tarnung, wie John in Erfahrung gebracht hatte. Fensterglas. Sein Besucher trug trotz der sommerlich heißen Temperaturen einen makellosen Anzug, einen hellen Zweireiher, das zur Krawatte passende Einstecktuch und einen Panamahut.

»Wenn man vom Teufel spricht.« Finch grinste und nickte seinem Gast zu, bevor er Karim ein Zeichen gab. »Bringen Sie Herrn Schuhmann ein kaltes Bier für den Anfang. Er kommt direkt aus der Hölle von Mosambik.«

»Aber um Gottes willen kein Sakkara«, wandte der Untersetzte entsetzt nach einem Blick auf die leeren Flaschen vor

Finch ein und ließ sich ächzend auf dem Barhocker neben dem Piloten nieder. »Wie halten Sie es bloß so lange in dieser heißen, stinkenden, lärmenden, staubigen Stadt aus? Ich bin noch keine drei Wochen in Afrika und habe schon Sehnsucht nach Leipzig.«

John machte eine umfassende Handbewegung, schloss die Bar, den Barkeeper, den jungen Pianisten an seinem Flügel und die zahlreichen Besucher mit ein.

»Das Continental-Savoy ist eine Oase im quirligen Leben Kairos. Willkommen in meinem Wohnzimmer, meinem Büro und auf meinem Stützpunkt in Afrika. Perfekt klimatisiert, eisgekühlte Getränke freundlich serviert, wechselnde Gäste, junge Touristinnen, außerdem der wichtigste Nachrichtenumschlagplatz zwischen Beirut und Casablanca. Denn hier in der Bar des Continental-Savoy treffen sich alle. Die Reichen und die Schönen von Kairo, Engländer mit viel Geld und Deutsche mit noch mehr Vergangenheit. Nichts für ungut. Man macht dubiose Geschäfte und lebt auf großem Fuß, auch wenn manchmal der Schuh drückt.«

»Dieses Hotel ist tatsächlich weltbekannt.« Schuhmann nickte nachdenklich und putzte ein imaginäres Stäubchen von seinem Revers. »Ich habe Erkundigungen eingezogen, bevor ich Sie hier getroffen habe. T. E. Lawrence wohnte im Continental-Savoy, als er das erste Mal im Dezember 1914 nach Kairo kam. Lawrence of Arabia stieg am Ende des Ersten Weltkriegs hier als illustrer Gast ab, Lord Carnarvon starb 1923 in einer der Suiten nach einem Insektenstich, den er sich in Luxor zugezogen hatte, angeblich der Fluch des Pharaos, während 1941 ein gewisser Major Wingate zwei Mal versuchte, sich durch einen Messerstich in seinen Nacken umzubringen. Und überlebte. Während in den Unruhen von 1952 die Konkurrenz des Continental-Savoy niedergebrannt wurde, überstand das alte Hotel die Ausschreitungen unbeschädigt. Und dann erzählt man sich da noch so einige legendäre Geschichten über Sie und Ihr Stehvermögen hier in der Bar des Continental Savoy in Kairo.«

John Finch winkte ab. »Schamlose Übertreibungen.«

Mit einem »Santé!« stellte der Barkeeper eine Flasche Heineken und ein eisgekühltes Glas vor Schuhmann auf den Tresen, während der Pianist *As Time Goes By* anstimmte.

»Und Ihre halsbrecherischen Flüge in den Algerischen Bürgerkrieg, auch alles Übertreibungen?«, stieß Schuhmann nach.

»Sie sind gut unterrichtet.« John runzelte die Stirn.

»Ich weiß gerne, mit wem ich fliege«, erwiderte Schuhmann kalt.

Finch zuckte gleichgültig mit den Schultern. Für einen Moment versanken die Bar und die Musik in einem Strudel von Erinnerungen, der John mitriss. Die Versorgungsflüge nach Algier, der Terror in den Straßen, die Wut und die Grausamkeit der Kämpfenden.

»Algerien. Einer der grausamsten Konflikte in Nordafrika.« Der junge Pilot nickte und nahm einen großen Schluck Whisky. »Ich flog damals für eine Frachtfluglinie Versorgungsgüter nach Algier, beinahe jeden Tag. Das Land war nach acht Jahren erbarmungslosem Krieg ausgeblutet, fast alle Ausländer waren entweder geflüchtet oder ermordet worden, ihre Güter verwüstet, ihre Arbeiter erschlagen. Gruppen von marodierenden Anhängern der FNL zogen mordend durch die Straßen, mit Macheten und Knüppeln bewaffnet. Sie machten Jagd auf Harkis und deren Familien, auf Kollaborateure, wie sie es nannten, auf alles, was auch nur im Entferntesten an den verhassten Kolonialstaat und die Franzosen erinnerte. Die Stadt brannte an allen Ecken und Enden, ein Terrorregime feierte seine

Revanche und nahm blutige Rache. Niemand flog damals gern nach Algier, also nahm ich den Auftrag an. Er war gut bezahlt und ich noch neu in Afrika.«

»Er bezahlte nicht nur Ihre Suite im Continental-Savoy«, erinnerte ihn Schuhmann.

»Sie wissen verdammt gut Bescheid. Aber was habe ich von einem Sonderbeauftragten im Dienste des MfS anderes erwartet?«, erwiderte John trocken. »Dann kam der Tag, an dem plötzlich ein alter Mann in Algier neben dem Flugzeug stand, ein kleines Mädchen an der Hand. Er war Anwalt gewesen, glaubte an eine algerische Zukunft in Blau-Weiß-Rot und wurde bitter enttäuscht. Schließlich verlor er von heute auf morgen alles, auch seinen Glauben an das Gute. Seine Frau war bereits bei der Geburt seiner einzigen Tochter gestorben, wie er mir später mitteilte, und so hatte er nichts mehr, was ihn in Algier hielt. Er hatte sich zum Flughafen durchgeschlagen, ohne den FNL-Patrouillen in die Hände zu fallen. Ganz gelang ihm das nicht. Zwei Anhänger erkannten ihn und prügelten auf ihn ein, bis er sich losreißen konnte. Und da stand er dann, starrte mich an, während ihm das Blut über die Wange rann. Die Hitze war unerträglich, und Fliegen schwirrten um seinen Kopf. In seinen Augen spiegelten sich Verzweiflung und Todesangst.«

»Also hatten Sie Mitleid«, schloss Schuhmann und nahm noch einen großen Schluck Bier. »Sie haben ein weiches Herz, Mr Finch, das hätte Sie das Leben kosten können. Es war bei Todesstrafe verboten, Passagiere aus Algier mitzunehmen.«

»Vieles ist verboten«, murmelte Finch, »und macht doch das Leben erst richtig reizvoll. Oder? Das ist doch auch Ihre Maxime ...« Er sah Schuhmann forschend an. »Ich versteckte die beiden in einem kleinen Verschlag im Flugzeug und drückte ihnen eine Flasche Wasser in die Hand. Dann schloss ich die

Klappe.« Die Augen des Piloten wurden hart, und er zuckte mit den Schultern. »Als der FNL an Bord kam, brach die Hölle los. Sie schrien herum, fuchtelten mit Macheten und drohten, mich zu köpfen. Ich sagte ihnen, dass dann niemand am kommenden Tag Hilfsgüter und Medikamente nach Algier fliegen würde. Ich sei der Einzige, der wahnsinnig genug gewesen war, den Job zu übernehmen. Mein Copilot Freddy Horneborg, ein Holländer, machte sich in die Hose. Als sie das sahen, begannen sie zu lachen, klopften mir auf die Schulter und meinten, wir sollten morgen Schnaps mitbringen, am besten Whisky. Dann stürmten sie aus wieder dem Flieger.«

John schob den kleinen Stapel Maria-Theresien-Taler hinüber zu Karim.

»Der Zoll in Ägypten kannte uns damals nur zu gut«, fuhr er fort, »die Beamten mochten uns und machten keine Schwierigkeiten. Wir wurden so gut wie nie kontrolliert, gaben an den richtigen Stellen Bakschisch und konnten damit rechnen, dass alle wegsahen, wenn es einmal eng wurde. So auch diesmal. Der Harki und seine Tochter tauchten unbehelligt in den Straßen von Kairo unter. Die Wochen vergingen, die nächsten Abenteuer kamen um die Ecke, der nächste Krieg, das nächste Drama, die nächsten Aufträge. Ich vergaß die ganze Geschichte.« John nahm einen großen Schluck Whisky. »Dann, etwa ein Jahr später, stand ich eines Tages hier an der Bar, als der Concierge mit einem Mädchen an der Hand in der Tür erschien und mit ausgestrecktem Arm auf mich wies. Als die Kleine vor mir stand, erkannte ich sie sofort. Es war das Mädchen aus Algier. Sie war adrett angezogen, trug ein makellos weißes Rüschenkleid. Dicke Tränen liefen über ihre Wangen, aber ihre Augen leuchteten. Sie lächelte verschämt und legte wortlos einen Maria-Theresia-Taler auf die Bar. Einen wie diesen.« Er schob mit der Fingerspitze eine der großen Silbermünzen zu Schuhmann. »Dann ergriff sie meine Hand, küsste sie und stürmte wieder aus dem Hotel. Ich sah sie nie mehr wieder.«

Finch griff in seine Brusttasche und zog eine große silberne Münze hervor, die er auf den Tisch legte. Sie war abgenutzt und etwas zerkratzt, das Bild der Kaiserin verflacht. Die Jahreszahl 1780 war nahezu unleserlich geworden. »Das ist das Original. Seitdem begleitet mich der Taler als mein zweiter Talisman. Der Lohn für meinen Schutzengel.«

»Den Sie auch dringend brauchen, wenn auch nur die Hälfte von dem stimmt, was man sich über Sie erzählt«, sagte Schuhmann. »Wie viele solcher Geschichten haben Sie in den zehn Jahren in Afrika erlebt?«

Der Pilot winkte ab. »Zu viele. Aber das haben alle anderen hier auch, hören Sie sich nur ein wenig um. Wir sind ein kleiner eingeschworener Haufen von Abenteurern, der dem Schicksal gerne einen Streich spielt. Und was hat der Sonderbeauftragte des Arbeiter- und Bauernstaats auf dem Herzen? Möchten Sie einen Wüstenrundflug buchen, um danach dem Genossen Ulbricht davon zu erzählen? Oder ist es nun bereits der Genosse Honecker?«

»Die Wüste ist ein Ort ohne Erwartungen, Mr Finch«, entgegnete Schuhmann unverbindlich, aber kalt. »Ich jedoch knüpfe jede Menge Erwartungen an unseren gemeinsamen Flug.«

»Ich auch, allerdings andere als Sie.« John leerte sein Glas und stellte es lautstark zurück auf die polierte Theke. »Ich habe auch einige Erkundigungen eingezogen. Dabei habe ich herausgefunden, dass Ihr Name nicht Schuhmann ist. Man hat mir einen anderen genannt, einen Doppelnamen, der zwar auch mit *Sch* beginnt ... Egal. Sie sind eine große Nummer im Ministerium für Außenhandel, seit fünf Jahren Sonderbeauftragter eines neu gegründeten Bereichs mit dem schönen Namen Kommerzielle Koordinierung, der sich noch im Aufbau befindet. Außerdem ein großes Tier im MfS.«

Schuhmann sah Finch alarmiert an. »Sie sind gut informiert. Man könnte auch sagen zu gut...«

»Meine Lebensversicherung«, gab der Pilot kühl zurück. »Diese Kommerzielle Koordinierung soll mit verdeckten Geschäften zur Devisenerwirtschaftung die Zahlungsfähigkeit der DDR sichern?«

»Und wenn? Hat das irgendetwas mit unserem Deal zu tun?«, antwortete der Ostdeutsche kurz angebunden.

»Mit *Ihrem* Geschäft, weil ich nur der Pilot bin, der Sie fliegt«, schränkte Finch ein. »Wie haben Sie sich die Bezahlung gedacht? Mit ostdeutschen Mark kann man hier nichts kaufen, und Ihr Arbeiter- und Bauernstaat ist notorisch knapp bei Kasse. Und vor allem – wohin soll es gehen?«

Sein Gesprächspartner griff in die Tasche seines Anzugs und zog ein schmales weißes Briefchen heraus, das er vor Finch auf den Tresen legte. »Das sollte beide Fragen zufriedenstellend beantworten.«

Finch öffnete den kleinen Umschlag. Der große Diamant, der auf halbtransparentem Seidenpapier lag, funkelte und blitzte im Licht der tief hängenden Lampen über der Bar. »Es beantwortet nur eine Frage zufriedenstellend. Wohin?«

»Henrique de Carvalho in Angola, eine kleine Stadt nahe der Grenze zum Kongo«, informierte Schuhmann ihn leise. »Wir haben da Wirtschaftsinteressen.«

Finch nickte lächelnd und reichte seinem Gesprächspartner das Briefchen zurück. »Das kann ich mir vorstellen. Gibt es im Nordosten von Angola nicht die ergiebigsten Diamantenminen des Landes? Eine der gefährlichsten Gegenden Afrikas. Die Volksbefreiungsarmee kämpft gegen die Portugiesen und alle zusammen gegen die illegalen Goldgräber, die sich mühsam durch den Boden buddeln. Alle wollen reich werden und gehen dabei über Leichen.« Er überlegte kurz. »Rund sechstausend Kilometer Flugstrecke, zwei Zwischenlandungen mit Auftanken und eine Übernachtung. Wie viele Passagiere?«

»Nicht mehr als zehn«, erwiderte Schuhmann.

»Ich kann kurzfristig eine de Havilland DH 114 Heron organisieren, die ursprünglich nach Ghana ausgeliefert wurde, aber nun eine Revision in Kairo hinter sich hat«, informierte ihn Finch. »Ich werde einen Copiloten brauchen. Mal schauen, ob Freddy Lust hat. Lassen Sie mich ein paar Telefonate machen. Wann wollen Sie starten?«

»So rasch wie möglich, ich werde bereits in Angola erwartet.« Schuhmann legte einen Fünfzig-Pfund-Schein auf die Theke und schob ihn dem Barkeeper zu.

»Kostet ein wenig mehr, ist aber machbar«, sagte Finch. »Ich möchte so rasch wie möglich wieder aus Angola raus. Jede Stunde, die wir länger bleiben, ist ein unkalkulierbares Risiko.«

Schuhmann sah Finch an und sagte nichts.

»Gut. Wir treffen uns hier im Continental-Savoy zum Abendessen wieder. Reservieren Sie einen Tisch für drei. Dann lernen Sie Freddy auch gleich kennen.« Damit nickte der Pilot Schuhmann zu und verließ die Bar.

*

Der ostdeutsche Gast blickte dem jungen Engländer hinterher, dann strich er bedächtig das Wechselgeld ein, das ihm Karim zuschob.

»Sie haben den Besten bekommen, den Sie für Geld kaufen können, Sir«, meinte der Barkeeper voller Überzeugung. »Finch ist zwar jung, aber er fliegt wie der Teufel.«

»Auch der Teufel kann sich einmal die Finger verbrennen«, meinte Schuhmann mit einem geheimnisvollen Lächeln. »Der Weg nach Angola und zurück ist weit und gefährlich. Und erst einmal angekommen, kann in einem kurzen blutigen Gemetzel zwischen der MPLA, der Volksbefreiungsarmee Angolas, und den Regierungstruppen viel passieren. Das hat man bei der FRELIMO in Mosambik gesehen. Die Diamantenminen liegen...« Er legte seinen Kopf schräg und fixierte Karim, dem der Blick des Fremden nicht gefiel. »... etwas einsam und abgelegen? Ja, so könnte man es sagen. Einsam und abgelegen.«

Damit schlenderte er aus der Bar.

Donnerstag, 2. Juni 2016

GLENFINNAN, LOCH SHIEL, SCHOTTISCHES HOCHLAND/
SCHOTTLAND

Der breitschultrige, ältere Mann, der auf der frisch gestrichenen, langen weißen Bank an der Hauswand saß, an seinem Tee schnupperte und in die Morgensonne blinzelte, hatte militärisch kurz geschnittene weiß-graue Haare und ein kantiges Gesicht. Seine eisgrauen Augen schauten etwas skeptisch und verschlafen in den neuen Tag, der laut Wetterbericht sonnig und klar werden sollte. Noch lagen einige dünne Nebelschwaden über dem See wie ein dünner Schleier, der sich im Sonnenlicht auflösen würde.

Der Ausblick auf die dunkelblauen Wellen des Loch Shiel, auf die grünen, mit Heidekraut und Buschwerk bedeckten Berge, den hohen Himmel mit den schnell ziehenden Wolken und die damit verbundenen ständig wechselnden Lichtstimmungen faszinierten den Mann stets aufs Neue.

Seit er vor wenigen Monaten in das kleine, niedrige Haus aus dunklen Granitsteinen in der Mitte von Nirgendwo gezogen war, hatte er sich hier noch keine Sekunde gelangweilt.

Obwohl *hier* ganz eindeutig das Ende der Welt war, wie er sich selbst jeden Abend eingestand, wenn er vor dem Schlafengehen einen letzten Blick auf das weite Tal warf. Dann löschte er das Licht, lauschte dem Wind, der vom Wasser heraufkam und der Geschichten und Legenden vom nahen Atlantik mitbrachte.

Glenfinnan war ein kleiner Ort, selbst für schottische Verhältnisse. Ein Dutzend Häuser, die sich zwischen Steinmauern und vom Wind gepeitschten Baumgruppen duckten und etwas planlos in der Wildnis des Schottischen Hochlands verstreut lagen. Doch allen war eines gemeinsam – der atemberaubende Blick auf Loch Shiel, den achtundzwanzig Kilometer langen tiefblauen See, malerisch eingerahmt von grünen Bergen.

Hier kannte jeder der hundert Einwohner jeden – und das seit Generationen. Die Jugend der Gegend, eine Hand voll Halbwüchsiger, die gemeinsam aufgewachsen waren und in die gleiche, zwanzig Kilometer entfernte Schule gingen, traf sich regelmäßig vor dem Postamt, dem sozialen Hotspot Glenfinnans, das zugleich auch Tante-Emma-Laden und Nachrichtenbörse war.

Mehr städtisches Leben konnte man in Glenfinnan nicht erwarten, beim besten Willen nicht. Der Ort hatte zwar sogar eine Website im Internet, auf der jedoch unter der Rubrik *Latest News & Events* lakonisch »none found« stand.

Und das seit Jahren unverändert.

Zwei kleine Bed & Breakfast, die sich etwas hochtrabend »Landhotels« nannten, teilten sich die Zahl der Durchreisenden, die meist wegen der unverfälschten Natur und der wilden Landschaft in das Schottische Hochland kamen. Ben Nevis, der höchste Berg Großbritanniens, lag nicht weit entfernt, und so zog der als einsam und menschenfeindlich bekannte Landstrich jedes Jahr ein paar stadtmüde Erholungssuchende mehr an.

Doch alles mit Maß und Ziel: Die Landesstraße A830, an der Glenfinnan lag, war im Norden eine Sackgasse. Dreißig Kilometer weiter, nachdem sie sich durch Orte wie Druimindarroch, Lochailort oder Portnaluchaig gewunden hatte, stürzte sie sich bei Mallaig erschöpft in den Atlantik.

Der Mann auf der Bank musste bei dem Gedanken grinsen und leerte genüsslich seinen Becher mit Orange Pekoe Tea. Das dunkelgraue Haus, an dessen Steinwand er saß, machte den Eindruck, als ziehe es sich das moosbedeckte Dach wie eine schützende Mütze über den Kopf. Das verfallene Anwesen, Slatach House, zu dem es früher gehört hatte, lag nur einen Steinwurf entfernt. Manchmal verirrte sich ein Wanderer hierher, angelockt durch die Ruinen des alten Herrenhauses, aus denen die Bäume und Sträucher wuchsen. Meist kamen aber nur Schafe vorbei, die wieder einmal durch ein Loch im Zaun entkommen waren, auf der Suche nach noch saftigeren Gräsern.

Das alles war Major Llewellyn Thomas, dem neu Zugezogenen, nur recht. Noch verspürte er nicht das geringste Heimweh nach seiner Wohnung im Herzen Londons, vermisste nicht eine Sekunde lang seinen ehemaligen Chef Peter Compton, den alten Fuchs mit seinen Geheimdienst-Intrigen, seinem weltweiten Netzwerk und seiner ständigen Sorge um das Britische Empire.

Ein Motor brummte auf der schmalen Zufahrtsstraße und riss Llewellyn aus seinen Gedanken. Er wandte seine Aufmerksamkeit dem kleinen gelben Bus zu, auf dem riesige rote Lettern für »Sexy Kilt Country Tours« Werbung machten. Andrew, Fremdenführer, Busfahrer und Postbote in Personalunion, betrieb nebenbei ein kleines Ausflugsunternehmen für Touristen zu den nahe gelegenen Whisky-Brennereien und den schönsten Aussichtspunkten auf der Stecke.

Was es allerdings mit dem *Sexy Kilt* auf sich hatte, das hatte Llewellyn in den vergangenen Wochen nicht herausfinden können. Andrew selbst trug meist Cordhosen und Pullover.

Der junge Mann bremste den betagten Bedford-Bus genau vor Llewellyns Bank ab, und die Türen öffneten sich mit einem etwas erschöpft klingenden Zischen.

»Guten Morgen, Major!«, winkte Andrew gut aufgelegt, und sein roter Haarschopf leuchtete frisch gewaschen. »Bin heute etwas früher dran, aber ich muss gleich eine große Gruppe nach Loch Eil und zur Ben Nevis Destillery bringen.«

»Groß?«, erkundigte sich Llewellyn stirnrunzelnd.

Andrew zuckte mit den Schultern, während er in dem Postsack neben seinem Fahrersitz kramte. »Na ja, acht Leute«, murmelte er fast entschuldigend. »Aber sie wollen meinen Bus bis heute Abend mieten. Abendessen in Mallaig, dann nehmen sie die Fähre nach Armadale.«

»Whisky-Tours?«, stieß Llewellyn nach, und Andrew nickte grinsend.

»Sind die besten Gäste«, stellte der Postbote fest und fuhr sich durch den Schwall roter Haare. »Kommen hierher, lassen Geld da, trinken gern und singen danach noch lieber. Harmlos und vor allem: Keiner beschwert sich am Ende der Tour.« Er lachte fröhlich und zog zwei Poststücke aus dem grauen Sack, dann sprang er aus dem Bus. »Heute habe ich nur den *Guardian* und ein Päckchen für Sie.« Andrew reichte Llewellyn die Zeitung und ein etwas abgewetzt aussehendes, längliches Paket. »Keine Unterschrift. Ich muss weiter!«, verkündete er hektisch und bestieg wieder seinen Bus.

»Moment!«

Die Stimme des Majors ließ Andrew zusammenzucken.

»Das ist nicht für mich.« Llewellyn hielt das Päckchen hoch und sah Andrew forschend an. »Ich heiße noch immer nicht Charles R. Parker, und ich kenne auch niemanden, der so heißt!«

»Aber die Adresse stimmt!«, gab Andrew fast trotzig zurück.

Der Major warf einen zweiten Blick auf das kleine Paket.

Tatsächlich stand da seine Adresse in Glenfinnan ... Slatach House ... Aber Parker?

»Vielleicht ist dieser Charles Parker umgezogen«, gab Llewellyn zu bedenken. »Du kennst doch alle hier. Klingelt's nicht bei dem Namen?«

Andrew schüttelte energisch den Kopf. »Nie gehört. Ich dachte, vielleicht kennen Sie ihn. Müsste vielleicht meinen Vater fragen.«

Der Major runzelte die Stirn und betrachtete das Päckchen eingehender. Kein Absender, eine ganze Reihe von Briefmarken mit dem Porträt Elizabeths, mehrere verwischte Stempel. Es sah aus, als sei das Paket irgendwann nass geworden. Doch da, unter der letzten Reihe von Marken, war einer der Stempel noch klar und deutlich auf das Packpapier gedrückt.

»Andrew?« Die Stimme Llewellyns verriet nichts Gutes und der junge Mann seufzte.

»Ich muss jetzt wirklich weiter, Major«, wandte er ein. »Meine Gäste warten.«

»Dieses Paket wurde bereits am 18. Juni 1970 in Hongkong aufgegeben«, meinte Llewellyn und setzte lakonisch hinzu: »Mir war nicht klar, dass die Königliche Post *soo* langsam ist.«

»Unmöglich«, murmelte Andrew erstaunt und stieg prompt wieder aus. »Das gibt es nicht ...«

Der Major streckte ihm das Paket entgegen. »Sieh selbst. Siebenundvierzig Jahre lang unterwegs von Hongkong nach Schottland, verschollen in den Untiefen der Postämter Ihrer Majestät.«

Andrew betrachtete die Stempel, drehte und wendete das Paket, kratzte sich ratlos am Kopf und zuckte schließlich mit den Schultern.

»Hiermit zugestellt an die richtige Adresse«, schloss er pragmatisch den Fall und zwinkerte Llewellyn zu, bevor er es ihm wieder in die Hand drückte. »Werfen Sie es weg, wenn Sie es nicht haben wollen. Charles Parker gibt es hier offenbar nicht mehr, und wenn es ihn je gegeben hat, dann ist er bereits lange tot und wird das Päckchen nicht mehr vermissen. Und jetzt muss ich wirklich los. Bis morgen!«

Damit sprang Andrew in seinen Bedford, startete den Motor und wendete. Die Türen schlossen sich zischend, und der gelbe Bus schaukelte durch die Buschreihen davon in Richtung A830.

»So kann man postalische Zustellungsprobleme natürlich auch lösen«, murmelte Llewellyn, während er nachdenklich auf das Päckchen aus der Vergangenheit blickte.

Charles R. Parker ...

Für einen Moment überlegte der Major, das in braunes, fleckiges Packpapier eingeschlagene Paket unberührt zu lassen, es auf den niedrigen Speicher unterm Dach zu legen und dort einfach zu vergessen. Der Sommer war bisher überraschend warm gewesen, und der geborene Waliser Llewellyn gedachte, auch weiterhin die kürzeste, aber auch schönste Jahreszeit Englands in aller Ruhe auf der weißen Bank vor seinem Haus zu genießen.

Diesen Sommer einmal ohne Stress, ohne Abenteuer, ohne Schießereien, dafür aber mit viel Whisky und Tee, Zeitschriften und Büchern.

Llewellyn, nach unzähligen Einsätzen für den britischen Geheimdienst MI5 und MI6 seit einigen Jahren im »Unruhestand«, wie er es nannte, hatte für das Empire immer wieder in den Krisengebieten der Welt die Kastanien aus dem Feuer geholt.

Und sich dabei oft genug die Finger verbrannt.

Nach den gefährlichen Einsätzen mit seinem Freund, dem Piloten John Finch in den vergangenen Jahren in Südamerika,

Asien und Europa, plante der Major für diesen Sommer vor allem eines – die Füße hochzulegen und wenn möglich bis September keine Telefonate aus London anzunehmen.

Vor allem nicht von Peter Compton.

Neugierig wog Llewellyn das Päckchen in der Hand. Es war überraschend schwer.

Aus Hongkong?

Sicher eine Sammlung von lackierten Essstäbchen, dachte Llewellyn grinsend und betrachtete die Verschnürung genauer. Sie hatte die Odyssee von siebenundvierzig Jahren unbeschadet überstanden. Die Enden der Schnüre waren auf der Rückseite des Päckchens auf das Packpapier gesiegelt, mit rotem Siegellack. Der Major kippte das Päckchen im Sonnenlicht etwas. Waren das chinesische Buchstaben auf dem Siegel? Oder eine Krone und zwei gekreuzte Säbel?

Das Siegel jedenfalls war unversehrt.

Kurz entschlossen griff Llewellyn in seine Hosentasche und holte ein Messer heraus, klappte es auf und durchtrennte die Schnur. Unter dem Packpapier kam eine unscheinbare braune Kartonschachtel zum Vorschein. Unbeschriftet, ohne jede Verzierung. Wer immer Charles Parker 1970 etwas nach Glenfinnan in die schottische Einsamkeit geschickt hatte, er hatte es nicht als Geschenk verpackt.

Der Deckel der Schachtel ließ sich nur schwer abziehen. Es war, als hielte jemand von innen dagegen, als wollte die Zeit ihr Geheimnis hüten und nicht preisgeben. Dann, mit einem Mal, löste sich der Deckel. Was immer der unbekannte Sender an Parker verschickt hatte, es war zusätzlich in einigen Seiten einer chinesischen Zeitung eingepackt worden, die inzwischen vergilbt waren. Vorsichtig schlug Llewellyn sie zurück. Zum Vorschein kam ein seltsam geformtes Messer mit kurzem Ebenholzgriff, das in einer aufwändig verzierten Lederscheide steckte. Der Major erkannte es sofort. Es war ein Khukuri, die traditionelle Waffe der Nepalesen, ein schwerer Dolch, der seit dem 15. Jahrhundert fast unverändert gefertigt wurde.

Vorsichtig zog Llewellyn das Messer aus der Scheide.

Die Klinge war fast zur Gänze mit einer rostbraunen Substanz bedeckt. Der Major sah näher hin, strich vorsichtig mit dem Finger drüber. Zuerst dachte er, es handle sich um Rost.

Doch das war es nicht.

Es war getrocknetes Blut.

LEOPOLDSGASSE AM KARMELITERMARKT, 2. BEZIRK,
WIEN-LEOPOLDSTADT/ÖSTERREICH

Die große Wohnung mit Blick auf den Karmelitermarkt und die Dächer Wiens war vor zehn Jahren beim großzügigen Ausbau des Dachbodens entstanden und hatte Alexander Reiter gleich gefallen. Nur einen Steinwurf von der Innenstadt entfernt, war sie hoch genug gelegen, um den Verkehrslärm weit unter sich zu lassen. Also hatte Reiter sie vor nunmehr fast fünf Jahren auf den Namen eines Freundes gekauft, getreu der Maxime, so wenig Spuren wie möglich zu hinterlassen. Eine seiner eisernen Regeln, die ihm bereits oft genug das Leben gerettet hatten.

Nachdem im Jahr zuvor sein Haus im Valle Maira, in den Cottischen Alpen, einem Sprengstoffanschlag zum Opfer gefallen war, hielt er sich viel öfter in Wien auf. Früher war ihm seine Geburtsstadt schnell klein und eng vorgekommen, wenn er länger blieb. Doch mit der Zeit hatte er sich mit der Kaffeehausatmosphäre arrangiert, die ihm noch vor Jahren antiquiert und gestrig erschienen war. Und dann gab es ja noch seine gemütliche Wohnung in Rom, jenseits des Tibers in Trastevere. Sie war sein Rückzugsort vor den kalten Wintern, wenn die Touristen schon längst weitergezogen waren. Er mochte die Ewige Stadt in der Nachsaison, wenn sie endlich wieder den Römern gehörte. Vespas und Fiats machten sich die Fahrspuren in den schmalen Gassen streitig, während

Museen und Monumente renoviert wurden und hinter Gerüsten und Abdeckplanen verschwanden. Man bekam problemlos einen Platz in den kleinen Cafés, und die Kellner lächelten wieder.

Aber im Sommer, im Sommer war Wien perfekt, dachte Reiter und überredete die alte Espresso-Maschine dazu, ihm noch einen Cappuccino zu machen.

Er vermisste sein Haus in den norditalienischen Bergen, das musste er sich eingestehen. Die Loge P4 hatte sich mit einer Bombe dafür revanchiert, dass Reiter im Auftrag einer Versicherung ein halbes Dutzend gestohlene Gemälde in einem Palazzo in Florenz wiedergefunden und sichergestellt hatte, um sie den ursprünglichen Besitzern zurückzubringen. Der aus einem Helikopter abgeworfene, neuartige Sprengstoff hatte im Umkreis von einem Kilometer keinen Stein auf dem anderen gelassen. Reiter selbst war dem Anschlag nur knapp entkommen, indem er sich in einen alten Bergwerksstollen geflüchtet hatte, den er als Fluchttunnel in sein Haus integriert hatte. Dann hatte er die italienische Geheimgesellschaft teuer dafür bezahlen lassen, doch das war eine andere Geschichte ...

Der Duft des Kaffees holte Reiter in die Gegenwart zurück. Er war einer der erfolgreichsten Kunstdiebe der Gegenwart, allerdings stets in offiziellem Auftrag. Sei es die Restitution von einst requirierten Kunstwerken aus jüdischem Besitz, sei es der Auftrag einer Versicherung, die gestohlenen Gemälde eines Museums wiederzubeschaffen – und unter Umständen durch eine perfekte Kopie zu ersetzen. Rebus, wie er in Fachkreisen hieß, nahm nur Aufträge an, die seinen Vorstellungen entsprachen.

Und auch dann nur zu seinen Bedingungen.

Zwei Löffel Zucker und noch ein Schuss Schlagobers. Reiter nippte und nickte zufrieden. Perfekt. In diesem Moment klingelte sein Mobiltelefon und sorgte damit für die erste Überraschung des Tages. Die Nummer war nicht nur geheim, sondern höchstens einem Dutzend Menschen auf der ganzen Welt bekannt. Der Anrufer gehörte nicht dazu, wie Reiter nach einem kurzen Blick aufs Display feststellte. Die Vorwahl war ihm unbekannt.

»Sie haben sich verwählt«, stellte er deshalb trocken fest.

»Wenn ich wähle, dann weiß ich ganz genau, wen und warum ich anrufe«, antwortete eine tiefe Stimme. »In der Politik und im Fernmeldewesen. Außerdem haben Sie mich zuerst angerufen. Vor sechs Jahren.«

»Seither ist viel geschehen«, gab Reiter unverbindlich zurück.

»Wir haben uns damals über eine Kunstsammlung unterhalten. Das heißt, es war eher ein Monolog. Ich kam überhaupt nicht zu Wort.«

Reiter überlegte kurz. »Rufen Sie aus Tel Aviv an?«

»Für einen Schatten haben Sie ein gutes Gedächtnis, Herr Reiter. Oder soll ich besser Rebus sagen? Sie sind in den vergangenen zehn Jahren der Beste geworden, gefürchtet von den Sammlern, geschätzt von Versicherungen. Sie haben Beziehungen in die höchsten Kreise, vor allem nach Ihrer Rolle, die Sie letztes Jahr bei der Suche nach dem Schatz der Templer gespielt haben.«

»Sie wissen viel«, musste Rebus zugeben. »Zu viel, für meinen Geschmack.«

Der Anrufer lachte leise, und in Reiters Ohren klang es eher gefährlich als belustigt.

»Das ist seit Jahrzehnten mein Job. In Versicherungskreisen und im internationalen Kunsthandelsnetzwerk kennt man Sie unter dem Namen Rebus. Ihre Spezialität ist die Wiederbeschaffung gestohlener Kunstwerke, egal ob im Auftrag einer

Versicherung oder einer Privatperson. Ausschlaggebend für Sie ist lediglich, dass der Auftrag vom rechtmäßigen Besitzer oder der betroffenen Versicherung kommt. Habe ich so weit alles richtig behalten?«

Reiter tat ihm nicht den Gefallen zu antworten.

»Alles andere liegt bei Ihnen, hat man mir berichtet: Sie bestimmen den Zeitpunkt, erledigen die Vorrecherchen, klären die Details. Wenn Sie einen Auftrag übernehmen, dann liegt Ihre Erfolgsquote bei hundert Prozent, so sagt man. Zum Leidwesen der internationalen Kunsthandelsmafia.«

»Man tut, was man kann.« Reiter lächelte und nippte an seinem Cappuccino.

»Rebus hat vorgesorgt«, führte der Anrufer weiter aus. »Keiner kennt sein Gesicht, seinen richtigen Namen, seine Nationalität oder seinen Wohnort. Er akzeptiert nur Barzahlung, hat angeblich kein Handy und keine Kreditkarten, keine Postadresse und kein Bankkonto.«

»Und trotzdem telefonieren Sie mit mir«, gab Reiter zu bedenken.

»Ich habe lange genug nach der Telefonnummer geforscht, glauben Sie mir. Üblicherweise brauche ich keine fünf Minuten. Aber ich wollte keine Annonce in der *Times* aufgeben und abwarten.«

Nun war Reiter endgültig alarmiert. Der Mann in Tel Aviv wusste eindeutig zu viel über ihn.

»Meine Mitarbeiter in Mitteleuropa meinten, Sie seien mehr oder minder ein Phantom auf der Flucht, ein Schatten zwischen den Welten, ein Nebel, der sich in den ersten Strahlen der Morgensonne auflöst, Sand, der haltlos zwischen den Fingern durchrieselt...«

»Ihre Agenten haben eine poetische Ader, das hätte ich nicht vermutet«, warf Reiter lakonisch ein.

»Unter anderem. Aber vor allem sind Sie effizient, wenn es um Beobachtungen und die sich daraus ergebenden Schlüsse geht. Sie aber, Sie stellen meine Leute vor einige Rätsel ...«

»Ich bin geschmeichelt. Wurde dem Mossad ein Bild gestohlen?« Reiter konnte sich die Frage nicht verkneifen. »Oder wollten Sie nur wieder einmal plaudern? Meine Zeiten beim Einsatzkommando Cobra und beim Personenschutz sind lange vorbei.«

»In der Tat, das sind sie. Eine Tatsache, die ich angesichts Ihrer Fähigkeiten zutiefst bedaure. Aber ich verstehe Ihre jetzigen Beweggründe nicht ganz. Warum nehmen Sie nicht das jeweilige Kunstwerk und versuchen, so viel Geld wie möglich herauszuholen, indem Sie es irgendeinem reichen Sammler verkaufen? Warum geben Sie es tatsächlich seinem Eigentümer zurück?«

»Es ist mir eigentlich gleichgültig, was Sie verstehen oder nicht. Nennen Sie es einfach Prinzipien, die Liebe zu Meisterwerken oder etwas so Veraltetes wie Moral. Erinnern Sie sich noch daran? Das ist das Gefühl mit dem schlechten Gewissen, das einen von Zeit zu Zeit plagt. Egal, war bei Geheimdiensten noch nie in der Mode. Was wollen Sie von mir?«

»Ministerin Bernadetti hatte Sie letztes Jahr nicht überzeugen können«, gab der Mann aus Tel Aviv zu bedenken.

»Sie wollte etwas, das ihr nicht gehörte«, antwortete Reiter kalt. »Also stieg ich aus unserem Deal aus und brachte die Schatulle mit den Briefen Poussins schlussendlich seinem rechtmäßigen Besitzer. In ein altes Haus am Ufer des Nils.«

»Von einem alten Mann in London zu einem alten Mann nach Kairo«, fasste sein Anrufer nachdenklich zusammen.

Nun war Reiter endgültig auf der Hut. Er stellte die Kaffeetasse ab. »Sie halten mich von meinem Frühstück ab. Genug des Small Talks. Sagen Sie, was Sie auf dem Herzen haben, und dann vergessen Sie diese Nummer schnellstens wieder. Sie ist für meinen engsten Freundeskreis bestimmt. Ausschließlich.«

»Ich habe verstanden, Rebus, und dazu zähle ich nicht. Allerdings haben der Papst und der Leiter des vatikanischen Geheimdienstes die Nummer ebenfalls. Ihr Freundeskreis ist, gelinde gesagt, elitär.«

»Er ist handverlesen«, gab Reiter lakonisch zurück. »Und das hat seinen guten Grund. Und nein, Religion spielt dabei gar keine Rolle, wenn Sie darauf anspielen. Ein alter Mann in Kairo besitzt sie ebenfalls, und er ist Jude.«

»Nun, möglicherweise habe ich eine interessante Aufgabe für Sie.«

»Das werden Sie mich schon selbst beurteilen lassen müssen«, antwortete Reiter. »Und wenn ich zu dem Schluss komme, dass Sie versuchen, mich reinzulegen, dann werde ich nirgendwohin gehen. Seit wann kann der Mossad seine Probleme nicht selbst lösen?«

»Ich habe stets nach der Prämisse gehandelt, Spezialisten das tun zu lassen, wovon sie am meisten verstehen. Und wir haben keinen Meisterdieb in unseren Reihen. Leider.« Der Anrufer lachte wieder.

»Ihr Glück, dass ich das als Kompliment nehme.« Reiter entschied sich spontan für einen weiteren Cappuccino. »Sie haben fünf Minuten, um mich zu überzeugen. Zwei, während mein Kaffee in die Tasse fließt, und drei, während ich ihn trinke.«

Quedlinburger Strasse 11, Berlin-Charlottenburg/ Deutschland

Der vier Stockwerke hohe Bau hatte etwas Unheimliches an sich.

Er stand wohl seit Jahrzehnten leer, und die ehemals weiße Fassade war im Laufe der Zeit schmutzig und grau geworden. Aus den halbrunden Balkonen wuchsen kleine Bäume, hie und da waren Teile des Verputzes abgefallen. So sah es aus, als hätte das einsam und allein an der Quedlinburger Straße stehende Haus die Krätze, und jeder machte einen großen Bogen, um sich nicht anzustecken.

Auf der einen Seite wurde das Wohnhaus von riesigen Benzin- und Heizöltanks eines Lagerunternehmens begrenzt, auf der anderen erstreckte sich der asphaltierte Hof eines halbherzig renovierten Bürokomplexes, aus dem die Hälfte der Mieter schon zur Jahrtausendwende wieder ausgezogen war. Dahinter wuchsen die stählernen Druckbehälter eines Heizkraftwerks in den Himmel Berlins.

Der breite Gehsteig mit seinem kleinen Klinkerpflaster zeugte davon, dass nur wenige Fußgänger die »andere« Seite der Quedlinburger Straße benutzten. Gras spross zwischen den Steinen und rund um die Gaslaternen, der trockene Sommer hatte das Grün unter den Bäumen in ein braunes Geflecht verwandelt.

Selbst das Unkraut war verdorrt.

Annette Krüger sah die Fassade hoch, musterte die Balkone mit ihrem Bewuchs, die verdreckten Fenster, die mit einer dicken Schmutzschicht überzogenen Vordächer. Im vierten Stock, ganz oben, unter dem Dach, schien eines der braunen Holzfenster offen zu stehen. Wie lange schon? Niemand wusste es.

Die junge Frau mit den kurzgeschnittenen blonden Haaren ließ ihre Augen aufmerksam weiter über das Gebäude schweifen. Sie trug ein weißes T-Shirt, abgewetzte Jeans und Turnschuhe, einen Rucksack über der Schulter und einen Schlüsselbund in der Hand. Beobachter hätten sie für eine Studentin auf dem Heimweg halten können, doch das wäre nur die halbe Wahrheit gewesen. Annette Krüger war in offizieller Mission der Stadt unterwegs. Ihr Praktikum bei der Berliner Bauaufsicht, das bald zu Ende ging, hatte sie diesmal nach Charlottenburg geführt. Anrainer hatten sich beschwert, dass auf Nummer 11 der Putz in großen Stücken von der Fassade blätterte und die Stücke auf den Gehweg stürzten, und so war die Architektur-Studentin zur Kontrolle in die Quedlinburger Straße geschickt worden. Dem Besitzer des Hauses, einem alteingesessenen Handelsunternehmen, das in den vergangenen zwanzig Jahren stetig geschrumpft war und nun knapp vor der Insolvenz stand, war die leere Immobilie lediglich ein Klotz am Bein. Für weitläufige Büros hatte man keine Verwendung mehr, und wer wohnte schon gern zwischen Treibstofftank und Heizkraftwerk, mit Aussicht auf die Werkhalle eines Kfz-Reparaturbetriebs? Mürrisch hatte der Geschäftsführer Annette die Schlüssel in die Hand gedrückt und sich wieder seinen unbezahlten Rechnungen zugewandt.

So stand die Studentin nun vor dem heruntergekommenen Bau, griff in ihren Rucksack und zog eine Kamera hervor. Ist-Zustand außen gründlich dokumentieren, so hatte sie gelernt, dann erst weiter ins Innere, das waren die Regeln.

Ein Spaziergänger mit einem jungen, tapsigen Dackel an der Leine blieb stehen und schaute ihr verwundert zu, als sie die Stücke des herabgefallenen Mauerwerks am Pflaster des Trottoirs fotografierte. Dann murmelte er kopfschüttelnd etwas von »blödsinnige Zeitverschwendung« und ließ sich von seinem Hund weiterziehen.

Das Haus mochte einmal schön gewesen sein, dachte Annette, bevor man die Fassade, wahrscheinlich nach einem Bombentreffer oder Einschüssen im Zweiten Weltkrieg, von allem Zierrat befreit und geglättet hatte. Übrig geblieben war ein Klotz, den nur noch die elegant geschwungenen halbrunden Balkone von anderen genauso kahlen Wohnblöcken in der Nachbarschaft unterschieden.

Sie machte auch ein paar Aufnahmen von den herabgelassenen Jalousien im Erdgeschoss und der alten Aufschrift »Hedwigs-Hütte« auf der Feuermauer, bevor sie nach dem richtigen Schlüssel für die Eingangstür suchte. Schließlich passte einer, und die Tür schwang auf. Ein Schwall abgestandener Luft schlug Annette entgegen. In dem schmalen Flur mit der verlassenen Portiersloge roch es nach Staub und altem Linoleum, nach feuchtem Holz und muffigen Polstermöbeln.

Licht und Wasser waren bereits seit Langem abgesperrt worden, das hatte ihr der Geschäftsführer gesagt und vorsorglich eine Taschenlampe gezückt. »Ich war schon mindestens zehn Jahre nicht mehr in dem alten Kasten«, hatte er entschuldigend gemeint. »Wenn die Baubehörde jetzt Sanierungsmaßnahmen verlangt, dann können wir gleich zusperren. Ich könnte mir nicht einmal ein Gerüst leisten.«

»Vielleicht reicht es ja, den Putz von den Balkonen ganz abzuschlagen«, hatte ihn Annette beruhigt. »Dann kann nichts mehr runterfallen, und die Behörde ist zufrieden. Ich seh mir das mal an.«

Das Tageslicht sickerte durch die schmutzigen Fenster wie durch einen Weichzeichner-Filter, tauchte Flur und Treppenhaus in ein diffuses Halbdunkel. Annette stieß eine der Türen im Erdgeschoss auf, schaltete die Taschenlampe an und stand in einem alten Büroraum, in dem noch ein Wandkalender von 1988 hing. Die Zeit schien hier stehen geblieben zu sein, irgendwann in den Achtzigerjahren. Vor langer Zeit waren die alten Holzfenster im Erdgeschoss gegen die damals üblichen aus Aluminium ausgetauscht worden.

Der Lichtkegel von Annettes Taschenlampe riss zwei leere Schreibtische aus dem Dunkel, hellgrüne Telefonarme, längst unbeweglich festgerostet. Die Sitzbezüge der Sessel hatten im Laufe der Zeit wahrscheinlich die Ratten zerfressen, die wohl durch den Keller aus der Kanalisation hochgekommen waren. Denn Ratten gab es Millionen in Berlin. Und alle waren gefräßig.

Mit gemischten Gefühlen schaltete Annette die Lampe wieder aus, verließ das Büro und stieg die Treppen hoch. Das trockene Holz knarrte, und am Handlauf des Geländers lag zentimeterdick der Staub. Im ersten Stock angekommen, orientierte sich die Studentin kurz, stieß eine Schwingtür auf und wanderte durch große Räume, die früher zum Direktionsbüro gehört haben mussten. Tapeten hingen in Fetzen von den Wänden, und zusammengerollte Telefonleitungen lagen gekappt unter den Fenstern. Ein Stapel leerer Aktenordner war in einer der Zimmerecken umgefallen, und Papiere lagen übers Parkett verstreut.

Annette überlegte kurz, dann entschied sie sich, ganz hinauf bis in den letzten Stock zu steigen und die Balkone von oben nach unten zu kontrollieren.

Je weiter hinauf sie im Haus kam, umso wärmer und trockener wurde es. Der Geruch von Moder und Feuchtigkeit blieb zurück, wurde durch einen anderen, süßlicheren ersetzt. Vielleicht hatte der Baum vor dem Haus seine Blüten auf einigen der Balkone deponiert, überlegte Annette, oder sie waren durch das offen stehende Fenster hereingeweht worden. Bevor sie den letzten Absatz erreichte, bemerkte sie, dass auch im Treppenhaus eines der Fenster offen stand.

»Wetterseite. Nicht gut«, murmelte sie. Der eindringende Regen hatte nicht nur Feuchtigkeitsflecken hinterlassen, sondern schwarzer Schimmel überzog fast die gesamte Wand. Das Holz der Stufen hatte sich hier im Laufe der Jahre vollgesogen, war im Winter gefroren und danach wieder aufgetaut, hatte sich so allmählich aufgelöst und die Treppenstufen zu einer trügerischen Falle gemacht. Die junge Frau überlegte für einen Moment, wieder umzudrehen und das oberste Stockwerk auszulassen, doch dann griff sie mit beiden Händen nach dem Handlauf, holte Schwung und nahm fünf Treppenstufen auf einmal in einem einzigen großen Sprung. Es knirschte und knackte bedrohlich, aber die Stiege hielt.

Aufatmend erklomm Annette den obersten Absatz. Die Deckenhöhe war hier geringer, die Türen waren niedriger. Sie blickte über die Schulter zurück, durch das offene Fenster, in Richtung Spree. Abstellplätze mit Autowracks, unkrautüberwucherte Hinterhöfe zwischen Werkstattbaracken, dahinter die mächtigen Baumkronen der Bäume am Ufer.

Als sie die Schwingtür, die vom Flur in die Räume unter dem Dach führte, aufstoßen wollte, stutzte sie. Die Flügel bewegten sich keinen Zentimeter. Annette rüttelte daran, die Scheiben klirrten leise, aber die Türen selbst gaben nicht nach. Nachdem sie erfolglos alle infrage kommenden Schlüssel versucht hatte – keiner passte –, seufzte sie, warf noch einen Blick durch die geschliffenen, matten Gläser, die von besseren Zeiten kündeten, und wollte sich zum Gehen wenden. Doch da fiel ihr ein Riegel auf, der offenbar von innen vorgelegt worden war und beide Flügel blockierte.

Von innen?

Annette sah nochmals hin. Es war ganz eindeutig ein Riegel! Sie erkannte das leicht rostige, aber breite Metall im Schein der Taschenlampe durch den Spalt zwischen den beiden Türflügeln. Stirnrunzelnd kramte sie nach ihrer Nagelfeile im Rucksack. Wie konnte hier ein Riegel von innen vorgelegt worden sein? Gab es noch einen anderen Eingang?

Sie spürte die Zugluft durch den Spalt der Türflügel streichen. Es war also in diesem Stock, in dem an der Vorderfront des Hauses das Fenster offen stand. War jemand über den Balkon abgestiegen?

Annette steckte die Feile durch den Spalt und setzte an. Nach zwei Versuchen fiel der Riegel mit einem lauten Klappern zur Seite, und die Flügel knarrten in den Scharnieren. Dann stieß sie die Tür auf, knipste die Taschenlampe an und landete mitten in einem Albtraum.

Ein mumifizierter Körper hing von der Decke, an einem dicken Seil, das wie ein Schiffstau aussah, und schaukelte leicht im Wind.

Die junge Frau schlug die Hand vor den Mund und erstickte einen Schrei. Mit großen Augen starrte sie auf den Toten, wie gelähmt. Seine Haut spannte sich über die Wangenknochen, die leeren Augenhöhlen waren eingefallen, der Mund weit aufgerissen. Die entblößten Zähne sahen aus, als wollten sie jederzeit zubeißen.

Die junge Frau ließ zitternd die Lampe sinken, und der Lichtkreis wanderte die dünnen Beine der Leiche hinab zu Boden, wo etwas Helles auf dem dunklen, fast schwarzen Holz direkt vor dem Erhängten leuchtete. Annette zögerte, spürte die Panik und das Entsetzen in ihre Eingeweide kriechen. Sie hielt instinktiv die Luft an, verwirrt, wusste nicht recht, was sie tun sollte. Schließlich riss sie das Handy aus ihren Jeans und wählte den Notruf der Polizei.

»Bleiben Sie, wo Sie sind, rühren Sie nichts an, die ersten Wagen sind bereits auf dem Weg zu Ihnen«, tönte die hektische Stimme des Beamten aus der Einsatzzentrale.

Annette ließ das Mobiltelefon sinken und atmete tief durch. Langsam verebbte ihre Panik, die Neugier gewann wieder die Oberhand. Zum ersten Mal sah sie sich in dem Raum genauer um. Ein kleiner Schreibtisch stand an der Wand, halb zerrissene Vorhänge bauschten sich im leichten Wind des Nachmittags.

An einem Wandschrank standen alle Türen offen.

Die Fächer waren leergeräumt und zentimeterdick verstaubt.

Die Studentin versuchte, die Leiche, die im Luftzug leicht hin und her schwang, zu ignorieren. Doch es gelang ihr nicht. Immer wieder fiel ihr Blick auf den mumifizierten Mann mit den langen schwarzen Haaren und den Resten eines schütteren Bartes auf dem ledernen Gesicht.

Und auf das kleine Blatt Papier auf dem Boden, das mit einem rostigen Reißzwecken festgepinnt worden war.

Annette ging in die Hocke und richtete den Lichtkegel der Taschenlampe auf die großen, ganz verblassten Buchstaben. Nein, es waren doch keine Buchstaben, sagte sie sich, vergaß die Aufforderung des Polizisten in der Einsatzzentrale und griff neugierig zu, löste das kleine Blatt vom Boden. Es waren drei chinesische Schriftzeichen, die im Laufe der Zeit eine hellrosa Farbe angenommen hatten und kaum mehr sichtbar waren.

三合會

In diesem Augenblick ertönten von der Quedlinburger Straße her die ersten Sirenen der Einsatzfahrzeuge. Erleichtert steckte Annette das Blatt spontan in die Hosentasche und stürmte los, um der Polizei die Eingangstür zu öffnen.

Sie hatte keine Ahnung, dass ihr grausiger Fund in dem verlassenen Haus in Charlottenburg eine Kettenreaktion auslösen, seine Schockwellen um die halbe Welt schicken und eine mörderische Spirale der Gewalt in Bewegung setzen würde.

CAFÉ FATZKE, MIERENDORFFSTRASSE 10,
BERLIN-CHARLOTTENBURG/DEUTSCHLAND

Die Regale im Schaufenster des »Café Fatzke«, nur einen Steinwurf vom Schloss Charlottenburg entfernt, bogen sich unter der Last der Torten und Kuchen, Kekse und selbstgemachter Marmelade, Sandwiches und Bonbons. Es duftete nach frisch aufgebrühtem Kaffee, heißen Keksen aus dem Backofen und Schokolade.

Eingeweihte und Stammgäste bezeichneten das Ein-Raum-Café mit der selbstgebastelten Theke und dem großen Aquarium als eine einzige kulinarische Versuchung. Die Sitzgruppe auf dem breiten Gehsteig vor dem Lokal bestand aus zwei Holzbänken an einem langen, rustikalen Tisch und war immer gut besetzt. Unter den Kronen der ausladenden Bäume servierte Angelika, die Besitzerin, den ganzen Sommer über mit Hingabe und Begeisterung Kuchen und Kaffee, Snacks und selbstgemachtes Eis. So hatte sich das kleine Café mit dem angeschlossenen Laden in nur wenigen Monaten zu einem Geheimtipp weit über die Grenzen des Bezirks hinaus entwickelt.

An diesem Vormittag trieb eine heiße Frühsommersonne die Temperaturen in Berlin über die Fünfundzwanzig-Grad-Marke. Ihre Strahlen fielen durch das Laubdach auf den Tisch und auf das halbe Dutzend blinzelnder Gäste, die sich bei Cappuccino und Sachertorte vor dem Café in stiller Eintracht die Bänke teilten.

»Du musst schneller löffeln, sonst kannst du bei dieser Hitze das Eis im Glas mit dem Strohhalm wegschlürfen«, bemerkte Thomas Calis schadenfroh und versenkte seine Kuchengabel genussvoll in das riesige Stück Sachertorte, neben dem sich ein hoher Berg Schlagsahne wie die Eiger-Nordwand emporreckte.

Martina Trapp, die ihm gegenübersaß, lächelte versonnen und strich sich eine widerspenstige Strähne ihrer rotblonden Haare aus dem Gesicht. »Jetzt hetz nicht! Dafür hast du von deinem Monsterkuchen länger etwas«, entgegnete sie lakonisch. »Auf den Hüften nämlich.«

»Spielverderberin«, brummte Calis und nahm wie zum Trotz eine zweite Gabel voll Schlagsahne. »Nach drei Stunden schwerer Gartenarbeit bei den Laubenpiepern hab ich mir die Völlerei redlich verdient.«

Seine blauen Augen blitzten hinter den Brillengläsern. Martina fuhr ihm lachend mit der Hand durch die strubbeligen blonden Haare, die nach allen Seiten abstanden. Calis, schlank und durchtrainiert, hätte wohl noch die ganze Woche Sachertorte essen können, ohne sichtbare Spuren an Bauch und Hüfte.

»Du hängst an diesem handtuchgroßen Stück Garten von deiner Erbtante, gib's ruhig zu«, neckte sie ihn und löffelte weiter ihr Schoko-Himbeer. Martina Trapp, Ende dreißig und seit knapp fünf Jahren Calis' Freundin, kannte jeden seiner schwachen Punkte und legte mit Vorliebe den Finger in die diversen Wunden. Und die Erbschaft von Tante Louise, die ihrem Lieblingsneffen mit dem Schrebergarten in der Kolonie »Sonntagsfrieden« im wahrsten Sinne des Wortes eine »Mordsüberraschung« beschert hatte, stand ganz oben auf der Liste der Calis-Schwächen.

Martinas große braun-grünen Augen sahen Thomas erwartungsvoll und ein wenig spöttisch an. »Noch dazu ist dieser Garten die perfekte Entschuldigung dafür, dass du in Räuberzivil die Gegend unsicher machen kannst.« Mit spitzem Finger wies sie auf das fleckige T-Shirt, die ausgewaschenen und zerrissenen Jeans, bevor sie schnüffelnd den Kopf über den Tisch streckte. »Außerdem riechst du etwas streng, Herr Calis.«

Die beiden japanischen Touristinnen, die sich mit Hingabe dem Apfelkuchen widmeten, kicherten in ihren Kaffee.

»Du kannst mich ja unter die Dusche begleiten«, gab Thomas unbeeindruckt zurück und grinste unverschämt, »und das Waschen übernehmen. Dann bist du wenigstens sicher, dass ich porentief sauber bin.«

Nun war es Martina, die sich tief über ihr Eis beugte und völlig unbeteiligt tat. Die Japanerinnen hatten plötzlich rote Backen und musterten Calis neugierig aus den Augenwinkeln. In diesem Moment trat Angelika, die Besitzerin, mit einem Tablett voller Teller und Kännchen aus dem Café und brachte »Einmal Nachschub für alle!«, wie sie lautstark verkündete.

»Gib ihm bloß nichts mehr!« Martina schüttelte den Kopf. »Wir fahren übermorgen nach Österreich auf Urlaub, und damit reduziert sich sein Fitnessprogramm erfahrungsgemäß auf Pilze suchen, Gasthof finden und alle erreichbare Speisekarten durchprobieren.«

»In dieser Reihenfolge«, bestätigte Calis zufrieden und schob noch ein Stück Sachertorte ein.

»Der Neid frisst mich.« Angelika lachte und quetschte sich neben Thomas auf die Bank. »Wie lange bleibt ihr im Mehlspeisen-Mekka? Ich würde ja soo gerne mitkommen!«

»Zwei Wochen sind geplant«, meinte Martina. »Ich bin gestern aus Frankfurt gekommen und muss in genau zwanzig Tagen wieder Dienst schieben.«

»Die atmen gerade auf, da unten am Main«, stichelte Thomas.

»Unbestätigten Meldungen zufolge haben die Kollegen zusammengelegt, damit sie länger im Urlaub bleibt.«

»Ja, und sie haben gebetet, dass du nicht wieder auf der Matte stehst und noch mal alles durcheinanderbringst«, konterte Trapp. »Wir haben einen ›Calis-Abreise-Jubiläumstag‹ seit inzwischen fünf Jahren. Und der wird alljährlich beinhart gefeiert. Mit Alkohol und der La-Ola-Welle.«

»Wie ich sehe, geht es euch prächtig und ihr liebt euch wie am ersten Tag«, schmunzelte Angelika. »Aber jetzt mal im Ernst. Wie geht's dir, Frau Oberkommissar?«

Martina Trapp war im Frühjahr 2012 bei einem gemeinsamen Einsatz mit ihrem Berliner Kollegen Thomas Calis angeschossen und schwer verletzt worden. Nach einem kurzen, aber intensiven Krankenhausaufenthalt war sie einfach abgehauen, als es ihr wieder besser ging. Immer Richtung Berlin, hatte sie beschlossen. Am Ende ihrer Reise war sie mit einem dicken Verband um die Brust auf dem Rasen des kleinen Gartens von Tante Louise gelandet – im Mondlicht, unter einem frühsommerlichen Sternenhimmel und im Arm eines überraschten Thomas Calis.

»Zieht nicht mal mehr, wenn ich lache«, winkte sie ab.

»Sie untertreibt«, stellte Thomas kategorisch fest und wurde ernst. »Es gab Nächte, da wachte sie schweißgebadet auf und zitterte am ganzen Körper. Wird noch etwas dauern, bis das vergeht.«

Er griff über den Tisch nach Martinas Hand und drückte sie.

»Dann halt sie gut fest«, riet Angelika leise und lehnte sich zu ihm. »Ist die Beste, die du bisher hattest. Und so viele gute laufen nicht herum.« Sie stand auf, nahm ihr Tablett und verschwand im Café.

Calis sah Martina an und nickte langsam. »Damit hat sie recht«, murmelte er.

»Womit?«, erkundigte sich Trapp und ließ den langen Eislöffel klirrend ins Glas fallen. Die beiden Japanerinnen waren aufgestanden, lächelten Thomas und Martina kurz zu und gingen ins Lokal zahlen. Der Tisch leerte sich.

»Dass ich weniger Kuchen essen sollte«, meinte Calis und betrachtete bedauernd das restliche Stück Torte. Dann schob er den Teller zurück.

Als sein Telefon läutete, ging das James-Bond-Thema fast im Verkehrslärm unter.

»Belästigst du noch die Regenwürmer?«, erkundigte sich Kriminaloberrat Frank Lindner, sein Chef, spöttisch. »Oder seid ihr nach der Brombeerernte schon zum gemütlichen Teil übergegangen? Bier, Bars und Bikini? Manchmal wünsche ich mir ja eine Videoverbindung.«

»Woher weißt du...?«

»... dass Martina in der Stadt ist?«, unterbrach ihn Lindner. »Du hast ja seit Tagen kein anderes Gesprächsthema mehr.«

»Also es ist eher Keks, Kaffee und Kuchen«, zählte Calis auf. »Was den Bikini betrifft...«

»Lass mich raten, es ist Frank«, schloss Trapp messerscharf und lehnte sich vor. »Sag ihm, wir fahren übermorgen gen Süden, und nein, wir nehmen ihn nicht mit. Sondern nur den Bikini!«

»Das habe ich gehört!«, rief Lindner so laut ins Telefon, dass Calis das Handy mit einer schmerzhaften Grimasse vom Ohr nahm. »Und ich nehme es persönlich! Aber vorher wäre es nett, wenn du in die Quedlinburger Straße 11 fahren könntest. Ihr seid wahrscheinlich sowieso in der Nähe.«

»Dir ist klar, dass übermorgen um siebzehn Uhr mein Urlaub beginnt?«, erkundigte sich Calis vorsichtig.

»Und bis dahin rinnt meiner Zeitrechnung nach noch viel Wasser unter der Röntgen-Brücke durch, um im Kiez zu bleiben«, gab Lindner trocken zurück. »Männliche Leiche, erhängt, Alter unbestimmt, Herkunft unbestimmt, Rasse unbestimmt, Wohnort unbekannt. Die üblichen Verdächtigen sind schon vor Ort – ›Winnetou‹ Bergner und Dr. Sternberg.«

»Ach komm, Frank, wir wollten uns noch einen ruhigen Abend machen! Ich hatte Nachtdienst und dann noch die Gartenarbeit ...«, versuchte es Thomas.

»Du hattest Bereitschaft, und es war nichts los«, schränkte Lindner unbarmherzig ein. »Und heißt es nicht: hart, härter, Gärtner? Nur noch getoppt durch Kleingärtner? Außerdem wird dich der Fall interessieren, und du würdest mir nie verzeihen, wenn ich jemand anders hinschicke.«

»Ist schon verziehen!«, entgegnete Calis rasch.

»Wie es aussieht, hängt er da seit zwanzig Jahren.«

»Wie bitte?« Thomas sah Martina mit großen Augen an – und doch durch sie hindurch ins Leere.

»Ich wusste, dass es dich interessiert«, stellte Lindner befriedigt fest. »Quedlinburger 11. Und nimm Martina mit. Vielleicht hat sie eine weibliche Eingebung.« Damit beendete er das Gespräch.

»Schönen Gruß von Frank«, versuchte es Calis lahm und nahm das Handy vom Ohr.

»Glaube ich dir nicht.« Martina schüttelte den Kopf. »Wie lautet die Adresse?«

GLENFINNAN, LOCH SHIEL, SCHOTTISCHES HOCHLAND/
SCHOTTLAND

Llewellyn hatte das Paket völlig auseinandergenommen und die einzelnen Bestandteile auf dem langen Küchentisch ausgebreitet: das an den Ecken durchgescheuerte braune Packpapier mit den Briefmarken, die Verschnürung mit dem dunkelroten Siegel, die schmucklose Pappschachtel, die chinesischen Zeitungsseiten und schließlich den Khukuri samt seiner Lederscheide.

Er hatte keinen Brief gefunden, keine Notiz an den ominösen Charles Parker, keinerlei Nachricht, keinen Absender.

Blieben die Briefmarken aus Hongkong und die Poststempel als einziger greifbarer Anhaltspunkt. Und vielleicht die Zeitungsseiten ... Llewellyn war allerdings ein wenig ratlos angesichts des überraschenden Relikts britischer Kolonialvergangenheit, das ihn ausgerechnet in Schottland erreicht hatte.

Siebenundvierzig Jahre zu spät.

Ein Dolch, mit vertrocknetem Blut bedeckt.

Adressiert an einen Mann, der wahrscheinlich längst nicht mehr lebte.

Jedenfalls nicht in Glenfinnan.

Oder lag er hier begraben auf dem kleinen Friedhof, dessen Grabsteine sich gegen den Wind zu stemmen schienen, der hier tagaus, tagein vom Loch Shiel herwehte?

Der Major trank noch einen Schluck Tee, betrachtete die Stücke auf dem Tisch vor ihm, bevor er zu seinem Parka griff, die Haustür hinter sich zuzog und sich in den kleinen dunkelgrünen Suzuki-Geländewagen quetschte. Er hatte ihn mit dem Haus übernommen, wie die Schubkarren oder die veraltete Brennerei, die versteckt im hintersten Winkel der windschiefen Scheune lag.

Der kleine Motor des Suzuki sprang sofort an, und Llewellyn kurbelte das Fenster herunter. Das verschaffte ihm etwas mehr Platz in dem japanischen Geländewagen, der dem Major stets wie ein zu klein geratener, rollender Schuhkarton vorkam. Wie konnte man in so etwas längere Strecken zurücklegen, wenn man mitteleuropäisch gewachsen war, so fragte er sich belustigt und beschleunigte zwischen den Rhododendronhecken in Richtung Dorfstraße.

Als die Räder des Suzuki über die Planken der schmalen Holzbrücke trommelten, die am Ende seines Grundstücks den schmalen Bach überspannte, fuhr vor ihm Pfarrer Martins vorüber, leicht erkennbar an seinem dunkelroten Morris Minor aus den Sechzigerjahren, den der begeisterte Oldtimerliebhaber hegte und pflegte und regelmäßig polierte.

Und wahrscheinlich jeden Abend für ihn betete, fügte Llewellyn im Geiste hinzu, damit er sich nicht in all seine Einzelteile zerlegte. Dann bog er auf die Dorfstraße ein und folgte dem geistlichen Gefährt zur Saint Mary & Saint Finnan Catholic Church, einer fast schwarzen Steinkirche, die aus dem Boden gewachsen zu sein schien und seitdem die Gegend um Glenfinnan beherrschte. Im neogotischen Stil erbaut, war sie 1873 eingeweiht worden und betörte jeden Besucher weniger durch ihren Innenraum als durch den spektakulären Ausblick auf Loch Shiel und die Berge der Umgebung.

Pfarrer Martins wartete auf Llewellyn vor der Kirchentür,

die Hand auf der schweren Klinke, und blickte ihm breit lächelnd entgegen.

»Ein verlorenes Schäfchen auf dem Wege zu Gott?«, erkundigte sich Martins gut gelaunt.

»Ich bin eher auf der Seite der grauen bösen Wölfe«, brummte Llewellyn und schüttelte dem Pfarrer die Hand. »Kennen Sie einen gewissen Charles R. Parker, Hochwürden?«

Martins runzelte die Stirn. »Parker? Sagt mir nichts... Nie gehört. Aber kommen Sie doch rein, Major, da redet es sich besser als zwischen Tür und Angel. Sie haben Glück. Ich bin nur vorbeigekommen, um ein paar Unterlagen zurückzubringen.«

Die Kirche in Glenfinnan wurde von der Pfarre Arisaig mitbetreut. Mit den Jahren war die katholische Gemeinde an den Ufern des Loch Shiel zu unbedeutend geworden, um den Aufwand eines eigenen Pfarrers zu rechtfertigen.

Llewellyn betrat hinter Martins das Innere der Kirche, das im Gegensatz zum dunkelgrauen Äußeren erstaunlich hell und freundlich gehalten war. Polierte braune Steinsäulen, zwei Reihen von Kirchenbänken, neue Messingleuchter. Über dem frisch renovierten Altar schien die Sonne durch ein überraschend großes, rundes Bleiglasfenster, das Llewellyn an ein Kaleidoskop erinnerte.

Die bunten Lichtflecken, die über den Boden und die Wände tanzten, machten den Innenraum der Kirche geradezu fröhlich.

»Parker«, murmelte Martins nachdenklich, während er neben dem Major durch die Bankreihen schritt. »Wann und wo sollte der in Glenfinnan gelebt haben?«

»In den späten Sechzigerjahren«, erwiderte Llewellyn. »Und was die Adresse betrifft, so müsste er in meinem Haus gelebt haben.«

»In Slatach House?«, fragte der Pfarrer überrascht, ging am Grab von Father Donald MacDonald vorüber und bekreuzigte sich. MacDonald war der erste Pfarrer von Saint Mary gewesen und hatte jener reichen und mächtigen Familie angehört, die das Gotteshaus errichtet hatte.

Dann stieß Martins die Tür zur Sakristei auf. Der Geruch nach Weihrauch und Staub, abgestandener Luft und alter Kleidung schlug Llewellyn entgegen.

»Eine Messe pro Woche bringt nicht gerade viel Leben in eine Kirche«, meinte Martins entschuldigend und öffnete eines der alten Holzfenster. »Viele Gotteshäuser in England sind bereits entweiht worden, umgewidmet und verkauft. Immer öfter werden Kirchen zu Kindergärten, Fitnesscentern, Cafés oder Bankfilialen. Die Kirche, die einmal Träger der Zivilisation, der Kultur und der gesellschaftlichen Entfaltung war, zieht sich zurück. Geräumt werden jahrhundertealte Positionen der Religion, frühere wichtige Knotenpunkte abendländischer Kultur. Licht aus, Tür zu. Irgendwann wird dieses Schicksal auch Saint Mary ereilen.«

Er stellte seine Umhängetasche auf den Tisch und zog ein paar Mappen heraus.

»Doch zurück zu Ihrem Charles Parker.« Martins öffnete einen der Schränke, stellte die Ordner zurück an ihren Platz und holte ein schweres, dickes Buch aus dem untersten Regal. »Die Kirchenchronik«, erklärte er Llewellyn. »Geburten und Todesfälle, Hochzeiten und Taufen. Ein Abriss des Lebens in Glenfinnan seit der Erbauung der Kirche. Wenn Charles R. Parker hier geboren wurde, heiratete, ein Kind taufen ließ oder das Zeitliche segnete, dann wird es hier erwähnt. Schwarz auf weiß.«

Doch es stand nichts in der Kirchenchronik. Keine einzige Eintragung, die einen Charles R. Parker betraf.

»Das ist seltsam«, murmelte der Major.

»Nun, nicht unbedingt«, entgegnete Martins. »Wenn dieser Parker von außerhalb hierherzog, hier lebte, aber nicht heiratete, keine Kinder hatte und vor seinem Tod wieder wegzog, dann hinterlässt er keine Spuren in der Kirchenchronik.« Der Pfarrer schlug das Buch wieder zu und lächelte dünn. »Ausnahmen wären eine hohe Spende oder die Stiftung neuer Kirchenglocken.«

»Dann können wir davon ausgehen, dass Parker nicht aus Glenfinnan stammte, sondern wie ich vielleicht erst im Pensionsalter hier auftauchte«, meinte Llewellyn nachdenklich. »Und vor seinem Tod wieder verschwand.«

Martins nickte bedächtig. »Das würde auch erklären, warum er nicht hier heiratete und keines seiner Kinder hier geboren wurde.«

»Hier auf dem Friedhof liegt er sicher nicht, das steht fest. Und weiter kann ich Ihnen leider nicht helfen bei Ihrer Suche. Ich selbst stamme aus Edinburgh und habe die Pfarre erst vor neun Jahren übernommen. Sie müssten mit jemandem sprechen, der hier geboren wurde oder die späten Sechzigerjahre hier erlebte und diesem Parker begegnet sein könnte.« Er legte den Finger auf die Lippen und überlegte.

»Gehen Sie im Geist Ihre Schäfchen durch?«, erkundigte sich Llewellyn mit einem spöttischen Unterton. »Sollte nicht allzu lange dauern. Maximal drei Bänke besetzt jeden Sonntag... die Stapel von wärmenden Wolldecken mitgerechnet.«

Das trug ihm einen strafenden Blick von Martins ein. »Wir sind hier nicht in London oder Sheffield, Major. Jeder fünfte Einwohner kommt am Sonntag in Glenfinnan zum Gottesdienst. Das ist doch kein schlechter Schnitt.«

»So gesehen...«, musste Llewellyn zugeben und trat ans

Fenster. »Wen hätten wir denn da? Den alten Postmeister, Henry?«

»An den habe ich auch schon gedacht, aber der kam erst in den Siebzigerjahren wieder zurück aus den Fabriken am Steel River, um hier die Verteilung der Post zu übernehmen«, ergänzte Martins. »War wohl besser für seine Gesundheit. Seine Frau ist vergangenes Jahr gestorben. Die wäre eine perfekte Kandidatin gewesen. Hell im Kopf und ein Gedächtnis wie ein Elefant.«

»Linda und Trevor, die beiden Besitzer des Bed and Breakfast?«, schlug Llewellyn vor.

Der Pfarrer schüttelte den Kopf. »Die zogen erst in den Neunzigern hierher, Stadtflüchtige. Haben sich gut eingelebt, sind schottischer geworden als die Einheimischen, kommen aber ursprünglich aus Liverpool.«

»Gab es hier früher eine Polizeistation?«, wollte der Major wissen.

»Ach, wo denken Sie hin?« Martins lächelte und strich sich eine dichte schwarze Haarsträhne aus der Stirn. »Hier gab es vielleicht alle fünf Jahre einen Verkehrsverstoß auf der Hauptstraße. Die nächste Wache ist mehr als dreißig Kilometer entfernt.« Er winkte ab. »Außerdem haben selbst da seit den späten Sechzigerjahren die Beamten mindestens zwei Mal gewechselt. Aber ich denke gerade an Mrs Burns ...«

»Die Besitzerin des Tante-Emma-Ladens?«, wunderte sich Llewellyn. »Die ist noch keine vierzig, oder?«

»Aber ihre Mutter, Elizabeth MacDonald, ist nicht nur hier geboren, sondern hat das Dorf nie verlassen, zumindest hat sie mir das vor zwei Wochen erzählt«, erinnerte sich Martins. »Sie ist über drei Ecken mit dem Kirchengründer verwandt und hat ihre Kinder zu Hause zur Welt gebracht, weil sie eher an die Kraft der schottischen Frauen als an die Kunst der schottischen Ärzte glaubte.« Der Pfarrer schmunzelte. »MacDonald ist eine Frau, die ihr ganzes Leben mit beiden Beinen auf dem steinigen Boden hier stand. Als kleines Mädchen fischte sie mit ihrem Vater im Loch Shiel bei jedem Wetter, warf ihren Ehemann hinaus, als der jedem Rock in der Umgebung nicht nur nachstarrte, und zog daraufhin ihre beiden Töchter alleine auf, ohne ein einziges Mal zu klagen. Eine studierte in Edinburgh und lernte da ihren späteren Mann kennen, die andere, namens Elizabeth nach ihrer Mutter, übernahm den Laden hier in Glenfinnan und heiratete einen Mr Burns, der die Einsamkeit allerdings genau zwei Jahre aushielt. Dann war er wieder weg.«

»Wo finde ich Elizabeth MacDonald-Burns?«, erkundigte sich Llewellyn neugierig.

»Sie lebt unten am Wasser, in einem der kleinen Häuser bei der Lachsfarm«, antwortete Martins und schloss das Fenster wieder. »Es ist leicht zu erkennen. Der Garten ist um diese Zeit ein einziges Blütenmeer. Elizabeth ist zwar eine harte Frau wie ihre Mutter, aber sie hat einen grünen Daumen.«

*

Als Llewellyn den kleinen Parkplatz am Ufer von Loch Shiel erreichte, sah er sofort, was Pfarrer Martins gemeint hatte. Zwischen all den anderen Vorgärten, die mit Holzstapeln, trocken gelegten Fischerbooten oder alten Autos fast vollständig zugeparkt waren, stach die gepflegte Blumeninsel wie ein fröhlicher bunter Teppich sofort heraus. Das Haus dahinter war ein landestypischer, niedriger Steinbau mit kleinen grün gestrichenen Fenstern und einem Messingklopfer an der Eingangstür. Doch bevor Llewellyn danach greifen konnte, öffnete sich die Tür, und eine schlanke, sportliche Frau in Jeans und übergroßem Pullover mit roten, zu einem Zopf geflochtenen Haaren stand vor ihm.

Elizabeth war jünger, als der Major erwartete hatte. Sie mochte fünfzig Jahre alt sein, vielleicht auch ein wenig älter, aber das war schwer zu schätzen.

»Ich glaube, ich möchte Ihre Mutter sprechen.« Der Major grinste zur Begrüßung und streckte der Hausfrau die Hand entgegen. »Llewellyn Thomas, ich bin vor wenigen Wochen in Slatach House eingezogen. Pfarrer Martins schickt mich, aber ich glaube für das, was ich wissen möchte, sind Sie definitiv zu jung.«

»Ist schon sehr lange her, dass mir jemand so etwas gesagt hat«, antwortete die Rothaarige, schüttelte mit festem Griff Llewellyns Hand, sah ihn forschend an. »Damals versuchte ich, mich in einen Film im Kino von Inverlochy hineinzustehlen. Ging schief.«

Sie machte keine Anstalten, Llewellyn hereinzubitten, und blieb abwartend in der Tür stehen. »Sind Sie aus der Stadt hierhergezogen?«.

»Aus London.«

»Sie sehen nicht wie einer der typischen Stadtflüchtlinge aus«, stellte MacDonald fest, während sie Llewellyn nicht aus den Augen ließ. »Blass, übergewichtig, überheblich und gelangweilt.«

»Und Sie sehen nicht aus wie die typische alleinstehende schottische Landfrau«, konterte der Major. »Verbraucht, abgehärmt, frustriert und gelangweilt.«

»Patt«, nickte MacDonald, und ihre Augen blitzten.

»Sie haben einen bemerkenswerten Garten.«

»Schmeicheleien bringen Sie bei mir nicht weiter«, erwiderte Elizabeth MacDonald unbeeindruckt, aber mit einem sanfteren Unterton in der Stimme. »Die MacDonalds waren noch nie für ihre Eitelkeit bekannt. Das sollte Ihnen Pfarrer Martins eigentlich verraten haben. Wofür bin ich also definitiv zu jung?«

»Sagt Ihnen der Name Charles R. Parker etwas? Er lebte in Slatach House Ende der Sechzigerjahre.« Llewellyn ließ die Hausfrau nicht aus den Augen. Doch Elizabeth MacDonald verzog keine Miene.

»Und wenn?«, erwiderte sie vorsichtig, lehnte sich an den Türrahmen und verschränkte die Arme. »Warum interessiert Sie das?«

Der Major überlegte kurz und entschloss sich für die Wahrheit. »Weil ich heute per Post ein Paket für ihn erhalten habe, das 1969 in Hongkong abgeschickt wurde. Inhalt? Ein blutiger nepalesischer Dolch. Absender? Keiner.«

MacDonald sah ihn stumm an. Kein Erschrecken, keine Regung, ja nicht einmal Erstaunen. Die Sonne war hinter den schnell ziehenden Wolken verschwunden, und ein frischer Wind wehte vom See her.

»Wer sind Sie, Llewellyn Thomas?«, erkundigte sich die Frau schließlich leise, ohne den Major aus den Augen zu lassen.

»Ein starrköpfiger Waliser. Wer war Charles Parker?«, gab Llewellyn unbeirrt zurück. Seine eisgrauen Augen wurden mit einem Mal kalt. »Und was wissen Sie über ihn?«

Elizabeth senkte den Kopf und schien zu überlegen. Dann trat sie zur Seite und stieß die Tür weiter auf. »Kommen Sie herein, ich mache uns einen Tee.«

Das Wohnzimmer mit der niedrigen Decke war gemütlich eingerichtet, es roch nach Holz und frisch gekochter Marmelade. Im Kamin brannte ein knisterndes Feuer, das von Zeit zu Zeit zischend Funken sprühte. Das lange Sofa davor war mit unzähligen Kissen bedeckt, einige lagen auch über dem Boden verstreut.

»Keine Katze?«, fragte Llewellyn ironisch und MacDonald lachte auf.

»Man sollte nicht jedes Klischee bemühen«, antwortete sie. »Außerdem komme ich auch ganz gut alleine aus. Und die Haare überall würden mich wahnsinnig machen.«

Der Major lehnte sich an die Theke, die das Zimmer von der offenen Küche trennte, und beobachtete MacDonald, wie sie heißes Wasser aus einer altmodischen Kanne in zwei riesige Becher goss.

»Ich war ein Teenager, als Parker hier auftauchte«, begann sie mit einem Mal zu erzählen, stellte den dampfenden Becher vor Llewellyn ab, schob Kandiszucker und ein Fläschchen Rum daneben und lehnte sich von der anderen Seite an die Theke.

»Er war ein seltsamer Mann, geheimnisvoll, etwas steif, groß gewachsen und dünn wie eine Bohnenstange. Er blieb immer für sich, sprach mit wenigen, und auch meine Eltern wollten nicht, dass wir uns mit ihm unterhielten.«

»Wann war das?«, hakte Llewellyn nach.

»Das muss so gegen 1965 oder 1966 gewesen sein«, antwortete MacDonald. »Mein Vater starb zwei Jahre später, ertrank in einem schweren Sturm am Loch Shiel. Da war ich gerade vierzehn, und ab da war es aus mit der Fischerei in der Familie. Meine Mutter ließ mich nie mehr hinaus auf das Wasser.«

»Dafür standen Sie immer öfter im Laden?« Llewellyn goss ein wenig Rum in seinen Tee und kostete vorsichtig.

MacDonald nickte. »In dem Charles Parker einkaufte«, brachte sie das Gespräch wieder auf das ursprüngliche Thema. »Keiner wusste, woher er kam. Er lebte allein in Slatach House, zurückgezogen. Kochen war wohl nicht so sein Ding, Genuss nicht seine oberste Priorität. Das konnte man an seinen Einkaufskörben sehen.«

»Wie alt war er?«, wollte Llewellyn wissen.

Die rothaarige Frau zuckte die Schultern. »Ich war damals ein Teenie, für uns waren alle über fünfundzwanzig steinalt. Aber ich denke, Parker war so Mitte dreißig, als er hier auftauchte.«

»Ging er zur Kirche?«

Die Frau schüttelte den Kopf. »Ganz sicher nicht. Jedenfalls habe ich ihn da niemals gesehen.«

»Der Laden Ihrer Mutter war doch zugleich auch das Post Office, oder täusche ich mich? Der Tee ist übrigens köstlich, und nein, das soll kein Einschmeicheln sein.« Llewellyn nahm einen großen Schluck.

MacDonald lächelte. »Nun, das Post Office war durch einen breiten Durchgang mit dem Laden verbunden, zumindest bis in die Neunzigerjahre«, erinnerte sie sich. »Da gab es auch noch Mr Yates als Postmeister. Heute macht meine Tochter beides – sie verkauft im Laden, sortiert die ankommenden Briefe für Andrew vor und nimmt die wenige lokale Post entgegen.«

»Bekam Charles Parker viel Post?«, erkundigte sich Llewellyn.

»Hmm ... Darüber habe ich nie nachgedacht, aber jetzt, wo Sie es sagen – nein, eher nicht. Er kam auch zu uns in den Laden einkaufen und nicht in das Post Office. Oder nur ganz selten.« Elizabeth sah Llewellyn nachdenklich an. »Es gab da ein Gerücht ...«

»Lassen Sie mich raten. Parker war ein Frauenschreck?«, versuchte es der Major grinsend.

»Blödsinn«, MacDonald schüttelte den Kopf und rollte die Augen. Dann drehte sie sich um und holte die Kanne mit dem heißen Wasser vom Herd. »Was für einen Job haben Sie, Mr Thomas?«

»Llewellyn klingt besser. Und was spielt mein Job für eine Rolle?«

»Beantworten Sie jede Frage mit einer Gegenfrage?«, schnappte MacDonald.

»Nur jene, die ich nicht für relevant halte«, konterte der Major kalt. »Hat es etwas mit Parker zu tun, oder interessiert es Sie einfach? Ich bin im Ruhestand.«

»Erstaunlich fit für einen Städter Ihres Alters, militärisch kurzer Haarschnitt, kein Anhang.« Elizabeth MacDonald goss den Tee auf. »Ihre breiten Schultern verraten das regelmäßige Training, Ihr Parka stammt von einem sehr bekannten Heeresausstatter, und Ihre Schuhe sind für unsere Landschaft völlig ungeeignet. Weiche, griffige Sohlen. Eher etwas, um sich unbemerkt anzuschleichen. Tun Sie das, Mr Llewellyn? Sich unbemerkt anschleichen.«

»Major Llewellyn, und meist breche ich eher durch die Büsche wie ein wütender Büffel. Man kann Ihnen nicht viel verheimlichen. Sind Sie mit Sherlock Holmes verwandt, Mrs MacDonald-Burns?«

»Und mit wem sind Sie verschwägert?«, gab sein Gegenüber ungerührt zurück. »Mit Ian Fleming? Nennen Sie mich Liz und lassen Sie den Namen dieses Weicheis weg, das machen alle hier.«

Llewellyn musste schmunzeln. »Gern, doch zurück zu Parker. Was war das für ein Gerücht, das hier die Runde machte?«

»Dass er ein Spion sei, im Kalten Krieg noch kälter gestellt«, meinte Liz leise. »Dafür sprach auch sein Ende...«

»Wie meinen Sie das?« Llewellyn runzelte die Stirn.

»Er verschwand einfach, von heute auf morgen, so als hätte es ihn nie gegeben.« Elizabeth MacDonald legte die Hände an den heißen Becher. »Eines Tages war er weg, Slatach House leer. Der Schlüssel steckte außen im Schloss. Als ein paar Männer aus dem Ort nachschauen gingen, fanden sie keinerlei persönliches Hab und Gut. Keine Kleidung, keine Bilder, Bücher oder Fotos, keinerlei Habseligkeiten, ja nicht einmal einen Koffer. Es war, als hätte es Mr Charles R. Parker nie gegeben.«

Quedlinburger Strasse 11, Berlin-Charlottenburg/
Deutschland

Es war ein Spaziergang von vielleicht zwanzig Minuten gewesen, ein paar Blocks, immer die Quedlinburger Straße hinunter. Einige wenige Einsatzwagen parkten auf dem breiten Gehsteig, das Absperrband, das in der leichten Mittagsbrise flatterte, war eigentlich völlig überflüssig. Kein Schaulustiger hatte sich eingefunden, und selbst die Berliner Presse hatte offenbar wichtigere Termine.

Abgesehen von zwei uniformierten Polizisten, die vor der Tür des heruntergekommenen Wohnhauses Wache schoben, interessierte der Tote in der Quedlinburger Straße ganz eindeutig niemanden.

»Wenigstens gibt es morgen keine Fotos von dir mit rosa Condomi-Schirm in den Medien«, meinte Martina spöttisch in Anspielung an einen großen Fall, den Calis fünf Jahre zuvor gelöst hatte und der internationales Aufsehen erregt hatte. »Ist zur Abwechslung auch mal was Beruhigendes.«

Thomas zog eine Grimasse und murmelte etwas Unverständliches, während er das Absperrband anhob und drunter hinwegschlüpfte. Er erkannte den zerschrammten Wagen Dr. Sternbergs, der ein paar Meter weiter geparkt war, während der Van der Spurensicherung, quer über den Bürgersteig abgestellt, den Eingang des Hauses verdeckte.

»Hier können Sie nicht...«, setzte einer der Polizisten

an, doch der andere hatte Calis erkannt und legte seinem Kollegen die Hand auf den Arm. »Das ist Calis von der Mordkommission«, meinte er grinsend, »auch wenn's nicht so aussieht.«

Der erstaunte und belustigte Blick des Uniformierten ärgerte Thomas ein wenig. Dann schaute er an sich hinab und musste selbst lächeln. Er sah einem Stadtstreicher ähnlicher als einem Beamten der Kriminalpolizei. Martina vermied alle Diskussionen, indem sie einfach ihren Ausweis aus der Hose zog und den Uniformierten vor die Nase hielt.

»Kripo Frankfurt? Willkommen in der Hauptstadt!«, salutierte der eine, während der andere neugierig Trapp beäugte und dann meinte: »Nette Abwechslung. Und auch noch gut aussehend. Gehen Sie ganz rauf, da spielt die Musik. Bergner dirigiert, Dr. Sternberg spielt die erste Geige, und das Fußvolk versucht, das Tempo zu halten.«

»Haben Sie einen Klavierkurs in der Abendschule belegt?«, wollte Calis wissen und blickte an der Fassade hoch.

»Nein, ich spiele in einer Hardrock-Band und kann sogar Noten lesen«, kam die ironische Antwort, und Martina musste ein Lachen unterdrücken, während sie sich im Hausflur aufmerksam umsah. In der Staubschicht konnte man jeden einzelnen Fußabdruck genau erkennen. Die Holztreppen knarrten unter ihren Schritten, als Martina und Thomas höher und höher stiegen. Stimmen ertönten von oben, der Bass Arthur Bergners, Spitzname Winnetou und seines Zeichens Leiter der Spurensicherung, war nicht zu überhören.

Er klang alles andere als glücklich.

»Irgendwie melancholisch, so ein leeres Haus«, bemerkte Trapp, nachdem sie am zweiten Stock die Schwingtür aufgestoßen hatte und durch die verlassenen Räume gewandert war. »Die Seele ist schon lange weg, eine leere Hülle übrig geblieben. Vielleicht ist die Zukunft dieses Haus bereits vor Jahren gestorben.«

»Es wartet nur mehr auf den Abriss«, stellte Calis fest und zog mit dem Finger eine Spur in den dicken Staub am Fensterbrett. Am Boden lagen vergilbte, alte Akten über die Bretter verteilt.

»Vernichtet ihr gerade meine Spuren?«, tönte Bergner von der Tür her, die Hände in die Seiten gestützt, und kniff die Augen zusammen, als er Thomas näher anschaute. »Ist das der neue schmutzig-maskuline Stil, den du da propagierst? Nach rosa Parapluie nun criminal trash? Das wird ja zu einer Manie bei dir. Seit du diese Gartenlaube geerbt hast, kannst du dir scheinbar keinen vernünftigen Anzug mehr leisten, sondern versenkst dein Bares nur in Beeten und Rabatten.«

Bevor Calis etwas erwidern konnte, hatte Bergner bereits Trapp erblickt.

»Das muss die berühmt-berüchtigte Kollegin aus Frankfurt sein, die es geschafft hat, diesem Laubenpieper-Maulwurf ein wenig Zivilisation aufzudrängen. Arthur Bergner.« Er schüttelte Martina die Hand. Dann, nach einem weiteren missbilligenden Blick auf das fleckige T-Shirt und die zerrissenen Jeans von Calis, meinte er: »Die Mumie hängt noch zwei Stock höher. Folgt mir.«

»Was kannst du mir erzählen?«, fragte der Kommissar, während sie hinter Bergner die geschwungene Treppe hinaufstiegen.

»Wenig bis gar nichts«, erwiderte Bergner. »Männliche Leiche, erhängt, von der Decke baumelnd, mumifiziert. Spuren längst verweht, zugedeckt vom Lauf der Zeit. Poetisch, nicht wahr? Sollte ich mir aufschreiben. Ich sollte überhaupt ein Buch schreiben.«

»Nicht du auch noch! Das tut heute schon jeder. Gewaltsamer Tod?«, unterbrach ihn Calis seufzend.

»Bin ich Hellseher?«, entgegnete Bergner mürrisch. »Aber es würde mich wundern. Der hängt hier seit mindestens zwanzig Jahren ab und ist auch nicht besser geworden dadurch. Der Dottore hat irgendetwas vom Berliner Ötzi gemurmelt. Wir haben einen umgeworfenen Stuhl in einer Ecke des Raums gefunden, ein bisschen weit weg von der Leiche, wenn du das meinst. Aber wer weiß, wer inzwischen schon mal hier war?«

»Sternberg? Ist tatsächlich oben bei der Arbeit?«, erkundigte sich Thomas spöttisch. »War keine Kneipe in der Nähe?«

»Nein, ich hab ihn gleich reingelassen, und er hatte keine Chance zu suchen«, gab Bergner grinsend zurück. »Und der Puff gegenüber hat ihn nicht gereizt. Außerdem waren da keine Spuren, die er hätte vernichten können. Sie waren bereits längst dem Staub der Jahrzehnte zum Opfer gefallen. Du hast ja selbst gesehen, wie viel Dreck sich in der verlassenen Hütte hier angesammelt hat.« Bergner verzog das Gesicht. »Ach ja, noch etwas. Eine Studentin hat die Leiche gefunden. Sie hat im Auftrag des Bauamtes das Haus kontrolliert, weil sich die Anwohner über abfallenden Putz von der Fassade beschwerten. Da ist ihr Name und das ihre Adresse. Ich hab sie einen Block weiter in ein Café geschickt. Hier gibt's ja nicht mal einen sauberen Sessel zum Niedersetzen. Sie wartet dort auf dich.«

Er reichte Calis einen kleinen Zettel, wies dann auf die Stufen vor ihnen. »Und nun gebt Acht, hier oben ist die Treppe nur sporadisch vorhanden.«

Dr. Sternberg kniete neben einer Trage, auf der ein dunkelbrauner, vertrockneter Körper lag. Als Thomas näher kam, bemerkte er, dass die Leiche überraschend klein war und einen zwar staubigen, aber erstaunlich gut erhaltenen Anzug trug. Er ging neben dem Mediziner in die Hocke und betrachtete aufmerksam das schmale Gesicht mit den langen schwarzen Haaren, den eingefallenen Augen und dem schütteren Kinnbart.

Sternberg blickte auf.

»Ah! Willkommen! Die Crème de la Crème der Berliner Kriminalistik ist eingetroffen! Wolltest du nicht in Urlaub fahren?«, begrüßte er Calis, sah ihn genauer an und runzelte die Stirn. »Mir ist ja klar, dass der Beruf des Kommissars nicht überbezahlt ist, aber musstest du unbedingt einen Nebenjob beim Straßenbau annehmen?« Er nickte Trapp zu, die neugierig den Leichnam betrachtete, dann wandte er sich wieder an Calis. »Der sollte dich nicht aufhalten, Wien unsicher zu machen. Auf den ersten Blick wie auf den zweiten – Tod durch Erhängen. Und das vor mindestens fünfzehn bis zwanzig Jahren, wenn nicht noch länger.«

Der Arzt und Calis kannten sich seit Jahren. Thomas schätzte die Intuition des Mediziners und Sternberg die ruhige Art des jungen Kommissars.

Der Mediziner stand auf und zog die dünnen Einweg-Handschuhe aus.

»Eine rechtsmedizinische Untersuchung so lange nach dem Tod kann allenfalls eine große Gewalteinwirkung nachweisen«, stellte er fest. »Vielleicht auch noch eine Vergiftung mit hochtoxischen Mitteln. Aber schon der Einstich einer Injektionsnadel ist praktisch nicht mehr zu finden. Dazu verändert sich das Erscheinungsbild des Körpers zu sehr.«

»Was kannst du mir sonst noch sagen, Dr. Jekyll?«, erkundigte sich Calis.

»Was genau willst du hören? Lass uns mit der Mumifizierung beginnen, vielleicht verstehst du dann, dass wir hier an die Grenzen stoßen. Bei der sogenannten Mumifikation erfolgt die Konservierung auf natürlichem Wege, beispielsweise durch eine niedrige Umgebungstemperatur in Verbindung mit trockener Luft.«

Der Arzt wies auf das offene Fenster.

»Hier zum Beispiel hatten wir einen ständigen Luftaustausch. Das andere offen stehende Fenster im Gang sorgte für einen Kamineffekt, lebhafter Durchzug also. Was dem Ötzi sein Eis ist, das haben wir hier unter dem Dach: Wärme, Trockenheit in Verbindung mit ständigem Luftaustausch. Das Prinzip Parmaschinken.«

Calis verzog das Gesicht. »Das war jetzt gemein. Der hat mir bisher immer geschmeckt.« Er ging in die Knie und besah sich die Leiche näher. »Nun, bei dem guten alten Ötzi haben die Wissenschaftler auch alles herausgefunden: Mageninhalt, Verletzungen, körperliche Gebrechen, Fitness-Zustand, woher er kam, wohin er wollte. Nimm dir ein Beispiel – an die Arbeit, Dottore!«

»Wie viele Millionen hast du zur Verfügung?«, wollte Sternberg wissen. »Das hier ist Berlin, die hochverschuldete Hauptstadt. Ötzi wurde 1991 in der Grenzregion zwischen Nord- und Südtirol gefunden und wird seither wie ein wissenschaftlicher Wanderpokal von Institut zu Institut, von Untersuchung zu Untersuchung, von Geldtopf zu Studienfonds gereicht. Es gibt nichts, was die Experten nicht mit der tiefgekühlten Mumie angestellt haben, bis zum Scan. Die hatten bisher auch mehr als zwanzig Jahre Zeit dafür.«

Der Kommissar schwieg. Die eingetrocknete Mumie zu seinen Füßen schien ihn anzugrinsen.

»Unser Toter ist vom Scheitel bis zur Ferse gemessen hundertvierundfünfzig Zentimeter groß und wiegt rund zehn Kilogramm, was auch für eine Mumie wenig ist. Im Vergleich dazu ist Ötzi um einiges schwerer, obwohl er nur etwas größer ist. Nun darf man nicht vergessen, dass sich durch den Mumifizierungsprozess die Körpergröße verringert. Wir können also annehmen, dass der Tote zu Lebzeiten so um eins fünfundsechzig, vielleicht eins siebzig groß war, hager, vom Körperbau her könnte es ein Asiate gewesen sein. Aber das ist vorläufig nur eine Vermutung. Durch die trockene Luft bleibt kein Wasser im Körper, und deshalb schrumpft der, schrumpelt wie eine Dörrpflaume. Wir bestehen nun mal zu siebzig Prozent aus Wasser.«

»Ist es nicht so, dass die inneren Organe trotzdem verwesen und es daher im wahrsten Sinne des Wortes zum Himmel stinkt?« Martina Trapp hatte am Fenster gestanden, nun trat sie zu Dr. Sternberg und streckte ihm ihre Hand entgegen. »Martina Trapp, Kripo Frankfurt und nur inoffiziell hier.«

»Dachte ich mir. Ich habe bereits jede Menge von Ihnen gehört«, Sternberg nickte, »und nur Gutes, auch wenn unser gemeinsamer Freund Calis manchmal zu Übertreibungen neigt. Ist bei Ihnen nicht der Fall ... Also, zu Ihrer Frage. Wenn es trocken und warm ist und zudem ein Luftaustausch stattfindet, dann verwesen zwar die inneren Organe, aber der restliche Körper trocknet ein. Sie haben recht, diese Verwesung ruft tatsächlich wochenlange, schwere Geruchsbelästigungen hervor. Aber ...«, Sternberg trat ans Fenster und wies hinaus, »rechts Treibstoff- und Heizöltanks, links ein Heizkraftwerk, gegenüber eine riesige Autowerkstatt. Die Leiche im obersten Stockwerk, dazu offene Fenster und Durchzug – hier hat niemand etwas gerochen.«

»Und der Staub hat nach und nach alle Spuren zugedeckt«, ergänzte Bergner. »Tatsächlich haben der Tote und der Tatort einiges gemeinsam. Es sind zwanzig Jahre vergangen, und wir werden nichts mehr finden, ohne Unsummen von Geld und Zeit zu investieren.«

»Könnte Mord gewesen sein«, warf Calis ein.

»Oder Selbstmord ... oder irgendjemand hat im Laufe der letzten Jahrzehnte zufällig den Toten gefunden und den Tatort verändert«, gab Bergner zu bedenken. »Hier ist alles möglich. Das ist der Stuhl da drüben, der für meinen Geschmack ein wenig weit weg liegt, aber wer weiß?«

»Mit einem ordentlichen Tritt rutscht der schon so weit über den Holzboden«, meinte Sternberg. »Ist durchaus möglich, dass der Mann sich die Schlinge um den Hals gelegt hatte, dann ins Leere gesprungen ist und in seinen letzten Augenblicken mit den Füßen um sich getreten hat.«

Alles schwieg und blickte sich um.

Sessel, Schlinge, Schwingtür, offenes Fenster.

Die Mumie.

»Dazu kommt, dass die Studentin, die ihn gefunden hat, Stein und Bein schwört, dass der Riegel innen vorgelegt war«, gab Bergner zu bedenken. »Sie hatte ihn mit ihrer Nagelfeile angehoben und war dann erst in den Raum gekommen. Also doch eher Selbstmord, und niemand störte die Totenruhe all die Jahre. Sind aber alles bloß Vermutungen. Konkrete Spuren? Keine.«

»Ja, dann...« Calis versenkte ratlos die Hände in den Hosentaschen. »Machen wir uns auf ins Café, reden wir mit ihr. Am Abend treffen wir uns wie geplant mit John Finch, der ist seit heute Morgen bei der Internationalen Luftfahrtausstellung in Berlin, und übermorgen...« Er gab Martina einen Kuss auf die Wange. »...übermorgen gehen wir in Urlaub.«

Kapitel 2

DER SCHATTEN
DER VERGANGENHEIT

1. September 1940

VOR DER SIBIRISCHEN KÜSTE/OSTSIBIRISCHE SEE

»Die Wrangelinsel liegt direkt nördlich von uns.«

Strübner, der Erste Offizier, tippte mit dem Bleistift nachdenklich auf die Seekarte, während Kapitän Tyssen den russischen Eisbrecher *Kaganowitsch* bei seinem Ankermanöver beobachtete. Ein gedämpftes gelbliches Licht verbreitete auf der Kommandobrücke eine fast anheimelnde Atmosphäre. »Uns bleiben noch rund vierhundert Seemeilen bis zur Beringstraße.«

Tyssen antwortete nicht. Die Nasenspitze fast an der Scheibe, versuchte er die Dunkelheit zu durchdringen. Die Scheinwerfer am Vorderschiff waren ausgefallen, und so konnte er nur aus den spärlichen Funkmeldungen der Russen darauf schließen, wie ihr Ankermanöver verlief. Schließlich gab er das Kommando, längsseits zu gehen, fuhr sich mit beiden Händen über das Gesicht und atmete auf. Die gesamte Mannschaft war erschöpft, und ein Tag Ruhe würde allen guttun.

Die letzten 24 Stunden waren die Hölle gewesen.

Trotz der Fahrtrinne, den die *Kaganowitsch* ins immer dicker werdende Eis gebrochen hatte, war die *Komet* zwischen den tonnenschweren Blöcken stecken geblieben – ausgerechnet in stockdunkler Nacht. Im Licht der Scheinwerfer hatten alle bis zur Erschöpfung gearbeitet, um den Hilfskreuzer wieder freizubekommen.

Zwei Stunden später war die *Komet* erneut auf Eis gelaufen, hatte sich in den meterhoch auftürmenden Schollen verkeilt, war wieder festgesteckt, mitten in einem Schneesturm, der ihnen die Sicht genommen hatte. Als Tyssen fluchend erneut die Scheinwerfer eingeschalten hatte, hatte es ausgesehen, als bildeten die Flocken eine flimmernde Wand aus Schnee, die sich auf sie zuschob.

Die Natur hatte ihnen den Krieg erklärt, und Tyssen war zum ersten Mal auf dieser Reise unsicher geworden. Er wusste, dass man gegen ein wütendes Meer und entfesselte Elemente nur den Kürzeren ziehen konnte. Von den amerikanischen Kriegsschiffen, von denen dieser Reichert gefaselt hatte, ganz zu schweigen.

Kaum hatte er den Gedanken verdrängt, war das Unglaubliche geschehen – einer nach dem anderen waren alle Scheinwerfer erloschen, und die Dunkelheit hatte sich wie ein schwarzes Leichentuch über das Schiff gelegt.

Nach einer Schrecksekunde hatte Tyssen die Mechaniker losgeschickt und auf das Mundstück seiner Pfeife gebissen. Doch ihre Pechsträhne war noch nicht zu Ende. Kurz danach war bei dem verzweifelten Versuch, rückwärtszulaufen und sich freizukämpfen, das Ruder schwer beschädigt worden. Daraufhin hatte Tyssen das Kommando »Alle Maschinen volle Kraft voraus« gegeben, nur um erneut gegen eine massive Barriere aus Eis anzulaufen, in der sich der Hilfskreuzer mit einem donnernden Ruck festbiss. Ein Matrose, der sich im Dunkel zu weit über die Reling gebeugt hatte, war durch den unerwarteten Zusammenprall mit den riesigen Blöcken über Bord gefallen und sofort zwischen Eisschollen zerquetscht worden. Seine Leiche konnte in der Dunkelheit nicht entdeckt werden, und Tyssen hatte anderes zu tun, als ohne funktionierende Scheinwerfer länger nach ihm suchen zu lassen.

»Diese Reise ist ein einziges Fiasko«, hatte Strübner geflucht, und Tyssen hatte ihm im Stillen beigepflichtet.

Mit einem dumpfen »Bump« ging die *Komet* längsseits des russischen Eisbrechers. Der Erste Offizier ließ das Schiff an der *Kaganowitsch* vertäuen und zusätzlich den Anker ausbringen.

»Besondere Befehle?«, erkundigte sich Strübner dann müde.

Tyssen schüttelte den Kopf. »Gehen Sie schlafen. Wir sind seit mehr als zwei Tagen ununterbrochen auf den Beinen. Dazu die Kälte und der Nervenkrieg. Ab in die Koje!«

Kaum war der Erste Offizier von der Brücke verschwunden, da öffnete sich die Tür erneut und ein Matrose steckte den Kopf herein, erblickte Tyssen, salutierte und hielt ihm dann ein Kuvert hin. »Eine Botschaft von den Russkis, Kapitän. Scheint ziemlich dringend zu sein.«

Tyssen nickte kurz und riss den Umschlag auf. Er spürte, wie die Müdigkeit sich in seinen Knochen eingenistet hatte. Jetzt, nachdem die Schlacht gegen das Eis geschlagen war und das offene Wasser bis zur Beringstraße vor ihnen lag, kam sie hervorgekrochen und benebelte sein Denken. Als er die ersten Zeilen der Nachricht überflogen hatte, war er jedoch sofort wieder hellwach. Der Leiter des östlichen Sektors der sowjetischen Marine verbot der *Komet* die Weiterfahrt! Begründung: In der Beringstraße wimmle es nur so von amerikanischen Kriegsschiffen, und der Hilfskreuzer habe deshalb sofort die Rückreise anzutreten. Der Befehl komme von ganz oben, hieß es in der Botschaft, die den roten Stempel »Streng Geheim« trug. Und: »Die sowjetische Regierung befürchtet, dass ihre Hilfe für ein deutsches Kriegsschiff, den Pazifik zu erreichen, als eine Verletzung ihrer Neutralität ausgelegt werden könnte«, hieß es abschließend.

Der Kapitän fluchte. Seine Gedanken rasten. So knapp vor dem Ziel, und dann ...

Er musste an Reichert von der SS denken. Hatte er nicht

auch von einem Befehl des Reichssicherheitshauptamtes gesprochen? Wollte er nicht ebenfalls sofort umkehren?

Tyssen griff zum Telefon. »Schicken Sie Krüger zu mir auf die Brücke.«

Während er auf den Maschinisten wartete, studierte er nochmals die Nachricht von den Sowjets. Die SS wollte, dass er umkehrte, die Russen ebenfalls. Was, wenn ...?

In einem Schwall kalter Luft kam Krüger auf die Brücke und unterbrach die Gedanken des Kapitäns. Sein Blaumann war fleckig, die Haare verstrubbelt, und in seinen Augen spiegelten sich Müdigkeit und Erschöpfung. »Ja, Käpt'n?«

»Krüger, ich weiß, dass Sie, wie wir alle, in den letzten Tagen wenig geschlafen haben, wenn überhaupt.« Tyssen legte dem stämmigen Mann die Hand auf die Schulter. »Bevor Sie sich aufs Ohr legen, durchsuchen Sie die Kabine dieses SS-Heini. Mich interessieren Papiere, Dokumente, seine persönlichen Dinge. Was immer Ihnen auffällt.«

Der Maschinist nickte. »Wenn ich etwas finde, soll ich es in Ihre Kabine bringen oder Sie vorher verständigen?«

»Legen Sie alles auf meinen Schreibtisch. Und, Krüger ...?« Tyssen sah dem untersetzten Mann in die Augen. »Kein Wort zu irgendjemandem. Verstanden?«

Krüger salutierte müde grinsend mit zwei Fingern. »Sie können Sich drauf verlassen, Käpt'n!«

Zwei Stunden später saß Tyssen mit dem Kapitän der *Kaganowitsch* im Funkraum und setzte eine Erwiderung auf die Nachricht aus Moskau auf. »Das wird kein leichtes Unterfangen«, gab der Übersetzer zu bedenken. Auch der Kapitän des russischen Eisbrechers sah skeptisch auf das Schriftstück, setzte aber dann seine Unterschrift darunter.

Als der Tag anbrach und im Osten der erste fahlgraue Streifen am Horizont erschien, hatte es Tyssen geschafft. Er hatte den russischen Entscheidungsträgern schriftlich versichert, er verstehe ihre Position und übernehme die volle Verantwortung für sein Vorgehen. Die Antwort aus Moskau ließ nicht lange auf sich warten und fiel kurz und knapp aus: »Keine Hilfe mehr von unserer Seite. Gute Reise!«

Als die *Komet* wenig später die Leinen losmachte und von der *Kaganowitsch* ablegte, fiel Tyssen ein Stein vom Herzen. Er sank in seinen Kapitänssessel, ließ einen letzten Funkspruch an seinen russischen Kollegen los und bedankte sich für dessen Hilfe bei den Verhandlungen. Nachdem der Erste Offizier bereits am Vortag den Kurs abgesteckt hatte, machte sich die *Komet* unverzüglich auf den Weg in Richtung Beringstraße.

Das Meer war ruhig und eisfrei.

Von jetzt an war die *Komet* auf sich selbst gestellt.

Tyssen überraschte sich dabei, dass er in seinem Sessel eingeschlafen war, was ihm noch niemals widerfahren war. Erschreckt fuhr er hoch, blinzelte und sah Strübner, der neben ihm stand und mit einem Fernglas den Horizont absuchte.

»Sie sollten schlafen gehen, Käpt'n«, meinte der Erste Offizier leise, ohne den Feldstecher von den Augen zu nehmen. »Zumindest für ein paar Stunden.«

Tyssen nickte stumm und stemmte sich hoch. »Wecken Sie mich bei besonderen Vorkommnissen«, murmelte er und zog seinen gefütterten Mantel an. Dann machte er sich auf den Weg in seine Kabine und hoffte, dass es keinerlei Vorkommnisse geben würde.

Das gelb-rote Licht, das die kleine Lampe auf seinen Schreibtisch warf, war anheimelnd und kam Tyssen so vertraut vor. Es erinnerte ihn an zu Hause, an Wärme, Geborgenheit, ein offenes Feuer im Kamin und seinen alten Pullover, den er stets über seine Schultern legte, wenn er las.

Für einen Augenblick war er weit weg. Doch der Stapel an Papieren, auf denen der rote Stempel »Streng geheim« und die Runen der SS prangten, holten ihn wieder in die Gegenwart. Der Kapitän seufzte, holte seine Lesebrille aus der Tasche und setzte sie auf, bevor er die oberste Seite aufschlug. Mit einem Mal kniff er überrascht die Augen zusammen. Ein dreiköpfiges Monster von einem Hund, geifernd und zähnefletschend, starrte ihm entgegen. Darunter stand in Frakturschrift »Operation Zerberus«.

Vier Tage später erreichte die *Komet* ohne weitere Probleme die Gewässer der Beringstraße. Nicht ein einziges Schiff war ihr begegnet, von den angekündigten Verbänden der amerikanischen Kriegsflotte gab es weit und breit keine Spur. Der Hilfskreuzer hatte 3300 Seemeilen in dreiundzwanzig Tagen zurückgelegt und wäre ohne die Hilfe der russischen Eisbrecher niemals so weit gekommen.

Kapitän Tyssen war seit einigen Tagen wie verwandelt. Er schien in Gedanken versunken zu sein, kritzelte stundenlang in sein Tagebuch und schickte Funksprüche nach Berlin. Aber nicht an das Marineoberkommando, sondern an Universitätsinstitute oder Privatpersonen. In einem der seltenen längeren Gespräche mit seinem Ersten Offizier in diesen Tagen stellte Tyssen fest, dass er sich nie wieder für eine solche Reise melden würde.

Zumindest nicht freiwillig.

Nachdem die *Komet* in der Bucht von Anadyr den Anker fallen gelassen hatte, um die dringend notwendigen Reparaturen am Ruder durchzuführen, lief der Hilfskreuzer eine knappe Woche später weiter in Richtung Süden, immer entlang der Küste. Es wurde wärmer, und das deutsche Schiff kam gut voran.

Doch Tyssen wurde nicht gesprächiger.

Im Gegenteil.

Er wurde immer einsilbiger, je mehr Antworten aus Deutschland per Funk eintrafen.

Am 10. September 1940, erneut als russischer Frachter *Deynev* getarnt, erreichte die *Komet* endlich ihr Operationsgebiet – den Pazifischen Ozean.

»Wir haben es geschafft!«, rief Strübner befriedigt aus, nachdem er auf der Karte ihren Kurs kontrolliert hatte, und ließ zur Feier des Tages eine Extraportion Rum an die Mannschaft ausgeben. Tyssen hingegen blickte stumm durch die großen Fenster auf die endlos scheinende Wasserfläche, die lange Dünung und ein paar Möwen, die kreischend um das Vorschiff kreisten. Er schien mit seinen Gedanken ganz weit weg.

»Wir haben wie geplant die Nordostpassage bezwungen, allerdings mit der Hilfe der Russen«, stellte Strübner fest und holte zwei Gläser aus dem Wandschrank, dann eine volle Flasche Cognac. »Aber wie lauten die weiteren Befehle? Wir treffen auf die anderen drei Schiffe, bilden den Fernost-Verband, und dann? Das Marineoberkommando...«

»Vergessen Sie es!«, unterbrach ihn Tyssen unwirsch. »Die haben uns nicht einmal einen Bruchteil von dem erzählt, was wir wissen sollten. Alles nur Fassade!« Stirnrunzelnd ergriff er das Glas mit der bernsteinfarbenen Flüssigkeit.

»Worauf trinken wir?«, wollte Strübner wissen, der sich über die schlechte Laune seines Kapitäns wunderte. Waren sie nicht heil am Ziel angekommen, allen Widrigkeiten zum Trotz?

»Auf das, woran wir noch glauben«, erwiderte Tyssen vieldeutig, »und darauf, dass noch irgendwer da oben seine schützende Hand über uns hält. Und ich spreche nicht vom Führer.« Dann stieß er schließlich nach einigem Zögern mit seinem Ersten Offizier an. »Ich habe den Umschlag geöffnet«, brummte er nach dem ersten Schluck. »Der verdammte SS-Mann hatte recht gehabt. Nur er hatte tatsächlich von Anfang an gewusst, warum wir überhaupt unterwegs waren.« Damit leerte er das Glas in einem Zug, bevor er Strübner mit einer plötzlichen Handbewegung am Arm packte und ihn ganz nah heranzog. Dann murmelte er etwas, das der Erste Offizier niemals vergessen sollte: »Für das, was wir hier im Begriff sind zu machen, werden wir für alle Zeiten in der Hölle schmoren, egal welcher Teufel dort gerade das Regiment hat.«

Mittwoch, 16. Juni 1971

IM ANFLUG AUF HENRIQUE DE CARVALHO/ANGOLA

Die vier Bristol-Siddeley-Motoren der de Havilland Heron brummten vertrauenserweckend, und Freddy Horneborg, ein schlaksiger Holländer mit wirr abstehenden weißblonden Haaren und einem offenen Hawaiihemd über dem fleckigen T-Shirt, kontrollierte routinemäßig Öldruck und den Benzinvorrat.

»Alles im grünen Bereich«, meldete er zufrieden. In einer knappen halben Stunde würden sie auf dem Flughafen der kleinen Stadt im Nordwesten Angolas landen. Entspannt lümmelte sich Horneborg in den Copilotensitz, zog sein Kreuzworträtsel aus der Tasche und vertiefte sich wortlos in die Lösung.

Grüne Hügel und Täler zogen gemächlich unter ihnen vorbei, das Wetter war seit dem Start in Kairo hervorragend gewesen. Nach der Zwischenlandung im Süden des Sudans, der Übernachtung in einem überraschenderweise wanzenfreien Hotel und einem gar nicht so miserablen Frühstück hätte John Finch eigentlich zufrieden sein müssen.

Doch er war es nicht.

Schuhmann hatte neun Passagiere mitgebracht, die ihn nach Angola begleiteten. Bis auf einen waren es wortkarge, groß gewachsene Männer, die nicht so aussahen, als seien sie auf der Welt, um sich Freunde zu machen. John erkannte Söldner, wenn er sie sah. Sie hatten seit Jahren Hochkonjunktur in

Afrika, wo jedes Jahr in mehreren Ländern geputscht wurde und man starke Fäuste und wenig Skrupel brauchte, um die politischen Gegner verschwinden zu lassen.

Auf Nimmerwiedersehen.

Einer der Passagiere jedoch unterschied sich ganz eindeutig von allen anderen. Er mochte etwa fünfundvierzig Jahre alt sein, von schmaler Statur, mit etwas hängenden Schultern, einer großen Glatze, und er trug einen etwas fadenscheinigen Anzug. Seine Augen irrten stets unruhig hin und her, schienen nie still zu stehen. Zu Beginn des Fluges, gleich nach dem Start in Kairo, hatte er ein großes Notizbuch aus seiner Umhängetasche gezogen und zu schreiben begonnen. Nun, wenige Minuten vor der Landung in Angola, schrieb er noch immer.

Schuhmann war nicht näher auf seine Begleiter eingegangen. »Meine persönliche Schutztruppe«, hatte er sie genannt und es sich auf einem der hinteren Sitze gemütlich gemacht, während die schmallippigen Jungs mit kantigem Kinn die Piloten nicht aus den Augen ließen.

Über den Inhalt der roh gezimmerten Kisten, die sie in Kairo verladen hatten, bestand wohl kein Zweifel. Freddy, der sie im Laderaum der de Havilland verstaut und gesichert hatte, war der unverkennbare Geruch von Waffenöl in die Nase gestiegen.

Seitdem war John auf der Hut.

In Angola tobte seit Jahren ein blutiger Unabhängigkeitskrieg, der das Land in eine nicht enden wollende Serie grausamer Gemetzel und bestialischer Übergriffe auf Zivilisten gestürzt hatte. Freddy schien seine Gedanken lesen zu können.

»Keine Gegend für einen Wochenendurlaub«, meinte er, ohne den Blick vom Kreuzworträtsel zu nehmen. »Und die Jungs dahinten sehen auch nicht wie Liegestuhlverleiher aus. Die schießen zuerst und vergessen nachher zu fragen.«

Hatte dieser seltsame Stasi-Mann aus Leipzig nur die Diamanten im Sinn oder noch ganz etwas anderes? Die DDR war seit Jahren dabei, ihren Einflussbereich auszudehnen, vor allem auf die freiheitsliebenden Länder Afrikas, die genug von der Kolonialknute der kapitalistischen Staaten hatten.

Die de Havilland war kein Rennpferd, eher eine gemütliche, aber zuverlässige Kutsche, und John langweilte sich auf dem Pilotensitz, hatte genügend Zeit nachzudenken. Über den Auftrag und die Männer in seinem Rücken. Acht Söldner, ein farbloser Bürohengst und ein hohes Tier im Ministerium für Staatssicherheit, alle auf dem Weg in die Diamantminen von Angola? Dazu noch eine große Ladung Waffen, das ergibt eine explosive Mischung, dachte John.

Freddy griff zum Mikrofon und meldete die de Havilland für die bevorstehende Landung am Flughafen von Henrique de Carvalho an.

»Das war verfrüht«, meldete sich eine Stimme auf Englischz in seinem Rücken zu Wort. »Der Flugplan wurde kurzfristig geändert.« Einer der Söldner stand in der Cockpittür und hielt eine große Pistole in der Hand, deren Lauf auf Freddy zeigte.

»Damit erreicht man in einem Flugzeug nicht viel«, meinte John ruhig und schüttelte den Kopf. »Ein toter Pilot ist ein schlechter Pilot.«

»Macht nichts, denn auf schlechte Piloten kann man verzichten, Mr Finch«, stellte der Söldner unbewegt fest. »Unter meinen Männern gibt es drei Piloten mit Lizenz, die alle diese Maschine auf der nächsten staubigen Landstraße unbeschädigt landen können.« Er entsicherte den Colt, lud durch und setzte den Lauf Freddy Horneborg an den Kopf. »Wollen Sie es auf einen Versuch ankommen lassen?«

Freddy warf John einen unsicheren Blick aus den Augenwinkeln zu.

»Warum brauchen Sie uns dann als Piloten, wenn Sie den Vogel selbst fliegen könnten? Ergibt keinen Sinn.«

»Vielleicht weil wir alle hierbleiben und jemand die Kiste zurückfliegen muss?« Der Söldner nahm die Waffe wieder von Freddys Kopf und sicherte sie erneut. »Fliegen Sie uns ohne Probleme hin, und ich sorge dafür, dass Herr Schuhmann noch ein oder zwei Diamanten drauflegt.«

John überlegte kurz, dann beugte er sich vor, nahm die Karte aus dem Halter und reichte sie dem Söldner. »Zeigen Sie mir, wohin wir Sie bringen sollen.«

Der Finger des Mannes wies auf einen grauen Fleck inmitten eines grünen Meeres. »Die kleine Stadt heißt Lucapa, liegt am Ufer des Flusses Luachimo. Es gibt eine provisorische Piste.«

»Gibt es tatsächlich, oder soll es geben?«, fragte John nach und legte die de Havilland in eine langgezogene Rechtskurve.

»Gibt es definitiv«, erklärte der Söldner bestimmt. »Vielleicht etwas kurz, und der Anflug ist ein wenig haarig, sollte aber nach allem, was man sich so über Sie erzählt, kein Problem darstellen.« Damit drehte er sich um, steckte die Pistole weg und ging zurück zu seinem Sitzplatz.

»Warum beruhigt mich das alles nicht?«, fragte Freddy, während er versuchte, die Flugänderung einem miserabel Englisch sprechenden Controller im Tower von Henrique de Carvalho klarzumachen.

»Weil Lunda Norte, so heißt die Provinz, eine der übelsten Gegenden auf diesem Planeten ist«, entgegnete John. »Ich habe mich ein wenig schlaugemacht. Lunda Norte ist eine Grenzregion, reich an Diamantenvorkommen, und damit ein Eldorado für jede Art von Schurken, Gaunern, Halsabschneidern und mafiösen Strukturen. Jeder gegen jeden und alle für sich. Ein Menschenleben zählt hier nicht wirklich viel. Im

Gegensatz zu den Diamanten. Um die dreht sich nämlich hier alles. Die wichtigsten Vorkommen befinden sich im äußersten Nordosten bei Canzar und bei Lucapa, unserem Flugziel.«

»Verstehe.« Freddy nickte. »Wir fliegen direkt ins Herz des Geschehens.«

»Man könnte auch sagen, direkt in die Höhle des Löwen«, ergänzte John. »Und der hat Hunger.«

Das grüne Tal des Luachimo lag direkt unter ihnen, als John mit einer ersten Erkundungsrunde begann. Er reduzierte die Geschwindigkeit der de Havilland unter zweihundert Stundenkilometer und ging auf Tiefflughöhe. Das Brummen der Motoren wurde leiser.

»Soll das da drüben etwa die Piste sein?« Freddy wies aus dem Cockpitfenster auf einen rötlichen, langgezogenen Fleck am Rande eines Waldes. Zwei Jeeps parkten in der angrenzenden Wiese, und John sah einen Feldstecher aufblitzen. Am Ende der kurzen Staubpiste fiel das Gelände steil und abrupt zum Fluss hin ab.

»Wenn ja, dann wird es entweder eine Punktlandung oder ein Bad im Luachimo.« John grinste und versuchte, den richtigen Anflug über dem Wald abzuschätzen. »Das ist eine Piste für Cessnas oder ähnliche Kleinflugzeuge, aber kaum für eine de Havilland.« Über seine Schulter hinweg rief er in die Kabine: »Hey! Wo ist das Großmaul von vorhin? Ihre Männer können jetzt übernehmen! Ich habe uns zur staubigen Landstraße gebracht, nun sind sie dran!«

Doch seltsamerweise rührte sich nichts in der Kabine. Alle starrten gebannt durch die Fenster der de Havilland auf die kleine Piste am Rande des Waldes.

»Schuhmann? Sie kommen jetzt wohl besser ins Cockpit.

Sonst fliegen Freddy und ich hier Platzrunden, bis uns der Sprit ausgeht und wir im Luachimo landen.« John fühlte sich in seinem Element, und Freddy musste ein Grinsen unterdrücken.

Als Schuhmann in der Cockpittür erschien, war sein Anzug zerknittert und seine Selbstsicherheit verschwunden.

»Haben Sie eine Ahnung davon, wie viel Platz eine de Havilland zum Landen braucht, oder haben Sie bereits Ihre Badehose angezogen?« John deutete auf den rotbraunen Streifen gerodeten Landes. »Das da unten ist ein größerer Parkplatz. Zu klein für uns. Was nun?«

»Wir müssen hier landen«, insistierte Schuhmann. »Der Weg von Henrique de Carvalho durch den Dschungel mit Geländewagen ist viel zu lang, so viel Zeit haben wir nicht.«

Ein blasses Gesicht tauchte neben Schuhmann auf, warf einen ängstlichen Blick durch die Cockpitfenster auf den Wald, den Fluss und den kleinen Ort, der eine Anhäufung von Baracken war. »Das ist völliger Wahnsinn«, stellte der Mann, den John insgeheim »den Buchhalter« getauft hatte, erschreckt fest. »Ich bin doch nicht aus Schottland ...«

»Ruhe!«, unterbrach ihn Schuhmann und hob die Hand. »Wir haben den besten Piloten Afrikas, und wie ich Mr Finch kenne, möchte er nun auch den besten Preis für eine Punktlandung erzielen. Nun gut, soll er haben. Ich lege noch zehn Diamanten drauf.«

»Davon haben wir wenig, wenn wir erst einmal tot sind«, gab John unbewegt zu bedenken und legte die de Havilland in eine weitere Kurve. »Sollten wir es tatsächlich schaffen, vor dem Fluss zum Stehen zu kommen, dann ist trotzdem Endstation. Weil wir eine vollgetankte und vollbesetzte Heron auf einer Piste wie dieser nie wieder in die Luft bekommen.«

»Sie nehmen keinen Passagier mit auf den Flug zurück, und der Sprit reicht sicher noch bis nach Henrique de Carvalho«, beruhigte ihn Schuhmann. »Hier könnten Sie auch gar nicht auftanken. Es gibt keine Möglichkeit dazu.«

»Wie beruhigend«, ätzte John und kontrollierte instinktiv die Spritanzeigen.

Nicht einmal mehr ein Viertel voll.

»Also, Mr Finch, bringen Sie uns einfach runter?«, schlug Schuhmann vor. »Wie Sie sehen, werden wir bereits erwartet.« Er wies auf die beiden Jeeps.

»Ich befürchte, einfach wird es nicht werden«, entgegnete John, »und Sie haben leider vergessen, ein drittes Fahrzeug als Empfangskomitee zu bestellen. Eine Ambulanz.«

Der Buchhalter schluckte hart und hielt sich am Türrahmen fest, selbst Schuhmann zwinkerte nervös.

»Setzen Sie sich wieder hin, und schnallen Sie sich an. Und wenn Sie daran glauben, dann beten Sie. Kann auf keinen Fall schaden, und vielleicht hilft's ja. Ab und zu hört der alte Herr da oben auch zu.«

John legte die de Havilland in eine noch engere Kurve und sah sich ein letztes Mal die Piste von oben an, während Schuhmann sich zu seinem Sitz zurückhangelte.

»Glauben Sie, wir schaffen es?« Der schmächtige Mann mit der Glatze und der Hornbrille sah unglücklich auf John und Freddy.

John lächelte kalt. »Wenn wir es nicht schaffen, sind Sie der Erste, der es erfährt. Hautnah. Und jetzt verschwinden Sie auf Ihren Platz.«

»Das ist nicht dein Ernst...« Freddy sah besorgt aus dem Fenster. »Wie willst du die Kiste auf dieser Distanz zum Stehen bringen? Diamanten hin oder her, ich hätte gerne noch etwas Zeit zum Verprassen des Reichtums... Mädchen, Motoren und massenweise Champagner.«

»Wer stirbt schon gerne am Arsch von Angola? Wir fliegen

so langsam und so knapp wie möglich über den Wipfeln der Bäume an. Die Heron braucht offiziell sechshundertfünfzig Meter Runway zum Landen.« John schob die Gashebel zurück, während Freddy das Fahrwerk ausfuhr.

»Aber was ist hier schon offiziell? Nichts. Also sollten wir die Kiste auch nach vierhundert Metern zum Stehen bringen können. Mit allen Tricks. Staub bremst.« John beobachtete konzentriert die immer näher kommenden Baumwipfel. Er hielt die Propellermaschine kurz über der Mindestgeschwindigkeit. Die Zweige schienen nach der de Havilland zu greifen.

»Dann sitzt aber dahinten keiner mehr in seinem Sitz.« Freddy grinste und stellte die Klappen auf sechzig Grad.

»Seh ich so aus, als ob mich das interessiert?«, feixte John und sah den Waldrand näher kommen. Die de Havilland zitterte, als hätte sie Angst vor der Landung. »Gas raus, lass die Hände vom Steuer und halt dich fest!«

Dann ging es auch schon wie im Fahrstuhl nach unten.

Die Maschine taumelte leicht, drohte abzuschmieren, schüttelte sich, und dann ließ John sie aus zwei Metern Höhe einfach in den Staub der Piste fallen. Durch den harten Aufprall des Fahrwerks ächzte die gesamte Struktur, und John betete, dass die Reifen durchhalten mögen.

Und dann schien es, als würde die de Havilland in eine Schaumgummiwand laufen. John und Freddy stiegen unerbittlich in die Bremsen. Es rumpelte und ratterte, und alles, was nicht niet- und nagelfest war, sauste geräuschvoll durch die Kabine.

Schreie wurden laut, doch keiner der beiden Piloten achtete darauf. Sie versuchten, die schleudernde Maschine halbwegs gerade zu halten und trotzdem voll auf der Bremse zu bleiben.

Das Ende der kurzen Piste rückte unerbittlich näher.

»Komm, Baby, lass uns nicht im Stich«, murmelte John, während er bremste, was das Zeug hielt, und dabei den Fluss genau im Auge behielt, der stetig näher kam. Die Räder schlitterten durch den Staub, das Flugzeug schien ins Schleudern zu geraten, doch John fing die de Havilland stets im letzten Moment ab.

Freddy schüttelte resigniert den Kopf, das Ende der Piste kam noch immer näher.

Als die de Havilland schließlich in einer riesigen Staubwolke zum Stehen kam und die Nase wieder hochnahm, war ihr Vorderrad keine zehn Meter vom Abgrund entfernt.

»Kann ich beim Start vom Rand der Piste aus zusehen?« Freddy stieß die Luft aus, die er bis dahin angehalten hatte. »Tausend Sterne über der Wüste, das war verdammt knapp, John. Brillante Landung.«

»Du kennst doch die alte Fliegerweisheit.« John lächelte und legte die Schalter um. »Eine gute Landung ist die, nach der du hinterher weggehen kannst. Eine fantastische Landung ist eine, bei der das Flugzeug noch einmal fliegen kann.« Damit stellte er die vier Triebwerke der de Havilland ab. Es war mit einem Mal völlig ruhig. »Und wir wollen ja hier keine Wurzeln schlagen, sondern so bald wie möglich wieder verschwinden.«

Freddy kappte auf seiner Seite die Strom- und Treibstoffzufuhr und schälte sich aus dem Copilotensitz. »Ich lege ein paar Keile vor die Räder«, meinte er. »Wäre blöd, jetzt noch von einer Windböe in den Fluss geblasen zu werden.«

John streckte sich, während hinter ihm in der Kabine das Klicken der Gurtschlösser erklang, Stimmen laut wurden und seine Passagiere sich zum Ausgang hangelten.

Der schmächtige Mann mit der Glatze und der Hornbrille hing in der Cockpittür und sah ganz und gar nicht gut aus. Seine Hemdbrust war getränkt von Erbrochenem.

»Danke, Mr Finch, das war sensationell«, stieß er hervor. »Wenn ich das gewusst hätte ...«

»Dann hätten Sie Schottland nie verlassen?«, sagte John

mitleidig. »Afrika ist ein wenig anders als der Rest der Welt. Wilder, ungezähmter, urtümlicher. Hier muss man oft genug improvisieren, um zu überleben. Besser, Sie gewöhnen sich dran. Bleiben Sie länger in Angola?«

Der »Buchhalter« schüttelte den Kopf. »Ich fliege mit Mr Schuhmann wieder zurück nach Kairo in einigen Tagen. Ich bin nur hier, weil...«

Eine Hand klopfte ihm auf die Schulter und brachte ihn schlagartig zum Verstummen. »Kommen Sie, Charles, halten Sie keine Vorträge, wir haben jede Menge zu tun«, stellte Schuhmann streng fest. »Und wir sollten Mr Finch nicht davon abhalten, sein Flugzeug zu versorgen. Wann wollen Sie wieder starten?«

»Wann haben Sie die Diamanten?«, gab John zurück. »Fünf Minuten später bin ich wieder in der Luft.«

Schuhmann nickte. »Geben Sie mir eine Stunde, Mr Finch. Wir treffen uns in der kleinen Bar an der Straße, keinen Steinwurf vom Flughafen. Sie heißt ›Chez Alice‹, und das Bier ist kalt.« Damit packte er den schmächtigen Mann an den Schultern und schob ihn vor sich her durch den Ausstieg ins Freie.

Freddy steckte seinen Kopf herein, nachdem Schuhmann mit seinem Schützling außer Sicht war. »Bei Alice mag es vielleicht kaltes Bier geben, ganz sicher aber einen heißen Empfang. Ich habe gerade eine Hand voll bewaffneter Guerilla in der windschiefen Baracke verschwinden sehen.«

»Eine de Havilland und ein Beutel Diamanten wären sicher eine willkommene Kriegsbeute für alle Aufständischen«, murmelte John. »Wir sollten uns schnellstens etwas einfallen lassen. Sonst ist hier Endstation für uns, und keiner kommt mehr raus. Die Löwen ziehen ihre Kreise enger.«

Donnerstag, 2. Juni 2016

TIMELESS, PUB UND CAFÉ, BERLIN-CHARLOTTENBURG/
DEUTSCHLAND

In den Seitenstraßen des Kiez rund um den Goslarer Platz war es ruhig am frühen Nachmittag. Calis und Trapp hatten den Tatort Bergner und Dr. Sternberg überlassen und einen kurzen Spaziergang gemacht – an Wohnblocks aus den Zwanzigerjahren vorbei und an Vorgärten, die ein Kleingartenidyll auf ein paar Quadratmeter verdichteten. Durch offene Fenster konnte man in die ebenerdigen Wohnungen sehen, auf Sofas mit Tagesdecke und auf Esstische mit Blumenvasen, auf Fernseher mit abgeschaltetem Ton und auf farbenfrohe Vorhänge, die sich im Sommerwind bauschten. Charlottenburger Szenen eines ehemals gutbürgerlichen Bezirks.

Das Timeless – »Café, Restaurant, Cocktailbar«, wie die Aufschrift etwas großspurig verkündete – war bereits aus der Ferne zu erkennen. Die orangerot gestrichenen Wände des Ecklokals mit den roten Markisen leuchteten geradezu im Schein der Messinglampen. Darüber Girlanden aus bunten Glühbirnen. Die mit Kreide auf eine große Schiefertafel geschriebene Speisekarte kündete von billigen Cocktails zur Happy Hour und von Spare Ribs »bis zum Abwinken«.

»He, das ist ja ein Mexikaner!«, freute sich Martina. »Lass uns ein paar Nachos essen. Dazu ein Desperados. Was meinst du?«

Thomas schielte wenig überzeugt auf die kleinen, vertrocknet wirkenden Palmen, den grünen Plastikrasen, auf dem die Tische standen, und die etwas halbherzige Umrandung des Außenbereichs, auf der einige Besucher ihre Zigaretten ausgedrückt hatten. »Sag mal, kommst du nicht gerade von einem Eis mit Kaffee? Und jetzt Nachos?«

Martina lachte. »Du bist ja nur neidisch! Im Urlaub kann ich wenigstens meinen Leidenschaften frönen. Essen! Oder was dachtest du?«

Calis seufzte. »Die Hoffnung auf eine gute Küche stirbt zuletzt. Du bist hier in Berlin, vergiss nicht. Bier ja, Essen – ich weiß nicht so recht.«

Die wenigen Tische vor dem Lokal waren nur spärlich besetzt. Eine kleine untersetzte Kellnerin in Schwarz nickte ihnen freundlich zu, bevor sie wieder im Inneren der Kneipe verschwand. Ein Pärchen stocherte in einer riesigen Portion Quesadillas und schwieg sich an, zwei Männer saßen wenige Tische weiter und tranken Zeitung lesend ihr Bier.

Zielsicher steuerte Thomas den letzten Tisch an. »Annette Krüger?«, lächelte er die junge Frau an, die erwartungsvoll aufblickte und den Kommissar musterte. Dann nickte sie und legte ihre Digitalkamera weg.

»Wollen Sie mich fotografieren?«, erkundigte sich Thomas vorsichtig. »Ich hab da so meine Probleme damit, seit einigen Jahren schon. Mein Name ist Calis, und das ist meine Kollegin Trapp«, stellte sich Thomas vor und schob Martina an den Tisch. »Dürfen wir?«

»Selbstverständlich.« Die Studentin schob ihren Rucksack, der vor ihr auf dem Tisch lag, zur Seite und sah Thomas neugierig an. Das fleckige T-Shirt, die schmutzigen Jeans, das strubbelige Haar. »Und Sie sind tatsächlich von der Kriminalpolizei?«

Calis nickte und zog seinen Ausweis hervor, den er auf den

Tisch legte. »Und von Berufs wegen neugierig, außerdem ein wenig hungrig und ein Kaltgetränk wäre der Tageszeit angepasst. Alles in allem, ein idealer Treffpunkt, wenn nicht der Anlass so düster wäre. Danke, dass Sie auf uns gewartet haben, aber wir werden Sie nicht lange aufhalten.«

»Kein Problem«, erwiderte Annette, »ich wollte sowieso eine Kleinigkeit essen. Zuerst dachte ich, der Leichenfund hätte sich auf meinen Appetit ausgewirkt, aber am Ende siegt doch immer der Selbsterhaltungstrieb.« Sie lächelte Trapp an. »Außer einem raschen Frühstück gab's bei mir heute nämlich noch nichts.«

»Das trifft sich gut.« Martina zwinkerte der jungen Studentin zu. »Mexikanische Küche ist einer meiner ›all time favourites‹.«

»Neben italienischer, österreichischer, französischer und thailändischer«, winkte Calis ab. »Doch zurück zum Thema. Würden Sie mir bitte erzählen, was Ihnen im Haus alles aufgefallen ist und wie Sie den Toten gefunden haben?«

Annette schilderte Calis in kurzen Worten, aber sehr genau, ihre Ankunft in der Quedlinburger Straße, ihren Gang durchs Haus und schließlich die Entdeckung der Leiche. »Ohne meine Nagelfeile wäre ich nicht in das Zimmer gekommen«, schloss sie ihren Bericht. »Der Riegel versperrte den Zugang, die Doppeltür ließ sich nicht öffnen. Er war ganz eindeutig von innen vorgelegt worden.«

»Sie haben mir erzählt, Sie hätten Fotos gemacht«, hakte der Kommissar nach. »Könnte ich die sehen?«

Die Studentin schaltete die Digitalkamera ein, drückte auf die richtigen Knöpfe und hielt sie Calis hin. »Ich habe im Inneren nicht mehr fotografiert, aber immerhin von außen ein paar Bilder geschossen.«

Thomas klickte sich durch die Fotos. Herabgefallene Mauerbrocken auf dem Gehsteig, Balkone mit rissigen Steingeländern, aus denen halbhohe Bäume und Sträucher wuchsen, die Feuerwand mit der verwaschenen Aufschrift. Dann Fotos vom gesamten Haus aus verschiedenen Blickwinkeln.

»In dem Raum mit der Mumie stand das Fenster also tatsächlich bereits offen«, murmelte der Kommissar. »Haben Sie noch ein anderes offenes Fenster im Gebäude bemerkt?«

»Ja, das im Treppenhaus, am letzten Absatz«, kam es prompt als Antwort. »Wissen Sie, nach meinem Studium und der Praxis bei der Berliner Baubehörde verstehe ich schon ein wenig von alten Häusern. Man kann am Fensterbrett sehr gut erkennen, wie lange ein Fenster bereits offen stand. Und diese hier standen sehr lange offen ...«

Calis nickte und betrachtete das nächste Foto. Dabei dachte er an den konstanten Luftzug, all die Jahre, Sommer und Winter, an die Stürme im Herbst und ...

»Warum blieben die Fenster tatsächlich offen?«, fragte er niemanden im Besonderen, während er sich durch die Bilder klickte.

»Wie bitte?«, wunderte sich die Studentin und sah den Kommissar erstaunt an.

»Wir haben es alle bereits selbst erlebt«, erklärte Calis nachdenklich. »Wenn in einer Wohnung zwei Fenster offen stehen und etwa ein Sturm aufkommt, dann knallt eines der beiden zu. Der Luftzug wird zu stark und – bumm! Warum blieben hier fünfzehn oder zwanzig Jahre lang beide Flügel offen? Trotz Winterstürmen und Frühlingsgewittern?« Er gab Annette den Fotoapparat zurück.

»Ist das so wichtig?«, bemerkte Martina verständnislos und sah Thomas von der Seite an. »Sie blieben offen, das ist die Tatsache.«

»Und erfüllten so ihren Zweck«, fuhr Calis fort. »Ohne

konstanten Luftzug keine Mumifizierung, und wir hätten nur noch ein Skelett gefunden. Nach zwanzig Jahren bleibt vom menschlichen Körper sonst nichts mehr übrig.«

»Tut mir leid, ich kann dir nicht folgen«, gab Trapp zu. »Wäre doch egal gewesen, ob ...« Dann verstummte sie überrascht.

»Eben ganz offenbar nicht«, beharrte der Kommissar, zog sein Handy aus der Tasche und wählte die Nummer von Arthur Bergner. »Bist du noch im Haus in der Quedlinburger?«, fragte er den Leiter der Spurensicherung, als der abhob.

»Was glaubst du, wer hier die Arbeit macht?«, gab Bergner bitte zurück. »Die Heinzelmännchen? Während andere schon beim Bier sitzen oder Tequila schlürfen ...«

»... die Bedienung war noch nicht an unserem Tisch, wenn du das meinst«, kürzte Thomas das Lamento ab. »Hör zu, Winnetou, könntest du bitte kurz die Fensterflügel untersuchen? Ich frage mich, warum die über Jahre offen geblieben sind ...«

Bergner antwortete zuerst nicht. Dann tönte ein anerkennendes Pfeifen durch die Leitung. »Ich wusste ja immer, warum wir dich zur Schule geschickt haben. Natürlich! Brillante Idee, könnte von mir sein! Warte mal.«

Die Bedienung kam und legte drei Speisekarten auf den Tisch, nahm die Bestellung der Getränke auf und verschwand wieder genau in dem Augenblick, als Bergner sich erneut meldete.

»Eigentlich total einfach und zugleich unauffällig, mein lieber Sherlock. Jemand hat Schrauben genau so in das Fensterbrett gedreht, dass sie direkt unter dem Flügel sitzen und in einen der Falze eingreifen. Simpel, aber gleichzeitig effektiv. So bleibt das Fenster bombenfest offen stehen. Sturm hin oder her.«

»Da geht deine Selbstmordtheorie dahin«, meinte Thomas zufrieden, »außer wir haben es mit einem Hedonisten über den Tod hinaus zu tun. Beide Fenster wurden so fixiert? Auch das im Treppenhaus?«

»Moment, schau gleich nach!«

Der Kommissar hörte Bergner durch das Zimmer laufen, die Schwingtür aufstoßen und dann ertönten ein Rumpeln und ein Fluch. »Scheißtreppe! Hier in der Bude fällt alles auseinander...«

»Stehst du noch, oder liegst du schon?«, erkundigte sich Calis scheinheilig.

»Was mache ich nicht alles für dich?«, grummelte Bergner. »Also ... selbes System hier. Wer immer es war, er hatte den Durchzug im obersten Stockwerk geplant.«

»Danke, Winnetou, mein edler Bruder.« Thomas grinste. »Deine Augen sehen mehr als die Adler der Berge.«

»Du mich auch«, antwortete Bergner kurz angebunden und legte auf.

Für einen Augenblick sah Calis Annette Krüger nachdenklich an. Die Serviererin brachte drei Desperados und nahm die Bestellung der Speisen auf. Dann fragte der Kommissar unvermittelt: »Warum sind Sie eigentlich zuerst ganz nach oben gestiegen?«

»Weil der Zustand der obersten Balkone am schlechtesten ist«, erklärte die Studentin spontan und unbefangen. »Große Sprünge im Mauerwerk. Ich wollte von oben nach unten kontrollieren, weil es so aussieht, als hätten die Besitzer des Hauses kein Geld, um eine Renovierung zu bezahlen. Also dachte ich an ein einfaches Abklopfen des Verputzes. Kostet wenig und bannt zugleich die Gefahr.«

»Klingt logisch«, bestätigte der Kommissar. »Erzählen Sie mir von dem Riegel an der Doppeltür.«

Krüger zuckte mit den Schultern. »Da gibt's nicht viel zu erzählen. Ein simpler Riegel, wie er früher auch auf alten Fensterläden angebracht war. Man hebt ihn an, und die Tür geht auf. Ich habe durch den ziemlich breiten Spalt zwischen den beiden Flügeln der Schwingtür geschaut und ihn gesehen. Er blockierte den Zugang, ganz eindeutig. Also habe ich ihn mit der Feile hochgehoben, und beim zweiten Versuch klappte er auch zurück. Dann war da schon die Leiche ... Brrr ... kein schöner Anblick.«

»Nein, es gibt Attraktiveres. Mumien gehören ins Museum, und schon da sind sie grenzwertig.«

»Vermutlich wäre die Schwingtür auch aufgesprungen, wenn man sich ein paarmal dagegengeworfen hätte, aber dann wäre einiges zu Bruch gegangen«, warf Martina ein. »Vielleicht nicht so wirksam wie ein Schloss, aber eine Abschreckung allemal. Niemand wäre so zufällig ins Zimmer gekommen.«

»Aber der Mörder auch nicht hinaus«, setzte Annette den Gedankengang fort, stupste die Zitronenspalte ins Bier und nahm wenig ladylike einen Zug aus der Flasche.

»Vielleicht gab es noch einen anderen Weg«, murmelte Thomas.

»Der Mörder war Artist oder Fassadenkletterer und verschwand über den Balkon?«, erkundigte sich die Studentin ungläubig. »Vier Stockwerke abgeseilt, mitten in Berlin? Das glauben Sie doch selbst nicht.«

»Noch glaube ich gar nichts«, seufzte Calis. »Noch stehen wir am Anfang einer Untersuchung, und es passt nichts zusammen. Weder die Schrauben, mit denen die Fenster offen gehalten wurden, noch der von innen vorgelegte Riegel oder die vielen Jahre, die bis zur Entdeckung der Leiche vergingen. Dazu keine Spuren, aber viel Staub und eine Mumie, an der sich Dr. Sternberg die Zähne ausbeißen wird.«

»Wir können ja morgen mal in den Vermisstenlisten der frühen Neunzigerjahre blättern«, schlug Martina vor.

»Ja, und dann in Urlaub fahren«, bekräftigte Thomas hoffnungsvoll. »Bei dem Fall kommt es auf ein paar Tage mehr oder weniger auch nicht mehr an. Da wird Frank ganz meiner Meinung sein.«

»Wohin fahren Sie?«, fragte Annette lächelnd und stürzte sich auf ihren Teller Nachos con Pollo, die verführerisch dufteten.

»Nach Österreich, zuerst nach Wien, dann in die Steiermark.« Martina schnupperte an ihrem Chili con Carne und lehnte sich zu Calis. »Riecht köstlich. Schade, dass du nichts isst. Aber nach der Sachertorte kann ich dich verstehen.« Sie grinste und begann zu löffeln.

»In die Steiermark?«, fragte Krüger nach. »Ich war im Sommer bei Freunden in Graz eingeladen. Wir haben Ausflüge an die großen Badeseen nach Kärnten und ins Burgenland gemacht. Das waren wunderschöne Tage.«

Sofort begann die Studentin begeistert zu erzählen und schwelgte in Urlaubserinnerungen. Bald waren die beiden Frauen ins Gespräch und ins Essen vertieft.

Thomas entschuldigte sich kurz, stand auf und griff zu seinem Handy. Dann schlenderte er ein wenig abseits, die Wernigeroder Straße hinauf, und begann zu wählen.

»Du hast den Fall bereits gelöst?«, begrüßte ihn Kriminaloberrat Frank Lindner mit einem ironischen Unterton. »Selbstmord oder...?«

»Meinem Bauchgefühl nach das Zweite – oder«, erwiderte Thomas bestimmt. »Aber es kann natürlich auch folgendermaßen abgelaufen sein: Selbstmörder mit Strick verschafft sich Zugang zu einem verlassenen Haus, steigt in den letzten Stock hoch, legt einen Riegel vor die Schwingtür, dreht Schrauben in zwei Fenster, um sie auch die nächsten Jahre offen zu halten, legt den Kopf in die Schlinge und verpasst dem Stuhl, auf dem er steht, einen ordentlichen Tritt, damit er vier Meter weiter ins Eck des Raumes fliegt. Dann stirbt er wohlig zufrieden in dem Wissen, dass sein Körper mumifiziert wird und so für die Nachwelt erhalten bleibt.«

Lindner schwieg, während die Sirene eines Einsatzfahrzeugs in der Ferne im Verkehrslärm unterging. Dann sagte er: »Ich möchte dich ja nicht nerven, aber das klingt nicht *soo* unwahrscheinlich.«

»Wir haben keinen Schlüssel in den Taschen des Toten gefunden«, ergänzte Calis, »wie kam er also in das Haus? Es ist keines der Fenster im Erdgeschoss zerstört, alle Scheiben sind ganz. Ja, selbst die Rollladen sind seit Jahren unverändert heruntergelassen. Das Schloss an der Haustür scheint unversehrt. Aber daran arbeitet Bergner noch.«

»Er könnte ihn verschluckt haben, bevor er sich erhängte«, warf Lindner ein, »den Schlüssel, meine ich.«

»Genial! Was würde ich ohne dich machen!«, ätzte Thomas. »Das glaube ich nicht mal, wenn Sternberg eine ganze Dietrich-Sammlung im Magen der Mumie finden sollte.«

»Du hast eben nicht genug Phantasie«, gab Frank trocken zurück. »Andererseits sehe ich auch sonst ein paar gravierende Probleme in deinem Tathergang. Nehmen wir also an, der Täter schafft das Opfer in das Haus, zu dem er – warum auch immer – den Schlüssel hat, trägt den Wehrlosen rauf in das oberste Stockwerk, knüpft die Schlinge und erhängt ihn. Dann dreht er die Schrauben in die beiden Fenster, und da sind wir schon beim ersten Haken. Warum sollte er das tun? Das Haus steht leer und ist seit Jahren verlassen. Ist doch egal, ob man ein Skelett oder eine Mumie findet, oder? Hauptsache, man findet den Toten so spät wie möglich.«

Nun war es an Thomas Calis, eine Schweigeminute einzulegen.

»Nachdem er das Opfer erhängt hatte, schleuderte er den Stuhl in die Zimmerecke, der stürzte um und liegt noch heute da«, fuhr Lindner fort. »Aber jetzt kommt's: Dann legt der den Riegel von innen vor und springt vom Balkon, fliegt davon, seilt sich ab, oder was hattest du da vorgesehen in deinem Szenario? Verwertbare Spuren werden sich nach fünfzehn oder zwanzig Jahren nicht mehr sichern lassen, schon gar nicht am Balkon. Wenn der Dottore bei der Untersuchung der Mumie überhaupt etwas herausfindet, dann wird uns das kaum zu dem oder den Tätern führen. Die sind vielleicht sogar schon selbst verstorben in all den Jahren.«

Die Schweigeminute des Kommissars dauerte noch immer an. Er kaute an der Unterlippe. Die hellen Stimmen der beiden Frauen klangen bis zu ihm.

»Im Endeffekt sind zwei Dinge seltsam beziehungsweise passen nicht zu dem übrigen Tathergang – die Schrauben in den Fenstern und der von innen vorgelegte Riegel. Warum sollte sichergestellt werden, dass die Fenster offen bleiben?«

»Das frage ich mich auch schon die ganze Zeit«, gestand Calis, »und auch Martina nervt mich deshalb. Was ist der Unterschied zu geschlossenen Fenstern?«

»Skelett zu Mumie, hab ich ja schon gesagt«, murmelte Lindner.

»Also wusste der Täter, dass der konstante Luftzug die Mumifizierung einleiten würde«, überlegte Calis weiter. »Andererseits ahnte er wohl, dass die Leiche kaum in absehbarer Zukunft entdeckt werden würde. Das war sicher auch der Grund, warum er dieses ganz bestimmte Haus ausgesucht hatte.«

»Wollte er, dass bestimmte Merkmale des Opfers selbst nach langer Zeit noch erkennbar sein sollten?«, schloss Lindner nachdenklich. »Wie auch immer, bleibt der von innen vorgelegte Riegel, und der zerstört deine Theorie gründlich und nachhaltig. Oder habt ihr noch einen zweiten Ausgang gefunden?«

»Negativ«, antwortete der Kommissar. »Nur eine einzige Tür zum Flur, und die Studentin, die als Erste am Tatort war und den Toten entdeckte, schwört Stein und Bein, dass sie mit ihrer Nagelfeile den Riegel hochschob und erst dann die Schwingtür öffnen konnte.«

»Bleiben die Vermisstenlisten morgen, und das war's dann, nehme ich an. Trotzdem warten wir jetzt mal ab, was der Dottore oder Bergner noch zu bieten haben, am Ende des Tages«, schlug Lindner vor. »Was soll ich der Presse sagen? Die werden sich auf eine erhängte Mumie mitten in Berlin wie die Schmeißfliegen auf einen Haufen Mist stürzen, sobald sie Wind von dem Fall bekommen haben.«

»Die Wahrheit«, schlug Calis vor. »Mach's so geheimnisvoll wie nur möglich, dann berichten alle drüber, und wenn wir Glück haben, gibt es unter Umständen ein paar Hinweise aus der Bevölkerung.«

»Gute Idee. Du hältst dich diesmal mit rosa Schirmen und nassen Muskel-T-Shirts zurück, und ich nenne dich den recherchierenden Jungs als untersuchenden Kommissar«, freute sich Lindner, »damit hab ich die Meute vom Hals.«

»Danke für dein gewohntes Feingefühl«, antwortete Calis bitter. »Glücklicherweise sieht es nicht nach Regen aus. Aber wenn ich dich erinnern darf – ich halte dir den Rücken noch für etwas mehr als achtundvierzig Stunden frei. Dann gebe ich an dich zurück und mache mich vom Acker, schnitzelwärts, in den wohlverdienten Urlaub!«

»Triffst du heute Abend nicht John Finch, den englischen Piloten?«, erkundigte sich Lindner.

»Ja, und ich freue mich schon drauf«, gab Calis zurück. »Er ist anlässlich der ILA in Berlin, und was lag näher, als ihn einzuladen, nach all den Jahren, die seit dem Abenteuer mit den Fremdenlegionären und dem Mord bei Siemens vergangen sind.«

»Nimm Martina mit, und wo immer ihr auch hingeht, es geht aufs Haus«, entschied Frank Lindner. »Die Engländer haben uns damals den entscheidenden Tipp gegeben.«

»Wenn das so ist, dann bestelle ich einen Tisch im Lorenz Adlon Esszimmer«, versuchte es Calis.

»Und erklärst die Rechnung dem Innensenator morgen früh persönlich Punkt für Punkt«, erwiderte Lindner kalt. »Es wird auch eine Nummer kleiner gehen, oder?«

»Ist schon gut, wir gehen auf eine Currywurst und trinken eine Berliner Weiße, Onkel Dagobert«, verabschiedete sich Calis spöttisch und legte auf.

LEOPOLDSGASSE AM KARMELITERMARKT, 2. BEZIRK,
WIEN-LEOPOLDSTADT/ÖSTERREICH

Alexander Reiter hatte gar nicht bemerkt, wie rasch die Zeit vergangen war. Mehr als sechs Stunden lang hatte er recherchiert. Auf Google, Wikipedia, auf den verschiedensten Seiten des Internets, dann hatte er mit einem bekannten Buchhändler telefoniert, dann mit einigen Kontakten in der Kunstszene und schließlich konzentriert im Katalog der Österreichischen Nationalbibliothek gestöbert.

Dann hatte er eine spontane Entscheidung getroffen, sich angezogen, seinen Golf aus der Tiefgarage geholt und war nordwärts gefahren, entlang der Donau, aus Wien heraus. Nun rollte er durch Klosterneuburg und ärgerte sich über einen überraschenden Verkehrsstau am Nachmittag, der ihn bereits zehn Minuten gekostet hatte.

Als es endlich weiterging, überzeugte er sich immer wieder, ob ihm jemand folgte. Aber es gab keinerlei Anzeichen dafür. Der Mossad ließ ihn an der langen Leine. Doch das war trügerisch und konnte sich jederzeit ändern.

Wenige Kilometer später erreichte Reiter Langenlebarn, einen Ort im Tullnerfeld, am Ufer der Donau gelegen. Außer dem Fliegerhorst des Österreichischen Bundesheers bot der Zweitausend-Seelen-Ort vor allem Zweitwohnsitze für stadtmüde Wiener, ein Hotel und zwei Gasthäuser.

Das schmucke, weiß gestrichene Einfamilienhaus, vor dem

Reiter seinen Golf parkte, lag an der Donaulände, mit einem unverbaubaren Blick auf den breiten Strom und die Schiffe, die langsam vorbeizogen. Es war ruhig hier, abgesehen von ein paar spielenden Kindern und Gruppen lachender Radtourenfahrer, die in Richtung Wachau unterwegs waren. Reiter blickte ihnen nach und wandte sich dann dem Haus zu.

Er war lange nicht mehr hier gewesen.

Ein untersetzter, aber durchtrainierter Mann mit Glatze in den Fünfzigern, der im Gemüsegarten bedächtig Tomaten von den Sträuchern pflückte, blickte hoch, als das Gartentor quietschte. Dann kniff er die Augen zusammen und richtete sich überrascht auf.

»Ist ja nicht möglich«, sagte Peter Kormann leise und stellte den Korb ab. »Zeichen und Wunder. Wir haben uns ... lass mich rechnen ... fünfzehn Jahre nicht gesehen? Und dann spazierst du einfach so herein? Ohne Ankündigung?«

»Besser unverhofft als gar nicht.« Reiter schmunzelte und umarmte den Hausherrn. »Du siehst gut aus.«

»Ach was. Wenig Stress und viel Natur. Und die Donau beruhigt. Nichts im Vergleich zu den alten Zeiten. Da waren wir ständig auf Abruf und haben uns die Nächte um die Ohren geschlagen, sind um die halbe Welt geflogen, haben Leute geschützt, die uns eigentlich egal waren.«

»Als ich den Sinn nicht mehr gesehen habe, war die Motivation weg«, erinnerte sich Reiter.

»Nachdem du gegangen bist, ist alles noch schlimmer geworden. Fünf Jahre später hat es mir auch gereicht, ich hab eine Sicherheitsfirma aufgemacht und einen Gang zurückgeschaltet. Hat gutgetan. Das Einsatzkommando ist auch für mich seit Langem Vergangenheit.«

Reiter schaute über die niedrigen Büsche auf das träge dahinfließende Wasser der Donau. Er dachte an sein Haus im

Valle Maira, an die Einsamkeit in den Bergen, die er so geliebt hatte. Vielleicht war es an der Zeit, ein neues Refugium zu suchen.

»Einer der Gründe, warum ich dich besuche, Peter.«

»Erinnerungen an unsere Zeit bei der Cobra?«

»Auch.« Reiter lächelte. »Aber vor allem die Zeit danach. Deine Sicherheitsfirma hat einen tadellosen Ruf, deine Kunden sitzen in den Vorstandsetagen großer Konzerne, sind angesehene, international agierende Unternehmen oder weltbekannte VIPs, die Urlaub in Österreich machen, Konzerte geben oder einfach dezent bewacht shoppen gehen möchten.«

»Wenn du einen Job als mein Marketingmann brauchst, du bist engagiert.« Kormann lachte. »Was hast du seither so alles gemacht? Du siehst beneidenswert durchtrainiert aus. Aber dazu später. Komm, setzen wir uns in den Garten. Die Laube aus Weinreben ist um diese Zeit perfekt für einen Plausch. Eiskalte Getränke kommen gleich. Gib mir eine Minute.«

Die Laube mit Tisch und Holzstühlen und dem Blick auf die Donau im Schatten der alten Reben wirkte gemütlich. Wenig später standen Apfelsaft, Eiswürfel und Mineralwasser in Krügen auf der rot karierten Tischdecke, und der Hausherr reichte Reiter ein großes Glas.

»Schenk dir ein, und dann erzähl mir, was dich wirklich hierheraus zu mir bringt.«

»Du wirst es nicht glauben«, begann Reiter, »ein Buch und ein Geheimdienst.«

Peter sah ihn überrascht an. »Der Geheimdienst wundert mich nicht, aber das Buch?«

Alexander Reiter nickte. »Erinnerst du dich noch an Ori Shapiro? Den Leiter der Metsada, der Einsatzgruppen beim Mossad? Wir hatten mit ihm einige Male zu tun, als wir Personenschutz und Bewachung für israelische Botschaften und jüdische Einrichtungen übernahmen.«

»Oh, nur zu gut. Sieht aus wie ein schussliger Buchhalter mit Ärmelschonern, der unentwegt irgendwelche Unterlagen sucht. Seine mit Leukoplast geklebte Brille ist bereits Legende und ein Running Gag unter den Mossad-Agenten. Zerknitterte Hose, fleckiges Hemd, ungeputzte Schuhe. So weit zum Äußeren. Einer der gefährlichsten Männer, die ich jemals kennengelernt habe.« Peter ließ zwei Eiswürfel in seinen Apfelsaft fallen. »Nerven wie Stahlseile, wild entschlossen, die Sicherheit Israels mit allen Mitteln zu verteidigen. Immer und überall, koste es, was es wolle. Geht über Leichen.«

»Er hat mich heute angerufen, nachdem wir sechs Jahre nichts mehr voneinander gehört haben.« Reiter drehte sein Glas zwischen den Händen.

»Ich hoffe, du hast danach die Telefonnummer gewechselt und deine Finger gezählt«, sagte der Hausherr. »Was wollte er?«

»Auskunft über ein Buch. Ein altes Werk, das es angeblich gab und heute nicht mehr gibt. Oder vielleicht doch gibt, aber Shapiro weiß nicht, wo es ist. Er ahnt es nur. Am liebsten würde er das Buch in die Finger bekommen. Frag mich nicht warum, ich habe keine Ahnung.«

»Dann wäre es doch einfacher für ihn, er geht in die betreffende Bibliothek oder das Archiv und leiht es aus«, stellte Kormann etwas ratlos fest. »Oder schickt einen seiner Agenten vorbei.«

»So einfach ist es nicht«, lächelte Reiter. »Das Buch ist eigentlich ein Manuskript in Buchform, es ist einzigartig und wurde niemals nachgedruckt. Es stammt von einem österreichischen Diplomaten, einem gewissen Heinrich Graf Calice, und ich habe den halben Tag damit verbracht, mich auf die

Spuren des Grafen zu begeben. Ein höchst interessanter Mann, glaub mir. Calice wurde 1831 in Konstantinopel geboren und trat rund zwanzig Jahre später in Wien in den Staatsdienst ein. Er wollte Diplomat werden und begann die Laufbahn als sogenannter Konsular-Eleve bei der Zentralseebehörde in Triest, bevor er wenig später Vizekanzler beim Konsulat in Konstantinopel wurde. Eine steile Karriere im Staatsdienst der Monarchie. Nach weiteren Posten im Handels- und Außenministerium wurde er 1864 Konsul in Liverpool, bevor er 1871 Generalkonsul und Ministerresident bei den Höfen von China, Japan und Siam wurde. Der erste ständig residierende Diplomat der habsburgischen Krone in diesen Ländern. Nach einem erfüllten und ziemlich abenteuerlichen Leben, vielfach geehrt und ausgezeichnet, stirbt Calice 1912 in Sankt Peter bei Görz. Er hat den Ausbruch des Ersten Weltkriegs nicht mehr miterlebt.«

»Und dieser Graf Calice schrieb also ein Buch.«

»Es war Tradition, dass wichtige Diplomaten Reiseberichte verfassten, die sie entweder an ihre Vorgesetzten schickten oder an den Minister, ja sogar dem Kaiser persönlich. So auch Graf Calice. Aber wie mir Shapiro heute verriet, schien sein Bericht weit über das hinauszugehen, was man gemeinhin als Reisebericht bezeichnet. Calice recherchierte, sammelte Eindrücke, sprach mit Einheimischen. Er schien ein sehr gewinnendes Wesen gehabt zu haben, keinerlei Standesdünkel, und er war neugierig. Der Graf konnte mit lokalen Hilfsarbeitern im Hafen genauso gut reden wie mit Wissenschaftlern oder Politikern.«

Reiter nahm einen langen Zug aus seinem Apfelsaftglas.

»Wie wir wissen, war Kaiser Franz Joseph I. wahrlich kein Freund von Kolonien. Die Monarchie hatte, abgesehen von den Nikobaren, einer verlorenen Inselgruppe, die sozusagen aus Versehen Österreich-Ungarn zugefallen war, keine Kolonien, und nach Franz Joseph sollte es auch so bleiben. Aber was die Franzosen, die Engländer und die Holländer in Asien machten, das interessierte den Kaiser brennend.«

»Was uns wieder zu dem ominösen Buch von Graf Calice bringt«, erinnerte ihn der Hausherr. »Jenes Manuskript, das Shapiro in seine Finger bekommen will. Jetzt stellt sich die Frage – wieso? Wenn ich das richtig sehe, dann wird Graf Calice seinen Bericht in den Siebziger- oder Achtzigerjahren des 19. Jahrhunderts geschrieben haben. Nicht gerade das, was man ein aktuelles politisches Dokument von einiger Brisanz nennt...«

Reiter zuckte ratlos mit den Schultern. »Ich weiß noch zu wenig darüber. Der Titel von Calices Reisebericht ist nicht gerade sensationell. Er hat ihn einfach nur *Bericht einer Reise in das Herz Asiens* genannt und seine Aufzeichnungen 1874, als er von seinem Posten in Fernost zurückkehrte und seine nächste diplomatische Aufgabe in Bukarest übernahm, dem Kaiser überreicht.«

»Also zu finden im Haus-, Hof- und Staatsarchiv?«, regte Peter an.

»Mitnichten. Laut Katalog gab es ein solches Manuskript von Graf Calice nie im Archiv.«

»Das ist seltsam«, gab Kormann zu. »Ist es bereits in der Umbruchzeit nach dem Ersten Weltkrieg verschwunden? Oder aus dem Archiv in den letzten hundert Jahren abhandengekommen?«

Doch Reiter schüttelte den Kopf. »Negativ. Das Manuskript kam dort nie an. Man fand bei Nachforschungen den Bericht eines gewissen Joseph Haas aus dem Jahr 1866 über Saigon. Er war als Kandidat für den sogenannten Chinesischen Dolmetschdienst nach Hongkong versetzt worden und verfasste im selben Jahr unter dem Titel *Reisebericht über die während der großen Seereise gemachten Wahrnehmungen* einen Report über seine Erlebnisse. Der gilt als der älteste im Archiv erhaltene Bericht über Saigon. So weit kam Shapiro. Von Calice fand er keine Zeile zu seinen vier Jahren in China.«

»Du hast gesagt, es handelt sich um ein Werk, das es angeblich gab und heute nicht mehr gibt. Oder vielleicht doch gibt, aber Shapiro weiß nicht, wo es ist. Also...?«

Reiter lehnte sich zurück. »Wie ich herausgefunden habe, erwähnt Graf Calice die Aufzeichnungen aus China in seinem ganz persönlichen Tagebuch, das in der Zwischenzeit transkribiert und in kleiner Auflage erschienen ist. Wenn du mich fragst, dann hat Shapiro seine Weisheiten daher. Es gibt den Reisebericht also, oder besser, es gab ihn. Und Shapiro will ihn.«

»Interessant...« Peter Kormann schenkte seinem Gast und sich Mineralwasser nach. »Verstehe mich bitte nicht falsch, Alexander, ich freu mich, dass du nach all den Jahren wieder einmal bei mir aufgetaucht bist. Aber – was hat das alte Manuskript des Grafen mit mir zu tun? Du erzählst mir das doch nicht nur so?«

»Nein, natürlich nicht.« Reiter grinste schelmisch. »Aber ich will dich nicht in Verlegenheit bringen.«

Peter sah ihn überrascht an. »Wieso das?«

»Weil der Bericht von Calice zum letzten Mal im Naturhistorischen Museum in Wien gesehen wurde. Und zwar nach den Wirren des Zweiten Weltkriegs. Angeblich war das Buch in der persönlichen Sammlung von Baldur von Schirach, des letzten Gauleiters von Wien. Du kennst vielleicht die alte Legende von dem Gang, der die Museen mit der Hofburg verbindet, in der Schirach sein Büro hatte. Nun, wie ich schon vor Jahren herausgefunden habe, sind die Gänge keine Legende, sondern Tatsache. Der Gauleiter von Wien nahm das Buch bei seiner Flucht aus der Hofburg in Richtung Westen mit, aber nur bis zu den ersten Kisten, die in dem Gang zwischen Hofburg und Museen an der Ringstraße vor Luftangriffen in Sicherheit gebracht worden waren. In eine dieser Kisten legte er im Vorbeilaufen den Reisebericht Calices, dann flüchtete er aus Wien und tauchte erst in Tirol wieder auf, unter dem Namen Richard Falk. Wenig später stellte er sich den Amerikanern.«

Der Hausherr war nach wie vor verwirrt. »So kam das Buch in das Naturhistorische Museum?«

»Ganz genau so ... und das weiß Shapiro nicht.« Reiter sah seinen Freund an. »Wo genau es im Museum ist, ob in einer Dependance oder im Hauptgebäude, das wäre eine Suche wert. Und glaub mir, ich war versucht, sie einfach zu beginnen. Aber nachdem deine Firma die Security stellt, konnte ich nicht einfach Plan A ausführen, ohne dich in Verlegenheit zu bringen.«

Peter runzelte die Stirn und versuchte, seinen Freund zu verstehen. »Du meinst ...?«

»Ich glaube, es ist an der Zeit, dir einige Geschichten aus den Jahren nach dem Einsatzkommando zu erzählen«, meinte Reiter. »Die vergisst du gleich wieder. Dann überlegen wir gemeinsam, wie wir den Mossad an der Nase herumführen können und trotzdem an das Manuskript von Graf Calice kommen.«

Glenfinnan, Loch Shiel, Schottisches Hochland/
Schottland

Als Llewellyn am Nachmittag Elizabeth MacDonald-Burns'
Haus verließ, war er nicht viel weitergekommen, was die Person des mysteriösen Charles R. Parker betraf. Der war aufgetaucht und wieder verschwunden, wie eine Sternschnuppe am schottischen Nachthimmel. Niemand hatte ihm eine Träne nachgeweint, niemand jemals wieder von ihm gehört.

Er war als Fremder gekommen, ein Außenseiter geblieben und hatte sich am Ende in Luft aufgelöst.

War er der dürre, schweigsame Mann tatsächlich ein Agent gewesen, wie man sich hinter vorgehaltener Hand erzählte? Ein Spion, den man im Kalten Krieg in der schottischen Einöde versteckt und auf Eis gelegt hatte? Oder war das alles Blödsinn, und er war einfach ein Stadtflüchtling gewesen, der irgendwann genug von der Einsamkeit und dem rauen Wetter hatte und wieder in seine gewohnte Umgebung zurückgekehrt war?

Doch warum hatte er sich von niemandem verabschiedet? Liz MacDonald hatte ihm erzählt, dass Parker Slatach House nur gemietet hatte. Wie nun auch Llewellyn. Sollte er mit seinen Vermietern reden?

Und was genau hatte Parker mit Hongkong zu tun gehabt?

Liz hatte Llewellyn berichtet, dass der seltsame Bewohner von Slatach House Anfang 1971 verschwunden war, im

Februar oder März. Niemand hatte ihn abreisen sehen, keiner etwas gehört.

Es schien, als sei er wieder abgetaucht in seine dunkle Vergangenheit.

Der Major kletterte in seinen Suzuki und zog sein Handy heraus. Er wählte die Nummer seiner Vermieter, eines freundlichen älteren Ehepaars um die achtzig mit dem Namen Thornton-Smith, die in Edinburgh lebten.

»Ja?«, meldete sich Mrs Thornton-Smith sofort. »Sind Sie das, Major? Wie geht es Ihnen am Loch Shiel? Brauchen Sie irgendetwas fürs Haus?«

»Alles in Ordnung, Mrs Thornton-Smith, im Moment spielt sogar das Wetter mit«, beruhigte sie Llewellyn. »Ich genieße die Natur und die Ruhe.«

»Nun, viel mehr gibt es da oben auch nicht«, kicherte die Vermieterin. »Einer der Gründe, warum wir schon in unserer Jugend nach Edinburgh gezogen sind. Hier tobt zwar auch nicht das Leben, aber zumindest ist das kulturelle Angebot deutlich größer als Baumstammwerfen, Tauziehen oder Kugelstoßen.«

»Erinnern Sie sich noch an einen Ihrer früheren Mieter, einen gewissen Charles Parker?«, fragte Llewellyn sie direkt.

»Aber ja doch, ist lange her, ein seltsamer Vogel«, meinte Thornton-Smith und hüstelte ein wenig. »Wir haben ihn nie persönlich kennengelernt, aber manchmal mit ihm telefoniert. Er war immer so ... so schweigsam, kurz angebunden, wenn Sie wissen, was ich meine. Man musste ihm jedes Wort geradezu abringen.«

»Wie haben Sie dann Slatach House an ihn vermietet, wenn er nie bei Ihnen war?«, erkundigte sich Llewellyn.

»Das lief über eine Agentur in London, bei der wir damals Kunden waren«, erklärte die alte Dame bereitwillig. »Das

Haus stand leer, wir waren in die Stadt gezogen, waren jung und brauchten dringend das Geld. Meine Eltern waren damals beide gestorben, und deshalb suchten wir einen Mieter.«

»Und die Agentur vermittelte Ihnen Charles Parker«, hakte der Major nach.

»Ja, ich denke, das war 1965 oder 1966«, erinnerte sich Thornton-Smith. »Die Miete wurde stets für ein Jahr im Voraus bezahlt, was selten ist, und deshalb erinnere ich mich so gut daran. Kam jedes Jahr pünktlich am 2. Januar aufs Konto ... Aber warum interessiert Sie das, Major?«

»Weil mir jemand hier im Ort von Parker erzählt hat«, meinte Llewellyn unverbindlich. »Wie lange wohnte er in Slatach House?«

»Oh, ein paar Jahre sicher, da müsste ich nachsehen, ich habe alle Unterlagen aufgehoben.« Llewellyn hörte, wie sie in einem Schrank zu kramen begann. »Ich war mein ganzes Leben lang Buchhalterin, müssen Sie wissen, da kommt man nie mehr los vom Papier und den Zahlen.«

Der Major war versucht, »Gott sei Dank« zu antworten, schwieg aber und wartete, während Susan offenbar Ordner stapelte und aufschlug.

»Ah, da haben wir es ja!« Sie klang zufrieden. »Parker verließ Slatach House Mitte März 1971, völlig überraschend. Die Miete war wie immer bis Ende des Jahres bezahlt worden, also hatten wir keine Eile, das Haus neu zu vermieten. Er schickte uns damals nur eine kurze Notiz, verlangte auch die Kaution nicht zurück. Im Haus war jedoch alles in Ordnung.« Susan Thornton-Smith klang ein wenig ratlos, selbst nach all den Jahren. »Als wir die Kaution auf das Konto überweisen wollten, von dem auch die Miete gezahlt worden war, kam das Geld zurück. Es hieß, das Konto bestehe nicht mehr, es sei aufgelöst worden.«

Llewellyn überlegte. »Lautete das Konto auf seinen Namen?«, stieß er nach.

»Nein, ich glaube nicht, lassen Sie mich mal schauen«, meinte die Vermieterin und kramte weiter. »Warum wollen Sie das alles bloß wissen, Major?«, murmelte sie zwischendurch.

»Mich interessiert dieser Parker«, gab Llewellyn zu. »Man erzählt sich so verschiedene Geschichten über ihn hier in Glenfinnan.«

»Ach, die Leute da oben tratschen gern, sie haben ja sonst nichts zu tun«, stellte Susan Thornton-Smith leichthin fest. »Mich wundert, dass noch kein urzeitliches Ungeheuer in Loch Shiel aufgetaucht ist.« Sie kicherte leise. »Das würde den Tourismus ankurbeln. So, da haben wir es ja. Mein Gott, manchmal wundere ich mich über meine eigene Pedanterie. Das Konto lautete auf eine gewisse James Whitney Ltd. und war bei einer Londoner Bank geführt, bei Waterstone & Ballings, in der City.«

»Sie haben mir sehr geholfen, Madam«, bedankte sich Llewellyn. »Nur noch eine letzte Frage. Erinnern Sie sich an den Briefumschlag, in dem Parker Ihnen die Notiz von seiner Abreise zuschickte?«

»Den habe ich nicht aufgehoben, wenn Sie das meinen«, gab die alte Dame etwas pikiert zurück. »Aber ich weiß noch, dass es ein ganz normaler, etwas stabilerer Umschlag war, mit Schreibmaschine adressiert. Als Absender war die Adresse von Slatach House angegeben. Und drinnen war ein Zettel, eine kurze Notiz. Er, Parker, würde nun das Haus nicht mehr benötigen, und der Schlüssel stecke in der Haustür. Wir waren damals etwas verwundert darüber.«

»Das kann ich mir vorstellen. Danke für Ihre Mühe, und grüßen Sie Ihren Mann von mir, Mrs Thornton-Smith.«

Der Major lehnte sich in seinen Sitz zurück und ließ das Handy sinken. Aus den Augenwinkeln sah er, wie Liz ihn durch das Küchenfenster beobachtete. Also startete er den kleinen Geländewagen und fuhr endlich los, das Ufer entlang, zum kleinen Parkplatz und von da die schmale Straße weiter landeinwärts.

Dann griff er erneut zum Mobiltelefon und drückte eine Kurzwahltaste.

»Sticht dich schon der Hafer, und du hast endlich genug von Dudelsack, Whisky und Schafweitwurf tagaus, tagein, von früh bis spät?«, begrüßte ihn Captain Alex Beaulieu mit einem spöttischen Unterton. Beaulieu, seit dreißig Jahren Llewellyns rechte Hand, war offiziell in Pension, genau wie der Major, aber fit, durchtrainiert und unentbehrlich wie ein Regenschirm im englischen Wetter, wie Llewellyn stets zu betonen pflegte.

»Hallo Alex, ich bin auf etwas Seltsames gestoßen«, begann der Major und berichtete Beaulieu von dem Paket aus Hongkong und Charles Parker.

»Glaubst du, dass an dem Gerücht etwas dran ist?«, fragte Alex.

»Ehrlich gesagt? Keine Ahnung. Mich beunruhigt der Dolch aus Hongkong viel mehr. Warum sollte jemand einen blutigen Khukuri nach Glenfinnan schicken? Und dann ausgerechnet an Parker, den schweigsamen Unbekannten?«

»Vielleicht sammelte er die Dinger und war früher mal in Hongkong gewesen«, versuchte Alex eine Erklärung. »Oder sollte es eine Warnung sein?«

»Da gibt es eine Firma, eine gewisse James Whitney Ltd. Sie bezahlte die Miete für Parker und sollte ihren Sitz in London gehabt haben, zumindest in den sechziger und frühen Siebzigerjahren«, gab Llewellyn zurück. »Das Konto wurde bei Waterstone & Ballings in der City geführt. Wahrscheinlich eine Privatbank.«

»Ich klemme mich dahinter«, versprach Beaulieu. »Gib mir eine Stunde. Dann wissen wir mehr.«

»Keine Eile, Alex, hier läuft mir nicht mal die Zeit davon«, meinte der Major mit einem Blick auf Loch Shiel. »In Glenfinnan hat sich seit hundert Jahren wenig geändert. Jetzt kommt es auf eine Stunde mehr oder weniger auch nicht an.«

Als Beaulieu wieder zurückrief, war die Sonne untergegangen, und die ersten Gewitterwolken zogen über das Wasser. Die Gipfel der Berge waren im Nebel verschwunden, und ein kalter Wind blies von Westen her.

»Tut mir leid, dass es so lange gedauert hat, aber du wirst es nicht glauben«, begann Beaulieu, und Llewellyn kannte ihn lange genug, um eine gewisse Unruhe aus seiner Stimme herauszuhören. »Waterstone & Ballings war eine Privatbank, die in den Neunzigern geschlossen worden war. Sie gehörte über einen Kreis von Strohmännern zu hundert Prozent der Regierung des Vereinigten Königreichs. Sieht ganz so aus, als wären schwarze Budgets für beide große Geheimdienste darüber abgewickelt worden. Gab damals ziemliches Aufsehen, als es bekannt wurde. Parlamentarische Anfrage und so. Und wie immer verlief alles im Sand, in dem bereits der Kopf des Vogels Strauß steckte, weil sowieso niemand etwas davon wissen wollte. Außerdem war das Bankhaus damals schon Geschichte, und wie von Zauberhand waren mit einem Mal sämtliche Unterlagen verschwunden.«

»Lass mich raten – nationale Sicherheit«, brummte Llewellyn.

»Sturm im Wasserglas, hitzige Diskussionen im Unterhaus,

danach kein Wort mehr«, ergänzte Beaulieu. »Was jetzt diese James Whitney Ltd. betrifft ... die existierte etwas mehr als zehn Jahre lang, von 1958 bis 1971. Ihr Geschäftszweck war die ›Anbahnung von Geschäften mit dem Nahen und Fernen Osten, Import und Export von Waren aller Art‹. Ihr Geschäftssitz lag nicht in London, sondern in Oxford. Und jetzt kommt's: Die Gründung des Unternehmens fällt zeitlich ziemlich genau mit einem Skandal zusammen, den in den Fünfzigerjahren die Aufdeckung eines russischen Spionagerings an der Universität Oxford ausgelöst hatte. Der war von zwei britischen Homosexuellen geführt worden, und das kam damals ganz und gar nicht gut. Seit diesem Zeitpunkt war es britischen Geheimdiensten bis Anfang der Neunzigerjahre offiziell verboten, Schwule oder Lesben in wichtigen Positionen zu beschäftigen, weil sie als erpressbar galten.«

»Also war Parker vielleicht schwul«, murmelte Llewellyn gedankenverloren.

»Einer der beiden Agenten starb noch im gleichen Jahr an einer Lungenentzündung, der andere verschwand spurlos«, fuhr Beaulieu fort. »Wenn du mich fragst, dann könnte es tatsächlich dieser Parker gewesen sein, den sie nach Schottland in die Einöde geschickt haben, in ein sicheres Haus. Um einfach Gras über die Sache wachsen zu lassen. Aber das ist noch nicht alles. Du könntest andererseits auch den Geschäftsführer der James Whitney Ltd. anrufen und ihn selbst fragen. Ich weiß allerdings nicht, ob er darüber sehr erfreut sein wird.«

»Lebt der noch?«

»Putzmunter«, sagte Alex. »Sein Name ist Peter Compton.«

Mittwoch, 16. Juni 1971

Bar Chez Alice, Lucapa, im Tal des Luachimo/Angola

John stieß die abgegriffene und schmutzstarrende Tür zu der windschiefen Baracke auf, nachdem er einen Blick auf das ziemlich hochtrabende Schild »Chez Alice« geworfen hatte.

Oder besser gesagt auf das, was davon noch übrig war.

Das ›z‹ war im Laufe der Jahre wohl von einem Sammler mitgenommen oder vom Wind verweht worden, ebenso wie das ›ce‹ von Alice, was aus der Kneipe ein »Che Ali« machte.

»Alice muss eine Verwandte von Che Guevara sein«, meinte John Finch zu Freddy Horneborg, seinem Copiloten, und kniff die Augen zusammen. Der Lärm, der ihnen entgegenschlug, war ohrenbetäubend, die Rauchschwaden im Inneren der Kaschemme gesundheitsgefährdend, und Freddy musste prompt husten.

»Stell das Atmen ein«, riet der Holländer John, als er wieder sprechen konnte.

Wenn Alice jemals hier gewesen war, dann war sie seither entweder ausgewandert oder hatte sich stark verändert. Der bärtige junge Mann mit den Rastalocken und dem Peace-T-Shirt, der hinter der Bar vergebens versuchte, Ordnung zu halten und die Zettel mit den Bestellungen seiner Gäste abzuarbeiten, konnte vielleicht noch Alice' Sohn sein. Aber die beiden Typen, die mit grimmigem Gesicht Bierflaschen und Drinks an die Tische brachten und die leeren Gläser wieder einsammelten, hätten jeder halbwegs vernünftigen Alice nächtelange Albträume verschafft und sie schreiend das Weite suchen lassen.

»Alice lebt hier nicht mehr«, meinte Freddy, als hätte er die Gedanken Johns erraten. »Sie ist jetzt in einer geschlossenen Anstalt.«

»Da ist sie auch besser aufgehoben«, gab John trocken zurück und drängte sich durch Gruppen von diskutierenden und kampftrinkenden Männern in Jeans, T-Shirts und weiten Hemden in abenteuerlichen Farbkombinationen.

In einer Ecke brüllte ein Gettoblaster *Brown Sugar* von den Rolling Stones ins Halbdunkel. Soweit John durch die Rauchschwaden sehen konnte, waren Freddy und er die beiden einzigen Weißen bei Alice.

»Tausend Jahre Gefängnis sehen dich an«, grinste Freddy. »Arlo Guthrie muss bei Alice' Restaurant auch eine andere Absteige vor Augen gehabt haben...«

»Der gute Hippie Arlo wäre hier nicht lebend rausgekommen«, stimmte ihm John zu und arbeitete sich drängend und schiebend bis zur Bar vor. Erstaunt sah der Rasta Man die beiden Neuankömmlinge an, griff dann nach einem Joint und nahm einen tiefen Zug.

»Wenn du die rosa Ratten mit den blauen Punkten wieder verjagt hast, dann hätten wir gerne zwei Bier«, meldete Freddy die Getränke an. »In der Flasche, ich traue deinen Gläsern nicht.«

»Gläser...gibt's...hier...nicht, gab's noch nie«, stotterte der Junge und schüttelte die Locken.

»Nicht mal zu Alice' Zeiten?«, wollte John wissen, doch Rasta Man starrte ihn nur verständnislos an.

»Sie muss wohl schon länger weggezogen sein, die gute Alice«, warf Freddy ein, »oder Mister Unfrisiert hat sich sein Gehirn auch gleich mit durchgezogen. Nein!« Er hielt den

Jungen auf der anderen Seite der Bar davon ab, die Kronenkorken von den Flaschen springen zu lassen. »Nein, das mache ich lieber selbst. Holländische Hygienevorschrift für Expats.«

Damit nahm er ihm kurzerhand die beiden eiskalten Flaschen Mongozo–Bier aus der Hand und brachte sie in Sicherheit.

»Der bringt es fertig und treibt die Viren noch durch das Glas, so wie der aussieht«, brummte Freddy, drückte John ein Bier in die Hand und meinte: »Schau, trau niemandem hier.«

In diesem Moment trat einer der Schwerverbrecher, die hier als Kellner arbeiteten, zu Rastalocke und nickte in Richtung John und Freddy. »Probleme?«, knurrte er, aber der Junge schüttelte den Kopf. »Alles ... alles k...k... klar.«

»Die kleine Kneipe am Ende der Straße hab ich mir immer heimeliger vorgestellt«, witzelte Freddy, nachdem er einen langen Blick über die Gäste der Kaschemme geworfen hatte. »Aber ich frage mich etwas ganz anderes ...«

»Nämlich wo die bewaffneten Guerilleros geblieben sind?«, vollendete John den Satz. »Der Gedanke beschäftigt mich auch schon seit einiger Zeit. Gibt es hier ein Hinterzimmer? Wo man Karten spielt und die illegal geschürften Diamanten unbemerkt den Besitzer wechseln?«

Wie um die Frage zu beantworten, verschwand einer der Kellner nach kurzem Anklopfen mit einem Tablett voller Bierflaschen durch eine rot gestrichene Tür hinter der Bar.

»Entweder liegt dahinter das Büro von Alice, und dann sollte sie aufhören, literweise Bier zu trinken, oder das Extrazimmer«, meinte Freddy. »Das mit den angetrunkenen Freiheitskämpfern. Brisante Kombination. Jetzt fehlen uns nur noch Schuhmann und unser Lohn, dann starten wir zurück in die Zivilisation. Und wer hätte gedacht, dass ich eines Tages das heiße, staubige, verwanzte und korrupte Kairo als zivilisiert bezeichnen würde?«

John beobachtete inzwischen verstohlen die etwa fünfzig Gäste der Kneipe. Er sah zwar keine Betrunkenen, aber auch keinen, der einen Softdrink in der Hand hielt. Dann flog die Tür auf, und eine weitere Gruppe drängte herein, laut begrüßt von den Umstehenden.

»Die eine Hälfte wird von der Polizei gesucht, und die andere ist aus dem lokalen Gefängnis ausgebrochen«, zog Freddy Bilanz. »Hat nur noch keiner bemerkt.« Er gab dem Rasta Man hinter der Bar das Zeichen, zwei weitere Flaschen Mongozo aus der Kühlung zu holen.

Da wurde die Tür erneut aufgestoßen, und Schuhmann betrat das Chez Alice, blickte sich rasch um, erkannte Finch und Horneborg an der Bar und drängte sich mühsam durch die Gruppen lautstark diskutierender Männer.

Freddy bestellte noch eine zusätzliche Flasche, während John Platz an der Theke für Schuhmann machte und gleichzeitig die rote Tür ins Hinterzimmer im Auge behielt.

»So richtig gemütlich hier«, begrüßte John den Deutschen. »Erinnert Sie das auch an Leipzig? Aber dort würde es wohl ›Chez Clara‹ heißen, in Anlehnung an Clara Zetkin. Und vom Barkeeper bis zur Putzfrau wären alle Informanten der Stasi.«

»So eine Kaschemme wäre in Leipzig keinen Tag geöffnet, dann würde die Entlausungstruppe darüber herfallen«, erwiderte Schuhmann. »Aber wo viel Licht, da viel Schatten. Hier ist es unauffälliger als am Flugzeug. Das beobachten die Guerilleros seit unserer Ankunft.«

»Das Hinterzimmer ist voll mit bewaffneten Freiheitskämpfern«, gab Freddy zu bedenken und wies auf die rote Tür.

»Die da pokern, saufen und sich mit ein paar Mädchen vergnügen«, meinte Schuhmann ruhig. »Wie an jedem Mittwoch. Und glauben Sie mir, da sind sie mir lieber als im Hinterhalt im nächsten Wald.« Er nahm einen langen Zug aus der Bierflasche. »Ah, das kann man ja fast trinken. Besser als dieses ägyptische Gebräu.«

Schuhmann griff in seine Tasche und legte einen kleinen Lederbeutel auf den Tisch. »Hier sind Ihre Diamanten, Mr Finch. Inklusive einer Gefahrenzulage wegen des kurzfristigen Fluges und der provisorischen Piste.«

John warf einen Blick hinein und steckte den kleinen schwarzen Beutel dann zufrieden in seine Hosentasche. In diesem Moment flog die Tür des Hinterzimmers auf, und drei Mann stürmten in den Gastraum.

»Das ist er!«, rief einer und zeigte auf Schuhmann. »Ich habe selbst gesehen, wie er mit den Schürfern verhandelt hat!« Die beiden anderen griffen sofort zu ihren Waffen. Mit einem Mal war es totenstill im Chez Alice.

Nur der Gettoblaster brummte die letzten Takte eines Reggae vor sich hin.

»Ist das wahr?« Der Mann, der aus dem Zimmer kam und die anderen beiden zur Seite schob, war groß, breitschultrig, schwarz wie die Nacht und trug einen fleckigen Tarnanzug. In einer Hand hatte er seltsamerweise eine Reitgerte, die er in regelmäßigen Abständen auf seinen Schenkel schlug, während seine dunkelbraunen Augen über die Gäste irrten und schließlich auf den drei Weißen an der Bar hängen blieben.

»Unauffällig, ja?«, raunte John Schuhmann zu.

Freddy verdrehte die Augen. »Was für eine Scheiße!«, fluchte der Holländer.

»Welcher?«, erkundigte sich der Mann mit der Reitgerte nochmals, um sicherzugehen, und wieder zeigte der Finger auf Schuhmann.

Der große Schwarze, offenbar der Anführer der Freiheitskämpfer, schob sich an dem völlig erstarrten Rasta Man vorbei und umrundete die Bar. Schließlich blieb er vor Schuhmann stehen, der mit einem Mal nicht mehr so selbstsicher aussah.

»Sie kaufen Diamanten? Ein gefährliches Geschäft in unsicheren Zeiten«, meinte der Guerilla und streckte die Hand aus. »Zeigen Sie mir, was Sie gekauft haben.«

Schuhmann zuckte mit den Schultern. »Ich bin im Auftrag meiner Regierung unterwegs. Und die Steine habe ich nicht mehr, sie waren als Bezahlung gedacht, für meine beiden Piloten.« Er machte eine elegante Handbewegung in Richtung John.

»Ach.« Der Mann mit der Gerte sah John und Freddy mit neu erwachtem Interesse an, während John Finch den Ostdeutschen im Stillen verfluchte. »Dann kommen Sie doch mit ins Hinterzimmer, damit wir uns über einen angemessenen Anteil zur Befreiung Angolas einigen können. Sie haben ja auch unsere Landepiste benutzt...«

Damit schob er Freddy und John vor sich her in Richtung der roten Tür. John dachte fieberhaft nach, wie er die Bewaffneten loswerden konnte. Doch gerade, als er die Tür aufstoßen wollte, flog sie auf, und einer der Söldner aus der de Havilland stand vor ihm, im Tarnanzug, mit geschwärztem Gesicht und bis an die Zähne bewaffnet. Sein Sturmgewehr zielte an John vorbei direkt auf den Kopf des Anführers der Freiheitskämpfer, und der Lauf zitterte keinen Millimeter.

»Habe ich gerade Landepiste gehört?«, zischte der Mann mit dem kantigen Gesicht unfreundlich. »Diesen beschissenen Parkplatz am noch beschisseneren Arsch der Welt nennst du Piste? Wo hast du dein Pferd geparkt, Gertenschwinger? Es hat nämlich deinen Verstand mitgenommen.«

Er ruckte den Lauf des Sturmgewehrs nach oben.

»Hände hoch, wo ich sie sehen kann, sonst lass ich dich jede Bodenwelle deiner Landepiste eigenhändig ausbessern.

Mr Finch? Nehmen Sie Ihren Copiloten, und verschwinden Sie zu Ihrem Flugzeug. Wir regeln das hier ein für alle Mal. Ich kann in den nächsten Tagen hier in Lucapa keine Störungen brauchen, weder von irgendwelchen marodierenden Freiheitsfuzzis noch von schießwütigen eingeborenen Diamantensammlern. Nicht wahr?«

Der große Schwarze knurrte etwas zu seinen Leuten und ballte wütend die Fäuste.

Die Gäste des Chez Alice widmeten sich wieder ihren Drinks, der Lärmpegel stieg erneut, und Jimmy Cliff röhrte sein *Vietnam* aus den Lautsprechern.

»Danke, ich schulde Ihnen etwas«, murmelte John im Vorübergehen. Die übrigen Söldner hielten die kleine Gruppe der Freiheitskämpfer im Extrazimmer in Schach, die mit einem Mal ziemlich nüchtern und eingeschüchtert aussahen. Drei verängstigte Frauen drängten sich um einen Tisch und hatten ihre Hände flach auf der zerkratzten Tischplatte liegen.

»Der Hinterausgang ist da drüben«, deutete einer der Söldner nach rechts und nickte John zu, während seine Maschinenpistole einen weiten Halbkreis beschrieb.

»Das war knapp«, schnaufte Freddy, als er neben John auf die de Havilland zulief. »Chez Alice wird nicht zu meiner Stammkneipe, kann mir eher gestohlen bleiben. Wenn ich die Typen hier niemals wiedersehe, dann ist das früh genug. Und dieser Schuhmann ist eine fiese ostdeutsche Ratte.«

»In Afrika läuft man sich immer zweimal über den Weg«, entgegnete John bitter. »Mindestens. Und das nächste Mal kommt er nicht so billig davon.«

Als sie fast an der Maschine angelangt waren, löste sich eine Person aus dem Schatten des Fahrwerks. Es war Charles, der schmale, farblose Typ aus Schottland, der irgendwie bei Schuhmann und in diesem Flugzeug nach Angola gelandet war.

»Wollen Sie wieder weg hier?«, rief ihm Freddy entgegen. »Kann ich Ihnen nicht verdenken. Der nächste Flug aus der Depression geht in wenigen Minuten.«

Doch der Mann schüttelte nur den Kopf, und so zuckte Freddy gleichmütig mit den Schultern und verschwand rasch im Cockpit, um mit den Startvorbereitungen zu beginnen.

Als John zu ihm trat, zog der Mann einen flachen Umschlag aus seinem Hemd, den er zusätzlich zum Schutz in Leder eingewickelt hatte.

»Ich möchte Sie bitten, das für mich nach Kairo zurückzubringen und aufzubewahren. Es ist bei Ihnen in besseren Händen als bei mir. Wer weiß, ob ich jemals aus Angola wieder zurückkomme?«

»Und was soll ich damit machen, wenn Sie es nicht mehr hier herausschaffen?«, wollte John wissen.

»Dann öffnen Sie das Päckchen und lesen die Papiere«, meinte Charles leise, und seine Augen blitzten. »Es sind wichtige Forschungsergebnisse, nennen Sie den Umschlag meine Rückversicherung. Am Ende liegt es an Ihnen zu entscheiden, was Sie damit machen wollen.«

Der erste Propeller begann sich zu drehen, der erste Motor sprang an, und John wollte keine wertvolle Zeit mit Diskussionen verlieren. Er steckte den Umschlag ein, nickte, schüttelte dem seltsamen Mann aus Schottland mit den Worten »Bis irgendwann!« die Hand und kletterte in die de Havilland. Dann schloss er die Tür.

Wenige Minuten später hatten John und Freddy die viermotorige Maschine so nahe an den Waldrand manövriert, dass das Leitwerk bereits von den Baumstämmen eingerahmt wurde.

»Wir verschenken keinen Zentimeter«, stellte John fest. »Und jetzt Vollgas, Hebel nach vorn und Ready for Take-Off!«

Die de Havilland zitterte wie ein Rennpferd am Start, als die Motoren aufheulten, Freddy die Bremsen löste und die Maschine sich in Bewegung setzte. Alles erschien beiden Piloten wie in Zeitlupe, viel zu langsam – das Anrollen, die Beschleunigung, das Aufbrummen der Propeller, die Gasannahme der Motoren, das Vorüberziehen der Landschaft.

Dafür schien der Abgrund mit dem Fluss immer schneller näher zu kommen.

»Das wird knapp«, stellte Freddy mit einem skeptischen Gesichtsausdruck fest. »Ein passender Aufwind wäre jetzt ein wahrer Segen.«

»Oder ein Nachbrenner wie bei Düsenjets.« Johns Hand lag locker auf dem Steuerrad der Passagiermaschine aus den Fünfzigerjahren. »Wir warten bis zum letzten Moment, bis wir sie in die Luft bringen ...«

»... sonst fällt sie runter wie ein Stein«, nickte Freddy.

»Gute Idee, lassen wir sie fallen«, meinte John und beobachtete den Rand des Abgrunds, der rasch näher kam. »Wir gewinnen vielleicht dreißig Meter Höhe und ein wenig Geschwindigkeit.«

»Diesmal können wir jeden Knoten brauchen«, ergänzte Freddy und schätzte den verbleibenden Rest Piste.

Achtzig Meter vielleicht?

Zu wenig, viel zu wenig.

»Bei welcher Geschwindigkeit hebt diese lahme Ente ab?«, wollte er wissen.

»Wenn die Räder den Boden verlassen.« John grinste. »Wir sind leichter und haben ein wenig Gegenwind. Drück einfach die Daumen.«

»Die sind schon ganz taub.« Freddy lehnte sich zur Seite, um besser zu sehen. Dann zählte er herunter: »Noch zwanzig Meter, fünfzehn, zehn, Take-Off!«

Die de Havilland rodelte über die Kante des Abgrunds wie eine schwerfällige gemästete Gans, nahm die Nase nach unten, und als John das Höhenruder zog, drohte sie abzuschmieren. Also ließ er dem Flugzeug noch ein wenig Raum, spürte, wie es sich fing, wie die Luft zu tragen begann.

»John!« Freddy zeigte auf die bedrohlich näher kommende Wasseroberfläche des Luachimo.

In diesem Moment legte John die de Havilland sanft auf die Seite, zog sie in eine Linkskurve. Der Luftwirbel an der linken Flügelspitze, die fast in die Wellen tauchte, ließ das braune Flusswasser aufspritzen.

Aber die alte Dame blieb in der Luft.

Behutsam fing John die Maschine ab, legte sie gerade und zog sie langsam höher, immer weiter aus dem Flusstal heraus.

»Pfff...!«, machte Freddy und schüttelte verwundert den Kopf. »Hut ab, das macht dir so schnell keiner nach. Ich muss noch viel lernen.«

*

Die Jahre vergingen, und John vergaß Schuhmann, den Umschlag, den Charles, der geheimnisvolle Schotte ihm anvertraut hatte, und das Abenteuer im Norden Angolas, das in einem Kaleidoskop von Erinnerungen zu einem kleinen bunten Glasstück am Rande der Linse wurde. John blieb in Afrika, wie er es sich immer erträumt hatte, doch der Schotte kam nie mehr zurück, um seinen Umschlag abzuholen. So verstaute ihn John zwischen alten Fotos unter einem stets wachsenden Berg von Erinnerungsstücken.

In den nächsten Jahren flog John durch Wüstenstürme und in Bürgerkriege, donnerte in der Dunkelheit im Tiefflug über Grenzen und schlüpfte unter dem feindlichen Radar hindurch, um Söldner zu ihren Putschversuchen zu bringen, Schwerverletzte in ein Spital oder Sterbende nach Hause.

Immer mehr Jahre verschwammen zu einem einzigen großen Abenteuer, das Afrika hieß.

Mit der Zeit wurde Finch zu einer Legende zwischen Casablanca und Kapstadt, zwischen Daressalam und Monrovia. Ein kleiner, aber eingeschworener Haufen von Abenteurern scharte sich nach und nach um ihn. Da gab es Flieger und Archäologen, Glücksritter und Lebenskünstler, gescheiterte Existenzen und Privatiers, bei denen niemand wusste, wovon sie lebten. Aber sie alle hatten eines gemeinsam: Keiner wollte je wieder in ein normales Leben zurückkehren.

Vielleicht konnte es auch keiner mehr.

Zwischen Grandhotels und Flughafenbaracken hatten sie das bürgerliche Leben verlernt.

Alle waren sie ausnahmslos von der Faszination Afrikas gepackt, von den grenzenlosen Möglichkeiten und der Weite der Sanddünen. Sie liebten die Freiheit, hassten jede Routine und sprengten alle Konventionen.

So kam es, wie es kommen musste. Manche von ihnen blieben in der Wüste, verschollen und wurden nie wieder gefunden. Andere wurden krank, starben in einem schmutzigen Bett am Rande des Dschungels oder jagten sich eine Kugel in den Kopf, bevor sie jemandem zur Last fielen. Wieder andere verschwanden eines Tages irgendwo zwischen Casablanca und Kapstadt oder tauchten unter, auf der Flucht vor der Gesellschaft, der Polizei, den Geheimdiensten, Gläubigern und manchmal auch nur vor sich selbst.

Das Leben war kurz, schnell, intensiv, und keiner wollte auch nur einen einzigen Augenblick davon verpassen.

Keiner dachte jemals an seine Pension. Alt werden war nicht eingeplant bei den Abenteurern des Continental-Savoy. »Wir haben nie damit gerechnet, irgendwann einmal vierzig zu werden«, fasste es einmal ein Freund Johns zusammen.

Das Leben, das sie so sehr liebten, war gefährlich genug, jeden Tag aufs Neue. So hatte auch der Tod irgendwann seinen Schrecken verloren. Er saß stets neben ihnen, begleitete sie auf Schritt und Tritt.

Und manche erlöste er auch und nahm sie mit, auf die andere Seite der Nacht.

Dann, im Sommer 2008, geschah das Unerwartete, das Unglaubliche: John verschwand plötzlich aus Afrika und ging in den brasilianischen Urwald, an den Rio Negro. Doch auch dort holte ihn das Abenteuer ein. Ein Abenteuer, bei dem er seine Freundin Fiona und seinen besten Freud Llewellyn kennengelernt hatte.

Aber das ist eine andere Geschichte.

Warum er damals aus dem Continental-Savoy, aus Kairo, aus Ägypten weggegangen war, darüber sprach er niemals. Und es sollte Jahre dauern, bis er wieder in sein geliebtes Afrika zurückkehrte, nach Alexandria.

Aber das ist wiederum eine *ganz* andere Geschichte.

Donnerstag, 2. Juni 2016

Wallenbergstrasse 6, Berlin-Wilmersdorf/Deutschland

Die Dämmerung war über Berlin hereingebrochen.

Im dichten Abendverkehr reihten sich die Scheinwerfer der Autos wie leuchtende, endlos scheinende Perlenketten aneinander.

In der Wallenbergstraße wurde die blaue Stunde durch das gelbliche Licht der Gaslaternen violett gefärbt. Martina Trapp sah sich in der stillen Gasse um, nachdem sie ihre Mercedes A-Klasse in einer der großen Parklücken am Straßenrand abgestellt hatte. Einige Wohnblocks, in denen die Lichter bereits angegangen waren, vernachlässigte Grünanlagen mit den üblichen braunen Trampelpfaden und dem »Haus der Jugend Anne Frank«, das auch schon bessere Zeiten gesehen hatte.

Berliner Normalität.

Zwischen den Pflastersteinen auf dem Gehweg wuchsen Büschel von Gras und ein paar Margeriten. An einer der Laternen rostete der angekettete kärgliche Rest eines Fahrrads wohl schon seit Jahren vor sich hin. Weit und breit war kein Mensch zu sehen, selbst der Verkehrslärm der Großstadt schien sich nicht bis in die Gasse zu verirren oder versickerte restlos zwischen alten Zäunen und Fliederbüschen.

»Irgendwie idyllisch«, meinte Trapp und schnupperte. Es roch nach Grillwürstchen und frischer Farbe. Nach dem Essen im Timeless hatte sich Annette Krüger verabschiedet und war nach Hause gefahren. Calis hatte ihr zuvor noch seine Visitenkarte in die Hand gedrückt, mit der üblichen Formulierung, aber ohne große Erwartungen. Und dem Hinweis, dass er die nächsten zwei Wochen nicht erreichbar sei.

»Was genau machen wir hier?«, erkundigte sich Martina neugierig.

»Einen Besuch«, gab Thomas Calis kurz angebunden zurück. Er fragte sich, ob es nicht eine Schnapsidee gewesen war, hier zu zweit aufzutauchen. Gustav war oft schon mit einem einzigen Besucher heillos überfordert.

Vor allem dann, wenn er wieder mal auf einem seiner Trips war.

Der Kommissar blieb kurz an einem roh gezimmerten Holztor stehen, hinter dem sich der Lagerplatz einer Baufirma erstreckte, übersät mit Bergen von Kies und Schotter, Sand und Metallteilen, mit wild wuchernden Bäumen und Büschen. Links davon hing ein ehemals grün gestrichenes schmales Gittertor schief in den Angeln. Der alte Holzbriefkasten war schon vor Langem aufgebrochen und die Graffiti an der Wand daneben notdürftig übersprayt worden.

Calis ging in die Hocke, löste einen verborgenen Riegel und stieß das Gittertor auf, um Martina durchgehen zu lassen.

»Einfach immer geradeaus, und solltest du dem Hund von Baskerville begegnen, dann ist das Attila, der Haushund«, stellte Thomas beruhigend fest. »Der ist zwar riesig, will aber nur spielen.«

»Das sagen sie alle ... Attila, wie der Hunnenkönig?«, erkundigte sich Trapp voller Vorahnungen und stolperte ins Dunkel. »Lässt du mir deshalb den Vortritt? Damit der liebe Attila nach der Vorspeise schon mal satt ist?«

Calis schloss das Tor wieder und schickte ein stilles Stoßgebet zum Himmel. Dann folgte er Martina auf dem gewundenen Weg zwischen den Büschen auf das Grundstück.

Als sie auf die kleine Lichtung hinaustraten, lag die niedrige, langgestreckte, fast schwarze Holzhütte wie verlassen vor ihnen. Alle Fenster und Türen waren fest verschlossen, kein einziges Licht brannte auf dem Grundstück.

Von Attila war weit und breit nichts zu hören. Aber das musste nichts bedeuten.

»Attila ist ein Dobermann, musst du wissen, etwas größer geraten als seine Artgenossen«, präzisierte Thomas zögernd, »aber ein Kampfschmuser, sabbert alles voll, was er mag.«

»Und was er nicht mag?«, fragte Martina argwöhnisch nach.

»Det beißt er tot«, kommentierte eine hohe Stimme, die aus einem der Büsche kam und in der Dunkelheit umso gespenstischer klang. »Wat ne Überraschung! Der feine Herr Kommissar ... und diesmal gleich im Doppelpack. Trau'n Se sich nich mehr alleene zu mir?«

»Justav, steck die Knarre weg und lass Attila von der Leine«, seufzte Calis lächelnd. »Ich hab heute meine Nahkampfklamotten an, das passt. Und das hier ist Oberkommissarin Trapp, meine Freundin.«

»Echt? Sie haben noch Freunde?«, wunderte sich der schmächtige Mann, der langsam aus der Dunkelheit zwischen den Büschen hervortrat, eine Pistole in der einen und die Leine eines riesigen schwarzen Dobermanns in der anderen. »Die janze Familie bei den Bullen? Muss janz schön eintönig sein.«

Gustav umrundete trippelnd Trapp und Calis, während er die beiden aus wässrigen Knopfaugen neugierig betrachtete. Er war klein und dürr, mit Segelohren und einem übergroßen Kopf, einem fliehenden Kinn und war ständig in Bewegung. Martina hingegen stand still und blickte Thomas alarmiert an.

Der versuchte eine Zuversicht zu verbreiten, die er nicht im Geringsten verspürte.

Attila seinerseits hatte Thomas erkannt und hechelte nun freudig erregt, zerrte an der Leine und japste wie ein kleiner Pudel.

Die große Pistole in Gustavs Hand zitterte diesmal kein bisschen, sondern zeigte unverwandt auf den Nabel des Kommissar. Was Calis einerseits beruhigte – Gustav schien bei halbwegs klarem Verstand zu sein –, andererseits kein bisschen, als er sah, dass der Sicherungshebel umgelegt war. Zu bestimmten Zeiten war der kleine Mann durchaus kooperativ und ansprechbar, aber das konnte blitzschnell umschlagen. Dann war eine entsicherte Handgranate geradezu eine Lebensversicherung gegen den städtischen Einsiedler, der mehr Tage seines Lebens im Knast verbracht hatte als in Freiheit.

»Kommste jerade heim, oder gehste auf Arbeit?«, versuchte Calis die Lage zu entspannen.

»Sie wissen doch, solche Antworten kosten Geld«, wechselte Gustav demonstrativ ins Hochdeutsche, steckte die entsicherte Pistole jedoch sorglos in den Hosenbund und ließ Attila von der Leine, der sich sofort schwanzwedelnd auf den Kommissar stürzte, ihn sabbernd begrüßte und an ihm hochsprang.

»Damit ist der eine schon mal beschäftigt, und der andere hat alle Hände voll zu tun«, griente Gustav und streckte Martina die Hand hin. »Sie sind also die Braut von dem da. Steila Zahn! Freut mich. Justav mein Name.« Ein Hauch von Berliner Vorstadtgalanterie schwebte durch den Abend, und Martina musste lachen, während Attila sich hingebungsvoll bemühte, mit seiner schnellen Zunge dem Gesicht des Kommissars einen neuen Anstrich zu verleihen.

»Sie haben einen schönen Garten.« Martina Trapp nickte Gustav zu und versuchte gleichzeitig, mit beiden Händen Attila von Thomas wegzuziehen. Der Dobermann schnüffelte überrascht an ihrem Arm, dann ließ er von Calis ab, warf sich spontan auf den Rücken ins Gras, streckte alle Pfoten von sich und blickte Martina erwartungsvoll an.

»Der mag Sie.« Gustav kicherte. »Möchte sicher ein paar Streicheleinheiten. Kann ihm keiner verdenken.«

»Wen mag dein Flohzirkus eigentlich nicht?«, erkundigte sich Thomas atemlos und wischte sich mit einem Zipfel des T-Shirts über das nasse Gesicht.

»Jede Menge Typen«, erwiderte Gustav ungerührt. »Aber die können nix mehr erzähln. Was treibt Sie diesmal auf meine Latifundien? Extra umjezogen hamm Se sich nicht für den Besuch. Keine Penunze mehr bei den Bullen?«

»Latifundien? Penunze? Hast du einen Abendkurs in der Volkshochschule belegt?«, wunderte sich Calis. »Das kleine Latinum oder Rom für Dummies?«

»Keine Intimitäten«, verbat sich Gustav energisch. »Immer, wenn Sie unangemeldet reinschneien, brauchen Sie was.«

»Er kommt also öfter hier vorbei«, warf Martina etwas spöttisch mit einem Seitenblick auf Calis ein, während sie Attila kraulte, der genussvoll die Augen geschlossen hatte und wie eine Katze schnurrte.

»Na ja, wie man's nimmt.« Gustav grinste. »Hat sich in letzter Zeit ein wenig rar gemacht. Kein Wunder, bei einer so charmanten Begleitung ...«

Der Kommissar verdrehte die Augen. »Hör auf mit dem Süßholzraspeln, du alter Schwerenöter. Das zieht bei ihr nicht.«

»Wer sagt das?« Martina richtete sich lächelnd wieder auf, bot Gustav ihren Arm an und meinte: »Können wir uns irgendwo hinsetzen?«

»Aba sicher doch, mit dem allagrößten Vergnügen, Madame.« Gustav hakte sich bei ihr ein. »Folgn Se mir unauffällig ... Wolln Se ins Separee oder nach Hollywood? Nur wegen der Getränke ...«

»Wir bleiben draußen«, entschied Calis rasch und dachte mit Schaudern an die niedrige, muffige Holzbaracke, in der Gustav hauste. Folgsam bog der Hausherr nach links ein, führte Martina auf eine kleine Wiese. Mit einem Mal gingen wie von Geisterhand versteckte Scheinwerfer an und tauchten ein elegantes Gartenzelt mit passender Sitzgarnitur, einen riesigen Grill und einen matt schimmernden Kühlschrank Marke XXL in dezentes oranges Licht.

Trapp blickte staunend auf das elegante Arrangement auf dem englisch kurz gemähten Rasen.

Gustav genoss sichtbar die Verblüffung seiner Besucherin. Dann wies er weltmännisch auf den Grill, den Kühlschrank und das Zelt. »Essen, Trinken, Chillen – sagt man heute doch so, nich?« Dabei kicherte er leise vor sich hin.

»Ich hab gerade ein Déjà-vu«, kommentierte Calis. »Seit letztem Mal ist die Sitzgarnitur ausladender geworden und der Whirlpool dazugekommen, oder?«

»Nu ja, Sie wissen schon, Herr Kommissar, wenn man Feste feiert ... oder feste feiert«, meinte Gustav bescheiden und machte sich auf den Weg zum Kühlschrank. »Bier oder Korn, Wein oder Schampus, Saft oder Selters? Wir können auch den Grill anwerfen, is 'n lauer Abend.«

»Lass jut sein, Justav.« Calis winkte ab. »Wir sind gleich wieder weg. Haben heute noch was vor. Gehst du heute wieder auf Runde?«

»Möglich«, meinte der schmächtige Mann einsilbig, während er Calis mit verschlagener Miene musterte. »Warum?«

»Weil ich möchte, dass du dich ein wenig umhörst«, gab der Kommissar zurück. »Eine alte Geschichte. Stichwort – erhängte Mumie in Charlottenburg.«

»Kam schon im Radio.« Gustav nickte unbeeindruckt und wies auf eine Stereoanlage mit riesigen Boxen, die leise vor sich hin dudelte. »Soso, is also Ihr Fall. Na ja, den Seinen jibt's der Herr im Schlaf.«

»Geht das auch genauer?«, erkundigte sich Calis verwirrt.

»Wenig Arbeit, aba viel Renommee in der Presse, diesmal sogar ohne rosa Paraplü«, erklärte Gustav grinsend und lehnte sich verschwörerisch zu Trapp. »Sein Medienagent is besser, als der von Wowi war, echt mit allen Wassern gewaschen. Der treibt auch 'ne Mumie auf, wenn's sein muss, weil's mal wieder ruhiger um Calis wird und schwul nicht mehr zieht ...«

»Gustav!«, rief ihn der Kommissar zur Ordnung, während Martina schallend lachen musste.

»Is ja gut«, lenkte Gustav ein. »Ick hör mir um. Aba erwarten Se nich zu viel. Die hing da nicht erst seit gestern. Is alles verdammt lang her.«

Als Martina und Thomas wenig später nach einem Drink mehr als beabsichtigt das Grundstück wieder verließen, begleitete Attila sie bis zum Gartentor, als wolle er sie verabschieden. Gustav war zurückgeblieben, ausgestreckt auf einer Liege gleich neben dem mannshohen Kühlschrank, eine Flasche Bier in der Linken, den Korn in Reichweite, und hatte ihnen vergnügt nachgewinkt.

»Ich mag ihn irgendwie«, meinte Trapp, streichelte den großen Dobermann zum Abschied ein letztes Mal über den Kopf und schlüpfte dann durch das grüne Tor. »Gustav, meine ich. Es gibt nicht mehr viele Originale.«

»Heute war er besser drauf als sonst«, räumte Thomas ein und schob den Riegel wieder vor. »Du hättest ihn mal vor Jahren sehen sollen. Da war er konstant auf Drogen, und wenn nicht, dann war er auf Alk und Entzug. Damals dachte ich nicht, dass er den nächsten Herbst noch erleben würde.«

»Alkohol konserviert«, erwiderte Trapp und schloss ihren Wagen auf. »Schau dir die Rolling Stones an. Im Dauerdusel. Die Gustavs dieser Welt sind zum Glück hart im Nehmen.«

Thomas ließ sich auf den Beifahrersitz fallen und blickte durch das Fenster hoch zu der Gaslaterne neben ihm. Erinnerungen wurden wach, als er drei Mörder bis nach Frankfurt gejagt hatte. Der entscheidende Tipp war von Gustav gekommen, und am Ende der Jagd war Calis, nach ein paar Korn und Bier zu viel, am Beifahrersitz seines alten Golfs eingeschlafen. Mit Blick auf die Gaslaternen, deren Licht er damals wie einen vertrauten gelben Schein aus einer lang vergangenen Zeit wahrgenommen hatte, bevor ihm die Augen zugefallen waren.

Diesmal jedoch hatte ihr gelbes Licht seltsamerweise nichts Versöhnliches an sich, was Calis tief in seinem Innersten beunruhigte. Doch da startete Martina auch schon die A-Klasse, und sie machten sich auf den Weg, um John Finch von seinem Hotel in Mitte abzuholen.

*

Nur wenige Kilometer entfernt, in ihrer kleinen Wohnung in der Dudenstraße in Berlin-Tempelhof, schaltete Annette Krüger den Fernseher aus, schlüpfte aus ihren Jeans, ging ins Bad und stellte in der Duschkabine das Wasser an. Sie genoss die heiße Dusche und merkte, wie müde sie war. Sie würde gut und fest schlafen, trotz der Mumie, die immer wieder vor ihrem inneren Auge vom Plafond baumelte.

Aber Annette war noch nie in ihrem Leben schreckhaft gewesen. Bevor sie mit ihrem Architekturstudium an der TU Berlin begonnen hatte, war sie für einige Monate Mitarbeiterin in der Lokalredaktion einer großen Berliner Tageszeitung gewesen. Da hatte sie schlimmere Bilder gesehen, brutalere Geschichten recherchieren müssen. Die Mumie würde ihr nicht den Schlaf rauben, das nahm sie sich fest vor.

Der Bericht über den kuriosen Leichenfund in Charlottenburg war selbst der Spätausgabe des heute-journals im ZDF eine Meldung wert gewesen. Zwar ohne genaue Adressenangabe, aber mit einem Foto des verlassenen Hauses in der Quedlinburger Straße.

Annette wusch den Staub des Tages ab und genoss ihr neues Peeling-Duschbad, das nach Pfirsich roch. Morgen würde sie als Erstes auf ihrer Dienststelle ihren Bericht abgeben, die Fotos beilegen und vorschlagen, den losen Putz von der Fassade zu klopfen. Das Wintersemester stand vor der Tür, und ihr Job bei der Berliner Bauaufsicht ging in drei Tagen zu Ende. Dann stand eine kurze Reise an die Ostsee auf dem Programm, in das Ferienhaus ihrer Eltern, bevor das Studium wieder begann.

Als sie ins Schlafzimmer zurückkam, wäre sie fast über die Jeans auf dem Boden gestolpert.

»Die gehört auch in die Wäsche«, murmelte sie und kontrollierte automatisch alle Taschen, um nicht wieder wie beim letzten Mal einen Fünfzig-Euro-Schein mitzuwaschen. Also holte sie die Visitenkarte des Kommissars und die Fahrkarte der BVG aus der linken Tasche und nickte zufrieden. »Wusst ich's doch.«

Anschließend griff sie in die rechte Hosentasche und zog etwas ratlos einen zusammengelegten Zettel hervor. Dann fiel es ihr siedend heiß ein ... Die drei chinesischen Schriftzeichen! Natürlich! Wie hatte sie die nur vergessen können?

Instinktiv blickte sie auf die Uhr. Zu spät, jetzt konnte sie Calis nicht mehr anrufen. Also legte sie schuldbewusst das etwas brüchige und ausgebleichte Blatt auf ihren Nachttisch.

Die Zeichen mussten einst rot gewesen sein, dachte sie, bevor die Jahre sie verfärbt und beinahe ausradiert hatten.

Verblasst wie fast vergessene Erinnerungen ...

Sie griff nach dem Blatt und hielt es gegen das Licht der Leselampe. Das kleine Loch, wo der Zettel am Boden festgepinnt worden war, war deutlich sichtbar. Es gab nur ein einziges. Dann sah Annette genauer hin und entdeckte ein seltsames Wasserzeichen im Papier: einen Kreis, der durch zwei horizontale Balken in drei Teile geteilt wurde.

Sie hielt das Blatt näher ans Licht. Das Zeichen war groß, nahm fast die gesamte Höhe des Blattes ein. Es war nur schwach sichtbar, ebenfalls ausgebleicht durch die Jahre in der Wohnung. Die etwas ausgefranste Kante des Papiers auf einer Seite bestätigte Annettes Vermutung, dass jemand das ursprünglich DIN-A4 große Blatt in zwei Teile gerissen hatte, bevor es auf dem Parkettboden befestigt worden war.

Nachdenklich legte Annette den Zettel zurück. Während ihr das Wasserzeichen überhaupt nichts sagte, kamen ihr die drei chinesischen Zeichen irgendwie bekannt vor, je länger sie darüber nachdachte.

Wo hatte sie diese Symbole bloß gesehen? Und wozu sollte jemand sie vor einer Leiche auf den Boden pinnen?

Es kann noch nicht so lange her sein, dass ich diese Zeichen gesehen habe, dachte sie erneut, während sie die Jeans ins Bad brachte und in die Waschmaschine stopfte. In Studienunterlagen? In einem Buch? Irgendwo auf einer Website im Internet?

Egal, dachte sie, morgen war auch noch Zeit, darüber nachzudenken, und ob der Kommissar das Blatt nun einen Tag früher oder später zu sehen bekam, würde angesichts der Jahrzehnte, die seit dem Tod der Mannes in Charlottenburg vergangen waren, auch keine große Rolle mehr spielen.

Also ließ sie sich aufs Bett fallen und schloss die Augen. Der Schlaf war ganz nahe, sie spürte es. Es war wie ein Schweben, das so guttat, ein schwereloses Hinübergleiten in die Traumwelt.

Doch bevor sie ganz abhob und sich fallen ließ, drehte sie sich seufzend zur Leselampe, um sie auszuschalten. Der Schalter am Kabel glitt immer wieder zwischen Nachtkästchen und Bett in unergründliche Tiefen, wie jetzt auch. Trotz eifrigem Tasten fand Annette ihn nicht. Also öffnete sie unwillig die Augen, zwinkerte, ihr Blick fiel auf die drei chinesischen Zeichen im Lichtkreis der Lampe, und mit einem Mal wusste sie, wo sie die Schrift gesehen hatte! Es war vor wenigen Tagen gewesen, eines Abends, als sie nicht einschlafen konnte. Tags zuvor hatte ihre Mutter einen vollen Karton wegwerfen wollen, entsorgen im Altpapier-Container. Auf die Frage nach dem Inhalt hatte ihre Mutter mit »Ach, nur altes Zeug vom Dachboden, von deinem Großvater« geantwortet.

Annette hatte energisch protestiert, sich die schwere Schachtel unter den Arm geklemmt und sie kurzerhand in ihre Studentenbude geschleppt. Am Boden sitzend hatte sie begonnen, in dem dunkelbraunen Karton zu kramen. Der Inhalt, kunterbunt gemischt, roch nach Staub und Vergessen. Alte Ansichtskarten und persönliche Erinnerungen, ein Soldbuch der Wehrmacht, einige Foto- und Briefmarkenalben, das Hochzeitsmenü eines längst nicht mehr existierenden Gasthauses in Berlin-Steglitz, Briefe und ein paar Abzeichen, Bücher und Landkarten.

Reste eines Lebens.

Neugierig hatte sie weitergestöbert. Sie konnte sich an ihren Großvater väterlicherseits nur dunkel erinnern. Er war gestorben, als sie acht oder neun Jahre alt war. Ein untersetzter, rotgesichtiger, aber stets lachender Mann, dessen riesige

Hände so zärtlich sein konnten, wenn sie über ihren Kopf strichen.

Versunken in den Erinnerungen, hatte sie endlich ganz unten, am Boden der Schachtel, drei halbzerfledderte Bände mit billigem Karton-Einband gefunden und sich aufs Bett geworfen, um sie durchzublättern.

Das war der Abend gewesen, an dem sie in der Vergangenheit ihres Großvaters zu lesen begonnen und zum ersten Mal die drei chinesischen Zeichen gesehen hatte – im Kriegstagebuch des Maschinisten Wolfgang Krüger.

Radisson Blu Hotel, Karl-Liebknecht-Strasse 3,
Berlin-Mitte/Deutschland

Der Mann in Jeans und T-Shirt, einen Pullover lässig über die Schultern gelegt, war schlank, groß und grauhaarig. Sein Alter war schwer zu schätzen. In seiner Ray-Ban-Brille spiegelten sich die gelben Lichter des Funkturms am Alexanderplatz, als er durch die Drehtür des Hotels ging und sich suchend umschaute. Der Papagei auf seiner Schulter blickte auf die Menschen, die in Gruppen am Bürgersteig beisammenstanden.

»Wäre nett, wenn du dich heute Abend benehmen könntest, Captain Sparrow«, murmelte John Finch. »Sonst nehme ich dich nie wieder mit.«

Sparrow schien die Ermahnung geflissentlich zu ignorieren und gurrte leise wie eine Taube.

John hatte zwar bereits einige Male mit Kommissar Calis telefoniert, ihn aber noch nie persönlich kennengelernt. Insgeheim erwartete er einen abgeklärten, gemütlichen Berliner Beamten mit leichtem Bauchansatz, Halbglatze und einem Hang zu Bier und Currywurst und musste über das Klischee selbst schmunzeln. Doch auf dem Bürgersteig vor dem Radisson wartete niemand, der auch nur annähernd nach Polizist, Kriminalkommissar oder Beamter mit Pensionsberechtigung aussah.

Der Pilot blickte sich suchend um. Die sommerliche Berliner Hitze schien hartnäckig zwischen den Häuserzeilen zu hängen. Einige junge Touristen standen beisammen und diskutierten auf Französisch, wo sie ihren abendlichen Streifzug durch die Hauptstadt beginnen sollten, während drei Japanerinnen sich anstießen und kichernd auf Sparrow zeigten. Zwei Ehepaare waren auf der Jagd nach einem Taxi, und ein junger blonder Mann in zerrissenen Jeans und schmutzigem T-Shirt lehnte mit verschränkten Armen an einem Mercedes-Kleinwagen im Halteverbot.

Weit und breit nichts von Kommissar Thomas Calis zu sehen, dachte John und zog sein Smartphone aus der Tasche, um die Zeit zu kontrollieren. 20.35 Uhr. Sollte er noch länger warten oder Calis gleich anrufen?

Als er hochblickte, stand der blonde Mann vor ihm und lächelte erwartungsvoll.

»John Finch?«, fragte er und streckte dem Piloten die Hand entgegen. »Thomas Calis, und ich freue mich, Sie endlich persönlich kennenzulernen. Ich habe Sie an Ihrem Papagei erkannt. Entschuldigen Sie meinen Aufzug, aber heute blieb einfach keine Zeit zum Umziehen.«

Finch schmunzelte. »Nachdem Sie einige Blumenbeete umgegraben haben? Oder waren es die Leichen im Kohlenkeller?«

»Sie wissen gar nicht, wie nahe Sie dran sind«, konterte Calis lachend. »Deshalb würde ich gerne in meine Wohnung fahren und etwas Sauberes anziehen, bevor wir losziehen.« Er wies auf die Jeans. »Glauben Sie mir, besser, Sie erben niemals einen Kleingarten, oder Sie sehen danach aus wie ich. Kommen Sie, meine Freundin wartet im Wagen, und meine Kollegen von der Verkehrspolizei kennen in dieser Gegend wenig Pardon.«

Nachdem John in den Mercedes geklettert und von Martina Trapp neugierig lächelnd begrüßt worden war, klingelte sein Handy.

»Sparrow, unterhalte die Dame in der Zwischenzeit«, lächelte John. Dann nahm er nach einer kurzen Entschuldigung das Gespräch an.

»Llewellyn! Fällt dir in Schottland schon der Himmel auf den Kopf?« John konnte sich den schadenfrohen Unterton nicht verkneifen, als er auf dem Display sah, wer ihn angerufen hatte.

»Hallo Buschpilot! Wo bist du gerade?«, erkundigte sich der Major, ohne auf Johns Frage einzugehen. »Afrika oder Europa?«

»Berlin, wenn du es genau wissen willst«, antwortete John. »Internationale Luftfahrtausstellung vor den Toren der Stadt. Ich fliege drei Tage lang eine neue Version des Eurocopters X3, den schnellsten Hubschrauber der Welt. Die Firma heißt jetzt Airbus Helicopters und hat jemanden gebraucht für Flugvorführungen. Angeblich stehen die potenziellen Kunden Schlange, obwohl es die erste Serie ist.«

»Wie bist du zu Airbus Helicopters gekommen?«, wollte Llewellyn wissen.

»Ein Freund hat mir den Job angeboten, den X3 zu fliegen, nachdem der Testpilot erkrankt war«, meinte Finch. »Am letzten Tag überstelle ich dann den Vogel seinem neuen Besitzer in den Emiraten. Von da ist es nicht mehr weit heim nach Alexandria.«

»Hat dich Fiona also noch immer nicht zu einem Schweizer Wohnsitz überreden können?«, erkundigte sich der Major. »Und ich dachte, du würdest schon in einem Chalet zwischen St. Moritz und Zermatt residieren.«

»Noch habe ich mich erfolgreich dagegen gesträubt, mein Zimmer im Cecil zu räumen.« John lachte. »Du kennst meine Vorliebe für alte Grandhotels. Aber ich gebe es zu, der Umzug steht bevor, nachdem mein Widerstand von Jahr zu Jahr schwächer wurde. In einem Monat ist es so weit. Und du? Ist dir langweilig in deinem kleinen Haus im Schottischen Hochland, ist der Sommer verregnet, oder hast du bereits alle Schafe am Loch Shiel gezählt und möchtest deshalb gerne wieder südwärts aufbrechen? In Richtung Zivilisation?«

»Ich würde am liebsten auch noch die Schafe im Nachbartal zählen und hierbleiben«, erwiderte Llewellyn. »So ein ruhiger Sommer ohne Abenteuer hat seinen Reiz, auch wenn du das nicht glaubst. Aber es gibt zwei Dinge, die mich derzeit beschäftigen: ein blutiger Dolch und das Verschwinden eines gewissen Charles Parker.«

Dann berichtete der Major John über das seltsame Paket, seinen Vormieter und über Alex Beaulieus Recherchen.

»Und was möchtest du unternehmen?«, erkundigte sich John nachdenklich. »Nach London zurückkehren?«

Martina Trapp hatte sich inzwischen mit Sparrow angefreundet, der fröhlich vor sich hin plapperte und sich von seiner besten Seite zeigte. Thomas Calis hatte inzwischen den kleinen Mercedes vor einem grauen Wohnhaus angehalten und stieg aus.

»Ich könnte mir einen Whisky einschenken, das Päckchen einfach in die Abstellkammer legen und den seltsamen Charles Parker vergessen, aber du kennst mich«, meinte Llewellyn. »Vor allem die Tatsache, dass Peter Compton damals seine Finger im Spiel hatte, lässt mir keine Ruhe.«

»Der alte Fuchs weiß sicher mehr darüber«, stimmte ihm John zu. »Nimm das Paket mit dem Messer, leg es auf seinen Tisch, frage ihn nach Parker und beobachte seine Reaktion. Und halte mich auf dem Laufenden. Ich gehe jetzt Abendessen mit Kommissar Calis und seiner charmanten Freundin, und wir alle trinken ein Glas auf dich. Außer Sparrow, dem tut der Alkohol nicht so gut, wie du weißt.«

Llewellyn seufzte. »Das ist es, was ich hier vermisse. Das Essen bei meinem Lieblings-Thailänder oder bei den Due Ladroni in Rom bei anregender Unterhaltung, wie im letzten Sommer. Ich melde mich wieder bei dir.«

John Finch ließ das Handy sinken.

Martina hatte sich umgedreht und sah ihn an.

»Thomas sollte gleich wieder hier sein, er zieht sich nur um, aber ich bin gespannt auf Ihre Erlebnisse, vor allem aus Ihrer Zeit in Afrika«, sagte sie. »In unseren Kreisen trifft man nicht so oft einen fliegenden Abenteurer. Noch dazu mit einem so charmanten Papagei.«

»Nett formuliert, Sie meinen einen alten Buschpiloten, der das Glück hat, noch von seinen Erlebnissen berichten zu können.« John lachte. »Ich hoffe, ich langweile Sie nicht. Aber vor allem habe ich Hunger.«

Thomas Calis, der sich wenige Minuten später auf den Beifahrersitz fallen ließ, roch nach Deo und frischer Wäsche. »Ich weiß ja nicht, wie es euch geht, aber mein Magen knurrt.«

»Damit sind wir schon drei«, warf Martina ein. »Sparrow? Willst du ein paar Nüsse?«

»Nüsseeee!«, wiederholte Sparrow offensichtlich begeistert, und alle lachten.

»Wohin fahren wir?«, wollte Trapp wissen.

»Steakhouse oder BBQ wäre okay?«, fragte Calis John, der es sich auf der Rückbank bequem gemacht hatte.

»Perfekt, in dieser Reihenfolge«, sagte der Pilot.

»Dann auf zur Villa Rodizio am Prenzlauer Berg!«, freute sich der Kommissar. »Brasilianisches Barbecue vom Feinsten und nettes Ambiente. Wie sagte mein Chef Frank Lindner so schön, als er erfuhr, dass Sie in der Stadt sind? Geht aufs Haus. Dann wollen wir ihn beim Wort nehmen und mit gutem Gewissen genießen.«

26. Qingdao International Beer Festival 2016/China

Der Lärm in dem riesigen Festzelt war ohrenbetäubend.

Am zweiten Tag der »chinesischen Wiesn«, wie das seit 1990 alljährlich stattfindende Bier-Festival genannt wurde, ließen es alle Besucher so richtig krachen. Die Band auf der kleinen Bühne inmitten der trinkenden, singenden, schreienden und tanzenden Menschenmenge spielte einen chinesischen Hit nach dem anderen. Dazwischen gab es immer wieder musikalische Ausflüge nach Deutschland – Schuhplattler und Volkslieder, die bis zur Unkenntlichkeit verstümmelt, mit einheimischem Akzent gesungen, aus den krächzenden Lautsprecherboxen dröhnten.

Drei Wochen lang stand die Hafenstadt mit deutscher Kolonial-Vergangenheit im Mittelpunkt, mutierte zum Mekka der chinesischen Biertrinker. Mehr als drei Millionen würden auch dieses Jahr wieder zu Fassanstich, Bierkrug-Stemmen, Riesenrad, Trinkwettbewerben und dem Auftritt von Dirndln und Krachledernen aus einheimischer Produktion kommen. Dazwischen würden überlebensgroße Micky-Maus-Figuren, Drachentänzer, Nudel-Akrobaten und Grillmeister zwischen Bergen von Plastikbechern mit »Tsingtao«-Aufdruck ihr Unwesen treiben.

Aus den anderen sieben Riesenzelten schallte eine Kakofonie aus Blaskapellen, Karaoke-Wettbewerben und chinesischen Gassenhauern über das weitläufige Gelände.

»Die örtliche Brauerei ›Tsingtao‹ hieß ursprünglich Germania und wurde 1903 von einem Deutschen gegründet.«

Die junge Frau im Dirndl musste schreien, um dem wichtigen Besuch aus Shanghai wenigstens die wichtigsten Fakten zu vermitteln, bevor der sich in den Untiefen des Bierrausches verlieren und den klaren Kopf vernebeln würde, wie alle anderen hier. Die Männer, die wenige Stunden zuvor aus der nordchinesischen Hafenstadt angekommen waren, schoben sich wie ein Keil durch die feiernden Menschenmassen. In ihrer Mitte, zwei oder drei Schritte weiter hinten, spazierte ein schlaksiger Mittdreißiger mit Sonnenbrille, das schwarze Jackett lässig über die Schulter gelegt. Er ließ aufmerksam seine Blicke über die Menschen an den Tischen und die Attraktionen des Festes gleiten, während er seinen Kopf zu seiner Begleiterin geneigt hatte und vorgab, ihr interessiert zuzuhören. In Wahrheit wusste er bereits alles über das Festival des Gruppensaufens, wie er es getauft hatte.

Im Learjet, der ihn nach Qingdao gebracht hatte, war er aufmerksam das für ihn vorbereitete Dossier durchgegangen. Wie er es immer machte, wenn er in für ihn neue Gegenden reiste.

Ein Informationsvorsprung war stets die beste Rückversicherung.

Sein hageres, schmales Gesicht mit der vorspringenden Nase und der hohen Stirn verriet einen europäischen Einfluss in seiner Ahnenreihe, vielleicht zwei oder drei Generationen zuvor.

»China ist heute die größte Bierbrauernation der Welt, gefolgt von den USA und Brasilien«, führte seine Fremdenführerin weiter aus und lächelte stolz. »Erst danach kommen Russland und Deutschland auf den weiteren Plätzen.«

Sie wunderte sich ein wenig, wie professionell und unauffällig die vorausgehenden Männer die Besucher zur Seite schoben und Platz schafften. Die beiden Bewacher, die drei Schritte hinter ihnen gingen, machten ihr hingegen Angst. Sie trugen keine Sonnenbrillen, und ihre kalten dunklen Augen musterten sie jedes Mal abschätzig, bevor sie wieder aufmerksam die Menge beobachteten, die um sie herumwogte: Unzählige gerötete Gesichter, leicht schwankende Menschen, die sich lachend und grölend mit Maßkrügen und Flaschen mit Tsingtao-Bier zuprosteten.

Einer der Männer vor ihnen drehte sich plötzlich um und reichte ihrem Begleiter wortlos ein Handy. Der warf einen kurzen Blick drauf, nickte, sagte etwas in einem unbekannten Dialekt und reichte das Mobiltelefon wieder zurück. »Es tut mir leid, wir wurden unterbrochen. Erzählen Sie bitte weiter.«

Die junge Frau senkte beflissen den Kopf. »Gerne. Wir müssen leider bis ans andere Ende des Zeltes. Da haben wir einen Tisch für Sie reserviert.«

Die Band machte dankenswerterweise eine Pause, und der Lärmpegel sank um einige Dezibel. Eine Gruppe von rotgesichtigen und glücklich lächelnden Polizisten zog an ihnen vorbei, ohne die Männer in ihren schwarzen Anzügen eines Blickes zu würdigen.

»Polizisten bekommen hier überall Freibier«, erklärte die Fremdenführerin nachsichtig, während irgendwo im Zelt ein kleines Feuerwerk mit Böllern gezündet und mit lautem, begeistertem Kreischen begrüßt wurde. »Das Geknalle ist zwar verboten, aber Sie wissen ja, wie das ist – Ausnahmezustand einmal im Jahr.« Der Großteil der Erklärungen der jungen Frau ging im Trubel unter. Die Polizisten blickten derweil angestrengt in die andere Richtung, was den schlaksigen Mann an ihrer Seite ein amüsiertes Grinsen entlockte.

Der Geruch von Bratwurst und Grillhuhn zog zu ihnen herüber, als eine Kellnerin mit einem großen Tablett vorübereilte. Es war bereits spät am Abend, nach Mitternacht, aber die Tische in dem großen Zelt waren noch immer voll besetzt.

»Das erste Bier hier wurde für die viertausend deutschen Soldaten gebraut, die als Bewachung der Kolonie eingesetzt waren«, erzählte sie weiter. »Wie die Engländer Hongkong ließen sich die Deutschen auch das damals kleine Fischerdorf Tsingtau für neunundneunzig Jahre überschreiben. Angeblich suchten sie sich den Platz aus, weil da Weizen wuchs und das hervorragende Wasser sich zum Bierbrauen eignete. Sie errichteten zwei Kirchen, eine katholische und eine evangelische, einen Bahnhof, verlegten Eisenbahnschienen und bauten den Hafenpier – Grundstock für einen der nach wie vor wichtigsten Häfen Chinas.«

»Die Deutschen machten stets alles, was sie in Angriff nahmen, gründlich«, pflichtete ihr der elegante Besucher aus Shanghai bei. »Nicht nur in der Kolonialzeit.«

»Der ehemalige Gouverneurssitz ist übrigens heute ein Luxushotel, in dem schon Mao Tse-tung und König Sihanouk von Kambodscha übernachteten«, fuhr die junge Frau fort. »Wir haben uns erlaubt, für Sie und Ihre Begleitung in dem historischen Gebäude Zimmer zu reservieren.«

»Wie schön, wie schön«, nickte ihr Begleiter gnädig, »und ich hoffe, Sie werden mich etwas später noch dahin begleiten.«

»Äh...« Der verwirrten jungen Frau fehlten für einen Moment die Worte, unsicher, wie es der Besucher aus Shanghai gemeint hatte. Doch der war bereits weitergeeilt, immer seinen Männern und einem Kellner hinterher, der sie an ihren reservierten Tisch führte.

»Ganbei!«, schallte es von allen Seiten. »Prost!« Und dazu

tönte das Klirren der Flaschen und Gläser durch die Wolke aus Lärm, Rauch und Bierdunst. An einem der Tische versuchte jemand, Flaschen zu einem Turm aufeinanderzustapeln, während seine Nachbarn grölten: »Eine geht noch, eine geht noch, eine geht noch rauf!«

Als die junge Frau sich von dem Anblick losriss und sich wieder umdrehte, um ihrem Besuch nachzulaufen, krachte der Flaschenturm bereits lautstark in sich zusammen, begleitet von allgemeinem Gelächter.

»Ich dachte schon, Sie hätten uns vergessen«, begrüßte sie der junge Mann etwas hämisch und deutete auf einige halbwüchsige Pärchen, die sich – nicht mehr so verschämt wie sonst in China – in den Armen lagen und sich küssten. »Oder Sie wären aufgehalten worden.«

Seine Begleiter hatten sich an den Enden der Bänke niedergelassen und hielten einen Respektsabstand ein, der ihr zu denken gab, als sie sich gegenüber dem geheimnisvollen Besucher aus Shanghai auf die Holzbank setzte.

»Ach wo«, schüttelte sie etwas verwirrt den Kopf, »ich bin solche Menschenansammlungen nur nicht gewohnt.« Gleichzeitig ärgerte sie sich darüber, dass sie es versäumt hatte, ihren Chef nach dem Background und dem Beruf des Besuchers aus Shanghai zu fragen. Es war alles eine Last-minute-Aktion gewesen, und jetzt war es dazu zu spät.

Die Band auf der kleinen Bühne inmitten des Zeltes hatte unter Applaus und Gejohle das Feld geräumt, und nun schmachtete ein Chinese nach dem anderen schmalzige Liebeslieder ins Mikrofon, während er den Text dazu von einem Karaoke-Bildschirm ablas.

»Sie meinen solche Massen an betrunkenen, lautstark feiernden und völlig atonal grölenden Mitbürgern«, ergänzte er kalt, »von denen es zu viele in diesem Land gibt. Aber erzählen

Sie mir mehr vom Tsingtao-Bier. Meine Begleiter bestellen inzwischen für uns, machen Sie sich keine Gedanken.«

»Anfang der Neunzigerjahre hatte sich bei Tsingtao die weltgrößte Brauerei engagiert, Anheuser-Busch aus den USA«, antwortete die junge Frau prompt und blätterte in ihrer Mappe. Sie nahm an, dass der Besucher Wirtschaftsinteressen hatte, und stimmte ihre Informationen darauf ab. »Inzwischen haben deren Aktienpaket die Japaner übernommen. Doch der Mehrheitseigentümer bleibt nach wie vor der chinesische Staat. Das Bier selbst, das inzwischen in fünfzig Staaten der Welt verkauft wird, hat sich seit 1903 kaum verändert. Es wird noch heute nach dem alten deutschen Originalrezept gebraut. Nur ein kleiner Prozentsatz Reis wird beigemengt, um es ein wenig süßer zu machen. International gesehen ist es das bestverkaufte chinesische Bier.«

Wie auf ein Stichwort stellten zwei Kellnerinnen im Dirndl ein Dutzend volle Maßkrüge auf dem Tisch ab. »Essen kommt gleich!«, riefen sie fröhlich und verschwanden lachend wieder. Eine Lautsprecherstimme verkündete die »letzte Möglichkeit, am Maßkrugstemmen teilzunehmen. Anderthalb Liter am ausgestreckten Arm, fünf Komma achtundzwanzig Minuten gilt es zu überbieten! Dem Gewinner winkt ein neues deutsches Motorrad der Marke BMW!«

Ein Ausdruck der Verachtung glitt über das Gesicht des Mannes aus Shanghai. Er zog einen der schweren Krüge zu sich und schob einen anderen seinem Gegenüber zu. »Machen wir es allen anderen nach und trinken wir.«

»Oder leeren Sie einen Krug mit anderthalb Litern Bier in weniger als elf Sekunden!«, fuhr die Stimme im Lautsprecher enthusiastisch fort. »Das sollte doch kein Problem für Sie sein, jetzt, wo Sie bereits im Training sind!«

Alles brüllte vor Lachen.

»Und vergessen Sie nicht – das Trainingslager schließt für heute in weniger als zwei Stunden!«

»Wie heißen Sie eigentlich?«, erkundigte sich der Mann und lehnte sich interessiert vor, den Maßkrug in der Hand.

»Chan Fong Jiao.« Die junge Frau strich sich eine Haarsträhne aus dem Gesicht und stemmte den beschlagenen Krug hoch.

»Die liebliche...« Der Besucher lächelte und stieß mit ihr an. »Ein passender Name. Darauf trinken wir.«

Das Tsingtao schmeckte würzig und fruchtig, fast wie Apfelcidre. Es war eiskalt.

»Stammen Sie aus Qingdao? Oder sind Sie hierher einmal auf Urlaub gefahren, wie viele andere, und dann hängen geblieben?«

Jiao schüttelte entschieden den Kopf. »Meine Eltern und Großeltern wurden bereits hier geboren. Meine Urgroßmutter kannte noch die Deutschen und arbeitete für sie, bevor die 1914 die Stadt verlassen mussten. Nach ihnen kamen die Japaner, aber der deutsche Einfluss ist immer noch spürbar, Sie begegnen ihm auf Schritt und Tritt. Immer noch werden die Häuser hier mit roten Dachziegeln gedeckt, in vielen Straßen wachsen alte Tannen, die Souvenirhändler verkaufen Nippes wie Nussknacker in wilhelminischer Uniform oder Tassen mit dem Abbild des deutschen Kaisers, und in den Hotels findet man Sachertorte, Käsekuchen, Gugelhupf und Linzer Torte auf der Karte.«

In diesem Moment trat einer der Begleiter heran, beugte sich hinunter und flüsterte ihm etwas ins Ohr. Dann hielt er ihm das Smartphone hin. Mit einem Stirnrunzeln nahm ihm der junge Mann das Gerät ab, blickte auf das Display, las. Ein ungläubiger Ausdruck erschien auf seinem Gesicht. Wenige Augenblicke später sprang er auf, blickte auf seine Breitling, dann auf seine überrascht hochblickenden Männer.

»Kim und Ken-Shu, ihr kommt mit mir, wir müssen dringend zurück. Zum Glück wartet die Chartermaschine auf uns. Die anderen können sich noch einen Tag hier vergnügen. Nehmt Jiao ins Hotel mit, dann wird euch nicht langweilig. Und bringt sie mir übermorgen mit nach Shanghai. Wir brauchen immer Nachwuchs in unseren Reihen.« Er lächelte dünn. »Und stellt fest, wie viel Talent sie hat.«

Die junge Frau schaute ihn verwirrt an. Was war hier los?

Da beugte sich der Mann aus Shanghai plötzlich vor, legte seine Hand von unten auf ihr Kinn und zog ihr Gesicht zu sich. »Ich hoffe für dich, dass du jede Menge verborgener Talente hast, liebliche Blume!«, zischte er, und Jiao wurde es mit einem Mal eiskalt, und ihr Magen krampfte sich zusammen. »Schwimmen eigentlich noch immer Haie in der Bucht von Qingdao?«

Während im Zelt ein klassenloser Rausch herrschte und auf einer großen Digitaluhr die letzten neunzig Minuten bis zum Ende des Bierfestes am frühen Morgen heruntergezählt wurden, drängten sich die drei Männer in schwarzen Anzügen durch die Gruppen von torkelnden Betrunkenen, die mit bloßem Oberkörper und stierem Blick versuchten, den Ausgang zu finden.

Kim telefonierte hektisch gestikulierend mit dem Piloten des Learjets, der sie nach Qingdao geflogen hatte, Ken-Shu organisierte bereits von seinem Handy aus die Limousine zum Flughafen. Der junge Mann mit dem hageren Gesicht ging zwischen ihnen, die Augen gebannt auf sein Smartphone gerichtet. Er hörte das Grölen und Lachen nicht mehr, dafür strömte nun das Adrenalin wie eine Schockwelle durch seine Adern. Mit einer fieberhaften Handbewegung blätterte er weiter, schob ein Bild zur Seite und betrachtete das nächste.

Es war unglaublich.

Das leuchtende Display ließ seine blasse Haut noch fahler erscheinen. Für einen kurzen Moment blickte er hoch, warf einen Blick zum Himmel, aufgeregt und sprachlos. Dies war eine Gelegenheit, die man nur einmal im Leben bekam, dachte er voller Vorfreude.

Dann wandte er sich wieder dem nächsten Foto zu.

Die Mumie darauf schien ihn anzugrinsen.

Freitag, 3. Juni 2016
Am frühen Morgen

Kaiserin-Augusta-Allee, Berlin-Charlottenburg/
Deutschland

Es war die Stunde der Jäger.

Die breite, von Platanen gesäumte Straße lag ruhig und verlassen da. Die Buslinien hatten ihren Verkehr eingestellt, und die ersten Morgenbusse würden erst eine Stunde später wieder unterwegs sein. Ein leichter Wind aus Westen raschelte mit den Blättern, es klang wie das heisere Röcheln eines Erstickenden.

Sommer in Berlin.

Und der Tod zog durch die Stadt.

Hin und wieder rollte ein Taxi durch die laue Charlottenburger Nacht, langsam, auf der Suche nach späten Nachtschwärmern oder frühen Schichtarbeitern. Alle Fenster waren dunkel, die Menschen in den alten Bürgerhäusern entlang der Straße schliefen noch alle tief.

Der Mann, der sich an eine der Platanen lehnte und aufmerksam die Umgebung beobachtete, hatte noch nicht geschlafen in dieser Nacht. Er trug einen weiten dunklen Mantel und eine schwarze Strickmütze, die er tief in die Stirn gezogen hatte. Beobachter hätten ihn für einen frühen Spaziergänger halten können, den sein Hund hinausgetrieben hatte. Aber da war kein Hund.

Er stand bewegungslos an den Stamm gelehnt, zwischen den schräg geparkten Autos, die ihm zusätzlich Schutz gaben. Bevor er aufgebrochen war, hatte er im Radio und im Fernsehen die Meldungen über die Mumie in der Quedlinburger Straße verfolgt.

Seltsame Geschichte, hatte er gedacht, während er sorgfältig die Ausrüstung zusammenstellte. Alles hatte seinen Platz, jedes Stück seine Aufgabe. In ihrem Versteck hatten sie nur geschlafen, sauber eingepackt, wartend. Und nun? Nun war es wieder so weit. Er suchte die Lederhandschuhe heraus, rückte den Hemdenstapel zurecht, hinter dem er sie hervorgezogen hatte.

Seltsame Geschichte.

Die Handgriffe waren ihm so vertraut, obwohl er das letzte Mal vor mehr als fünfundzwanzig Jahren im Einsatz gewesen war. Es hatte sich so viel geändert in dieser Zeit.

Und doch so wenig.

Der Mann stieß sich vom Stamm ab und schlenderte die Augusta hinauf, seine Hände tief in den Manteltaschen. Je älter er wurde, umso rascher schien die Zeit zu verfliegen. Kaum hatte ein Jahr begonnen, schon war Sommer, und dann tauchten auch bereits die ersten Lebkuchen in den Geschäften auf, und Weihnachten stand vor der Tür. Große Kinderaugen, fasziniert vom geschmückten Baum, wohin man auch schaute.

Die Kinder.

Seine Kinder, längst erwachsen, waren weggezogen in andere Städte, in andere Leben. Er hörte nur noch selten etwas von ihnen. Ein Anruf an und ab, Pflichtübungen mit peinlich berührter Stimme. Seine Frau war schon lange auf einem Selbstfindungstrip verschwunden, irgendwo zwischen Goa und Delhi, von dem sie wohl nicht mehr zurückkommen würde.

Alles in allem – ein stinknormales Leben, das Schlagseite bekommen hatte.

Wäre da nicht...

Rotierende Blaulichter rissen ihn aus seinen Gedanken. Ein Einsatzwagen der Polizei raste vorbei, zwei blasse Gesichter, erleuchtet von der Leselampe am Armaturenbrett. Er sah ihnen nach, hörte sie um die Ecke biegen, mit quietschenden Reifen, in Richtung Otto-Suhr-Straße und Schloss Charlottenburg.

Danach sank die Augusta wieder zurück in ihren Frühmorgenschlaf. Der Mann überquerte die Fahrbahn, schaute links und rechts, doch niemand war zu sehen. Vor der dunklen Schaufensterscheibe eines Friseurs blieb er stehen, gab vor, sich für die Preisliste und völlig ausgeflippte Haarschnitte zu Tode blondierter, cool dreinblickender Mädchen zu interessieren.

Endlich war er zufrieden. Rasch zog er ein seltsam geformtes Werkzeug aus einer der inneren Manteltaschen, trat vor die Eingangstür neben dem Friseursalon und führte einen schmalen Stift ein, der wie eine Messerklinge aussah. Nach kaum fünfzehn Sekunden öffnete er die Tür und drückte sie vorsichtig wieder hinter sich ins Schloss. Seine Schuhe machten keinen Lärm auf den Fliesen. Wie ein lautloser Schatten glitt er tiefer ins Treppenhaus, fand die Stiegen, ließ den Lift außen vor und machte sich auf den Weg nach oben.

Ein Gefühl der tiefen Befriedigung überkam ihn. Alles war so wie damals, wie immer. Nichts hatte sich geändert. Nur er selbst hatte zu lange gewartet, war in seinem bürgerlichen Umfeld versunken. Hatte gewartet auf einen Befehl, der vielleicht niemals kommen würde...

Im Treppenhaus schwebte der Duft von Blumen. Seltsam, dachte er, bis der große Strauß in der Glasvase am nächsten Treppenabsatz auftauchte, den jemand über Nacht vor die Tür auf den Flur gestellt hatte. Für einen Augenblick überlegte er, eine der Blumen mitzunehmen, die Blüte ans Revers seines

Mantels zu stecken, doch dann ließ er es bleiben. Es waren immer Kleinigkeiten, über die man stolperte, dachte er. Und ein sauberer Job beginnt und endet mit Umsicht und dem Auge für die kleinsten Dinge.

Tür Nummer zwölf unterschied sich durch nichts von den anderen im Treppenhaus. Kein Schmuck, kein Firlefanz, kein Zierrat und keine Bändchen, nichts, was Rückschluss auf seine Bewohner zuließ. Der Unbekannte nickte zufrieden. Wenigstens erinnerte sich noch jemand an die grundlegendsten Regeln...

Allerdings würde zu viel Erinnerung ihm den Job schwerer machen. Doch das hatte ihm schon immer seinen größten Motivationsschub gegeben.

Leicht war uninteressant. Er hatte gerne Gegner auf Augenhöhe.

Seit er das Schloss geöffnet und das Haus betreten hatte, waren keine drei Minuten vergangen. Der Unbekannte strich konzentriert mit seiner Hand über die doppelflügelige Wohnungstür, fühlte entlang der Stoßkante. Kein Hinweis auf eine Alarmanlage, dafür drei Schlösser. Er verzog das Gesicht und holte eine dünne, kleine LED-Taschenlampe aus seinem Mantel. Wer drei Schlösser hatte, war meist nach einigen Jahren zu faul, um alle ständig auf- und zuzusperren. Blieb die Frage, welches jetzt verschlossen war.

Achtzehn Sekunden später war die Antwort klar und die Tür offen. Keines der Schlösser war versperrt gewesen, und der Mann runzelte verunsichert die Stirn. Was, wenn seine Zielperson gar nicht mehr hier wohnte? Hatte er einen Fehler bei seinen Nachforschungen gemacht? Oder war Sorglosigkeit des Zielobjekts die unweigerliche Folge von zu langer Inaktivität?

In der Wohnung roch es ganz leicht nach Rasierwasser und

Waschmittel. Der Eindringling lehnte die Eingangstür wieder an und versuchte, sich zu orientieren. Langer, schmaler Flur mit Spannteppich, von den Leuchtziffern einer Funkuhr am Schuhschrank grünlich erhellt. Darunter Schuhe abgestellt, Männerschuhe. Alle gleiche Größe. Vorsichtig zog der Eindringling die Klappen des Schranks auf. Kein einziger Frauenschuh zu sehen.

Sein Opfer lebte allein.

Zufrieden begann der Unbekannte, lautlos eine Tür nach der anderen aufzudrücken, blickte in ein schmales Bad mit verfliester Wanne, in eine Küche mit einigen schmutzigen Tellern und Gläsern, ging weiter in das Wohnzimmer, das einen erstaunlich aufgeräumten Eindruck machte und modern möbliert war. Rasch trat er ans Fenster und blickte sicherheitshalber nochmals hinunter auf die Augusta. Kein Mensch war zu sehen. Es blieb ihm noch ein wenig Zeit.

Aus dem Nebenzimmer war regelmäßiges Schnarchen zu vernehmen, die Tür stand halb offen, und in dem großen Doppelbett lag ein Mann im Pyjama, auf dem Rücken, die Arme weit von sich gestreckt. Der Eindringling trat näher, sah sich rasch um und richtete dann die Taschenlampe auf das Gesicht des Schläfers. Die LEDs leuchteten auf und erhellten für einen Moment das Gesicht eines wohl sechzigjährigen Mannes mit schütteren, etwas zu langen Haaren. Die dunkelbraunen Ringe um seine Augen verrieten gesundheitliche Probleme.

Es war sein Zielobjekt, kein Zweifel. Älter zwar, mit weniger Haaren, aber werden wir nicht alle älter?, dachte der Eindringling etwas wehmütig.

Die Liste war also tatsächlich noch aktuell, bis ins kleinste Detail.

Er ließ den dünnen Strahl der Lampe durchs Schlafzimmer huschen. Ikea, so weit das Auge reichte, bis zum Kunstdruck an der Wand. Auf dem Nachtkästchen lag neben einer Pillenschachtel ein teurer Chronograph, den der Eindringling interessiert betrachtete, aber nicht berührte. Unnötige Eitelkeiten, lächelte er. Dann griff er in eine seiner Manteltaschen und zog ein langes Stück flexiblen, isolierten Drahtes mit zwei Holzgriffen hervor.

»Dornröschen«, sagte er in ganz normaler Lautstärke.

Der Schläfer hörte kurz auf zu schnarchen, aus dem Tiefschlaf gerissen. Dann drehte er sich zur Seite, ohne die Augen zu öffnen, und schlief weiter.

Der Eindringling beugte sich hinunter, überlegte kurz, dann formte er aus dem Draht eine Schlinge und stupste den Schlafenden an der Schulter. Der hob verwirrt den Kopf, blickte irritiert in Richtung der freien Matratze neben ihm. Mit einer fließenden Handbewegung streifte ihm der Eindringling die Schlinge über und zog zu. Überrascht krächzte der Mann auf, seine Finger versuchten verzweifelt, den Draht zu lösen, den Druck auf seinen Hals zu mindern, Luft zu bekommen, doch vergebens. Seine Beine strampelten, suchten nach Halt, doch der Angreifer zog sein Opfer mit Kraft immer näher an sich heran und erhöhte gleichzeitig den Zug auf die Holzgriffe.

Wenige Augenblicke später war es vorbei, und der Körper wurde schlaff. Ohne jede Hast steckte der Unbekannte den Draht ein, zog die Decke zurecht und deckte den Toten bis zum Hals zu. Nach einem letzten Rundumblick verließ er den Raum, ging zurück zur Eingangstür und sah ein Schlüsselbrett an der Wand. In aller Ruhe suchte er den passenden Bund aus, zog die Wohnungstür zu und versperrte eines der Schlösser. Dann steckte er die Schlüssel ein und lief die Treppen hinab, stets nahe der Wand, um ein Knarren zu vermeiden.

An den Astern zwei Stockwerke tiefer blieb er kurz stehen,

rang mit sich, nahm dann doch eine Blume und brach die Blüte ab, steckte sie an das Revers seines Mantels.

»Ein wenig Eleganz am frühen Morgen«, murmelte er achselzuckend und lief weiter. Im Haus war es ganz ruhig, und er sah auf die Uhr.

Neun Minuten, seit er den Hausflur betreten hatte. Nicht schlecht für einen alten Mann außer Übung, dachte er vergnügt und zog die Mütze tiefer ins Gesicht. Doch die Vorsicht war unnötig. Endlich trat er auf die Augusta hinaus, sah sich rasch um und stellte fest, dass weit und breit niemand zu sehen war. Dann fiel sein Blick auf den kleinen Klingelkasten, dessen Deckel nur noch durch eine Schraube gehalten wurde. Er holte einen Schraubenzieher aus seiner Manteltasche, löste geschickt die letzte Schraube und zog eines der Namensschilder aus Papier aus seiner Halterung. Dann schraubte er den Deckel wieder fest.

»Harald Gärtner wohnt hier nicht mehr«, murmelte er nach einem Blick auf das kleine, ausgebleichte Schild auf seiner Handfläche, bevor er es zerknüllte und in die Tasche steckte. Dann ging er in Richtung Mierendorffplatz davon.

Als er wenig später in gemächlichem Tempo die Spree überquerte, hielt er auf der Caprivibrücke an, holte drei Schlüsselbunde aus seiner Manteltasche und warf sie nacheinander ins Wasser. Dann ließ er drei Namensschilder wie weiße Blüten in die dunklen Fluten der Spree fallen. Sie wirbelten hin und her, bevor sie auf den Wellen auf und ab tanzten und mit der Strömung westwärts trieben. Endlich streckte sich der Mann, wandte sich zum Gehen und schlenderte weiter, wie einer jener Flaneure, die in den frühen Morgenstunden als Letzte den Weg aus den Bars der Stadt nach Hause antraten.

Bald hatte ihn die Dunkelheit verschluckt.

Kapitel 3

DER GEORDNETE TOD

18. Oktober 1940

In der Bucht von Lamotrek/Pazifik

Die Lagune von Lamotrek, östlich der Philippinen gelegen, erfüllte jedes Klischee, das selbst unvorbereitete Reisende bei dem Begriff »Trauminsel im Pazifik« vor Augen hatten: Grünblaues Wasser, weite weiße Strände, gesäumt von Palmen, die sich in der stetigen, leichten Brise wiegten.

Nach der kräftezehrenden Fahrt durch das Eis der Arktis war auf der *Komet* nach und nach eine Art Urlaubsstimmung ausgebrochen, je weiter das Thermometer stieg. Nun, bei diesem Anblick eines Südseeidylls im Pazifik schien das Glück der Männer perfekt. Der Hilfskreuzer schwebte neben dem Versorgungsschiff *Kulmerland*, mit dem er sich in Lamotrek getroffen hatte, im transparenten, ruhigen Wasser der riesigen Bucht. Unter dem Rumpf konnte man silbern glänzende Fischschwärme erkennen, hier und da einen Rochen oder einen kleinen Hai.

Die Strapazen der eisigen Reise durch die Nordostpassage waren vergessen. Vier Tage lang hatte die *Komet* in der Lagune vor Anker gelegen, Benzin und Lebensmittel gebunkert. Bis Juni nächsten Jahres würde sie nun autark sein. Ohne diese Vorräte wäre ihre Mission von Vornherein zum Scheitern verurteilt gewesen.

Kapitän Tyssen lehnte an der Reling und genoss die Aussicht auf die ruhige See, den Strand und die grünen Palmenwälder. Für einen Augenblick war Ruhe eingekehrt, auf dem

Schiff und bei der Mannschaft. In der Zwischenzeit war Tyssen froh und dankbar für jede gute Nachricht.

Doch die waren rar in letzter Zeit.

Auch nach dem Einlaufen in den Pazifik war die Pechsträhne der *Komet* nicht abgerissen, hatte sich eine Frustration an die andere gereiht. Die Anordnungen der Seekriegsleitung lauteten, vor der Küste von Australien und im Indischen Ozean Schiffe aufzubringen, die Handelsschifffahrt der Engländer und Amerikaner zu stören und wenn möglich die antarktische Walflotte aufzubringen.

Mit vier Schiffen ... wer sollte das glauben? Doch das war nur die Fassade ... eine brüchige Fassade, dachte Tyssen düster.

Als die *Komet* vor der nordjapanischen Küste in den frühen Morgenstunden überraschend in den ersten Taifun gedampft war, hatte es ein böses Erwachen für die Mannschaft gegeben. Tyssen jedoch war klar gewesen, dass es ab sofort ums nackte Überleben ging. Der Hilfskreuzer hatte es nach Stunden in den riesigen Wellen und bei Windgeschwindigkeiten um die hundert Stundenkilometer nur mit Mühe und Not geschafft, den Naturgewalten zu entrinnen. Beschädigt, mit einer erschöpften und etwas verunsicherten Mannschaft, aber immerhin ohne großes Leck.

Am 2. Oktober hatte Kapitän Tyssen dann beschlossen, die Arado zu starten, um durch einen Aufklärungsflug einen besseren Überblick über sein Einsatzgebiet zu erhalten. Er wollte Schiffe aufbringen, Beute machen, die Fassade aufrechterhalten, auch wenn er sich immer öfter fragte, für wen.

Zuerst war alles gut gegangen, doch bei der Rückkehr und der Landung in der sanften Dünung neben der *Komet* hatte sich das Wasserflugzeug überschlagen und war zu Bruch gegangen.

Irreparabel.

Nach nur einem Flug!

Tyssen hatte fluchend den Piloten aus dem Wasser ziehen lassen, sich eine Pfeife angezündet und war wütend in seine Kabine verschwunden.

Auf dem langen Weg südwärts nach Lamotrek in den Karolinen, einer ehemaligen deutschen Kolonie, die seit 1914 unter japanischem Mandat stand, war die *Komet* nicht einem einzigen Schiff begegnet, das sie hätte aufbringen können.

Und ohne Aufklärungsflugzeug war es unmöglich, weitere Strecken zu kontrollieren ...

Frustration hatte sich breitgemacht, nicht nur unter der Mannschaft. Tyssen, immer praktisch denkend, hatte die Zeit genutzt, um die *Komet* wieder einmal umzubauen – in ein japanisches Frachtschiff, die *Manyo Maru*.

»Ist eine bessere Tarnung in diesen Gewässern als ein russischer Frachter«, hatte er gemurmelt. Strübner musste ihm widerwillig recht geben. Die Mannschaft sägte und hämmerte und maulte unzufrieden vor sich hin. »Schreinerausbildung«, maulten viele, »dazu hätten wir nicht zur See fahren müssen.«

Doch damit nicht genug.

Wenig später war die Nachricht eingetroffen, dass die *Weser*, das lang ersehnte Versorgungsschiff, vor der Küste Mexikos von einem kanadischen Hilfskreuzer versenkt worden war. Damit hatten die Kanadier auch den Nachschub für die *Komet* in die Tiefen des Meeres geschickt. Zum Glück war die *Kulmerland* verfügbar gewesen und hatte sofort die Rolle der *Weser* übernommen. Sie war mit Volldampf aus Yokohama nach Lamotrek gelaufen, ebenfalls als japanisches Schiff getarnt. Die Aufschrift *Tokyo Maru* leuchtete nun frisch von ihrem Bug, was Strübner zu der ironischen Bemerkung veranlasste, hier finde ein »japanischer Maskenball« statt.

Im Stillen musste Tyssen ihm Recht geben. Auf dieser Fahrt war alles anders und nichts vorhersehbar. Sie stand unter einem schlechten Stern. Dabei hatte das wahre Abenteuer noch gar nicht begonnen.

Der Kapitän beobachtete die Mannschaften, die in der stillen Lagune planschten, schwammen oder Wasserball spielten. Er gönnte den Männern die wenigen Tage im Paradies. Es würden die letzten erholsamen auf dieser Reise sein.

Als der Funker mit einer Meldung zu ihm trat, wurden plötzlich Rufe laut, und Tyssen sah, wie sich der Rumpf eines japanischen Schiffes durch die Öffnung in die Lagune schob, gefolgt von einem weiteren und schließlich einem dritten.

»Die Karnevalsgesellschaft ist komplett«, sagte Strübner, als sich die *Orion* und die *Regensburg*, alle als japanische Frachter getarnt, anschickten, längsseits zu kommen. »Aber wer zum Teufel ist der Dritte im Bunde?«

Mit einem Mal fing der Funker neben Tyssen an zu lachen, als er die kleine Flottille beobachtete. Der junge, schlaksige Student war wegen seiner Sprachkenntnisse zur Marine eingezogen und auf die *Komet* abkommandiert worden.

»Käpt'n, hier hat jemand gehörig Mist gebaut«, meinte er und wies mit ausgestreckter Hand auf die Schiffe. »Seltsam, dass es die *Tokyo Maru* gleich zweimal gibt, finden Sie nicht auch?«, gluckste er. »Das ist ziemlich einmalig im internationalen Schiffsregister. Und die *Orion* sollte doch *Maebasi Maru* heißen, oder nicht? Komischerweise heißt sie jetzt ›Ungeeignet für die Tropen‹.« Er schüttelte den Kopf und eilte lachend davon.

Tyssen zündete sich eine Pfeife an und schaute hilfesuchend zu Strübner. »Welcher Idiot hat das wieder verbrochen?«, fragte er niemanden im Besonderen und schlug frustriert mit der Faust auf die Reling.

Der Erste Offizier gab vorsichtshalber keine Antwort.

Doch es kam noch viel schlimmer.

Eine Stunde später stellte sich heraus, dass der einzige wahrhaftig japanische Dampfer in der Lagune das Passagierschiff *Palao Maru* war, das gemeinsam mit den beiden anderen deutschen Schiffen eingelaufen war. Nicht nur, dass dessen Kapitän verwirrt auf die vier seltsamen Schiffe mit den bizarren Aufschriften starrte, er begann sofort fieberhaft über Funk die Situation in der Lagune von Lamotrek mit den lokalen Seefahrtbehörden zu diskutieren.

Zweimal *Tokyo Maru*, einmal »Ungeeignet für die Tropen«, das konnte keinem japanischen Kapitän lange verborgen bleiben.

Der Funker übersetzte lakonisch die Funksprüche, die hin und her gingen, Tyssen paffte eine Pfeife nach der anderen und fluchte vor sich hin.

Währenddessen fotografieren Hunderte Passagiere auf der *Palao Maru*, weit über die Reling gebeugt, begeistert die Lagune mit den seltsamen Schiffen und den planschenden weißhäutigen, blonden jungen Männern, die ihnen freudig zuwinkten.

»Warum lassen wir nicht gleich ein Familienalbum herumgehen, kleben die Fotos ein und schicken es an die Alliierten?«, schäumte Tyssen vor Wut und beorderte umgehend die Kapitäne der anderen drei Schiffe zu sich. Auf Nachfrage stellte sich rasch heraus, dass der Kapitän der *Orion* in Ermangelung anderer japanischer Aufschriften im Lager eine Dose Rollfilm aus Yokohama gefunden hatte und in seiner Not einfach das Label kopiert und auf den Bug hatte malen lassen – »Ungeeignet für die Tropen«.

Das war der Moment, in dem selbst Tyssen sprachlos war.

Mit hängenden Schultern trat er ans Fenster der Brücke, blickte über die Lagune, in der sich die untergehende Sonne spiegelte, und flüsterte erschüttert: »Das also ist der Fernost-Verband der deutschen Kriegsmarine. Gott sei uns gnädig. Eine Bande von Idioten auf vier Schiffen auf Rundreise durch den Pazifik.«

Eine halbe Stunde später lief der japanische Passagierdampfer aus, ohne weitere Verabschiedung. Nicht einmal ein Sirenensignal hatte der »Kreuzfahrtkapitän«, wie ihn Strübner nannte, abgegeben. Tyssen beschlichen böse Vorahnungen, als er der Heckwelle nachblickte. Er beorderte sämtliche Mannschaften zurück an Bord, verbot bis auf Weiteres jeden Landgang und drückte im Stillen die Daumen.

Doch es kam, wie es kommen musste. Daumendrücken, die kleine Schwester von Beten, half diesmal nichts. Wenige Stunden später lief ein offizielles Schiff der japanischen Regierung ein, unter voller Beflaggung, und legte sich kurzerhand vor die Ausfahrt der Lagune. Erst wurde der Anker, dann ein Beiboot ausgebracht, und ein bewaffneter Offizier ließ sich zur *Komet* rudern. Gewandt kletterte er an Bord, blickte sich um, musterte Tyssen mit eisiger Miene, salutierte zackig und verlangte in perfektem Englisch unmissverständlich eine Erklärung für die Maskerade.

»Wir sind ein Verband von vier deutschen Handelsschiffen«, beeilte sich der Kapitän zu erklären, »und versuchen, unbeschadet durch die feindlichen Gewässer des Pazifiks nach Europa zurückzukehren. Dabei sollten uns die japanischen Namen helfen, die alliierten Kriegsschiffe zu täuschen.«

Das Misstrauen des schlanken, überraschend großen Mannes mit Kneifer und Mittelscheitel war ungebrochen und greifbar. »Liegen Sie nicht etwas abseits der üblicherweise befahrenen Routen nach Europa?«, fragte er spitz.

»Wir haben die Lagune gewählt, um am geeignetsten Platz in aller Ruhe und Sicherheit Treibstoff und Lebensmittel umzuladen«, versicherte ihm Tyssen und lud den Japaner bereitwillig zu einer Besichtigungstour des größten deutschen Schiffes, der unbewaffneten *Kulmerland*, ein. Nach langem Hin und Her stimmte der Offizier zu, und gemeinsam ließen Tyssen und er sich hinüberrudern, um den Versorgungsdampfer zu inspizieren. Als Tyssen im Lauf der Besichtigung auch noch Originalpapiere der *Regensburg* und der *Kulmerland* vorwies, die bewiesen, dass die beiden Frachter Waren aus japanischen Häfen an Bord genommen hatten, begann sich die Lage zu ändern. Der Japaner nickte immer öfter zufrieden, dann sah er sich weiter um. Als er nach einer ausführlichen Runde durch die *Kulmerland* nichts Verdächtiges entdecken konnte, wurde er umgänglicher.

»Es scheint alles in Ordnung zu sein, bis auf die verunglückten Schiffsnamen«, erklärte er zufrieden. »Trotzdem möchte ich noch einem weiteren Schiff einen Besuch abstatten.«

Tyssen erstarrte. Alle anderen deutschen Hilfskreuzer waren schwer bewaffnet, hatten Tonnen von Minen und Munition gebunkert. Verzweifelt suchte er nach einer Ausrede. Schließlich scheiterte die weitere Besichtigungstour an plötzlich auftauchenden Sprachschwierigkeiten und dem Fehlen einer Gangway.

Kapitän Tyssen hatte seinen Vorrat an Gebeten für den Rest des Jahres aufgebraucht, als sich der Offizier am Ende etwas widerwillig zufriedengab und zu seinem Schiff zurückkehrte, das kurz darauf den Anker lichtete, die Ausfahrt freigab und Lamotrek verließ.

Als der Kapitän in seine heiße Kajüte trat, um endlich seine verschwitzte Uniform auszuziehen, war es drei Uhr morgens. Völlig erschöpft ließ er sich auf die schmale Koje fallen und schloss die Augen. Sein Kopf schmerzte, und seine Schläfen pulsierten. In spätestens zwei Tagen würde die kleine Flotte wieder auslaufen und die Bucht hinter sich lassen. Die Kaperfahrt für den Führer würde beginnen. Sie mussten dringend Schiffe aufbringen, sonst wäre die ganze Fahrt umsonst gewesen. Und dann hieß es warten auf *das* Schiff, das *eine* Schiff.

Bevor er einschlief, überraschte er sich bei dem Gedanken, dass es vielleicht gar nicht so schlecht gewesen wäre, wenn die Japaner hier und jetzt ihre Fahrt gestoppt hätten, die Waffen entdeckt und die Mannschaften festgesetzt hätten, die Offiziere in Kriegsgefangenschaft geraten wären.

So wäre ihm die schwerste Entscheidung seines Lebens abgenommen worden.

Freitag, 3. Juni 2016

Kaiserin-Augusta-Allee, Berlin-Charlottenburg/
Deutschland

»Guten Morgen wäre jetzt übertrieben ... Trotzdem ...«

Kommissar Calis gähnte demonstrativ und hielt seinen Ausweis dem an der Haustür Wache schiebenden uniformierten Beamten unter die Nase. »Sind die Herren Sternberg und Bergner bereits vor Ort?«

»Was hast du gedacht, Schlafmütze?«, brummte es von hinten, und der Mediziner schob sich mit griesgrämiger Miene an Calis vorbei. »Außerdem *Doktor* Sternberg, so viel Zeit muss sein.«

»Schlecht geschlafen?«, erkundigte sich der Kommissar, »oder bist du heute besonders empfindlich?«

»Gar nicht ...«, entgegnete der Arzt, »geschlafen, meine ich ... Wer, glaubst du, kümmert sich um deine Mumie? Ich nämlich, wenn du es vergessen haben solltest. Und zwar bis sechs Uhr früh, und ich habe kein nächtliches Research Team, wie das auf Neudeutsch so schön heißt. Ich bin alleine in den dunklen Stunden. Und jetzt haben wir«, er sah demonstrativ auf die Uhr, »08.22 Uhr zweiundzwanzig. Wann bitte soll ich da schlafen?«

»Also doch empfindlich«, murmelte Thomas und steckte seinen Ausweis ein. Sternberg warf ihm einen vernichtenden Blick zu, betrat den Hausflur und stieg seufzend die Treppen hoch. »Ich könnte mich wieder mal an eine Leiche im Keller gewöhnen. Muss es immer in den oberen Stockwerken sein, mit Vorliebe ohne Aufzug? Im Gegensatz zu Kriminalbeamten, die sich nächtens mir ihrer Freundin vergnügen, und Spurensicherern, die sich auch noch den Luxus eines Hobbys leisten können, arbeiten gewisse ...«

»... lichtscheue Elemente mit Nadel und Faden, Skalpell und Tupfern des Nachts«, vollendete der Chef der Spurensicherung, Arthur Bergner, der am ersten Treppenabsatz stand, eine Tasse heißen Kaffee in den Händen hielt und ihnen müde entgegensah. »Das sogenannte Frankenstein-Syndrom.«

»Woher hast du das Heißgetränk?«, wollte Sternberg wissen, dann trat er zu Bergner und nahm ihm einfach die Tasse aus der Hand. Mit der Bemerkung: »Ich hoffe ohne Zucker, das kann ich nämlich nicht leiden«, kostete er und nickte anerkennend.

»Von der netten Dame eine Treppe höher«, berichtete Bergner und begrüßte den Kommissar mit Handschlag. »Die hat ein Herz für Männer wie uns, schlaflos und im Dauerstress.«

»Ich schließe sie in mein Abendgebet ein, wenn sie noch eine Tasse für mich hat«, murmelte Calis.

»Ist das eine Drohung?« Bergner grinste. »Und was wird Martina dazu sagen, dass du fremde Frauen anbetest?«

»Martina schläft noch tief und fest, und Recht hat sie«, konterte der Kommissar. »Wir sind gestern mit einem Freund um die Häuser gezogen. Hat etwas länger gedauert als geplant. Warum stehen wir eigentlich hier herum? Ambulantes Kaffeekränzchen?«

»Wirst du gleich sehen.« Bergner schob den Kopf um die Ecke. »Was machst du im Besonderen hier? Bist du mit deinem Mumien-Fall nicht ausgelastet?«, meinte er über die Schulter.

»Frank entschied, dass das hier wichtiger sei als ein Toter, der seit mehr als zwanzig Jahren abhängt«, zuckte Calis mit den Schultern. »Da komme es auf einen Tag mehr oder weniger auch nicht an, und wir sind, Zitat: ›knapp bei Beamten in der Sommersaison‹. Ende des Zitats. Seine Worte.« Calis gähnte. »Und ab morgen Abend wird die Situation glücklicherweise noch verschärft. Weil ich nämlich mit Martina ...«

»Ich will's gar nicht hören«, wehrte Bergner ab, »die Steiermark soll hässlich sein, einsam und menschenfeindlich und die Küche miserabel.«

»Dann hätte sie etwas mit dir gemeinsam, aber das will ich nicht hoffen«, grinste Calis. »Um der Steiermark willen ...«

Bergner warf dem Kommissar einen vernichtenden Blick zu, dann rief er: »Wie sieht's aus? Können wir raufkommen?«

»Vorsichtig!«, schallte es von oben zurück.

»Nein, ich trample immer wie ein Elefant durch die Tatorte«, brummte Calis und stieß Sternberg an. »Dann mal los, Frankenstein. Die Arbeit wartet.«

»Falsch, sie verfolgt mich«, gab der Arzt zurück, »und ich bin seit Jahren erfolglos auf der Flucht.« Damit drückte er die leere Kaffeetasse Bergner in die Hand, schnappte seine Tasche und stieg weiter die Treppen hoch.

»Er war schon mal besser drauf, unser Medicus«, konstatierte der Chef der Spurensicherung nach einem Blick in die leere Tasse. »Wird auch schon alt. Männliche Leiche, etwa sechzig Jahre alt, im Bett erdrosselt, so wie es aussieht. Ein gewisser Harald Gärtner, allein lebend. Seine Freundin, die in der Wohnung nebenan logiert, hat ihn heute früh gefunden. Aber das wirst du gleich selbst alles sehen, wenn meine Jungs grünes Licht geben. Doch da war noch etwas anderes ...«

»Nämlich?«, fragte Calis nach und gähnte.

»Komm mit«, meinte Bergner, und gemeinsam folgten sie Dr. Sternberg. »Unsere edle Kaffeespenderin hatte gestern von ihrer Nichte einen großen Strauß Rosen und Margeriten geschenkt bekommen. Als sie in der Nacht mit Kopfschmerzen aufwachte, beschloss sie, die Blumen auf den Flur zu stellen, weil sie für ihr Empfinden zu intensiv dufteten.«

Zwei Männer der Spurensicherung kamen ins Sichtfeld, in ihren weißen Ganzkörperanzügen. Sie suchten aufmerksam den nächsten Treppenabsatz ab.

»Das war gegen drei Uhr morgens. Dann ging sie wieder zurück ins Bett. Und nun kommt's. Es sieht ganz so aus, als hätte jemand in den frühen Morgenstunden eine Margerite aus der Vase gezogen und ihr den Kopf abgebrochen.« Bergner wies auf einen langen grünen Stiel am Boden.

»Das hat sie dir alles beim Kaffeekochen verraten?«, wollte Calis wissen.

»Hätte sie auch dir erzählt, wenn du schneller aus den Federn gekommen wärst«, grinste Bergner. »Der frühe Vogel und so ...

»... hat was an der Waffel«, seufzte Calis, »aber mir hört ja niemand zu. Frank kennt keine Gnade, und ich bin reif für die Insel der Seligen. Was macht man mit einer Margerite, wenn man einen Menschen umbringen will? Aber vielleicht haben beide Dinge ja gar nichts miteinander zu tun, wir sehen Gespenster, und einer der Nachbarn kann deine Kaffeeköchin nicht leiden und machte ihr etwas Stress, um sie zu ärgern.«

»Dann hätte er wahrscheinlich gleich alle Blumen geköpft und die Vase auch noch zerdeppert«, zuckte Bergner die Schultern. »Hier kennen sich alle Bewohner und sind gut miteinander befreundet. Veranstalten sogar Hoffeste im Sommer, passen gegenseitig auf die Kinder auf und schmücken einen gemeinsamen Weihnachtsbaum, der jedes Jahr größer wird. Sie tauschen Kekse aus und organisieren Rudelbacken von Vollkornbroten.«

»Dein Wissensstand beeindruckt mich«, gab Calis zu und

schloss die Augen. »Mich braucht hier eh keiner. Ich geh wieder schlafen und überlasse dir das Feld, Sherlock Winnetou.«

»Denk nicht mal dran, müdes Adlerauge«, entgegnete Bergner. »Gehen wir lieber nach oben, und lassen wir die Jungs hier in Ruhe arbeiten. Du kannst ja erst mal mit Frau Bachmann reden, bevor du mir meinen Tatort kontaminierst.«

Calis wollte etwas erwidern, überlegte es sich jedoch und trabte brav los, immer die Treppen rauf. Tür Nummer 12 stand offe, und die starken Scheinwerfer der Spurensicherung leuchteten bis auf den Flur. Bergner verabschiedete sich mit einem kurzen Winken, und der Kommissar sah sich auf dem Treppenabsatz um.

Vier Türen, vier Leben.

An einer hingen Strohblumen und ein Sonnenhut.

Sommer in der Stadt.

Die Tür Nummer elf war schmucklos, trug das gravierte Namensschild »Hanne Bachmann« und hätte einen neuen Anstrich vertragen können. Calis läutete. Die Frau, die ihm öffnete, hatte rot geweinte Augen, ihre blonden Haare waren zu einem Pferdeschwanz hochgebunden, und sie mochte etwa Mitte vierzig sein. Unsicher blickte sie den Kommissar an.

»Sind Sie von...?«, begann sie zögernd, dann schniefte sie und zog ein Taschentuch aus ihren Jeans.

»...der Kriminalpolizei.« Calis hielt ihr seinen Ausweis, hin. »Kommissar Calis. Darf ich reinkommen, Frau Bachmann?« Sie nickte mechanisch, ohne einen zweiten Blick auf das Dokument zu werfen.

Die Wohnung zur Gartenseite war klein und freundlich, mit einem Blick ins Grüne. Es duftete nach frischen Brötchen und Kaffee. Der Kommissar hoffte, dass sein Magen nicht laut zu knurren anfangen würde. Im Wohnzimmer blieb Bachmann stehen, und Calis überblickte routinemäßig die Einrichtung, die überraschend modern war.

»Sie haben also Herrn Gärtner heute Morgen gefunden«, setzte er an. Routine. Calis überraschte sich bei dem Gedanken, wie oft er diesen simplen Satz mit wechselnden Namen bereits an den Beginn einer Untersuchung gestellt hatte.

Wahrscheinlich viel zu oft.

Hanne Bachmann nickte stumm und wischte sich mit dem Taschentuch über die Augen.

»Weshalb hatten Sie einen Schlüssel zu seiner Wohnung?«, stieß der Kommissar nach. »Waren Sie mit ihm befreundet?«

Die Frau nickte nochmals, wollte etwas sagen, überlegte kurz. »Harald und ich ... nun, wir waren schon seit Jahren ein Paar, aber jeder fühlte sich in seiner Wohnung wohl, und die paar Schritte über den Flur ...« Sie brach ab, ein wenig hilflos.

»Sie lebten gemeinsam, aber doch getrennt«, versuchte es Calis.

»Jeder hatte den Schlüssel zur Wohnung des anderen. Heute Morgen ging ich, wie jeden Tag, hinüber zum Bäcker. Frische Brötchen und Croissants.«

»Und wollten Herrn Gärtner ebenfalls welche vorbeibringen«, ergänzte der Kommissar. »Erzählen Sie mir bitte genau, was Sie gesehen haben.«

»Ich war ein wenig verwundert, weil ich die Tür aufsperren musste«, begann Bachmann, und als sie die gerunzelte Stirn Calis' sah, senkte sie den Kopf und starrte angestrengt auf ihre Schuhspitzen. »Weil ... nun, wir waren gestern Abend zusammen, und ich habe die Tür nur zugezogen, als ich gegangen bin.«

»Wann war das ungefähr?«, wollte Calis wissen.

»Das kann ich Ihnen sogar ganz genau sagen«, antwortete Hanne Bachmann. »Die Funkuhr am Schuhschrank beleuchtet den Flur mit ihren großen grünen Ziffern, da brauche ich nachts kein Licht machen. Es war 01.34 Uhr.«

Calis machte sich eine Notiz. »Sie haben also die Tür nur zugezogen, aber heute Morgen war sie versperrt, richtig?«, fasste er zusammen. »Könnte nicht Herr Gärtner abgeschlossen haben?«

Bachmann schüttelte energisch den Kopf. »Der schläft so tief, der schließt niemals hinter mir zu, wenn ich ...« Sie räusperte sich. »Nein, der merkt nicht mal, dass ich aufstehe und zu mir hinübergehe. Morgens, wenn ich ihm die Brötchen bringe, ist nie abgeschlossen. Bis auf heute ...«

»Sie haben also aufgeschlossen, mit ihrem eigenen Schlüssel, und sind in die Wohnung von Herrn Gärtner gegangen.« Calis brachte die Zeugin wieder auf Kurs.

Bachmann nickte. »Ich bin in die Küche, wie immer, habe die Kaffeemaschine angeschaltet und die Brötchen in den Korb getan. Dann hab ich nach ihm gerufen.« Sie schnäuzte sich. »Aber es kam keine Antwort. Mich wunderte, dass er noch nicht aufgestanden war, und dachte, er sei vielleicht im Bad. Aber das war leer.«

»Was arbeitete Gärtner eigentlich?«, erkundigte sich Calis. »Der Großteil der Menschheit werkt um diese Zeit schon in einem Büro oder ist auf dem Weg dahin.«

»Harald war Frühpensionär, seit etwas mehr als drei Jahren«, antwortete Bachmann. »Er hatte genügend Geld, noch von seiner Zeit in der Bank, wissen Sie? Er war Filialleiter gewesen, bis man die Zweigstelle vorn am Mierendorffplatz zugesperrt und ihm ein gutes Angebot gemacht hatte, wie er immer sagte.«

»Und Sie? Womit verdienen Sie Ihr Geld?«

»Ich bin Krankenschwester und arbeite meist im Schichtdienst, von Nachmittag bis spätabends etwa, wie gestern.«

»Ich verstehe«, murmelte Calis. »Heute Morgen sind Sie also nachsehen gegangen. Zuerst ins Bad, dann ...?«

»Ins Wohnzimmer und schließlich ins Schlafzimmer. Da hab ich ihn gefunden.« Sie schluchzte auf und drückte das Taschentuch auf ihre Augen. »Es sah alles so friedlich aus ... als sei er noch im Tiefschlaf ... die Decke bis zur Nasenspitze hochgezogen. Ich beugte mich also zu ihm und schüttelte ihn ein wenig, aber da spürte ich bereits, wie kalt er war. Und dann sah ich ...«

Sie brach ab und drehte sich zum Fenster.

Calis ließ ihr Zeit.

»... dann sah ich die Male an seinem Hals, wie einen dunkelroten Strich, den jemand mit dem Lineal gezogen hatte.«

»Ist Ihnen in der Wohnung irgendetwas aufgefallen?«, wollte Calis wissen. »Umgeworfene Möbel, die Sie wieder aufgestellt haben, Spuren eines Kampfes, ungewöhnliche Gegenstände, die gestern noch nicht da waren?«

Bachmann schüttelte den Kopf. »Gar nichts. Alles war so wie immer. Bis auf das versperrte Türschloss.«

»Bis auf das Türschloss ...«, wiederholte Calis nachdenklich und musste plötzlich gähnen. »Entschuldigen Sie, es war eine kurze Nacht.«

»Möchten Sie vielleicht einen Kaffee?«, erkundigte sich Hanne Bachmann mit einem schuldbewussten Ausdruck auf ihrem Gesicht. »Tut mir leid, ich bin ganz durcheinander ...«

»Nett, dass Sie mich trotzdem fragen.« Calis lächelte. »Danke ... bitte ... ich meine – ja ... und mit vollem Programm.«

Die Frau sah ihn verwirrt an.

»Na ja, heiß mit Milch und Zucker«, erklärte Calis, »und wenn es geht, einen halben Liter. Ich sollte dringend ganz schnell ganz wach werden.«

»Sag mal, schläfst du im Stehen?«

Dr. Sternberg blickte über die Schulter auf Thomas Calis, der ins Schlafzimmer Gärtners gekommen war, einen großen Becher Kaffee in der Hand, und nun seit Minuten stumm auf die Leiche schaute.

»Nein, ich denke nach«, murmelte der Kommissar, »auch wenn's nicht so aussieht. Was kannst du mir erzählen?«

»Todeszeitpunkt vermutlich zwischen drei und vier Uhr früh, keine Kampfspuren. Der Täter muss ihn im Schlaf überrascht haben.«

»Das heißt, er ist hier eingebrochen, oder er hatte einen Schlüssel zur Wohnung«, sinnierte Calis. »Durchs Fenster eingestiegen kann er kaum sein, außer er ist Fassadenkletterer.«

»Das muss dir Kollege Bergner beantworten, nicht mein Revier«, gab Sternberg trocken zurück. »Sagt dir die Garotte etwas?«

»Mittelalterliches Folterinstrument?«

»Auch«, sagte der Arzt und erhob sich. »Heute nur noch selten gebraucht. Es handelt sich um einen Metalldraht, der an beiden Ende mit Holzgriffen versehen ist. Eine effektive, schnelle und fast lautlose Methode, um jemandem vom Leben zum Tod zu befördern. Wurde vor allem von französischen Kriminellen vor hundert Jahren benutzt oder von Mafia-Killern. Meist das Handwerkszeug von Profis.«

Calis schwieg und starrte noch immer auf den Toten. Dann fiel sein Blick auf den Chronografen, der auf dem kleinen Nachttisch lag. »Raubmord können wir ausschließen«, meinte er und wies auf die wertvolle Uhr. »Gärtner war pensionierter Bankbeamter. Nicht gerade ein Job an der Front, der Profikiller auf den Plan ruft.«

»Ein unzufriedener Kunde?« Dr. Sternberg zog die Latex-Handschuhe aus. »Der mit einem Mal draufgekommen ist, dass seine Immobilienfonds nicht mal mehr das Papier wert sind, auf dem sie gedruckt sind?«

»Zu lange her«, Calis schüttelte den Kopf, »er war seit drei Jahren in Pension.«

»Vielleicht ging es um etwas anderes, etwas, das der oder die Mörder mitgenommen haben, nachdem Gärtner erdrosselt wurde.«

»Wenn die Leiche abtransportiert ist, dann werde ich Frau Bachmann bitten, doch einmal eine Runde durch die Wohnung zu machen«, überlegte Calis laut. »Gärtner hatte ihrer Aussage nach einen tiefen Schlaf. Er wäre vermutlich auch nicht aufgewacht, wenn der Täter etwas gesucht und mitgenommen hätte, ohne ihn ins Jenseits zu befördern.«

»Also gezielte Tötung...« Sternberg betrachtete die Leiche mit neu erwachtem Interesse. »Brandstifter und Biedermann? Ein eifersüchtiger Nebenbuhler?«

»Oder eine eifersüchtige Freundin?«

»Kaum«, entgegnete der Arzt. »Frauen morden nicht mit Garotte. Du kannst mit fast hundertprozentiger Wahrscheinlichkeit von einem Mann ausgehen.«

»Und der hatte goldene Finger«, ergänzte Arthur Bergner, der durch die Doppeltür ins Schlafzimmer trat und den letzten Satz gehört hatte. »Drei Schlösser an der Tür und nur ein paar ganz, ganz geringe Kratzspuren. Ein Profi. Die Haustür hat er wahrscheinlich im Vorübergehen geöffnet, die Wohnungstür hat ihn keine dreißig Sekunden aufgehalten.«

»Kein Wunder, keines der drei Schlösser war versperrt«, gab Calis zu bedenken.

»Trotzdem, der machte das nicht zum ersten Mal.« Der Leiter der Spurensicherung sah Dr. Sternberg an. »Fertig, Skalpellschwinger? Die Männer mit der Bahre warten schon im Hausflur.«

»Was hast du sonst noch für mich?«, wollte der Kommissar von Bergner wissen, während der Arzt seine Tasche einräumte.

»Nur zwei Sorten von Fingerabdrücken, auch auf dem Geschirr in der Küche, auf dem Türschloss oder im Bad. Wir haben noch nicht die übrigen Räume gecheckt, aber ...« Bergner hielt kurz inne. »Wenn du mich fragst, dann war hier schon lange niemand mehr zu Besuch.« Er sah Calis forschend an, doch der schüttelte den Kopf.

»Die Abdrücke stammen sicher von dieser Bachmann und von Gärtner selbst. Wenn das ein Profi war, wie ihr beide meint, dann hat der nicht einmal ein Haar hier verloren, geschweige denn seine Fingerabdrücke hinterlassen. Die Wohnung ist völlig clean, darauf verwette ich mein mageres Gehalt.«

Der Kommissar nickte Sternberg und Bergner zu und ging hinaus ins Wohnzimmer, trat ans Fenster und schaute auf die Kaiserin-Augusta-Allee hinunter. Mit halbem Ohr hörte er, wie die beiden Männer mit der Trage ins Zimmer kamen, um die Leiche abzutransportieren und in die Gerichtsmedizin zu bringen. Als er den letzten Schluck lauwarmen Kaffee austrank, stellte sich Bergner neben ihn.

»Die Tür war verschlossen, als seine Freundin heute Morgen in die Wohnung kam«, murmelte Calis gedankenverloren.

»Wir haben keine Wohnungsschlüssel am Schlüsselbrett gefunden, wenn du das meinst.«

»Also sperrte unser Mörder seelenruhig hinter sich zu, steckte die Schlüssel ein, stieg die Treppe hinab, kam an den Blumen vorbei und zog eine Margerite aus der Vase«, dachte der Kommissar laut nach. »Dann knickte er der Blume den Kopf ab und ließ den Stiel fallen.«

Bergner runzelte die Stirn. »Und dann? Bisschen weit hergeholt... Was soll das werden?«

»Wenn ich das wüsste, würde ich mich als Orakel anstellen lassen, und Frank müsste meine Kristallkugel putzen«, seufzte Calis theatralisch. »Gestern eine erhängte Mumie, heute ein mordender Blumenliebhaber mit Drahtschlinge. Gott, bin ich urlaubsreif!«

In diesem Moment läutete sein Handy, und fast im gleichen Moment begann das Mobiltelefon Bergners zu quäken wie Donald Duck in seinen zornigsten Szenen.

»Wettbewerb im Synchronläuten, ist nicht wahr«, meinte Calis kopfschüttelnd, bevor er sich mit »Ja, Frank?« meldete. Durch die Leitung hörte er Stimmengewirr und Telefone klingeln, aber keiner meldete sich. »Frank?«

»Bin schon dran.« Lindner klang gehetzt. »Bist du noch in der Augusta?«

»Mit Bergner und Sternberg, den üblichen Nichtstuern«, seufzte der Kommissar. »Wir frühstücken gerade gemeinsam und überlegen uns, wohin wir zu Mittag gehen sollen.«

»Todesursache?« Frank war irgendwie nicht zu Scherzen aufgelegt, und Calis schrieb es der frühen Stunde zu.

»Erdrosselt mit einer Garotte, wie unser Medicus mir erklärte. Mittelalterliches Folterinstrument oder auch das Handwerkszeug...«

»...von Profikillern, vornehmlich im Geheimdienst oder für kriminelle Vereinigungen tätig«, vollendete Lindner. »Scheiße!«

»Wie soll ich das verstehen? Bist du nicht gut drauf?« Calis schielte verwirrt zu Bergner, der mit sorgenvollem Gesicht ebenfalls noch immer telefonierte.

»Bin ich auch nicht«, gab Frank zurück. »Wir haben eine weitere Leiche in Mitte, und ich habe die Kollegen Müllner und Seitz hingeschickt. Die haben mich gerade informiert. Tod durch Strangulierung mit einer Garotte.«

Calis fiel auf die Schnelle keine passende Bemerkung ein. Er fuhr sich mit der Hand übers Gesicht.

»Damit noch nicht genug«, fuhr Lindner fort. »Hörst du, was hier los ist? Dritter Toter gemeldet. In Adlershof. Den hat sein Hausarzt gefunden, beim morgendlichen Besuch. Der hatte die Schlüssel des kleinen Hauses, weil der alte Mann allein wohnte und bettlägerig war.«

»Sag nicht ...« Die Gedanken von Calis rasten.

»Doch, genau das sage ich. Der Arzt brauchte keinen Gerichtsmediziner, um die Todesursache festzustellen, als er die rote Spur um seinen Hals sah. Wir haben einen Serienkiller, der – wie es aussieht – in einer Nacht in Berlin drei Menschen umgebracht hat.«

CHARLOTTE ROAD, BARNES, SÜDWEST-LONDON/ENGLAND

»Soll ich warten?«

Alex Beaulieu hielt den Jaguar an, wies dann auf das niedrige Haus mit dem gepflegten Garten, der grünen Eingangstür mit dem blank geputzten Messing-Türklopfer und einem Gartenzwerg mit dem Messer im Rücken, der zwischen den Blumenbeeten lag.

»Übrigens – der Gartenzwerg beunruhigt mich stets aufs Neue«, stellte Beaulieu leise fest.

Llewellyn nickte verständnisvoll, sprang aus dem Wagen, das Paket unter dem Arm, und beugte sich durchs offene Fenster. »Wenn du nichts Besseres zu tun hast, dann warte auf mich. Ich denke, es wird diesmal nicht lange dauern.«

Beaulieu konnte seinen Blick nicht von dem skurrilen Gartenzwerg lösen.

»Sieht dem alten Fuchs irgendwie ähnlich«, murmelte er kopfschüttelnd. »Ich suche mir einen Parkplatz in der Nebenstraße. Das macht die Personenschützer weniger nervös.« Dann winkte er dem Major kurz zu und wendete den Jaguar.

Die Charlotte Road war eine Sackgasse, die direkt am Hockeyfeld des traditionsreichen Barnes Sports Club endete. Porsche Cayenne, Range Rover Evoque und andere trendige SUVs parkten hier, dazwischen die auf Hochglanz polierten Golf Cabrios der Töchter und Ehefrauen, die den kurzen englischen Sommer offen fahrend feierten und tapfer dem gelegentlichen Regenguss trotzten.

Upperclass, dachte Llewellyn. Gute, sichere Londoner Wohngegend.

Er sah sich um und stellte ein wenig verwundert fest, dass an diesem Morgen nur ein Wagen mit den üblichen nervösen Personenschützern in der schmalen Gasse im Südwesten Londons parkte. War Compton in Ungnade gefallen, oder hatte die Innenministerin eine weniger auffällige und aufwändige Überwachung beschlossen?

In dem ruhigen, traditionell bürgerlich geprägten Stadtteil reihten sich weiße Einfamilienhäuser aneinander, mit manikürtem Rasen in handtuchgroßen Vorgärten.

Nicht gerade ein krimineller Hot Spot, dachte Llewellyn, bevor er den kleinen Garten durchquerte, der sich nur wenig von all den anderen Vorgärten in der Charlotte Road unterschied. Als der Major an den Blumenbeeten vorbeikam, war er wie immer versucht, dem sterbenden Gartenzwerg symbolisch die letzte Ölung oder einen herzhaften Tritt zu verpassen. Doch dann überlegte er es sich, nahm die beiden Milchflaschen, die auf der obersten Treppenstufe standen, und drückte auf den Klingelknopf.

Als er den Gong hörte, hatte Llewellyn das Gefühl, dass damit sein ruhiger Sommer zu Ende war.

Eine lächelnde Margret Compton öffnete auf sein Läuten hin sogleich die Tür und strahlte ihn an. »Oh! Llewellyn! Endlich! Gerade heute haben wir wieder von Ihnen gesprochen. Danke für die Milch! Ich hatte Sie bereits vermisst, doch Peter meinte, Sie hätten sich nach Schottland zurückgezogen und würden da das Wetter genießen.«

Die rundliche, grauhaarige Frau von Peter Compton stellte die Milchflaschen in den kleinen Flur, wischte ihre Hände an einer ihrer bekannt bunten Küchenschürzen ab und zog den Major mit einem ironischen Augenzwinkern ins Haus.

»Haben Sie schon gefrühstückt? Wahrscheinlich nicht. Nun, in zehn Minuten wird der Mohnkuchen fertig, und inzwischen koche ich Ihnen einen ordentlichen Kaffee. Es wird Zeit, dass Peter auf andere Gedanken kommt. Lenken Sie ihn ab, irgendetwas beschäftigt ihn in den letzten Tagen zunehmend. Er wird sich freuen, Sie endlich wiederzusehen.«

»Vielleicht auch nicht...«, murmelte Llewellyn. Laut sagte er: »Kuchen und Kaffee klingen perfekt für ein spätes Frühstück. Danke!«

Margret nickte glücklich, blickte auf das Päckchen unter Llewellyns Arm, sagte aber nichts und griff stattdessen geschäftig nach den beiden Milchflaschen, bevor sie mit wehender Schürze in die Küche verschwand.

Llewellyn kannte den Weg ins Wohnzimmer nur zu gut. Als er die breite Doppeltür aufstieß, schlug ihm zu seiner Überraschung Zigarrenrauch entgegen. Im Hintergrund erklang das Klavierkonzert Nummer zwei von Chopin.

»Ich rauche aus Langeweile und Verzweiflung, nur für den Fall, dass es dich interessieren sollte«, tönte die energische Stimme Peter Comptons aus einem der dunkelroten Ohrensessel. »Wenn ich also am Tabak zugrunde gehe, dann bist du schuld.«

»Hast du deine Personenschützer im Hinblick auf dein bevorstehendes Ableben schon mal auf ein Minimum reduziert?«, erkundigte sich Llewellyn spöttisch. »Oder haben sich die Nachbarn wegen der ständigen Parkplatznot beschwert?«

»Keines von beiden«, knurrte Compton. »Du bist pünktlich zur Wachablösung gekommen. Sie werden auch ein wenig nachlässig, muss ich gestehen. Ich sollte mit der Innenministerin reden. Sie war letzte Woche zum Dinner bei uns.«

»Theresa May?«, stieß Llewellyn nach.

»Ja, gemeinsam mit ihrem Mann Philipp«, sagte Compton. »Er sieht so verdammt britisch aus, der Arme.«

Llewellyn runzelte die Stirn, hütete sich aber vor weiteren Nachfragen zum Thema.

Das Wohnzimmer der Comptons ähnelte dem Salon eines altehrwürdigen Londoner Clubs – mit dunklem Holz verkleidete Wände, überfüllte Bücherregale, Messinglampen zwischen den obligaten Pferde- und Hundebildern. Llewellyn legte das Päckchen leise auf den Kartentisch mit den kunstvollen Intarsien.

Der hagere Mann, der sich ächzend aus dem Lehnsessel hochstemmte und zu Llewellyn an den Kartentisch trat, mochte achtzig Jahre alt sein und hatte trotzdem noch volles graues Haar, das akkurat gescheitelt war. Er trug eine dicke Brille auf seiner aristokratischen Nase, die ein schmales blasses Gesicht beherrschte. Über den dünnen Lippen saß ein kurz getrimmter Schnurrbart, der an die eleganten Darsteller der Mantel-und-Degen-Filme der Dreißigerjahre erinnerte. Ein Kranz tiefer Falten um die dunkelbraunen, wachen Augen verriet eine gute Prise Humor.

Doch Llewellyn wusste nur zu gut, dass man sich vom Äußeren Peter Comptons nicht täuschen lassen durfte. Ehemaliger Führungsmann im britischen Inlandsgeheimdienst MI5, Vertrauter und Berater von sechs Premierministern und seit seiner Pensionierung allgemein respektierte graue Eminenz der Geheimdienstszene, legte Compton nach wie vor Wert auf makelloses Auftreten, umfassende Information und schreckte im Ernstfall auch vor drastischen Maßnahmen nicht zurück, um Staat, Königshaus und britische Geheimdienste zu beschützen.

»Ein Geschenk für mich?«, erkundigte sich der Geheimdienstchef.

»Später«, wehrte der Major ab.

»Dann kann ich ja jetzt meine Zigarre weglegen, nachdem du da bist«, stellte Compton lakonisch fest, ging zur Terrassentür und öffnete die beiden Flügel. »Was den Drink betrifft...«

»... ist es definitiv noch zu früh«, vollendete Llewellyn den Satz. »Außerdem hat Margret mir ein Frühstück versprochen. Mit Kuchen und Kaffee.«

Compton nickte versonnen, trat ans Fenster und blickte hinaus in den Garten. Llewellyn hatte den Eindruck, er war mit seinen Gedanken ganz woanders.

»Wie ist die Lage in Schottland?«, erkundigte sich der alte Mann.

»Würde dir gefallen«, meinte der Major, »wenig Menschen, viel Natur, die Abende sind lang und hell, und der Ausblick auf Loch Shiel ist spektakulär. Nicht gerade ein Platz für Stress und Herzinfarkt.«

»Klingt verlockend«, musste Compton zugeben.

»Und einige Brennereien in der Umgebung destillieren einen großartigen Whisky«, ergänzte Llewellyn. »Man kann es also durchaus einige Monate bis zum Ende des Sommers aushalten. Vorausgesetzt...«

Er brach ab und wies auf das Päckchen am Kartentisch.

Compton sah ihn stirnrunzelnd an, blieb aber am Fenster stehen.

»... vorausgesetzt, man erhält keinen unerwarteten postalischen Gruß aus der Vergangenheit«, setzte Llewellyn fort. »Willst du ihn dir nicht ansehen?«

Peter Compton machte keine Anstalten, zum Kartentisch zu gehen. Vielmehr hypnotisierte er weiterhin die Blumen im Garten.

Llewellyns eisgraue Augen bekamen einen harten Glanz.

»Dachte ich es mir doch, alter Mann. Ich hasse dich. Du hättest mich einfach anrufen können.«

»Du bist im Ruhestand, und ich wusste nicht, ob du nach dem letzten Einsatz vergangenes Jahr nochmals das Telefon abnehmen würdest«, versuchte es Compton. »Nachdem ich dich aus dem Urlaub geholt hatte, nach dem Tod von Rodney und seiner Frau...«

»Ja, armer Rodney«, wiederholte der Major leise, »ich denke oft an ihn...«

Rodney McFarlane, genialer Kryptograf und Mitarbeiter von MI5 und MI6, war ein Jahr zuvor mit seiner Frau in seinem Haus in Wimbledon in die Luft gesprengt worden, als er an einem geheimnisvollen Notizbuch gearbeitet hatte.

»Er fehlt mir, und ich habe mich oft gefragt, ob es das alles wert war.« Llewellyns Stimme klang zornig. »Du hast uns alle wie die Marionetten durch ein Stück geführt, das du geschrieben hattest.«

Comptons Schultern sackten nach unten, und sein Kopf sank auf seine Brust. Er schien mit einem Schlag um Jahre gealtert. »Das ist die ewige Frage bei allen Geheimdiensteinsätzen, und nein, ich kann dir darauf auch keine Antwort geben, selbst nach all den Jahrzehnten.«

»Du hast mir also das Paket nach Glenfinnan geschickt, weil du wusstest, es würde mir keine Ruhe lassen«, fasste Llewellyn zusammen. »Hast du es jemals geöffnet?«

Peter Compton schüttelte den Kopf. »Ich kannte den Inhalt. Ich habe es einfach... nun, sagen wir, wieder in den Postablauf eingeschleust.«

»Also wurde es damals doch pünktlich zugestellt«, schloss der Major. »An Charles Parker, Slatach House, Glenfinnan.«

»Zugestellt ja, pünktlich nein, und daher nicht an Charles Parker«, kam es leise vom Fenster. »Der war zu dieser Zeit bereits spurlos verschwunden. Nachmieter gab es zu diesem Zeitpunkt noch keinen.«

»Deshalb landete es bei dir«, sagte Llewellyn. »Einleuchtend. MI5 zahlte ja die Miete und hielt seine schützende Hand über Parker. Wahrscheinlich seid ihr es gewesen, die das Haus ausgewählt haben, irgendwo in der schottischen Einsamkeit, zwischen Bergen und Küste.«

»Schenk mir bitte einen Tanqueray ein«, seufzte Compton. »Auch wenn es noch früh am Tag ist. Ist in meinem Alter auch schon egal.«

»Versuch keine deiner üblichen Mitleidsmaschen. Die kenne ich bereits alle, und sie ziehen bei mir nicht mehr.« Der Major ging zu den Flaschen am kleinen Beistelltisch und goss eine großzügige Portion Gin ein. »Und erzähl mir besser die ganze Geschichte, bevor ich wieder nach Glenfinnan zurückkehre und den Rest des Sommers ohne dich, aber auch ohne Reue genieße, alter Mann.«

In diesem Moment kam Margret mit einem Tablett durch die Tür. Es duftete mit einem Mal nach frisch gebackenem Kuchen und starkem Kaffee.

»Greifen Sie einfach zu und lassen Sie es sich schmecken, Llewellyn«, sagte Comptons Frau. »Der Mohnkuchen ist noch warm.« Damit verschwand sie wieder und zog die Wohnzimmertür leise hinter sich zu.

Peter Compton trank einen großen Schluck Gin und schnupperte genussvoll. »Margrets Mohnkuchen ist tatsächlich ein Genuss«, stellte er wie beiläufig fest. »Du solltest zugreifen.«

»Lenk nicht ab«, unterbrach ihn Llewellyn ungeduldig. »Ich habe die Frühmaschine nach London genommen und möchte Alex nicht lange warten lassen.«

»Captain Alexander Beaulieu«, sagte der Geheimdienstchef,

»guter Mann. Als Adjutanten könnte ich mir keinen besseren vorstellen.«

Llewellyn hatte bereits den Mund voller Mohnkuchen und konnte deshalb nur zustimmend knurren.

»Also gut.« Compton verzog resignierend das Gesicht. »Charles R. Parker war ein Mitglied des sogenannten Oxford Club, eines russischen Spionagerings an der Universität Oxford, der Mitte der Fünfzigerjahre von uns entdeckt und etwas später zerschlagen wurde. Ich war damals ganz am Beginn meiner Laufbahn beim MI5 und bekam erst etwas davon mit, als es darum ging, eine konspirative Wohnung für Parker zu finden. Er war einer der beiden Homosexuellen, die den Ring geführt hatten, sympathisierte mit dem Kommunismus und war vom Tod seines Freundes ziemlich mitgenommen. Wir hatten ihn erst woanders untergebracht, aber wir wollten ihn für längere Zeit unsichtbar machen und trotzdem für etwaige Befragungen bereithalten. Für einen weiteren Einsatz vielleicht, nur diesmal auf der anderen Seite ... «

»Daher Schottland«, warf Llewellyn ein. »Slatach House in Glenfinnan. Weit vom Schuss.«

»Ich fand damals das Haus, mietete es und wurde zum Kontaktmann für Parker«, erinnerte sich Compton. »Wir befanden uns mitten im Kalten Krieg, die Feindbilder waren klar. Hier waren die Guten, da waren die Bösen. Schwarz und weiß. Parker war Brite, hatte für die Russen spioniert und wir hätten ihn hinrichten können. Du weißt ja. SMERSH, Tod den Spionen ... Aber da war noch etwas.«

Llewellyn machte Compton nicht die Freude nachzufragen.

»Dieser Parker war gerissen, er machte Andeutungen, versuchte seine Position zu verbessern und hielt uns jahrelang hin«, fuhr der ehemalige Geheimdienstchef fort. »Und wir?

229

Wir wollten ihn unter Umständen auf der anderen Seite einsetzen, nachdem ein wenig Gras über die Sache gewachsen war. Parker schien zu kooperieren, und selbst mit seinem Exil in Schottland schien er sich mit der Zeit abgefunden zu haben. Las viel, schrieb an irgendwelchen Büchern. Wir überwachten ihn nur locker, wohin hätte er schon gehen sollen? Nach und nach stellte sich heraus, dass er eher ein kleines Rädchen im großen Getriebe gewesen war. Ein Mitläufer aus Liebe zu seinem Freund, der die Fäden in der Hand hielt und die Informationen managte. Es gab keine Kontakte mehr zu den Russen, die Kanäle überwachten wir gründlich. Parker lebte und arbeitete einfach vor sich hin. Er war in Oxford Assistent an einem Universitätsinstitut gewesen, war studierter Anthropologe, sprach und las Chinesisch fließend, wohl ein Hobby von ihm. Er forschte auch in Schottland weiter, las Bücher, schrieb zuerst Aufsätze, die zum Teil sogar publiziert wurden. Aber sowohl seine Bücher als auch seine Unterlagen und Manuskripte verschwanden mit ihm.«

»Wenn ich das richtig verstehe, dann habt ihr nach und nach das Interesse an Parker verloren«, ergänzte Llewellyn. »Er war kaltgestellt am Loch Shiel. Leicht zu überwachen im Schottischen Hochland. Kommen wir also zur Rolle dieser James Whitney Ltd., deren Geschäftsführer du warst.«

Compton fuhr erstaunt herum.

»Du bist gut informiert, wie immer«, stellte er nach einigen Augenblicken fest und kniff nachdenklich die Augen zusammen. »Ich habe die Leitung der Firma Mitte der Sechzigerjahre übernommen. Da war die James Whitney Ltd. nur noch eine leere Hülle. Man hatte sie für andere Projekte und Missionen gegründet, doch die waren ausgelaufen oder gescheitert, und so ließen wir zuletzt nur noch die Miete für Slatach House über sie laufen.«

»Anbahnung von Geschäften mit dem Nahen und Fernen Osten, Import und Export von Waren aller Art, Geschäftssitz in Oxford«, erinnerte ihn Llewellyn. »Das ist ein eher umfassendes Geschäftsfeld. Und dann zahlt ihr nur noch Miete für ein Haus in Schottland? Wer soll dir das glauben? Seltsam ist wohl auch in diesem Zusammenhang, dass die Postsendung an Parker aus Hongkong kam, findest du nicht?«

»Ich persönlich bin aus Parker nie schlau geworden«, wich Compton geschickt aus. »Warum sollte ihm jemand ein Gurkha-Messer aus Hongkong schicken? Wir hatten keine Ahnung. Parker war eine oder zwei Wochen vorher verschwunden, spurlos, plötzlich, unerwartet, nach mehreren Jahren in Glenfinnan. Eines kann ich dir allerdings verraten, wir waren nicht unbedingt unglücklich darüber und haben ihn nicht gesucht. Wir hatten keine Verwendung mehr für ihn, seine Andeutungen interessierten niemanden mehr. Irgendwie enthob er uns damit der Entscheidung, was wir mit ihm machen sollten. Er war das Relikt einer Zeit, die es nicht mehr gab. Die Zeichen standen auf Annäherung, auf friedliche Koexistenz, auf Entspannung. Vielleicht ging Parker nach Russland oder nach China, Gott weiß wohin. Als schwuler Kommunist warst du nicht gerade beliebt in diesen Tagen. Einer unserer Kontakte meldete uns 1976, dass Parker auf einer Insel in Indonesien gestorben sei.«

»Woher weißt du das mit dem Messer, wenn du das Paket nie geöffnet hast?«, wollte der Major wissen.

»Wir haben das Päckchen routinemäßig durchleuchtet«, grinste Compton. »Wie übrigens die gesamte Post Parkers. Doch da war nichts Außergewöhnliches. Ein Messer in einer Scheide, ein bisschen Papier als Verpackung drum herum. Kein außergewöhnliches Objekt für einen Anthropologen, so dachten wir. Da Parker verschwunden war, landete die Schachtel im

Depot. Wir hätten sie genauso gut wegwerfen können. Damit war der Fall Parker für uns endgültig begraben. Er war verschwunden, und wir wollten ihn nicht suchen.«

Wortlos stand Llewellyn auf, ging zum Kartentisch und öffnete das Paket. Er zog den Khukuri aus der Lederscheide und trat zu Compton.

»Es ist eine traditionelle Waffe der Nepalesen, ein schwerer Dolch, der seit dem 15. Jahrhundert fast unverändert gefertigt wird«, meinte er und hielt dem Geheimdienstchef die Klinge unter die Nase. »Ihr habt zwar das Messer gesehen, aber nicht das Blut auf der Klinge. Vielleicht hättet ihr Parker doch aufmerksamer zuhören sollen ...«

Überrascht runzelte Compton die Stirn.

»Was zum Teufel ...?« Erstaunt nahm der Geheimdienstchef den Khukuri und untersuchte die Klinge.

»Ihr habt einen schweren Fehler gemacht«, brummte der Major. »Parker war nicht mehr wichtig für euch, also seid ihr nachlässig geworden. Da war noch etwas, das ihr nicht erfahren habt und das mit Nepal, Hongkong, China oder den Gurkha zu tun hat. Aber das ist dein Problem. Mich interessiert, warum du mich damit aus meinem schottischen Urlaubsdomizil gelockt hast.«

Peter Compton ließ die blutige Klinge nicht aus den Augen, während er den Dolch nachdenklich in seinen Händen drehte.

»Weil ich dich brauche, du alter, sturer Waliser. Weil vor drei Tagen in Berlin eine Todesliste aufgetaucht ist, eine Liste aus dem Jahr 1988, mit einem halben Dutzend zu liquidierender Personen. Eine ostdeutsche Liste. Du kennst die Stasi-Unterlagen-Behörde? Die arbeiten seit 2013 mit einer Software namens ePuzzler. Damit geht die Aufarbeitung der fünfzehntausend Säcke mit geschredderten Akten aus den Stasi-Büros zwar schneller, aber schneller ist in diesem Zusammenhang leider ein relativer Begriff.«

Llewellyn leerte seine Kaffeetasse und sah Compton verwirrt an. »Ja und?«

»Charles R. Parker steht auf dieser Liste von sechs Namen an fünfter Stelle«, murmelte der Geheimdienstchef. »Also hat er nicht nur 1988 noch gelebt, sondern er war der Stasi ein Dorn im Auge. Wie es aussieht, wollte das MfS ihn von Honeckers Killerkommandos im Westen umbringen lassen.«

»Daher kann sein angeblicher Tod in Indonesien im Jahr 1976 nur eine Falschmeldung gewesen sein«, schloss Llewellyn. »Hatte die jemand lanciert? Vielleicht sogar er selbst?«

Compton zuckte mit den Schultern. »Damals haben wir nicht weiter nachgeforscht. Parker war für uns ein gelöstes Problem, sobald er verschwunden war. Ob er jetzt in Indonesien sein Ende gefunden hatte oder nicht...«

Der alte Mann verstummte.

»Das war euch damals mehr oder minder egal? So ist es doch, oder?«, meinte Llewellyn grinsend.

»So *war* es auch«, erwiderte Compton kampflustig und steckte den Dolch in die Scheide zurück. »Seit dem Auftauchen der Liste frage ich mich allerdings – warum? Was zum Teufel haben wir damals übersehen?«

Württembergische Strasse, Berlin-Wilmersdorf/Deutschland

Annette Krüger war nicht bei der Sache. Trotzdem tippte sie pflichtbewusst ihren Bericht zu Ende, schilderte den Zustand des Hauses in der Quedlinburger Straße und listete ihre Vorschläge auf, wie man die Situation rasch und kostengünstig verändern könne. Dann fügte sie an den richtigen Stellen ihre Bilder ein, sandte die Datei an den Drucker, lehnte sich zurück und überlegte.

Sie hatte nur wenig geschlafen, sich unruhig von einer Seite auf die andere gewälzt und war noch vor dem Wecker wach geworden. Mumien, die an Schiffstauen im Wind baumelten, muffige, leere Häuser, deren Treppen knarrten und deren Türen hinter Annette ins Schloss fielen, waren durch ihre Träume gegeistert. Die Erlebnisse des vergangenen Tages hatten sie doch tiefer beeindruckt, als sie zugeben wollte. Müde und zerschlagen war sie schließlich aufgestanden, hatte einen Kaffee im Stehen getrunken und war gleich in ihre Dienststelle in der Württembergischen Straße geradelt.

Den Kommissar hatte sie bisher nicht angerufen.

Noch nicht, tröstete sie sich. Seine Visitenkarte lag vor ihr auf dem Schreibtisch, daneben das seltsame Blatt mit den drei chinesischen Schriftzeichen. Irgendwie erschienen sie ihr wie ein direkter Link zu den Erinnerungen ihres Großvaters, wie eine rote Linie, die durch die Jahrzehnte führte, sie untrennbar mit ihrem Großvater Wolfgang Krüger verband.

Sie strich mit den Fingerspitzen fast zärtlich über das Papier. Gestern Nacht hatte sie noch in seinen Tagebüchern geblättert, einige der Absätze gelesen, viele der eng beschriebenen Seiten nur überflogen, bis zu den drei Symbolen, die untereinander auf einer eigenen Seite fast am Ende des zweiten Bandes standen. Dabei war ihr etwas Seltsames aufgefallen: Waren die Aufzeichnungen vorher wie ein Reisebericht gehalten – launisch, manchmal begeistert, oft von jungenhafter Unbekümmertheit geprägt –, so veränderte sich die Art der Eintragungen unmittelbar danach. Die Abstände zwischen den Einträgen wurden größer, die Sätze kürzer, der Ton manchmal sogar etwas unwirsch. Es schien Annette, als hätte der Maschinist Krüger es bereut, das Kriegstagebuchprojekt überhaupt begonnen zu haben. Die anfängliche Begeisterung war verflogen, Krüger schien mit einem Mal unzufrieden mit sich, mit der ganzen Fahrt, mit dem Abenteuer Südsee.

Er hatte Heimweh, schrieb seine Gedanken auf für seine damalige Freundin, seine spätere Frau, und hatte doch zugleich Angst vor dem, was ihn zu Hause erwarten würde. Der Mensch, der zwischen den Zeilen für seine Enkelin sichtbar wurde, war in kurzer Zeit von einem begeisterten Meeresvagabunden, wie er sich selbst bezeichnete, zu einem zweifelnden und heimwehkranken Seefahrer geworden.

»Die Maschinen brauchen mich, und ich brauche sie fast noch mehr«, schrieb er an einer Stelle fast philosophisch, »aber was machen wir eigentlich hier? Dies ist eines der verlassensten Meere der Erde, in einer Welt, die nicht die unsere ist und in der wir fremd sind.«

Annette hatte schnell bemerkt, dass ihr Großvater mit keiner Zeile auf die drei Zeichen eingegangen war, die er so sorgfältig abgezeichnet hatte. Jedem unvorbereiteten Leser mussten sie wie eine Illustration vorkommen. Doch zumindest in diesem, dem zweiten Band seiner Aufzeichnungen, verlor er kein Wort über die fremden Buchstaben.

Der dritte Band bereitete Annette allerdings das meiste Kopfzerbrechen, und deshalb hatte sie ihn stets außen vor gelassen. Auf den ersten drei Blättern konnte sie überhaupt nichts lesen. Ein ununterbrochener Strom von Zahlengruppen ergoss sich über das Papier, in Fünferketten angeordnet, ohne Punkt, Strich oder Komma.

Ohne Absatz. Seitenlang.

Danach kamen gezeichnete Karten, mit denen Annette ebenfalls nichts anfangen konnte. Statt Ortsbezeichnungen waren ebenfalls nur Zahlen verwendet worden. Striche schienen Schiffsbewegungen nachzuvollziehen, Kreuze Treffpunkte zu kennzeichnen. Oder Inseln? Nach einer leeren, unbeschriebenen Seite setzte der Klartext wieder ein. Fast ein drei viertel Jahr war vergangen und Krüger wieder in Deutschland, auf einem kurzen Heimaturlaub, in dem ihre Mutter gezeugt werden sollte, wie Annette nun wusste.

Anrufen oder nicht?

Die Visitenkarte von Calis leuchtete von der Schreibtischfläche und schien sie anzustrahlen. Annette schwankte noch immer und kam sich dabei keineswegs gut vor. Erneut nahm sie das Blatt zur Hand, hielt es gegen das Licht des Fensters, studierte das Wasserzeichen.

Ein Kreis, durch zwei breite Striche in drei Teile geteilt.

»Haben Sie den Bericht zur Quedlinburger schon fertig, Frau Krüger?« Die Stimme des Abteilungsleiters riss sie aus ihren Betrachtungen.

»Ja, ist gerade beim Ausdrucken«, antwortete Annette etwas schuldbewusst.

»Dann machen Sie für heute ausnahmsweise Schluss«, meinte ihr Vorgesetzter mit einem besorgten Unterton. »Die Sache mit der Mumie wäre jedem von uns ziemlich nahegegangen, und das Amt wird auch einen Tag ohne Sie existieren können. Außerdem ist Ihr Praktikum übermorgen offiziell sowieso zu Ende. Also – ab mit Ihnen! Nehmen Sie frei, und kommen Sie auf andere Gedanken. Morgen feiern Sie und treten dann Ihren wohlverdienten Urlaub an.«

Er lachte, und Annette sah ihn überrascht an, bevor sie erfreut nickte, sich bedankte und ihre Unterlagen zusammenpackte. Rasch lief sie die Treppen hinunter, trat aus dem Haus und überlegte einen Moment, bevor sie zum nahe gelegenen Fehrbelliner Platz radelte, wo an den Wochenenden immer ein Flohmarkt stattfand, auf dem sie große Teile der Einrichtung ihrer Studentenbude gekauft hatte. Die Lounge des Parkcafés, mit bequemen Lehnstühlen und großzügigen Tischen im Freien, war am Vormittag noch fast leer. So machte es sich Annette unter einem der großen Sonnenschirme bequem, zog das Blatt Papier und ihren Tablet-PC hervor, bestellte einen Cappuccino und begann mit den Recherchen.

Zuerst das Wasserzeichen. Dann würde sie Calis anrufen.

Nochmals hielt sie das Blatt gegen den tiefblauen Himmel, prägte sich das auffällige Zeichen ein. Sollte nicht allzu schwer zu finden sein, dachte sie und tippte »Wasserzeichen« und »Papier« in die Suchmaschine ein.

Die Liste der brauchbaren Ergebnisse war nicht übermäßig lang. Jede Menge Angebote für Papiere mit eigenem, ganz individuellem Wasserzeichen, Fragen von Jobsuchenden, die ihre Bewerbung auf Papier mit Wasserzeichen schreiben wollten, eine Website mit dem Namen »Bernstein – das Gedächtnis des Papiers«, von der EU mitfinanziert. Annette öffnete einige der Seiten auf gut Glück, las kurz, klickte weiter. Die Suchfunktion bei der Bernstein-Seite stellte sich als Glücksfall heraus. So tippte sie »Kreis Linie« ein und bestätigte. Nach einigem Warten tauchten zweiundfünfzig Resultate aus einem deutschen Archiv auf, beginnend mit dem Jahr 1451. Viel zu früh, dachte Annette und blätterte vor.

Da war es!

Der Kreis mit den beiden Linien schien blass aus einem etwas vergilbten Blatt Papier, auf dem »Pertrix Chemische Fabrik Aktiengesellschaft« stand. Eine Zeile tiefer war als Adresse »Berlin SW11, Askanischer Platz 5« angegeben. Die Beschreibung zu dem Foto lautete: »Rechnung der Pertrix AG, Hersteller von Trockenbatterien und Elementen in der Zwischenkriegszeit«.

Bingo, dachte Annette aufgeregt. Jemand hatte eines der alten Geschäftspapiere dazu benutzt, um die drei Zeichen aufzumalen und auf den Boden vor der Leiche zu pinnen. Zuvor hatte er den Briefkopf einfach abgerissen, um so die Herkunft des Blattes zu verschleiern. Doch das Wasserzeichen war ihm entgangen.

Die junge Studentin kam sich vor wie Hercule Poirot in Hochform.

Pertrix.

Google fand 26 000 Ergebnisse in 0,2 Sekunden, Wikipedia an erster Stelle. Seltsamerweise mit dem Begriff Varta. Ah, der Batteriehersteller, dachte Annette und las in der Markengeschichte nach. »Im Jahr 1904 erfolgte die Gründung der VARTA GmbH (Vertrieb, Aufladung, Reparatur Transportabler Akkumulatoren) als Tochter- und Vertriebsgesellschaft der AFA, die 1905 in Berlin-Oberschöneweide die Fertigung kleiner transportabler Bleiakkumulatoren aufnahm. Diese wurden für Taschenlampen, Telegrafen und Signalapparate verwendet, danach wurden dort auch Starterbatterien für Autos gebaut. Im Stammwerk in Hagen wurden zu dieser Zeit hauptsächlich große ortsfeste Blei-Akkumulatoren produziert. Bereits 1904 war die erste U-Boot-Batterie geliefert worden. Während des Ersten Weltkriegs wurde die Produktion zunehmend auf die Bedürfnisse des Militärs umgestellt. Beispielsweise war das Werk in Hagen der einzige Produzent von U-Boot-Batterien im Deutschen Reich. Daher plante die britische Admiralität bereits im Ersten Weltkrieg Luftangriffe auf das AFA-Werk in Hagen. Nach dem Erwerb der Aktienmehrheit wurde Günther Quandt im Juni 1923 Aufsichtsratsvorsitzender der AFA.«

Annette stutzte. Quandt? War das nicht die Industriellenfamilie, der heute noch BMW gehörte? Dann las sie weiter: »Bis zum Ausbruch des Zweiten Weltkriegs wurde die AFA zu einem bedeutenden Teil Quandts wirtschaftlicher Aktivitäten und Industriebeteiligungen. 1926 wurde die 1917 in Hamburg gegründete Pertrix Chemische Fabrik AG übernommen. Im neuen Pertrix-Werk in Berlin-Niederschöneweide wurden Trockenbatterien und Taschenlampen hergestellt. Nach dem Zweiten Weltkrieg wurden die Werke in Berlin enteignet. Trotz Bombenschäden und Demontage wurden in Berlin-Oberschöneweide ab 1946 von der neugegründeten VEB Berliner Akkumulatoren- und Elementefabrik (BAE) wieder Batterien für Gabelstapler und Schienenfahrzeuge produziert. Das ehemalige Pertrix-Werk in Berlin-Niederschöneweide produzierte unter dem Namen Batropa bis 1999 Taschenlampen und Batterien.«

Also musste das Briefpapier aus der Zeit zwischen 1917 und 1945 stammen. Annette schloss zufrieden die Seite und klickte weiter. Die nächste Datei ließ sie die Stirn runzeln. Titel: »Das Pertrix-Außenlager in Berlin-Niederschöneweide«. Da hieß es: »Niederschöneweide gehört zu dem im Südosten Berlins gelegenen Bezirk Treptow-Köpenick. Hier befand sich ein

Frauenaußenlager des Konzentrationslagers Sachsenhausen. Benannt wurde es nach der Batteriefabrik Pertrix, in der die Häftlinge von Oktober 1944 an sieben Monate lang arbeiten mussten.«

Bis zum Kriegsende 1945, dachte Annette. Dann war es vorbei mit Nazideutschland, den Gräueln der Konzentrationslager, den kriegswichtigen Produktionen und somit auch mit Pertrix. Doch wie kam das Blatt in das Haus in der Quedlinburger Straße in Charlottenburg, wahrscheinlich rund vierzig Jahre nach Kriegsende?

Sie lehnte sich zurück und trank einen Schluck Cappuccino. Die Lounge war noch immer spärlich besucht. Schließlich gab sie sich einen Ruck, nahm die Visitenkarte des Kommissars und wählte seine Büronummer.

Es klingelte, doch niemand hob ab.

Annette wartete das vierte Klingeln ab, dann legte sie auf und ließ das Handy sinken. Ein Wink des Schicksals? Sollte sie noch ein wenig weiterrecherchieren?

Die drei chinesischen Schriftzeichen würde sie mit ihrer Tastatur nicht generieren können. Aber sie wusste, wen sie fragen könnte. An der Uni hatte sie vor wenigen Monaten den Sohn eines Mitarbeiters an der chinesischen Botschaft kennengelernt. Sie hatten sich ein paarmal getroffen, nett geplaudert, Kaffee miteinander getrunken. Xie Wang Long war ein schüchterner, netter und unaufdringlicher Typ, der Stadtökologie studierte und nebenbei den Sommer über im Institut jobbte. Annette musste lächeln, als sie an den etwas untersetzten, stets *etwas* zu höflichen und *etwas* zu reservierten Kommilitonen dachte. Insgeheim hatte sie ihn deshalb »Etwas« getauft. Jemand, mit dem man vielleicht nicht viel Spaß haben konnte, aber die Zeichen zu übersetzen, das wäre für Etwas bestimmt ein Klacks.

Annette schaute auf die Uhr. Perfekt für einen Besuch an der Uni. Mit etwas Glück würde sie Wang Long im Institut treffen und ihm das Blatt unter die Nase halten.

Und damit wieder einen Schritt weiter sein.

Näher dran am Geheimnis ihres Großvaters.

Kaiserin-Augusta-Allee, Berlin-Charlottenburg/ Deutschland

Hanne Bachmann sah den Kommissar ratlos an. Gemeinsam hatten sie in Gärtners Wohnung Schubladen aufgezogen, Schränke durchsucht, Regale durchforstet. »Es fehlt anscheinend nichts«, hatte die Freundin des Ermordeten schließlich gemeint und als Letztes im Schuhschrank im Flur nachgesehen.

»Harald hat hier immer Bargeld aufgehoben, versteckt unter dem Schuhputzzeug«, erklärte sie Calis und zog zum Beweis ein dünnes Bündel Fünfzig-Euro-Noten aus der Schachtel mit Bürsten und Dosen. »Alles noch da.«

»Würden Sie seinen Schlüsselbund erkennen?«, fragte Calis unvermittelt.

»Selbstverständlich, der hing immer hier am Brett.« Bachmann wies auf die leeren Haken neben einem Autoschlüssel mit den vier Ringen als Anhänger. »Sein Renault steht in einer Garage unweit von hier. Er hat ihn wenig benützt, fuhr meist mit der S-Bahn oder mit dem Bus.«

»Wie sieht es mit seiner Familie aus?«, erkundigte sich der Kommissar. »Wo finde ich die?«

»Harald war nie verheiratet und hatte keine Kinder, soviel ich weiß«, antwortete Hanne Bachmann. »Und von seinen Eltern hat er kaum gesprochen. Keine Ahnung, ob und wo die leben. Bruder oder Schwester...?« Sie sah Calis unsicher an.

»Auch nie etwas gehört, ehrlich gesagt. Über seine Familie schwieg er sich immer aus. Ich kann mich auch an keine Verwandtenbesuche erinnern.«

»Ein Freundeskreis?«, stieß Calis nach. »Eine Bridge-Runde, ein Kegelclub oder ein...« Er verzog schmerzlich das Gesicht. »... ein Kleingartenverein?«

Bachmann setzte sich an den Wohnzimmertisch und dachte nach.

»Seltsam, jetzt wo Sie das sagen ... ist mir gar nicht so bewusst geworden ... seit seiner Pensionierung hat er wohl ziemlich zurückgezogen gelebt«, erinnerte sie sich. »Er hat mir nie Freunde vorgestellt, oder wir gingen auch zu keinen Einladungen, und wenn, dann nur zu meinen Freunden und nicht zu seinen. Harald war wohl ... ein Einzelgänger?«

Einzelgänger ... Auch das noch! Calis musste an die anderen beiden Toten denken, die auf die gleiche Weise wie Gärtner umgebracht worden waren. Wo lag die Gemeinsamkeit? Waren sie alle Einzelgänger gewesen? Alle pensionierte Bankbeamte, auf die ein wütender Anleger einen Profikiller angesetzt hatte? Er verwarf den Gedanken gleich wieder.

»Und vorher? Zu seinen Bankzeiten? Wie war es da?«, sagte er laut, zog einen Stuhl näher und setzte sich neben sie.

»Da kannte ich ihn noch nicht«, erklärte Hanne Bachmann leise und schniefte ein wenig. »Ich lebe noch nicht so lange in dieser Wohnung. Nach meiner Scheidung, vor etwas mehr als drei Jahren, bin ich hierher umgezogen. Sie wissen schon ... wie es halt so ist ... meinem Mann gehörte die Villa ...« Sie stockte, und Calis nickte.

»Er stellte mir die Koffer vor die Tür, und ich musste sehen, wo ich bleibe«, erinnerte sich Hanne Bachmann. »Schlussendlich bin ich hier gelandet, auf der Augusta.«

Calis trank den letzten Rest Kaffee aus seiner Tasse, die Hanne Bachmann ihm nachgefüllt hatte.

»Harald wohnte schon lange hier in diesem Haus, mehr als fünfundzwanzig Jahre.« Sie sah den Kommissar etwas unsicher an. »Hat er mir jedenfalls erzählt.«

Ein Mann der Spurensicherung steckte den Kopf zur Tür herein. »Gruß von Bergner, wir sind dann mal weg!«

»Ich müsste jetzt auch langsam los...« Hanne Bachmann sah etwas schuldbewusst auf die Uhr. »Ich habe heute normalen Dienst. Und ich kann mich nicht krankmelden...«

»Ja, klar, gehen Sie nur, ich weiß ja, wo ich Sie finde«, sagte Calis, legte seine Visitenkarte neben die leere Tasse und stand auf. »Und danke für den Kaffee. Geben Sie mir Ihren Schlüssel von Gärtners Wohnung, bitte? Dann kann ich abschließen. Ach, und noch eins. Haben Sie irgendetwas Ungewöhnliches gehört, in der vergangenen Nacht?«

Bachmann schüttelte nur stumm den Kopf, drückte Calis den Schlüssel in die Hand und eilte dann schluchzend aus der Küche, das Taschentuch vor den Mund gepresst.

Ein kurzes Telefonat mit Martina Trapp später – ihr halbherziges »Tut mir leid, dass du so früh rausmusstest« hatte nicht wirklich ehrlich geklungen – stand Thomas Calis allein in der Wohnung in der Kaiserin-Augusta, deren Bewohner ihm Rätsel aufgab. Was sollte einen Profi dazu bringen, in eine Wohnung einzubrechen, einen schlafenden Pensionär zu töten und dann unauffällig wieder zu verschwinden? Und das, nachdem er zwei andere Menschen in weit entfernten Berliner Stadtteilen zuvor ins Jenseits befördert hatte?

Der Kommissar zog geistesabwesend eine Lade der Kommode auf.

Wäsche, ein paar Krawatten.

Alleinlebender Bankbeamter ohne Familie und Freunde.

Nächste Lade.

Hemden, sauber gestapelt und gebügelt, daneben ein paar Pullover.

Ein Einzelgänger mit geschiedener Freundin in der Nebenwohnung.

Dritte Lade.

Ebenfalls nichts Besonderes. Schals, Handschuhe, ein paar alte Zeitschriften und Magazine. Spiegel, Stern, Autozeitungen. Alles an seinem Platz, in Reih und Glied.

Geordnetes Leben.

Calis sah sich im Wohnzimmer um. Wo waren bloß die Dokumente, so fragte er sich, die jeder von uns irgendwo aufbewahrte? Fotos, Versicherungsverträge, Sparbücher, Steuererklärungen, Geburtsurkunde, Taufschein, Zeugnisse, Erinnerungen an den Job, an Geburtstage und die üblichen Ordner? Als er mit Hanne Bachmann vorhin durch die Wohnung gegangen war, hatten sie keine Dokumentenmappe gefunden.

Eine halbe Stunde Suche später war Thomas Calis sicher, dass es keine Dokumente in der Wohnung gab. Ein Bankschließfach? Würde einem Filialleiter ähnlich sehen, dachte der Kommissar. War der Schlüssel dazu auf dem Bund, den der Mörder mitgenommen hatte? Lag hier die Erklärung für die Tat?

Auf dem Weg zur Wohnungstür sah Calis ein Jackett an der Wand auf einer Art Mini-Garderobe hängen. Rasch durchsuchte er die Taschen und fand eine Geldbörse. Relativ viel Bargeld, gültiger Personalausweis, Führerschein, ein paar Quittungen. Harald Gärtner, geboren am 24.5.1952 in Chemnitz. Kein Schließfachschlüssel.

Wie hatte Hanne Bachmann berichtet? Gärtner hatte in

einer Bank am Mierendorffplatz gearbeitet, bis die Filiale geschlossen wurde. Nun, ein kurzer Spaziergang die Kaiserin-Augusta hinunter konnte nicht schaden. Dann würde er zurück ins Büro fahren, seinen Bericht schreiben und von Frank hoffentlich die letzten Neuigkeiten von den anderen Mordfällen serviert bekommen. Bevor er den Fall Gärtner an einen Kollegen abgab.

Der Countdown zum Österreich-Urlaub tickte.

Als er auf die Augusta hinaustrat, fiel die Haustür mit einem dumpfen Knall hinter ihm ins Schloss.

Und die Mumie?

Ach ja, die Mumie ... Calis lehnte sich gedankenverloren mit dem Rücken an die Holztür und schaute einer Mutter mit Kinderwagen nach, die aufgeregt telefonierte, während sie die Straße überquerte.

Die Mumie hatte jetzt nicht wirklich Priorität, sagte er sich. Früher oder später würde sie auf dem Stapel der ungelösten Fälle landen. Und langsam unter den Aktenbergen verschwinden. Außer Gustav würde etwas in Erfahrung bringen, aber daran zweifelte der Kommissar. Sein Besuch gestern Abend in der Wallenbergstraße war auch eher in die Kategorie »Kontrollvisite« gefallen.

Calis machte sich aus irgendwelchen unerfindlichen Gründen Sorgen um Gustav, aber das war nichts Neues. Der kleine Mann mit den Segelohren war ihm in den vergangenen Jahren ans Herz gewachsen.

Die Sonne tat gut, und Calis blieb noch einen Moment an die Haustür gelehnt stehen. Bei Feinkost König stellten sie die Obst- und Gemüsekisten vor das Schaufenster, während ein mattschwarzes Mercedes Coupé mit Sportauspuff bei Dunkelorange über die Kreuzung röhrte.

Alltag in Berlin.

Der Blick des Kommissars fiel auf die Namensschilder mit den Klingelknöpfen, etwas mehr als ein Dutzend.

Förster. Maier. Stelzner. Bachmann ...

Kein einziger ausländischer Name darunter. Selten genug für Berlin. Calis rieb sich müde die Augen. Eine kurze Befragung einiger Hausbewohner hatte bei allen das gleiche Ergebnis erbracht. Niemand hatte etwas gehört oder gesehen.

Das Namensschild neben Bachmann war leer.

Calis stutzte. Wieso eigentlich?

Er sah genauer hin, kontrollierte nochmals.

Kein »Gärtner« unter den Bewohnern.

Die Sonne fiel auf das leere Schild, den Rahmen, von einer einzigen Schraube gehalten, an deren Kopf an einigen Stellen die Farbe fehlte. Hatte Gärtner erst vor Kurzem sein Namensschild entfernt? Seltsam. Er machte sich eine Gedankennotiz: Bachmann wegen Klingelschild fragen.

Dann stieß sich Calis ab und machte sich auf den Weg zum Mierendorffplatz.

Die ehemalige Filiale der Deutschen Bank stand noch immer leer, mit schmutzigen Scheiben, auf denen zerrissene Plakate klebten, und halbgerauchten Zigarettenstummeln im Eingang. Der Aushang »Zu vermieten« war bereits vergilbt, nur die Umrisse der längst abmontierten Buchstaben zeichneten sich noch auf dem Verputz der Fassade ab. Calis griff zum Handy und wählte die Nummer von Martina Trapp.

»Hallo Langschläferin! Deutsche Bank, Zentrale in Frankfurt«, sagte er, als sie abhob. »Hast du Beziehungen dahin? Ich müsste herausfinden, wann und wie lange ein gewisser Harald Gärtner aus Chemnitz die Filiale in Charlottenburg geleitet hat.«

»Kein Problem«, meinte Trapp, »gib mir fünf Minuten. Ich ruf dich zurück.«

Calis wanderte ziellos über den Mierendorffplatz, während er wartete. In einer Grünanlage spielten Kinder Ringelreihen zwischen Rosenbüschen. Calis beobachtete sie geistesabwesend, seine Gedanken waren weit weg. Es dauerte genau sechs Minuten, bis sein Handy wieder klingelte.

»Sorry, ich weiß, ich bin etwas später dran, aber wir wollten ganz sichergehen«, meldete sich Martina. »Ich habe mit einem alten Freund telefoniert, der in der Verwaltung der Bank sitzt, und der hat in seinem Computer die Personallisten durchgesehen. Ich muss dich enttäuschen. In ganz Berlin hat kein Harald Gärtner jemals bei der Deutschen Bank gearbeitet, und zwar seit dem Zweiten Weltkrieg nicht. Hoffe, das hilft dir. Holst du mich nachher zum Mittagessen ab?«

Technische Universität Berlin, Strasse des 17. Juni,
Berlin/Deutschland

»Hi Netti, kommst du heute Abend zur Party bei Einstein? Ich kann dich mitnehmen, wenn du willst. Bei der Gelegenheit zeig ich dir mein neues Cabrio ...«

Annette, tief in Gedanken, zuckte zusammen und wäre fast mit einem schlaksigen dunkelhaarigen Studenten zusammengestoßen, der in jedem Film der Dreißigerjahre problemlos ohne Maske den Gigolo hätte geben können. Die Haare waren nach hinten gekämmt und bombenfest niedergegelt, das Jackett lässig über die Schulter geworfen und das auf Taille geschnittene Maßhemd bis zum dritten Knopf offen. Fehlt nur noch die Goldkette, dachte Annette bitter, aber das wäre dann doch ein wenig zu viel Klischee. Laut sagte sie: »Hallo Antonio! Was machst du noch hier? Ich dachte, du bist schon längst in Taormina, bei deiner Familie.«

Antonio Scaglietti war der Sohn eines bekannten italienischen Stararchitekten und betrachtete das Studium in Berlin als störende Notwendigkeit, die es unter allen Umständen zu versüßen galt – mit den drei M – Mädchen, Motoren und Megapartys. Sein Vater drückte offenbar beide Augen zu, solange Antonios Zensuren im vereinbarten Rahmen blieben. Annette wiederum, die für ihr Studium arbeiten musste, hatte den smarten Italiener bereits mehr als einmal abblitzen lassen.

Außerdem hasste sie es, wenn man sie »Netti« nannte.

Und dunkelhaarig, nein, dunkelhaarig und geschniegelt war ganz und gar nicht ihr Typ. Da schon eher der sympathische Kommissar Calis mit seinen verwuselten blonden Haaren ... So hatte Antonio schon beim ersten Anmachversuch bei Annette verspielt, bevor er überhaupt noch richtig durchgestartet war.

»Taormina ist ein langweiliges, ödes Provinznest gegen diese aufregende, pulsierende, abenteuerliche Stadt, cara mia«, strahlte er Annette an, »und es wird mich noch sooo lange haben. Genauso wie meine Familie. Alles Spießer. Aber ich fliege in drei Tagen trotzdem nach Sizilien, für vier Wochen. Wenigstens hat mir mein Vater versprochen, dass wir mit seiner Jacht eine Woche an der Cote d'Azur kreuzen. Dann wird der Urlaub wenigstens nicht *sooo* langweilig.«

Deine Sorgen möchte ich haben, dachte Annette und blickte demonstrativ auf die Uhr. Außerdem schaffen sie die langgezogenen »Ohs« des Latin Lovers und dieses schmalzige Julio-Iglesias-Lächeln. Irgendwie musste sie ihn wieder loswerden, und rasch noch dazu. Sie sah demonstrativ auf die Uhr.

Doch von der so offensichtlich zur Schau gestellten Zeitknappheit Annettes schien Antonio keineswegs beeindruckt. »Also, sehen wir uns morgen Abend, Bella?«, ließ er nicht locker. »Wann soll ich dich abholen?«

Annette schüttelte energisch den Kopf. »Keine Zeit, tut mir leid. Ich habe übermorgen meinen letzten Tag Praktikum bei der Bauaufsicht und sollte ausgeschlafen sein. Also ist nichts mit Feiern bis in die Morgenstunden.«

»Ach, nun sei keine Spielverderberin, dein letzter Tag ist ein Sonntag, und da brauchst du sicher nicht mehr in die Bauaufsicht«, wandte Antonio ein. »Ich mache mein Praktikum übrigens in einer Firma meines Vaters.«

Annette konnte sich lebhaft vorstellen, wie das Praktikum aussah. Am PC surfen, den Sekretärinnen nachschauen und

Kaffee vernichten. Sie schüttelte den Kopf und schaute nochmals auf die Uhr.

»Außerdem hab ich gleich einen Termin und muss mich sputen«, stellte sie kategorisch fest. Aber Antonio blieb an Annette kleben wie ein Kaugummi.

»Ach Netti, komm, nur für zwei Stunden, nun zier dich doch nicht sooo!« Er legte den Arm um ihre Schulter, und Annette verkrampfte sich unwillkürlich. »Fast die gesamte Clique kommt, und wir grillen im Garten der Villa von Einsteins Eltern. Die sind für vier Wochen nach Griechenland auf Urlaub gefahren. Ich hab die Champagnerflaschen schon kalt gestellt, und die haben da sogar einen riesigen Pool ...« Er zwinkerte ihr verschwörerisch zu, während Annette verzweifelt nach einer Fluchtmöglichkeit Ausschau hielt. »Bring also deinen reizenden Bikini mit.«

»Aber«, protestierte sie und versuchte sich loszumachen, doch Antonio schnitt ihr das Wort ab.

»Nichts aber!«, meinte er vergnügt und drückte sie kurz noch stärker an sich, bevor er sie losließ und winkend enteilte, stets auf dem Sprung. Über die Schulter rief er: »Ich hol dich Samstag um acht in der Dudenstraße ab. Keine Widerrede. Ciaooo, cara mia!«

In diesem Moment wusste Annette, wo sie Samstagabend um acht Uhr ganz sicher nicht sein würde ... und wünschte sich inständig, dass sich irgendein Berliner Abschleppunternehmen bereits des Cabrios von Schmalzlocke angenommen hatte.

*

Wang Long arbeitete sich durch riesige Bücherberge und hakte die Titel sorgfältig auf einer Liste ab, als Annette den Sitzungsraum des Instituts betrat und leise hinter sich die Tür zuzog. Den zahlreichen Stapeln, die sich auf dem Tisch vor ihm türmten, nach zu schließen, würde der junge Chinese noch länger beschäftigt sein.

Annettes Schritte ließen Wang Long hochfahren, und als er aufblickte und die junge Frau erkannte, lächelte er.

»Hallo, schön dich zu sehen, Annette. Was treibt dich ins Institut?«, begrüßte er sie. »Ich dachte, du wärst nach deinem Praktikum bereits auf Urlaub gefahren.«

Annette schüttelte den Kopf und stellte ihren Rucksack auf den Boden. »Sonntag ist mein Praktikum vorbei. Dann wollte ich eigentlich ins Ferienhaus meiner Eltern, aber ich weiß ehrlich gesagt noch nicht, wann. Und ob ... Ach, es ist alles so schwierig ...«

Wang Long nickte stumm, aber verständnisvoll und zog den nächsten Bücherstapel näher, nachdem er Annette einen Stuhl angeboten hatte. »Geht mir genauso. Mein Vater schiebt die Reise zur Familie bereits seit Wochen auf. Erzählt immer von Bergen von Arbeit in der Botschaft, und dabei hätte ich so gerne meine Freunde in Hongkong und Guangzhou wiedergesehen.« Er suchte die passende Liste zu dem Bücherturm vor sich und zuckte mit den Schultern. »Wenn du mich fragst, dann wird das in diesem Jahr gar nichts mit dem Urlaub zu Hause. Wir bleiben in Berlin und verbringen vielleicht noch ein paar Sommertage am Müggelsee.«

»Deine Familie kommt aus Guangzhou?«, erkundigte sich Annette und kramte nebenbei in ihrem Rucksack nach dem Zettel mit den Buchstaben. »Etwas« hatte wieder begonnen, seine Listen abzuarbeiten.

»Ja, schon mein Großvater hat dort gelehrt, am südchinesischen Institut für Technologie.« Wang Long fuhr mit dem Finger die Einträge entlang. »Mein Vater ging dann nach Peking, um zu studieren, bevor er Diplomat wurde. Er hatte es nicht so mit den Ingenieurswissenschaften. Aber der Rest der Familie wohnt noch immer da, am Pearl River.«

»Eine schöne Stadt?«, hakte Annette nach.

Wang Long versuchte, sich diplomatisch aus der Affäre zu ziehen. »Entlang des Flusses gibt es nette Ecken und Plätze, aber von der alten Stadt ist nicht mehr viel erhalten geblieben. Dreizehn Millionen Einwohner, und jeden Tag werden es mehr. Da bleibt die Atmosphäre schnell auf der Strecke. Hochhäuser, wohin man schaut.«

Annette hatte das Stück Papier endlich gefunden, zog es aus der Plastikhülle und legte es vorsichtig auf den Tisch zwischen zwei Bücherstapel. Aus dem Vorraum, wo der Kopierer stand, drang lautes Lachen. Wang Long war wieder in seine Listen vertieft, zählte unbeirrt die entsprechenden Titel, kontrollierte und setzte Häkchen unter Häkchen.

»Ich wollte dich etwas fragen...« Sie schob ihm den Zettel über die Tischplatte zu. »Kannst du mir sagen, was das heißt?«

Wang Long sah aus den Augenwinkeln auf das Blatt Papier mit den drei chinesischen Schriftzeichen. Dann nickte er und versuchte, seine Überraschung zu verbergen. »In Mandarin liest man es San Hé Hui. Die Bezeichnung für die Drei-Harmonien-Gesellschaft.« Damit wandte er sich wieder seiner Liste zu.

»Klingt romantisch.« Annette lächelte und zog das Blatt wieder zu sich.

»Ist es aber nicht«, antwortete Wang Long wie beiläufig. »Wir reden hier von den Triaden, der sogenannten chinesischen Mafia.« Er hakte wieder einen Posten ab und schob den dazugehörigen Stapel weiter nach rechts an die Tischkante.

Annette warf einen erstaunten Blick auf die Zeichen. »Du meinst...?«

Wang Long nickte ernst. »Es handelt sich eindeutig um die Bezeichnung für die größte chinesische Verbrecherorganisation. Es gibt sie bereits seit Jahrhunderten, allen Kriegen und politischen Veränderungen zum Trotz. Sie sind noch immer einflussreich, gefährlich und sehr aktiv. Woher hast du das Blatt?«

»Von...« Die junge Studentin zögerte kurz. »...von einer Freundin. Kannst du mir mehr über die Triaden erzählen?«

Annettes Gedanken rasten. Was machte eine chinesische Mafiaorganisation in Berlin? Oder hatte sich jemand einen Scherz erlaubt? Doch dann sah sie wieder die erhängte Mumie im obersten Stock des verlassenen Hauses im Wind baumeln.

Wang Long zuckte mit den Schultern, während er seine Liste umblätterte. »Da gibt es viele Geschichten und Legenden. Was willst du wissen? Ursprünglich nannten sie sich »Weißer Lotus« und sind angeblich aus Geheimgesellschaften hervorgegangen, die sich als Anhänger der Ming-Dynastie gegen die seit 1644 herrschende Mandschu-Dynastie zusammenschlossen und gegen sie kämpften. Aber das ist lange her und nicht wirklich belegt.«

»Du weißt gut Bescheid«, warf Annette ein.

»Ich habe einmal eine Arbeit darüber in der Schule verfasst«, erklärte »Etwas«. »Die Note dafür war allerdings vernichtend. Ich sei nicht genügend kritisch an das Thema herangegangen, hatte mein Lehrer mich wissen lassen. Derzeit gibt es mehr als fünftausend Triaden, die miteinander Bündnisse eingehen, wenn sie es für opportun halten. Sie sitzen vor allem in Hongkong, in Vietnam, Macau, Taiwan und in China, aber auch in Europa.«

»In Europa auch?«, stieß Annette nach und schluckte. »Sogar in Deutschland?«

Der Chinese warf ihr einen nachdenklichen Blick zu. »Ich

nehme an, ja, warum nicht? Seit den Dreißigerjahren sind sie in England sehr aktiv, in Holland ist Amsterdam ihr wichtigster Importhafen für alle Arten von Gütern. Sie sind weltweit vertreten, kooperieren mit anderen asiatischen Gruppierungen wie etwa den japanischen Yakuza, mit vietnamesischen Gruppierungen, aber auch mit nicht asiatischen Gruppierungen, mit korsischen Syndikaten, mit der italienischen Mafia und der Cosa Nostra in den USA. Was ich aber noch für viel gefährlicher halte: Die Triaden arbeiten auch mit Nachrichten- und Geheimdiensten zusammen.«

Annette war überrascht, wie gut Wang Long informiert war.

»Sie sind viele, vergiss das nicht«, fuhr der Chinese fort. »Allein in Hongkong haben sie rund hundertsechzigtausend Mitglieder, geschätzte drei Prozent der Bevölkerung. Einige hochrangige Polizeioffiziere gehen allerdings von der doppelten Zahl aus, die Sympathisanten nicht mitgerechnet. Um ihren Einfluss zu sichern, ist ihnen jedes Mittel recht. Vor allem öffentliche Institutionen stehen auf ihrer Bestechungsliste. Medien und Wirtschaftsunternehmen werden unterwandert. Typisch für die Triaden ist die totale Abschottung nach außen. Das Schweigegebot gegenüber Dritten gilt bis in den Tod.«

»Womit verdienen sie ihr Geld?«, wollte Annette wissen und verstaute das Blatt mit den Zeichen vorsichtig wieder in ihrer Mappe.

»Vorwiegend mit Drogen und Waffen, in letzter Zeit sogar mit echten Luxusgütern und gefälschten Markenwaren. Dazu kommt Glücksspiel, etwa in den Kasinos von Macao, Prostitution und Menschenhandel. Das ganze Programm.« Wang Long hatte wieder eine Liste abgearbeitet, und ein weiterer Bücherstapel rutschte über die Tischplatte an seinen neuen Platz.

»In ihrem Ursprung waren die Triaden nicht kriminell, sondern nur patriotisch. Fünf Mönche, Angehörige des Fuzhou-Klosters im Süden Chinas, gründeten die Triaden etwa dreißig Jahre nach der erfolgreichen Überwindung der chinesischen Mauer durch die Mandschu, die das Land einem teilweise barbarischen Regime unterwarfen. Die insgesamt 128 Mönche leiteten die Lokalbevölkerung in ihrem Widerstand gegen die Eindringlinge an. Im Jahre 1674 wurde dann eine große Armee zum Fuzhou-Kloster geschickt mit dem Ziel, den Widerstand zu brechen. Der Legende zufolge sollen sich die Mönche gegen die Angriffe der Armee über drei Wochen lang erfolgreich zur Wehr gesetzt haben. Nur diese eingangs erwähnten fünf Mönche sollen damals die erste Triade gebildet haben mit dem Ziel, die Herrschaft der Mandschu zu stürzen und das chinesische Kaiserreich wiederherzustellen. Ja, aber das änderte sich rasch«, nickte Wang Long düster. »Die Triaden legten im China des 18. und 19. Jahrhunderts den Grundstein für eine sehr fruchtbare Koexistenz mit der korrupten Beamtenschaft, die noch heute andauert.« Er grinste Annette an, dann sah er sich vorsichtig um. »Daran wird sich auch in den letzten Jahren nicht viel geändert haben, selbst wenn das mein Vater gar nicht gerne hört«, fuhr er leise fort. »Geld öffnet alle Amtstüren in China, beschleunigt Verfahren oder beendet sie unauffällig und beseitigt Probleme aller Art rasch und effektiv. Oder deckt Sünden zu mit der weichen Decke des Vergessens.«

Annette begann, den jungen Studenten aus China mit anderen Augen zu sehen. Vielleicht war »Etwas« doch nicht so angepasst und schmeichelweich, wie sie anfangs vermutet hatte.

»Mit anderen Worten – wenn sich die Triaden in China etwas in den Kopf gesetzt haben, dann bekommen sie es normalerweise auch«, schloss Wang Long und schob einen weiteren Bücherstapel in dessen finale Position. Dann warf er Annette einen warnenden Blick zu. »Und glaube mir«, meinte er nach einigem Zögern nachdenklich, »ich nehme wohl zu Recht an, dass dies nicht nur in China, sondern auch in Europa der Fall ist.«

Maria-Theresien-Platz, Burgring, 1. Bezirk Wien/
Österreich

Alexander Reiter saß entspannt auf einer der Bänke, die rund um das große Denkmal der Kaiserin Maria Theresia angeordnet waren und den Touristen einen entspannten Blick auf das größte Habsburger-Denkmal Wiens erlaubten. Er blätterte in einer Tageszeitung und beobachtete hin und wieder die Gruppen von Asiaten, die sich kichernd und stolz vor den beiden weltberühmten Museen und den Springbrunnen fotografierten.

Der Maria-Theresien-Platz zwischen dem Kunsthistorischen und dem Naturhistorischen Museum am Burgring war eine der am stärksten frequentierten Sehenswürdigkeiten Wiens neben Schloss Schönbrunn und Stephansdom. Er war auf dem ehemaligen Schussfeld vor den Stadtmauern entstanden. Als Mitte des 19. Jahrhunderts die Wiener Ringstraße geplant und auch umgehend gebaut wurde, da wollte man mit der neuen Prachtstraße die Bedeutung der Monarchie demonstrieren. Und selbstverständlich durfte Maria Theresia, die beliebte Kaiserin, nicht fehlen. So war 1888 innerhalb von nur vier Jahren das Denkmal enthüllt und die beiden Museen eröffnet worden.

»Ansichtskarten? Souvenirs?« Ein fliegender Händler mit einem kleinen Bauchladen beugte sich zu Reiter und hielt ihm ein Leporello mit Ansichten Wiener Sehenswürdigkeiten vor die Nase.

»Ich glaube kaum, dass er die braucht«, sagte Peter Kormann und schob den Verkäufer sanft beiseite. »Der kennt die Stadt besser als jeder Taxifahrer.« Dann ließ er sich neben Reiter auf die Bank fallen und seufzte leise. »Warum müssen ganz einfache Dinge oftmals so schwierig sein? Man könnte ja einfach ein altes Buch suchen, finden, ausleihen und lesen.«

»Weil es vielleicht dann zu einfach wäre?« Alexander Reiter faltete die Zeitung zusammen und lehnte sich zurück. »Du hast also nichts erreichen können...«

»...aber einiges erfahren, auch wenn manche Augenbraue hochgezogen wurde. Man war im Archiv schon ein wenig überrascht, dass sich der Leiter der hauseigenen Security für ein altes Buch interessiert. Aber wer kann einem schon das Hobby verbieten?« Kormann lachte leise. »Wenn die wüssten, dass meinem Garten meine ganze Aufmerksamkeit gehört.«

»Verbuche es unter Notlüge«, meinte Reiter.

»Schon gemacht. Also...« Kormann lehnte sich zurück und verschränkte die Arme vor der Brust. »Mir ist inzwischen klar geworden, warum der Mossad dich angerufen hat. Dieses dünne Büchlein von Heinrich Graf Calice ist wie ein flüchtiges Hirngespinst, nur einen Schritt von der Legende entfernt. Nachdem man es also zu Kriegsende in einer der Kisten, die aus den unterirdischen Gängen geborgen wurden, entdeckt hatte, war es in der Bibliothek des Museums verschwunden, Abteilung Reiseberichte. Erfasst, eingereiht und vergessen. Man hatte Wichtigeres zu tun. Während der NS-Herrschaft hatte das Museum, wie viele andere auch, Bestände aus arisiertem jüdischem Besitz erhalten. Besser, man schaute nicht so genau hin, denn nach 1945 war die Rückgabe sogenannter ›unrechtmäßig akquirierter Objekte‹ an ihre rechtmäßigen Eigentümer jahrzehntelang kein großes Anliegen von Politik oder Verwaltung. Ein Büchlein mehr oder weniger spielte da keine Rolle.«

»Es stand also in einem Regal der Museums-Bibliothek und blieb da«, meinte Reiter. »Warum dachte niemand daran, es an das Haus-, Hof- und Staatsarchiv zu überstellen? Da wäre es weit besser aufgehoben gewesen, auch vom Inhalt her.«

»Welches Museum gibt schon gerne freiwillig Bestände ab?«, erwiderte Kormann. »Da war es, da blieb es. Bis, ja bis eines Tages ein Mitarbeiter Ende der Achtzigerjahre feststellte, dass es nicht mehr an seinem Platz war. Man muss ihm zugutehalten, dass er offenbar gewissenhaft war. Er füllte einen kurzen Vermerk aus, notierte die Registrierungsnummer des Büchleins darauf und stellte den dünnen Umschlag an den Platz des verschwundenen Werks. Danach trug er es sorgfältig aus der Bestandsliste aus. Hier ist die Kopie seines Berichts.« Kormann griff in seine Tasche und zog ein Blatt Papier hervor. »Hat mich ein Abendessen gekostet.«

Reiter überflog das Schreiben. »Nicht sehr aufschlussreich. Der Bericht von Graf Calice muss also irgendwann zwischen den späten Vierzigerjahren und den Achtzigerjahren verschwunden sein. Das sind vierzig Jahre!«

»Nicht ganz. Seltsamerweise blieb die Bibliothekskarte, in die alle Leser mit Namen, Datum und Rückgabe eingetragen werden, erhalten.«

»Das ist tatsächlich seltsam«, meinte Reiter nachdenklich. »Die befindet sich üblicherweise im Buch.«

»Richtig, aber in diesem Fall nicht. Wer immer den Bericht Calices mitgenommen hat, ließ die Karte zurück. Ich habe sie gesehen. Die letzte Eintragung darauf stammt aus dem März 1985, als ein Mitarbeiter des Museums das Buch ausborgte und es einen Tag später wieder zurückbrachte. Und bevor du fragst – nein, er arbeitet nicht mehr im Museum, er ist 2005 gestorben.«

»Was also die Periode des Verschwindens eingrenzt«, fasste

Reiter zusammen. »Von März 1985 bis ...« Er warf einen Blick auf das Datum des kopierten Vermerks. »... zum 13. September 1989.«

»Genau. Und zwischen diesen beiden Daten ist alles möglich«, gab Kormann zu bedenken. »Erst im September 1989 wurde festgestellt, dass der Bericht des Grafen nicht mehr auffindbar war. Aus welchem Grund auch immer. Jemand wollte es lesen oder ausleihen, der Mitarbeiter interessierte sich selbst dafür oder machte eine Art Inventur, bei der man den Fehlbestand entdeckte.«

»Aber eines steht fest: Es wurde gestohlen«, meinte Reiter. »Und nachdem der Dieb die Bibliothekskarte des Buches zurückließ, war er sich seiner Sache sicher. Er würde es nicht mehr zurückbringen. Ich frage mich nur, warum er sie nicht vernichtete.«

»Man fand die Karte damals in einem anderen Buch, das hat mir ein pensionierter Mitarbeiter verraten, den ich angerufen habe. Er konnte sich deshalb so gut daran erinnern, weil er selbst sie gefunden und sie erstmals beiseitegelegt hatte. Er dachte, Calices Bericht würde in wenigen Tagen wieder in die Bibliothek zurückkehren, und wunderte sich allerdings, warum niemand als aktueller Leser oder Entleiher eingetragen worden war. Er maß der ganzen Geschichte aber keine Bedeutung zu. Es schien nicht so selten gewesen zu sein, dass Mitarbeiter des Hauses es nicht so genau mit dem Papierkram nahmen. Man holte sich schnell einmal ein Buch aus der Bibliothek, auf dem kurzen Dienstweg.« Kormann lachte. »Wenn man es nicht mehr brauchte, dann stellte man es wieder zurück.«

Reiter betrachtete nachdenklich die vier Frauenfiguren, die rund um den Thron Maria Theresias zu Füßen der Kaiserin saßen, als allegorische Verkörperung der Kardinaltugenden Gerechtigkeit, Kraft, Milde und Weisheit.

»Wusstest du, dass der Direktor des kaiserlichen Haus-, Hof- und Staatsarchivs das inhaltliche Programm für das Denkmal geschaffen hat? Er gestaltete sozusagen die Idee dahinter. Im Jahr 1888 kam das Kaiserhaus zur Enthüllung, Kaiserin Sisi inklusive. Mit Festzelt und allem Pomp, den die alte Monarchie zu bieten hatte.«

»Lang, lang ist's her.« Kormann nickte. »Die sogenannten guten alten Zeiten.«

»Und dann, fast hundertdreißig Jahre später, sitzen wir beiden hier und unterhalten uns über ein Buch, das damals von einem Diplomaten der Krone geschrieben worden war und das heute plötzlich den israelischen Geheimdienst interessiert. Völlig verrückt!«

Beide Männer schwiegen. Ein Trupp Backpacker zog vorbei, auf dem Weg ins Museumsquartier, gefolgt von zwei Reisegruppen, die begeistert einem lila Fähnchen nachliefen.

Kormann lehnte sich zu Reiter. »Ich habe noch etwas herausgefunden, allerdings weiß ich nicht, wie sehr man dem Gedächtnis des alten Mitarbeiters trauen kann. Er erwähnte etwas Seltsames bei unserem Telefonat. Ich kann mir keinen Reim darauf machen. Er murmelte etwas Ähnliches wie ›Zerberus-Schlüssel‹, bevor er auflegte. Aber er sagte es verdammt leise.«

»Zerberus-Schlüssel?«, fragte Reiter verwundert. »Was sollte das heißen? Zerberus war der legendäre Höllenhund in der griechischen Mythologie. Er bewachte den Eingang zur Unterwelt, damit kein Toter herauskam und kein Lebender eindringen konnte. Wenn ich mich richtig erinnere, dann stellte man ihn meist dreiköpfig dar. Einer der Köpfe war immer wach, selbst wenn die anderen beiden schliefen. Ein Symbol der Wachsamkeit. Was soll der mit dem Reisebericht von Graf Calice zu tun haben?«

»Vielleicht gar nichts«, gab Kormann zu bedenken. »Vielleicht war es nur das Gemurmel eines Greises, der nicht mehr ganz bei Trost ist.«

»Kann sein...«, grübelte Reiter. »Fassen wir also zusammen. Jemand hat den Bericht des Grafen in den Achtzigerjahren aus dem Naturhistorischen Museum gestohlen. Dazu musste er in die Bibliothek gelangen und wissen, wo das Büchlein stand, den Weg zum richtigen Regal finden, allein selbstverständlich, dann die Registerkarte entfernen, im Vorübergehen in ein anderes Buch stecken und unbemerkt die Bibliothek mit dem Werk Calices wieder verlassen. So perfekt durchgezogen, dass der Diebstahl unter Umständen erst Jahre später entdeckt wurde. Was lehrt uns das?«

»Der Dieb wusste genau, was er wollte.«

»Und das alles für ein kleines Büchlein aus dem 19. Jahrhundert.« Reiter wiegte den Kopf. »Danke, Peter, du hast mir sehr geholfen.« Er schüttelte Kormann die Hand. »Gibst du mir noch die Telefonnummer des pensionierten Museumsmitarbeiters? Ich würde den Zerberus-Mann gerne selbst kennenlernen.«

Waldorf Astoria Shanghai on the Bund, Shanghai/China

Die beiden muskelbepackten Männer, die wie in einem alten Schwarz-Weiß-Gangsterfilm links und rechts vor der Tür der Noble Suite im luxuriösen Waldorf Astoria Hotel mit eisiger Miene ihre Posten bezogen hatten, sahen nicht so aus, als hätten sie in ihrem Leben viel gelacht.

Oder Lachen jemals auf ihrer Prioritätenliste gestanden wäre.

Ihre Köpfe waren bis auf einen dünnen Zopf am Nackenansatz, der mit einem kunstvoll geflochtenen Band zusammengehalten wurde, kahl rasiert. Breite Schultern und ein massiger Oberkörper verrieten selbst unter den teuren Maßanzügen das monatelange Krafttraining.

Die Hände auf dem Bauch verschränkt, standen die beiden unbeweglich, wie übergroße Netsuke-Figuren, die man vor der Suite vergessen hatte. Doch der etwas unbeholfene Eindruck täuschte. Die kleinen Ohrstöpsel der Funkgeräte, die Ausbeulungen der Anzüge unter der Achsel – gut kaschiert, aber dennoch erkennbar, die wachen Blicke, die durch den Korridor schweiften; die beiden Wachposten waren Profis und nahmen ihre Aufgabe, den ungestörten Verlauf des Treffens in der Noble Suite zu garantieren, äußerst ernst.

Drinnen, in der geräumigen Flucht aus Sitzungs- und Wohnzimmern hinter geräuschgedämmten Türen, hatte sich an einem der langen Tagungstische eine illustre Runde zusammengefunden. Die Männer in den makellos sitzenden Anzügen waren alle Chinesen. Sie kannten sich seit Langem, arbeiteten manchmal gegeneinander, aber aus Prinzip stets zusammen, wenn es um die gemeinsamen internationalen Interessen ging.

Und gegen Ausländer.

Die Tür zum Nebenraum war nur angelehnt, aus Sicherheitsgründen. Die Leibwächter, durchwegs muskelbepackte Riesen, die geduldig in tiefen Fauteuils warteten und mit einem Auge dem Fernsehprogramm folgten, sahen ganz anders aus als die oftmals unauffälligen Personenschützer der europäischen Banker, Politiker oder Manager großer Konzerne. Sie waren martialisch, schlagkräftig, unbeirrbar und gefährlich wie Kampfhunde, Teil eines respektgebietenden Auftretens ihrer Auftraggeber, wie auch Teil der Show.

Sie wussten, dass sie ihren Job nie kündigen würden.

Es gab keine Leibwächter der Triaden im Ruhestand.

Das Dutzend Männer, die es sich in den lederbezogenen Lehnsesseln bequem gemacht hatten und nun an Whisky oder einem hochprozentigen Reisschnaps nippten, war ungewöhnlich schweigsam. Diesmal gab es keine hitzigen Diskussionen, keine Verbalattacken, kein empörtes Durcheinanderschreien, keinen Streit. Alle blickten wie gebannt auf die Fotos, die vor ihnen auf der Tischplatte lagen, wie auf den verstreuten Inhalt eines lang verloren geglaubten Familienalbums.

»Glück kommt nie zu zweit, Unglück selten allein«, zitierte ein untersetzter Mann mit dicken Goldringen an den Fingern ein altes Sprichwort. Er war Kopf der berüchtigten 14K-Triaden aus Hongkong, die gemeinsam mit der Triade Sun Yee On in den letzten Jahren äußerst erfolgreich mit Drogenkartellen in Mexiko kooperiert hatten.

Peter Heung Wah-Keung, Kopf der Sun Yee On in der dritten Generation, stellte sein Glas geräuschvoll neben eine der

Fotografien. »Das also ist aus Zughé Fong geworden ... Eine Mumie in einem verlassenen Haus mitten in Berlin. Was für eine Verschwendung.«

Fang Shi, der schlaksige Mittdreißiger, der Hals über Kopf aus Qingdao nach Shanghai zurückgekehrt war, hatte seine Sonnenbrille in die Anzugtasche gesteckt und blickte erwartungsvoll in die Runde. Er hütete sich, vor den Älteren zu sprechen, das wäre ein unverzeihlicher Fehler gewesen, und Fehler waren das Letzte, was Fang sich leisten wollte. Seine beiden Leibwächter Kim und Ken-Shu, die ihn im Learjet begleitet hatten, warteten geduldig mit den Leibwächtern der anderen im Nebenraum.

»Wenn der Brunnen trocken ist, erkennt man den Wert des Wassers«, brummte der »Große Bruder« Song Li, der den Gruppierungen in Shanghai vorstand. »Zughé Fong war ein wertvoller Mann gewesen. Sein spurloses Verschwinden war damals ein großer Verlust für uns alle.« Er warf Fang Shi einen fragenden Blick zu. »Woher stammen die Bilder und die Information?«

Fang verneigte sich leicht, bevor er antwortete: »Direkt von der Quelle, Großer Bruder. Nach meinem letzten Besuch in Deutschland bei unseren dortigen Bruderschaften habe ich ihnen Zughé Fong und sein Verschwinden vor fünfundzwanzig Jahren nochmals in Erinnerung gebracht. Sie unterhalten seit vielen Jahren ausgezeichnete Beziehungen zu Polizeistellen und Kriminalämtern in den wichtigsten deutschen Städten. Es war eine Verkettung glücklicher Umstände in diesem Fall. Daher erreichte mich die Nachricht rasch und ohne Umwege.«

Song Li nickte zufrieden. »Gut gemacht«, murmelte er anerkennend. »Unser Kundschafter ist also damals doch auf etwas gestoßen, auf etwas Wichtiges«, fuhr er leise fort, und niemand wagte es, ihn zu unterbrechen. So groß die Rivalität unter den Gruppen üblicherweise war, so stark war der Zusammenhalt in Fällen wie diesen. Das Wort Song Lis, dem ältesten und einflussreichsten der Runde, war in diesem Fall ungeschriebenes Gesetz und galt für alle. Das wusste auch der »Große Bruder« nur zu gut. Deshalb galt es eine politische Entscheidung zu treffen, hinter der alle hier am Tisch Versammelten stehen konnten, ohne ihr Gesicht zu verlieren.

»Wer über jeden Schritt lang nachdenkt, der steht sein Leben lang auf einem Bein.«

Mit diesen Worten zog Song Li eine Hand voll sechseckiger weißer und schwarzer Porzellanjetons hervor, die mit einem roten Drachen verziert waren. Er ließ sie auf die Mahagoni-Tischplatte rieseln, wo sie prasselnd umhersprangen, bevor sie auf und neben den Fotografien zur Ruhe kamen.

»Aber das muss ich niemandem hier im Raum erzählen. Ihr seid alle Männer der Tat...«

Fang hielt den Atem an. Er war rangmäßig der niedrigste im Kreis der Drachenköpfe. Seine Funktion als Führer der Kampfeinheit der Wo-Triade, der in Shanghai mehr als zwanzigtausend Mitglieder angehörten, auch »Starker Arm« oder »Hung Kwan« genannt, berechtigte ihn nicht zur Abstimmung. Er war nur in die Runde eingeladen worden, weil er die Fotos des toten Zughé Fong und die dazugehörigen Informationen erlangt hatte.

Seit er sich zurückerinnern konnte, arbeitete er für die Triaden. Bereits als Junge war er Laufbursche zwischen den verschiedenen Abteilungen gewesen, hatte seinen Weg nach oben erkämpft, durch Schläue und Grausamkeit. Sein bezeichnender Kriegsname war »Roter Pfahl« und seine Rang- und Erkennungsnummer 426.

Neben seiner Vergangenheit im Kreise der Triaden, seiner

hohen Intelligenz, seiner Loyalität und seiner Entscheidungsfreudigkeit brachte er für diesen Einsatz einen unschätzbaren Vorteil mit: Fang sprach Deutsch.

Wenn er es geschickt anstellte, dann würde für ihn die erhängte Mumie von Zughé Fong das Sprungbrett in den obersten, in den erlauchten Kreis sein.

Und er würde alles in seiner Macht Stehende dafür tun, damit der Sprung gelingen möge.

Song Li sah sich mit unbewegter Miene um.

»Jeder hier möge seine Wahl treffen«, sagte er schließlich ernst. »Unbeeinflusst und spontan. Ich werde nicht mehr lange unter euch sein, mein Arzt macht mir wenige Hoffnungen. Ich möchte aber nicht in die jahrhundertealte Geschichte unserer Bruderschaft eingehen als jemand, der eine einsame Entscheidung getroffen hat, als es einer gemeinsamen bedurfte. Vergesst nie – ein guter Lehrer bleibt ein Schüler bis an das Ende seiner Tage.«

Zustimmendes Gemurmel ertönte.

Peter Heung Wah-Keung erhob sich langsam, beugte sich vor und ergriff einen der schwarzen Porzellanjetons, bevor er forschend in die Runde blickte.

Köpfe nickten unmerklich, Augen schlossen sich zustimmend.

»Dein Entschluss ehrt dich, großer Shan Chu, Meister der Loge«, setzte er schließlich an. »Ich denke, ich spreche für alle hier. Wir sollten den leisen Weg wählen, aber wir sollten ihn gehen.« Damit neigte er respektvoll den Kopf und reichte Song Li den schwarzen Jeton mit beiden Händen.

»Besser auf neuen Wegen manchmal stolpern, als in alten Pfaden auf der Stelle zu treten«, stellte der Große Bruder zufrieden fest und nahm das schwarze Zeichen an. »Es wäre auch meine Entscheidung gewesen, und ich bin glücklich, dass wir uns in diesem Fall einig sind, trotz aller verschiedenen Interessen, die uns sonst oft entzweien.«

Er musste tief Luft holen und hustete ein wenig. Dann gab er Fang ein Zeichen, und der eilte rund um den Tisch an die Seite des Drachenkopfes, wo er schweigend wartete.

Song Li reichte Fang die schwarze Medaille aus Porzellan, das Zeichen der Entscheidung.

»Du weißt, was auf dem Spiel steht, Hung Kwan. Wenn Zughé Fong damals etwas herausgefunden hat, das ihm das Leben gekostet hat, dann musst du es ihm gleichtun. Seine Wege gehen, seine Gedanken denken, seine Entscheidungen treffen und trotzdem überleben. Die Zeit jedoch, die große Zeit wird gegen dich sein, denn es ist viel Wasser den Jangtse hinuntergeflossen. Wen möchtest du auf deine Reise nach Europa mitnehmen?«

»Adler fliegen alleine, Schafe gehen in Herden«, antwortete Fang diplomatisch. »Unsere Brüder in Deutschland werden mir helfen, wenn ich sie brauche. Doch ein einzelner Mann erregt stets weniger Aufsehen.«

»Nimm deine treuen Schatten mit, Hung Kwan, wir möchten dich nicht auch noch verlieren«, entschied Song Li. »Ihr fliegt noch heute, am besten sofort.«

Eine halbe Stunde später raste ein schwerer schwarzer Mercedes den nächtlichen Bund hinunter in Richtung Flughafen, drängte sich hupend durch den Verkehr, überholte rücksichtslos. Während Kim, neben dem Fahrer sitzend, am Telefon die letzten Plätze in der Business Class auf dem nächsten Flug nach Berlin reservierte, buchte Ken-Shu einen Mietwagen, der in Tegel für sie bereitstehen würde.

Fang Shi saß neben seinem treuen Leibwächter auf der

Rücksitzbank und blickte durch die kugelsichere Seitenscheibe hinaus auf die Uferpromenade am westlichen Ufer des Huangpu-Flusses, genau gegenüber der Sonderwirtschaftszone *Pudong*.

Menschentrauben, Spaziergänger, Händler und Spieler, Gaukler und Ballonverkäufer flogen vorbei.

Zwischen seinen Fingern drehte Fang das schwarze Porzellan mit dem roten Drachen, dem Zeichen von Kraft und Macht, Symbol der Triaden. Er würde Berlin auf den Kopf stellen, um den Mörder Zughé Fongs zu finden und mit einer Erfolgsmeldung nach Shanghai zurückzukehren. Wer immer den Kundschafter der Triaden damals getötet hatte, er konnte nur hoffen, selbst in der Zwischenzeit das Zeitliche gesegnet zu haben. Denn sonst würde ihn Fang bei lebendigem Leib in kleine Streifen schneiden und an die Fische in der Spree verfüttern.

Und dann den abgetrennten Kopf in eine Schrottpresse stecken und wie einen alten Benzintank zerquetschen.

KAISERIN-AUGUSTA-ALLEE, BERLIN-CHARLOTTENBURG/
DEUTSCHLAND

»Ich dachte eigentlich, du lädst mich zu einem verspäteten Mittagessen ein und nicht zur Tatortbesichtigung.« Martina Trapp sah Thomas Calis vorwurfsvoll an. »Da hätte ich noch zwei Stunden länger schlafen können.«

»›Mit den Hühnern schlafen gehen, aufstehen, wenn die Hähne krähen‹, hat meine Mutter immer gesagt«, erwiderte Calis und nickte zwei Beamten von der Spurensicherung zu, die an der Tür von Gärtners Wohnung versuchten, Fingerabdrücke sicherzustellen.

»Das hat meine zum Glück differenzierter gesehen«, gab Trapp zurück. »›Jede Stunde Schlaf vor Mittag ist besser als zwei danach‹, meinte sie immer.«

»Das Sprichwort kenn ich anders«, sagte Calis und folgte Martina in die Wohnung.

»Schon Kierkegaard sagte, Schlafen sei die höchste Genialität«, verteidigte sich Trapp. »Was suchen wir überhaupt hier? Die Spurensicherung war da, alles wurde fotografiert. Die Kollegen sind sicher mit dem Feinkamm durchgegangen und sicher keine Anfänger.«

Trapp sah sich um. »Bisschen unpersönlich, der Einrichtungsstil«, urteilte sie, als sie das Wohnzimmer betrat. »Könnte auch ein Hotel sein.«

Calis lehnte sich an den Türrahmen und versenkte die

Hände in den Hosentaschen. »Denk ruhig laut nach, du bist zum ersten Mal hier«, ermutigte er Martina, die langsam durch den Raum ging, mit der Hand über die Möbel strich.

»Kein Staub«, murmelte sie, »entweder er war sehr ordentlich, oder er hatte eine Putzfrau.«

»Oder seine Freundin von nebenan putzte ab und an auch hier«, gab Calis zu bedenken.

»Oder so ... Was macht sie?«

»Krankenschwester«, antwortete Calis.

»Fällt dir was auf? Kein einziges Bild an der Wand, kein Foto im Rahmen, das irgendetwas erzählt. Habt ihr einen Computer gefunden?«

»Ist schon unterwegs in die KTU.« Calis stieß sich ab und schlenderte durch das Wohnzimmer, trat an eines der beiden Fenster. »Selbst die Fenster sind geputzt.«

»Wo sind seine Bücher?«

Martinas Frage riss Calis aus seinen Gedanken. »Wie bitte? Welche Bücher?«

»Sag mir, was du liest, und ich sag dir, wer du bist.« Trapp stieß die Tür zum Schlafzimmer auf. »Seine Bücher. Die Bibliothek. Nein, Herr Kommissar Calis, nicht die Hefte mit den kleinen farbigen Bildchen, sondern die dicken Dinger mit den schwarzen Zeilen.«

Calis verdrehte die Augen, aber im Stillen musste er ihr Recht geben. Wo waren Gärtners Bücher?

»Lass uns auf die Suche gehen.« Er nickte. Doch wenig später stand fest, dass der Ermordete wohl keine Leseratte gewesen war. Martina Trapp fand ein einziges Buch, in einer der Laden der Kommode, das aus dem Jahr 1868 stammte und in Düsseldorf verlegt worden war.

»*Lichtenstein*, eine romantische Sage aus der württembergischen Geschichte von Wilhelm Hauff«, las Martina verwundert vor. »Mit zwei Exlibris. Eines von einer Brigitte Milner aus dem Jahr 1893 und eines von Horst Bannewitz. Beide sicher bereits lange tot.«

»Ein Flohmarktfund?« Calis wunderte sich, hörte nur mit einem Ohr zu.

»Selbst ein alter Farn ist hier drin, wahrscheinlich von der jungen, romantischen Brigitte Milner vor mehr als hundert Jahren getrocknet. Ansonsten sieht das Buch ziemlich ungelesen aus.«

»Bilder, Notizen, irgendwelche Eintragungen?«, erkundigte sich Calis.

»Mit acht Vollbildern und 37 Initialen«, zitierte Martina die Titelseite. »Zeitgenössische Holzschnitte. Keine Eintragungen. Halt, hier auf der Innenseite des Umschlags ... ein Preis: 4,69. Was immer auch ...«

»Warum hat jemand, der sonst gar keine Bücher hat, ausgerechnet dieses Buch in der Schublade?«, wunderte sich Calis.

»Habt ihr persönliche Papiere gefunden? Geburtsurkunde, Pensionsbescheinigung, Staatsbürgerschaftsnachweis, die üblichen Dokumente, die jeder von uns hat?«

Calis schüttelte den Kopf. »Das kam mir schon heute am frühen Morgen seltsam vor. Kein einziges Blatt Papier, nur Personalausweis und Führerschein.«

»Dieser Gärtner wird immer mysteriöser. Ein Mann ohne Vergangenheit. Ein Schatten. Und seine Freundin hat er wohl auch angelogen, was seinen Job betrifft. Bei der Deutschen Bank war er niemals.« Trapp steckte das Buch in ihre Handtasche.

»Vielleicht war er bei einer anderen Bank?«, gab Calis zu bedenken. »Möglich, dass sich Bachmann schlecht erinnert, etwas verwechselt hat.«

»Aber du hast von einer Filiale am Mierendorffplatz gesprochen, als wir telefoniert haben«, meinte Trapp. »Zu welcher Bank gehörte die Filiale? Du warst doch dort.«

»Deutsche Bank«, nickte Calis. »Sonst gibt es keine andere Bankfiliale am Platz.«

»Also hat er gelogen«, stellte Trapp fest. »Dieser Gärtner war kein Bankmitarbeiter, er hat etwas ganz anderes gemacht. Aber was?«

»Hanne Bachmann hat mir erzählt, Gärtner sei niemals verheiratet gewesen, habe keine Kinder und keine Familie mehr, nie von seinen Eltern gesprochen und keine Verwandtenbesuche bekommen. Seit seiner Pensionierung habe er zurückgezogen gelebt, habe ihr nie Freunde vorgestellt. Sie bezeichnete ihn als Einzelgänger.« Calis runzelte die Stirn. »Und zu seinen Bankzeiten kannte sie ihn noch nicht.«

»Woher wissen wir, ob er tatsächlich eine Pension bezog?« Mit entschlossener Miene holte Trapp ihr Smartphone aus der Tasche und wählte. Ein Anruf später stand fest, dass Harald Gärtner niemals Pensionszahlungen erhalten hatte.

Calis musste an die anderen beiden Toten denken, die in der vergangenen Nacht auf die gleiche Weise wie Gärtner umgebracht worden waren. Wo lagen die Gemeinsamkeiten? Waren sie alle Schatten gewesen, ohne Vergangenheit, ohne Dokumente und ohne Bücher?

Calis zog sein Handy heraus und wählte die Nummer der Dienststelle. »Frank? Hör zu. Auch wenn es völlig abgedreht klingt, kannst du Kollegen in die Wohnungen der beiden Mordopfer von heute Nacht schicken? Sie sollen nach Büchern suchen.«

»Nach Büchern?« Frank versuchte erst gar nicht, seine Verwunderung zu verbergen. »Suchst du noch Lesestoff für den Urlaub?«

Rasch informierte Calis ihn über die Durchsuchung von

Gärtners Wohnung. »Das ist seltsam«, meinte Frank schließlich nachdenklich. »Wie genau habt ihr die Wohnung durchsucht?«

»Was willst du hören?«

»Ich meine, hast du tiefer gegraben? Wände abgeklopft, Teppiche gehoben, Bad auseinandergenommen? Wenn nicht, dann mach das. Und, Thomas? Lass wenigstens Martina Mittagessen gehen.«

»Wer dich zum Chef hat, hat schon verloren«, ätzte Calis. »Wir wollten eigentlich ...«

»Ja, eigentlich«, unterbrach ihn Frank ungerührt. »Eigentlich hätte ich lieber zehn Mann mehr und einige Probleme weniger. Aber ich übernehme das in der Augusta gerne selbst, wenn du mir hier meinen Schreibtisch abarbeitest und den Innensenator ...«

»Ist ja gut!«, rief Calis. »Wir gehen nochmals drüber. Wer muss schon essen? Wird alles überbewertet. Leuteschinder!« Damit unterbrach er das Gespräch.

»Ich!«, meldete sich Martina aus dem Flur. »Ich muss essen! Gib mir Frank!«

»Hat schon aufgelegt«, brummte Calis. »Wir sollen die Wohnung auseinandernehmen, so gut es geht. Also, ich soll ... Du kannst ja essen gehen ... meinte Frank.«

»Arbeiten hätte ich auch in Frankfurt können«, beschwerte sich Trapp.

»Ja, aber nicht mit mir«, grinste Calis.

»Erinnere mich lieber nicht an unsere Zusammenarbeit von damals«, meinte die Kommissarin aus Frankfurt. »Hatte Gärtner einen Wagen?«

»Sein Renault soll in einer Garage unweit von hier stehen, meinte Bachmann. Gärtner habe ihn wenig benützt, fuhr meist mit öffentlichen Verkehrsmitteln. Außerdem haben wir keinen Schlüssel gefunden. Den Schlüsselbund hat der Täter wahrscheinlich mitgenommen.«

»Wissen wir, in welcher Garage?«, wollte Trapp wissen.

»Negativ, dazu müssten wir nochmals mit seiner Freundin sprechen. Aber nehmen wir uns zuerst die Wohnung vor. Teppiche? Ein einziger. Im Flur.« Calis schob ihn beiseite. Der Holzfußboden war unversehrt. Sicherheitshalber klopfte er noch die Bretter ab. »Können wir abhaken. Da ist nichts.«

»Wie lange wohnte Gärtner hier?«, wollte Trapp wissen.

»Bachmann konnte nur das weitergeben, was er ihr erzählt hatte. Sie kam erst vor drei Jahren ins Haus, während er angeblich bereits mehr als fünfundzwanzig Jahre hier wohnte.«

»Dann lass uns in der Küche nachsehen«, schlug Trapp vor. »Wenn er etwas versteckt hat, dann ist erfahrungsgemäß die Küche oder das Bad der bevorzugte Ort.«

»Schlafzimmer?«, versuchte es Calis, während er Trapp in die Küche folgte.

»Banal und nicht viel Platz. Nur alte Menschen heben ihr Geld oder ihre Papiere da auf, unter einem Kleiderstapel. Und im Bett unter der Matratze? Das war schon zu Schillers Zeiten das typische Versteck. Da sieht jeder Einbrecher zuerst nach.« Trapp begann die Schranktüren der modernen Einbauküche zu öffnen, während Calis sich die Schubladen vornahm. Nach einer halben Stunde waren sie sicher, dass Gärtner nichts in der Küche versteckt hatte. Ein paar alte Einkaufsquittungen und Gebrauchsanleitungen von Elektrogeräten war alles, was sie fanden.

Calis nahm zwei Messer aus der Bestecklade und ging das Bad suchen. In der Küche hörte er Martina rumoren, die ihm hinterherrief: »Ich leere noch die Zucker- und Salzbestände aus.«

Das kommt von den Agentenfilmen, dachte Calis. Das hier

ist zwar Berlin, aber Zucker- und Salzfässer zu durchsuchen, war doch ein wenig weit hergeholt...

Im Bad angekommen, sah sich der Kommissar kurz um. Wanne, WC, Waschbecken, darüber ein Hängeschrank, daneben ein hoher, schmaler Schrank und eine Waschmaschine. Calis begann mit dem hohen Schrank. Vorräte an Toilettenpapier, Taschentüchern, Putz- und Waschmitteln, Zahnpasta, Föhn und Haarbürsten. Der Hängeschrank über dem Waschbecken barg ebenfalls keine Überraschungen. Einige Kosmetika, Shampoos, Duschbäder und Badesalze. Alles normal.

Calis klopfte die Fliesen auf eventuelle Hohlräume ab. Eine kleine Klappe in der Wand führte lediglich zur Wasseruhr. Damit waren so gut wie alle Möglichkeiten erschöpft. Der Kommissar blickte sich noch ein letztes Mal in dem kleinen Raum um, als Martina Trapp ins Bad kam.

»Und?«, fragte sie. »Irgendetwas Ungewöhnliches? Zucker und Salz waren nur Zucker und Salz. Die Küche ist sauber. Entweder wir haben etwas übersehen, oder wir sind auf dem Holzweg, und dieser Gärtner ist einfach nur ein lesefauler Einzelgänger, der seine Freundin über seine Vergangenheit belügt und seine persönlichen Dokumente im Handschuhfach seines Renaults aufbewahrt.«

»Last exit Brooklyn«, murmelte Calis, kniete sich nieder und entfernte behutsam die beiden Schrauben, die das Metalltürchen am Fuß der verfliesten Badewanne hielten. Dann streckte er seine Hand in den Hohlraum und begann zu tasten.

»Bingo.« Calis holte zuerst einen Plastiksack aus dem Versteck und reichte ihn Trapp. Dann tastete er weiter. Pistole? Er zog die Beretta hervor, dann noch eine Glock und zehn Schachteln Munition.

»Gärtner wollte für einen Privatkrieg gerüstet sein. Er gegen den Rest der Straße.« Calis versenkte erneut seinen Arm in den Hohlraum.

»Bei Bedarf hätte er auch ein paar Söldner engagieren können«, ergänzte Trapp. »In der Einkaufstüte ist mein Jahresgehalt.«

»Was haben wir denn da?«, wunderte sich Calis, als er den Lauf eines Gewehrs ertastete. Er spürte erst den kühlen Stahl, dann das starke Zielfernrohr, die Päckchen mit den Vollmantelgeschossen. Langsam zog er es aus dem Versteck. Es war ein Dragunov SVD 7.62 mm Scharfschützengewehr, in den späten Sechzigerjahren entwickelt, um auf große Entfernung verlässlich Ziele auszuschalten.

»Das ist kein Spielzeug.« Calis drehte die völlig verstaubte Waffe in seinen Händen. »Darauf werden unsere Spezialisten wahrscheinlich keine verwertbaren Fingerabdrücke mehr finden. Aber vielleicht auf den beiden Pistolen.«

Trapp sah ihm neugierig über die Schulter. »Wer verwendet solche Gewehre?«

»Einsatzgruppen, Elitekämpfer. Heute sicher ein veraltetes Modell, aber früher mal das Beste vom Besten. Und im Besitz eines gewissen Herrn Gärtner, Charlottenburg.«

»Meinst du nicht, du solltest ...?«

»Bin schon dabei«, unterbrach sie Calis, wählte Franks Nummer und gab einen kurzen Bericht durch.

»Das wird immer ominöser«, meinte Frank, und Calis konnte die Beunruhigung in seiner Stimme hören. »Nur ein einziges Buch, aber ein ganzes Waffenarsenal unter der Badewanne. Keine Dokumente, aber einen versteckten Sack voller Bargeld. Wie viel?«

»Wir haben noch nicht gezählt, es müssen aber über fünfzigtausend Euro sein. In kleinen Scheinen, bevor du weiterfragst ...«, antwortete Calis.

»Okay, ich schicke die Kollegen zu den anderen beiden Tatorten. Ihr geht Mittagessen, und ich melde mich bei euch. Und, Thomas? Sag Martina Danke von mir. Ich weiß es zu schätzen, dass sie ihre Freizeit investiert.« Bevor Calis etwas erwidern konnte, hatte Frank aufgelegt.

»Frank schlägt dich zur großen Verdienstmedaille vor, wegen deiner Mithilfe hier.«

»Zahlt er das Mittagessen?«, wollte Martina wissen.

»Träum weiter.« Calis lächelte. »Mexikanisch, libanesisch, griechisch, chinesisch, japanisch oder Döner?«

»In dieser Reihenfolge.« Martina nickte. »Mein Magen knurrt wie ein wütender Tiger. Das nächste Mal bringe ich ein Fresspaket mit, wenn ich dich besuche. Nur so für alle Fälle. Und komme drei Tage später als geplant. Das erspart mir Berliner Polizeiarbeit, und wir fahren gleich in Urlaub.«

Der Anruf von Frank kam fünfundfünfzig Minuten später. Thomas Calis legte die Stäbchen weg und hatte schon ein schlechtes Gefühl, als er die grüne Taste drückte.

»Ich hoffe, du sitzt gut«, begann Frank. »Drei Männer, drei Morde, drei Mysterien. Wir haben ähnliche Waffenlager an den anderen beiden Tatorten gefunden. Einmal hinter einer Tapetentür im Keller, einmal ebenfalls unter der Badewanne. Scharfschützengewehre, Pistolen, Munition in großen Mengen, dazu Bargeld bis zum Abwinken, sorgfältig verpackt, stets in kleinen gebrauchten Scheinen.«

»Scheiße«, flüsterte Calis und spürte die forschenden Blicke von Martina.

»Und jetzt kommt der Überhammer. Auch die beiden anderen Mordopfer hatten Hauffs *Lichtenstein* im Bücherregal. Ausgabe 1868. Selbst der Preis im Einband ist derselbe – 4,69.

Was auch immer. D-Mark oder Reichsmark oder Taler.« Frank seufzte. »Also spricht alles dafür, dass ein einziger Mann alle drei alten Männer auf dem Gewissen hat. Der zog durch Berlin, hinterließ keine Spuren und wusste ganz genau, was er tat. Ich werde eine Sonderkommission einrichten, und du wirst sie leiten.«

»Aber ...«, protestierte Calis. »Und Österreich?«

»... leider gestrichen«, gab Frank zurück. »Die Mumie hätte mich nicht aufgeregt, die ist alter Tobak. Die hätte auf dich gewartet bis nach dem Urlaub. Aber das hier, das ist eine andere Dimension. Wenn der Innensenator davon erfährt, können wir uns alle auf Vierundzwanzig-Stunden-Schichten einrichten und die Feldbetten auspacken. Von der Presse will ich gar nicht reden.«

»Was soll ich Martina sagen?«, nahm Calis einen letzten, verzweifelten Anlauf, seinen Urlaub zu retten.

»Wie wär's mit der Wahrheit? Sie wird es verstehen, sie ist selbst Polizistin. Ich setze mich für Sonderurlaub für euch beide nach der Aufklärung des Falles ein, und du nimmst sie mit in die Sonderkommision. Ich telefoniere gleich mit ihrem Chef. Einverstanden?« Frank klang optionslos. »Kommt nach dem Mittagessen beide in die Dienststelle. Dann besprechen wir alles Weitere.«

»Was sollst du Martina sagen?« Trapps Stimme verhieß nichts Gutes. Die Spitzen der Stäbchen zeigten in Calis' Richtung wie Speere im Angriffsmodus. »Was hat Frank jetzt wieder ausgebrütet?«

»Er sucht um Sonderurlaub für uns beide an«, versuchte Calis sich aus der Affäre zu ziehen. »Telefoniert gerade mit deinem Chef.«

Martina runzelte die Stirn. »Sonderurlaub? Wieso?«

»Er richtet eine Sonderkommission ein und will uns beide dafür haben«, nahm Calis einen zweiten Anlauf.

»Ich höre immer nur ›Sonder‹...«, wunderte sich Trapp, bis es ihr dämmerte. »Ha! Er hat den Urlaub gestrichen, diese Ratte! Das ist ein mieser, fieser Trick, und du spielst mit!«

»Frank meinte, du würdest es verstehen, du bist ja auch Polizistin.« Das klang lahm, und Calis wusste, wann er verloren hatte.

Jetzt nämlich.

»Wenn ich gerne meinen Urlaub vergessen und durcharbeiten möchte, dann sicher nicht in Berlin!« Sie schlug mit der flachen Hand auf den Tisch. Schalen und Teller tanzten. »Wer leitet diese ominöse Kommission?«

»Frank hat gemeint...«, setzte Calis an.

»Lass mich raten!«, zischte Trapp. »*Du* leitest sie.« Die Stäbchen stachen in Richtung Calis. »Und deshalb hat er dir den Urlaub gestrichen.«

»Ja, hat er. Außerdem will er dich dabeihaben. Er hält große Stücke auf dich.«

»Soll ich mich jetzt für die Ehre bedanken?« Martina Trapp war stinksauer, und sie versuchte erst gar nicht, es zu verbergen. »Ich wollte einen ruhigen Urlaub mit dir in Österreich verbringen und nicht in einer Berliner Sonderkommission mitarbeiten. Das hätte ich billiger haben können. In Frankfurt nämlich!«

»Sie haben alle das gleiche Buch...«, wandte Calis beschwichtigend ein.

Trapp stutzte. »Was? Wer hat welches Buch?« Das brachte sie aus dem Konzept. »Du meinst...«

Calis nickte. »Alle drei Ermordeten hatten Wilhelm Hauffs *Lichtenstein* im Regal. Dieselbe Ausgabe 1868, bis zum Preis hin alles gleich.«

Martina klopfte mit den Essstäbchen leicht gegen die Schale, während sie nachdachte. »Ich habe Gärtners Exemplar eingesteckt, wir können heute Abend mal nachlesen. Frank sollte alle drei Bücher zusammenbringen. Zu Vergleichszwecken.«

»Das kannst du ihm gleich selbst sagen«, meinte Calis und gab der Kellnerin ein Zeichen. »Er will uns sehen. Und bitte, mach ihn nicht vor allen Kollegen zur Sau. Es reicht, wenn du ihm den Kopf in seinem Büro abreißt.«

»Worauf du dich verlassen kannst! So billig kommt er mir nicht davon.«

Kapitel 4
DIE LISTE

25. November 1940

NAHE DER CHATHAM-INSELN/SÜDPAZIFIK

Lamotrek, die Insel im Pazifik mit ihrem weißen Strand und dem glasklaren Wasser, war nur mehr eine dunkle Erinnerung, ein Postkartenmotiv aus glücklicheren Tagen. Auch wenn Kapitän Tyssen damals geglaubt hatte, es könne nicht mehr schlimmer kommen.

Es war schlimmer gekommen.

Eigentlich hätte Tyssen glücklich sein sollen, als er an der Reling lehnte und über die Wasserfläche blickte. Das Küstenmotorschiff *Holmwood* dümpelte in einiger Entfernung in der ruhigen See. Die *Komet* hatte sie aufgebracht, und der Kapitän, der das Leben seiner Passagiere nicht gefährden wollte, hatte rasch beigedreht und keinen Funkspruch abgesetzt.

Nun wurden die siebzehn Mann der Crew und die zwölf Passagiere in einer Gruppe zusammengehalten, um mit einem Beiboot auf die *Komet* übergesetzt zu werden. Doch da war noch die Ladung der *Holmwood*.

»Ist das wahr?« Maschinist Krüger lehnte sich neben Tyssen an die Reling und schützte mit einer Hand seine Augen gegen die Sonne, um besser sehen zu können. »Tausenddreihundert Schafe, ein Pferd und Tonnen von Baumwolle?«

Tyssen nickte. »Ist so, Krüger. Leider.«

»Warum ...?«, setzte Krüger an, doch Tyssen hob die Hand. »Das kann ich Ihnen nicht erklären, ich darf es nicht. Also besser, Sie fragen kein zweites Mal.«

»Aye, aye Käpt'n!«, lenkte Krüger ein, doch Tyssen konnte es in seinem Gesicht arbeiten sehen.

»Strübner!« Der Ruf des Kapitäns schallte über Deck. Wenige Augenblicke später stand der Erste Offizier neben ihm. »Nehmen Sie Ihre Dienstwaffe, lassen Sie sich zur *Holmwood* übersetzen.«

Strübner sah Tyssen entsetzt an. »Aber Kapitän...«

»... und erschießen Sie das Pferd.«

»Wie bitte?«, erkundigte sich der Erste Offizier verwirrt.

»Was haben Sie gedacht, Strübner? Sie sollen das Pferd erschießen und dann auf die *Komet* zurückkehren. Das ist ein Befehl.«

Krüger wurde von dem Beiboot, das hart ins Wasser klatschte und rasch Fahrt aufnahm, für einen Moment abgelenkt.

»Haben Sie mich gehört, Krüger?«

Der Maschinist fuhr herum. »Tut mir leid, ich war gerade...«

»Ist gut. Ich möchte die *Komet* auf Schussdistanz bringen, Sie gehen besser auf Ihren Posten.«

Krüger nickte und eilte unter Deck.

Was für eine sinnlose Verschwendung, dachte Tyssen. Und das alles nur, um eine Fassade aufrechtzuerhalten.

Die *Kulmerland* und die *Orion* lagen unweit der *Komet*, dümpelten im ruhigen Wasser des Pazifiks. Inzwischen blökte es auf allen drei deutschen Schiffen aus allen Ecken. Dreihundert Schafe waren auf die drei Schiffe aufgeteilt worden. Die Besatzung verdrehte nur noch die Augen. Bald nach Ankunft der Schafe hatte es bestialisch zu stinken begonnen.

»Gut, machen wir das Beste daraus, den Schützen kann die Praxis nur guttun«, murmelte der Kapitän und erteilte dem

Steuermann den Befehl, die *Komet* in weitem Bogen auf zweitausend Meter Distanz von der *Holmwood* zu bringen.

Dann beorderte Tyssen die Bordschützen an ihre Waffen.

Als die Gefangenen an Bord waren und Strübner wieder mit verkniffenem Gesicht neben Tyssen auf der Kommandobrücke stand, erteilte der Kapitän den Schießbefehl.

Das Inferno dauerte dreißig Minuten.

Der kleine Dampfer wurde in Stücke gerissen, Feuer loderten hell in den Himmel, schwarze Rauchschwaden waberten in der Luft. In der Feuerhölle der *Holmwood* verendeten tausend Schafe elendig, bevor ihre Überreste mit den zerfetzten Teilen des Küstenkreuzers auf den Grund des Pazifiks sanken.

Krüger war erneut an Deck gekommen und sah dem Schauspiel mit einem metallischen Geschmack im Mund zu. Was war das für ein Krieg?, fragte er sich. Schafe im Pazifik versenken? Krüger war nicht gläubig, doch das kam in seinen Augen einer Gotteslästerung gleich.

»Dafür werden wir bezahlen müssen«, flüsterte er und drehte sich um. Feinde, die sich wehren können, zu bekämpfen war eine Sache. Unschuldige Tiere abzuschlachten wegen nichts und wieder nichts, das war ... Ihm fehlten die Worte.

Der Wind drehte, und es roch mit einem Mal nach verbranntem Fleisch, und Krüger wurde schlecht. Wenig später war er im Maschinenraum verschwunden.

»War das nötig, Kapitän?«, fragte Strübner, als die letzten Bruchstücke der *Holmwood* im tiefblauen Wasser versanken.

Tyssen zog seine Pfeife aus der Tasche und begann schweigend, sie zu stopfen.

»Wir hätten sie weiterlaufen lassen können, mit der Crew an Bord. Was sind schon siebzehn Mann? Und dann noch zwölf Passagiere. Mein Gott, denken Sie tatsächlich, das wird die Bilanz der *Komet* besser aussehen lassen? Wenn die *Holmwood* ihre Fracht an ihr Ziel gebracht hätte ...«

»Seien Sie still, Strübner, davon verstehen Sie nichts«, knurrte Tyssen.

»Dann erklären Sie es mir!« Diesmal dachte der Erste Offizier nicht daran, klein beizugeben. »Wir sind auf die andere Seite der Welt geschippert, haben das Eismeer durchpflügt und schießen einen Küstenkreuzer in kleine Stücke mit eintausend Schafen und einem toten Pferd drauf?«

»Glauben Sie, mir gefällt das?«, brummte Tyssen. »Ich werde auf dieser Fahrt zum Kettenraucher, so beschissen läuft dieser Einsatz. In wenigen Tagen wird die Mannschaft kein Schaffleisch mehr auf dem Teller riechen können, und dann werden wir das nächste Problem bekommen. Oder was gedenken Sie mit den hundert Schafen an Bord zu machen? Scheren und aus der Wolle Pullover für die kalte Jahreszeit stricken lassen?«

»Warum haben Sie die *Holmwood* dann nicht weiterfahren lassen?«

»Weil ich sie brauche, verdammt noch mal, ich brauche diesen kleinen, beschissenen Küstenkreuzer wie einen Bissen Brot, Strübner!« Tyssen schlug mit der Faust auf den Kartentisch. »Sie haben ja keine Ahnung ...«

»Wozu wurde dieser Verband überhaupt aufgestellt?« Der Erste Offizier trat nahe an Tyssen heran und legte ihm beruhigend die Hand auf die Schulter. »Das entbehrt doch jeder Logik, Kapitän. Drei deutsche Schiffe im Pazifik versenken einen Schaftransport. Wir machen uns gerade lächerlich. Wir haben bisher kein einziges Schiff aufgebracht, sind in kein

Gefecht verwickelt worden, wir verstecken uns hinter ständig wechselnden Aufbauten und haben den Schiffsnamen öfter überpinselt als die Roststellen an der Reling. Die Mannschaft nennt die *Komet* inzwischen einen Schreinerdampfer und sicher bald einen schwimmenden Schafspferch.«

»Ich weiß, Strübner, ich weiß«, nickte Tyssen resigniert. Dann schaute er auf den Bug der *Komet*, der sich in der leichten Dünung nur unmerklich hob und senkte. »Ich werde Ihnen jetzt etwas erzählen. Wenn Sie das irgendjemandem verraten, werde ich Sie auf der Stelle eigenhändig erschießen, haben Sie mich verstanden?«

Strübner schluckte und nickte nur. »Aye, Käpt'n.«

Nach einem Augenblick des Überlegens begann Tyssen zu sprechen.

Zehn Minuten später trat ein sichtlich erschütterter Strübner aus der Kommandobrücke und stolperte die Treppen zum Hauptdeck hinunter. Er fuhr sich mit der Hand über das Gesicht, wie um einen bösen Traum wegzuwischen. Unten angelangt, ließ er sich auf die letzte Stufe der Metalltreppe sinken und starrte ins Leere.

Gegen das, was er gerade erfahren hatte, war die Versenkung der *Holmwood* in der Tat ein zu vernachlässigendes, notwendiges Übel. Er überraschte sich bei dem Gedanken und schämte sich dafür.

Der Pazifik-Verband hatte also doch eine Aufgabe. Herrschaftszeiten, aber was für eine! Strübner stützte den Kopf in seine Hände. Und dieser ominöse SS-Mann war der Einzige gewesen, der an Bord von Anfang an davon gewusst hatte. Und der dafür über Leichen gegangen wäre.

Nun waren es Tyssen und er ...

Strübner hatte keine Ahnung, was passieren würde, wenn die Mannschaft ... Er traute sich kaum, den Gedanken zu Ende zu denken. Aus allen Ecken des Decks drang dieses blöde Blöken zu ihm herüber und raubte ihm die Nerven.

Verdammte Schafe!

Blieb zu hoffen, dass unter Umständen niemand etwas davon erfahren würde. Es kam nur darauf an, es geschickt genug anzustellen. Aber – was ging bei dieser Reise schon gut?

Der Erste Offizier seufzte und konnte mit einem Mal Tyssen verstehen, der unter ganz anderen Voraussetzungen auf diesen Einsatz gegangen war. Mit der Erkundung der Schiffbarkeit der Nordostpassage im Spätsommer hatte das nichts mehr zu tun.

Sie fuhren zu einem Rendezvous mit dem Teufel.

Der Funkspruch kam acht Stunden später. Etwas ratlos kam der Funker auf die Brücke und überreichte Tyssen ein Blatt Papier.

»Das hier habe ich gerade von der Seekriegsleitung erhalten. Codiert. Ich habe leider keinen passenden Schlüssel dafür gefunden. Das einzige Wort in Klartext war Ihr Name, Kapitän.«

»Schon gut«, murmelte Tyssen und entließ den Funker mit einem Nicken. »Ich kümmere mich darum.« Er legte die Seite auf den Kartentisch und sah Strübner an. Dann zog er den Brief aus seiner Hemdtasche, dessen Kuvert er bei ihrer Einfahrt in den Pazifik aufgerissen hatte.

»Jetzt wird es ernst, Strübner«, murmelte er, legte beide Blätter übereinander und hielt sie dann gegen die Sonne. Leise diktierte er seinem Ersten Offizier den entschlüsselten Text in der vierten Zeile. Jeder zweite Buchstabe und jede zweite Zahl war ausgelassen worden. Nun ergaben die beiden Schreiben den Klartext.

»Sie sind also unterwegs.« Strübner spürte ein Prickeln unter der Kopfhaut.

»Berechnen Sie die Route und den Treffpunkt, dann geben Sie allen das Kommando zum Ankerlichten. Wir brechen auf. Die *Orion* und die *Kulmerland* sollen uns folgen.«

Damit verließ Tyssen die Brücke.

Für das, was nun kommen würde, würde er sich sein Leben lang hassen.

Wolfgang Krüger hörte mit einem Ohr den Schiffsdieseln zu, vor sich sein Kriegstagebuch und in seinem Kopf Bilder von hilflos blökenden, brennenden Schafen, die von der Schiffsartillerie als Zielscheibe benutzt wurden.

Es gibt Dinge, die man nie mehr vergisst.

Aber wie sollte man sie aufschreiben? Und für wen? Würde irgendjemand einmal diese Aufzeichnungen in die Hand nehmen und sie lesen? Oder würde das Tagebuch mit Mann und Maus untergehen?

Ein Jahr Krieg, und wir dümpeln in diesem gottverlassenen Pazifik, weit weg von zu Hause, für nichts und wieder nichts, dachte Krüger bedrückt. Ohne Hilfe der Russen wären wir niemals so rasch bis hierhergekommen. Dann hätten wir den weiten Umweg durch den Atlantik nehmen müssen, wie die *Orion*, gejagt von der Royal Navy.

Aber wozu die Eile? Um danach monatelang auf Spazierfahrt zu gehen? Als Fernost-Verband, bestehend aus zwei Hilfskreuzern und einem Versorgungsschiff, das sowieso schon in Japan geankert hatte? Was waren drei Schiffe auf einer so großen Fläche? Nicht einmal ein Fliegenschiss im endlosen Pazifik.

Seufzend klappte Krüger sein Kriegstagebuch wieder zu. Er musste nachdenken, nachdenken über die heutige Eintragung, die er noch nicht geschrieben hatte, über die Tatsache, dass sein Enthusiasmus in den letzten Monaten merklich abgekühlt war.

Wie auch die Begeisterung der Mannschaft ...

Niemand erkannte mehr den Zweck dieses öden Einsatzes, während die Meldungen aus der Heimat nur von Siegen, Vormärschen, Eroberungen und begeistert jubelnden Menschen berichteten. Gemeinsam mit der *Orion* und der *Kulmerland* waren sie Tage und Wochen lang in weit auseinandergezogener Formation gelaufen, um ja kein Frachtschiff zu verpassen. Trotzdem war ihnen kein einziges Schiff ins Netz gegangen.

Weil sie keines gesehen hatten in dieser Einsamkeit aus Wasser und Himmel. Der Pazifik war eine eigene Welt. Eine riesige, endlos erscheinende Wasserfläche.

Und jetzt noch diese Schafe ... es stank und blökte aus jeder Ecke. Insgeheim freute sich Krüger darüber, dass er sich in den Maschinenraum zurückziehen konnte. Da roch es wenigstens nach Schiffsdiesel und nicht nach Schafscheiße.

Die nächsten zehn Tage verliefen genauso ereignislos wie die Wochen vor der Versenkung der *Holmwood*. Das Bordleben war eintönig, selbst das wunderschöne Wetter wurde mit der Zeit langweilig. Das dunkel gestrichene Metall an Deck erhitzte sich in der Mittagssonne so stark, dass man darauf kochen oder Eier braten konnte. Die Mannschaft war inzwischen dunkelbraun gebrannt und sah aus wie eine Gruppe von Heimkehrern aus einem Sommerurlaub oder einer Bergtour.

Die Schafe stanken vor sich hin.

Manche dachten bereits daran, sie bei Nacht über Bord gehen zu lassen. Außerdem konnte keiner mehr Schaffleisch riechen, essen oder auch nur sehen. Tyssen inklusive, der immer nervöser zu werden schien, den Kurs und die Strömung kontrollierte, die Position berechnen ließ und nachrechnete. Und noch mal kontrollierte.

Es konnte nicht mehr lange dauern.

Am elften Tag, um 14.37 Uhr Lokalzeit, tauchte am Horizont eine einsame Rauchsäule auf.

»Alle Mann auf Gefechtsstation!«, schallte es über Deck, und Strübners Magen krampfte sich zusammen.

Der Moment der Wahrheit war da.

»Beordern Sie die *Orion* auf einen Kurs, der ihm den Weg abschneidet, wir halten uns noch zurück«, befahl Tyssen, und der Erste Offizier nickte. »Er darf uns nicht durch die Lappen gehen. Wenn wir Pech haben, dann sind seine Maschinen so stark, dass er uns abhängen könnte. Außerdem wissen wir nicht, ob er bewaffnet ist oder nicht. Also Vorsicht, das ist keine *Holmwood* mit Frauen und Kindern an Bord und einer Ladung von tausend Schafen.« Er warf Strübner einen warnenden Blick zu. »Ich bin in der Funkkabine.«

Minuten später stand Tyssen in dem kleinen Raum, der von atmosphärischem Rauschen erfüllt war.

»Sie halten Funkstille auf den üblichen Kanälen«, meinte der Funker, ein breitschultriger, braungebrannter Mann mit kurz geschnittenen hellblonden Haaren und einer markanten Hakennase im schmalen Gesicht. Er hielt sich den Kopfhörer ans Ohr, während er mit der anderen Hand mittels eines Drehknopfs durch die Kanäle schaltete.

»Wissen wir, wie er heißt?«, wollte er von Tyssen wissen,

aber der schüttelte den Kopf. »Rufen Sie ihn auf Englisch an, er soll stoppen und keinen Funkspruch absetzen, sonst eröffnen wir das Feuer«, ordnete Tyssen an. Er wusste zwar genau, dass es keinen Notruf geben würde, aber das konnte er Schmidt, dem Funker, nicht sagen. Jeder Notruf würde die absolute Geheimhaltung gefährden.

Andererseits – wusste der andere auch, dass Tyssen niemals schießen würde?

Weil er sich dann gleich eine Kugel durch den Kopf jagen konnte, an Ort und Stelle?

Wenn die *Komet* diesen Frachter und seine Ladung versenkte, dann konnte Tyssen sein Testament machen.

Wenn er es nicht tat, dann würde er in der Hölle landen.

Wenn allerdings der andere das Feuer eröffnete, dann mussten sie antworten...

Der Kapitän fuhr sich mit der Hand durch die verschwitzten Haare und spürte die Nervosität aufsteigen. In der Funkkabine stand die Luft.

Es war ein Schachspiel mit zu vielen Möglichkeiten auf einem unendlich großen Brett.

Und die Zeit für Züge wurde langsam knapp.

Der andere dachte gar nicht daran, zu antworten. Tyssen nickte. Das hatte er erwartet.

»Geben Sie ihm noch zehn Minuten Zeit, dann feuern wir den ersten Warnschuss ab. Identifizieren Sie sich, und fordern Sie ihn auf, dasselbe zu tun. Ich bin wieder auf der Brücke.«

Der Funker nickte und machte sich daran, den Befehl auszuführen.

Das Schiff, ein großer, rot-schwarz gestrichener Frachter mit zwei Schornsteinen, die dicken schwarzen Rauch in die Luft pusteten, war inzwischen in Schussweite.

»Niemand an Deck zu sehen. Keine Geschütze, soweit ich erkennen kann. Alles scheint ruhig.« Strübner, der mit dem Feldstecher auf der Treppe zur Kommandobrücke stand, sprach leise zu Tyssen, der seinerseits den Horizont absuchte.

Gab es Begleitschiffe? Doch nichts wies darauf hin.

Und wenn es U-Boote als Wachhunde geben sollte? Tyssen suchte die Wasseroberfläche ab.

Nichts.

»Was sagt das Echolot?«, wollte er wissen.

»Negativ«, lautete die Antwort.

Der Kapitän sah den Frachter näher kommen. Nichts rührte sich an Deck.

»Wasserbomben!«, befahl Tyssen, und Strübner sah ihn überrascht an. Dann gab er den Befehl weiter. Kurz darauf rauschten drei Fässer mit TNT über die Bordwand der *Komet*.

Angespannt warteten Strübner und Tyssen auf die Explosionen.

»Warnschuss vor den Bug!«, befahl der Kapitän, dann erschütterten drei dumpfe Schläge das Schiff, und drei Wassersäulen stiegen wie futuristische Gewächse aus dem Ozean.

Dann folgte ein weiterer Einschlag, rund hundert Meter vor dem Bug des Frachters.

»Es ist die *Rangalore*, Käpt'n!«, rief Strübner, der endlich den verwaschenen Schiffsnamen entziffert hatte.

»Irgendetwas Neues aus dem Funkraum?«, wollte Tyssen wissen.

»Keine Antwort!«, schallte es durch die Gegensprechanlage. »Ich funke ihn ununterbrochen an.«

»Die Hälfte der holländischen Marine liegt in Indonesien, drei Kreuzer, sechs Zerstörer und dreizehn U-Boote«, brummte Tyssen ratlos. »Und die *Rangalore* tingelt hier alleine über die Weltmeere? Das verstehe, wer will. Noch einen Warnschuss!«

Das Geschütz der *Komet* donnerte, und wieder stieg eine Wasserfontäne auf.

Die *Rangalore* lief unbeeindruckt weiter. Kein Mensch war auf dem Deck zu sehen, keine Bewegung auf der Brücke.

»Ich will zwei Boote mit je acht Mann als Enterkommando, und zwar jetzt!«, schallte die Stimme Tyssens über Deck.

Als die Boote auf die Wasseroberfläche klatschten, zog die *Rangalore* noch immer gleichmäßig durchs Wasser. Die *Orion* hatte sich inzwischen hinter den Frachter gesetzt und hielt sich bereit, jedoch in gebührendem Abstand. Die *Kulmerland* lag weit hinter der *Komet* und wartete ab.

So weit, so gut, dachte Tyssen. Alles auf Position. Und was jetzt?

Die beiden Boote näherten sich rasch dem Frachter. Misstrauisch beobachteten die Männer die *Rangalore*, die unbeirrt ihren Kurs beibehielt.

»Noch einen Warnschuss?«, fragte Strübner, doch Tyssen schüttelte den Kopf.

»Da stimmt irgendetwas nicht«, meinte der Kapitän und donnerte wieder einmal seine Faust auf die Reling. »Wie hätte es anders sein sollen bei diesem verfluchten Einsatz?«

Die Männer in den beiden Booten hatten den Frachter erreicht, liefen mit gleicher Geschwindigkeit, warfen ihre Haken hoch, die sich schließlich an der Reling verfingen. Dann begannen die Ersten hochzuklettern.

Noch immer schien die *Rangalore* ein Geisterschiff zu sein.

»Was zum Teufel ist auf diesem Schiff los?«, wunderte sich Tyssen, der die Aktion seiner Männer durch das Fernglas beobachtete. War die Fracht womöglich umgeladen worden, und die deutschen Spione in Indonesien hatten nichts davon mitbekommen? Er machte sich ernste Sorgen um seinen Auftrag.

Strübner spürte die Nervosität seines Kapitäns. Auch seine Augen hingen an den Männern, die nun über das Deck liefen, mit gezogenen Waffen, und in den Türen und Luken der *Rangalore* verschwanden.

Nichts war zu hören, kein Schuss und kein Aufschrei hallten übers Wasser.

Alles war ruhig, zu ruhig.

Die *Rangalore* lief mit unveränderter Geschwindigkeit weiter und war nun auf gleicher Höhe mit der *Komet*.

Plötzlich stürmte einer der Männer aus der Kommandobrücke, wild gestikulierend. Er rief den anderen etwas zu, dann stiegen immer mehr Männer hoch. Einige liefen über Deck zu den vorderen Laderäumen, andere zum Heck des Frachters. Einer morste mit Hilfe eines Spiegels die *Komet* an. Strübner schrieb mit, während Tyssen mit dem Kapitän der *Orion* sprach und ihn näher an die *Rangalore* beorderte.

»Käpt'n, die Mannschaft des Frachters ist tot«, meldete Strübner aufgeregt.

Tyssen fuhr herum. »Was?!«

»Die Männer haben bisher acht Leichen gefunden«, berichtete Strübner weiter. »Alle haben sich offenbar selbst umgebracht, und zwar vor kurzer Zeit. Die Körper sind noch warm.«

Tyssen nickte erschüttert.

»Unsere Männer sollen die *Rangalore* übernehmen und stoppen. Wir drehen bei!«

Sofort verlor die *Komet* an Fahrt. Tyssen ließ den Frachter nicht aus den Augen, er dachte noch immer an eine Falle.

»Aber vorsichtig!«, setzte er hinzu. »Ich traue den Chinesen alles zu!«

»Chinesen?«, stieß Strübner nach. »Ich dachte Holländer.«

»Vergessen Sie es gleich wieder«, murmelte Tyssen. »Ist Krüger bei der Entermannschaft?«

»Ja, er hat sich freiwillig gemeldet«, bestätigte der Erste Offizier.

»Dann soll er auf der *Rangalore* das Kommando übernehmen, bis wir uns entschieden haben, wie wir weiter vorgehen. Ich vertraue Krüger. Ohne sein rasches Eingreifen in der Arktis wäre ich nicht mehr am Leben.«

*

Wolfgang Krüger versuchte, seine Männer zu organisieren und gleichzeitig einen Überblick über das Schiff zu bekommen. Er bestimmte einen Steuermann und ließ den Frachter ebenfalls beidrehen. Kurze Zeit später dümpelten die *Orion*, die *Komet* und die *Rangalore* im glatten Wasser des Pazifiks, während die *Kulmerland* langsam aufschloss.

»Ich möchte das komplette Schiff so gründlich wie möglich durchsucht haben«, befahl Krüger seinen Männern. »Keine Überraschungen, keine versteckten Besatzungsmitglieder. Bringt die Leichen aufs Vordeck, der Kapitän wird später entscheiden, was wir damit machen. Finger weg von der Ladung, die ist Chefsache.«

Die Männer verteilten sich rasch über das Schiff.

Auf der *Komet* sah Tyssen zu und überlegte, ob er nicht noch ein Boot hinüber zum Frachter schicken sollte, doch er entschied sich dagegen. Krüger würde das schaffen, davon war er überzeugt.

Als die Männer eine Stunde später wieder alle auf der Kommandobrücke der *Rangalore* eintrafen, stand fest, dass der Frachter menschenleer war. Keine blinden Passagiere, keine versteckten Mannschaftsmitglieder. Die Frachträume waren bis in die letzte Ecke mit großen Kisten gefüllt.

Einer der Männer, ein Matrose, der zum ersten Mal auf so einer großen Fahrt war, trat an Krüger heran und meinte: »Sie sollten sich das einmal ansehen...« Dann führte er ihn in einen der großen Laderäume und wies auf ein Schott, das einmal weiß gewesen war. In der Mitte prangten drei riesige rote Zeichen, die Krüger noch niemals gesehen hatte.

三合會

»Die Farbe ist noch keine Woche alt«, meinte der Matrose. »Mein Vater ist Maler und Anstreicher, ich habe oft bei ihm mitgearbeitet. Ich weiß, wann Farbe älter ist. Diese hier ist es nicht.« Er fuhr mit dem Fingernagel über die Striche und zog eine leichte Furche. »Sehen Sie?«

Krüger nickte und betrachtete die drei Zeichen genauer. Sie waren etwa einen Meter hoch. Schließlich zog er ein etwas zerknautschtes Stück Papier aus der Tasche und malte die Zeichen rasch ab.

»Das bespreche ich mit dem Käpt'n.« Er nickte und schob den Matrosen wieder aus dem Laderaum. »Geh zurück zu den Männern auf die Brücke, und warte auf die Befehle von der *Komet*. Ich komme gleich nach.«

Als Krüger allein war, sah er sich um. Die Kisten schienen sehr alt zu sein und seltsam gefertigt. Sie maßen etwa einen Meter mal einen Meter und ebenso einen Meter in der Höhe.

Perfekte Würfel.

Ohne lang zu überlegen, zog der Maschinist sein Messer aus der Tasche, klappte es auf und begann, eines der Bretter aufzuhebeln. Die Verbindung war ziemlich stabil, und Krüger hatte schon Angst, seine Klinge abzubrechen. Als der Spalt groß genug war, zwängte er seine Hand dazwischen und stemmte den Deckel auf. Darunter war eine Lage Papier, altes braunes Wachspapier mit chinesischen Schriftzeichen, die sich in regelmäßigem Abstand wiederholten.

Dieselben Zeichen wie an dem Schott ...

Misstrauisch hob Krüger das Papier an und entdeckte gleichmäßig geformte, kleine Ballen, in Textil eingenäht. Ohne lange zu überlegen, schnitt er einen davon auf. Eine dunkle, fast schwarze Substanz kam zum Vorschein, und Krüger wusste sofort, um was es sich handelte. Er war im Berlin der Zwanzigerjahre aufgewachsen, auf der Straße, zwischen Spielhöllen und Tanzhallen, zwischen Puffs und Amüsierlokalen, Huren und Rauschgiftdealern.

Krüger erkannte Opium, wenn er es sah. Es verschlug ihm den Atem, wenn er an all die übervollen Laderäume dachte.

Tausende von Kisten.

Achthundert Tonnen Opium.

Mindestens.

*

Am 21. Dezember 1940 löste Tyssen den deutschen Fernost-Verband auf. Die *Kulmerland* ging wieder nach Japan zurück, die *Orion* blieb für die seit Längerem geplante Maschinenüberholung mit eigenen Mitteln vorläufig in der Südsee. Die *Rangalore* aber verschwand spurlos in den Weiten des Pazifiks, wie ein Geisterschiff.

Der Hilfskreuzer *Komet* lief den Inselstaat Nauru an und beschoss am 27. Dezember 1940 mit seiner Artillerie alle hafentechnischen Anlagen der Insel sowie die Verladeanlagen für den lokalen Phosphatabbau. Tyssen hatte dafür gesorgt, dass keiner der Inselbewohner dabei zu Schaden kam. So gab es keine menschlichen Opfer, lediglich empfindlichen materiellen Schaden. Dieser deutsche Beschuss von Nauru hatte nur geringe Folgen für die australische und neuseeländische Wirtschaft, da die Phosphatverladung bereits zehn Wochen später wiederaufgenommen wurde. Trotzdem ging dieser Angriff in die Annalen des Fernost-Verbands als »der größte Erfolg der im pazifischen Ozean operierenden deutschen Hilfskreuzer während des Zweiten Weltkriegs« ein.

Eine geradezu lächerliche Aktion, die keinerlei Einfluss auf den Krieg hatte, ja nicht einmal auf den Nachschub. Das war auch Tyssen klar, aber immer noch besser als Schafe versenken.

*

Ein Jahr später war der Fernost-Verband bereits fast vergessen. Die deutsche Marine hatte dringendere Probleme.

Nur die Wenigsten wussten, ob der kleine Verband seine Aufgabe vorbildlich erfüllt hatte oder nicht. Tyssen wurde noch auf der Reise zurück nach Deutschland zum Konteradmiral befördert, dem höchsten Rang, den jemals ein Kapitän der Hilfskreuzerflotte bekleidet hatte. Im November 1941 erhielt er das Ritterkreuz und fungierte bis Juli 1944 als Leiter des Marinedepots in Oslo. Sein letzter Posten führte ihn nach Wien, wo er zum Befehlshaber des dritten Militärdistrikts ernannt wurde, von dem er schließlich am 30. April 1945 zurücktrat.

Über seine Kriegserlebnisse im Pazifik sprach er nie.

Konteradmiral Robert Tyssen starb schließlich in Baden-Baden am 25. März 1960, zwei Tage vor seinem 69. Geburtstag, als gebrochener Mann. Die schlaflosen Nächte, das Schweigen, die Lügen und die *Rangalore*, die wie ein Damoklesschwert über ihm hing, hatten ihn zermürbt.

An seinem Begräbnis nahmen viele Überlebende des Fernost-Verbands teil, auch Wolfgang Krüger war aus Berlin gekommen, um seinem Kapitän die letzte Ehre zu erweisen. Hans Strübner, der Erste Offizier der *Komet*, hielt die Grabrede. Er erinnerte diplomatisch daran, dass Tyssen »Leben gerettet hatte und als ein bewundernswerter Freund in Erinnerung bleiben werde«.

In einem Buch über das Pazifik-Abenteuer der *Komet*, das nach dem Krieg erschienen war und eine verklärte Version der Reise schilderte, hatte Strübner nach langem Grübeln in seinem Vorwort Tyssen als »verehrten Kommandanten« bezeichnet, an den man sich stets »in Dankbarkeit« erinnern werde.

Krüger und Strübner reisten eine Stunde nach dem Ende der Beerdigung gemeinsam aus Baden-Baden ab. Nun waren sie die einzigen noch lebenden Männer der *Komet*, die das Geheimnis der *Rangalore* und der »Operation Zerberus« kannten.

Aber auch sie würden niemals darüber sprechen und ihr Wissen mit ins Grab nehmen.

Samstag, 4. Juni 2016

ILA Berlin Air Show, Berlin ExpoCenter Flughafen Schönefeld/Deutschland

Menschenmassen schoben sich zwischen den Messehallen in Richtung der auf den Runways und Grünflächen ausgestellten Flugzeuge. An den Kassen der Berlin Air Show hatten sich Schlangen von Besuchern gebildet, die am letzten Tag die faszinierende Welt der Luftfahrt aus der Nähe sehen wollten. Tausende waren gekommen, Kinder auf den Schultern ihrer Väter, junge Familien mit Kinderwagen und Hund, flugbegeisterte Gruppenreisende aus allen Teilen Deutschlands.

Die Parkplätze waren überfüllt. Die Einweiser winkten nur mehr abwehrend ab und schüttelten den Kopf, als der dunkelgrüne Jaguar mit Alex Beaulieu am Steuer langsam in Richtung Haupteingang rollte.

»Ich warte im Wagen auf dich«, meinte Beaulieu und gähnte. »Da kann ich wenigstens eine Mütze Schlaf nehmen. Grüß John von mir, wir sehen uns später. Diese Massen an Menschen sind sowieso nicht mein Ding.«

Llewellyn nickte und versuchte, sich den Schlaf aus den Augen zu reiben. Beaulieu und er waren von London aus die Nacht durchgefahren. Sie hatten sich abgewechselt und für die Strecke wenig mehr als elf Stunden gebraucht. Zum Glück war das Wetter hervorragend und der Verkehr spärlich gewesen.

»Ich werde nicht lange bleiben, John wird nicht viel Zeit

haben. Er fliegt den schnellsten Hubschrauber der Welt auf der Messe.«

»Idealer Job für unser altes Fliegerass.« Beaulieu lächelte.

»Meine Worte«, bestätigte Llewellyn. »Da vorn ist der Eingang, ich werde versuchen, an den Warteschlangen vorbei aufs Gelände zu kommen.«

»Da musst du schon David Copperfield heißen«, gab Beaulieu zurück, angesichts der dicht gedrängten Menschenmengen, die zur Messe strömten. Er hielt den Jaguar an und sah sich um. Gab es einen Presseparkplatz?

»Ich hab da so eine Idee«, meinte Llewellyn und stieg aus. »Wir sehen uns, Alex. Nimm eine Mütze Schlaf.« Er klopfte zweimal auf das Dach des Jaguars, dann zog er sein Mobiltelefon aus der Tasche und wählte die Nummer von John Finch.

»Das ›Ich melde mich wieder bei dir‹ vorgestern Abend hat eigentlich nicht so dringend geklungen«, begrüßte ihn John. »Hat sich daran etwas geändert, ist das Königreich in Gefahr oder hast du einfach nur Sehnsucht nach alten fliegenden Freunden?«

»Freu dich nicht zu früh«, erwiderte Llewellyn, »ich stehe mit gefühlten tausend anderen Besuchern am Eingang der Luftfahrtschau in Schönefeld, und du bist meine letzte Rettung.«

»Aber hoffentlich nur, um schnell auf das ILA-Gelände zu kommen«, gab John zurück. »Das mit der letzten Rettung habe ich doch schon einmal irgendwo gehört ... da hat dann die pakistanische Luftwaffe versucht, mich über dem Hindukusch abzuschießen. Von den verschiedenen Geheimdiensten gar nicht zu reden ...«

»Du bist ein nachtragender Zeitgenosse«, brummte Llewellyn.

»Da spricht der Richtige, Waliser ... Aber du hast Glück, mein nächster Testflug startet erst in einer halben Stunde. Ich komme vor zum Haupteingang und hole dich ab.«

Fünf Minuten später schlenderten John und Llewellyn über die Grasflächen zwischen den Messehallen und den Runways, die mit Flugzeugen aller Arten zugestellt waren. Sparrow saß auf Johns Schulter und blickte trotz der vielen Besucher um ihn herum völlig entspannt in die Runde.

»... und Compton sprach von einer Liste, auf der dieser Charles Parker auf Platz Nummer fünf rangierte. Zu einer Zeit, als er eigentlich schon lange tot war.«

»Seltsam, dieser Name ... Schottland ... Ostdeutschland.« John schüttelte den Kopf. »In meinem Hinterkopf klingelt es irgendwo, aber ich kann dir nicht sagen, wo und weshalb. Wann war das? Wann sollte dieser Parker Schottland verlassen haben?«

»Anfang 1971, im Februar oder März, verschwand er aus Glenfinnan«, erwiderte Llewellyn. »Niemand hatte ihn abreisen sehen, keiner etwas gehört. Eines Tages war er einfach weg.«

»Und er spionierte für die Russen?«

»Ja, doch nicht auf wirklich hohem Niveau. Es war Peter Compton, der ihn damals nach seiner Vernehmung mehr oder weniger am Hals hatte, auch nicht unangenehm, als er schließlich fortging. Die Briten wussten sowieso nicht so richtig, was sie mit ihm machen sollten. Die Zeiten hatten sich geändert.« Llewellyn blickte über die Grünflächen, auf denen Familien Picknick machten und Kinder umhertollten. »Parker war weg, also klappte Compton das Buch zu und schloss das Kapitel Parker ab.«

»1971...« John grübelte. »Ich bin damals für die Ostdeutschen von Kairo aus nach Angola geflogen, es ging um Diamanten, und ich nehme an, um politischen Einfluss. Ich erinnere mich daran, dass in der Maschine neben den Söldnern, die für die Sicherheit der Aktion zuständig waren, auch ein etwas blasser Mann saß, den man ›Charles‹ nannte und der angeblich aus Schottland kam. Ich nannte ihn ›den Buchhalter‹.« John zuckte mit den Schultern. »Aber das kann natürlich ein Zufall sein.«

»Das war damals eine ostdeutsche Aktion? Nun ja, Angola und Mosambik ... das afrikanische Spielfeld der Ulbricht-Ära.« Llewellyn runzelte die Stirn. »Das Papier, auf dem der Name Parkers in den Achtzigern auftauchte, war eine DDR-Todesliste. Wenn man bedenkt, dass dieser Parker für die Russen spioniert hatte ... Ein wenig viel an Zufällen ...«

»Todesliste? Wollten die Ostdeutschen diesen Parker umbringen? Worum geht es hier eigentlich?« John schaute auf die Uhr. Sparrow krächzte leise und begann sich zu putzen. »Oder anders gefragt – was machst du in Berlin? Wann bist du angekommen?«

»Gerade jetzt eben, Alex parkt vor dem Eingang. Es geht darum, herauszufinden, wer diese Liste geschrieben hat, für wen sie gedacht war und warum Parkers Name darauf stand. Sie muss auf jeden Fall wichtig gewesen sein, sonst hätten die Stasi-Leute sie nicht geschreddert vor der Wiedervereinigung.«

»Also hat Peter Compton dich geschickt«, sagte John zu Llewellyn. »Der alte Fuchs hat es wieder einmal geschafft, dich aus der schottischen Einöde zu locken, weil er wie üblich eine heikle Aufgabe hat. Aber bitte lass mich diesmal außen vor. Ich fliege noch bis heute Abend für Airbus Helicopters den X3-Nachfolger hier auf der Messe, und dann überführe ich das gute Stück in die Emirate. Job getan, Alexandria, ich komme.«

»Ich brauche einen Kontakt hier in Berlin, jemanden, der mich zu den richtigen Leuten bringen kann.«

»Wie wäre es mit der britischen Botschaft in Berlin?«, versuchte es John grinsend.

»Du hast zu lange unter der afrikanischen Sonne gelebt«, brummte Llewellyn.

»Von wem hat Compton den Hinweis auf die Liste?«, wollte John wissen.

»Das hat er mir natürlich nicht verraten, nur dass sie vor wenigen Tagen aufgetaucht sei. Die Stasi-Unterlagen-Behörde hat sie zusammengesetzt, aus vielen Papierschnitzeln. Sechs Namen, Parker an fünfter Stelle. Es beunruhigt den alten Fuchs, dass ein ehemaliger russischer Spion auf einer DDR-Liste von zu liquidierenden Personen steht. Er fragt sich, was er damals übersehen hat...«

»Kann ich verstehen«, pflichtete John Llewellyn bei.

»Compton schließt daraus, dass dieser Parker 1988 noch gelebt haben muss, also knapp vor der Wende. Und er muss dem Ministerium für Staatssicherheit ein so großer Dorn im Auge gewesen sein, wie der alte Fuchs es formulierte, dass sie ihre Mordkommandos auf ihn angesetzt haben.«

»Auf einen abgehalfterten Agenten?« John wirkte überrascht. »Dieser Parker muss Ende der Achtzigerjahre selbst weit über sechzig gewesen sein.«

»Wissen ist Macht, egal wie alt der Eingeweihte ist«, stellte Llewellyn fest. »Ob sie ihn damals erwischt haben oder nicht, das würde Compton gerne erfahren. Und warum er überhaupt auf der Liste gelandet ist. Hast du einen Kontakt, den ich fragen könnte? Wo ich am besten mit der Suche beginnen kann?«

»Die einzigen Menschen, die ich in Berlin kenne, sind Kommissar Thomas Calis und seine Freundin Martina Trapp, die bei der Kriminalpolizei in Frankfurt arbeitet.« John kritzelte eine Nummer auf einen Zettel. »Sie ist gerade auf Besuch hier, weil beide in Urlaub fahren wollen, ich glaube, morgen. Wenn sich jemand hier in Berlin auskennt, dann ist es Calis. Sag einen schönen Gruß von mir. Und jetzt muss ich zurück zu meinem X3, die Kunden warten. Sehen wir uns heute Abend?«

»Wäre am besten, wir ziehen gleich in deinem Hotel ein«, meinte Llewellyn. »Wir brauchen sowieso ein Zimmer bis morgen, egal was ich bei Calis herausfinde.«

»Radisson Blu Hotel, Karl-Liebknecht-Straße, Berlin-Mitte, neben dem Alexanderplatz. Wir sehen uns da.« John winkte kurz und lief los, während Sparrow flügelschlagend versuchte, nicht das Gleichgewicht zu verlieren.

Alex Beaulieu schlief tief und fest auf dem Fahrersitz. Er hatte den Jaguar im Schatten eines Vordaches gleich hinter der Einfahrt zum Presseparkplatz abgestellt, nachdem er den Parkwächter mit einem Zehn-Euro-Schein und dem Versprechen überzeugt hatte, dass es nicht lange dauern werde.

Als Llewellyn an die Scheiben klopfte, schreckte Beaulieu hoch. »Das ging aber schnell, ich hatte mich auf einen längeren Vormittagsschlaf eingestellt.«

»Wir müssen los, ich habe einen Kontakt in Berlin, aber laut John fährt der heute oder morgen auf Urlaub.« Llewellyn griff zum Telefon und begann die Nummer von Thomas Calis zu wählen. »Richtung Alexanderplatz, da ist unser Hotel.«

*

Thomas Calis saß an seinem Schreibtisch und grübelte seit dem Morgen über dem Problem der Bücher. Noch gestern Abend war die Sonderkommission eingerichtet worden, die Calis leitete und der Trapp offiziell angehörte, gemeinsam mit drei weiteren Kollegen.

Frank stand unter Druck. Der Innensenator saß ihm im Nacken, die Presse machte ihm die Hölle heiß. So hatte er gezwungenermaßen die erste Pressekonferenz für heute Nachmittag anberaumt, Thomas Calis zu seiner Rechten.

»Warum ich?«, hatte Calis gemeint und die Augen verdreht. »Du kennst mein heikles Verhältnis zu den Medien.«

»Weil du die Kommission leitest«, hatte Frank trocken geantwortet. »Glaubst du, ich mache mich allein zum Hampelmann? Der Innensenator kommt auch. Sitzt zu meiner Linken.«

Das war auch keine wirkliche Motivation für Calis gewesen. Die letzten Male war der Kommissar eher ungut aufgefallen, als es um eine sicherheitstechnische Veranstaltung des öffentlichen Berlin gegangen war. Einschlafen bei Reden des Innensenators machte sich nicht so gut. Frank hatte ihm damals im letzten Moment den Hals gerettet.

Martina schob ihm das letzte Buch über den Tisch zu und schüttelte den Kopf. Was zum Teufel sollte das bedeuten, dass alle drei Ermordeten dasselbe Buch im Regal stehen hatten? Einen alten Schmöker, der in Fraktur gedruckt worden war, mehr als 150 Jahre alt und so uninteressant wie die letzten zehn Seiten des Berliner Telefonbuchs von 1956.

Gemeinsam mit Martina hatte Calis sorgfältig alle drei Schmöker mit den roten Buchrücken durchgeblättert. Nichts Auffälliges, keine fehlenden Seiten, keine Eintragungen, keine Anmerkungen, nichts. Drei Bücher, offenbar druckfrisch, wenn man bei 150 Jahre alten Büchern von druckfrisch sprechen konnte. Wahrscheinlich nie gelesen. Manche Seiten klebten noch an den Schnittkanten zusammen.

Die Namen in der Umschlagseite waren überall andere, aber das war logisch und bewies nur, dass die Bücher aus verschiedenen Beständen stammten.

Die ursprünglichen Besitzer waren sicher bereits lange tot.

Calis stapelte die Bände aufeinander und überlegte die nächsten Schritte, als sein Handy klingelte.

»Es tut mir leid, Sie zu stören, Kommissar Calis, mein Name ist Llewellyn Thomas, und ich bin ein guter Freund von John Finch, dem Piloten«, tönte eine tiefe Stimme an Calis' Ohr.

»Schön, Sie persönlich zu hören, Mr Thomas. John hat viel von Ihnen erzählt«, antwortete der Kommissar.

»Das habe ich befürchtet«, brummte Llewellyn. »Und bitte bleiben wir bei Llewellyn, Mr Thomas nennt mich nur mein dementer Hausarzt.«

Calis musste lachen. »Einverstanden, vorausgesetzt allerdings, Sie sagen Thomas zu mir. Haben Sie meine Nummer von John?«

»Ja, ich bin ebenfalls in Berlin und brauche Informationen«, begann Llewellyn. »Details zu einer Liste von sechs Leuten, die von der Stasi in den Achtzigerjahren beseitigt werden sollten. Auf westdeutschem Gebiet, so wie es aussieht.«

Calis runzelte die Stirn. »Woher haben Sie die Liste?«

»Das ist eine längere Geschichte«, meinte Llewellyn. »Könnten wir uns vielleicht treffen? Ich weiß, Sie fahren in Urlaub, aber...«

»Vergessen Sie es, wir fahren nirgendwohin. Aber auch das ist eine längere Geschichte«, warf Calis ein. »Diese Liste interessiert mich. Wann und wo treffen wir uns? Ich glaube, ich kenne da jemanden, den wir fragen könnten und den ich sowieso besuchen wollte.«

*

In der Wallenbergstraße roch es nach Mittagessen, das in den umliegenden Wohnblöcken gekocht wurde. Die Gaslaternen waren ausgegangen, und die Sonne kannte keine Gnade mit heruntergekommenen Gartenmauern, rostigen Zäunen, abgestellten Autowracks und gespraytem Nonsens, der fast an jeder glatten Fläche prangte.

Llewellyn und Calis waren sich sofort sympathisch gewesen und hatten prompt beschlossen, später am Abend gemeinsam mit John um die Häuser zu ziehen.

Auf der Fahrt vom Radisson Blu Hotel zu Gustavs Behausung hatte Llewellyn dem Kommissar das Wichtigste zu der ominösen Todesliste mitgeteilt. Nun stiegen beide aus und sahen sich um.

»Wenn dein Informant hier haust, dann ist er entweder sehr schlecht oder sehr gut«, meinte Llewellyn.

»So einfach kann man Gustav nicht kategorisieren.« Calis schloss die Tür des Dienstwagens ab und schnupperte an den Blüten eines Fliederbuschs neben einem roh gezimmerten Holztor, auf das jemand »sink positively« gesprüht hatte.

»Gustav ist eine tragische Figur und auch wieder nicht, ein Lebenskünstler, der das Überleben zu einem lustvollen Prinzip erhoben hat. Als geborener Berliner hat er Witz, eine gute Portion Hausverstand, gepaart mit Selbstironie, und ist doch andererseits so verletzlich. Riesengroßes Herz, dünne Schale. Verbrachte viele Jahre im Gefängnis und noch mehr damit, sich wieder in Schwierigkeiten zu bringen. Geht fast jeden Tag auf Runde, wie er es nennt, ist dabei aber noch nicht weiter als fünfzig Kilometer aus Berlin herausgekommen. An einem Tag wirft er eine riesige Party, und tags darauf ist er mit einem einzigen Besucher heillos überfordert. Das ist Gustav. Aber du wirst ihn ja kennenlernen.«

Das ehemals grün gestrichene schmale Gittertor stand halb offen, und Calis runzelte die Stirn.

»Seltsam, das ist mir noch nie passiert. Gustav hat einen Hund, Attila, einen riesigen Dobermann, der auf dem Grundstück frei herumläuft ...«

»Dann sieht das hier ganz und gar nicht gut aus«, brummte Llewellyn, und plötzlich lag eine Pistole in seiner Hand. Er nickte Calis kurz zu und war auch schon durch das Tor zwischen den Büschen verschwunden.

Als der Kommissar die kleine Lichtung erreichte, war noch immer kein Attila in Sicht. Llewellyn stand am Rande einer alten, halb zerfallenen Sandkiste und lauschte mit schräg gelegtem Kopf. Sonst war weit und breit niemand zu sehen, und Calis machte sich ernsthaft Sorgen. Die niedrige, dunkel verwitterte Holzbaracke lag verlassen vor ihnen, Fenster und Türen fest verschlossen.

»Nach links«, dirigierte Calis Llewellyn leise und lief voran. Der Weg führte zwischen einer Reihe von niedrigen Sträuchern hindurch auf eine kleine Wiese mit überraschend kurz geschnittenem Rasen. Das Gartenzelt stand verwaist da, die überdimensionierte Sitzgarnitur mit ihrem Tisch, den Kissen und Sitzpolstern war leer. Llewellyn war mit wenigen Schritten am Grill, hielt die Hand über den Rost und schüttelte den Kopf.

»Gustav ist von seiner letzten Runde nicht zurückgekehrt«, meinte er.

»Dann müsste uns Attila schon längst zu Tode schmusen«, gab Calis zu bedenken. »Gustav hat den Hund noch niemals mitgenommen.«

»Durchsuchen wir das Grundstück«, entschied Llewellyn. »Sollten wir nichts finden, bleibt immer noch das Holzhaus.«

In diesem Moment peitschte ein Schuss durch den Garten, und eine der leeren Weinflaschen, die unmittelbar neben Calis auf dem Tisch stand, zersplitterte. Zwei weitere Schüsse prallten von dem massiven Grill ab, hinter dem Llewellyn instinktiv in Deckung gegangen war.

»Netter Empfang, kommen Sie nach Berlin, der Erlebnis-Metropole!«, rief Llewellyn Calis zu, der halb unter dem großen Picknicktisch lag.

»Das kam von der Baracke«, erwiderte Calis.

»Einer läuft, einer schießt«, schlug Llewellyn vor.

»Ich laufe«, entschied der Kommissar und sprang auch schon auf, als Llewellyn den ersten Schuss in Richtung Holzhaus abfeuerte. Während Calis auf das Haus zustürmte, schoss Llewellyn unentwegt weiter, hörte schließlich Calis im Laufen feuern, sprang ebenfalls auf und lud im Rennen nach.

Als er an der Baracke angekommen war, sah er den Kommissar am Abgang zum Keller kauern und hörte ein Röcheln. Am Fuß der kurzen Betontreppe, aus der das Gras bereits büschelweise wuchs, lag Gustav, blutüberströmt. Neben ihm Attila, der Dobermann, regungslos.

»Scheiße…«, murmelte Calis, griff nach seinem Telefon, um die Rettung und die Kollegen zu verständigen, als Llewellyn aus den Augenwinkeln eine Bewegung wahrnahm. Er fuhr herum, sah einen Schatten zwischen den Büschen gebückt zum Ausgang des Grundstücks laufen und zögerte keinen Augenblick. Er zielte kurz und schoss sofort. Ein Schmerzensschrei hallte durch den Garten. Llewellyn stürmte los, als in der Nähe ein starker Motor aufheulte und ein Wagen mit quietschenden Reifen durchstartete.

Unter den Büschen kauerte ein Mann im schwarzen Anzug und versuchte, weiter in den Schatten zu kriechen. Seine Pistole lag zwei Meter entfernt, und eine Blutspur verriet, dass Llewellyn gut getroffen hatte.

»Jetzt, wo es so richtig interessant wird, kannst du doch nicht so einfach verschwinden«, knurrte Llewellyn auf Englisch. »Was sollen die Nachbarn denken? Erst herumknallen und dann abhauen?«

Er drehte den Verletzten um und schaute in ein schmerz- und zornverzerrtes asiatisches Gesicht. Bevor Llewellyn reagieren konnte, hatte der Mann eine lange, dreieckige Klinge in seiner Hand und rammte sie sich von unten bis zum Anschlag durch die Rippen ins Herz. Sein Körper bäumte sich noch einmal auf, dann lag er still.

Llewellyn ging in die Hocke und sah den Mann genauer an. Aus der Ferne hörte man bereits die Sirenen der Einsatzfahrzeuge. Der Ärmel des untersetzten, muskulösen Mannes war zurückgerutscht, und der tätowierte Kopf eines Drachen kam darunter zum Vorschein.

»Thomas Calis, du hast ein ernstes Problem...«, murmelte Llewellyn nachdenklich. Dann stürmten bereits die ersten Besatzungen der Einsatzwagen mit gezogener Waffe in den Garten.

Als die Spurensicherung anrückte und Arthur Bergner den verwilderten Garten und die heruntergekommene Baracke sah, blickte er Calis vorwurfsvoll an.

»Als ob wir nicht sowieso schon genug zu tun hätten, da

kommst du auch noch mit einer begrünten Mülldeponie samt angeschlossenem Grillplatz. Wohnt hier dein Gustav?«

Calis nickte. »Er ist auf dem Weg ins Krankenhaus. Mit Attila, seinem Hund. Jemand hat ihn übel zugerichtet und den Dobermann wahrscheinlich vergiftet. Hoffen wir, dass beide durchkommen.«

»Und der asiatische Fu-Manchu-Verschnitt in der Botanik?« Winnetou dirigierte seine Indianertruppe mit großen Gesten an die Schauplätze des Geschehens.

»Wahrscheinlich einer der Angreifer. Llewellyn hat ihn an der Hüfte getroffen, als er flüchten wollte.«

»Aber das Verhör wollte er dann nicht mehr erleben«, sinnierte Bergner, der sich gemeinsam mit Calis auf dem Picknickplatz Gustavs umsah. »Habt ihr euch hier ein Feuergefecht geliefert? Messinghülsen, wohin das scharfe Auge blickt.« Der Chef der Spurensicherung sah hoch und beobachtete einen großen, breitschultrigen Mann mit militärisch kurz geschnittenen grauen Haaren und einem energischen Kinn, der neben der Baracke gestanden hatte und nun langsam auf sie zukam.

»Sieht nicht so aus, als sei mit dem gut Kirschen essen«, raunte Bergner. »Schießt zuerst und fragt nachher. Oder gar nicht.«

»Ich denke, Llewellyn hat im Laufe seines Lebens mehr gesehen als wir beide zusammen. Britischer Geheimdienst, *old school*. Im Einsatz auf der ganzen Welt, meist Spezialoperationen. Jetzt im Unruhestand, wie er selbst sagt. Holt die Kastanien aus dem Feuer, wenn alle anderen sich nicht mehr trauen, in die Nähe der Flammen zu gehen.«

Bergner kniff die Augen zusammen, als Llewellyn näher kam. »Ich höre schon Frank jammern: ›Der Innensenator wird mir die Hölle heißmachen, wenn er erfährt, dass ein britischer Agent in Berlin durch die Gegend ballert.‹«

»Durch diese Hölle wird er gehen müssen«, stellte Calis trocken fest. »Llewellyn spielt in einer anderen Liga, ganz weit oben. Ein Anruf, und die britische Innenministerin steht hier auf der Matte und steigt einigen auf die Zehen, zieht ein paar Strippen und lässt ein paar Andeutungen fallen. Dann reitet Cameron ein ... Wäre nicht das erste Mal, wie mir ein gemeinsamer Freund erzählt hat. Und *das* wiederum wird Frank ein Lächeln auf die Lippen zaubern. Ohne Llewellyn wäre ich wahrscheinlich hier nicht so billig davongekommen. Da wird Kriminaloberrat Lindner dann schon etwas tun müssen, im Gegenzug.

»*Das* wird sein Lächeln wieder wegwischen«, orakelte Bergner, grinste und nickte Llewellyn zu, der sich zu ihnen gesellte. »Ich mache mich mal an die Arbeit und treibe meine Indianer an.«

»Und ich muss zu einer Pressekonferenz, die ich am liebsten aus meinem Tagesprogramm gestrichen hätte.« Calis wechselte ins Englische und wandte sich an Llewellyn: »Wir haben einen asiatischen Unbekannten, den wir leider nicht mehr befragen können, und einen Informanten, der wahrscheinlich bereits im künstlichen Koma liegt. Also werden wir die Strategie ändern, was deine Liste betrifft. Komm einfach mit zur Pressekonferenz, und ich stelle dich meinem Chef und dem Berliner Innensenator vor. Die wissen sicher einen Weg zu einem der ehemaligen hochrangigen Stasi-Mitarbeiter, die sich noch an etwas erinnern können. Oder wollen.«

Bergheidengasse 18a, 13. Bezirk, Wien-Speising/
Österreich

Der Wohnblock in dem gutbürgerlichen Wohnbezirk war frisch renoviert worden und strahlte in ungewohntem Glanz. In den frühen Sechzigerjahren von einer Wohnbaugenossenschaft errichtet, zu einer Zeit, als Wohnraum in Wien nach dem Krieg knapp war, hatten die Jahrzehnte den Bau im Laufe der Jahre gezeichnet. Doch nun, nach einer Grundsanierung, war bis zu den Wohnungstüren alles erneuert worden. Deshalb roch es noch nach Farbe, als Alexander Reiter die Treppen hinauf ins dritte Stockwerk stieg. Er hatte tags zuvor mit Florian Landorff telefoniert, der bereitwillig einem Treffen zugestimmt hatte, als Reiter seinen Freund Peter Kormann erwähnte.

Der Mann, der in der Tür stand und auf seinen Besucher wartete, war hager und groß und trug einen etwas abgewetzten und fadenscheinigen Hausanzug. Seine Glatze spiegelte im Licht der Sonne, das durch die Fenster im Stiegenhaus fiel, und das faltige Gesicht verzog sich zu einem höflichen Lächeln, als er Reiter die Hand entgegenstreckte.

»Guten Tag, und kommen Sie bitte herein, ich freue mich, dass Sie gekommen sind«, meinte Landorff, und es klang unverbindlich. Etwas humpelnd ging er vor, durch den Flur in ein altmodisch eingerichtetes Wohnzimmer, in dem ein großes geblümtes Sofa stand. Der niedrige Couchtisch war mit den unvermeidlichen Deckchen geschmückt. Eine Schale mit etwas trocken aussehenden Keksen wartete auf Besucher.

»Danke, dass Sie Zeit für mich am Wochenende haben«, begann Reiter höflich, doch Landorff winkte ab.

»Wenn man einmal so alt ist wie ich, dann freut man sich über jeden Besuch. Den letzten überlebt man nicht, dann tragen sie einen hinaus. Der Tod läutet nicht an der Tür und lässt sich nicht abweisen, nein, das lässt er nicht.« Er zuckte mit den Schultern. »Aber er findet jeden von uns, besucht ihn früher oder später. Doch Sie sind sicherlich nicht gekommen, um einen alten Mann philosophieren zu hören. Bitte nehmen Sie Platz.« Landorff wies auf das Sofa, das leise quietschend protestierte, als Reiter sich vorsichtig setzte. In der Wohnung roch es nach einer Möbelpolitur, die Reiter an seine Kindheit erinnerte.

»Sie möchten also mehr über das Museum wissen? Oder besser gesagt über die Büchersammlung im Haus? Ich war sehr überrascht, dass Herr Kormann sich dafür interessiert. Ich wusste nicht, dass alte Bücher und Dokumente seine Leidenschaft sind, nein, das wusste ich nicht.«

Reiter musste lächeln, sagte aber nichts.

»Er ist ein sehr gewissenhafter Mensch, ja das ist er. Wir haben uns öfter unterhalten, bevor ich in Rente gegangen bin und das Haus am Ring hinter mir gelassen habe. Sind Sie ein guter Freund von ihm?«

»Ja, wir kennen uns seit langen Jahren und haben einiges gemeinsam erlebt, bevor sich unsere Wege getrennt haben. Sie wissen ja, wie es im Leben so ist.«

Landorff nickte energisch, während er das einzige Gemälde an der Wand betrachtete, als würde er es zum ersten Mal sehen. Es zeigte hohe Wellen in einer rauen, aber absolut menschenleeren See.

»Ja, wenn das Meer dein Feind ist, musst du gute Freunde haben«, murmelte er, und Reiter runzelte die Stirn. War der alte Herr womöglich von Zeit zu Zeit etwas neben der Spur?

»Eigentlich interessiert mich nur ein einziges Werk, das aber leider seit vielen Jahren verschwunden ist«, meinte er, und um dem alten Herrn etwas auf die Sprünge zu helfen: »Der Reisebericht von Graf Calice aus dem Jahr 1874, den er damals nur *Bericht einer Reise in das Herz Asiens* genannt hat.«

Mit einem Mal erinnerte Landorff Reiter an einen der Wackeldackel auf den Heckablagen betagter Autos. Der Kopf des alten Mannes wippte auf und nieder, während er lautlos vor sich hin zu murmeln schien und nach wie vor das Gemälde fixierte.

»Er hat ihn bei seiner Rückkehr aus Asien dem Kaiser überreicht...«, fuhr Reiter fort und überlegte, wie er Landorff irgendwie aus seiner Trance holen könnte. Doch mit einem Mal schien alles vorbei, der hagere Mann hustete, faltete sich zusammen, rutschte in den kleinen Lehnstuhl, der vor dem Fenster stand, und sah seinen Besucher nachsichtig an.

»Ach wissen Sie, es gibt so viele diplomatische Berichte in den Archiven. Aus Zufall ist dieser eine bei uns im Museum gelandet, angeblich hatte der Wiener Gauleiter das Buch bei seiner Flucht in einem der Tunnel zurückgelassen. Die Gänge waren voller Kisten, ja, alles war voll, und kein Mensch hat jahrzehntelang danach verlangt. Stand im Regal und verstaubte. Wie so viele Bücher... ja, so viele...«

Landorffs Stimme versiegte wie ein Rinnsal im Sommer zwischen trockenen Feldern.

»Was hatten Sie eigentlich für eine Funktion im Museum?«, versuchte es Reiter, doch der alte Mann antwortete nicht gleich. Er schien wieder in seiner ganz eigenen Welt versunken zu sein.

»Ich war so etwas wie ein Mädchen für alles«, lächelte da Landorff überraschend und nickte wieder. »Sie wissen ja, jemand für all die Aufgaben, die sonst keiner machen will. Die haben mich durchs ganze Haus geschickt. Ausstellungen bauen, Vitrinen ein- oder ausräumen, Kisten schleppen, Depots sichten, Lager umräumen. Manchmal war ich sogar Museumswärter, wenn wieder einmal Not am Mann war, und habe auf eine Schulklasse aufgepasst, die unbedingt ihre Finger in die Augen des Murmeltiers stecken wollte.« Er kicherte leise.

»Und manchmal haben Sie auch in der Bibliothek gearbeitet?«, wollte Reiter wissen.

»Ab und zu, ja, ab und zu ... und dann immer öfter«, bestätigte Landorff. »Ich wurde älter, das Haus wurde moderner, erwachte aus seinem Dornröschenschlaf, in den es nach dem Krieg und in den Nachkriegsjahren gefallen war. Junge Menschen kamen, füllten die Hallen mit Leben. Früher, da waren es nur Pflichtbesuche von Schulklassen, die versuchten, die Führung so rasch wie möglich hinter sich zu bringen.« Er schien in dem Lehnsessel zusammenzusinken. »Das war die graue Zeit.«

»Wer interessierte sich für den Bericht des Grafen?«, knüpfte Reiter rasch an, um den alten Mann nicht wieder in eine Parallelwelt abdriften zu lassen, zu der er keinen Zugang hatte.

»Ach, alle möglichen Leute aus dem Haus, manchmal ein oder zwei Studenten«, antwortete Landorff betont langsam. »Ich denke, bei den meisten war es pure Neugier. Wie man aus der Bibliothekskarte unschwer erkennen kann, dann brachten alle das Bändchen nach wenigen Stunden wieder zurück. Haben es wohl durchgeblättert und ... na ja ...« Er zuckte etwas ratlos mit den Schultern. »War wohl nicht das, was sie erwartet hatten.«

»Wie meinen Sie das?«

»Nun, im Naturhistorischen Museum erwartet jeder neue Pflanzenarten, seltene Tiere oder wenigstens spektakuläre Landschaften in Skizzen oder alten Fotografien. Nichts davon gibt es im Bericht des Grafen. Obwohl...«

Reiter sah ihn interessiert an. »Obwohl was?«

»Ein Wissenschaftler behauptete einmal, es habe ein Beiblatt gegeben, eine kolorierte Zeichnung, die eingelegt worden war. Aber die habe ich nie gesehen. Hat wohl niemand gesehen, nein, niemand...« Landorff schaute wie gebannt aus dem Fenster.

»Wissen Sie noch, wer dieser Wissenschaftler war?«

»Der war ein paarmal zu Besuch, hat immer sehr freundlich gegrüßt«, erinnerte sich Landorff. »Ich glaube, er hieß Steinberg, ein Historiker, kam von der Universität Wien und hat mir einmal erzählt, sein Spezialgebiet sei die Kolonialpolitik der Engländer und Franzosen in Asien.«

»Das würde erklären, warum er sich für den Bericht Calices interessierte«, warf Reiter ein.

»Ach, der hat die halbe Bibliothek durchsucht, nach ähnlichen Berichten. Hat aber nichts gefunden. Keine sensationellen Funde, wie er sich vielleicht erhofft hat.«

»War er manchmal allein in der Bibliothek?«, erkundigte sich Reiter vorsichtig.

»Schon möglich.« Landorffs Blick wurde misstrauisch. »Wollen Sie damit sagen...?«

»Ich versuche eine Erklärung dafür zu finden, dass der Reisebericht Calices plötzlich verschwunden war, während die Registerkarte zurückblieb und in einem anderen Buch landete.«

Der alte Mann schwieg und betrachtete seine Hände. »Wir waren bei Wissenschaftlern nicht so genau...«, meinte er schließlich leise. »Wir hatten auch nicht immer ausreichend Personal zur Verfügung.«

Reiter stand auf und ging an dem alten Mann vorbei ans Fenster und sah hinaus. Dunkle Nadelbäume im Garten gegenüber verdeckten das halbe Haus, eine gutbürgerliche Villa im Stil der Zwanzigerjahre. In der Einfahrt stand der Lieferwagen einer Installationsfirma, zwei Monteure luden Heizkörper aus und scherzten laut dabei. Dann nahm Reiter etwas aus den Augenwinkeln wahr, eine Bewegung hinter einer Windschutzscheibe eines geparkten Wagens. Er sah zu dem kleinen Ford Fiesta hinunter, konnte aber nichts Besonderes feststellen.

Doch keine Bewegung...

Oder war es im Auto dahinter gewesen?

Reiter zuckte die Schultern und drehte sich zu dem Hausherrn um. Der fixierte wieder das Gemälde mit den hohen Wellen und schien die Anwesenheit seines Besuchers völlig vergessen zu haben.

Steinberg, Uni Wien, immerhin etwas, dachte Reiter. Doch dann erinnerte er sich an etwas, das ihm sein Freund Peter Kormann gesagt hatte.

»Was ist der Zerberus-Schlüssel?«

Landorff schien ihn nicht gehört zu haben, war erneut in seine eigene Welt abgetaucht und starrte auf die Wand. Reiter seufzte. Vor dem Fenster spielten Kinder in der Grünanlage und liefen kichernd einem kleinen Hund nach.

Vielleicht brachte der Besuch auf der Universität mehr Klarheit, dachte Reiter, konnte dieser Steinberg ihm mehr dazu erzählen. Mit etwas Glück hatte er sogar das Manuskript, das der Mossad so dringend in die Finger bekommen wollte.

Er stieß sich vom Fensterbrett ab und ging leise an Landorffs Lehnsessel vorbei.

»Der Zerberus-Schlüssel...«

Der alte Mann hatte nur geflüstert, doch die Zischlaute wanden sich durch den Raum wie Schlangen und stoppten Reiter auf seinem Weg zur Wohnungstür. Er drehte sich um und ging langsam zu dem hohen Lehnstuhl zurück.

»Was hat es mit dem Schlüssel auf sich?«

»Er ist keine Legende, nein, ist er nicht.« Der starre Blick Landorffs hing noch immer an dem seltsamen Gemälde, als wolle er es hypnotisieren. »Der Tod und der Hund, sie halten Wache... und keiner traut sich an ihnen vorbei. Seit Tausenden von Jahren.«

Reiter schüttelte den Kopf. Wovon redete der alte Mann?

»Wer traut sich wo nicht vorbei?«, wollte Reiter wissen.

»Kein Mensch hat es bisher gewagt...«, flüsterte Landorff ergriffen. »Ohne den Schlüssel... es wäre der Beginn der Apokalypse.«

Er fixierte noch immer das Bild und begann zu zittern.

Der hat nicht mehr alle Tassen im Schrank, dachte Reiter kopfschüttelnd. Einsetzender Alzheimer.

»Gestohlen... schon vor langer Zeit gestohlen...«

Reiter rüttelte den alten Mann an der Schulter. »Was wurde gestohlen?«, fuhr er ihn an.

Landorff schien aufzuwachen und blickte seinen Besucher verwirrt an.

»Der Reisebericht...«, murmelte er dann und wollte sich hochrappeln. »Das Büchlein von Graf Calice. Es wurde einfach gestohlen, mitgenommen aus der Bibliothek des Museums. Aber ich kann nichts dafür! Glauben Sie mir! Ich kann nichts dafür...«

»Ich glaube Ihnen ja«, beruhigte ihn Reiter und drückte ihn zurück in den Sessel. »Es ist alles gut. Danke für Ihre Zeit, bleiben Sie bitte sitzen, ich finde den Weg hinaus.«

SENATSVERWALTUNG FÜR INNERES, BERLIN-MITTE/
DEUTSCHLAND

Kriminaloberrat Frank Lindner blickte Thomas Calis vorwurfsvoll entgegen, tippte auf seine Armbanduhr und runzelte die Stirn, als er einen breitschultrigen, grauhaarigen Mann neben Calis in den Konferenzraum kommen sah. Im Hintergrund unterhielt sich der Innensenator mit einem verhutzelten Männchen, der aussah wie zu heiß gewaschen und dabei noch gealtert. Er hatte zwei Kameras umhängen und hielt ein Notebook unter den Arm geklemmt.

»Willst du mich in die Geschlossene bringen, Thomas? Weißt du, wie spät es ist?«

»Noch nicht zu spät, Frank, und wenn es um die Geschlossene geht, halte mir einen Platz in deinem Zimmer frei.« Calis sah sich um. »Wie es aussieht, habe ich noch nichts versäumt.«

»Hast du Verstärkung mitgebracht?«, erkundigte sich Frank leise und sichtlich nervös, während er Llewellyn zunickte. »Wer ist das?«

»Major Llewellyn Thomas vom britischen Geheimdienst.« Calis lächelte. »Ohne ihn wäre ich nicht da, sondern wahrscheinlich im Krankenhaus oder tot, du könntest deine Pressekonferenz jetzt alleine abhalten und dir gleich danach einen Nachruf einfallen lassen.«

Pressevertreter aller Berliner Medien drängten sich lautstark um die letzten Sitzplätze.

Frank war gestresst und verwirrt und warf immer wieder unruhig Seitenblicke auf den Innensenator, der verbindlich auf den schreibenden Fotografen niederlächelte. »Kannst du bitte einmal nicht in Rätseln reden? Hier drängt die Zeit, die Presse nervt, und bei solchen Anlässen hasse ich kryptische Andeutungen.«

Also schilderte Calis in kurzen Worten die Ereignisse in Gustavs Garten. Frank hörte aufmerksam zu und streckte schließlich Llewellyn seine Hand entgegen. »Danke für die Hilfe, Major, ich würde mich freuen, Sie nachher zum Abendessen einladen zu dürfen, wenn Sie Zeit haben.«

»Dann wirst du es mit allen von uns aufnehmen müssen, weil Martina, John und ich ebenfalls dazukommen.« Calis grinste. »Und freu dich nicht zu früh, Major Llewellyn ist wegen eines Auftrags in Berlin und braucht unsere Hilfe. Und die des Innensenators.«

»Lass uns nach der Pressekonferenz drüber sprechen«, schlug Frank vor und organisierte noch rasch einen Stuhl für Llewellyn in der ersten Reihe. »Jetzt kommt unser Auftritt, und bitte, Thomas, versau ihn nicht. Sonst können wir uns beide einen neuen Job suchen. Und bestimmt keinen glamourösen.«

Eine knappe Stunde später war alles vorbei. Die Pressevertreter hatten ihre Meldung, die Fotografen ihre Bilder, und die Reporterin des RBB zerrte den Innensenator zuletzt auch noch vor die Fernsehkamera, nachdem Calis sich mit Händen und Füßen geweigert hatte.

Die Abwägung zwischen Wissbegierde der Öffentlichkeit und Mitteilungsbedarf der Exekutive hatte mehr oder weniger klaglos funktioniert. Nein, es gab kein Phantombild, ja, man habe Anhaltspunkte, dass alle Opfer etwas gemein haben mussten, nein, man habe noch keinen konkreten Verdacht, und ja, man gehe allen Spuren an den Tatorten nach, aber die seien auch noch zum Großteil in der Auswertung. Der Rest war Blabla, Auskünfte zur Sonderkommission von ihrem Leiter Kriminalkommissar Thomas Calis, diesmal ohne rosa Schirm und Gartenlaubenmontur, was vom Innensenator wohlwollend zur Kenntnis genommen wurde.

Nachdem Llewellyn zufälligerweise neben dem britischen Korrespondenten des *Sunday Telegraph* in Berlin gesessen hatte, war er mehr oder weniger simultan von ihm auf dem Laufenden gehalten worden.

»Der Fall wird auch meine Leser in Großbritannien interessieren, drei alte Männer in einer Nacht mit einer Garotte über den Jordan zu schicken zieht immer«, erklärte der Journalist zufrieden. Als er sah, dass Llewellyn nachdenklich Calis und Lindner betrachtete, die einer blonden, hochgewachsenen Journalistin noch einige Fragen beantworteten, meinte er: »Frank Lindner und Thomas Calis sind grundsolide Polizisten, Calis vielleicht ein wenig mit dem Hang zur Selbstdarstellung. Aber haben wir den nicht alle heutzutage? Was ist Ihr Job eigentlich? Schreiber oder Fernsehen?«

»Ich bin eher so etwas wie ein internationaler Problemlöser«, antwortete Llewellyn unverbindlich, nickte dem Korrespondenten zu, stand auf und schlenderte zu Lindner und Calis hinüber. Die blonde Journalistin rauschte in einer Parfümwolke von Armani an ihm vorüber, der Saal begann sich zu leeren.

»Ich denke, wir sollten uns zusammensetzen«, begann Llewellyn. »Ihr habt drei Morde in einer Nacht, und alle drei Männer hatten einiges gemeinsam. Wie drückte es Thomas so schön aus? Es sieht ganz so aus, als habe jemand eine Liste von Namen abgearbeitet.«

Frank räumte seine Unterlagen vom Tisch und klemmte sich den Stapel unter den Arm. »Mir wäre schon viel wohler, wenn ich wüsste, wie viele Namen überhaupt auf der Liste stehen. Und, ehrlich gesagt, graut mir davor, morgen die nächsten Leichen zu finden, die ein Waffenlager unter der Badewanne haben und Hauff zu ihrem Lieblingsautor erklärt haben.«

»Ich suche ebenfalls eine Liste mit sechs Namen, allerdings eine vom Ende der Achtzigerjahre. Parker ist sicher bereits tot«, gab Llewellyn zu bedenken. »Wahrscheinlich sind es die anderen ebenfalls. Parker war noch viel älter als die Männer, die ihr jetzt gefunden habt.«

»Worauf willst du hinaus?« Calis nahm den letzten Schluck Mineralwasser aus dem Glas neben dem Mikrofon.

»Mir ist etwas aufgefallen, als ich euch in der Pressekonferenz zugehört habe«, begann Llewellyn. »Alle drei Männer scheinen keine Vergangenheit zu haben. Keine Papiere, keine Pensionsberechtigung, keinen Freundeskreis, keine frühere Identität. Sie waren in unterschiedlichen Berufen tätig, das behaupten ihre Bekannten oder Freundinnen zumindest. Keiner ist verheiratet, es gibt keine bekannten Kinder, keinen Freundeskreis. Wenn ich an alle diese Fakten unvoreingenommen herangehe, dann steht ein einziges Wort groß vor mir: Geheimdienst.«

»Dann wollen wir das ganz rasch für uns behalten, weil der Innensenator sonst sofort die Reißleine zieht, und wir sind den Fall los!«, zischte Frank.

»Das sehe ich ganz anders.« Calis schüttelte den Kopf. »Sonderkommission aufgelöst, und ich habe mehr Zeit für meine erhängte Mumie, für Martina und den Urlaub. Also? Soll ich?« Calis machte Anstalten, in Richtung Innensenator, Scheinwerfer und Kamera zu starten.

»Vergiss es«, hielt ihn Frank zurück. »Ich will, dass wir den

Arsch selbst kriegen. Geheimdienst? Keine schlechte Idee. Das würde einiges erklären.«

»Meine Todesliste wurde vor drei Tagen entdeckt«, überlegte Llewellyn weiter, »zumindest behauptet das Peter Compton. Zusammengesetzt aus Schnipseln geschredderter Stasi-Dokumente. Compton erfuhr davon, weil sein früherer Schützling Charles Parker darauf stand und ein Informant hier in Berlin sofort reagierte. Was, wenn noch eine Liste gefunden worden wäre?«

Calis pfiff leise durch die Zähne. »Du meinst, eine Liste, die jetzt abgearbeitet wird? Mitten in Berlin? Das Alter der Opfer würde passen...«

»Wir sollten schnellstens mit der Stasi-Unterlagen-Behörde sprechen«, entschied Frank Lindner. »Die müssen doch einen Überblick haben über die zuletzt rekonstruierten Seiten.«

»Moment mal«, hakte Calis grübelnd nach, »wir übersehen hier etwas. Wenn es um eine Liste von Leuten geht, die dem DDR-Regime im Weg standen und liquidiert werden sollten, wie dieser Parker, warum haben die dann keine Vergangenheit und alle dasselbe Buch im Schrank? Das ergibt keinen Sinn.«

»Ganz einfach, weil es eine Liste der anderen Seite ist.« Llewellyn lehnte sich an den Tisch mit den Mikrofonen. Der Saal hatte sich inzwischen geleert, und der Innensenator gesellte sich zu den drei Männern.

»Was bitte soll das heißen?«, erkundigte sich Frank erstaunt.

»Die Jäger werden gejagt.« Llewellyn lächelte. »Nehmen wir eine Gruppe von Agenten an, die von den Ostdeutschen in den Siebziger- und Achtzigerjahren nach Westdeutschland eingeschleust worden waren, um Aufträge zu erledigen. Um Listen abzuarbeiten wie die, auf der Parker stand.«

»Du meinst ein Mördertrupp, geschickt von der Stasi und dem MfS in den feindlichen Westen?« Calis lehnte sich neben Llewellyn. »Eine Gruppe von Agenten mit dem Auftrag zu töten, wenn notwendig. Alle jene, die den Herren in Ostberlin nicht genehm waren. Das würde die fehlende Vergangenheit von Gärtner und Co. erklären ... sowie die Waffen und das Bargeld. Aber die Wende ist lange vorbei. Was sollten die noch hier machen?«

»Auf etwas warten ... oder noch immer an ihrem Auftrag festhalten.« Llewellyn sah den Innensenator an, der aufmerksam zugehört hatte, ohne zu unterbrechen. »Die viel wichtigere Frage, die man sich stellen sollte, lautet: Wer räumt jetzt auf, nach fünfundzwanzig Jahren, und warum?«

»Warum jetzt und nicht unmittelbar nach der Wende?« Frank sah ganz und gar nicht erfreut aus. »Diese Geschichte bekommt eine ziemlich brisante politische Dimension. Wir haben einen Mörder, der seinerseits die Mörder des Honecker-Regimes jagt.«

»Warum sollte er das tun?«, warf der Innensenator ein. »Wenn er alles beim Alten gelassen hätte, dann hätte er keine schlafenden Hunde geweckt. Die DDR-Agenten wären unentdeckt geblieben, bis an ihr Lebensende vermutlich. Das ergibt so keinen Sinn. Da muss noch etwas anderes dahinterstecken, und Sie müssen tiefer graben, um diese Mordserie so bald wie möglich aufzuklären. Bei dieser Gelegenheit unterstützten Sie dann auch Major Thomas bei der Unterlagenbehörde bei seiner Suche nach den Personen auf *seiner* Liste. Wer weiß? Vielleicht hängen die beiden Listen ja irgendwie zusammen, wenn es denn eine zweite Liste gibt. Wir werden diesen Fall nicht abgeben, unter keinen Umständen. Das bleibt in unseren Händen, und ich will nicht, dass der BND herumschnüffelnd unsere Kreise stört. Ich erwarte jedenfalls Ihren baldigen

Anruf, Kriminaloberrat Lindner. Und Kommissar Calis? Keine Extratouren, wenn ich bitten darf. Die Medien werden Ihre Sonderkommission ganz genau beobachten. Also versuchen Sie keine Thomas-Calis-Samstag-Abend-Show-wetten-dass-ich-noch-besser-Bin daraus zu machen. In diesem Sinn – einen schönen Abend noch, meine Herren!«

*

Der Abend war in der Tat schön.

Calis, Martina Trapp, Llewellyn Thomas, John Finch, Alex Beaulieu und Frank Lindner aßen gemeinsam in einem kleinen griechischen Lokal in Charlottenburg zu Abend, tranken einen Digestiv bei einem gemütlichen Italiener, machten einen Abstecher in eines der kleinen Cafés in den Nebenstraßen und zogen noch mal weiter durch die laue Nacht bis zum Ku'damm. Es war spät geworden, nur mehr wenige Flaneure schlenderten über die alte, breite Prachtstraße.

»Das sollten wir öfter machen«, stellte Frank fest und streckte sich genussvoll. »Daran könnte ich mich gewöhnen.«

»Blöd nur, dass wir alle meist über die ganze Welt verstreut sind.« John lachte. »Llewellyn und ich sehen uns zwei oder drei Mal im Jahr.«

»Ich arbeite in Frankfurt, und Thomas buddelt in seiner Freizeit Löcher in seine Gartenlaube, wenn er mich nicht an seinen freien Tagen besucht«, ergänzte Martina. »Du, Frank, du bist mit deinem Beruf verheiratet und sparst jeden nur erdenklichen Tag für deinen großen Urlaub im Jahr.« Sie zwinkerte Llewellyn zu. »Dann übergibt er an Thomas und verschwindet...«

»...mit schlechtem Gewissen«, ergänzte Frank grinsend, »weil wir ja alle wissen, was passiert, wenn man Thomas zu lange allein lässt. Die One-Man-Show lässt Roncalli alt aussehen.«

»Du bist ja nur neidisch!«, protestierte Calis und wollte noch etwas hinzusetzen, doch in diesem Augenblick klingelte sein Telefon, und er hob die Hand. »Moment, wartet ein wenig.«

Die Gruppe blieb stehen. Calis warf einen Blick auf das Display. »Unbekannt meldet sich nach Mitternacht bei mir? Seltsam. – Calis?«

»Wie schön, wie schön, der Herr Kommissar persönlich«, wisperte jemand mit heiserer Stimme, und Calis bekam eine Gänsehaut. »Sie wissen wahrscheinlich, wer ich bin. Sie wissen aber nicht, warum ich Sie anrufe.«

»Wer sind Sie?«, versuchte es Calis trotzdem.

Ein leises Lachen. »Haben Sie schon Hauff gelesen?«

»*Lichtenstein* ... ich blättere ab und zu darin«, murmelte der Kommissar. »Was soll das?«

»Tja, das ist die große Frage, nicht wahr?«, antwortete die Stimme. Im Hintergrund rauschte es. »Ich könnte es Ihnen sagen, aber Sie würden es nicht verstehen. Nein, ganz bestimmt nicht.«

Martina zog Calis in einen breiten Hauseingang, seine Begleiter scharten sich um ihn. Der Kommissar stellte sein Smartphone auf Lautsprecher um, damit alle mithören konnten.

»Alle Ermittlungen werden im Sand verlaufen, alle Wege führen ins Nichts. Die Schläfer haben ausgeträumt.« Der Anrufer lachte wieder. »Die Träume wurden zu gefährlich.«

»Geht das auch etwas deutlicher?«, erkundigte sich Calis. Frank runzelte die Stirn, und Martina übersetzte flüsternd für John, Llewellyn und Alex.

»Wozu? Alles hat einen Anfang, alles hat ein Ende. Am

Schluss bleibt nur ein Einziger übrig, der ›Cleaner‹. Sie kennen den Job?«

»Klären Sie mich auf.«

»Ach kommen Sie, Herr Kommissar, ich bin unterwegs, das Telefon ist nicht registriert und die Nummer auf jemanden ganz anderen angemeldet. Mich hinzuhalten bringt also nichts.«

»Ich halte Sie nicht hin, ich kenne den Job nicht«, antwortete Calis.

»Dann fragen Sie doch Major Llewellyn«, wisperte der Anrufer. »Er war es doch, der in der ersten Reihe der Medienvertreter bei Ihrer Pressekonferenz saß? Ist er auch in der Sonderkommission? Brauchen Sie jetzt schon Hilfe aus Großbritannien bei Berliner Morden?«

Calis schwieg verblüfft.

»Drei Männer gestern Nacht, einer heute, und ich bin auf dem Weg zu den letzten beiden. Lehnen Sie sich zurück, Herr Kommissar. Niemand ist in Gefahr, kein anderer wird zu Schaden kommen. Nennen Sie es einen chirurgischen Akt. Den letzten Akt. Ja, so könnte man sagen, den letzten Akt. Dann fällt der Vorhang. Tut mir leid, wenn es etwas pathetisch klingt.«

»Sie haben heute Nacht einen weiteren Agenten ermordet?«, konnte sich Calis nicht verkneifen.

Die Leitung blieb still, nur das Rauschen war noch da. Schließlich wisperte der Anrufer wieder. »Kompliment, nicht schlecht. Ja, einen weiteren Agenten. Irgendwann werden Sie ihn finden. Irgendwo in Berlin. Es macht jetzt keinen Unterschied mehr.«

Llewellyn hatte im Halbdunkel etwas auf ein Blatt Papier gekritzelt und reichte es Calis. Der las, runzelte die Stirn und stellte dann die Frage: »Sagt Ihnen der Name Charles Parker etwas?«

Stille. Wieder nur das Rauschen im Hintergrund.

»Das ist alles lange her.«

»Also – ja«, schloss Calis.

»Parker ist lange tot, starb in irgendeinem verlausten Bett zwischen DaNang und Vientiane, ein einsamer, gebrochener, fanatischer alter Mann. Vergessen Sie ihn.«

»Verschonen Sie die beiden letzten Agenten, drehen Sie um, und kommen Sie zurück«, forderte Calis den Unbekannten auf. »Wozu das alles? Eine einsame Abrechnung nach fünfundzwanzig Jahren?«

»Ich habe Ihnen ja gesagt, Sie werden es nicht verstehen. Und – wer sagt Ihnen, dass ich nicht zurückfahre?«, wisperte die Stimme. »Zurück wohin? Es gibt kein Zurück mehr. Warum, glauben Sie, rufe ich Sie an?«

»Sagen Sie es mir...«

»Niemand wird Ihnen etwas erzählen können, Sie werden keinen Menschen mehr fragen können. Na ja, fast niemanden ... aber das ist eine andere Geschichte. Also bleibt nur noch, Ihnen einen Hinweis zu geben, den einzigen. Dann lege ich auf. Man sollte ja auch nicht während des Fahrens telefonieren. Viel zu gefährlich...« Er lachte leise. »Zwei-sechs-neun.«

»Wie bitte?«, fragte Calis verwundert.

»Zwo-sechs-neun«, wiederholte die heisere Stimme. »Mehr gibt es nicht. Sie haben so viele gescheite Menschen um sich herum, das sollte doch kein Problem für Sie sein. Und jetzt wird es Zeit für mich, im Dunkel der Nacht zu verschwinden. Suchen Sie nicht nach mir, Sie werden mich nicht finden. Sie haben mich dreißig Jahre lang nicht gefunden, also hoffen Sie jetzt nicht auf ein Wunder.«

»Wer sind Sie?«, versuchte es Calis noch einmal.

»Der Cleaner«, lautete die geflüsterte Antwort. »Das Ende

einer langen Geschichte. Leben Sie wohl, Kommissar Calis. Sie können die Sonderkommission auflösen.«

Damit beendete der Unbekannte das Gespräch.

»Was zum Teufel ist ein Cleaner?«, fragte Frank in die Runde.

»Alle Geheimdienste haben eine Abteilung, die überall auf der Welt die Drecksarbeit erledigt«, antwortete Llewellyn prompt. »Sie räumen auf, sie hinterlassen keine Spuren, sie nehmen die Toten mit, oder sie töten alle im Raum, wenn es notwendig ist. Man nennt sie die Cleaner. Männer, denen nichts entgeht, die nichts übersehen, keine Schwäche haben, unbestechlich sind, sich überall zurechtfinden. Sie arbeiten leise, unbemerkt, aber tödlich effizient. Wenn der Cleaner einen Raum verlässt, dann lebt darin keiner mehr. Nicht einmal die Fliege an der Wand.«

»Hat man Cleaner jemals enttarnt?«, wollte Trapp wissen.

Llewellyn schüttelte den Kopf. »Der Mossad hat Einsatzgruppen, die Metsada heißen. Die haben 2010 in Dubai zugeschlagen. Die Killer von Metsada kamen getarnt als Touristen, unauffällig, fast unbemerkt, in ein Fünf-Sterne-Hotel. Sie töteten mit kühler Professionalität den hochrangigen Hamas-Extremisten Mahmud al-Mabhuh. Die Polizei in Dubai brauchte ein paar Wochen, um die Überwachungskameras auszuwerten und die einzelnen Filmsequenzen zu einem Puzzle zusammenzusetzen. Seltsam, nicht? Allerdings haben sie nie bemerkt, dass die Cleaner alle Spuren in Zimmer und Flur nach der Kommandoaktion beseitigt hatten. Sie waren nicht auf den Aufzeichnungen zu sehen. Geister, Schatten, vielleicht ganz normale Hotelangestellte, die zwei Monate später wieder kündigten? Cleaner haben viele Gesichter.«

»Wir haben also noch einen toten Agenten in Berlin, hingerichtet mit einer Garotte, mit einem Waffenarsenal in der Wohnung, jeder Menge Bargeld und einer Ausgabe von *Lichtenstein* von Wilhelm Hauff im Bücherregal«, fasste Frank zusammen. »Dazu haben wir einen Serienkiller auf dem Weg zu zwei weiteren Agenten irgendwo in Deutschland. Er bezeichnet sich selbst als Cleaner und gibt uns einen Hinweis, den keiner versteht. Zwei-sechs-neun. Der Innensenator wird einen Anfall bekommen. Bereits der vierte Tote in Berlin innerhalb von achtundvierzig Stunden, und zwei weitere hat er noch angekündigt.«

»Drei.« Das kam von John, und alle sahen ihn überrascht an. »Llewellyn hat es doch so gut beschrieben. Cleaner hinterlassen keine Spuren. Also wird sich dieser hier am Ende selbst verschwinden lassen, nachdem seine Arbeit getan ist. Er sagte es doch – es gibt kein Zurück mehr. Er wird sicher nicht mehr nach Berlin zurückkommen.«

»Du meinst, er wird die beiden Agenten umbringen und am Ende sich selbst?« Thomas Calis steckte nachdenklich sein Mobiltelefon ein.

»Wenn er ein Profi ist, dann wird es wohl so laufen«, bekräftigte Llewellyn.

»Aber er könnte einfach untertauchen«, warf Martina Trapp ein.

»Wir denken nicht so wie er«, gab Calis zu bedenken. »Wie hat er so richtig gesagt? ›Sie werden es nicht verstehen...‹ John hat Recht. Er wird sich absetzen, irgendwohin, wo man ihn nicht kennt. Und dann wird er verschwinden. Man wird nichts mehr von ihm finden. Alle Spuren verwischt, alle Rechnungen beglichen, alle Aufträge erledigt. Zeit für den Abgang.«

»Das ist gruselig«, schüttelte Trapp den Kopf. »Was bleibt, ist die Zahl zwei-sechs-neun.«

»Aber dieses Rätsel werden wir nicht in einem Berliner Hauseingang lösen«, stellte Llewellyn fest. »Es ist spät, und wir haben morgen früh einen Termin in der Unterlagenbehörde.«

»Hotel?«, regte John an.

»Hotel!« Alex nickte und gähnte. »Wir haben uns bereits eine Nacht auf der Straße um die Ohren geschlagen. Zeit für ein Bett.«

Als Thomas Calis und Martina Trapp zu Fuß nach Hause in Calis' Wohnung am Kaiserdamm schlenderten, wehte ein warmer Wind von Spandau her.

»Das erinnert mich an den alten Berliner Spruch: ›Spandauer Wind, Potsdamer Kind, Charlottenburger Pferd – sind alle drei nichts wert‹«, meinte Calis.

»Was bedeutet das?«, wollte Martina wissen.

»In Charlottenburg befand sich die Pferderennbahn, und meist waren die Tipps falsch, die unter der Hand gehandelt wurden«, erinnerte sich Calis. »Der Spandauer Wind kam vom Westen, das Wetter änderte sich und wurde meist schlechter. Nur bei Ostwind blieb es schön, im Winter allerdings auch kalt. Und was das Potsdamer Kind betrifft, da habe ich keine Ahnung. Vielleicht waren die Berliner auf die Potsdamer Mädchen nicht gut zu sprechen...«

»Weshalb du dir eine Frankfurterin ausgesucht hast«, neckte Martina ihn, und Calis nahm sie in den Arm und küsste sie.

»Unseren Mörder werden wir wahrscheinlich niemals fassen«, meinte er schließlich und zog Martina weiter. »Aber wir können herausfinden, weshalb er bisher vier Menschen umgebracht hat und warum ausgerechnet diese«, gab Calis zu bedenken. »Wenn John und Llewellyn Recht haben, dann brauchen wir nicht mehr weiter nach ihm zu suchen. Aber irgendwo in Deutschland werden zwei weitere Männer heute

Nacht noch sterben, und wir können nichts dagegen tun. Und das ärgert mich am meisten.«

Schweigend gingen beide nebeneinanderher. Thomas Calis hatte die Hände tief in die Taschen seiner Jeans vergraben, Martina Trapp hatte sich bei ihm eingehängt.

»Was könnte es mit diesem geheimnisvolle Hinweis auf sich haben?«, überlegte sie halblaut. »Dieser Zahl zwei-sechs-neun oder zweihundertneunundsechzig...«

»Wer sagt dir, dass es überhaupt ein brauchbarer Hinweis ist?«, entgegnete Calis. »Vielleicht wollte er uns nur an der Nase herumführen oder in eine Sackgasse schicken.«

»Dazu hat er keinen Grund.« Trapp schüttelte den Kopf. »Er wird verschwinden, sein Geheimnis mit ins Grab nehmen, und niemand könnte dann jemals mehr dahinterkommen. Außer dem einen, von dem er gesprochen hat, aber das sei eine andere Geschichte, so meinte er. Also bleibt nur eines – zwei-sechs-neun.«

Calis zuckte die Schultern. »Wie hat er außerdem gesagt? Das sollte ja kein Problem für mich sein, weil ich doch so viele gescheite Menschen um mich herum hätte?« Der Kommissar prustete. »Frank kann er damit nicht gemeint haben.«

Das trug Calis einen strafenden Blick von Martina ein. »Du bist gemein, Frank ist gar nicht so übel, wenn ich an meinen Chef in Frankfurt denke. Aber überlegen wir logisch. Also ist es ein Hinweis, der mit Intelligenz und Bildung gedeutet werden kann, nein, gedeutet werden muss. Zwei-sechs-neun. Ein Datum? Eher nicht, das sind zu wenig Zahlen dafür. Der 26. September? Welches Jahr? Wie man es auch dreht, es fehlt immer etwas. Teil einer Telefonnummer? Das wäre Nonsens, die sind in der Regel viel länger. Und eine dreistellige Notrufnummer zwei-sechs-neun kenne ich nicht.«

»Ich auch nicht«, bekräftigte Calis. »Zumindest nicht im europäischen Raum.«

»Wer oder was hat sonst noch dreistellige Nummern? Autokennzeichen haben mehr Zahlen, außerdem Buchstabenkombinationen noch dazu«, grübelte Trapp. »Kann es also nicht sein. Eine Hausnummer? Dazu fehlt die passende Straße, und es gäbe tausende Möglichkeiten. Kann es also auch nicht sein. Das lässt nicht viele Optionen offen, wenn es wirklich ein ernst gemeinter Hinweis war.«

»Ich bin jetzt nur mehr verwirrt«, gab Calis zu. Er steuerte mit Martina seine Haustür an und suchte nach dem Schlüssel. Der Verkehr am Kaiserdamm hatte nachgelassen, nur noch vereinzelt rollten Taxis oder Privatwagen die breite Prachtstraße entlang.

»Er muss uns einen Hinweis gegeben haben auf etwas, das wir kennen, das wir mit den Fällen in Zusammenhang bringen können.« Er hielt Trapp die Tür auf. »Denn eines steht fest: Es muss um die drei Agenten gehen, die er mit der Garotte hingerichtet hat.«

»Der einzige gemeinsame Nenner zwischen all den Morden sind das Bargeld, die Waffen und das Buch«, zählte Trapp auf. »Diese Dinge hatten alle drei in ihrer Wohnung oder in ihrem Haus.«

»Das Buch!« Calis blieb auf der Treppe stehen und sah Trapp überrascht an. »Zweihundertneunundsechzig könnte eine Buchseite sein!«

»Gute Idee! Ich habe das Exemplar Gärtners in meiner Tasche mitgebracht.« Martina lächelte. »Hab mir gedacht, ein bisschen Bildung schadet nie. Man könnte ja einmal reinlesen. Der alte Hauff wird jetzt nicht der Bringer sein, was Spannung und Witz betrifft, aber vielleicht ist die Seite zweihundertneunundsechzig die Lektüre wert.«

Wenig später saßen Calis und Trapp auf dem Sofa und blätterten in dem roten Bändchen.

»Dreihundertvierundsiebzig Seiten Umfang, das passt«, stellte Calis fest und schlug dann die Seite 269 auf. Beide lasen die zehn Absätze, die eine Unterhaltung eines Herzogs zu Pferd mit den Männern seiner angetretenen Truppe schilderten.

»Hmm ... ja und?«, meinte Calis ratlos, nachdem er den Text überflogen hatte. »Was macht diese Seite so besonders?«

Martina Trapp antwortete nicht. Sie betrachtete konzentriert den Text, der in Fraktur gedruckt worden war. Nichts Besonderes ... außer ...

»Fällt dir nichts auf?«, meinte sie leise. »Zwei Wörter sind hier nicht in Fraktur gedruckt, sondern in lateinischer Schrift.« Sie blätterte rasch das kleine Buch durch. »Und es sind die einzigen auf allen dreihundertvierundsiebzig Seiten, soweit ich sehen kann. Bingo!«

»Lass sehen!« Calis warf einen Blick auf den Beginn des sechsten Absatzes der Seite 269. »*Bassa manelk* ... was bitte soll *das* heißen?«

»Keine Ahnung, noch nie gehört«, stellte Trapp entschieden fest. »Ich habe nicht mal den leisesten Schimmer, welche Sprache das überhaupt sein soll.«

»Dann lass uns in Bett gehen.« Calis gähnte und schaute auf die Uhr. »Morgen ist auch noch ein Tag. Wir können die Welt nicht sofort retten, und an unseren Mörder kommen wir sowieso nicht ran. Der ist sicher bereits über alle Berge ...«

Das war der Moment, als das Handy des Kommissars klingelte.

»Oh nein«, flüsterte Calis und verdrehte nach einem Blick auf sein Display die Augen. Dann nahm er das Gespräch an.

»Ja, ich bin's ... und nein, sag nichts.«

»Ach, wie du willst, dann leg ich einfach wieder auf«, meinte der Leiter der Spurensicherung. »Frank hat zwar gesagt, ich soll dich gleich alarmieren ...«

»Männliche Leiche, über sechzig, alleinstehend, mit Garotte erwürgt«, unterbrach ihn Calis. »Schau unter die Badewanne, da wirst du wahrscheinlich ein Waffenlager finden und jede Menge Bargeld. Wirf einen Blick in sein Bücherregal, da steht *Lichtenstein* von Wilhelm Hauff in der Ausgabe von 1868. Und sein Mörder hat sich bei uns telefonisch abgemeldet, er ist unterwegs ins Jenseits, weil er seinen Auftrag erledigt hat. Frank war live dabei.«

»Es gibt Tage, da beeindruckst du mich echt«, grummelte Bergner. »Hast du die telepathische Tatortbegehung erfunden? Was machen wir hier eigentlich noch? Hanussen Calis sieht alles aus der Ferne.«

»Schau genau nach, ob er nicht doch einen Fehler gemacht und irgendwo Spuren hinterlassen hat«, antwortete Calis. »Ich kann es mir zwar nicht vorstellen, aber selbst jeder Profi wird einmal nachlässig. Parole Feinkamm, Winnetou, mein tapferer Bruder.«

»Du mich auch, meine weiße Nervensäge. Weißt du eigentlich, wie spät es ist?« Bergner gähnte. »Hat das nicht Zeit bis morgen?«

»Klar, macht Schluss, schick mir eine SMS mit der Adresse, und wir sehen uns morgen früh an Ort und Stelle. Der Doc soll mich nur wissen lassen, wann der ungefähre Todeszeitpunkt war, aber ich schätze zwischen acht und zehn gestern Abend.«

»Lass dich als Hellseher registrieren, Thomas. Unser guter Sternberg hat genau das Gleiche gesagt, bevor er wieder verschwunden ist. Warst du dabei?« Calis konnte vor seinem geis-

tigen Auge sehen, wie Bergner ungläubig den Kopf schüttelte.
»Egal, nachdem du sowieso schon alles weißt, lass ich hier abrücken. Wir sehen uns morgen früh. Gute Nacht.«

»Wenn alles gut geht, dann können wir die Sonderkommission in zwei Tagen auflösen und über unseren Urlaub nachdenken. Die Mumie kann warten. Muss nur Frank davon überzeugen. Gute Nacht, Adlerauge.«

Als Thomas einige Minuten später unter die Decke schlüpfte, war Martina schon eingeschlafen. Er löschte das Licht und schloss ebenfalls die Augen.

Die Mumie ...

Die hatte er über all den erwürgten alten Männern mit ihren Waffenlagern und ihrem verschrobenen Sinn für Literatur aus dem 19. Jahrhundert völlig vergessen.

Seltsame Geschichte ... hing so lange unentdeckt, mitten in Berlin.

Wie hatte Sternberg damals in der Quedlinburger Straße gesagt? Möglicherweise ein Asiate? Warum klingelte da etwas, ganz weit entfernt in seinem Hinterkopf?

Zu müde, er war einfach zu müde.

Calis spürte, wie er wegkippte, hinein in jenen schwerelosen Zustand, der nahtlos im Schlaf mündete.

Im ersten Traum, in den er hineinfiel, wimmelte es vor grinsenden, asiatischen Mumien, die versuchten, einander mit einer Garotte zu erwürgen, obwohl sie alle bereits an Stricken von der Decke baumelten.

Dann kam mit einem Mal Gustav durch die Tür, auf Attila reitend und das alte Berliner Gedicht deklamierend:

Ick sitze hier und esse Klops,
Uff eenmal kloppt's.
Ick kieke, staune, wundre mir,

Uff eenmal jeht se uff, die Tür.
Nanu, denk ick, ick denk: nanu,
Jetzt isse uff, erst war se zu.
Ick jehe raus und blicke,
Und wer steht draußen? – Icke!

Ach, Gustav ... Asiaten ... Gustav ...
Asiaten?
Doch Calis war einfach zu müde, um aufzuwachen.
Unwillig in die Wirklichkeit zurückzukehren.
So machte er sich auf den Weg in seinen nächsten Traum, mit dem beunruhigenden Gedanken, dass der Mörder der vier alten Agenten vielleicht einen einzigen Grund gehabt hatte, ihn anzurufen: um ihn anzulügen.

Gelfertstrasse, Berlin-Dahlem/Deutschland

Es war weit nach Mitternacht und die Party noch immer in vollem Gange. Musik hallte durch den riesigen Garten, in dem mindestens vierzig Jugendliche in verschiedenen Stadien der Entkleidung und der Trunkenheit tanzten und herumalberten. Der Pool war inzwischen mit Plastikflaschen und Pappbechern übersät, in einer Ecke trieb ein Slip knapp unter der Wasseroberfläche.

Annette fühlte sich völlig deplatziert. Sie war nur noch genervt, vor allem nach unzähligen Anmachversuchen von Antonio, der ein *Nein* für ein *Ja* hielt und ihr ansonsten sowieso nicht zuhörte, sondern am liebsten sich selbst reden hörte.

Die Party bei Einsteins, einer der reichsten Berliner Familien, entwickelte sich prächtig. Nur für Annette nicht, die verzweifelt überlegte, ein Taxi zu rufen und endlich zu verschwinden. Die Eltern Einstein waren auf Urlaub nach Griechenland gefahren, hatten dem Personal freigegeben und die riesige Villa ihren beiden Kindern überlassen. Was sich angesichts des Zustandes der Räume nach nur fünf Stunden als ein elementarer Fehler herausgestellt hatte.

Annette hätte ihre Wohnungstür nicht öffnen dürfen, als es um acht tatsächlich geklingelt hatte und Antonio, der personifizierte Latin Lover, vor der Tür gestanden hatte, lässig an sein Cabrio gelehnt, und Annette angestrahlt hatte wie ein Honigkuchenpferd.

»Hi Netti, bist du fertig? Alles dabei, was man zu einer solchen Party braucht?« Er hatte ihr zugezwinkert, und Annette hätte auf der Stelle in ihre Wohnung raufgehen sollen. Nun hasste sie sich dafür, dass sie es nicht getan hatte, sondern zu Antonio in sein neues Mercedes Cabrio gestiegen war.

Was dann kam, entsprach keineswegs der Freizeitvorstellung von Annette, die viel lieber weiter im Kriegstagebuch ihres Großvaters geschmökert hätte. Die Musik war voll daneben, das dauernde Anbaggern von Antonio nicht auszuhalten, und die Typen, die hier bekifft oder betrunken herumhopsten, waren ihr völlig unbekannt.

Antonios Clique war nicht ihre und würde es nie werden, das stand nach diesem Abend fest. Alles Kotzbrocken aus reichen Familien, die das Studium als Vorwand nahmen, um noch ein paar Jahre lang nichts zu tun, das aber intensiv und mit voller Hingabe. Die Porsche-Dichte vor der Villa sprach Bände. Sicher war kein einziger der Sportwagen selbst verdient, sondern stammten aus einer großzügigen Spende von Daddy zum Abitur oder dem bestandenen Numerus clausus. Antonio mit seinem Mercedes lag da schon am unteren Ende der mobilen, nach oben offenen Protz-Skala.

»Kann ich dir noch etwas bringen?«

Annette, tief in Gedanken, zuckte zusammen und blickte hoch. Ein Junge, kurze mittelblonde Haare, schmales Gesicht und dunkelbraune Augen, beugte sich zu ihr und wiederholte sein Angebot: »Irgendetwas vom Büfett? Oder noch ein Glas Champagner? Du sitzt so alleine hier am Pool.«

»Danke, ich fahre gleich nach Hause«, wehrte Annette ab. »Ich muss morgen früh raus. Ich fahre ins Ferienhaus meiner Eltern.«

»Soll ich dich dann nach Hause bringen?«, erkundigte sich der Junge.

»Naine, naine, dassa mache iche schon«, ertönte da eine schmalzige Stimme aus dem Hintergrund und Annette runzelte die Stirn. Antonio stand am Rand des Swimmingpools, die Hände in die Hüften gestützt, und starrte den Jungen wütend an. »Dassa ist mia proprieta, du Loser, geh nach Hause.«

Jetzt reichte es Annette endgültig. »Ich gehöre gar niemandem, und schon gar nicht dir, du italienisches Muttersöhnchen. Verschwinde nach Taormina, und ruf mich nie wieder an!«

»Aber Netti, cara mia ...!«

»Ohne deinen Vater könntest du dir nicht einmal das Benzin für dein Cabrio leisten, und deine spießige Familie ist wahrscheinlich zehnmal sympathischer als du!« Annette ballte wütend ihre Fäuste. »Und wenn du an der Cote d'Azur rauf und runter kreuzt, auf dem Boot deines Vaters, dann bete ich, dass du über Bord fällst und bis zum Ufer schwimmen musst. Dann wird der Urlaub wenigstens nicht sooo langweilig.«

Antonio stand mit offenem Mund da und war zum ersten Mal sprachlos. Der Junge mit den dunkelbraunen Augen grinste schadenfroh und bot Annette galant seine Hand an.

»Wollen wir jetzt?«, fragte er und zog sie hoch. »Mein Wagen steht in der Nebenstraße. Ist zwar nur ein rostiger VW, gehörta aber mir, Signorina.«

Zwanzig Minuten später rollte der alte Käfer mit Stefan, dem Jungen mit den braunen Augen, am Steuer und einer entspannten Annette auf dem Nebensitz in Richtung Dudenstraße.

»Ich hätte Antonio schon vor langer Zeit loswerden sollen«, erklärte sie. »Aber er ist anhänglich wie eine Klette und schleimig wie eine Schnecke. Irgendwie habe ich es nie so richtig geschafft. Er kreuzte immer wieder auf.«

»Von uns mag ihn keiner«, gab Stefan zurück. »Er ist aufdringlich, neunmalklug und dabei dumm wie zehn Meter Feldweg.«

»Ach«, wunderte sich Annette, »dabei dachte ich, ihr seid seine Clique.«

»Denk nicht mal daran, das erzählt er überall herum.« Stefan öffnete das Fenster und ließ die laue Nachtluft hereinströmen. »Was hättest du eigentlich heute Abend gemacht, wenn der italienische Loverboy dich nicht zu der Party überredet hätte?«

»Das wird jetzt seltsam klingen, aber ich hätte das Kriegstagebuch meines Großvaters weitergelesen. Er war Maschinist auf einem Hilfskreuzer und fuhr in den Pazifik, auf einer geheimen Mission.«

Stefan sah sie überrascht an. »Dein Großvater war im Pazifik als Soldat im Zweiten Weltkrieg? Kam die deutsche Marine jemals so weit nach Osten? Ich dachte immer, das war das Revier der Japaner.«

»Dachte ich auch immer«, gab Annette zu, »aber wie es aussieht, wurde ein deutscher Pazifik-Verband mit nur drei Schiffen zusammengestellt, um ein paar Frachtschiffe aufzubringen.«

»Der ganze Aufwand für ein paar Frachtschiffe?« Stefan schüttelte den Kopf. »Der Pazifik ist ja nicht gerade um die Ecke ... Schwer vorzustellen. Und haben sie die schließlich gefunden, diese Frachtschiffe?«

»Ja, und auf einem haben sie meinen Großvater als provisorischen Kapitän eingesetzt. Ab diesem Zeitpunkt hat er allerdings seine täglichen Aufzeichnungen verschlüsselt, und ich komme nicht mehr weiter.« Annette überlegte sich kurz, Stefan sogar von der erhängten Mumie zu erzählen, entschied sich aber dann doch dagegen.

»Eine Geheimschrift? Cool ... Vielleicht kann ich dir helfen. Mein Vater kennt einen Experten für Verschlüsselung, der ist allerdings schon lange in Pension. Hat aber den Vorteil, dass er jede Menge Zeit hat. Wenn du also möchtest ... Bring mir morgen eine Kopie oder Fotos der Seiten mit, und lass uns frühstücken gehen, ich frage mal meinen alten Herrn. Morgen um zehn in Barcomi's Kaffeerösterei, ist bei dir um die Ecke.«

»Kenn ich, das wäre genial.« Annette freute sich. »Dann kann ich bald das ganze Buch lesen. Er hat insgesamt drei geschrieben, und ich finde sie alle faszinierend. Mein Großvater hatte die Gabe, sehr persönlich zu erzählen. Ich habe immer den Eindruck, ich bin selbst dabei gewesen. Leider war ich noch viel zu klein, als er gestorben ist. Ich hätte gerne mit ihm über seine Erlebnisse im Pazifik gesprochen.«

»Auf welchem Schiff fuhr dein Großvater denn?«, wollte Stefan wissen. »Vielleicht findet man darüber ja etwas im Internet. Google ist dein Freund ...«

»Der Hilfskreuzer hieß *Komet*, und bei Google hab ich selbst schon gesucht. Da findet man nur Allgemeines. Da! Da vorn musst du links abbiegen.« Annette war rechtschaffen müde. Sie würde morgen ihre restlichen Berichte im Briefkasten der Berliner Bauaufsicht einwerfen, die Daumen drücken und auf ein gutes Zeugnis hoffen.

Und vielleicht doch noch in Urlaub fahren.

Stefan ließ sie genau vor ihrer Haustür in der Dudenstraße aussteigen. »Wir sehen uns dann morgen bei Barcomi's!«, rief er ihr zu, winkte noch kurz und war auch schon wieder weg.

Eigentlich ganz nett, dachte Annette, nicht aufdringlich und dabei hilfsbereit und freundlich. Vielleicht war die Clique von Antonio doch gar nicht so übel.

Die gar nicht seine war ... aber das sah ihm ähnlich. Sie schüttelte den Kopf und freute sich auf jeden Fall aufs Frühstück. Hoffentlich kam sie den geheimnisvollen Seiten in Großvaters Tagebuch einen Schritt näher.

Wenig später fiel Annette erschöpft in ihr Bett und war auch schon eingeschlafen, bevor sie auch nur richtig das Kissen berührte. Hätte sie gewusst, welchen Riesenfehler sie an diesem Abend gemacht hatte, sie hätte ihre Koffer gepackt und wäre ans andere Ende der Welt geflüchtet.

Schreiend vor Angst.

Sonntag, 5. Juni 2016

Autobahn A 30 in Fahrtrichtung Hengelo/
Deutschland

Der dunkelgrüne BMW 7er rollte durch den anbrechenden Morgen in Richtung niederländische Grenze über eine fast menschenleere Autobahn. Der Fahrer war entspannt, hörte mit einem Ohr den Nachrichten zu. In weniger als einer Stunde würde er in Holland sein. Und dann ...
Abgang.
Sein Auftrag war erledigt, alle Fäden waren durchtrennt. Die Schläfer würden nicht mehr aufwachen.
Clean ... der Raum war gesäubert, der Fall endgültig begraben.
Wie es sich gehörte.
Der Fahrer nickte zufrieden. Egal, ob man noch eine weitere Liste finden würde oder nicht. Alle Verbindungen waren gekappt.
Er schaute auf die Uhr. 04.30 Uhr an einem Sonntag. Deutschland schlief noch, freie Fahrt für freie Bürger, zumindest einmal in der Woche.
Als die Grenze in Sicht kam, bremste der Fahrer die schwere Limousine ab, rollte an den ehemaligen Abfertigungsgebäuden vorbei und beschleunigte danach wieder. Dann setzte er den Tempomaten auf hundertzwanzig Stundenkilometer und ließ sich mit dem Frühverkehr treiben, der in den Niederlanden stärker war als auf der anderen Seite der Grenze.

Standen die Holländer an einem Sonntag früher auf?

Als er Enschede und Hengelo hinter sich gelassen hatte, bog der Fahrer auf die niederländische A1 Richtung Amsterdam ein. In knapp zwei Stunden würde er die Stadt der Grachten erreicht haben, eine Stunde später würde der Wagen verschwunden sein, gepresst zu einem kompakten Würfel Stahl.

Dann würde er selbst verschwinden.

Sein Telefon klingelte genau fünfzig Kilometer weiter und riss ihn aus seinen Tagträumen. Der Fahrer runzelte die Stirn, blickte auf das Display und schüttelte den Kopf, ließ es auf den Nebensitz fallen.

Das Mobiltelefon verstummte.

Nach einem kurzen Moment des Überlegens öffnete er das Fahrerfenster. Dann beugte er sich nach rechts, nahm das Telefon vom Sitz und wollte es gerade aus dem Fenster fallen lassen, da piepste das Handy laut.

SMS...

Er stutzte und drückte die Taste. Dann las er den kurzen Text.

Unmöglich... Das war einfach unmöglich!

Er las den Text nochmals.

Seine Gedanken rasten. Zum ersten Mal in seinem Leben war er unsicher, was er tun sollte.

Das Mobiltelefon läutete erneut, und diesmal nahm er das Gespräch an.

Wenige Minuten später war seine Entscheidung gefallen. Er nahm die nächste Ausfahrt, dann die Brücke über die Autobahn und fuhr erneut auf die A1 auf.

Diesmal allerdings in Richtung Deutschland.

Er musste schnellstens zurück nach Berlin.

STASI-UNTERLAGEN-BEHÖRDE, KARL-LIEBKNECHT-STRASSE 31, BERLIN/DEUTSCHLAND

Das Haus der Stasi-Unterlagen-Behörde war ein moderner Bau, halb Glas, halb Metall, dessen eintönig hellgraue Fassade durch vereinzelte gelbe Linien unterbrochen wurde. Während Llewellyn vor dem Eingang auf Kriminaloberrat Frank Lindner wartete, dachte er an Alex Beaulieu, der nun gemütlich mit John beim Frühstück im Hotel saß.

Warum mussten Kriminalbeamte bloß immer so zeitig aufstehen? Selbst am Sonntag? Oder kannte er bloß die falschen?

»Hallo Major!« Die Stimme von Frank Lindner klang unanständig ausgeschlafen. »Guten Morgen!«

»Das wäre gelogen«, brummte Llewellyn, »ich war noch nie ein Frühaufsteher. Oder habe zumindest stets versucht, dem frühen Morgen, so gut es ging, aus dem Wege zu gehen. Das hat allerdings auch nicht immer geklappt. So wie heute ...«

»Das war der schnellste Termin, den wir bei der Behörde bekommen konnten, tut mir leid«, meinte Frank. »Ich habe Druck gemacht, der Innensenator hat auch noch ein Machtwort gesprochen, und so kam eine der Sachbearbeiterinnen heute zum Dienst, trotz des heiligen Sonntags. Aber dann müssen wir mit der Tatsache leben, dass es zu acht Uhr morgens keine Alternative gab.«

»Danke, dass Sie es überhaupt geschafft haben«, meinte

Llewellyn versöhnlich. »Was macht man nicht alles für alte Freunde in London, die überall Gespenster sehen und dabei selbst die Geisterbahn mitgebaut haben?«

Frank sah ihn verwirrt an.

»Vergessen Sie es«, brummte Llewellyn und stieg die Stufen zum Eingang hoch. »Hoffentlich gibt es einen Morgenkaffee für Besucher.«

»Das wird sich einrichten lassen, aber für die Qualität kann ich nicht garantieren.« Frank stieß die Tür auf. »Staatskaffee, wie Thomas bei offiziellen Veranstaltungen zu sagen pflegt und damit regelmäßig den Innensenator auf die Palme treibt.«

In der leeren Eingangshalle wartete bereits die Mitarbeiterin in Jeans und Pullover und einem Ordner unter den Arm geklemmt und sah ihnen entgegen.

»Kriminaloberrat Lindner? Mein Name ist Frost, Brigitte Frost. Ich soll Ihnen kurz die Behörde vorstellen, dann Ihre Fragen beantworten und Ihnen bei Ihrer Suche behilflich sein.« Sie sah Llewellyn neugierig an, als er ihr die Hand schüttelte. »Und Sie müssen der englische Besuch sein...der Innensenator hat bereits von Ihnen erzählt.«

»Vielen Dank, dass Sie am Sonntag Zeit für uns gefunden haben«, begrüßte Llewellyn sie. »Es ist leider dringend, daher die Eile. Aber wir wissen Ihren Wochenendeinsatz sehr zu schätzen.«

»Kein Problem, ich fahre nachher in meinen Garten in Brandenburg, es war nur ein kleiner Umweg. So viel mir mein Chef verraten hat, geht es möglicherweise um zwei Listen und einen aktuellen Kriminalfall. Dann beginnen wir am besten gleich. Unsere Behörde wurde im Oktober 1990 gegründet, und der Rostocker Pfarrer Joachim Gauck, der jetzige Bundespräsident, wurde damals zu ihrem Leiter ernannt. Der Zugang zu den Akten der Staatssicherheit der DDR sollte für die Bürger endlich möglich sein, und so nahmen wir mit zweiundfünfzig Mitarbeitern damals die Arbeit auf. Heute sind wir mehr als tausendsechshundert und versuchen, sowohl mit der großen Zahl an Anfragen als auch mit der schieren Menge der Hinterlassenschaften zurechtzukommen.«

Frost führte sie durch die Sperre und eine kurze Treppe hinauf. Ihre Schritte hallten in den leeren, breiten Gängen.

»Nur um Ihnen eine Vorstellung zu geben: Mit insgesamt einhundertelf Regal-Kilometern Schriftgut, mehr als eins Komma sieben Millionen Fotos und Mikrofiches, über dreißigtausend Film-, Video- und Tondokumenten, viertausendfünfhundert Karteien mit rund einundvierzig Millionen Karteikarten und mehr als zehntausend Disketten, Magnetplatten und -bändern bearbeiten und sichern wir einen der größten Archivbestände in Deutschland.«

»Da findet man nichts eben mal schnell«, meinte Frank, und Frost sah ihn etwas mitleidheischend an.

»Und nun zur sogenannten Stasi-Schnipselmaschine, einem Computerprogramm, das die virtuelle Rekonstruktion von damals zerrissenen Stasi-Unterlagen ermöglicht und mit dessen Hilfe auch die Liste, die Sie interessiert, wieder zusammengesetzt und lesbar gemacht wurde. Offiziell ›ePuzzler‹ genannt, wurde die Software vom Fraunhofer-Institut in Berlin entwickelt und 2013 ausgeliefert. Daher stehen wir erst am Beginn der Arbeit, glauben Sie mir. Die DDR-Bürger stoppten damals das Vernichtungswerk der Stasi-Mitarbeiter, die in den letzten Stunden noch versuchten, so viele Akten wie möglich zu vernichten. Mehr als fünfzehntausend Säcke zerrissener, aber noch nicht endgültig beseitigter Materialien konnten so gerettet werden. Nun liegen sie bei uns, und wir haben bisher dank ePuzzler knapp neunhunderttausend Blatt aus etwa vierhundert Säcken rekonstruiert. Sie sehen, da bleibt noch viel zu tun.«

Frost öffnete die Tür zu einem kleinen Saal, in dem mehrere Arbeitsplätze untergebracht waren. Überall standen große, doppelte Computerbildschirme, Aktenstapel und braune Kisten.

»Wir haben uns bei der Rekonstruktion gleich zu Beginn auf Schriftstücke der Stasi-Hauptabteilung XX konzentriert, die mit für Staatsapparat, Kirche, Kultur, Bildung, die DDR-Opposition und den Sport zuständig war. Damit war sie die Schaltstelle der inneren Überwachung und Repression in der DDR.« Sie legte ihren Ordner auf einen großen Arbeitstisch. »Andererseits wurden bisher vorrangig Schriftstücke der DDR-Auslandsspionage zusammengesetzt.« Frost schob Stühle für Frank und Llewellyn zurecht. »Gleich von Anfang an wurde diese Rekonstruktion als besonders wichtig eingeschätzt, da es der Stasi-Auslandsspionage, die auch Hauptverwaltung Aufklärung hieß, in letzter Minute noch fast vollständig gelungen war, alle ihre Akten zu vernichten.«

»Müssen wohl wichtig gewesen sein«, brummte Llewellyn.

Frost nickte. »Die zerrissenen Schriftstücke stellen also fast die einzige Quelle dar, auf die man zum Thema Organisation und Arbeitsweise der DDR-Auslandsspionage noch zurückgreifen kann. Die bisher von uns mittels ePuzzler rekonstruierten Unterlagen belegen beispielsweise das Untertauchen der RAF-Terroristin Silke Maier-Witt in der DDR oder die Tätigkeit von Agenten der Hauptverwaltung Aufklärung in der alten Bundesrepublik.«

»Womit wir bei unserem Hauptanliegen wären«, hakte Frank ein. »Können Sie uns mehr über diese Tätigkeiten mitteilen? Was waren das für Agenten, die in der Bundesrepublik eingesetzt waren? Was war ihre Aufgabe?«

»Ein weites Feld«, meinte Frost nachdenklich. »Allein die

DDR-Auslandsspionage führte seit den Sechzigerjahren rund sechstausend Mitarbeiter in der Bundesrepublik. Kurz vor dem Mauerfall gab es vierhundertneunundvierzig sogenannte ›Objektquellen‹, die Bezeichnung für die Top-Kategorie unter den Agenten. Sie waren in ›feindlichen‹ Einrichtungen aktiv, saßen nicht zuletzt in westdeutschen Ministerien und Behörden. Ich habe mich lange mit den Fakten beschäftigt, nachdem im Jahr 1993 das Parlament einen Untersuchungsausschuss eingesetzt hatte. Damals wurden offiziell rund zweitausendsechshundert einstige MfS-Mitarbeiter beim Bund eingeräumt. Und so gut wie keine Kenntnis hatte man damals über DDR-Spione mit westdeutschem Pass.«

»Um genau die geht es bei unserem jetzigen Fall höchstwahrscheinlich, Sie haben vielleicht davon in der Zeitung gelesen.« Frank sah Llewellyn an, und der nickte unmerklich. »Wie Sie wissen, sind wir aus zwei Gründen hier, Frau Frost. Einmal wegen einer Liste aus dem Beginn der Achtzigerjahre, die Ihre Leute vor wenigen Tagen mittels ePuzzler zusammengesetzt haben.«

Die Mitarbeiterin zog eine Plastikhülle mit einem Blatt Papier aus dem Ordner.

»Und wegen einer möglicherweise existierenden anderen Liste, die ebenfalls vor wenigen Tagen rekonstruiert worden sein könnte. Einer Liste von Agenten auf westdeutschem Boden, die nach der Wiedervereinigung in den Untergrund gingen, als Schläfer sozusagen. Und bis vor Kurzem noch sehr lebendig waren.«

Frost sah Frank forschend an. »Das würde bedeuten, dass sie einen besonderen Auftrag hatten, einen, der über das Jahr 1990 hinausging. Aber das kann ich mir nicht vorstellen...«

»Sie haben selbst gesagt, dass es Tausende ehemalige Mitarbeiter des MfS etwa beim Bund gab«, warf Llewellyn ein.

»Ja, in den verschiedensten Staatsstellen, etwa Lehrer, Staatsanwälte, Richter oder Polizeibeamte oder Bundesgrenzschutz«, zählte Frost auf.

»Die Leute, die wir suchen, hatten gar keinen Beruf. Sie sind nicht bei der Pensionsversicherung gemeldet, haben keine Vergangenheit, dafür ein Waffenlager in der Wohnung. Und sie wurden alle in der ehemaligen DDR geboren, das haben wir inzwischen herausgefunden.« Frank trommelte mit den Fingern auf den Tisch. »Vier Tote in Berlin in zwei Nächten, und wenn wir einem Anrufer trauen können, dann gibt es noch zwei weitere irgendwo in Deutschland. Und ihn, den Mörder.«

»Eine kleine Gruppe also«, fasste Frost zusammen. »Oder der Rest einer größeren. Es sind immerhin mehr als fünfundzwanzig Jahre vergangen.«

»Ist es möglich, dass in den letzten Tagen eine Liste rekonstruiert wurde, auf der ebenfalls sechs Namen stehen? Neben jener, die *mich* interessiert? Dass zwei Listen aufgetaucht sind, von denen nur eine nach London, eine andere aber irgendwo nach Berlin gemeldet wurde?« Llewellyn deutete auf das Blatt in der Plastikfolie. »Wie viele Leute arbeiten bei Ihnen an dem Projekt ePuzzler?«

»Das ist sehr übersichtlich. Derzeit setzen zehn Mitarbeiter die Papierschnipsel von Hand zusammen, und acht Mitarbeiter scannen in zwei Schichten auf einer weiteren Schiene, die sofort digitale Ergebnisse liefert«, antwortete Brigitte Frost bereitwillig. »Die Scanner müssen mehrmals täglich vom Staub befreit werden, ein hochleistungsfähiger Spezialscanner für die Papierschnipsel wäre eine eindeutige Verbesserung, aber von dem gibt es gegenwärtig noch nicht einmal einen Prototyp.«

»Acht Mitarbeiter in zwei Schichten«, wiederholte Llewellyn. »Heißt, es stehen jeweils zwei Mann am Gerät, und wenn einer raus muss oder etwas zum Trinken holt, dann ist der andere alleine. Sehe ich das richtig?«

Frost sah ihn misstrauisch an. »Was wollen Sie damit sagen?«

»Ich will eine Erklärung finden«, entgegnete Llewellyn ruhig. »Eine Erklärung dafür, dass unter Umständen eine Liste von sechs Namen aus Ihrem Haus durchgesickert ist, die sich in den letzten vierundzwanzig Stunden zu einer Todesliste entwickelt hat. Die jemand abarbeitet, der sich der Cleaner nennt. Eine Aufstellung von Schläfern, die aus einem ganz besonderen Grund nach 1990 in den Untergrund gegangen sind. Die voneinander wussten, die einen Einsatzbefehl hatten. Die stillhielten, lange Jahre. Warum? Keine Ahnung. Doch dann, so könnte ich mir vorstellen, tauchte mit einem Mal eine Liste aus Ihrem Haus auf, und das änderte alles. Sie waren offenbar aufgeflogen. Und einer übernahm es, die Gruppe auszulöschen.«

Llewellyn beugte sich vor und fixierte die Mitarbeiterin der Behörde, die nervös und ziellos in den Seiten in ihrem Ordner blätterte.

»Verstehen Sie mich bitte richtig, Frau Frost. Es ist nicht mein Fall, es ist nicht meine Stadt, ja nicht einmal mein Land. Ich bin nur durch Zufall in diese ganze Geschichte hineingeraten. Mich interessiert die alte Liste, auf der ein gewisser Charles R. Parker verzeichnet ist. Er sollte damals liquidiert werden, wie auch die anderen Zielpersonen.«

Er streckte die Hand aus, und Frost schob ihm stumm die Liste zu.

»Heute ist diese Liste nur mehr von historischer Bedeutung, von Interesse für ein paar geheimdienstliche Dinosaurier.«

Llewellyn musste grinsen bei dem Gedanken, dass Compton ihn jetzt hören könnte.

»Aber dieser aktuelle Fall, den Kriminaloberrat Lindner nun lösen muss, der bewegt nicht nur die Öffentlichkeit, der wird am Ende sechs Männern das Leben gekostet haben.« Llewellyn lehnte sich vor. »Sieben Männern, wenn wir den Cleaner hinzurechnen.«

»Was Major Llewellyn damit sagen will, ist ganz einfach«, fuhr Frank nachdrücklich fort. »Ich möchte mit einigen von den Männern sprechen, die am Scanner arbeiten. So schnell wie möglich. Ich möchte wissen, ob es eine Liste gibt, auf der die Opfer der letzten vierundzwanzig Stunden stehen und die vielleicht dieses Haus verlassen hat, auf welchem Weg auch immer. Und das, wenn es geht, heute noch.«

»Das ... das muss ich erst mit meinem Chef besprechen«, erwiderte Brigitte Frost sichtlich bewegt. »Soll ich ihn gleich anrufen?«

Frank nickte. »Bitte ja, wir warten einstweilen hier.«

Llewellyn zog das Blatt Papier in der Dokumentenhülle zu sich. Es war eine Kopie der zusammengesetzten Seite. Kein offizieller Briefkopf, nur ein »Hauptverwaltung Aufklärung« rechts oben, mit Maschine geschrieben. Darunter eine Zahlenkombination und ein Datum.

Rasch überflog Llewellyn die Liste. Charles R. Parker stand tatsächlich an fünfter und damit vorletzter Stelle. Die anderen fünf Namen sagten ihm gar nichts. Aber wer weiß, was Peter Compton daraus ersehen konnte ...

»Warum versuchte der ostdeutsche Geheimdienst einen Kommunisten ermorden zu lassen?«, fragte er Lindner leise. »Noch dazu einen, der offiziell bereits tot war, der von den Engländern Jahrzehnte zuvor bereits enttarnt worden war, der nichts wirklich Wichtiges wusste und den keiner vermisste, nachdem er aus Schottland Anfang der Siebzigerjahre verschwunden war.«

»Weil er vielleicht doch etwas Wichtiges wusste?«, gab Lindner zu bedenken. »Etwas, das die Ostdeutschen sehr wohl kannten, sonst aber niemand?« Frank warf einen flüchtigen Blick auf die Namen. »War das eine willkürliche Liste? Die Aufstellung für ein Killerkommando?« Frank runzelte die Stirn. »Woher hatten Sie überhaupt die Information, dass die Liste in Berlin rekonstruiert wurde?«

»Irgendwann mussten Sie das fragen, nehme ich an«, antwortete Llewellyn leise. »Ich nehme an, einer der Männer in der Auswertung der gescannten Papierschnitzel muss unser Informant sein oder jemand in der unmittelbaren Umgebung, der die Dokumente danach als Erster in die Hand bekommt. Aber das ist nur meine Meinung, und die haben Sie nicht von mir. Eine Hand wäscht die andere.«

Der Major schob seinen Stuhl zurück.

»Danke für alles, Frank, aber ich verschwinde jetzt. Ich kenne jemanden, der diese Liste ganz dringend auf seinen Tisch bekommen will. Noch dazu muss ich mehr über die anderen fünf Namen herausfinden und das Puzzle zusammensetzen.« Llewellyn schüttelte Lindner die Hand. »Ich halte Sie auf dem Laufenden ...«

»... und ich Sie ebenfalls, Major. Danke für Ihre Hilfe.«

Als Llewellyn die Stufen der Stasi-Unterlagen-Behörde wieder hinunter zur Karl-Liebknecht-Straße stieg, hielt direkt vor dem Haus der grüne Jaguar an.

»Wir haben die Liste, und dieser Charles Parker steht tatsächlich darauf«, meinte der Major, als er zu Alex Beaulieu in den Wagen stieg. »Als Nächstes brauchen wir eine sichere Leitung nach London. Stören wir den alten Fuchs beim Frühstück.«

»Britische Botschaft?«, erkundigte sich Beaulieu wie nebenbei.

»Schauen wir mal, wer am Sonntag in Berlin hier die Stellung des Empire hält.« Llewellyn nickte und griff zum Smartphone. »Und dann brauche ich endlich einen vernünftigen Kaffee.«

Barcomi's Kaffeerösterei, Bergmannstrasse,
Berlin-Kreuzberg/Deutschland

Annette hatte fast verschlafen.

So war es kurz nach zehn, als sie in die Bergmannstraße einbog und ein schlechtes Gewissen hatte. Bis zur Kaffeerösterei würde sie noch gut fünf Minuten brauchen, und es war ihr gar nicht recht, Stefan warten zu lassen. Von der sogenannten akademischen Viertelstunde hatte Annette noch nie etwas gehalten.

Heute früh hatte sie trotzdem noch rasch die drei verschlüsselten Seiten aus dem Kriegstagebuch ihres Großvaters fotografiert und in Farbe ausgedruckt. Wang Long hatte ihr bei dem Zeichen der Triaden weitergeholfen, vielleicht konnte Stefan ihr bei der Entschlüsselung der codierten Seiten behilflich sein. Sie wüsste sonst nicht, an wen sie sich wenden könnte. Annette kannte niemanden, dessen Hobby oder Beruf Geheimschriften waren.

Die Geschäfte waren am Sonntag nicht geöffnet, aber die Cafés und Vierundzwanzig-Stunden-Läden waren bereits gut besucht. Während die einen Brötchen für das Sonntagsfrühstück kauften, bevölkerten Frühaufsteher und Spätheimkehrer die Tische, die vor den Cafés auf der Straße standen.

Annette freute sich auf ihr Treffen mit Stefan. Er hatte sie gestern Abend vor Antonio gerettet und sich sofort erbötig gemacht, ihr mit dem Tagebuch zu helfen. Ein unkomplizierter Junge wäre einmal eine Abwechslung, dachte sie, außerdem sieht er gut aus.

Barcomi's Kaffeerösterei war in ganz Berlin ein Begriff. Mit dem Deli in Mitte und der Rösterei in Kreuzberg hatte die Amerikanerin Cynthia Barcomi zwei Standbeine in der Hauptstadt errichtet, die original amerikanisches Gebäck und Kuchen im New Yorker Stil anboten. Die selbst gebackenen Torten und Kuchen, die verschiedenen Sandwiches und eine Reihe kleiner Speisen hatten rasch ihre Stammkundschaft gefunden. Kein Wunder also, dass Barcomi's brechend voll war. Einige Männer standen vor der Tür, rauchten und tranken Kaffee, zwei Mädchen überlegten noch, ob sie wohl einen Platz in dem kleinen Lokal ergattern würden.

Annette sah Stefan sofort. Er saß an einem der Zweiertische im Mittelgang und winkte ihr zu.

»Ich habe den Platz mit Klauen und Zähnen verteidigt«, lachte er und küsste Annette zur Begrüßung auf die Wange. »Hier steppt der Bär und boxt der Papst sogar am Sonntag. Wenn ich das gewusst hätte, dann wären wir in ein ruhigeres Café gegangen.«

»Tut mir leid wegen der Verspätung. Die Nacht war kurz, und ich hab verschlafen. Dann bin ich noch zu Fuß gegangen, weil man hier sowieso keinen Parkplatz bekommt.« Annette bestellte einen Cappuccino und schob drei ausgedruckte Blätter über den Tisch. »Hier sind die Seiten, ich habe dir ein paar Fotos gemacht, mein Scanner ist kaputt.«

Stefan nahm die Ausdrucke und beugte sich darüber. »Bist du sicher, dass dein Großvater auf der *Komet* gefahren ist? Ich habe mit meinem Vater darüber gesprochen, und er meinte, dass es keine bekannten Aufzeichnungen mehr von diesem Pazifik-Verband geben würde, abgesehen von den offiziellen. Und die würden nicht viel berichten über den Einsatz.«

»Dein Vater kennt den Pazifik-Verband?«, wunderte sich Annette.

»Seit er in Pension ist, interessiert er sich für Zeitgeschichte und verbringt mehr Zeit in Archiven als zu Hause. Dabei hat er auch den Experten für Geheimschriften kennengelernt, von dem ich dir erzählt habe.«

»Was hat dein Vater gemacht, bevor er in Pension gegangen ist?«, erkundigte sich Annette.

»Er war in irgendeinem Amt, hat nie viel darüber erzählt«, meinte Stefan. »Ich war ein spätes Kind, mein Vater hat eine viel jüngere Frau geheiratet. Die starb überraschenderweise vor zwei Jahren, und nun wohnen wir in einer zu großen, alten Wohnung in Charlottenburg. Ich will nicht ausziehen, weil sonst mein Vater ganz alleine wäre.«

»Das tut mir leid«, sagte Annette und meinte es.

Die Kellnerin brachte das Frühstück, das Stefan bereits bestellt hatte, und blickte Annette erwartungsvoll an.

»Für mich bitte das Gleiche«, meinte die junge Frau, »und bringen Sie mir dazu noch einen Orangensaft. Danke.«

»Sie starb an einer unheilbaren Krankheit, und mein Vater war am Boden zerstört«, erzählte Stefan. »Es ging sehr schnell zu Ende mit Mutter.« Er rührte zwei Löffel Zucker in den Kaffee. »Vater hat sich stark verändert seither. Einer der Gründe, warum ich zu Hause wohnen bleibe. Und du?«

»Ich habe eine kleine Wohnung in der Dudenstraße, meine Eltern leben in Braunschweig und können mich nur ein wenig unterstützen«, meinte Annette. »Wenn ich nicht gerade mein Praktikum mache, dann muss ich nebenbei jobben, um über die Runden zu kommen.«

Stefan legte das Butterbrötchen beiseite, nahm die drei Seiten des Notizbuches und betrachtete sie aufmerksam. »Das sieht abenteuerlich aus. Drei Blätter und ein ununterbrochener

Strom von Zahlengruppen. Das sind Fünferketten, ohne Punkt, Strich, Komma oder Absatz. Keine Unterbrechung...«

»Da gibt es dann auch noch gezeichnete Karten«, erklärte Annette, »die keine Ortsbezeichnungen haben, sondern auch nur Zahlenwerte.«

»Karten?« Stefan runzelte die Stirn.

»Ja, mit Strichen, die Schiffsbewegungen sein könnten. Aber ich bin keine Expertin.« Annette nickte. »Es sieht zumindest für mich so aus. Darauf Kreuze, die irgendetwas kennzeichnen. Treffpunkte? Oder Inseln? Darauf folgt eine leere, unbeschriebene Seite, und dann setzt der Klartext erneut ein. Da war Großvater allerdings bereits wieder in Deutschland. Ziemlich desillusioniert, übrigens.«

»Vielleicht hättest du alle fraglichen Seiten fotografieren sollen«, meinte Stefan nachdenklich. »Aber beginnen wir erst einmal mit den drei Blättern hier. Mein Vater hat einen Termin heute Mittag, er trifft sich mit seinem Bekannten, dem Dechiffrierer, nachdem ich ihm von den Tagebüchern erzählt habe.«

»In der Nacht noch?«, wunderte sich Annette.

»Er konnte nicht schlafen und saß noch an seinem Schreibtisch, als ich nach Hause kam. Seit Mutters Tod...« Stefan zuckte mit den Schultern. »Auf jeden Fall war er sehr interessiert und hat sofort zugesagt, dir zu helfen. Vielleicht weißt du also morgen schon mehr.«

»Super! Ich habe meinen Großvater immer sehr gern gehabt, jetzt kann ich ein Stück seines Lebens direkt mitverfolgen«, erklärte Annette und freute sich, dass ihr Frühstück endlich serviert wurde. »Es ist, als ob ich mit ihm auf Reise gehe. Ich sehe die damalige Welt mit seinen Augen. Wenn ich denke, dass meine Mutter die Bücher schon entsorgen wollte...«

Annette stürzte sich über das Frühstück und plauderte mit Stefan über alltägliche Dinge, das Studium und neue Filme, gute und erschwingliche Lokale in der Nähe, die besten Konzerte ihrer Lieblingsband. Es war entspannend, mit ihm zu lachen und zu albern. Annette fühlte sich wohl in seiner Gegenwart, nicht wie mit Antonio, wo jede Unterhaltung zum Spießrutenlauf wurde.

Schließlich schaute Stefan auf die Uhr und meinte: »Ich sollte jetzt los, sonst kann ich die Seiten nicht mehr rechtzeitig meinem Vater bringen, und der kommt zu spät zu seiner Verabredung. Wir hören uns, ja? Ich ruf dich an. Ciao!« Er küsste sie auf die Wange und machte sich auf den Weg, während Annette ihr letztes Brötchen mit Butter und Marmelade bestrich und überlegte, was sie heute noch machen sollte. Flohmarkt? Für Prüfungen lernen? Da warteten noch drei Bücher über Renaissance und Architektur der Gotik ... Oder Freundinnen anrufen und sich zu einer Radtour durch den Tiergarten treffen? Oder gemeinsam Abendessen kochen und über Jungs herziehen? Die Fahrt ins Ferienhaus würde auch noch bis morgen warten.

Annette tastete in ihrer Tasche nach dem Handy. Aber da war nichts. Verflixt, dachte sie, das habe ich in der Eile zu Hause liegen lassen. Also noch mal heim, was soll's?

Sie bezahlte das Frühstück und machte sich auf den Weg zum Ausgang. Die Kaffeerösterei war noch immer voll, alle Tische besetzt, und Annette musste sich durch Trauben von Wartenden drängen, die ihre Kuchen und ihren Kaffee lieber nach Hause mitnahmen und sich nicht für einen Sitzplatz anstellen wollten. Die Schlange reichte durch die Tür bis auf die Bergmannstraße, und Annette hatte Mühe, sich durch den Ausgang zu schieben. So fielen ihr die drei Männer erst auf, als sie die junge Frau in ihre Mitte nahmen und sie in Richtung eines dunklen Vans am Straßenrand drängten.

»He, was fällt Ihnen ein? Lassen Sie mich los!«, fauchte Annette, doch die Spitze eines Messers, das sich schmerzhaft in ihre Seite bohrte, ließ sie schnell verstummen.

»Wenn Sie kein Aufsehen machen und mitkommen, dann überleben Sie vielleicht. Wenn nicht, dann sterben Sie hier und jetzt.« Der Mann neben ihr mit der Sonnenbrille und dem dunklen Anzug ließ keinen Zweifel daran, dass er es ernst meinte.

»Aber was wollen Sie von mir? Ich bin eine arme Studentin, meine Eltern können kein Lösegeld bezahlen. Sie verwechseln mich mit jemandem!«, versuchte es Annette.

»Wir irren uns nie«, gab der Mann gleichmütig zurück und schob sie weiter. Gleichzeitig presste sich die Spitze des Messers tiefer in Annettes Hüfte. »Beten Sie dafür, dass wir uns nicht irren, Annette Krüger. Weil Sie sonst nirgendwo mehr hingehen, sondern nur mehr getragen werden. Sie sind doch Annette Krüger, oder?«

Die junge Frau nickte erschreckt. Der Griff des Unbekannten an ihrem Oberarm war eisern, die Spitze des Messers bohrte sich unerbittlich in ihre Seite.

Schließlich war die kleine Gruppe am Van angelangt, und Annette wurde in den Wagen gestoßen, dessen Fenster mittels einer Folie verspiegelt worden waren. Eine Hand drückte sie in den Sitz, eine andere presste einen übel riechenden Lappen auf ihr Gesicht. Dann wurde es schwarz um sie.

Der Mann, der auf dem Fahrersitz des BMW 7er schräg gegenüber in Sichtweite parkte, unterdrückte einen Fluch. Geistesgegenwärtig notierte er sich das Kennzeichen des Vans, der an ihm vorbei in Richtung Mehringdamm beschleunigte.

Dann griff er zum Telefon und begann zu wählen.

LEOPOLDSGASSE AM KARMELITERMARKT, 2. BEZIRK,
WIEN-LEOPOLDSTADT/ÖSTERREICH

Alexander Reiter stand am Fenster und schaute hinunter auf die verlassenen Buden und Verkaufsstände des Karmelitermarkts. Zwei Straßenkehrer fegten auf dem menschenleeren Platz Papiere zusammen, während ein kleiner Tankwagen Wasser auf die Gehsteige spritzte und den Staub in den Rinnstein spülte.

Sonntag in Wien.

Die Stadt macht sich bereit für die neue Woche, dachte Reiter und gähnte. Morgen würde er seinen Besuch an der Universität machen, um ein vertrauliches Gespräch mit diesem Steinberg zu führen. Vielleicht hatte der ja tatsächlich den Reisebericht des Grafen aus dem Museum mitgenommen. Nicht gerade akademisch korrekt, aber manchmal heiligt der Zweck die Mittel. Blieb nur noch die Frage, warum Shapiro seine Finger im Spiel hatte und offenbar brennendes Interesse an dem Bändchen hatte.

Reiter beschloss, sich einen Cappuccino zu machen und zu überlegen, was er am heutigen Sonntag unternehmen konnte.

Zerberus ...

Irgendwie ließ ihn der legendäre Höllenhund nicht los. Vielleicht wollte Shapiro ja den Teufel ausspionieren und suchte nach einer Anleitung, um an dem Torwächter vorbeizukommen ...

Blödsinn, dachte Reiter, doch so ganz überzeugt war er in seinem Innersten nicht.

Die beiden Männer in den orangefarbenen Overalls der Wiener Straßenreinigung nahmen ihren Job sehr genau. Sie arbeiteten gründlich, sahen in alle Ecken, holten auch das kleinste Papier aus seinem Versteck. Dazwischen standen sie beisammen, wischten sich den Schweiß von der Stirn.

»Er steht noch immer da oben am Fenster«, meinte einer der beiden, nachdem er aus den Augenwinkeln einen Blick nach oben geworfen hatte.

»Wir müssen uns in Acht nehmen«, murmelte der andere. »Shapiro reißt uns den Kopf ab und spielt damit Kegeln, wenn Reiter uns entdeckt.«

»Alexander Reiter alias Rebus«, nickte der Ältere, und seine Muskeln spannten unter dem Overall. »Das Phantom des Kunstdiebstahls. Kein Foto, keine Gegenwart, keine Vergangenheit, zumindest offiziell. Somit auch kein Aufsehen.«

»Weißt du, wie er aussieht?«

»Ehrlich gesagt nur von einem Phantombild. Ich habe ihn nie gesehen, und er kennt bis auf Shapiro keinen von uns. Und auch den nur vom Telefon.«

»War nicht sein letzter großer Coup vergangenes Jahr in der Schweiz? Es gab da Informationen unseres französischen Agenten ...« Der Jüngere fegte ein paar Orangenschalen unter einem Mauervorsprung zusammen.

»Ja, angeblich entwendete er einen Picasso aus einer Privatwohnung mit ausgefeilter Alarmanlage und ersetzte das Original durch eine perfekte Kopie. Dann lieferte er das Dreiundzwanzig-Millionen-Gemälde zurück ans Museum, aus dem es gestohlen worden war.«

»Macht er es wegen des Geldes?«, wollte der Jüngere wissen.

»Rebus ist ein Rätsel. Seine Spezialität ist die Wiederbeschaffung gestohlener Kunstwerke, egal ob im Auftrag einer Versicherung oder einer Privatperson. Ausschlaggebend für ihn ist lediglich, dass er den Auftrag vom rechtmäßigen Besitzer oder der betroffenen Versicherung erhält. Alles andere liegt bei ihm. Er bestimmt den Zeitpunkt, erledigt die Vorrecherchen, klärt die Details. Wenn er einen Auftrag übernimmt, dann liegt seine Erfolgsquote bei hundert Prozent. Was die internationale Kunstmafia nicht wirklich freut. Er vermasselt ihnen regelmäßig ihre profitablen Geschäfte.«

»Ein Wunder, dass er noch lebt«, bemerkte der Jüngere und kehrte ein kleines Häufchen Schmutz auf seine Schaufel.

»Er hat vorgesorgt«, murmelte der Ältere. »So gut wie niemand kennt sein Gesicht, seinen richtigen Namen, seine Nationalität oder seinen Wohnort. Er akzeptiert nur Barzahlung, hat lediglich ein Prepaid-Handy und keine Kreditkarten, keine Postadresse und kein Bankkonto.«

»Wieso kennt Shapiro dann die Wohnung in Wien?«

»Weil er die Vergangenheit Reiters auf Geheimdienstebene überprüft hat, und zwar gründlich. Er konnte bisher nur zwei seiner Wohnungen identifizieren, das Apartment in Wien, gemietet auf den Namen eines alten Freundes aus seiner Zeit beim Einsatzkommando Cobra, und eine Hand voll alter Häuser in den Cottischen Alpen. Die liegen im Piemont. Oder besser gesagt lagen. Im vergangenen Jahr hat jemand sie einfach weggesprengt. Mit einer Bombe.«

Beide Männer schwiegen und kehrten mechanisch weiter, während sie hin und wieder einen Blick auf das hellblaue Haus warfen.

»Rebus lebt also doch gefährlich«, meinte schließlich der

Jüngere, »all seinen Vorsichtsmaßnahmen zum Trotz. Wie nimmt man eigentlich mit einem Phantom des Kunstdiebstahls Kontakt auf, wenn man einen Auftrag zu vergeben hat?«

Der Ältere lachte leise. »Man schaltet eine Anzeige in der London Times und wartet. Bei gestohlenen Gemälden kommt es nicht auf ein oder zwei Wochen an.«

»Und dann bekommt man einen Anruf von Rebus?«

»Wie es immer wieder abläuft in diesen Fällen, wahrscheinlich aus einer Telefonzelle irgendwo zwischen Oslo und Palermo. Die Details werden vereinbart, man klärt das Finanzielle und wartet erneut, bis einige Tage vor der Übergabe ein weiterer Anruf kommt. Das ist alles.«

»Komischer Typ«, beschied der Jüngere der beiden. »Warum nimmt er nicht das Bild und versucht, so viel Geld wie möglich herauszuholen, indem er es erneut irgendeinem reichen Sammler unter der Hand verkauft?«

»Das weiß nicht einmal Shapiro, und das will was heißen«, meinte der andere ironisch. »Prinzipien vielleicht? Etwas so Veraltetes wie Moral? Er liebt es, im Dritten Reich enteignete Kunst an die Erben der ursprünglichen jüdischen Besitzer zurückzugeben. Ich denke, das hat Shapiro überzeugt, ihn anzuheuern. Üblicherweise entscheidet Rebus, welche Gemälde ihn interessieren und wann er mit seiner Aktion startet. Diesmal ist es anders, und es wundert mich, dass Rebus mitmacht. Zum Glück andererseits, denn dem guten Ori läuft die Zeit davon.«

»Womit hat ihn Shapiro geködert?«, wollte der Jüngere wissen und stützte sich auf seinen Besen.

»Keine Ahnung. Das war nicht Teil unserer Informationen. Wir sollen ihn lediglich beschatten und versuchen, mehr über ihn und seine Recherche herauszufinden...«

»...was euch beiden sicher nicht gelingen wird.« Der Mann,

der plötzlich wie aus der Versenkung hinter ihnen aufgetaucht war, trug ausgewaschene Jeans, Dockers und ein Sweatshirt. Sein dünnes, spöttisches Lächeln verriet nichts Gutes.

»Habe ich mich doch nicht getäuscht. Der Ford Fiesta stand schon in der Bergheidengasse in Speising, oder?« Alexander Reiter wies auf den Wagen, der auf der anderen Seite des Platzes geparkt war. »Schwache Leistung, Jungs, Ende der Maskerade, man könnte auch sagen Kehraus. Gruß an Shapiro, sollte ich noch mal über einen seiner Agenten stolpern, stelle ich die Suche ein. Auf der Stelle. Ist das angekommen?«

Der Ältere nickte und verzog das Gesicht. »Das wird Ori nicht gefallen.«

»Sehe ich so aus, als würde mich das interessieren? Ich brauche keine Bluthunde auf meiner Fährte. Wenn dieses Dokument so wichtig für den Mossad ist, dann soll er es selbst auftreiben. Oder mich in Ruhe meine Arbeit machen lassen. Shalom.«

Damit drehte sich Reiter um und ließ die beiden Straßenkehrer einfach stehen, die ihm etwas ratlos hinterherblickten.

»Und was jetzt?«, fragte der eine.

»Du hast es gehört, wir telefonieren besser mit Shapiro. Dieser Reiter sieht nicht so aus, als würde er auch nur eine Sekunde zögern und die Recherche abbrechen. Und dann kommen wir in Teufels Küche.«

Wenige Minuten später stand Rebus wieder am Fenster und beobachtete, wie der orangefarbene Spritzwagen die Schaufeln und Besen der beiden Straßenkehrer einlud und damit in Richtung Augarten verschwand. Kurz danach rollte der Fiesta in die gleiche Richtung.

»Shapiro muss die Zeit unter den Nägeln brennen«, murmelte er und blickte dem Wagen hinterher. Zu gern hätte er gewusst, was den Reisebericht aus dem 19. Jahrhundert so besonders machte. Aber vielleicht wusste er morgen um diese Zeit schon mehr, vorausgesetzt, dieser Steinberg an der Uni spielte mit.

Gedankenverloren ging er in die Küche, warf die Kaffeemaschine an und holte den Zucker aus dem Schrank.

Japan, China, Singapur, Indien, Britisch-Indien ... Engländer und Franzosen als Kolonialmächte, die Österreich in der Welt schon lange überholt hatten ...

Plötzlich fiel Reiter ein, mit wem er telefonieren musste. Er hatte bei einem alten Mann in der Charlotte Road London seit vergangenem Jahr noch einen Stein im Brett und einen Gefallen gut. Und wenn jemand über die Aktivitäten der Engländer in den 1870er-Jahren in Asien Bescheid wusste, dann war es Peter Compton.

Kapitel 5

DIE RATTEN

Sonntag, 5. Juni 2016

Olivaer Platz, Berlin-Charlottenburg/Deutschland

Das alte Haus am Olivaer Platz hatte den Krieg überlebt, war danach renoviert worden und sah trotz geglätteter Fassade noch immer repräsentativ aus. Der Eingang, zwischen einem Feinkostladen und einem Blumengeschäft gelegen, wurde von einem uniformierten Polizisten bewacht, der gelangweilt die Passanten betrachtete.

»Ist nicht wahr«, murmelte Calis kopfschüttelnd, als er den Wagen der Spurensicherung erblickte, der prominent auf dem Bürgersteig direkt vor dem Haus parkte. Thomas Calis hatte nach der dritten Runde um den Block aufgegeben und Martinas A-Klasse einfach im Halteverbot geparkt.

»Und wer sind *Sie*?«, fragte ihn der wachhabende Polizist und versperrte dem Kommissar mit ausgestrecktem Arm den Zutritt.

Calis grinste. »Das frage ich mich ununterbrochen, und vor allem – wie viele bin ich?« Er hielt dem Uniformierten seinen Ausweis unter die Nase. »Wie lange stehen Sie bereits hier?«

»Seit heute kurz nach Mitternacht«, antwortete der Polizist müde und blinzelte. »Sie sehen aber auch nicht gerade taufrisch aus, wenn Sie mich fragen ...«

»Wie gut, dass ich Sie nicht frage«, erwiderte Calis müde. »Es war eine kurze Nacht. Wer ist oben?«

»Bergner und sein Cabaret, sind vor einer halben Stunde gekommen. Vierter Stock.«

»Na denn, wird Zeit für den Gaststar. Lift?«

»Negativ, Fußarbeit.«

»Wie ich Frühsport hasse...«, brummte Calis und schob sich an ihm vorbei.

Im vierten Stock brannten Scheinwerfer vor einer Wohnung an der linken Seite, tauchten den Flur in gleißendes Licht. Winnetou Bergner stand vor der Wohnungstür und schrieb etwas auf einen großen Block, den er auf einem altmodischen Klemmbrett befestigt hatte.

»Wird Zeit, dass du hier mal aufschlägst«, meinte er, ohne aufzublicken.

»Ich habe den Fall schon gestern Abend gelöst«, stellte Calis trocken fest. »Das ist eher nur so ein Gesichtsbad, damit keiner sagen kann, ich war nicht hier.«

»Gesichtsbad? So wie du aussiehst, hast du noch nicht mal geduscht. Wo ist die attraktive Kollegin?« Bergner blickte suchend hoch.

»Du wirst mit dem attraktiven Kollegen vorliebnehmen müssen«, entgegnete Calis.

»Mit welchem?«, konterte Bergner und schaute forschend über die Schulter des Kommissars in den Korridor. »Wen hast du mitgebracht?«

»Blödmann, außerdem hast du mir meinen Parkplatz weggenommen.«

»Arbeitende Menschen haben auch am Sonntag gewisse Vorrechte«, grinste Bergner. »Wer früher aufsteht, der nahe parkt. Kaffee?«

»Hast du welchen?«, erkundigte sich Calis mit hoffnungsvoller Miene.

»Klar, diesmal bin ich vorbereitet. Meine Jungs hüten ihn im Einsatzwagen. Zieh die Schuhhüllen an, dreh eine Runde, bis dahin organisiere ich dir einen. Schwarz mit Zucker?«

Calis brummte etwas Unverständliches, und Bergner fasste es als Zustimmung auf. »Du kannst nicht mehr viel kaputt trampeln, an den strategischen Plätzen sind wir fast durch. Die Jungs weisen dich ein – oder aus. Wir haben in der Nacht noch etwas länger gearbeitet, weil so ein Hellseher mit Pendel etwas von Feinkamm gemurmelt hat.«

Calis zeigte Bergner den Mittelfinger und betrat die Wohnung. Sein Schatten fiel in den Flur, und einer von Bergners Mitarbeitern, der gerade auf dem Boden kniete, blickte auf, murmelte »Oh Gott ...« und suchte weiter.

»... Sohn oder Heiliger Geist reicht.« Calis grinste. »Etwas Auffälliges?«

Der kniende Mitarbeiter der Spusi schüttelte den Kopf. »Bis jetzt nicht.«

Die große Zwei-Zimmer-Wohnung war ordentlich aufgeräumt. Alles schien seinen Platz zu haben, es gab keine unnötigen Dekorationen oder Blumen. Ein hohes Regal war mit verschiedensten Büchern gefüllt. Calis ging die verschiedenen Titel durch und hatte den Eindruck, eine Schachtel von Flohmarkt-Büchern vor sich aufgereiht zu sehen, kunterbunt gemischt. In einem der unteren Regale sah er das kleine rote Bändchen.

Lichtenstein. Hauff. Ausgabe 1868.

Er zog das Buch heraus, ließ die Seiten über den Daumen gleiten. Ein neutrales Exemplar. Calis blätterte es nochmals durch, stutzte.

Da war etwas ...

Er blätterte zurück. Zwischen zwei Seiten lag ein Zigarettenpapier, hauchdünn, fast durchsichtig. Calis zog Handschuhe aus der Tasche seiner Jeans.

»Hast du etwas gefunden?« Bergner hielt ihm einen Pappbecher mit dampfendem Kaffee unter die Nase und schaute interessiert auf das kleine Blatt Papier.

»Seltsamerweise ja«, murmelte Calis. »Ist mir aber auch erst auf den zweiten Blick aufgefallen. Hast du eine Pinzette?«

»Hat ein Maler einen Pinsel?« Bergner zog eine schmale Pinzette aus seiner Jackentasche und reichte sie Calis. »Warte, ich hole dir ein Tütchen.«

Vorsichtig hob Calis das Zigarettenpapier an. Es schien brüchig, hatte offenbar lange Zeit in dem Buch gelegen. Waren das verblasste Buchstaben? Bergner hielt das Plastiktütchen auf, und der Kommissar ließ das Papier behutsam hineingleiten.

»Bringst du das ins Labor? Wenn ich noch ein paarmal öfter scharf hinsehe, dann zerfällt es in kleine Teile. Ich brauche so schnell wie möglich eine Analyse.« Calis sah sich weiter um. »Habt ihr die Waffen und Munition gefunden?«

Bergner nickte. »Unter dem Bett war ein Hohlraum im Boden, da lagen zwei Pistolen und ein Scharfschützengewehr. Mit ausreichend Munition für ein kleines Scharmützel am Olivaer Platz und den angrenzenden Nebenstraßen.«

»War wohl die Standardausrüstung der Gruppe«, stellte der Kommissar fest. »Geld?«

»Haben wir aufgeteilt.« Bergner betrachtete wie angelegentlich seine Fingernägel. »Alle waren dafür ...«

»Wo ist mein Anteil?«, feixte Calis.

»Ist unterwegs in die KTU, gemeinsam mit unserem«, meinte Bergner bedauernd. »Rund achtzigtausend, wenn wir richtig gezählt haben. Scheiß Ehrlichkeit. So bringen wir es niemals zu etwas.«

»Vielleicht sollte ich bei mir auch mal unter dem Bett nachschauen«, überlegte Calis laut.

»Dann greifst du höchstens zum Staubsauger.« Bergner winkte desillusioniert ab. »Der Tote lag im Bett, wie Gärtner, muss wohl ebenfalls im Schlaf überrascht worden sein. Wenn ich mir das Schloss an der Wohnungstür so ansehe, dann ist es auf jeden Fall der gleiche Profi wie in der Kaiserin-Augusta.«

»Es ist der gleiche, ich weiß es«, stellte Calis fest. »Ich habe dich nicht angelogen. Er hat mich gestern mitten in der Nacht angerufen und sechs Morde gestanden. Vier davon in Berlin. Llewellyn meint, er sei so etwas wie ein Cleaner, jemand, der aufräumt und alle Spuren beseitigt und am Ende sogar sich selbst.«

»Sich selbst beseitigt?«, fragte Bergner stirnrunzelnd.

»Genau, als Letzter in der Reihe. Geheimdienst-Denken, das normale Menschen nicht begreifen. Laut Llewellyn wird man ihn nicht finden. Cleaner hinterlassen keine Spuren. Habt ihr irgendwelche Dokumente gefunden? Wie heißt das Opfer überhaupt?«

»Paul Dietrich, fünfundsechzig Jahre alt, und nein, keine Dokumente.« Bergner zog eine Plastiktüte aus einem Korb. »Reisepass war das Einzige, was wir gefunden haben. Geboren in Leipzig.«

»Familie? Fotos?«, wollte Calis wissen.

»Fotos keine, Familie...? Was weiß ich? Du musst ja auch noch etwas zu tun haben, mein gescheiter weißer Bruder.« Bergner schaute auf die Uhr. »In spätestens einer Stunde sind wir hier verschwunden.«

»Dein weißer Bruder wollte eigentlich mit seiner hübschen Squaw in Urlaub fahren, schon vergessen?«, erinnerte ihn Calis. »Muss nur noch mit Frank über die Auflösung der Sonderkommission sprechen, dann sind wir unterwegs in den Süden.«

»Träum weiter«, meinte Bergner. »Das hatte ich meiner Frau auch so oft versprochen. Dann hat sie sich scheiden lassen. Sie wolle endlich einmal in Urlaub fahren, meinte sie.«

»Ich nehme das rote Buch mit.« Calis steckte den Hauff ein

und drehte noch kurz eine Runde durch die Wohnung. Dietrich musste alleine hier gewohnt haben, nichts wies auf eine Frau hin. »Alles einsame Wölfe«, murmelte er, und Bergner nickte. »Sagt dir *bassa manelk* etwas?«, fragte Calis unvermittelt.

»Ist das ein Name? Welche Sprache genau soll das sein?«, erkundigte sich Bergner stirnrunzelnd. Er überlegte kurz, dann schüttelte er den Kopf. »Noch nie gehört.«

»Dann geht's dir wie uns, Martina und ich haben auch keine Ahnung.«

»Wie kommst du drauf?«, wollte Bergner wissen.

»Steht in dem Buch, das alle Ermordeten zu Hause im Regal hatten. Im Hauff-Originaltext.« Calis schlug die Seite 269 auf und zeigte sie seinem Freund.

»Einfach so? Ohne Erklärung?« Bergner überflog den Text. »Hm. Wahrscheinlich eine Art Ausruf. Du solltest einen Literaturexperten zu Rate ziehen, davon gibt es genug in dieser Stadt. Ich wette, es sind bereits ganze Dissertationen über die beiden Worte geschrieben worden.«

»Ich bin dann mal weg«, meinte Calis, »da war ja auch noch die Geschichte mit der Mumie...«

»Ach, da erwarte dir nur nicht zu viel.« Bergner schaute ihn über seine Brille hinweg an. »Mein Bericht ist so dünn wie das Pfarrblatt einer Landgemeinde im Sommer. Ich weiß nicht, was der Doc noch herausgefunden hat, aber von meiner Seite sind da alle Spuren im wahrsten Sinne des Wortes im Sand verweht. Viel zu lange her. Im Flur haben sogar ein Jahr lang Vögel genistet, so wie es aussieht. Die Mumie sollte dich also nicht vom Urlaub abhalten. Die landet auf dem Stapel der unaufgeklärten Fälle, früher oder später.«

Als Calis vor das Haus trat, nickte er dem Polizisten zu. »In spätestens einer Stunde ist hier Schicht im Schacht, und Sie können abrücken. Bergner liegt in den letzten Zügen. Noch eine Draufgabe, dann ist das Cabaret auch schon wieder weitergezogen.«

Der Kommissar sah an der Fassade hoch und dann in die Auslage eines bekannten Feinkostgeschäfts mit der goldenen Schrift auf blauem Grund neben dem Eingang. Ein großes Transparent flatterte über dem Olivaer Platz und verkündete einen verkaufsoffenen Sonntag in ausgewählten Geschäften. Einer plötzlichen Eingebung folgend stieß Calis die Tür auf und betrat den Laden, in dem drei Verkäuferinnen damit beschäftigt waren, Kunden zu bedienen und Waren einzuräumen. Es roch nach frischem Brot und Brötchen.

Nach kurzem Überlegen ging der Kommissar auf die älteste der drei Verkäuferinnen zu, einer freundlich lächelnden, untersetzten Frau mit Dauerwelle und einer makellos weißen Schürze. Dezent legte er seinen Ausweis auf die Theke. »Ich habe nur eine kurze Frage. Kennen Sie Herrn Dietrich? Der wohnt hier im Haus, oben im vierten Stock. Um die fünfundsechzig, alleinstehend. Einer Ihrer Kunden?«

Sie legte den Finger an die Lippen und dachte kurz nach. »Ich denke schon«, meinte sie schließlich. »Kurze mittelblonde Haare, ziemlich groß? Trägt meist eine Sonnenbrille, wegen seiner empfindlichen Augen, sagt er.«

Calis, der zwar ein Foto des Toten in der Tasche trug, es aber nicht unbedingt vorzeigen wollte, nickte. Eine von Dietrichs Sonnenbrillen war sogar auf seinem Nachtkästchen gelegen. »Das ist er. Kauft er regelmäßig bei Ihnen?«

»Der kommt jede Woche mindestens zwei Mal«, bestätigte die Verkäuferin. »Schon seit Jahren. Holt sich meist Butter und Käse, Wurst und Brot, manchmal auch Salate oder eine Flasche

Wein. Ist jetzt nicht so ein Feinschmecker, wenn Sie wissen, was ich meine. Kein Kaviar, Austern oder Krebse. Eher ein bodenständiger Typ. Netter Mann, wenn Sie mich fragen. Immer sehr höflich.«

»Ist Ihnen an Dietrich irgendetwas Ungewöhnliches aufgefallen in letzter Zeit? Und geben Sie mir bei der Gelegenheit bitte ein Schinkenbrötchen mit Butter.« Calis lächelte die Verkäuferin an. »Mein Stehfrühstück.«

»Möchten Sie einen Kaffee dazu, Herr Kommissar? Sie haben Glück, dass wir heute geöffnet haben. Das gibt es nur zwei Mal im Jahr.«

Calis nickte dankbar.

»Nein, mir ist nichts aufgefallen an Herrn Dietrich, er scheint ein ziemlich ruhiges Leben zu führen. Hat mir mal erzählt, er sei pensionierter Lehrer. War wohl in irgendeiner Berufsschule.« Sie teilte das Brötchen und bestrich beide Seiten hingebungsvoll mit Butter. »Wissen Sie, man bekommt in unserem Beruf mit der Zeit eine ordentliche Portion Menschenkenntnis. Herr Dietrich ist eher ein stiller, besonnener Mensch, den nichts so schnell aus der Ruhe bringt. Wartet auch mal länger, ohne zu murren. Sympathisch. Keiner dieser komplizierten Kunden, die schon die Nase verziehen, wenn man ihnen mal zehn Gramm mehr auf die Waage legt.«

»War Dietrich schon immer alleine, oder hat es irgendwann einmal eine Frau gegeben?«, erkundigte sich Calis und nahm dankend die Tasse mit dem dampfenden Kaffee in Empfang.

Die Verkäuferin schüttelte den Kopf und stellte einen Teller mit den beiden Schinkenbrötchenhälften neben den Kaffee, dazu ein Kännchen mit Sahne. »Dietrich war alleine hier, solange ich mich erinnern kann. Ich habe ihn einmal danach gefragt, also nach Familie und so, aber da hat er nur abgewinkt und gemeint: ›Hören Sie mir damit auf!‹ Also habe ich nicht mehr weiter nachgefragt. Das ist aber auch schon zehn Jahre her.«

Was waren das für Männer, Gärtner, Dietrich und Co.?, fragte sich Calis und rührte Zucker in seinen Kaffee. Wozu waren sie hierher nach Westberlin gekommen? Und wann? Wenn es sich tatsächlich um ostdeutsche Agenten gehandelt hat, warum waren sie dann alle noch immer an ihrem Platz? Auf was warteten sie? Auf eine Auferstehung der DDR?

»Blödsinn«, murmelte Calis lauter als beabsichtigt, was ihm einen erstaunten Blick der Verkäuferin eintrug.

Und warum zog sie jemand nach so langer Zeit einfach aus dem Verkehr? In zwei Nächten...

»Ist Dietrich mal auf Urlaub gefahren? Hat er etwas erzählt?«, wollte Calis noch wissen, doch die Verkäuferin konnte ihm auch nicht weiterhelfen. Ja, er sei wohl immer wieder ein paar Wochen nicht gekommen, aber regelmäßig sei das auch nicht gewesen. Vielleicht sei er ja auch krank gewesen in dieser Zeit?

Calis bezahlte und verabschiedete sich. Keine Spuren, dachte er bewundernd, keine Spuren. Im Stillen wettete er gleichzeitig mit sich, dass auch Dietrich bei der Rentenkasse unbekannt sein würde und noch nie Pension bezogen hatte.

Zeit mit Frank zu sprechen, dachte der Kommissar und zog das Handy aus der Tasche. Das unvermeidliche Knöllchen unter dem Scheibenwischer, das er bereits erwartet hatte vorzufinden, steckte er ein und setzte sich in den kleinen Mercedes.

»Wenn alles so gut funktionieren würde in dieser Stadt wie die Parkbewirtschaftung«, meinte er zu Frank, als der sich endlich meldete. »Selbst am Sonntag drehen die ihre Runden. Und nicht einmal ein Frankfurter Kennzeichen hält sie von einem Knöllchen ab. Von Touristenbonus keine Spur.«

»Lass mich raten – du hast wieder mal im Parkverbot gestanden und diesmal mit Martinas Wagen. Frau Kommissar wird sich freuen«, stichelte Frank.

»Frau Kommissar ist wahrscheinlich noch gar nicht wach. Es ist Sonntag, wenn ich dich daran erinnern darf. Normale Menschen überlegen sich, was sie heute mit Familie unternehmen, was sie kochen oder wohin sie ins Grüne fahren.«

»Du brauchst dir nicht zu überlegen, wohin du fährst, ich gebe dir die Adresse gleich durch, und wir treffen uns da. Es wurde tatsächlich eine Liste zusammengepuzzelt, vor genau fünf Tagen, auf der alle unsere toten Agenten stehen. Eine Hand voll Mitarbeiter scannen bei der Behörde die geschnetzelten Akten digital ein und werten die Ergebnisse aus, ein weiteres Dutzend arbeitet mehr oder minder regelmäßig mit der alten, konventionellen Methode. Säcke öffnen, auf den Tisch leeren, Papierschnitzel sichten. Ich habe die Namen und Adressen bekommen. Bei einem müssen wir wohl oder übel beginnen. Einer der Angestellten wird die Liste rausgegeben haben. Jene Liste nämlich, die unser Cleaner abgearbeitet hat.«

»Und Llewellyns Liste?«, fragte Calis nach.

»Muss aus derselben Quelle stammen nach Ansicht des Majors. Er hat sie mitgenommen und konferiert mit Compton«, antwortete Lindner. »Dieser Charles R. Parker stand tatsächlich drauf. Jetzt muss Llewellyn nur noch Informationen über die anderen fünf Männer auf der Liste herausfinden.«

»Fällt dir etwas auf? Es sind jeweils sechs Männer auf den Listen verzeichnet, auf der alten Liste Llewellyns und auf der des Cleaners. Reiner Zufall?« Calis startete den kleinen Mercedes und reihte sich in den spärlichen Morgenverkehr ein. »Auch wenn die erste offenbar eine Gruppe zu eliminierender Personen war, die zweite war eine Liste von Agenten, daran besteht für mich kein Zweifel mehr. Eine Gruppe von niemals enttarnten ehemaligen DDR-Agenten. Was zum Teufel wollten die hier? Worauf haben sie gewartet? Fragen über Fragen.« Er fuhr sich müde mit der Hand übers Gesicht. »Also dann, gib mir die Adresse durch, ich bin unterwegs.«

ILA Berlin Air Show, Berlin ExpoCenter Flughafen Schönefeld/Deutschland

John Finch wanderte über das Messegelände und genoss seinen persönlichen ruhigen Sonntagvormittag, obwohl überall rund um ihn herum gehämmert und zerlegt wurde. Der Tag nach einer Messe war stets ein besonderer. Die Stände wurden abgebaut, LKW rollten durch die Hallen und stauten sich an den Zufahrten. Gruppen von Handwerkern verwandelten die Messestände in Ladungen von Brettern, Rohren und Stellwänden, stapelten Kisten übereinander, Gabelstapler rangierten im Millimeterbereich zwischen abgestellten Handwagen und Handwerkskoffern, Kabelrollen und Prospektkartons.

Auf dem Außengelände ging es weniger laut zu. Hier verhallte der Lärm aus den riesigen Hallen, ging unter in den Schallwellen der startenden Flugzeuge vom Flughafen Schönefeld.

Der Weg zu Johns abgestelltem Vorführ-Helikopter war nicht weit. Es gab eine offizielle Abflugliste, um die ILA mit dem Flugverkehr in Schönefeld zu koordinieren. John hatte deshalb noch genügend Zeit; vor vier Stunden war an einen Abflug nicht zu denken. Das gab ihm Gelegenheit, den Tankwagen anzufordern und den Helikopter durchzuchecken. Viel war nicht zu kontrollieren. Der Hubschrauber war brandneu, hatte gerade ein paar Flugstunden seit der Auslieferung hinter sich.

Und dann war da noch seine Copilotin.

Hoffentlich verspätete sie sich nicht.

Das hervorstechendste Merkmal des X3-Konzepts war der fehlende Heckrotor zur Stabilisierung. Zwei große Luftschrauben an kurzen Stummelflügeln sorgten für den Vortrieb, wie bei einem Flugzeug, während der große, konventionelle Rotor für den Auftrieb zuständig war, wie bei jedem herkömmlichen Hubschrauber. Der Erfolg des Prinzips lag auf der Hand. Der X3 war der schnellste Helikopter, der jemals gebaut wurde. Dabei unkritisch zu fliegen und selbst bei Geschwindigkeiten über 400 Stundenkilometer leicht beherrschbar. Erstmals im Sommer 2010 im Test-Zentrum in Istres, in Südfrankreich, geflogen, wurde der X3 mit jedem weiteren Jahr schneller und schneller. War er bereits bei seiner Vorstellung ein Weltrekordhalter, so gab er diesen auch später nicht mehr ab.

John hatte jedes Mal, wenn er den weiterentwickelten X3 flog, das Gefühl, ein Rennpferd zu reiten, das vor lauter Kraft nicht laufen konnte. Die beiden Rolls-Royce-Turbinen hatten zusammen mehr als 4500 PS, so näherte sich das neue Modell der 500-Stundenkilometer-Marke im waagrechten Flug. Bei einem Preis von knapp unter zehn Millionen Euro waren die Auftragsbücher des Herstellers voll. Der Hybrid-Hubschrauber, halb Helikopter, halb Flugzeug, stellte eine völlig neue Generation von schnellen Fluggeräten dar, die alle interessierte, ob zivile Anwender oder staatliche Stellen.

So viele Militärs wie in den letzten Tagen hatte John schon lange nicht mehr geflogen.

Johns Baby parkte neben einem großen Sikorsky-Transporthubschrauber in Militäranstrich. Es sah aus wie ein auf dem Boden kauerndes Insekt mit seltsam runder Igelnase. Silberfarben, mit eleganten schwarz-weißen geschwungenen Linien, war der Weltrekordhalter bereits fertig ausgestattet für seinen neuen Besitzer in den Emiraten. Geld machte alles möglich, selbst den Verkauf eines Vorserienmodells samt persönlicher Überführung bis in den Vorgarten des Käufers. Wobei der Vorgarten diesmal ein Park mit königlichen Dimensionen war.

Die Hersteller hatten es zur Auflage gemacht, den X3 mit Copiloten über die große Distanz in die Emirate zu fliegen. Deshalb hatte John Amber Rains aus England einfliegen lassen. Er schaute auf die Uhr. Hatte der Lufthansa-Flug aus London etwa Verspätung? John kraulte Sparrow, der auf der Lehne des Pilotensitzes saß und genussvoll die Augen geschlossen hatte.

»Danke für den netten Empfang am Gate in Tegel, John Finch! Hauptsache, du kraulst diesen fliegenden Flohzirkus. Von den Blumen, der Umarmung und dem ›Wie schön, dass wir wieder einmal gemeinsam fliegen!‹ ganz zu schweigen. Es ist jedes Mal herzzerreißend zu sehen, wie sehr du dich um mich sorgst.«

Die Frau mit den kurz geschnittenen dunkelblonden Haaren und dem schmalen Gesicht mit den großen braunen Augen, die etwas skeptisch in die Welt blickten, stellte ihre Tasche neben den X3 und fuhr mit der Hand fast zärtlich über die glänzende Hülle.

»Was für ein bemerkenswertes Stück Technik«, meinte sie fast andächtig, »geflogen von einem alten, starrköpfigen Piloten, der schon zu lange in Afrika herumhängt, nun endlich in die Schweiz übersiedelt und mich dann öfter besuchen könnte«, beendete sie den Satz mit kaltem Unterton. »Du lässt dich gar nicht mehr in England blicken.«

»Jetzt fängst du auch noch damit an«, brummte John, stieg aus und umarmte Amber. »Schön, dass du gekommen bist. Ich soll dich von allen grüßen. Llewellyn ist mit Alex Beaulieu in

Berlin und ist einer mysteriösen Liste auf der Spur. Fiona hat das Haus am Genfer See voll eingerichtet und mir keinen Ausweg mehr gelassen. Und unser Captain Sparrow hier, der wird bald mit dem richtigen Akzent sprechen. Geheimdienstlegende Peter Compton zieht seine Fäden wie eh und je aus seinem Wohnzimmer in London, während seine Frau Margret uns alle noch ins Grab backt. Jetzt bist du auf dem Laufenden.«

Amber lächelte und hievte ihre Tasche ins Cockpit, neugierig betrachtet von Sparrow. Sie war eine begnadete Mechanikerin und begeisterte Pilotin, die vor etwas mehr als fünfzig Jahren in London zur Welt gekommen war. Ihre Eltern, weitgereiste Diplomaten im Dienst der Krone, hatten es keineswegs als lustig empfunden, als sich ihre Tochter einen Werkzeugkasten und kein Puppenhaus zu Weihnachten gewünscht hatte, um nach der Bescherung sofort den familieneigenen Mini in alle Einzelteile zu zerlegen. Nachdem sie ihn allerdings wieder fehlerfrei zusammengebaut hatte, dachte ihr Vater, damit sei die technische Neugierde seiner heranwachsenden Tochter befriedigt und man könne in absehbarer Zeit zu Schulabschluss, Studium und diplomatischer Laufbahn übergehen.

Doch er hatte sich getäuscht.

Der geniale Sturkopf Amber beendete die Schule ein Jahr früher als vorgesehen und dachte trotzdem nicht daran, sich an der Universität einschreiben zu lassen. Viel lieber trampte sie nach Duxford, zu dem einstigen Flugfeld der Royal Air Force nördlich von London, und sah den alten Mechanikern bei der Restaurierung von Lancaster-Bombern und Sternmotoren über die Schulter. Zudem war sie hartnäckig, aufgeweckt und hübsch genug, um rasch auf die andere Seite der Absperrung in den Werkshallen zu gelangen.

Bald waren ihre Hände schwarz vom Öl, ihre Nägel abgebrochen und Amber glücklich.

Ganz anders ihr Vater.

Sir Arthur Rains, damals Botschafter in Algier, war *definitely not amused*, drohte mit Enterbung und sprach von Jugendflausen, die er seiner Tochter rasch austreiben würde. Was damit endete, dass einige Tage später Amber ihre Koffer packte, aus dem elterlichen Haus in Mayfair aus- und in eine kleine Pension in Duxford einzog, jeden Tag an den alten Maschinen schraubte und bald in einem der angeschlossenen Restaurierungsbetriebe als Lehrling aufgenommen wurde. Ihr Chef merkte nur zu schnell, dass er ein Naturtalent vor sich hatte, und unterstützte sie nach allen Kräften. Er bezahlte ihr sogar die Pilotenausbildung, die sie in Rekordzeit absolvierte und mit Bravour bestand.

Die Folgen waren weitreichend – zumindest was die Familie betraf. Ihr Vater hatte jeden Kontakt mit ihr eingestellt, ihre Mutter versuchte, sie zu verstehen, und überwies Amber jeden Monat ein wenig Geld. Als ihre Eltern eines schönen Tages an die Botschaft nach Kairo versetzt wurden, hatte Amber ihre Gesellenprüfung absolviert und machte – aufgrund ihrer außergewöhnlichen Begabung – wenig später auch ihren Meister.

Dann ging auch sie nach Afrika – einerseits, um mit diesem Schritt ihren Vater zumindest ein wenig zu versöhnen und näher bei ihren Eltern zu sein, andererseits, weil nach einer missglückten Beziehung und den damit verbundenen tränenreichen Szenen ein Wechsel des Landes Amber reizvoll erschien. So lief eines Tages eine blasse, übernächtigte Amber Rains in Kairo, an der Bar des legendären Continental-Savoy, einem gewissen John Finch über den Weg. Der, nach etlichen Flaschen Sakkara-Bier und einigen Gläsern Single-Malt Islay Whisky in leichter Schräglage, suchte für einen Flug tags darauf nach Gabun einen Copiloten. Amber wiederum machte ihm klar, dass er ihn gerade gefunden hatte, und John willigte schulterzuckend ein. Später behauptete er immer wieder wenig charmant, dass er in diesem promilleträchtigen, illuminierten Zustand selbst einen Gorilla engagiert hätte.

Ab da waren beide unzertrennlich, flogen mit einer alten Douglas DC-3, die John gekauft hatte und die Amber in der Luft hielt, bis nach Kapstadt und Tansania, transportierten Waffen und Flüchtlinge, Diamanten und Soldaten, Schmuggelgut oder auch die Lebensmittelhilfe der Vereinten Nationen. Sie waren ein eingespieltes Team, am Boden und in der Luft. Für einige Jahre waren sie ein Paar, doch dann entschloss sich Amber spontan – nach einem der unzähligen schiefgegangenen Versuche, sich mit ihrer Familie auszusöhnen –, wieder nach Duxford zurückzukehren.

John akzeptierte ihren Entschluss und legte ihr nichts in den Weg. Er wusste selbst am besten, wie schwer es war, den Virus Afrika loszuwerden.

Und sich im engen England wieder zurechtzufinden.

Jahre später, die zum Ende hin ein einziges emotionales und wirtschaftliches Fiasko gewesen waren, kehrte auch Finch Afrika den Rücken und ging nach Brasilien, an die Ufer des Rio Negro, um eine private Charterfluglinie zu eröffnen. Doch das war nun auch schon ein paar Jahre her.

»Weist du mich ein?«, forderte Amber John auf und ließ ihren Blick über die Instrumente wandern. »Ich weiß, du fliegst das Baby auch alleine in die Emirate, aber wenn ich schon mal da bin...« Sie lächelte glücklich. »Wer bekommt so eine Chance schon geboten?«

»Mein Vater hätte gesagt, wenn du schon mal da bist, kannst du auch gleich fliegen«, lächelte John. »Er hätte dich gemocht. Für ihn war es ein unnötiges Übel, manchmal nicht in der Luft zu sein. Aufenthalte am Boden waren unvermeidliche Pausen zwischen dem Fliegen. Dann war er meist unleidlich.«

»Erinnert mich an dich.« Amber holte die Ray-Ban-Sonnenbrille aus ihrer Fliegerjacke. »Hast du die Route ausgerechnet?«

John reichte ihr eine Mappe mit den Details. »Fünftausend Kilometer, wir fliegen über Kairo. Von da über Saudi-Arabien nach Abu Dhabi. Kleiner Umweg, aber...«

»... wer will schon gerne über den Irak oder den Iran fliegen«, nickte Amber. »Weißt du was, John Finch? Es ist das erste Mal, dass ich mir wegen der Technik in einem deiner Vögel keine Sorge machen muss. Der X3 kommt nicht von einem dubiosen Waffenhändler aus Libyen, einem Schrotthändler aus Arizona oder einem halb verfallenen Hangar zwischen Nairobi und Dakar. Er kommt direkt aus der Montage. Du besserst dich.«

»Deshalb wollte ich dich zuerst auch gar nicht einladen«, feixte John. »Dieses Baby ist im Neuzustand, und die kleine Urlaubsreise nach Abu Dhabi ist ja keine Herausforderung für dich...«

»Heißt das, du holst mich nur, wenn du nicht sicher bist, ob die Motoren durchhalten und wir lebend ankommen? Danke für das Kompliment, John Finch.«

»Wenn du etwas länger nachdenkst, dann wirst du merken, es ist tatsächlich eines«, gab John zurück. »Andererseits, nachdem ich deine Vorliebe für gute Restaurants kenne und die für das Kebabgy direkt am Ufer des Nil im Besonderen, mache ich dir einen Vorschlag. Wir fliegen bis Kairo, da bleiben wir über Nacht, und wir gehen ins Kebabgy Abendessen. Ich lade dich natürlich ein. Morgen fliegen wir weiter nach Abu Dhabi, liefern den X3 und nehmen einen Linienflug zurück. Wann musst du wieder in Duxford sein?«

Amber winkte ab. »Die Jungs kommen auch ohne mich klar. Wir haben derzeit zwei große Projekte am Laufen, aber die werden erst in ein paar Wochen aus dem Hangar rollen.«

»Dann haben wir ja Zeit«, stellte John zufrieden fest. »Die DC-3 braucht wieder mal eine Durchsicht, und es wäre nett, wenn du den Jungs in Kairo dabei ein wenig auf die Finger schauen könntest. Wenn wir sowieso schon da sind...?«

»Du bist unmöglich, John Finch, weißt du das?« Amber blitzte ihn an.

»Ich kenne keine Bessere als dich«, zwinkerte ihr John zu, »und da ist noch immer das Kebabgy...«

»Das ist doppelte Erpressung, und das weißt du.« Amber grinste lausbübisch.

»... und Fiona ist für die Stiftung ebenfalls gerade in Kairo, wenn dir das deine Entscheidung leichter macht«, setzte John hinzu. »Sie würde sich sicher freuen, dich zu sehen.«

»Nur wegen Fiona und nur wegen ihr kriegst du mich rum«, stimmte Amber zu. »Aber ich warne dich. Ich esse mich im Kebabgy die Karte rauf und runter auf deine Kosten. Und Sparrow nehmen wir mit. Der bekommt die besten Sonnenblumenkörner und Früchte bis zum Abwinken.«

Fiona Klausner, Johns Freundin seit seiner Abreise aus dem brasilianischen Dschungel einige Jahre zuvor, wachte über eine Stiftung, die sie mit dem Vermögen ihres verstorbenen Großvaters in der Schweiz eingerichtet hatte. Nachdem sie voriges Jahr ein großes Haus in der Nähe von Montreux gekauft hatte, war ihr Druck auf John immer größer geworden, endlich sein Zimmer im Hotel Cecil auf der Corniche in Alexandria aufzugeben und zu ihr in die Schweiz zu ziehen. »Zurück in die Zivilisation«, wie Fiona es nannte. Nun hatte sie es endlich geschafft.

Amber allerdings wusste, wie bitter es für John war, Afrika den Rücken zu kehren. Weil es ihr Jahre zuvor genauso schwergefallen war, als sie in das kalte, regnerische England zurückgegangen war und ihr die plötzliche Enge die Luft genommen hatte.

Bevor ihr die Decke auf den Kopf gefallen war.

Es hatte lange gedauert, sich an die alte Heimat zu gewöhnen. Amber hatte nur zu oft Heimweh nach Afrika gehabt, nach der besonderen Atmosphäre in den alten, großen Hotels aus der Kolonialzeit, nach dem Geist von Saint-Exupéry, der alle Flieger begleitete, die den großen Weg über die Wüste antraten. Jene Wüste, die den französischen Flieger faszinierte, weil sich irgendwo darunter eine Quelle versteckte. Der Himmel über England war parzelliert, eingeteilt wie eine Kleingartensiedlung, mit zu vielen Kontrolleuren und endlosen Vorschriften. Die Weite über den Wolken von Afrika hingegen schien unendlich, und viele Piloten verfielen ihr und dem Abenteuer, dem Risiko, das jeden Flug begleitete. Die Gefahr, für immer in der Wüste zu bleiben, vielleicht niemals gefunden zu werden, war wie ein Adrenalinstoß, auf den viele nicht mehr verzichten konnten. Es war Fliegen am Limit, ehrlich und ohne doppelten Boden, ohne Sicherheit und Rückversicherung, auf Saint-Exupérys Spuren.

John schien ihre Gedanken zu erraten. Ohne von seinem Flugplan aufzusehen, meinte er: »Wir könnten die alte Dame ja nach der Durchsicht ein wenig bewegen. Saint-Exupéry hat vor genau neunzig Jahren, im Jahr 1926, als Pilot bei der Aeropostale unterschrieben, um als Postflieger Briefe und Päckchen von Toulouse in Frankreich nach Dakar im Senegal zu fliegen. Wir könnten einen Gedenkflug in Erinnerung an ihn starten, was meinst du?«

»Dakar – Toulouse?«, lächelte Amber. »Du bist tief in deinem Herzen ein alter, unverbesserlicher Romantiker, weißt du das?«

In diesem Moment fiel ein Schatten auf Johns Flugplan,

Sparrow krächzte ein aufgeregtes »Pirrraten!«, und der Pilot sah hoch. Neben dem Cockpit stand ein schlanker Asiate, in schwarzem Anzug und Krawatte, die Augen hinter einer verspiegelten Sonnenbrille verborgen. Hinter ihm, in einiger Entfernung, warteten zwei Männer mit der Statur von Sumōringern.

»Mr Finch? Mr John Finch?« Der Asiate drehte in seiner Hand eine große schwarze Münze, die immer wieder die Sonnenstrahlen spiegelte und glänzte.

»Ja?«, antwortete John. »Wir bereiten soeben den Abflug vor, die Messe ist zu Ende. Wollten Sie noch Auskünfte zu der X3?«

Der schlanke Mann griff in seine Anzugtasche und zog ein Schreiben hervor, das er John reichte. »Ich komme gerade vom Sales Manager der Firma Airbus Helicopters, Monsieur DeGilles. Unser Unternehmen hat den X3 gekauft, wir haben uns mit dem ursprünglichen Käufer in Abu Dhabi gütlich geeinigt.«

Das ironische Lächeln, das dabei um die dünnen Lippen des Mannes spielte, gefiel John ganz und gar nicht.

»Mr Finch, wir benötigen den Hubschrauber für einen speziellen Einsatz, der leider sehr dringend ist und keinen Aufschub duldet. Deshalb waren wir äußerst glücklich zu erfahren, dass ein X3 in Berlin ausgestellt wurde.«

John überflog das Schreiben. Eine Xin Del Shanghai Ltd. hatte tatsächlich den X3 gekauft, für mehr als zwanzig Prozent über dem offiziellen Verkaufspreis. Damit war sein Flug nach Abu Dhabi hinfällig. Er reichte dem Asiaten das Schreiben zurück und begann, seine Sachen zusammenzusuchen.

»Ihr Hubschrauber«, meinte er nur und nickte dem Asiaten zu. »Herzlichen Glückwunsch zu Ihrer Neuerwerbung, geben Sie uns fünf Minuten.«

»Warten Sie, Mr Finch!«

Der Asiate trat einen Schritt näher und lächelte erneut.

»Meine ... Geschäftsführer haben mich dazu ermächtigt, Ihnen ein Angebot zu machen. Wir möchten Sie gerne als Piloten engagieren. Sie kennen den Hubschrauber bereits, und wir hätten sonst nur sehr zeitraubende und kostenintensive Alternativen. Die angesichts unseres Vorhabens so nicht umzusetzen sind. Daher ...«

»Der X3 kann außerhalb von Vorführungen nur mit Copiloten sicher geflogen werden«, unterbrach ihn John und wies auf Amber.

»Das Angebot gilt selbstverständlich auch für Mrs Rains.« Der Asiate lächelte und verneigte sich leicht.

»Woher kennen Sie meinen Namen?«, wunderte sich Amber.

»Ich bin immer gerne gut informiert, Mrs Rains, das gehört zu meinem Geschäft. Ich habe gehofft, Sie hier anzutreffen. Sie und Mr Finch sind bekanntermaßen ein eingespieltes Team. Wir könnten kein besseres finden.«

Wieder flog die seltsame schwarze Münze in die Luft, drehte sich und landete erneut in der Hand des Asiaten. In der Sonne blinkte ein roter Drachenkopf auf schwarzem Grund.

John sah seine Copilotin fragend an.

»Wie würde dieses Angebot aussehen, Mr ...?«, erkundigte sich Amber Rains.

»Verzeihen Sie mir, ich habe mich noch gar nicht vorgestellt.« Der hagere Asiate verbeugte sich kurz. »Mein Name ist Fang Shi. Meine beiden Begleiter und ich sind vor Kurzem erst aus Shanghai eingeflogen. Wie das Angebot aussehen würde, Mrs Rains? Der Herausforderung angemessen. Wir müssen etwas wiederfinden, das vor vielen Jahren verschwunden ist. Ich kann Ihnen daher nicht einmal sagen, wohin uns der Weg führen wird, weil wir keinen Anhaltspunkt haben, wo sich das gesuchte Objekt befindet. Allerdings wird uns der X3 bei der Suche unschätzbare Dienste leisten.«

»Ein bisschen vage«, wandte John ein. »Und nur auf diesen Verdacht hin kaufen Sie einen X3?«

Das Lächeln wurde breiter. Fang Shi nahm die Sonnenbrille ab und musterte die beiden Piloten mit kalten dunklen Augen. John fühlte sich an eine Schlange erinnert, die ihre Beute fixierte. Selbst Sparrow trippelte wortlos auf der Lehne des Pilotensitzes von einer Seite auf die andere.

»Unterschätzen Sie bitte nicht unseren wirtschaftlichen Sachverstand, Mr Finch. Sobald dieser Hubschrauber in China angekommen ist, verkaufen wir ihn für das Doppelte des Einkaufspreises. Plus der Transportspesen und der Steuern. Nennen Sie es also eine todsichere Investition.«

»Sollen wir den X3 nach China fliegen?«, wollte John wissen.

Fang Shi schüttelte den Kopf. »Ich hätte Sie lediglich gerne als Pilot für die Suche, Mr Finch. Danach verladen wir den Helikopter auf ein Schiff mit Ziel Shanghai.«

»Wir warten noch immer auf Ihr Angebot«, meinte Amber unbewegt. Sie mochte den Chinesen und seine überhebliche Art nicht. »Und das sollte besser gut sein. Sie wissen nicht, wohin wir fliegen sollen, Sie haben keine Ahnung, wo Sie suchen wollen und wie lange es dauern wird. Das ist ein bisschen wenig für enthusiastische Zusagen unsererseits, das werden Sie verstehen.«

Der Chinese nickte. »Ich kann Ihnen leider derzeit nicht mehr Fakten bieten, weil ich sie selbst nicht kenne, Mrs Rains. Sobald ich Genaueres weiß, sind Sie die Ersten, die es erfahren, weil wir dann umgehend starten müssen. Verlegen Sie also den X3 auf den Flughafen Schönefeld, denn die Ausstellungsfläche hier wird morgen Abend geschlossen. Dann halten Sie sich bitte zu unserer Verfügung. Wären hunderttausend Euro angemessen?«

John blickte fragend zu Amber, die ihn mit großen Augen überrascht ansah und unmerklich nickte.

»Einverstanden«, stimmte John zu. »Die Hälfte gleich, die andere Hälfte nach Erledigung des Auftrags. Sie zahlen die Spesen.«

»Selbstverständlich.« Ohne sich umzusehen gab Fang Shi einem seiner Männer ein Zeichen. Der trabte sofort los und reichte dem Chinesen ein großes Kuvert, das der Leibwächter zuvor aus seinem Jackett gezogen hatte.

»Ich freue mich, dass Sie uns bei der Suche helfen«, stellte Fang Shi fest und reichte John das Kuvert. »Sie wohnen doch im Radisson Blu Hotel in Mitte? Ich melde mich bei Ihnen, Mr Finch. Guten Tag.«

Damit drehte sich der Chinese um und eilte auf den Ausgang zu, seine beiden Leibwächter im Schlepptau.

»Wir hätten das Doppelte verlangen sollen«, murmelte Amber kopfschüttelnd, während sie ihm nachsah. »Hier stimmt doch etwas nicht. Warum soll dieser Fang Shi hunderttausend Euro für zwei Piloten zahlen, wenn alles mit rechten Dingen zugeht? Eine Crew bekommt er überall für ein Viertel... inklusive charmanter Stewardess.«

»Genau das sollten wir herausfinden.« John öffnete das Kuvert und sah zwei Geldbündel von Fünfhundert-Euro-Noten. Er nahm eines heraus und reichte es Amber. »Das sollte selbst für dich für mehr als ein paar Einkaufstrips nach Rom reichen.«

Misstrauisch blätterte Amber die Scheine durch. »Warum traue ich diesem Chinesen nicht über den Weg?«, murmelte sie und sah zuerst die Geldscheine, dann John an. »Tote können kein Geld mehr ausgeben...«

»... und sich nicht dagegen wehren, wenn man es ihnen wieder abnimmt. Daran habe ich auch schon gedacht. Aber hatten wir das Problem nicht bereits oft genug in unserem Leben?« John steckte lächelnd das Geld ein. »Und jetzt – mal sehen, wohin uns die Reise führt. Wie es aussieht, muss der gute, alte Saint-Exupéry noch ein wenig warten. Die Chinesen haben Vorrang.«

Britische Botschaft, Wilhelmstrasse 70–71,
Berlin/Deutschland

»Alles nur gemietet.«

Llewellyn betrachtete die langweilige Sandsteinfassade im postmodernen Stil, während er mit Alex Beaulieu die kurze Straße entlangging.

»Hier ist überhaupt alles nur Schein«, meinte der Major weiter. »Die Fenster sitzen schräg hinter der Steintapete, zu den Nachbarbauten hat man die Fassade abgeschrägt, und in der Mitte der Straßenfront klafft, wie du siehst, ein riesiges Loch. Symbol für das Budget unserer gelobten Insel?«

»Good Lord, ist das Kunst, oder kann das weg?«, wunderte sich Alex, als er die beiden bunten Baukörper sah, die wie Bauklötze eines Kinderbaukastens erratisch aus der Fassade ragten. Einer rund und lilafarben, einer hellblau und trapezförmig. »Die Farben müssen irgendwo übrig geblieben sein und harrten verzweifelt ihres Verbrauchs.«

»Zur Jahrtausendwende privat gebaut und vom Königreich gemietet, wenn wir das als Entschuldigung gelten lassen können«, brummte Llewellyn. »Wir betreten historischen Boden. Von 1884 bis zum Zweiten Weltkrieg residierte hier bereits Her oder His Majesty's Ambassador in einem klassizistischen Palais.«

»Da muss das Gebäude schöner gewesen sein«, gab Beaulieu

unbewegt zurück, »sonst wäre er bereits früher geflüchtet. Das Empire war damals groß.«

Llewellyn grinste. »Seit der Eröffnung im Jahr 2000 wird auf dem Dach eine Abhöranlage für Mobilfunk-, WiFi- und jegliche andere Kommunikationsdaten betrieben. Damit kann man auch die Kommunikation des Kanzleramts und des Reichstags abhören.«

»Lass mich raten ... das kam nicht so gut an bei den Gastgebern, als es bekannt wurde?«, fragte Beaulieu und schob sich an den deutschen Polizisten vorbei, die als Wache eingeteilt worden waren und am Haupteingang plaudernd beisammenstanden.

»Sie werden heute kein Glück haben, die Botschaft ist geschlossen!«, rief ihm einer der Uniformierten zu.

»Wir haben den Bereitschaftsdienst alarmiert«, erwiderte der Major ungerührt und parkte seinen Daumen auf der Klingel neben dem Lautsprecher. Die Polizisten hatten ihr Gespräch unterbrochen und betrachteten die beiden Männer misstrauisch, einer kam näher, die Hand an der Waffe. Doch da öffnete sich auch schon die Tür, und zwei junge Sicherheitsbeamte der Botschaft bauten sich vor Llewellyn und Beaulieu auf.

»Major Llewellyn Thomas? Captain Alex Beaulieu?«, fragte einer der beiden ein wenig zu laut und zu geschäftig. Der Polizist entspannte sich und kehrte grinsend zu seinen Kollegen zurück.

»Danke, jetzt weiß es die halbe Straße«, brummte Llewellyn ungnädig und schob die beiden kurzerhand aus dem Weg. »Sie hätten auch ein Schild hochhalten können, wie am Flughafen. Wo ist der Chargé d'affaires? Oder hat sich der Militärattaché aus seiner Sonntagsruhe bequemt?«

»Der Botschafter ist ...«, setzte einer der Sicherheitsleute an.

»... in London zurzeit, deswegen habe ich nach dem Chargé d'affaires gefragt. Ist Mr Pickard im Haus?«

»Darüber dürfen wir leider keine Auskunft geben«, meinte einer der beiden etwas hilflos. »Sie verstehen, Major, Sicherheitsbedenken.«

»Klar, wir sprengen diesen geschmacklosen Betonklotz nur, wenn auch wirklich die oberen Ränge in den Büros sitzen.« Llewellyn sah die beiden kopfschüttelnd an. »Vor allem am Sonntag, nachdem wir uns vorher wie jeder gute englische Agent mit Rang und Namen angemeldet haben und vermutlich nicht einmal eine Hand voll Bürohengste hier Dienst schiebt. Oh mein Gott. Wie tief sind wir bloß gesunken.«

Er griff in seine Tasche, zog seine Glock 9mm heraus und legte sie auf den Tisch neben der Sicherheitsschleuse. Beaulieu tat es ihm lächelnd gleich, während die beiden Sicherheitsleute ihnen versteinert zusahen.

»Passt gut darauf auf. Wo ist das Empfangskomitee?«

»Äh ... Mr Farnworth wartet auf Sie im Wintergarten, Major«, meinte einer der beiden Uniformierten verdattert. »Ich bringe Sie zu ihm. Folgen Sie mir bitte.«

Der Wintergarten der Botschaft war ein weiter hoher Raum aus einem Gemisch von Stein, Glas und Metall, der von zwei cremefarbenen Skulpturen beherrscht wurde, die den Major an schmelzende Schneemänner mit Schlagseite erinnerten. Mr Farnworth wiederum, der sich davor postiert hatte und den beiden Besuchern mit gelangweiltem Gesichtsausdruck entgegenblickte, war ein junger Anzugträger mit niedergegelten Haaren, einem borniertem Blick, makellosem Blazer und angesagter Clubkrawatte.

Er war Llewellyn vom ersten Augenblick an unsympathisch.

»Good afternoon, Major. Zufällig war ich im Haus, als Ihr

Anruf kam. Wie Sie wissen, ist die Botschaft sonntags geschlossen.« Farnworth betrachtete wie angelegentlich seine manikürten Fingernägel und seinen Siegelring.

»Eine britische Botschaft ist niemals geschlossen«, gab Llewellyn kampfeslustig zurück, »sie ist höchstens schwach besetzt.«

Farnworth schoss einen Blick unter den halb geöffneten Lidern in Richtung der beiden Besucher. »Ich muss Sie enttäuschen, Major, das mag ja einmal der Fall gewesen sein, vor langer Zeit. Ihrer Zeit. Heute haben wir meist banale Repräsentationsaufgaben und den üblichen Schriftverkehr zu erledigen. Wir sitzen hier im Herzen der EU, bei Bündnispartnern und nicht auf einem Pulverfass in einem afrikanischen Despotenstaat. Der Sonntag ist hier tatsächlich ein ...«

»Kennen Sie den Ausspruch von Napoleon?«, unterbrach ihn Llewellyn ungerührt. »Es gibt nichts so Perfides wie eine offizielle Unterhaltung mit englischen Diplomaten.« Llewellyn lächelte Farnworth kalt an. »Deshalb – kürzen wir sie ab. Wir brauchen eine sichere Leitung nach London, und das so rasch wie möglich. Wo finden wir Ihr Kommunikationszentrum? Ich hoffe, Sie haben nicht nur den Horchposten am Dach. Ich telefoniere lieber in geschlossenen Räumen.«

Farnworth erwiderte das Lächeln des Majors nicht einen Augenblick. Er bürstete gleichgültig ein imaginäres Stäubchen von seinem Blazerärmel und zuckte die Schultern. »Da werden Sie morgen wiederkommen müssen, meine Herren. Ich kann weder darüber entscheiden, ob ich Ihnen eine sichere Leitung zur Verfügung stellen darf, noch ob ich Ihnen Zutritt zu unserem Kommunikationszentrum gewähren kann. Das liegt jenseits meiner Kompetenz.«

»Wo endet die denn? Bei der Auswahl der Klinge für den Bleistiftspitzer?«, brummte Alex Beaulieu angriffslustig, während Llewellyn bereits nach seinem Handy suchte. Peter Compton hob nach dem zweiten Läuten ab.

»Llewellyn? Bist du schon in der Botschaft?«

»Ich stehe vor einem gewissen Mr Farnworth, der es nicht verantworten kann, eine sichere Leitung für den MI6 zur Verfügung zu stellen. Meint, es gehe weit über seine Kompetenzen hinaus. Ach, wie ich Sonntage in Botschaften liebe. Diese Notbesetzungen sind doch richtig niedlich.«

Peter Compton ließ ein leises, heiseres Lachen hören. »Farnworth sagst du? Ich kenne einen Sir Robert Farnworth, seines Zeichens verdienter Botschafter des Königreichs in Brasilien nach dem Krieg.«

»Dann könnte das sein Sohn oder sein Enkel sein«, meinte Llewellyn nachdenklich. Farnworth, der mit halbem Ohr zugehört hatte, wirkte mit einem Mal nicht mehr so sicher.

»Gib ihn mir«, meinte Compton, und Llewellyn reichte mit einem gönnerhaften ›Für Sie, *London calling!*‹ das Mobiltelefon an Farnworth weiter.

Das Gespräch, das sich entwickelte, war eher einseitig und nur von wenigen Fragen oder Bemerkungen Farnworths unterbrochen. Die Augen des jungen Diplomaten irrten etwas ratlos von Llewellyn zu Beaulieu und wieder zurück. Der Major erwartete, dass Farnworth jeden Moment die Hacken zusammenschlagen und salutieren würde.

Compton schien in Vollform zu sein, während Farnworth im Verlauf des Gesprächs immer mehr in sich zusammenzusinken schien.

Wenige Minuten später reichte er wortlos das Handy an Llewellyn zurück.

»Llewellyn? Ich habe dem guten Farnworth nicht nur klargemacht, dass ich ein ernstes Wort mit seinem Großvater rede, sondern meinen alten Freund Sir Sebastian Wood anrufen und ihn vom Golfspielen im Golf- und Country Club Seddiner See abhalten werde, wenn er nicht sofort eine sichere Leitung aufstellt. Ach ja, Sir Wood ist unser Botschafter in Berlin...«

»...und Farnworths Vorgesetzter«, vollendete Llewellyn genüsslich. »Wir hören uns gleich auf der sicheren Leitung.«

»Ich glaube, wir haben den armen Farnworth gerade in einen Gewissenskonflikt gestürzt«, meldete sich Llewellyn vergnügt, als er auf der sicheren Leitung mit Peter Compton verbunden war. »Er wollte uns partout nicht alleine lassen. Doch ich habe ihn davon überzeugt, dass er sonst nach Timbuktu versetzt wird, wo er mit abgebrochenen Zaunlatten leere Blechbüchsen durch staubige Straßen schlagen kann. Als er dann doch rausgegangen ist, hat er die beiden Sicherheitsbeamten vor unserer Tür postiert. Damit wir nichts von hier mitnehmen, wahrscheinlich...«

Der Major sah sich in dem kleinen Raum um, der schallisoliert war und im Halbdunkel lag. Neben einigen Monitoren und Computerterminals, die auf Schreibtischen standen, hing ein riesiger Flatscreen an der Wand. Davor waren ein Dutzend Sessel in drei Reihen aufgestellt.

»Wir sollten uns an die beiden Brüder von St.-Sulpice in Paris wenden, die uns letztes Jahr die verschlüsselten Konferenzschaltungen in den Vatikan gelegt haben«, schlug Llewellyn vor. »Die mobilen sicheren Leitungen waren eine wahre Freude.«

»Die Franzosen haben leider sofort abgewunken, als ich das angeregt habe«, gab Compton zurück. »So weit geht die europäische Verbrüderung dann doch nicht. Und bei Kardinal Sanseverino, dem Leiter des vatikanischen Geheimdienstes, warte ich auf eine günstige Gelegenheit, um einen Gefallen einzufordern. Aber nun zu der Liste. Die Deutschen waren kooperativ?«

»John hat hier gute Freunde bei der Polizei, die haben alles in die Wege geleitet, obwohl sie selbst eine Mordserie aufzuklären haben, die ihnen auf den Nägeln brennt.«

In kurzen Worten schilderte Llewellyn Compton die Situation in Berlin. Der alte ehemalige Geheimdienstchef hörte zu, ohne ihn auch nur ein einziges Mal zu unterbrechen.

»Hmm...«, machte Compton, »zwei Listen also und ein Cleaner. Seltsamer Zufall, findest du nicht? Auf einer steht unser Charles Parker, auf der anderen ist eine Gruppe von Männern verzeichnet, vermutlich Agenten, die jetzt nach und nach, einer nach dem anderen, umgebracht werden. Mehr als fünfundzwanzig Jahre nach der Wiedervereinigung. Die Geschichte hat sie eingeholt. Eine Liste von Zielen und eine von staatlichen Killern, die nun selbst ausgeschaltet werden.«

»Beide Listen wurden mit Sicherheit ziemlich zeitnah wieder zusammengesetzt, und zwar hier in Berlin, und das vor wenigen Tagen«, brachte es Llewellyn auf den Punkt. »Eine alte Todesliste mit zu beseitigenden Personen, die sich wahrscheinlich bereits erledigt hat, weil alle inzwischen an Altersschwäche gestorben sind und die deshalb nur mehr eine Bedeutung für Historiker oder für dich hat. Und eine andere Liste von Agenten, die bis vor wenigen Stunden noch am Leben waren.«

Compton schwieg.

»Wer hat die Liste überhaupt ins Spiel gebracht? Woher hast du die Information, dass ein Blatt Papier existiert, auf dem der Name Charles Parker steht?«

»Von einem anonymen Informanten, der seinen Namen nicht nennen wollte«, antwortete Compton vorsichtig, »wahrscheinlich aus der Behörde.«

»Warum sollte jemand dich informieren, wenn eine alte Liste zusammengesetzt wurde, auf der ausgerechnet Parker steht?«, erkundigte sich Llewellyn misstrauisch.

»Ich habe keine Ahnung«, gab Compton zu. »Nach den Rosenholz-Dateien dachte ich allerdings, dass dieses Thema mehr oder minder aufgearbeitet wäre.«

»Sprich nicht in Rätseln, alter Mann«, seufzte der Major. »Wer oder was ist Rosenholz?«

»Die Rosenholz-Dateien sind eine Sammlung von dreihunderteinundachtzig CD-ROMs, auf denen mehr als dreihunderttausend Datensätze aus dem Umfeld der Hauptverwaltung Aufklärung zusammengetragen wurden. Anfangs nahm man an, dass die mikroverfilmten Daten vor allem die tatsächlichen Namen von aktiven DDR-Agenten in Westdeutschland enthielten. Später wurde klar, dass mehr als neunzig Prozent der genannten Personen niemals für die HVA gearbeitet hatten. Es handelte sich um Zielobjekte, um Personen, die aus dem Umfeld der Inoffiziellen Mitarbeiter stammten oder aus anderen, für das Ministerium für Staatssicherheit wichtigen Gründen erfasst wurden. Trotzdem hinterließen der Fund und die Umstände danach einen schalen Beigeschmack.«

Llewellyn machte Compton nicht die Freude nachzufragen. Nach einer kurzen Pause fuhr der ehemalige Geheimdienstchef fort: »Die Mikrofilme gelangten in der Wendezeit unter niemals genau geklärten Umständen in die Hände der CIA. Laut den Erinnerungen des damaligen Moskauer CIA-Stationschefs wurden die Rosenholz-Dateien nicht bei der Erstürmung des Ministeriums für Staatssicherheit am 15. Januar 1990 erbeutet. Vielmehr war es der damalige US-Präsidenten George W. Bush, der die CIA in Berlin mit der Beschaffung der CDs beauftragte. Dann wird es nebulös, weil es außer den Aussagen der CIA keinerlei Unterlagen oder Zeugenberichte gibt und mehrere Versionen der Übergabe existieren. Eine berichtet, ein KGB-Offizier soll 1992 bei einer US-Botschaft in Osteuropa vorstellig geworden sein, im Gepäck eine schlechte, aber gerade noch lesbare Kopie der Mikrofilme. Für fünfundsiebzigtausend Dollar wechselten die Dateien angeblich den Besitzer und landeten so bei der CIA. Dabei handelte es sich zwar um eine ältere Version der Rosenholz-Dateien, da die letzte, aktuelle Kopie im Ministerium für Staatssicherheit noch vor der Wiedervereinigung vernichtet wurde.«

»Darauf befanden sich auch die Namen der in Westdeutschland aktiven ostdeutschen Agenten?«, wollte Llewellyn wissen. »Dann wäre auch die Gruppe der alten Männer auf der Liste in den Mikrofilmen aufgetaucht.«

»Nicht unbedingt, aber dazu später. Die zweite Version, die in Geheimdienstkreisen kursiert, klingt für mich wahrscheinlicher und hält auch einer Überprüfung stand: Im Dezember 1989 erhielt der HVA-Oberstleutnant Rainer Hemmann den Befehl, die Blechdosen mit den Mikrofilmen in Berlin-Karlshorst dem KGB-Verbindungsoffizier Alexander Prinzipalow auszuhändigen. Man war in ostdeutschen Kreisen der Ansicht, dass die Dateien nur in der Sowjetunion oder beim KGB einen sicheren Platz finden würden. Das stellte sich jedoch bald als Fehler heraus. Die CIA in Berlin war äußerst aktiv in dieser Frage und knüpfte umgehend einen Kontakt mit dem in Ost-Berlin stationierten KGB-Oberst Alexander Sjubenko. Dieser wiederum holte Prinzipalow ins Boot, und als die Sowjetunion zusammenbrach, wurde der Deal mit den Mikrofilmen in Moskau über die Bühne gebracht. Hauptdarsteller: Prinzipalow, Sjubenko und der CIA-Agent James P. Atwood. Die Blechdosen wurden im Sommer 1992 unbehelligt in die USA geflogen, und die CIA hatte ihr Erfolgserlebnis, das sie auch nicht unter Verschluss hielt. Die Washington Post feierte die

Operation als den größten Geheimdienst-Coup seit Beginn des Kalten Krieges. Böse Stimmen meinten, die CIA feierte sich selbst.«

»Wenn wir die zweite Version als die glaubwürdige annehmen, dann haben wir also eine Personenkette – Hemmann, Prinzipalow, Sjubenko, Atwood.« Llewellyn begann zu verstehen, worauf Compton hinauswollte.

»Hemmann behauptete bei einem Gespräch, das Treffen mit Prinzipalow sei eine Sache von Minuten gewesen. Er habe dem Verbindungsoffizier die Tasche in einer Villa übergeben, weil die KGB-Vertretung da bereits von westlichen Diensten observiert wurde. Ich glaube nicht, dass Hemmann etwas von den Akten für sich behielt.«

»Er war eher froh, sie den russischen Verbündeten übergeben zu können«, pflichtete Llewellyn ihm bei.

Compton brummte zustimmend. »Bleiben Prinzipalow und Sjubenko. Alexander Sjubenko, damals zweiundfünfzig Jahre alt, ein stämmiger Typ und Atwoods Freund, stirbt im Herbst 1995 auf der Heimfahrt im Auto einen schnellen Tod. Diagnose des Arztes: Herzinfarkt. Oberst Alexander Prinzipalow, neunundvierzig Jahre alt, kehrt am neunten April 1997, kurz nach siebzehn Uhr, von der Arbeit in der Geheimdienstzentrale zurück. Direkt vor seiner Haustür, noch im Auto sitzend, bricht der passionierte Freizeitfußballer hinter dem Steuer tot zusammen. Diagnose: Herzinfarkt. Wir können also beide nicht mehr fragen.«

»Wie praktisch...«

»Und James P. Atwood von der CIA ist kein Unbekannter, ganz im Gegenteil«, fuhr Compton fort. »Würde man sein Leben verfilmen, dann käme eine ganze Fernsehserie dabei heraus. Der frühere US-Oberstleutnant, einst Adjutant des legendären Luftbrücken-Initiators Lucius D. Clay und seit

Langem wohnhaft in Berlin-Grunewald, knüpfte in den späten Achtzigerjahren eifrig Kontakte zur verunsicherten DDR-Elite. Atwood stellte sich bei Besuchen im Ostteil der Stadt stets als Militärhistoriker aus dem US-Bundesstaat Georgia vor und suchte, so beteuerte er, ›Material für aufwändige Filmproduktionen‹. Alles nur Fassade, nur wenige in Ostberlin kannten Atwoods wahre Geschichte. Der vermeintliche Historiker war seit Jahrzehnten Agent der CIA, internationaler Waffenhändler, hatte ausgezeichnete Verbindungen zu Exnationalsozialisten, der Stasi und dem KGB. Er begleitete verdeckte Operationen in Korea, wusste von geheimen Waffendeals in der Iran-Contra-Affäre und vermittelte in dem US-Geiseldrama 1979 in Teheran. Er war ein Profi und wusste, worum es wirklich ging im Zusammenbruch der DDR – um die mögliche Enttarnung von Ostagenten. Kurz nach der Wende kaufte er deshalb das ehemalige konspirative Stasi-Wohnobjekt Waldhaus im brandenburgischen Prenden. Der neue Hausherr empfing dort ehemalige Topkader der gerade erst verblichenen DDR-Staatssicherheit, sogar Exspionagechef Markus Wolf zählte zu seinen Gästen. Atwood hörte zu, fragte nach, ließ die Verbitterten reden und erzählen. Und gab nicht auf. Ganz gezielt sprach er schließlich Oberst Alexander Sjubenko an, der – getarnt als Moskauer Journalist – in Ostberlin wohnte und engste Kontakte zur KGB-Spitze pflegte. Doch im Herbst 1991 wurde der KGB aufgelöst, die Spionageabteilung der ersten Hauptverwaltung von Boris Jelzin später in FSB umbenannt. Prinzipalow und Sjubenko dienten fortan ihrem neuen Herrn Jewgenij Primakow, dem späteren Ministerpräsidenten. Und Atwood? Der angebliche Historiker reiste mehrfach nach Moskau und traf da seine alten KGB-Freunde. Die Stimmung war mies, einige Überläufer setzten sich in den Westen ab. Und alle brauchen Geld. In diesem Klima gelang es

Atwood unschwer, die Mikrofilme zu ergattern und sie in die USA zu bringen. Doch fragen können wir ihn heute auch nicht mehr. Atwood starb plötzlich und unerwartet während einer Operation in seiner Heimatstadt Savannah 1997.«

»Eine geradezu tödliche Datei«, wunderte sich Llewellyn.

»Eine sehr stark umkämpfte Datei«, bekräftigte Compton. »Die Amerikaner behielten die Mikrofilme erst mal für sich und werteten sie jahrelang alleine aus. Die Daten wurden den Deutschen erst 2003 wieder zurückgegeben. Vorher wurden lediglich einige Bündnispartner vom Inhalt informiert. Aber – von welchem Inhalt? Schon die Zahl der kolportierten Datensätze variiert zwischen zweihundertachtzigtausend und dreihundertachtzigtausend Mikrofilmen, je nachdem, wem man glaubt. Wer sagt uns, was der KGB damals zurückbehielt? Oder was im Interesse der CIA niemals nach Deutschland gelangte? Was Prinzipalow und Sjubenko, beide altgediente KGB-Offiziere, für so brisant hielten, dass sie es niemals an die Amerikaner weitergeben würden? Nicht mal gegen alles Geld der Welt?«

»Sondern für sich behielten?«, warf Llewellyn ein.

»Was die Herzinfarkte erklären würde.« Peter Compton klang nicht glücklich. »Es ist dem MI6 nie gelungen, Licht in diese Affäre zu bringen. Wie auch immer, sowohl die Liste, auf der Parker steht, als auch die Agentenliste, an der die Berliner Polizei sich gerade die Zähne ausbeißt, schafften es definitiv nicht in die Rosenholz-Dateien. Und dann frage ich mich – aus welchem Grund? Und was ist noch da draußen, das im Dunkel bleiben sollte?«

Friedrichsruher Strasse 46, Berlin-Steglitz/
Deutschland

Peter Marzelitsch steckte den Kopf misstrauisch durch den Türspalt.

»Ja?« Sein schmales, unrasiertes Gesicht mit den müden Augen zeugte von einem langen Samstagabend. Er musterte Calis und Lindner von oben bis unten. »Wie sind Sie überhaupt ins Haus gekommen?«

»Der Zeitschriftenverteiler hat uns reingelassen«, erklärte Calis und hielt Marzelitsch seinen Ausweis unter die Nase. »Wir haben nur ein paar Fragen...«

»Sagen die das im *Tatort* nicht auch immer?« Marzelitsch klinkte die Sicherheitskette aus und öffnete die Tür weiter. »Dann setzen sie dir das Messer an oder nehmen dich gleich mit. Kommen Sie rein, wenn Sie schon mal da sind. Manfred hat sie schon angekündigt. Manfred ist mein Chef.« Er winkte müde und verschwand ins Bad. »Gehen Sie in die Küche durch, lassen Sie mich pinkeln, und machen Sie es sich inzwischen bequem.«

Die kleine Wohnung im zweiten Stock war gemütlich eingerichtet. In einer modernen Küche war eine kleine Bar integriert, deren bequeme Stühle zum späten Sonntagsfrühstück einluden.

»Ich habe mit Martina telefoniert.« Calis ließ sich auf einen der Sessel fallen. »Sie hat angeregt, wir sollten uns jetzt langsam klar werden, was mit der Sonderkommission ist. Und meinte damit unseren Urlaub.«

»Träumst du?« Frank sah den Kommissar entgeistert an. »Willst du, dass der Innensenator mich vierteilt und rädert? Kommt gar nicht infrage. Urlaub könnt ihr nachher nehmen.«

»Nach was genau?«, setzte Calis nach.

»Nach der Aufklärung unserer Mordserie und des Angriffs auf Gustav?« Lindner lehnte sich zu Calis und fuhr leise fort: »Woher kam der Asiate, der sich im Garten selbst umbrachte? Was machte er da? Was sollte der Drache auf seinem Arm? Darf ich dich an die undichte Stelle bei den Scans erinnern? Gibt es eine Kopie von der Liste der Agenten? Wie kam unser Cleaner da ran? Und da war dann noch eine erhängte Mumie...«

»Schon gut, wir planen Österreich dann nächstes Jahr ein«, winkte Calis ab. »Kleingärten haben auch ihren Reiz. Vor allem, wenn die Novembernebel drehen und man sich in der Kälte aneinanderkuschelt...«

»Jetzt würde ich gerne wissen, warum Sie am Sonntag bei mir aufschlagen und mich aus dem Schlaf holen«, meinte Marzelitsch, der gähnend in die Küche kam und in Richtung Kaffeemaschine strebte. »Mein Job am Scanner ist ja nicht so spannend, dass sich die Kripo dafür interessiert. Aber sonst werden Sie bei mir nicht fündig. Viel zu brav. Kaffee?«

»Wer kann da schon nein sagen?« Calis sah Marzelitsch zu, wie er gemahlenen Kaffee in den Filter leerte. »Es geht um ein oder zwei Dokumente, die Sie in den vergangenen Tagen zusammengesetzt haben«, begann der Kommissar. »Namenslisten.«

Marzelitsch hielt inne und blickte Calis mit schräg gelegtem Kopf an. »Ist jetzt nicht Ihr Ernst, oder? Wir scannen jeden

Tag Tausende Papierschnitzel ein, der Computer setzt Hunderte von Dokumenten zusammen, und das seit Jahren. Glauben Sie, ich lese die auch noch? Da hätte ich so 'nen Kopf und würde in der Klapse landen.«

»Also?«, stieß Frank nach.

»Na, was glauben Sie? Wenn das alles schlüssig aussieht – und der Computer irrt sich selten –, dann machen wir eine Datei draus und schicken alle zusammen am Ende des Tages auf den Hauptrechner.« Er zuckte mit den Schultern. »Das war's. Ist nicht gerade der abenteuerlichste Job, aber einer muss ihn ja machen.«

»Und Ihre Kollegen?«, wollte Frank wissen.

»Na, was denken Sie, die tanzen derweil die Polka? Wir sind immer zu zweit an einem Gerät. Und dann noch Schichtdienst. Ich war bis sechs heute Morgen am Werken. Dann haben meine anderen beiden Kollegen übernommen. Und vergessen Sie nicht das Team, das ganz konventionell Papierschnitzel aus den Säcken holt und sie ohne Computer zusammensetzt. Da sitzt nochmals ein Dutzend Leute, die den ganzen Tag nur puzzeln.«

Calis leistete Marzelitsch im Stillen Abbitte. Nix Disco, Scanner-Night. Der Kreis der möglichen Informanten wurde immer größer.

»Wer sichtet die Dokumente danach?«

»Wer Zeit hat«, gab Marzelitsch zurück und sah zufrieden zu, wie der Kaffee in die Kanne tröpfelte. »Sie werden nach und nach abgearbeitet, dabei gibt es keine Regel. Auswerten, einschätzen, einordnen, ablegen. Nächstes. Bisher eineinhalb Millionen Seiten.«

Wäre ja auch zu einfach gewesen, dachte Calis. Viel zu einfach. Damit wurde es unübersichtlich Es konnte also praktisch jeder in der Behörde gewesen sein.

Marzelitsch stellte drei Tassen auf den Tisch, dazu Milch und Zucker. Dann goss er sie voll.

»Glauben Sie mir, ich bin an diesen Dokumenten nicht im Geringsten interessiert. Meine Kollegen auch nicht, da bin ich mir sicher. Wir arbeiten seit Jahren in der Anstalt, wie wir sie nennen, und machen unseren Job. Wir scannen Papierschnitzel ein. Überschätzen Sie das nicht. Er wird zu einer Gewohnheit, man erledigt Dinge mechanisch und denkt an ganz anderes. Dann piept der Computer auf und setzt plötzlich eine Seite zusammen, aus Streifen, die in den vergangenen Wochen oder Monaten eingescannt wurden. Das lässt sich nicht vorhersehen. Aber es ist nichts Ungewöhnliches. Wir schauen auf jeden Fall nicht zweimal hin.«

Klingt logisch, dachte Calis und kostete seinen Kaffee. Routine. Wer tausend Dokumente gesehen hat, der achtete nicht auf das tausenderste.

»Wenn jemand in der Anstalt ein...«, Calis suchte nach Worten, »... ein sensibles neu zusammengesetztes Dokument entdecken würde, wer könnte das sein?«

»Viele Leute«, gab Marzelitsch zurück. »Wer es als Erster bearbeitet und es richtig bewertet.«

»Könnte er es verschwinden lassen?«, wollte Frank wissen.

»Sie können vielleicht die Datei der zusammengesetzten Seite löschen, aber die Schnitzel bleiben eingescannt und registriert. Also macht es nicht viel Sinn, das Dokument zu löschen. Ist ja jederzeit rekonstruierbar.«

»Leuchtet mir ein.« Calis nickte. Die Suche nach der Stecknadel im Heuhaufen.

»Die zusammengesetzten Dokumente sind sicherlich mit Datum versehen?«, stellte Frank fest.

»Und einer fortlaufenden Nummer«, bestätigte Marzelitsch. »Hat alles seine Ordnung.«

»Dann müssen wir es bei Ihrem Chef versuchen, am besten gleich morgen früh«, meinte Calis und leerte seinen Kaffee. »Danke für das Lebenselixier, und tut uns leid wegen der sonntäglichen Störung. Aber der Nachmittagsschlaf ist sowieso der beste.«

Als er mit Frank die knarrenden Holzstufen hinunterstieg, überlegte er, für heute einfach Schluss zu machen und mit Martina einen gemütlichen Nachmittag zu verbringen.

»Hast du etwas von Gustav gehört?«, wollte Lindner wissen, und Calis verfluchte ihn im gleichen Augenblick.

»Nein, noch nicht«, seufzte er mit schlechtem Gewissen.

»Na dann ... Sonntag ist doch traditionell Besuchstag in den Krankenhäusern. Grüß ihn, wenn er wieder wach ist, und frag ihn nach den Asiaten mit dem Drachenkopf oder ob er irgendetwas über die erhängte Mumie herausbekommen hat. Besser, du gehst allein hin. Bei mir klappt er gleich wieder zu wie eine Auster.« Frank blickte auf die Uhr. »Ich schau kurz ins Präsidium, und dann sehen wir uns morgen erneut in diesem Theater.«

»Theater? Marzelitsch hat Recht, Anstalt trifft es besser«, gab Calis zurück, winkte Frank zu und machte sich auf den Weg ins Krankenhaus. Martina würde es sicher verstehen, sagte er sich.

Oder besser gesagt, redete er sich ein.

Und so einen kleinen Umweg auf dem Weg nach Hause war er Gustav schuldig.

*

Im großen Gebäude des St. Joseph-Krankenhauses in Tempelhof war Sonntagnachmittag der berühmte Bär los. Calis schloss sich dem Strom der Besucher in das ziegelrot-weiße Gebäude an.

»Gustav Wollner? Warten Sie mal, lassen Sie mich nachsehen.«

Die Krankenschwester, die in den Rechner tippte, musste in der ersten Hälfte ihres Lebens ein Pfleger gewesen sein, dachte Calis und suchte unwillkürlich nach einem Bartansatz. Ihre riesigen Hände überspannten die gesamte Tastatur, ihre Oberarme hatten Preisringer-Ausmaße. »Ach ja, *der* Gustav, unser Berliner Original. Etwas geschwächt, aber den bekommen wir schon wieder auf die Beine.« Die Krankenschwester musterte den Kommissar aufmerksam. »Ich kenne Sie von irgendwoher. Ihr Gesicht kommt mir bekannt vor. Sind Sie ein Freund?«

»Schaue ich aus wie Familie?«, konterte Calis. »Ich geistere ab und zu durch die Medien, aber nichts Aufregendes«, beschwichtigte er. »Öffentlicher Dienst.«

»Na, dann kommen Sie mal«, nickte die Krankenschwester Calis zu, »ich muss sowieso meine Kollegin ablösen. Ich bringe Sie zu Herrn Wollner ins Zimmer.«

Das fahle Gesicht, das tief eingesunken in dem blütenweißen Kissen lag, war schmal und wirkte zerbrechlich. Gustav hatte die Augen geschlossen. An den anderen beiden belegten Betten des Krankenzimmers saßen und standen Familienangehörige und redeten in unverständlichen Sprachen unentwegt auf die Patienten ein.

»Kommt ma wieda nüscht in de Glotze? Jehnwa toten Justav schauen?«

»Klingst müde, Justav. Wie geht's dir?«

»So lala, war schon mal besser. Dit is aba liebensjewürzich von Ihn'n, vorbeizuschaun, Herr Kommissar. Hamm Se mir jefunden?«

Calis nickte. »Gemeinsam mit einem Freund aus England. Der würde dir jefallen.«

»Und die Frau Kommissar?« Gustav ächzte ein wenig, als er versuchte, sich aufzurichten. »Det schaff ick nich«, schnaufte er und ließ sich wieder zurückfallen.

»Bleib lieber liegen, Justav. Martina ist zu Hause. Die feiert Sonntag. Wenigstens eine.«

»Is 'ne Dufte, jefällt mir, die Kleene. Hat Stil.« Gustav schloss die Augen. »Ick hab Muffnsausn, Herr Kommissar. Dit war knapp...«

»Sogar Frank lässt grüßen und fragen, was los war. Interessiert uns alle.«

»Auwacka, dit is 'n Ding! Der Chef von 's Janze erinnert sich an den alten Justav.« Gustav drehte vorsichtig den Kopf und warf den übrigen Besuchern im Zimmer einen abschätzigen Blick zu. Dann winkte er mit einer sparsamen Handbewegung Calis näher zu sich. »Nehm Se Platz, is besser so.«

Calis beugte sich zu ihm, und Gustav wechselte ins Hochdeutsche, wie immer, wenn ihm etwas Wichtiges auf dem Herzen lag.

»Hier haben die Wände Ohren, und die Schwestern erledigen den Rest. Die kennen dich in- und auswendig nach zwei Stunden. Wenn die mit dir fertig sind, dann bist du richtig krank, so krank war ich noch niemals nich.« Er versuchte zu lachen, aber es misslang. »Tauchen da plötzlich vier Typen bei mir im Garten auf, die hab ich vorher noch nie gesehen. Vier Japse oder so. Haben einen Kranz Wurst dabei für Attila, und der Dussel verschlingt ihn mir nix, dir nix. Hab vergessen, ihn zu füttern. Meine Schuld.« Zwei Tränen liefen über Gustavs Wangen. »Dann is er gleich umgefallen.«

»Er hat noch gelebt, als wir ihn gefunden haben«, beruhigte ihn Calis. »Ich fahre nachher in der Tierklinik vorbei. Bestimmt ist er wieder auf den Beinen.«

»Der mag Sie, Herr Kommissar«, schnaufte Gustav. »Dann

quatschen mich die Schlitzis wegen der Mumie voll, Sie wissen schon, der in Charlottenburg. Hab mich umgehört für Sie.«

Calis runzelte überrascht die Stirn. »Wegen der Mumie? Ist nicht wahr! Warum interessieren sich Asiaten für die erhängte Mumie?«

»Wollten von mir wissen, wer den Fall übernommen hat, was ich alles rausbekommen hab, wer sonst noch etwas davon wissen könnte, das ganze Programm.« Gustav schüttelte leicht den Kopf. »Einer hat auf ganz wichtig gemacht. Feiner Pinkel, jibt da an wie 'ne Tüte Mücken. Na, der tut ooch wie Lord Kacke, hab ich mir noch jedacht. Da hat's auch schon die ersten Schläge gehagelt. Aber jesagt hab ick jar nix. Ehrensache.«

»War es auch der, der geschossen hat?«, wollte Calis wissen.

»Keene Ahnung. Da war's schon zappenduster, da hab ick schon 'n Abjang gemacht.« Gustav verzog das Gesicht. »Tut nur noch weh, wenn ich lache, Herr Kommissar.«

»Dann lach nicht zu viel.« Calis lächelte und erzählte Gustav, wie Llewellyn und er ihn gefunden hatten. »Einer brachte sich noch um, bevor wir ihn befragen konnten, die anderen waren leider plötzlich verschwunden. Waren übrigens Chinesen. Was hast du zum Thema Mumie herausgefunden im Milieu?... Gustav?«

Doch der war in der Zwischenzeit eingeschlafen, und Calis brachte es nichts übers Herz, ihn zu wecken. Also verschwand er still und leise aus dem Krankenzimmer, unbeachtet von den Familienclans, die sich in der Zwischenzeit wohl schon über die Erbschaft stritten.

*

Die Klinik für kleine Haustiere der Freien Universität Berlin war eine von fünf Kliniken des Fachbereichs Veterinärmedizin und lag inmitten eines Wäldchens unweit der Potsdamer Chaussee in Zehlendorf.

»Das war ein starkes Betäubungsmittel, eigentlich für Menschen konzipiert«, erklärte eine junge Ärztin Calis die Lage, nachdem sie seinen Ausweis aufmerksam studiert hatte. »Den riesigen Dobermann haut üblicherweise so rasch nichts um, aber dagegen war er machtlos. Wird wohl noch ein oder zwei Tage Nachwirkungen spüren, aber nichts Gravierendes. Wir haben ihm Vitaminspritzen gegeben und kreislaufstärkende Medikamente, aber ich denke, er braucht jetzt eine vertraute Bezugsperson, das wird ihm am meisten helfen. Hier langweilt er sich nur und hat viel zu wenig Ansprache.«

»Tja, sein Besitzer wird nicht so schnell auf die Beine kommen«, zuckte Calis die Schultern. »Der liegt in der Klinik, den hat es schlimm erwischt.«

»Kennen Sie Attila? Ich meine, nur weil Sie hier nach dem Hund fragen ... Oder sind Sie mit dem Fall betraut?«, wollte die Ärztin wissen.

»Beides«, gab Calis zu. »Attilas Herrchen und ich, wir kennen uns schon seit fast zehn Jahren. Beruflich und ... auch privat.«

»Kommen Sie, gehen wir Attila besuchen.« Die Ärztin nahm den Kommissar am Arm und führte ihn einen Gang entlang, tiefer ins Gebäude hinein. Hie und da hörte man ein leises Bellen. »Wir haben hier zwar genügend Plätze für stationäre Patienten, aber wenn es nicht unbedingt notwendig ist, dann wissen wir sie lieber zu Hause bei ihren Frauchen und Herrchen. Ist noch immer das Beste für sie.«

Attila lag, den Kopf zwischen den Pfoten, und blickte überrascht auf, als Calis mit der Ärztin in einen der Räume mit den

Boxen trat. Als er den Kommissar erkannte, sprang er aufgeregt zwischen Rückwand und Tür auf und ab.

»Da freut sich aber jemand«, lächelte die Ärztin, und bevor Calis etwas sagen konnte, hatte sie auch schon die Tür geöffnet, und Attila hing an ihm wie eine Klette. Der Dobermann schleckte ihn begeistert ab, kläffte dazwischen wie ein kleiner Welpe und sabberte alles voll.

»Ist ja gut...«, Calis versuchte ihn zu beruhigen, »ist ja gut, du bist ja schon wieder auf der Höhe.« Der Kommissar klopfte Attila auf die Flanken. »Jetzt müssen wir nur noch warten, bis es Gustav auch wieder gut geht. Aber das kann ein bisschen dauern.«

Er warf einen Blick in den kleinen Verschlag mit der zerknüllten Hundedecke, dachte an Gustavs großen Garten und seufzte.

»Wollen Sie ihn nicht mitnehmen, Herr Kommissar?«, fragte die Ärztin lächelnd. »Er mag sie doch so.«

Eine Viertelstunde später rollte die kleine A-Klasse mit Kommissar Calis am Steuer und einem zufrieden auf der Rückbank hechelnden Attila in Richtung Charlottenburg.

»Da wird sich Frauchen aber freuen«, murmelte Calis und drückte sich zugleich die Daumen, dass er damit recht hatte.

Ein dunkler Keller irgendwo in der Hauptstadt,
Berlin/Deutschland

Annette war völlig desorientiert.

Es war kalt und so dunkel, dass sie ihre Hand nicht vor dem Gesicht sehen konnte. Kein Grau, tiefes Schwarz.

Dazu diese absolute Stille.

Kaum war sie auf die Rückbank des Vans gestoßen worden, hatte ihr einer der Männer ein Tuch aufs Gesicht gepresst. Das hatte jegliche Erinnerung an die Fahrt ausgelöscht. Als sie schließlich wieder aufgewacht war, fröstelte sie unter der Decke, die jemand über sie geworfen hatte.

Was zum Teufel dachten sich diese Männer? Annette war verwirrt und zornig. Wozu eine arme Studentin entführen? Kein Mensch würde auch nur tausend Euro Lösegeld für sie zahlen.

Nachschub für die Bordelle der Stadt? Wohl kaum, da gab es willigere Alternativen aus Osteuropa. Sosehr sie sich auch den Kopf zermarterte, sie kam auf keinen grünen Zweig. Die Entführung war so rasch abgelaufen. Sie war kaum zum Nachdenken gekommen, geschweige denn zu einer vernünftigen Reaktion.

Wie etwa laut zu schreien.

Nachdem sie nichts sehen konnte, hatte Annette begonnen, ihr Verlies zu erkunden. Langsam, auf allen vieren, war sie über den gestampften Boden gekrochen, hatte vorsichtig getastet und schließlich eine unerfreuliche Bilanz gezogen.

Eine Metalltür, solide, aber teilweise verrostet.

Ziegelwände, unverputzt, mit Spinnweben, die an ihren Fingerspitzen kleben blieben.

Ein Eimer in einer Ecke. Leer. Die dünne Matratze, auf der sie aufgewacht war.

Dann hatte sich Annette aufgerichtet und war vorsichtig, auf unsicheren Beinen durch die Dunkelheit gestolpert, hatte die Wände ihres Gefängnisses abgetastet.

Wieder die Tür, sonst nichts. Keine Klinke, nur ein Knopf innen. Metallzarge.

Dann wieder Mauer, zwei Haken in der Wand, rau vom Rost.

Keine Leitungen, kein Lichtschalter, kein Fenster.

Ein Verlies, vielleicht vier mal fünf Meter groß.

Erstaunlich frische Luft, dachte Annette verwirrt und versuchte, tief durchzuatmen und einen klaren Gedanken zu fassen. Sie hatte keine Ahnung, wie lange sie bewusstlos gewesen war.

Sie hielt die Luft an.

Nichts zu hören, außer ihr eigener Herzschlag.

Konnte es in der Großstadt Berlin so ruhig sein? Oder lag der Raum etwa so tief unter der Erde? Er war gemauert, also handelte es sich nicht um einen Bunker.

Oder hatte man sie vor die Tore der Stadt gebracht? Irgendwohin auf einen Bauernhof in Brandenburg?

Vorsichtig trat sie in die Mitte des Raumes. Ein leichter Luftzug von oben bestätigte ihre Annahme. Es musste eine Art Belüftung geben, einen natürlichen Luftaustausch, denn von einem Ventilator war nichts zu hören.

Und es war kalt in dem unterirdischen Verlies. Annette fröstelte.

Wie hatten die Männer gesagt? »Wenn Sie kein Aufsehen machen und mitkommen, dann überleben Sie vielleicht. Wenn nicht, dann sterben Sie hier und jetzt.«

Vielleicht hätte sie es darauf ankommen lassen sollen ... Wären ihr die Passanten in der Bergmannstraße zu Hilfe gekommen?

Sie kauerte sich auf der Matratze zusammen. Schien draußen die Sonne? Wie viel Zeit war vergangen seit ihrer Entführung?

Sie war wohl eingedöst, als sie durch einen Schlüssel in der Tür hochgeschreckt wurde. Ein Riegel wurde zurückgeschoben, und gleißendes Licht erfüllte den kleinen Raum. Annette hob instinktiv die Hand schützend vor ihre Augen.

»Was wollen Sie von mir?«, stieß sie hervor. »Warum haben Sie mich eingesperrt? Wer sind Sie?«

»Viele Fragen...«, stellte eine Männerstimme ruhig fest, die Annette noch nie gehört hatte. »Was ich von Ihnen will? Das Tagebuch Ihres Großvaters. Warum ich Sie eingesperrt habe? Damit Sie uns nicht in die Quere kommen. Wer ich bin? Das tut nun wirklich nichts zur Sache.«

»Das Tagebuch meines Großvaters?«, fragte Annette ungläubig. »Was wollen Sie damit? Es sind private Kriegserinnerungen, nichts Besonderes...«

»Überlassen Sie das mir«, meinte der Mann hinter dem starken Scheinwerfer. Annette konnte ihn lediglich als Schattenriss wahrnehmen. »Wir behalten Sie nur ein wenig länger hier, zu Ihrer eigenen Sicherheit. Ich will nicht, dass Ihnen etwas zustößt, weil Sie Ihre Nase in Dinge stecken, deren Tragweite Sie nicht verstehen. Aber zuvor verraten Sie mir, wo Sie die Tagebücher aufbewahren. Wir können natürlich auch mit Ihrem Schlüssel in Ihre Wohnung eindringen und da alles auf den Kopf stellen. Die Fliesen im Bad abklopfen, den Boden aufreißen, die Einrichtung zerstören, die Wände durchlöchern. Viel Aufwand, viel Zeit, viel Chaos. Wollen Sie das wirklich?«

»Sie finden die Tagebücher nie«, behauptete Annette selbstsicher. »Selbst wenn Sie meine Wohnung in alle Einzelteile zerlegen. Ich habe sie gut versteckt. Und wer sagt mir, dass Sie mich danach nicht trotzdem umbringen?«

Der Mann erwiderte nichts. Es klapperte ein wenig, wie ein metallener Einkaufskorb, der abgestellt wurde. Dann klickte es.

»Ich kann es nicht mit ansehen, dass Sie hier so alleine sind. Also habe ich Ihnen Gesellschaft mitgebracht. Die werden Ihnen die Zeit vertreiben. Richtig possierlich... Denken Sie noch mal in Ruhe nach. Wenn Sie zu einem Entschluss gekommen sind, dann trommeln Sie einfach laut an die Tür. Auf panische Rufe reagieren wir nicht.« Er lachte.

Vier Schatten huschten durch den starken Lichtstrahl, verschwanden sofort im Halbdunkel neben der Tür. Annette unterdrückte einen Schrei. Sie hatte sie trotzdem erkannt...

Riesige Ratten.

Kapitel 6

DIE
GRÜNE AMEISE

Montag, 6. Juni 2016

St. Joseph-Krankenhaus, Wüsthoffstrasse,
Berlin-Tempelhof/Deutschland

»Mit *dem* Kalb kommen Sie hier nicht rein!«

Die stämmige Krankenschwester, die Kommissar Calis bereits tags zuvor zu Gustavs Zimmer gebracht hatte, war mit blitzartiger Geschwindigkeit hinter dem Empfangstresen hervorgesprungen und hatte sich resolut vor Hund und Herrchen aufgebaut. »Wenn das ein Scherz sein soll, dann ist es ein schlechter.« Sie hatte die Hände in die Hüften gestützt und schaute Calis strafend an.

»Bleiben Sie genau so stehen!«, forderte sie der Kommissar auf, drückte ihr die Leine von Attila in die Hand und zückte sein Handy. »Sie passen viel besser zu dem Dobermann als ich«, lächelte er gewinnend und drückte ab, während ihn die Schwester ratlos anschaute, zwischen Verblüffung und Empörung schwankend. »Gibt es hier vielleicht einen Platz, wo ich ihn anleinen kann?«

»Wollen Sie mich auf den Arm nehmen?«, fuhr ihn die Krankenschwester an.

»Das würde ich mir, ehrlich gesagt, nicht zutrauen«, grinste Calis, nahm ihr die Leine wieder aus der Hand und führte Attila ungerührt wieder auf die Straße, wo er ihn an einen der zahlreichen Begrenzungspfähle anleinte. »Warte auf mich, ich besuche nur schnell dein Herrchen«, raunte er dem Dobermann zu und machte sich wieder auf den Weg in das Krankenhaus.

»Sie schon wieder?« Die Schwester stand wieder hinter dem Empfang, mit einer Liste in der Hand, und musterte Calis über ihre Brillengläser hinweg wie ein ekliges Insekt. »Womit hab ich diesen Montagmorgen verdient?«

»Sind Sie noch immer oder schon wieder da?«, erkundigte sich Calis mitfühlend. »Ich muss noch einmal mit Herrn Wollner sprechen.«

»Kann sein, aber heute sieht es auf seiner Station ganz schlecht mit Besuch aus«, schnappte die Schwester kurz angebunden, bevor sie sich wieder ihrer Liste zuwandte.

»Schaue ich so aus, als würde mich das interessieren?« Der Kommissar lächelte. Calis zog seinen Ausweis hervor und hielt ihn der Schwester vor die Nase. »Danke für das Foto, ich wollte dem alten Gustav eine Freude machen. Er hat Sie sicher in sein großes Berliner Herz geschlossen.«

Mit spitzen Fingern griff die Schwester nach dem Ausweis, drehte ihn hin und her, betrachtete das Bild. »Da waren Sie auch noch jünger...«, stellte sie lakonisch fest, sah Calis prüfend an und schließlich wieder den Ausweis. »... und schlanker.«

»Das sollte jetzt wieder für meine Wochendepression reichen«, knirschte Calis mit den Zähnen, nahm ihr den Ausweis aus der Hand und steckte ihn ein.

»Öffentlicher Dienst...« Die Schwester legte den Kopf schief und musterte Calis von oben bis unten. »Bei der Kripo sind Sie also. Ist das Ihr Diensthund?«

»Ach wo, der gehört Gustav, ich passe nur auf ihn auf. Für einen so großen Dobermann fehlt unserer Behörde das Geld. Der würde uns arm fressen. Glauben Sie mir, ich habe es gestern Abend selbst erlebt.«

»Ich kenne Sie trotzdem von irgendwoher«, ließ die Schwester nicht locker. »Zeitung oder Fernsehen?«

»Beides«, gestand ihr Calis. »In unregelmäßigen Abständen.«
»Na gut.« Die Schwester seufzte. »Zimmer 366.«
»Und ich kenne den Weg. Sie haben sicherlich Wichtiges zu tun. Werfen Sie trotzdem hin und wieder ein Auge auf Attila?« Der wütende Blick der Schwester verfolgte den Kommissar bis in den Aufzug.

Diesmal war das Zimmer bis auf Gustavs Bett leer, die anderen beiden Patienten waren hinausgerollt worden. Calis schloss behutsam die Tür. Gustav sah nicht viel besser aus als tags zuvor. Seine Stimme war leise, und es schien ihn Kraft zu kosten, zu sprechen.

»Na, allet in Butta? Wat 'n Plaisir am frühen Morgen. Der Laubenpieper! Hamm Se Heimweh nach mir, Herr Kommissar?«

»Gut geschlafen, Justav?«

»Ach wa, drei Mann in eenem Zimmer, dit is nix für meene Mutters Sohn. Hab die Dunkelheit hypnotisiert.« Gustav schloss müde die Augen.

Calis setzte sich auf sein Bett und hielt Gustav sein Handy mit dem Foto Attilas vor die Nase. »Hund wohlauf, jetzt muss nur noch Herrchen die Kurve kratzen.«

Gustav schaute das Foto an und lächelte still. »Ist det die olle Eule vom Empfang?«, fragte er dann grinsend.

Der Kommissar nickte. »Ich hab Attila gestern aus dem Tierheim geholt, hat mir leidgetan so allein in seinem Verschlag.«

»Und die Frau Kommissar?«, erkundigte sich Gustav vorsichtig.

»Hat sich gefreut und sofort Hundefutterdosen en gros eingelagert«, beruhigte ihn Calis. »Bis wir auf Urlaub fahren, bist du auch wieder auf den Beinen, und wir bringen dir den Flohzirkus wieder.«

»Danke...« Gustav legte sich zurück in die Polster, und zwei Tränen rannen über sein faltiges Gesicht. »Ick will noch nich sterben...«

»Kommt nicht infrage, wen soll ich denn sonst auf Erkundungstour im Milieu schicken?« Calis legte Gustav die Hand auf den Arm. »Das ist auch der Grund, warum ich hier bin. Was hast du herausbekommen bei deiner Tour?«

Ein müdes Lächeln spielte um Gustavs Lippen, seine Stimme war leise und brüchig. »Zuerst gar nichts, keiner wollte etwas gewusst haben. Musste ein paar Stationen machen...«

»Du bist also um die Häuser gezogen?«

»Ziemlich lange sogar«, erinnerte sich Gustav. »Hat mich geärgert, dass alle einen auf drei Affen gemacht haben...überall.«

»Drei Affen?«

Gustav nickte. »Nichts hören, nichts sehen, nichts reden. Sie kennen doch diese Figuren mit den drei Schimpansen?«

»Klar. Gibt's auch ein Happyend bei deiner Nachtrunde durch Berlin?«

»Keene jiddische Hast, Herr Kommissar. Davon kommen die kleenen Kinda.« Gustav richtete sich mühsam auf, und Calis rückte ihm die Kissen zurecht.

»Da war so 'n abjebrochner Zwerch, dem jehört 'ne abjehalftate Bude draußen in Marzahn«, fuhr Gustav fort. Er sah sich vorsichtig um, dann schien er beruhigt und wechselte ins Hochdeutsche. »Der behauptet immer, er weiß alles, was in der Stadt passiert. Also hab ich ihn gefragt. Is jotwede, ganz schön weit draußen. War ganz am Ende meiner Runde. Er hat also gemeint, das sei 1990 passiert, damals, nach der Wende. War ein Schlitzi.«

»Wer?« Calis runzelte die Stirn. »Was?«

»Na das mit der Mumie!« Gustav sah den Kommissar an, als

ob er an dessen Verstand zweifle. »Bei Ihnen dauat det ooch lange, bis der Groschen jefallen is, wa?!«

»Gustav! Wir reden die ganze Zeit von der Mumie. Aber was hat ein Schlitzi damit zu tun?«

»Noch mal zum Mitschreiben: Die Mumie war ein Mitbürger asiatischer Abstammung«, deklamierte Gustav müde. »Man munkelt so einiges ...«

»Gustav, mach's nicht so spannend!«

»Issa gut«, beschwichtigte Gustav. »Der Zwerg murmelte etwas von Triaden und der HVA.«

»Is nicht wahr ...« Calis sah Gustav forschend an. »Wie viel Schlagseite hattest du da schon?«

»Pff ...«, machte Gustav und schaute demonstrativ zum Fenster hinaus.

»Triaden? HVA? Die haben so viel gemeinsam wie die Politik von Merkel und Kim Jong-Un. Du musst dich verhört haben, Gustav.«

»Hab ich nicht! Der Schlitzi kam extra nach der Wende, weil er nach den richtigen Leuten von drüben suchte.«

»Den richtigen Leuten?«, wiederholte der Kommissar ungläubig. »Wo sollen die gewesen sein?«

Gustav zuckte die Schultern und verzog gleich darauf schmerzhaft das Gesicht. »Hat der Zwerg gemeint.«

»Eher ein Geisteszwerg?«, stieß Calis grinsend nach. »Egal, danke, dass du dich umgehört hast, Gustav. Ich kümmere mich um Attila, werd du erst mal gesund.«

Damit stand der Kommissar auf, klopfte Gustav vorsichtig auf die Schulter und machte sich auf den Weg zur Zimmertür. »Ich schau wieder bei dir vorbei. Mach mir keine Schande in der Zwischenzeit!«

Gustavs leise Stimme holte Calis ein, als er bereits die Klinke hinunterdrücken wollte.

»Herr Kommissar?«

Calis wandte sich um.

»Vielleicht spinnt der Zwerg ja, aber ist es nicht seltsam, dass mich ausgerechnet vier Schlitzis wegen der Mumie vollquatschen, von mir wissen wollen, wer den Fall übernommen hat und was ich alles rausbekommen hab, wer sonst noch etwas davon wissen könnte, und dann auf mich einprügeln?« Gustav verzog das Gesicht bei der Erinnerung an die Schläge. »Und wenn die Mumie einmal einer von ihnen war?«

»Mal den Teufel nicht an die Wand, Gustav. Weil dann...« Calis schloss die Augen und stieß die Luft aus der Nase. »... dann brennt nicht nur der Hut, dann haben wir hier in der Stadt wirklich...« Calis brach ab.

»... die Scheiße am Dampfen?«, ergänzte Gustav.

Der Kommissar nickte stumm.

Als Calis auf der Straße Attila losmachte und zu seinem Wagen ging, läutete sein Handy.

»Sag bloß, du bist schon im Büro«, stellte er fest, als er sah, dass Martina am anderen Ende der Leitung war.

»Ich habe schon die erste Besprechung mit Frank hinter mir, während du Hunde spazieren fährst, Herr Kommissar«, entgegnete Trapp. »Warst du bei Gustav? Wie geht es ihm?«

»Unverändert. Er sah schon mal besser aus. Allerdings scheint unsere Mumie aktueller zu sein, als uns lieb ist. Gustav hat bei seiner Tour im Milieu überall angeklopft, und einer hat geplaudert. Angeblich sei die Mumie ein Chinese, der nach der Wende Kontakt zu den Verantwortlichen der HVA gesucht hatte. Aber es kommt noch schlimmer. Es soll ein Mitglied der Triaden gewesen sein.« Calis wartete, während Attila versuchte, einen Laternenpfahl zu ertränken.

»Triaden? Die chinesische Mafia? Was sollte die mit der ehemaligen HVA besprechen?«, wunderte sich Trapp. »Wir haben in Frankfurt hin und wieder mit denen zu tun, aber im Großen und Ganzen halten sie sich im Hintergrund. Sind eher im Ausland aktiv. Niederlande, England, Skandinavien.«

»Sag mal, sind die nicht alle traditionell tätowiert, wie der Tote aus Gustavs Garten? Hat Sternberg irgendetwas von Tätowierungen in seinem Bericht über die Mumie geschrieben?«, wollte Calis wissen.

»Hat er *überhaupt* einen Bericht geschrieben?«, gab Martina zurück. »Oder waren die erdrosselten alten Männer wichtiger?«

»Ich rufe Sternberg an und frage ihn ... oder noch besser, ich fahre gleich in der Gerichtsmedizin vorbei.« Calis ließ Attila in seinen alten Golf einsteigen. »Was steht bei euch auf der Agenda?«

»Bassa manelk, zwei-sechs-neun, Hauff«, zählte Martina auf. »Frank telefoniert mit der Stasi-Unterlagen-Behörde, um mehr über eine in den letzten Tagen zusammengepuzzelte Agentenliste herauszufinden. Die Kollegen kümmern sich um den toten Chinesen aus Gustavs Garten und versuchen, seine Identität herauszufinden. Dann sind da noch die vier toten alten Agenten, der Cleaner, wo immer er auch ist, die drei Chinesen, die für den Anschlag auf Gustav verantwortlich und spurlos verschwunden sind. Was möchtest du noch hören?«

»Ist ja gut, ich komme gleich nach der Gerichtsmedizin ins Büro.« Calis startete seinen Golf. »Ich bringe Attila in Gustavs Garten, da hat er ein wenig Auslauf, bevor wir ihn abends wieder abholen. Und, Martina? Lass Frank vorläufig außen vor, was die Triaden betrifft. Ich möchte zuerst einiges nachprüfen und will die Pferde nicht scheu machen. Was Frank weiß, das landet bald darauf beim Innensenator und wenig später bei der Presse.«

Als der Kommissar ausparkte und die Wüsthoffstraße hinunterrollte, war er tief in Gedanken versunken. Die Triaden auf Kriegszug in Berlin? Das hatte ihm gerade noch gefehlt. Wie hatten sie Gustav so schnell gefunden? Der hatte sich in der Nacht nach der Mumie erkundigt und wenige Stunden später standen die Chinesen schon vor seiner Tür und prügelten ihn krankenhausreif.

Calis blickte nicht links oder rechts. Er war in Gedanken versunken, und so sah er auch den dunkelgrünen BMW nicht, an dem er vorbeirollte. Der Mann auf dem Fahrersitz hatte sein Handy am Ohr und eine schwere Pistole auf seinem Schoß, die er nur notdürftig unter einer Jacke versteckt hatte. Aber es war ihm egal, ob er in eine zufällige Kontrolle geraten würde oder nicht. Dann würde er sich eben den Weg freischießen.

Er hatte nichts mehr zu verlieren.

Er konnte nur mehr gewinnen.

Radisson Blu Hotel, Karl-Liebknecht-Strasse 3,
Berlin-Mitte/Deutschland

Llewellyn betrachtete die Todesliste nachdenklich. Er saß auf seinem Bett im Hotelzimmer, während Alex Beaulieu bereits vorsichtshalber begonnen hatte, die Reisetaschen einzupacken. Sie waren gerade vom Frühstück zurück auf ihr Zimmer gekommen, und der Major überlegte sich die nächsten Schritte, als sein Handy läutete.

»Unser Mann steht, wie du weißt, an fünfter Stelle«, begann Peter Compton vorsichtig. »Nun haben meine Erkundigungen ergeben, dass einer der Männer auf der Liste tatsächlich noch am Leben ist.«

»Du meinst, einer der übrigen fünf?«, wunderte sich Llewellyn. »Der muss ja schon im Methusalem-Alter sein.«

»Du irrst dich, Waliser. Die Liste stammt aus dem Jahr 1988, wie wir herausgefunden haben, das heißt, sie wurde vor knapp dreißig Jahren erstellt. Der Mann, um den es geht, war damals dreißig und ist daher knapp über sechzig Jahre alt. Und er war nicht einmal der Jüngste der sechs.« Compton klang wie ein ungeduldig dozierender Geschichtsprofessor.

»Wer ist es?« Llewellyn betrachtete die Namen nachdenklich.

»Nummer vier«, stellte Compton fest. »Alle anderen starben noch im gleichen Jahr, wohl auch unser Mann. Die Priorität muss wahrlich eine hohe gewesen sein.«

»Du meinst ...«

»Ich meine, die Jungs von der HVA haben nicht lange gefackelt. Nummer eins warf sich angeblich in einem der Prager Außenbezirke vor einen Zug und wurde komplett verstümmelt, Nummer zwei hatte einen tödlichen Autounfall, bei dem der Wagen völlig ausbrannte, Nummer drei stürzte von einem Fischerboot in die sturmgepeitschte italienische Riviera und konnte trotz aufwändiger Suche der Küstenwache nicht mehr gefunden werden, Nummer vier lebt noch, Nummer fünf ist unser Mann aus Schottland, und wir suchen noch immer nach Informationen über sein Ableben. Nummer sechs wurde, soweit ich informiert bin, das letzte Mal in Marrakesch gesehen. Dann verliert sich seine Spur irgendwo zwischen Tanger, Casablanca und Algier. Er tauchte nie wieder auf und wurde 1999 offiziell für tot erklärt.«

»Da drängt sich eine Frage auf – warum lebt Nummer fünf noch?« Llewellyn las den Namen auf der Liste, der genau über Charles R. Parker stand.

Pascal Laroche.

»Warum stellst du sie ihm nicht persönlich?«, versetzte Compton. »Das ist nämlich der Grund, warum ich dich angerufen habe. Er scheint der letzte noch lebende Mann auf dieser Liste zu sein. Ach, und noch etwas ... Nur unser Mann hatte mit der Regierung etwas zu tun, wenn du weißt, was ich meine. Alle anderen waren Geschäftsleute, Journalisten, Historiker, Archäologen, und Monsieur Nummer fünf privatisiert seit seiner frühen Jugend. Will heißen, er lebt vom umfangreichen Erbe seiner Familie, die ihr Vermögen mit Gold- und Silberminen in der Zeit nach dem Ersten Weltkrieg gemacht hat.«

»Also eine bunt zusammengewürfelte Truppe, die auf dieser Liste versammelt wurde«, fasste Llewellyn zusammen.

»Und alle hat ihr Schicksal 1986 ereilt, nur den vermögenden Erben nicht. Ich möchte wissen, warum. Dann halte ihm die Liste unter die Nase, und quetsche ihn über die anderen Namen aus. Jemand anders als ihn können wir nicht mehr fragen. Ich möchte wissen, ob er einen Zusammenhang erkennen kann. Ich kann nämlich keinen erkennen, beim besten Willen nicht.«

Compton schwieg, und Llewellyn kannte ihn gut genug, um zu wissen, dass er nun ungeduldig mit seinen Fingern auf die Armlehne seines Sessels trommelte.

»Warum waren diese Männer der HVA ein Dorn im Auge und landeten auf einer Todesliste, die auch prompt abgearbeitet wurde? Ich will Klarheit, Llewellyn, nicht nur über unseren Mann. Hier stimmt etwas nicht. Hier geht es um viel mehr, als es den Anschein hat.«

»Wo finden wir diesen Erben?«

»Er lebt gut abgeschirmt auf einem großen Anwesen in Südfrankreich. Vier Hektar großes Grundstück, darauf drei Häuser, alle mit Meerblick. In einer Gegend, wo jeder Quadratmeter mit Gold aufgewogen wird, vorwiegend mit russischem. Ich schicke dir die genaue Adresse per SMS. Nimm Alex mit, und ruf Jack Westworth aus seinem Ruhestand. Nachdem er sein neues Boot bekommen und ausgebaut hat, ist er wieder spurlos am Leeds-Liverpool-Kanal verschwunden. Es wäre mir lieber, er kommt dazu.«

»Das werde ich ihm nicht zweimal sagen müssen«, lächelte Llewellyn. »Wann sollen wir losfahren?«

»Sofort«, gab Compton prompt zurück. »In Berlin gibt es vorläufig nichts mehr zu tun für euch. Lass Jack nach Marseille fliegen, ihr nehmt besser den Wagen, so seid ihr unabhängig. Wer weiß, wohin es danach geht.«

»Alex packt bereits«, informierte Llewellyn den ehemaligen

Geheimdienstchef in London. »Gebt uns eine halbe Stunde, und wir sind hier raus und auf dem Weg. Eines ist mir allerdings noch unklar: Der blutige Gurkha-Dolch, der unserem Mann aus Hongkong in sein schottisches Exil geschickt wurde und mit dem du mich nach London gelockt hast. Was hat der mit der ganzen Geschichte zu tun?«

»Wir versuchen gerade, die Blutreste zu analysieren«, meinte Compton. »Über die Briefmarken und die Poststempel wird sich nicht mehr viel herausfinden lassen. Dazu ist zu viel Zeit vergangen. Wir untersuchen auch noch die alten Zeitungen, mit denen das Paket ausgestopft wurde.«

»Du hast zu lange gewartet. Aber vielleicht weiß ja dieser Südfranzose etwas über unseren Mann, nachdem er gemeinsam mit ihm auf einer Liste steht. Ich informiere noch John, dann sind wir unterwegs.«

»Wenn alles gut geht, dann solltet ihr heute am späten Abend in Marseille sein, um Jack vom Flughafen abzuholen.« Comptons Stimme klang etwas erregt und gehetzt, was sonst gar nicht seine Art war.

»Warum habe ich den Eindruck, dass dir die Zeit zwischen den Fingern zerrinnt?«, wollte Llewellyn wissen. »Ist irgendetwas passiert, das ich wissen müsste?«

»Negativ«, murmelte Compton. »Nichts ... Ach ja, ich soll dich von Alexander Reiter grüßen, du erinnerst dich, Rebus. Ich habe mit ihm telefoniert. Er ist sehr an englischer Geschichte interessiert im Moment.«

Damit legte er grußlos auf.

»Und Weihnachten fällt dieses Jahr auf Ostern«, brummte der Major, beendete das Gespräch und sah Alex an, der den Reißverschluss der letzten Tasche zuzog. »Der alte Fuchs köchelt irgendetwas hinter unserem Rücken. Ist ja nichts Neues, aber ich habe ihn selten so nervös erlebt. Und Alexander

Reiter ist auch wieder aus der Versenkung aufgetaucht, wie er mir in einem Nebensatz mitgeteilt hat.«

»Ich dachte, die Namen auf dieser Liste sind nur mehr von historischer Bedeutung.« Captain Beaulieu durchsuchte rasch die Laden und Schränke und überzeugte sich, dass er nichts vergessen hatte einzupacken. »Hier passen ein paar Dinge nicht zusammen.«

»Wenn ich Peter so zuhöre, dann sind die Geister der Vergangenheit plötzlich in der Charlotte Road aufgetaucht und sitzen jetzt bei ihm im Salon, mit vorgehaltener Pistole und einer entsicherten Handgranate. Er wollte die Liste haben, also lockte er mich mit dem ominösen Paket aus meinem Sommerrefugium. Aber nun hat sich die Liste verselbstständigt, die Namen sind nicht mehr nur Zeichen auf dem Papier, sondern Monsieur Laroche ist sehr lebendig. Und ganz und gar nicht tot wie alle anderen.« Llewellyn nahm seine Reisetasche und schob Alex aus dem Hotelzimmer. »Du fährst den ersten Teil, ich rede mit John. Heute Abend stehen wir am Vieux Port und schauen aufs Mittelmeer.«

Als sie mit dem Lift nach unten fuhren, piepste Llewellyns Handy. Das Display zeigte eine Adresse ohne weiteren Kommentar: Route du Baguier 374, F–83230 Bormes-les-Mimosas.

Er zeigte es Alex. »Sagt mir jetzt gar nichts, aber das muss nichts heißen. Der südfranzösische Jetset an der Cote d'Azur war nie meine Welt.«

»Eher der brasilianische Urwald oder der kolumbianische Stadtdschungel.« Alex lächelte versonnen in sich hinein. »Wir haben meist in den schmucklosen Hinterhöfen aufgeräumt, nicht in der Glitzerwelt.«

»Dann wollen wir Monsieur Laroche einen Besuch abstatten und genau das ändern«, nickte Llewellyn. »Mir ist plötzlich nach Süden, Sonne, Meer und himmelblauen Pools. Hol den Jaguar aus der Garage, und ruf Jack Westworth an, während ich unsere Rechnung begleiche.«

*

Zwanzig Minuten später rollte die dunkelgrüne Limousine durch die Stadt in Richtung Autobahn. Llewellyn programmierte die Navigation, dann rief er John Finch an.

»Melde mich ab, wir sind auf dem Weg in den Süden. Frankreich. Bist du schon startbereit? Wir haben dich gestern Abend und heute früh nicht im Hotel gesehen ...«

»Frankreich klingt gut«, erwiderte John. »Wir haben einen neuen Kunden, aber das erzähle ich dir ein anderes Mal. Verspricht spannend zu werden. Vorläufig bleiben wir noch in der Hauptstadt, bis auf Abruf.«

Neben John drang eine bekannte weibliche Stimme an Llewellyns Ohr.

»Wir? Ist das etwa Amber, die neben dir sitzt?«, erkundigte sich der Major neugierig.

»Ich kann dir nichts verheimlichen.« John lachte. »Sie fliegt mit mir den X3. Aber vorläufig drehen wir noch ein paar Platzrunden rund um Berlin, damit sie sich an den Heli gewöhnen kann. Unsere Kunden haben sich noch nicht zurückgemeldet. Aber wir sind auf Stand-by.«

»Grüß Amber von mir, wir hören uns später, und halte mich auf dem Laufenden, wohin ihr fliegt. Siehst du Kommissar Calis noch mal? Ich würde gerne wissen, was aus Gustav, dem Einsiedler, und seinem Hund geworden ist. Und aus dem Cleaner, sollte er jemals wieder auftauchen.«

»Thomas hat sich bei mir nicht mehr gemeldet, und ich denke, wir werden nicht mehr lange in der Stadt sein«, meinte

John. »Unsere Kunden haben es ziemlich eilig, wie mir scheint. Geduld war noch nie ein herausragendes Charaktermerkmal der Chinesen.«

»Chinesen?« Llewellyn war mit einem Mal hellwach. »Seltsamer Zufall. Der Asiate, den ich auf Gustavs Grundstück angeschossen habe...«

»Ja, was ist mit dem?«

»Ich möchte wetten, er war ebenfalls Chinese. Hatte einen roten Drachen auf seinem Arm tätowiert und brachte sich um, bevor ich ihn dazu befragen konnte. Besser, du siehst dir deine neuen Kunden genauer an.«

»Einen roten Drachen?«, stieß John nach. »Das erinnert mich an etwas. Danke für die Warnung, wir bleiben in Verbindung.«

*

Amber legte den X3 mit einem breiten Grinsen gekonnt in eine weite, schnelle Kurve in Bodennähe, während John nachdenklich sein Handy wegsteckte und den Kopfhörer mit dem Funkmikro wieder aufsetzte. Für einen Moment dachte er daran, Amber einzuweihen, doch dann verwarf er den Gedanken wieder. Vielleicht sahen Llewellyn und er einfach Gespenster. Drachen waren in China nichts Ungewöhnliches, die gab es an beinahe jeder Häuserecke.

Lassen wir die Dinge also auf uns zukommen, dachte John und konzentrierte sich darauf, Amber wieder aus ihrem Geschwindigkeitsrausch zu holen, in den der X3 sie gestürzt hatte.

Berliner Gerichtsmedizin, Turmstrasse,
Berlin-Moabit/Deutschland

»Oh nein ...!«

Dr. Sternberg blickte von seinem Schreibtisch hoch, sah Thomas Calis und schüttelte den Kopf. »Bisher war es ein guter Morgen ...«

»... jetzt wird er noch besser«, vollendete der Kommissar. »Das wolltest du doch sagen, oder? Aber mach dir keine Sorgen, ich bin gleich wieder weg.«

»Ich mache mir aber Sorgen.« Der Doc vertiefte sich erneut in die Papiere, die vor ihm lagen. Der Stapel an Akten neben seinem Computer hatte eine beeindruckende Höhe erreicht.

»Ist das der Turm der Verzweiflung?«, erkundigte sich Calis grinsend.

Sternberg wies, ohne hochzublicken, mit ausgestrecktem Zeigefinger auf die kleine Küchenzeile am anderen Ende des Büros.

»Nimm dir einen Kaffee, und lass mich das hier erledigen. Dann kannst du mich von mir aus quälen. Sag mal, hast du um diese Zeit nichts Besseres zu tun? Etwa Frau Kriminalkommissar zu verwöhnen oder Regenwürmer in deinem Kleingarten zu unterhalten?«

»Martina sitzt bereits im Büro und konferiert mir, Frank jagt Verbrecher und versucht, mir den Rücken freizuhalten.«

»Das war früher auch mal anders«, knurrte Sternberg und blätterte um. »Da standen die Frauen noch am Herd ...«

»... und heute stehen wir auf der Straße, wenn wir uns nicht gut benehmen, gleich neben unseren Koffern«, fuhr Calis fort und schnupperte misstrauisch an der Kaffeekanne. »Ist das Sprengstoff oder ein misslungenes chemisches Experiment?«

»Sei nicht heikel. Kaffee ist nur schädlich, wenn dir ein ganzer Sack aus dem fünften Stock auf den Kopf fällt«, dozierte Sternberg. »Alles andere kann unser Körper ab. Sahne ist im Kühlschrank und Zucker vor dir in der Dose mit dem Totenkopf.«

Calis schenkte ein, schnupperte erneut und verzog missbilligend die Nase. »Wie sagte Abraham Lincoln? Sollte dies Kaffee sein, bringen Sie mir bitte Tee. Sollte dies Tee sein, bringen Sie mir bitte Kaffee.«

»Kein Wunder, dass er erschossen wurde«, brummte der Doc. »Du nervst. Und jetzt gib Ruh, ich muss mich konzentrieren.«

Folgsam rührte Calis schweigend Sahne und Zucker in seinen Kaffee und sah sich um. Ein überfülltes Bücherregal bedeckte die gesamte Längswand. In den Regalen stapelten sich Papiere, Bücher und Manuskripte, Schachteln ohne Deckel, Fotoalben und CDs, Gläser mit undefinierbarem Inhalt und eine kleine Stereoanlage. Über allem wachte ein Totenkopf im obersten Regal unter der Decke. Calis machten einen Ausflug entlang der Regale, zog Bücher heraus und betrachtete Fotos von medizinischen Anomalien.

»Trautes Heim, Glück allein«, murmelte Calis. »Fehlt nur noch die Skalpellsammlung.«

»Die ist beim Schärfen.« Sternberg klappte den Aktendeckel zu. »Hören tu ich noch gut, nur das mit dem Sehen war früher mal besser. Also, du Nervensäge, was treibt dich in mein Refugium?«

»Die Mumie aus der Quedlinburger. Habe ich da je einen Bericht von dir bekommen?«

Sternberg schüttelte den Kopf. »Nachdem ich selbst noch nicht wirklich weitergekommen bin, wollte ich dich nicht mit Kleinigkeiten langweilen. Das Wichtigste weißt du. Männlich, Alter zirka dreißig bis fünfunddreißig Jahre, mumifiziert, keine äußeren tödlichen Verletzungen festzustellen, keine offensichtliche Gewalteinwirkung, außer der Tatsache, dass er an einem Stick baumelte. Man hat ihn zwischen 1990 und 1995 da aufgeknüpft, da will ich mich aber nicht festlegen. Und ein paar Jahre, auf oder ab, spielen jetzt auch keine Rolle mehr, oder?«

»Vielleicht doch«, meinte Calis nachdenklich. »Könnte es ein Asiate gewesen sein?«

»Kann durchaus, obwohl die Trocknung auch die Gesichtszüge entgleisen lässt«, meinte Sternberg. »Würde allerdings zum dunklen Haar und der Größe passen.«

»Hast du ein Tattoo bemerkt?«

»Jetzt, wo du es sagst ... Er hat einen Drachen auf dem Unterarm, jedenfalls glaube ich das. Der ist schon ziemlich verblasst und verschrumpelt. Wie ein gedörrter Fuchur, du weißt schon, der aus der *Unendlichen Geschichte*.« Sternberg kratzte sich am Kopf. »Sieh mal, es ist nicht so häufig, dass wir eine Mumie in der Großstadt auf unseren Seziertischen liegen haben. Besser gesagt, eher selten. Hier gibt's keine jahrhundertealten Moorleichen, Ägypten mit seinen Pharaonen ist weit weg und unsere Patienten daher eher noch frisch und knackig, wenn sie zu uns kommen. Ich will dir nichts vormachen, Thomas, ich bin kein Experte für Mumien.«

Calis lehnte an Sternbergs Schreibtisch und fixierte stumm

den bleichen Totenschädel unter der Decke. Schließlich sagte er: »Das bleibt unter uns, das mit der Tätowierung. Vorerst zumindest. Wo ist sein Anzug abgeblieben?«

»Der ist bei Bergner in der Spurensicherung. Wie auch Hemd, Schuhe, Socken und seine Unterwäsche. Gibst du mir auch einen Kaffee?«

Calis stellte seine Tasse auf den Schreibtisch. »Da, nimm meinen. Der ist noch jungfräulich. Ich bin zu feige für solche Experimente. Dazu muss man wahrscheinlich Mediziner sein und jeden Morgen mit Naphthalin gurgeln.«

»Lass ich seit ein paar Monaten weg, wegen des Mundgeruchs danach«, erwiderte Sternberg trocken. »Ist das Tattoo von Bedeutung?«

Der Kommissar zuckte mit den Schultern und stieß sich vom Schreibtisch ab. »Hoffentlich nicht. Wenn ich es recht überlege, könntest du zu den medizinischen Göttern beten, dass es nicht wichtig ist.«

»Ich halte wenig von Selbstanbetung«, grinste Sternberg und wandte sich wieder seinen Akten zu. »Den Bericht über den Asiaten aus Gustavs Garten schreib ich bis heute Abend und schicke ihn dir hinüber.«

»Wäre nett, Doc. Ich verschwinde ins Büro und verstärke wieder die Sonderkommission vor Ort. Ach ja, noch etwas. Könntest du bitte die beiden Tätowierungen vergleichen?«

Sternberg sah Calis über den Rand seiner Brille hinweg an. »Nachtigall, ich hör dir trapsen. Du vermutest doch etwas... Einen Zusammenhang zwischen den beiden?«

»Das hast du nicht gesagt und ich nicht gehört«, gab Calis zurück. »Erzähl Frank nichts davon, er wird es noch früh genug erfahren. Und gib mit dem Kaffee Acht. Der ätzt seinen Weg durch die Tischplatte. Unaufhaltsam.«

Im Hinausgehen wählte der Kommissar die Nummer von Arthur Bergner, dem Leiter der Spurensicherung.

»Und ich dachte schon verzweifelt, es wird ein erneuter sonniger, calisloser Tag«, begrüßte ihn Bergner. »Was verschafft mir das Vergnügen, mein weißer Bruder?«

»Hast du die Sachen der Mumie schon unter deinem Mikroskop durchgezogen oder im Labor zersetzt? Irgendwelche greifbaren Resultate?«

»Ich enttäusche dich nur ungern, aber da hat jemand sehr gründlich gearbeitet«, antwortete Bergner prompt. »Jedes einzelne Etikett wurde sorgsam herausgetrennt, und zwar aus allen Kleidungsstücken. Nachdem ich nicht annehme, dass der Mörder ihn am Strick hängend aus- und wieder angezogen hat, war es unsere Mumie selbst, die unerkannt bleiben wollte. Was seine Taschen betrifft, so waren sie leer. Die allerdings kann auch der Täter geleert haben. Ich kann mir schwer vorstellen, dass jemand ohne Papiere, Schlüssel oder Geld in Berlin unterwegs ist. Weder heute noch vor dreißig Jahren. Und unsere Mumie war Nichtraucher, höchstwahrscheinlich. Wir haben keine Tabakreste in seinen Taschen gefunden.«

»Und den Rest hat die Zeit erledigt«, fasste Calis zusammen. »Das heißt, wir haben nichts in der Hand außer dem Staub der Jahrzehnte. Fasern, Zusammensetzung der Kleidung, was ist mit seinen Schuhen?«

»Hör zu, Thomas. Mir ist etwas aufgefallen, aber ich kann mich natürlich auch täuschen. Es ist viel Zeit vergangen, und ein Teil der Stoffe hat sich aufgelöst. Aber ich glaube, sowohl seine gesamte Kleidung als auch seine Schuhe sind auf Maß gemacht worden. Nur bei den Socken würde ich das ausschließen. Aber sonst...« Bergner brach ab.

»Also ein wohlhabender Mann?«

»Oder ein sehr modebewusster oder beides. Wenn wir

annehmen, dass es ein Asiate war, wie der Doc vermutet, dann sind Maßanzüge dort längst nicht so teuer wie bei uns. Wir haben bei unseren Urlaubsreisen alle schon die Angebote geschäftstüchtiger indischer Schneider in den großen asiatischen Metropolen gesehen.«

»Stoffqualität?«

»Bei unserer Mumie? Über dem Durchschnitt, auch ein Grund, warum ich an eine Maßanfertigung denke.«

Calis seufzte. »Sonst noch etwas?«

»Ja, eine Kleinigkeit, aber die wird dir wahrscheinlich kaum weiterhelfen. Wir haben routinemäßig seine Hosenaufschläge untersucht. In den späten Achtzigern trug man so etwas noch. Da fand sich ein zusammengeknüllter Zeitungsfetzen, vielleicht drei mal drei Zentimeter groß. Muss aus Versehen da gelandet sein.«

Calis verzog das Gesicht und ahnte Böses.

»Auf der einen Seite war eine Telefonnummer aus der Zeitung gerissen worden, auf der anderen Seite scheint es ganz normaler gedruckter Fließtext zu sein in asiatischen Schriftzeichen«, meinte Bergner. »Ich bin kein Sachverständiger, aber ich würde sagen ...«

»... es ist Chinesisch«, vollendete Calis.

»Bleichgesicht hat wieder seine hellseherischen fünf Minuten?« Der Leiter der Spurensicherung seufzte. »Ich schicke dir den Papierfetzen ins Büro.«

»Hast du die Telefonnummer angerufen?«, wollte Calis wissen.

»Klar, und fließend in Mandarin parliert. Nur mein Fachvokabular ist etwas eingerostet. Sag mal, hast du zu tief an der Friedenspfeife gezogen? Oder mischen die euch in der Kantine etwas ins Essen?« Bergner gluckste.

»Vergiss es, ich bin immer noch auf der Suche nach einem

trinkbaren Morgenkaffee, und meine Synapsen schlafen noch tief. Landet dein Bericht noch auf meinem Tisch?«

Calis wollte den Golf aufschließen, bemerkte, dass die Zentralverriegelung wieder einmal versagt hatte und der Golf bereits offen war. Ein altes Leiden. Er ließ sich auf den Fahrersitz fallen und verzog die Nase. Attila war bereits vor einer Stunde glücklich jaulend in Gustavs Garten verschwunden, trotzdem stank es nach Hund.

»Warum? Du hast ihn gerade live präsentiert bekommen, das muss reichen. Für alle anderen Untersuchungen brauche ich noch Zeit. Wusstest du, dass sich an dem Anzug mindestens fünfundzwanzig verschiedene Pollen und Pflanzensamen befunden haben? Was in Berlin so alles in der Luft herumfliegt ... Aber sobald wir durch sind, Zeit zum Schreiben haben und dann auch noch in einem erträglichen Überstundenrahmen unterwegs sind, bekommst du ihn auf deinen Schreibtisch«, versprach Bergner.

»Mit einem Wort, zum nächsten Vollmond, mein Bruder Winnetou?«

»Alter Optimist«, knurrte der Leiter der Spurensicherung. »Aber ich kann den Papierfetzen von beiden Seiten fotografieren und ihn dir aufs Handy schicken. Um deinen Tatendrang nicht zu hemmen.«

»Was würde ich ohne dich machen?«, seufzte Calis.

»Jemand anders auf den Nerv gehen«, erwiderte Bergner ungerührt. »Ende und aus. Ich muss arbeiten. Ach ja, noch etwas, nachdem du gerade in der Leitung bist. Das Zigarettenpapier vom Olivaer Platz ist nichts Besonderes, Massenware, aber an den aufgemalten Buchstaben könnte etwas dran sein. Ich habe einen Spezialisten angesetzt, der versucht sein Glück mit Ultraviolett, verschiedenen Chemikalien und Geheimtinkturen, die er entwickelt hat. Vielleicht schafft er es, und wir können die Schrift wieder sichtbar machen. Kostet dich ein Abendessen.«

»Curry 36 oder Konnopke?«, erkundigte sich Calis unschuldig. »Wir können aber auch in meiner Laube grillen.«

»Schnorrer!«, schnaufte Bergner und legte auf.

Historisches Institut, Universität Wien,
Universitätsring 1, Wien/Österreich

Alexander Reiter lief durch Gruppen von Studenten die breiten Stufen hinauf zum Eingang der Universität. Der prächtige Bau im Stil der italienischen Hochrenaissance, nach den Vorbildern der Universitäten in Padua und Genua in der zweiten Hälfte des 19. Jahrhunderts errichtet, beherbergte die älteste Universität im deutschen Sprachraum.

Als Reiter beim Portier nach dem Historischen Institut fragte, meinte der: »Sie haben Glück. In diesem Hauptgebäude gibt es vor allem das Rektorat der Universität Wien, die meisten Dekanate, zentrale Dienstleistungseinrichtungen, die Hauptbibliothek und nur einige wenige Institute, dafür umso mehr Hörsäle. Aber das Institut für Geschichte ist tatsächlich im ersten Stock, wenn Sie die Treppe raufkommen, rechter Hand.«

Die Sekretärin, die ihn im ersten Büro des Instituts in Empfang nahm, mochte Mitte zwanzig sein und sah aus wie eine überarbeitete Studentin kurz vorm Burnout. Sie telefonierte aufgeregt, tippte nebenbei mit einer Hand in die Tastatur und sah Reiter fragend an, während sie sich den Hörer zwischen Ohr und Schulter klemmte und ihre Hand auffordernd ausstreckte.

»Geben Sie mir die Unterlagen«, meinte sie schließlich ungeduldig, als ihr Besucher keine Anstalten machte, irgendwelche Papiere aus der Tasche zu ziehen.

»Wenn Sie mich für den Büroboten halten, dann sind Sie

wirklich überarbeitet.« Reiter lächelte. »Aber ich kann Sie beruhigen, der Sommerurlaub kommt mit Riesenschritten. Kennen Sie einen gewissen Professor Steinberg?«

Der ratlose Blick der Sekretärin sprach Bände. Während sie wieder aufgeregt in ihr Telefon sprach, schnippte sie mit den Fingern, als ein älterer Herr versuchte, sich hinter Reiter vorbei zum Ausgang zu schieben. Als er aufblickte, wies sie mit dem Finger auf den Besucher und zog auffordernd die Augenbrauen hoch.

»Wollten Sie mich sprechen? Ich bin Doktor Leitner und auf dem Weg zu einem Proseminar...«

Reiter nickte dankbar. »Nachdem Ihre Sekretärin auf mehreren Hochzeiten zugleich tanzt und ich ihren Stresslevel nicht noch erhöhen wollte... Ich suche jemanden, der mir sagen kann, wo Professor Steinberg ist.«

»Da kommen Sie um Jahrzehnte zu spät. Professor Steinberg ist in den Achtzigerjahren bei einem Autounfall ums Leben gekommen.« Leitner strich sich mit der flachen Hand über seine spiegelnde Glatze mit dem schütteren Haarkranz. »Es war in den Tiroler Bergen, wenn ich mich recht erinnere. Das Institut hat seinen Posten ein Jahr später wieder neu besetzt.«

»Ist das üblich?«

Leitner wiegte den Kopf. »Man fand von Steinberg so gut wie keine sterblichen Überreste. Sein Wagen stürzte einen Felsabhang hinunter, explodierte offenbar, fing Feuer und brannte völlig aus. Er kam am Rande eines Bergbachs zu liegen, der über Nacht wegen des starken Regens stark anschwoll und dann teilweise durch das Wrack rauschte.«

»Eine Verkettung unglücklicher Zufälle?«, wollte Reiter wissen.

»Da brauchen Sie einen Wahrsager«, antwortete Leitner. »Und der sollte besser eine große Kristallkugel mitbringen.

Es war niemand dabei, Professor Steinberg war allein. Es gab auch keine Zeugen des Unfalls. Die ersten Bergsteiger, die den ausgebrannten Wagen fanden, kamen einen Tag später an die Unglücksstelle.«

»Sie erinnern sich gut an die Umstände von Professor Steinbergs Verschwinden«, wunderte sich Reiter. »Es sind doch schon rund dreißig Jahre vergangen.«

Leitner nickte. »Ich studierte bei ihm, er war mein Doktorvater. Vielleicht haben sich deshalb alle Ereignisse von damals so eingebrannt. Ich mochte ihn, er war unkonventionell, blitzgescheit, ein Querdenker. Ein Professor, wie ihn sich jeder Student nur wünschen kann.«

Leitner nahm Reiter beim Arm und zog ihn auf den Gang, wo es ruhiger war.

»Wieso interessiert Sie Steinberg? Sie sind doch zu jung, um ihn noch hier auf der Uni erlebt zu haben.«

»Danke für das Kompliment, ich habe ihn auch nicht kennengelernt«, bestätigte Reiter lächelnd und überlegte kurz. »Mir ist sein Name in den letzten Tagen genannt worden, im Zusammenhang mit der Bibliothek des Naturhistorischen Museums.« Er beobachtete Leitner genau, doch in dessen Gesicht zuckte kein Muskel.

»Interessant, ich wusste gar nicht, dass Steinberg auch dort recherchierte. Mir erzählte er nur vom Museum für Völkerkunde, der Nationalbibliothek und einigen halb privaten Sammlungen. Neben der Universitätsbibliothek natürlich und einigen Bibliotheken von Kollegen. Was wollte er bloß im Naturhistorischen?«

»Was war das Spezialgebiet von Steinberg?« Reiter wollte sich nicht auf die Erinnerungen von Landorff verlassen. Wer wusste schon, wie viele Latten an dessen Zaun bereits fehlten ... und wie lange schon ...

»Kolonialpolitik der Westmächte in Asien«, kam die Antwort wie aus der Pistole geschossen. »Übrigens auch meines, einer der Gründe, warum ich bei Steinberg dissertierte. Aber bitte seien Sie mir nicht böse, ich muss los, meine Studenten warten.«

»Nur noch eine letzte Frage. Sagt Ihnen der Name Graf Calice etwas? Er war vier Jahre lang ab 1871 der erste Botschafter der österreichisch-ungarischen Monarchie im Fernen Osten.«

Leitner zuckte mit den Schultern. »Natürlich kenne ich Calice, ein illustrer Diplomat im Dienste der Krone. Aber wenn ich mich nicht täusche, dann übte er seine Funktion nicht lange aus.«

»Vier Jahre nur«, bestätigte Reiter. »Dann wurde er wieder abberufen.«

»Die Monarchie hat sich nicht wirklich um ferne Kolonien bemüht, Franz Joseph hielt nichts von Übersee-Besitzungen. Österreich hatte es ein paarmal versucht, war aber jedes Mal nach kurzer Zeit gescheitert. So wurde am 23. August 1719 an der Koromandelküste in Indien die österreichische Flagge gehisst, eine kleine Festung gebaut, der Handel begann, und eine Stadt entwickelte sich. Doch rasch verlor man wieder das Interesse daran; wegen Streitereien mit anderen Kolonialmächten verzichtete Österreich bald darauf auf seine Ansprüche.«

»Haben Sie jemals von einem Reisebericht gehört, in dem Calice seine Erlebnisse schilderte?«

Leitner schüttelte den Kopf. »Nicht, dass ich wüsste. Er kam danach als Botschafter nach Europa zurück und blieb da. Die vier Jahre in Fernost waren ein Zwischenspiel in seiner diplomatischen Karriere. Und jetzt muss ich leider zu meinen Studenten.« Er wies auf die offen stehende Tür zu einem Lehrsaal. »Hat mich sehr gefreut, Herr ...?«

»Mich auch, Herr Doktor. Und danke für Ihre Zeit«, lächelte Reiter, schüttelte Leitner die Hand und verschwand rasch zwischen Gruppen von Studenten, die auf dem Flur diskutierten.

Als er die Treppen ins Erdgeschoss hinunterlief, rief er sich das Telefonat mit Peter Compton in Erinnerung. Als er von Graf Calice erzählt hatte, war der alte Mann in der Charlotte Road einsilbig und nachdenklich geworden. Als er jedoch den Namen Steinberg genannt hatte, war aus dem Nachdenken das offensichtlich hektische Bedürfnis geworden, seinen Anrufer so schnell wie möglich wieder aus der Leitung zu befördern.

Was wusste Compton tatsächlich über Steinberg und dessen Unfall?

Reiter überquerte den Ring und lief zu seinem Golf. Es gab noch einen Kontakt, den er aktivieren konnte. Der saß im Vatikan und leitete den päpstlichen Geheimdienst mit eiserner Hand und einem untrüglichen Gespür für weitreichende kirchenpolitische Entscheidungen. Und – er war ihm seit vergangenem Jahr einen Gefallen schuldig...

Während er aus der Nebenfahrbahn auf die Ringstraße einbog, beglückwünschte sich Reiter zu seiner Entscheidung, den Mossad und Shapiro in seinem Telefonat mit Compton mit keinem Wort erwähnt zu haben. Es schien, als hätten diese hundertfünfzig Jahre alten Aufzeichnungen des Grafen mehr Brisanz als die neuesten Wikileaks-Meldungen.

Reiter bog bei Dunkelorange in die Währinger Straße ein und warf einen Kontrollblick in den Rückspiegel.

Niemand folgte ihm.

Die Zeit der offiziellen Recherche war zu Ende. Jetzt musste er nur noch von der Bildfläche verschwinden, um in Ruhe arbeiten zu können.

Ein dunkler Keller irgendwo in der Hauptstadt,
Berlin/Deutschland

Annette hatte erneut jedes Zeitgefühl verloren.

Die ständige undurchdringliche Dunkelheit, die gleichmäßige Temperatur, die Stille. Sie hatte die Gesellschaft der Ratten lange ausgehalten, hatte versucht, sie zu ignorieren und sich einzureden, dass sie kaum einen lebenden Menschen anfallen würden.

Doch die hungrigen Nager waren immer näher gekommen, hatten ihre Kreise immer enger gezogen...

Schließlich – und es schien ihr wie eine Ewigkeit – hatte Annette entnervt gegen die Tür getrommelt und gehofft, dass irgendjemand sie hören würde.

Doch es war, als habe der Unbekannte nur darauf gewartet. Denn wenige Augenblicke später erfüllte das gleißend helle Licht erneut den Keller und vertrieb die Ratten in die dunklen Ecken.

Annette strömten die Tränen der Erleichterung über die Wangen.

»Sie haben es sich überlegt? Das finde ich äußerst vernünftig«, meinte der Unbekannte. »Wo befinden sich also die Tagebücher Ihres Großvaters?«

»Was interessiert Sie so sehr daran?«, stieß Annette hervor. »Mein Großvater war Maschinist auf einem Hilfskreuzer, nichts Besonderes. Es war eine frustrierende Fahrt von

Deutschland in den Pazifik und retour, so viel habe ich herausgelesen. Aber sonst? Was wollen Sie mit seinen Aufzeichnungen?«

»Das verstehen Sie nicht, und das ist auch gut so«, sagte der Mann. »Wenn das hier alles vorüber ist, dann überlasse ich Ihnen die Tagebücher wieder, versprochen. Leisten Sie uns einfach ein wenig Gesellschaft; ich werde dafür sorgen, dass Sie weder hungern noch frieren, noch vor Langeweile sterben. Ich will Sie lediglich aus dem Weg haben, sichergehen, dass Sie nicht zur Polizei laufen oder uns in die Quere kommen. Das habe ich Ihnen bereits erklärt, und es ist nur für ein paar Tage. Also – wo sind die Tagebücher!«

Die Ratten huschten in den Ecken aufgeregt umher. Das kratzende Geräusch ihrer Pfoten machte Annette krank. Ihr war übel.

»Ich habe sie in meiner Küche versteckt, für alle Fälle. Ich wollte heute ins Ferienhaus meiner Eltern fahren, und nachdem es eine Einbruchsserie in Tempelhof gegeben hatte, wollte ich sie sicher verwahren.«

»Sehr lobenswert«, stellte die Stimme kühl fest. »Wo?«

»Es gibt eine lose Rückwand im Besenschrank in der Küche. An der unteren Seite ist sie nicht fixiert. Drücken Sie sie auf, greifen Sie nach unten. Da finden Sie die Tagebücher in einer Plastiktüte eingeschlagen.«

»Perfekt, junges Fräulein.« Durch das Licht flogen in hohem Bogen ein paar Brocken Fleisch, landeten auf dem Boden, und die Ratten stürzten sich sofort heißhungrig darauf. »Wir werden Strom für einen Heizkörper, für Licht und einen Fernseher hereinleiten. Sie bekommen ein Bett, einen Tisch und einen Sessel, Lesestoff und genügend zu essen. Ich denke, es wird nicht lange dauern, und Sie können zu Ihren Eltern ins Ferienhaus fahren. Wir werden uns beeilen. Versprochen.«

Annette runzelte die Stirn. Die Ratten taumelten plötzlich, stolperten über ihre eigenen Pfoten, kippten um und verendeten eine nach der anderen mit einem kläglichen Quieken.

»Sehen Sie, so schnell kann man Probleme lösen«, flüsterte der Schatten neben dem Scheinwerfer. Dann lachte er laut und war mit einem Mal verschwunden.

Die Silhouette hatte sich scheinbar in Luft aufgelöst.

Gleich darauf betrat ein vermummter Mann den Keller, ein schwarzes Tuch in der Hand. »Ich werde Ihnen nun die Augen verbinden, und wenn Sie klug sind, dann versuchen Sie nicht, das Tuch zu entfernen. Es ist Ihre Lebensversicherung. Inzwischen richten wir rasch Ihre neue, vorübergehende Unterkunft ein.«

Als Annette endlich das Tuch entfernen durfte, schlug sie die Augen auf und war überrascht. Der Keller war fast wohnlich eingerichtet worden, mit einer bequemen Liege, einem Stapel Bücher, einem Flachbildfernseher über einem großen Tisch, auf dem eine Thermoskanne stand. Daneben Sandwiches und ein paar Packungen Kekse, Mineralwasser und ein paar Gläser. Eine Stehlampe verbreitete ein gelbliches Licht, in einer der Ecken surrte und knisterte ein Heizstrahler.

»Wenn Sie etwas brauchen, klopfen Sie einfach gegen die Tür. Wir sind niemals weit weg«, meinte der Vermummte, bevor er den Keller verließ und die Tür abschloss. Annette hörte genau hin.

Der Riegel war nicht vorgeschoben worden ...

Ihre erste Stufe auf dem Weg in die Freiheit?

Institut für Sinologie, Freie Universität,
Berlin-Dahlem/Deutschland

»Wir haben nicht oft Besuch von der Polizei ...«

Die junge, brünette Assistentin im Sekretariat des Instituts für Sinologie strahlte Thomas Calis an und gab ihm seinen Ausweis zurück.

»Aber Sie haben Glück. Das Ende des Semesters naht mit Prüfungen und Torschlusspanik bei den Studenten, also ist das Institut voll besetzt. Wer soll's sein? Ich meine, wen hätten Sie gerne gesprochen?«

»Ich habe lediglich ein paar Fragen zu einem älteren chinesischen Zeitungsausschnitt.« Calis lächelte entschuldigend. »Keine wissenschaftliche Herausforderung.«

»Dann lassen Sie mal sehen, Herr Kommissar, vielleicht kann ich Ihnen weiterhelfen.«

Calis zog sein Handy aus der Tasche und rief die Galerie auf, suchte nach dem Zeitungsschnipsel, wählte zuerst die Seite mit dem Fließtext und passte die Größe an. Dann zeigte er ihn der Assistentin. Die betrachtete die Zeilen zuerst wortlos, las die Zeichen, dann lächelte sie.

»Das ist ein Ausschnitt einer chinesischen Zeitung aus den späten Achtzigerjahren«, sagte sie schließlich mit Bestimmtheit. »1988 oder 1989, da müssten wir nachschauen.«

»Ich bin beeindruckt«, gestand Calis, »und neugierig. Woher wissen Sie das?«

»Einfach.« Die junge Frau lächelte überlegen. »Ende der Achtzigerjahre bewegte eine Fernsehserie ganz China. Die Zuschauerquote lag bei unglaublichen sechshundert Millionen Zuschauern. Dabei ging es nun wirklich nicht um ein gängiges Thema, sondern um die Problematik des Vergleichs der westlichen mit der chinesischen Kultur.« Sie tippte mit dem Fingernagel auf das Display. »Und genau darum geht es in diesem Abschnitt. Um die Fernsehserie. Also haben wir damit das Thema und den Zeitabschnitt eingegrenzt. Ende 1988, Anfang 1989.«

Der Kommissar nickte beeindruckt. »Nachdem diese Serie im gesamten Land gesehen wurde, lässt der Artikel keinen Rückschluss auf eine Stadt oder auf eine bestimmte Zeitung zu?«

Die Assistentin schüttelte den Kopf. »Die Neubelebung des Verlagswesens setzte in China Mitte der Achtzigerjahre ein. Schon ein paar Jahre später erschienen sechshundert Zeitungen und Zeitschriften regelmäßig.« Sie gab Calis das Handy zurück. »Die Nadel im Heuhaufen...«

Der Kommissar blätterte ein Bild weiter zur Telefonnummer.

»Das ist nicht meine, sondern die befindet sich auf der Rückseite des Zeitungsausschnitts«, lächelte er lausbübisch. »Vielleicht ein Teil einer Anzeige?«

Die junge Frau blickte nachdenklich auf das Display. »Das ist die Vorwahl von Shanghai«, murmelte sie, »ein Festnetzanschluss. Aber das hätten Sie überall herausfinden können. Selbst im Internet.«

»Vielleicht hätte ich doch studieren sollen«, gab Calis zerknirscht zu.

Die Assistentin grinste. »Nachdem in China die Telefonnummern sehr oft wechseln, hat es keinen Sinn mehr, heute da anzurufen. Aber ich kenne jemanden, der hat eine Sammlung alter Telefonbücher der großen chinesischen Städte.« Sie zwinkerte ihm zu und notierte die chinesische Telefonnummer. »Geben Sie mir Ihre Handynummer? Ich rufe Sie zurück, sobald ich etwas erfahren habe.«

»Danke, Sie haben mir bereits sehr geholfen, ich schulde Ihnen etwas.« Calis drückte ihr seine Visitenkarte in die Hand und verabschiedete sich rasch. Während er die Treppen hinunterlief, rekapitulierte er ... Shanghai, Ende der Achtzigerjahre ... Die Triaden schickten einen Kundschafter oder Abgesandten nach Berlin, undercover und mit zweifelhaften Absichten. Der Mann trennte vorsichtshalber alle Etiketten aus seiner Kleidung, war Nichtraucher, trug Maßschuhe. Sprach er Deutsch? Warum wurde ausgerechnet er ausgewählt? Was machte er in der Hauptstadt, und warum kam er unmittelbar nach der Öffnung der Mauer? War etwas dran an der Behauptung, er habe sich mit den richtigen Leuten aus dem Osten getroffen? Und die HVA? Spielte die tatsächlich auch mit? Gustavs Informant, der Zwerg in Marzahn, hatte den Nagel auf den Kopf getroffen und wusste sicher noch mehr.

Doch eines war noch viel wichtiger: Wer hatte den Mann schließlich umgebracht und in der Quedlinburger Straße unter dem Dach aufgehängt?

Der Kommissar ließ sich in den Fahrersitz des Golfs fallen und griff zum Mobiltelefon. Er wollte Gustav anrufen und nach seinem Informanten fragen. Der Zwerg musste so rasch wie möglich alles erzählen, was er wusste. Doch dann entschied er sich, auf dem Weg ins Büro besser gleich im Krankenhaus vorbeizufahren und stattdessen Frank anzurufen.

»Planst du eigentlich irgendwann einmal im Büro vorbeizuschauen?«, begrüßte ihn Kriminaloberrat Frank Lindner schlecht gelaunt. »Oder ist der Leiter der Sonderkommission in splendid isolation unterwegs? Der Innensenator macht mir die Hölle heiß!«

»Dann wird dir das hier überhaupt nicht gefallen«, erwiderte Calis und begann zu erzählen. Fünf Minuten lang hörte Frank zu, ohne ihn zu unterbrechen. Als Calis mit seinem Bericht fertig war, kam ein »Ach du Scheiße...« durch die Leitung.

»Dem habe ich nichts hinzuzufügen«, ergänzte der Kommissar. »Ich wollte jetzt noch mal bei Gustav im Krankenhaus vorbeifahren, um ihn nach dem Zwerg zu fragen.«

»Mach das«, bestärkte ihn Frank. »Wir brauchen alles über diese Mumie, und ich möchte wissen, woher dieser Zwerg von der ganzen Sache weiß. Und von wem. Das Letzte, das wir jetzt noch brauchen, ist eine Gruppe schießwütiger Chinesen, die auf Vendetta aus sind und ihren ermordeten Kundschafter rächen wollen.«

»Hör zu, Frank. Dieser Kundschafter aus Shanghai, wie du ihn nennst, sollte damals hier irgendetwas herausfinden. Wozu sonst der Kontakt zum HVA? Nachdem er nichts mehr berichten konnte, weil er in der Quedlinburger abgehangen ist, werden die Jungs versuchen, den roten Faden wiederaufzunehmen.«

»Davon kannst du ausgehen«, stimmte ihm Frank zu. »Deswegen sind sie bei Gustav im Garten aufgetaucht. Der hat aber nichts gesagt, bevor ihr beide, Llewellyn und du, da aufgetaucht seid und sie gestört habt. Folglich können die Chinesen noch nichts von dem Zwerg aus Marzahn wissen. Wir müssen ihnen zuvorkommen. Hast du Personenschutz im Krankenhaus?«

Calis fühlte einen Stich im Magen, wie immer, wenn er etwas Wichtiges übersehen hatte.

Frank deutete das Schweigen richtig. »Das ist jetzt nicht

wahr ... Ich schick gleich ein paar Kollegen ins St. Joseph-Krankenhaus. Fahr sofort dahin und warte, bis die Bewachung kommt.«

Thomas Calis fuhr viel zu schnell, trieb den Golf mit quietschenden Reifen um die Kurven, schnitt andere Autos und fuhr auch bei Dunkelgelb über die Kreuzungen.

Er machte sich Vorwürfe.

Schließlich war er es gewesen, der Gustav auf Tour geschickt hatte, um mehr über die Mumie herauszufinden. Natürlich war Gustav auch sofort losgezogen, hatte das Milieu aufgemischt und an allen Ecken und Enden Lunten gelegt. Irgendjemand musste die Chinesen informiert haben, und die, gut vernetzt und straff organisiert, hatten keinen Moment gezögert. Die waren mindestens genauso wissbegierig wie Calis. Nur Skrupel waren ihnen fremd.

In der Wüsthoffstraße angekommen, machte sich der Kommissar nicht die Mühe, einen Parkplatz zu suchen. Er lenkte den Golf einfach auf den Gehsteig und sprang hinaus, lief zum Eingang des Krankenhauses und atmete auf, als er die stämmige Krankenschwester hinter dem Empfang erblickte. Sie hatte noch immer Dienst und erkannte Calis sofort. Das missbilligende Stirnrunzeln sprach Bände. Sie stemmte die Hände in die Hüften und atmete tief ein; doch bevor sie loslegen konnte, unterbrach Calis sie unvermittelt.

»Ich muss noch mal mit Gustav Wollner sprechen! 366, ich weiß ...«

»Können Sie gerne, Herr Kommissar, aber da werden Sie nur das leere Bett vorfinden. Herr Wollner hat uns vor einer halben Stunde verlassen, wurde in eine Privatklinik verlegt.«

»In eine Privatklinik?«, fragte Calis überrascht nach. »Von Chinesen etwa?«

Die Schwester schüttelte den Kopf und sah ihn an, als hätte er nicht alle Tassen im Schrank. »Wie kommen Sie auf Chinesen? Nein, ein Krankenwagen hat ihn abgeholt, mit schriftlichem ärztlichem Auftrag. Der verantwortliche Arzt war sogar dabei, um sicherzustellen, dass der Transport behutsam und professionell über die Bühne ging.«

Calis rieb sich müde die Augen. »Wie hat der Arzt ausgesehen?«

»War jedenfalls kein Chinese«, versetzte die Schwester übellaunig. »Über sechzig, groß, graue Schläfen, gut aussehender Mann.«

»Wohin wurde Gustav gebracht?«

»In eine dieser noblen Privatkliniken in den Außenbezirken, die in letzter Zeit wie die Pilze aus dem Boden schießen«, meinte die Krankenschwester. »Warten Sie mal, ich habe den Auftrag hier irgendwo...«

Doch selbst nach minutenlangem Suchen konnte sie das Schreiben nicht finden.

»Das verstehe ich nicht«, murmelte sie betroffen und sah den Papierstapel nochmals durch.

»Oh, ich schon«, gab Calis zurück, griff zum Telefon und wählte die Nummer von Frank Lindner. »Er hat Sie abgelenkt und sein Schreiben wieder mitgenommen. Haben Sie das Kennzeichen des Krankenwagens notiert?«

Die Schwester schüttelte nur stumm den Kopf. »Der Arzt war in seinem Privatauto unterwegs, er hatte es direkt vor dem Eingang abgestellt, neben dem Krankenwagen.«

»Marke, Modell, Kennzeichen?«

»Eine dunkle Limousine. Ich kenne mich nicht so gut aus bei Autos, aber es war ein großer Wagen. Könnte ein BMW gewesen sein. Das Kennzeichen habe ich mir nicht gemerkt, aber ich bin mir fast sicher, es war eine Berliner Zulassung.«

Der Kommissar wollte sie schon fragen: »Wissen Sie, wie viele dunkle große Limousinen es in Berlin gibt?«, doch dann ließ er es bleiben und wählte. Am anderen Ende der Leitung meldete sich Frank mit einem: »Du schon wieder?«, und gleichzeitig stürmten zwei Polizisten durch den Eingang des Krankenhauses und sahen sich suchend um.

Thomas Calis verfluchte sich und seine Sorglosigkeit, während er Frank auf den neuesten Stand brachte und sich dessen Vorwürfe anhören musste.

Als er die beiden Polizisten wieder weggeschickt hatte, ließ sich der Kommissar auf eine der Besucherbänke im Foyer fallen, lehnte den Kopf an die Wand und schloss die Augen. Irgendwer war schneller gewesen und hatte ohne großes Aufsehen Gustav aus dem Krankenhaus entführt.

Aber es waren nicht die Chinesen gewesen, zumindest nicht vordergründig, dachte Calis verwirrt.

Was war hier los?

Einer Eingebung folgend ging der Kommissar zum Lift und fuhr ins Stockwerk, in dem Gustav gelegen hatte. Das Krankenzimmer war noch immer mit den beiden anderen Patienten belegt, Gustavs Bett am Fenster war leer.

»Hallo!«, grüßte der Kommissar und zog die Tür leise hinter sich zu. Er nickte in Richtung der beiden Männer, die ihn nicht beachteten. Einer der beiden hing an einer Infusion und war völlig weggetreten, der andere schlief und schnarchte vor sich hin. Calis durchsuchte kurz das Nachtkästchen neben Gustavs Bett.

Leer. Bereit für den nächsten Kranken.

Einen Augenblick lang schaute er durch das große Fenster auf die Bäume vor dem Haus, auf die Balkone der Häuser gegenüber. Ein junges Mädchen lag in einem Liegestuhl und las, während auf einem anderen Balkon im Nebenhaus eine Frau in Shorts und T-Shirt Wäsche aufhängte.

Einer der Männer hinter ihm röchelte leise und holte ihn aus seinen Gedanken. Calis fühlte sich mit einem Mal wie ein Eindringling, er senkte den Kopf und ging mit einer gemurmelten Entschuldigung zurück zur Tür.

»He! Sie!«

Die raue Stimme ließ den Kommissar stutzen, er schaute hinüber zu den Krankenbetten. Der Mann an der Infusion hatte mühsam seine linke Hand gehoben und gab Calis ein Zeichen näher zu kommen.

»Sind Sie Calis?«, wollte er wissen, als der Kommissar neben ihm stand. Der Mann sah schlecht aus, seine Augen waren blutunterlaufen, seine Haut fahl, und auf seiner Stirn perlten Schweißtropfen. Seine Hände zitterten, und Calis hatte Angst, dass seine Stimme gleich versagen würde.

»Reden Sie leise«, sagte er deshalb zu dem Kranken und beugte sich hinunter. »Ja, ich bin Thomas Calis. Woher kennen Sie meinen Namen?«

»Gustav«, röchelte der Mann einfach, als würde das alles erklären. »Grüne Ameise.«

»Was? Grüne Ameise?« Calis runzelte die Stirn. »Was soll das bedeuten?«

Der Mann sah ihn verwirrt an. Dann zuckte er unmerklich mit den Schultern. »Gustav«, röchelte er wieder. »Hat er gesagt ... grüne Ameise. Für Calis ...« Die Augen des Kranken schlossen sich, und er drehte den Kopf ermattet zur Seite. Speichel rann aus seinem Mundwinkel, und der Kommissar drückte den Klingelknopf für die Krankenschwester. Es gab Tage, an denen ging gar nichts gut, dachte er, als er die Treppe ins Erdgeschoss hinunterlief.

Grüne Ameise.

Warum nicht roter Maulwurf?

Oder gestreifter Regenwurm?

Calis schüttelte den Kopf. Gustav musste unter Drogen gestanden haben ... Aber wie auch immer, dachte der Kommissar wütend, als er zu seinem Wagen joggte. Gustav war weg, entführt, und er musste ihn schnellstens wiederfinden.

Bevor ihm die Situation völlig entglitt.

Und es gab nichts, was Thomas Calis mehr hasste.

Kapitel 7

DIE SPURLOSEN

Osterwochenende, 25./26. März 1967

Moonlight Cottage, Cameron Highlands,
Sultanat Pahang/Malaysia

Jim Thompson stand auf der Terrasse des weitläufigen Hauses seiner Freunde und Gastgeber und blickte über den »Garten Malaysias«, wie man diese Gegend oft nannte. Grüne, endlos scheinende Hügel mit Teepflanzungen, dazwischen Pflückerinnen in der traditionellen Tracht. Auf einem der Hügel glitzerten die Scheiben eines großen Glashauses, von denen es viele in den Highlands gab. Erdbeeren, aber auch Spargel, Wassergras, Blattgemüse und Rosen wuchsen in den Gewächshäusern oder wurden auf sorgsam gepflegten Feldern angebaut.

Thompson nippte an seinem eisgekühlten Darjeeling und genoss die spektakuläre Aussicht. Der Teeanbau hatte das Gebiet verändert. Den Anfang hatte 1885 der englische Landvermesser William Cameron gemacht, der von der britischen Regierung nach Malaysia geschickt worden war, um im Rahmen einer Expedition das Land zu vermessen und Karten zu erstellen. Die britische Kolonialregierung wollte ihre Besitzungen kennenlernen und besser nutzen. Damit hatte die Besiedlung des Gebiets begonnen, und rasch waren die Highlands, die schließlich den Namen des Kartografen tragen sollten, zu einem bevorzugten Erholungsgebiet für die Briten der Kolonialzeit geworden, nicht zuletzt wegen der erträglichen Temperaturen in den Bergen.

Thompson musste schmunzeln. Engländer waren schon ein

ganz besonderes Volk. Hitze und Sonne waren so ganz und gar nicht ihr Element. Er bedankte sich mit einem Kopfnicken, als der Diener ihm lautlos Tee nachschenkte und sich mit einer Verbeugung entfernte.

Also entstanden rasch Häuser im Tudorstil, Tennis- und Golfplätze in den Highlands. Man fühlte sich wohl in den Bergen, fern der schwülen, drückenden Hitze im malaysischen Tiefland. Kein Wunder, dass der Gründer der größten Teeplantage des Landes mit John Archibald Russell der ambitionierte Sohn eines Regierungsbeamten war. Russell hatte das Potenzial der Dschungelhänge des Hochlands rasch erkannt, sich mit einem Teepflanzer aus Ceylon zusammengetan und 1925 die erste Teefirma am Ort gegründet. Er ließ den Dschungel roden, Straßen bauen und Teepflanzen anbauen.

Gott sei Dank, dachte Thompson und nippte wieder an dem köstlichen, eiskalten Getränk. Das wechselhafte Wetter mit seinen vielen Niederschlägen, den Temperaturen von fünfzehn bis fünfundzwanzig Grad und dem erfrischend kühlen Wind hier auf tausendfünfhundert Meter Höhe ließen die Engländer aufatmen und die Teepflanzen gedeihen. Alle Schattierungen von Grün gab es, wohin man auch schaute, die Landschaft war üppig bewachsen, und die frischen Triebe der Teepflanzen leuchteten hellgrün durch die manchmal hartnäckig über den Hügeln treibenden Nebelschwaden.

Jetzt, zum Osterwochenende 1967, schien die Sonne, und Thompson, der an den Glutofen von Bangkok gewohnt war, genoss jede Minute. Er schloss die Augen und spürte die Wärme auf seiner Haut. Er liebte Asien und hatte noch keine einzige Sekunde bereut, hier und nicht in den Staaten zu leben.

»Du hast Glück, Jim, das ist der schönste Tag seit Wochen.« Sein chinesischer Freund und Gastgeber Li lächelte, als er

Thompson genießerisch an das Teakholzgeländer gelehnt stehen sah. »Die Götter der Reise sind mit dir. Sie malen mit Sonnenlicht Muster auf den Tee...«

»...und trocknen das Green des Golfplatzes«, lächelte Thompson. »Morgen gibt es keine Entschuldigung mehr, wir spielen endlich eine Runde. Sonst fliege ich nach Bangkok zurück und habe nicht mal mein Handicap verbessert.«

Li, ein untersetzter Chinese mit freundlichem Gesicht und einer der erfolgreichsten Geschäftsleute in Malaysia, lachte. »Du willst mich ja nur auf dem Platz vorführen«, meinte er und winkte den Diener näher, reichte ihm das Teeglas und rieb sich die Hände. »Aber das werden wir ja sehen. Ich bin besser geworden seit deinem letzten Besuch.«

Sein Gast nickte höflich, gedankenverloren. Während Li sein Vermögen mit Tropenhölzern und Tee gemacht hatte, galt Thompson als *der* Textilhändler Asiens, der Seidenkönig von Bangkok. Ein Titel, der dem kultivierten und gebildeten Kunstkenner und Gastgeber illustrer Gesellschaften gefiel. Jim Thompson, geboren 1906 in Delaware, hatte die Elite-Universität Princeton absolviert und war nach dem Studium bis 1940 als Architekt in New York tätig gewesen, bevor er sich freiwillig zum US-Wehrdienst meldete und während des Zweiten Weltkriegs vom Geheimdienst OSS, dem Vorläufer der CIA, rekrutiert wurde. Man schickte ihn zuerst nach Nordafrika, um dort mit den verbündeten französischen Truppen zusammenzuarbeiten, danach war Thompson in Frankreich, Italien und schließlich in Asien im Einsatz. Kurz vor dem Ende des Zweiten Weltkriegs befand sich Thompson auf dem Weg nach Bangkok, wo er als OSS Station Chief eingesetzt wurde und das Büro des Geheimdienstes leitete. Mit einem Sonderkommando sollte er die japanischen Besatzer in Burma und Thailand vertreiben. Doch darüber sprach er nie. Als er Ende

1946 in allen Ehren aus der Armee entlassen wurde, kehrte er in die USA zurück und hielt es da doch nicht aus. Das beschauliche Leben gefiel dem ehemaligen Geheimagenten ganz und gar nicht, und er brach bald wieder ostwärts auf, mit der wohlwollenden Unterstützung der amerikanischen Dienste und mit einigen hochgeheimen Aufträgen im Gepäck. Nach erfolglosen Versuchen, beim legendären Hotel Oriental in Bangkok einzusteigen, gründete er 1948 ein eigenes Seidengeschäft, zu einer Zeit, als die Seidenproduktion in Thailand kein kommerzieller Faktor war und von den Einheimischen Seide nur für den Eigenbedarf gewoben wurde. Doch Thompson hatte eine Vision und ein Ziel vor Augen. Es gelang ihm, Qualität und Volumen der produzierten Seide überproportional zu erhöhen; sein Erfolgsgeheimnis beruhte vor allem auf seinem erlesenen Geschmack, auf den faszinierenden Mustern, die er selbst entwarf. Als geborener Verkäufer machte er innerhalb weniger Jahre thailändische Seide weltweit populär und entwickelte sich gleichzeitig zu einem verlässlichen Außenposten für die amerikanischen Geheimdienste. Präsidenten und Schauspieler, Schriftsteller und Journalisten, die thailändische Königin Sirikit und Politiker aus allen Lagern trafen sich auf Thompsons Empfängen. Jim Thompson war angekommen, hatte sich etabliert und seine Bestimmung gefunden.

Und doch ...

Der Auftrag, den er letzte Woche über die sichere Leitung aus dem CIA-Hauptquartier in Langley bei Washington erhalten hatte, war nicht nur überraschend gekommen, sondern hatte sogar ihn verblüfft. Seitdem zerbrach er sich den Kopf, wie er es anstellen sollte, einem mehr als zwanzig Jahre alten Geheimnis auf die Spur zu kommen, ohne einen Rattenschwanz aus Beobachtern, Adabeis und Paparazzi quer durch

Asien hinter sich herzuziehen. Denn Ruhm und Bekanntheit hatten auch ihre Nachteile.

»Man müsste einfach verschwinden, sich in Luft auflösen können«, murmelte er und leerte seine Teetasse. Aber das war in Bangkok so gut wie unmöglich. Schließlich war der ehemalige Oberst der amerikanischen Armee und Agent der CIA, der spendable Millionär und illustre Seidenkönig zwischen Singapur und Manila bekannt wie ein bunter Hund.

»Wie meinst du?«, erkundigte sich Li neugierig, doch Thompson schüttelte nur den Kopf.

»Ich lege mich noch etwas hin vor dem Abendessen«, meinte er. »Machen wir morgen wie geplant ein Picknick nach unserer Partie Golf?«

Li nickte eifrig. »Ich habe in der Nähe des letzten Hole ein kleines Zelt errichten lassen, sollte das Wetter doch umschlagen.«

»Gut, gut.« Thompson klopfte im Vorübergehen Li freundschaftlich auf die Schulter und ging zu seinem Zimmer. Das Haus der chinesischen Freunde barg eine herausragende Sammlung asiatischer Kostbarkeiten und Antiquitäten, die effektvoll beleuchtet die Flure und Zimmer zierten. Gemälde und Teppiche, Statuen und Masken, Waffen und geschnitzte Wandreliefs aus allen Teilen des Kontinents. Thompson wusste die Stücke alle zu schätzen, im wahrsten Sinne des Wortes. Auch er sammelte, was der Ferne Osten an Kostbarkeiten zu bieten hatte: Buddha-Statuen, Porzellan, Möbel, Waffen, Wandteppiche. Seine Sammlung war, wie die Lis, von unschätzbarem Wert und füllte sein riesiges Traumhaus in Bangkok, das er aus sechs alten Häusern zusammengefügt hatte.

Die großzügige Gästewohnung, die Thompson im Moonlight Cottage belegte, bestand aus drei Zimmern, die ebenfalls mit Antiquitäten und Raritäten vollgestopft waren. Der

Schreibtisch am Fenster, flankiert von zwei hüfthohen, geschnitzten Elefanten, war sorgfältig bestückt worden. Briefpapier, goldene Füller, eine gerahmte kolorierte Ansichtskarte der Cameron Highlands aus dem letzten Jahrhundert. Thompson wog den Khukuri, der als Briefbeschwerer diente, in seiner Hand und zog schließlich den Gurkha-Dolch aus seiner Lederscheide. Die Klinge war scharf und sah unbenutzt aus. Das Messer war zwar sicher vor mehr als hundertfünfzig Jahren gefertigt worden, befand sich aber in einem bewundernswerten Erhaltungszustand.

Thompson ließ sich in den Sessel fallen und grübelte. Er war nun einundsechzig Jahre alt, am Höhepunkt seiner Laufbahn, erfolgreich, eine schillernde Persönlichkeit. Die Spezialausbildung und die Überlebenskurse des OSS, die Einsätze in Burma und Thailand schienen weit weg, lagen zwar bereits mehr als zwanzig Jahre zurück, aber es gab Dinge, die vergaß man nie...

In diesem Augenblick klopfte es an die Tür des Gästezimmers.

»Ja?«, rief Thompson.

»Entschuldigen Sie die Störung, Sir, ein Anruf für Sie!« In der Stimme des Dieners klang ehrliches Bedauern durch. »In der Bibliothek...«

Als Thompson den Hörer an sein Ohr presste, hörte er als Erstes ein lautes, statisches Rauschen. Er meldete sich und wartete. Doch da war nur das Rauschen. »Hallo? Hier spricht Jim Thompson«, meldete er sich erneut. »Wer ist da?«

War das ein Räuspern oder eine Störung in der Leitung? Dann hörte er, wie Münzen eingeworfen wurden. Eine ganze Menge Münzen.

»Wir haben nicht viel Zeit«, meldete sich schließlich eine gehetzt klingende Stimme. »Sie beobachten mich sicher, und ich weiß nicht, wie lange wir ungestört miteinander reden können.«

»Wer sind Sie?«, wollte Thompson wissen. »Und vor allem, von wo rufen Sie an?«

»Von der anderen Seite der Welt, aus einem Ort, den Sie sowieso nicht kennen würden«, erwiderte der Anrufer. »Hier gibt es nur eine einzige Telefonzelle. Und in meiner Welt spielen Namen keine Rolle. Hören Sie einfach nur zu...« Damit begann er zu erzählen, und Thompson hörte schweigend, aber mit wachsender Beunruhigung zu. In seinem Kopf rasten die Gedanken, überschlugen sich. Das konnte doch nicht möglich sein, dachte er sich. Was der Unbekannte ihm berichtete, deckte sich nahtlos mit den Informationen der CIA, die er vor wenigen Tagen erhalten hatte!

»Woher wissen Sie das alles?«, stieß Thompson hervor. »Wer sind Sie? Und woher wissen Sie, dass Sie mich hier erreichen können? In Malaysia?«

»Sie fragen zu viel«, stellte der Anrufer kurz und bündig fest. »Aber ich will Ihnen meinen Namen geben, damit Sie meine Behauptungen nachprüfen können. Charles R. Parker.« Dann ertönte nur mehr ein Tut-tut-tut... Der Anrufer hatte aufgelegt.

Oder es waren ihm die Münzen ausgegangen...

Thompson ließ den Hörer sinken und legte ihn langsam zurück auf die Gabel. Seine Hände waren schweißnass, ihm war schwindlig. Die Bücher in den Regalen schienen vor seinen Augen zu tanzen. Zögernd griff er erneut zum Telefon, ließ sich mit einer Nummer in Connecticut verbinden, die unverfänglich war, jedoch einem Führungsoffizier der CIA gehörte.

»Ja?«, meldete sich eine männliche Stimme.

»Silk Road hier«, antwortete Thompson leise. »Wer ist Charles R. Parker? Ist er zuverlässig?«

»Janus und ja.« Die Stimme aus den Staaten war ruhig und gefasst.

»Ich melde mich wieder«, verabschiedete sich Thompson und legte auf.

Janus ... ein Doppelagent also. Er würde mehr über diesen Parker herausfinden müssen, und zwar schnell.

Langsam verließ er die elegante Bibliothek, blickte sich vorher nochmals um, ging dann nachdenklich zurück auf sein Zimmer. Für einen Moment erwog er, sofort nach Bangkok zurückzukehren und mit Langley Kontakt aufzunehmen, doch dann überlegte er es sich.

Er würde es auf seine Art machen. Verschwinden, um Parkers Behauptungen nachzuprüfen. Untertauchen, für eine Zeit unsichtbar werden.

Und auf die Suche gehen.

Also begann Thompson am Schreibtisch seines Gästezimmers einen Plan zu schmieden ...

*

Am Ostersonntag schien keine Wolke die Wochenendfreuden trüben zu können. Der Himmel war tiefblau und strahlte mit dem leuchtenden Grün der Teeplantagen um die Wette. Das Golfspiel ging, wie erwartet, zugunsten von Jim Thompson aus. Doch der schien nervös und unruhig, wirkte unkonzentriert und fahrig. Das Picknick neben dem Golfplatz lehnte er ab, das schöne Wetter hatte seiner Meinung nach zu viele neugierige Menschen auf den Platz gelockt. Er wollte viel lieber auf dem Rasen vor dem Moonlight Cottage speisen, doch das war den anderen zu dumm.

»Da hätten wir gleich zu Hause bleiben können«, beschwerte sich Lis Frau.

Also fuhr die Gesellschaft über Land, durch die Hügel, und fand schließlich ein Plätzchen, das den Blick auf das Tal freigab. Das Picknick konnte beginnen, mit Erdbeeren und Champagner, Sandwiches und Eiersalat, Roastbeef und Chutney. Dann streckte man sich aus und genoss die Aussicht, während der unruhige Thompson, eine Zigarette an der anderen ansteckend, unerklärlicherweise zum Aufbruch drängte. So waren alle bereits um halb drei Uhr nachmittags erneut im Moonlight Cottage, und man beschloss, ein Nachmittagsschläfchen einzulegen. Jeder verschwand in sein Zimmer.

Es wurde ruhig im Haus.

Zwei Stunden später wollte Li seinen Gast wecken und stand nach langem, vergeblichem Klopfen vor einem unberührten Bett in einem leeren Zimmer. Thompsons Jacke hing über dem Stuhl, auf dem Schreibtisch lagen seine Zigaretten, das Feuerzeug und sein antikes Döschen mit Pillen gegen Gallenschmerzen, das er stets bei sich trug.

Dafür fehlte der antike Khukuri.

Li dachte sich nicht viel dabei und erzählte seiner Frau, dass Thompson wohl noch einen Spaziergang gemacht habe.

»Ich habe im Halbschlaf die Schritte eines Europäers gehört«, erinnerte sie sich prompt. »Das muss er gewesen sein. Er ging von der Veranda weg, sicher auf dem Weg, der ins Tal führt.«

Die Dämmerung brach herein, und Thompson war noch immer nicht zurückgekehrt. So machte Li sich mit seinem Wagen auf den Weg zu den umliegenden Cottages, um ihn zu suchen.

Vergebens.

Endlich wurden die Behörden informiert, und die Nachricht vom Verschwinden des Seidenkönigs breitete sich wie ein Lauffeuer von Singapur bis nach Bangkok und New York aus.

In den folgenden Tagen wurden die Cameron Highlands zu einem Manövergelände für Polizeieinheiten, Regimenter von Soldaten, Hundestaffeln und Fährtensucher. Hubschrauber unterstützten die Bodenkräfte und donnerten über die Teeplantagen. Thompsons alte Freunde aus Kriegstagen rückten an und steckten ihre Nase in den Dschungel, in verfallene Hütten und drehten jeden großen Stein um.

Doch Jim Thompson blieb verschwunden.

Rasch tauchten die ersten Theorien auf. Jim sei von einem Tiger angefallen worden, wie der harmlose Hund auf dem Golfplatz sieben Jahre zuvor. Jim sei von einer Schlange gebissen worden, doch das entlockte seinen alten Kampfgefährten nur ein müdes Lächeln. Jim, der erfahrene Dschungelkämpfer? Eher beiße der eine Schlange als die ihn, war die einhellige Überzeugung.

Jim wollte ganz einfach nicht mehr, wollte aussteigen, ein neues Leben beginnen, hatte Seide und Antiquitäten satt, lautete eine andere Theorie. Aber hätte er dann nicht trotzdem seine Pillen mitgenommen?

Ein britischer Offizier, der einen besonderen Zugang zu den Einheimischen, den Orang Aslis, hatte, stellte nach eingehender Recherche eindeutig fest, dass Thompson nicht im Dschungel verlorengegangen sei.

Die Theorie des Kidnappings, auf die manche setzten, wurde rasch fallen gelassen, da es keinerlei Geldforderung gab, keine einzige Meldung von eventuellen Entführern. Nachdem der Vietnamkrieg voll entbrannt war, tippten andere auf die Geheimdienstvergangenheit Thompsons und brachten politische Gründe ins Spiel. Der alte CIA-Agent mit seinen guten Verbindungen wäre ein willkommenes Opfer für nordvietnamesische Agenten gewesen... wie die allerdings nach Malaysia gelangen sollten und warum, das ließen sie offen.

Hellseher versuchten nun ihrerseits ihr Glück, Abenteurer und Hobbydetektive, Journalisten und Sterndeuter.

Doch es half alles nichts.

Thompson blieb verschollen.

Seltsam kam einigen vor, dass die Geheimdienste nicht nach dem illustren Unternehmer suchten und sich an keiner der Theorien beteiligten. So deckten die Jahre den Mantel des Vergessens über den ehemaligen Seidenkönig. Abgesehen von einigen Zeugen, die starrköpfig behaupteten, Thompson im Palastmuseum von Taipeh hinter einer großen Ming-Vase gesehen oder auf Tahiti beim Badeurlaub überrascht zu haben, verlief die Suche im Sand.

Aus seinem Wohnhaus in Bangkok wurde ein Museum, sein Vermögen ging an eine Stiftung, und die Erinnerung verblasste.

Die Jahre vergingen; 1974 wurde der Seidenkönig offiziell für tot erklärt und damit endgültig zur Legende.

Das Phantom Jim Thompson war geboren, ein flüchtiger Geist zwischen den Zeiten. Nur wenige kannten die Wahrheit, und die schwiegen.

Was Thompson selbst nur recht sein konnte.

Montag, 6. Juni 2016
Spätabends

Route du Baguier 374, Bormes-les-Mimosas/Frankreich

Es war Nacht geworden an der Cote d'Azur, und die warme Luft, die durch das offene Fenster hereinströmte, erzählte von Schiffen und Stränden, vom Sommer und von jenem Meer, das dieser Küste ihren Namen gab. Die Hitze des Tages war mit der Sonne verschwunden, und nun schienen die alten Steine der Häuser aus- und aufzuatmen. Ein weiter Sternenhimmel spannte sich über Arles, Avignon, Aix-en-Provence und Marseille, den uralten Kulturstädten Südfrankreichs.

Am Ende der Autoroute du Soleil, der großen französischen Autobahn in den Süden, hatte Alex Beaulieu das Steuer wieder übernommen. Nachdem Jack Westworth am Flughafen Marseille zugestiegen war, waren sie in ihrem grünen Jaguar auf der A 50 parallel zum Meer bis hinter Toulon gefahren und dann weiter auf die Landstraße, die D 98.

»Hier lässt es sich schon leben«, murmelte Llewellyn, als der Achtzylinder brummend zwischen Villen und Palmen entlang in Richtung Küste und Bormes-les-Mimosas rollte. »Alles ziemlich gediegen, gepflegt, und ich kann den Jetset geradezu riechen. So ein kleines Häuschen mit Blick aufs Meer wäre schon eine Überlegung wert.«

»Vorausgesetzt, du hast das nötige Kleingeld, die richtige Bank überfallen oder deinen Erbonkel unter den russischen Oligarchen«, ergänzte Alex. »Die Immobilienpreise hier erinnern an Singapur, London und die Pariser Innenstadt.«

Das Geräusch von Millionen von Zikaden begleitete den Jaguar auf seinem Weg vorbei an großen Anwesen, Ferienwohnungen und Baustellen, auf denen trotz der späten Stunde noch im Licht von Scheinwerfern gearbeitet wurde. Ein süßer Geruch lag in der Luft.

»Warum wollt ihr eigentlich nicht bis morgen warten?«, erkundigte sich Jack von der Rückbank. »Suchen wir uns ein Hotel und besuchen wir diesen Pascal Laroche morgen Vormittag.«

»Ich weiß gerne, wohin ich fahre und was mich da erwartet«, meinte Llewellyn, während Alex der Navigation folgte, in den Boulevard du Soleil einbog und den Jaguar die Serpentinen bergauf beschleunigte. Die Straßen wurden enger, die Bürgersteige waren leer. Das kleine Städtchen schlief bereits. Der Hauptplatz mit dem Hotel Belle-Vue und den in Frankreich obligaten Platanen lag im gelben Licht der Straßenlaternen verlassen da. In der Bar Le Progrès waren die Kellner damit beschäftigt, die Vorhänge zuzuziehen und die Sessel auf die Tische zu stellen.

Es war fast Mitternacht.

»Nach zweihundert Metern rechts abbiegen«, meldete sich die Navigation zu Wort. Die Straße führte aus dem Ort hinaus und bot nach wenigen Metern einen atemberaubenden Blick auf die Küste und das Meer, auf dem hell erleuchtete Jachten wie auf einer Lichterwolke zu schweben schienen.

»Die Küste der Reichen und der Schönen«, philosophierte Jack. »Da lobe ich mir mein bescheidenes Leben am Kanal. Sicher nicht so luxuriös, aber ruhiger und beschaulicher.«

Alex wurde nach einem Blick auf das Display der Navigation langsamer.

»Wir müssen gleich da sein«, meinte er. Auf der linken Seite der Straße ragten Felsen bis fast an die Fahrbahn, auf der rechten, dem Meer zugewandten, versperrten hohe Mauern den Blick auf die Anwesen und in die Gärten. Llewellyn suchte nach Hausnummern auf den Einfahrtstoren.

»Hier ist es!«, meinte er schließlich, als sie an einem niedrigen, weiß gestrichenen Gitter mit der Nummer 374 vorbeirollten. In dem kleinen Haus dahinter waren alle Fenster dunkel. »Da wohnt wahrscheinlich das Personal«, brummte der Major, »und das muss morgens früh raus.«

»Kameras, Bewegungsmelder?«, wollte Alex wissen.

»Negativ. Sieht ein wenig vernachlässigt aus, wie der wenig beachtete Hintereingang. Tarnen und täuschen.« Llewellyn kannte die Paranoia der Reichen. »Fahr mal rechts ran. Die Büsche werden dünner, und man kann vielleicht einen Blick auf das Grundstück werfen.«

Die Route du Baguier lag um diese Zeit verlassen da. Außer dem Zirpen der Zikaden war es ruhig, in der Ferne bellte ein Hund. Die drei Männer stiegen aus. Alex holte ein Nachtglas aus dem Kofferraum und versuchte, in der Dunkelheit mehr über das Anwesen und die Lage der Gebäude herauszufinden. Llewellyn und Westworth verschwanden in Richtung Einfahrt.

Beaulieu wunderte sich darüber, dass nirgendwo ein Licht brannte. Keines der Fenster in den Häusern war erleuchtet, kein Scheinwerfer, ja nicht einmal eine Gartenbeleuchtung waren zu sehen. Der Captain bückte sich nach einem mittelgroßen Stein am Straßenrand und warf ihn mit weit ausholender Bewegung auf das Grundstück. Er sprang von einem der gepflasterten Wege auf ein Rondeau mit Rosen und fiel von da auf eine ausladende Terrasse.

Nichts. Alles blieb ruhig und dunkel. Keine aktiven Bewegungsmelder im Wohnbereich, dachte Alex.

Mehrere Swimmingpools glitzerten im Licht des aufgehenden Mondes. Aus den Augenwinkeln konnte er erkennen, dass Jack und Llewellyn an dem niedrigen Einfahrtstor standen. In diesem Moment ertönte ein Elektromotor, und das Tor be<gann, sich langsam zu öffnen. In der Ferne hörte man Motorengeräusch in der Stille der Nacht aus der Richtung von Bormes-les-Mimosas. Ohne lange zu überlegen, huschten die beiden Männer durch das Tor und verschwanden im Dunkel, während Alex in den Jaguar sprang und den Wagen rasch aus dem Blickfeld fuhr. Dann schwangen auch schon Scheinwerferkegel über den Asphalt, und zwei Limousinen rauschten heran, bogen durch die Einfahrt auf das Anwesen ein.

Fünfzehn Sekunden später glitt das Tor wieder zu.

»Automatik zu großzügig eingestellt«, murmelte Alex, während er mit dem Nachtglas das Grundstück absuchte, durch das die zwei Autos nun rollten. Nachdem einer der Wagen unter einer Baumgruppe zum Stehen gekommen war, fuhr der andere weiter und verschwand in einer hell erleuchteten Garage. Monsieur Laroche schien nicht sehr um seine Sicherheit besorgt zu sein, dachte der Captain. Sollte er aber. Dann lief er zum Jaguar und holte seine Reisetasche aus dem Kofferraum, schlüpfte in einen schwarzen Kampfanzug, zog die Mütze über, die nur mehr einen Sehschlitz für seine Augen freiließ, und schien mit einem Mal mit der Nacht zu verschmelzen. Schließlich kletterte er über die Böschung, sprang über den Zaun und ließ sich auf der anderen Seite ins Unterholz fallen.

»Das sieht mir alles zu friedlich aus.«

Jack verzog das Gesicht und blickte hinüber zum großen Haus, das zweistöckig in den Hang gebaut worden war. Die Fensterfronten zum Meer hatten keine Vorhänge, und so konnten Llewellyn und Westworth den Hausherrn durch den kleinen Feldstecher sehr genau beobachten. Er saß auf einer der beiden großen Sitzgarnituren und las eine Zeitung. Zwei Frauen, offensichtlich Mutter und Tochter, leisteten ihm Gesellschaft und schalteten sich durch die Fernsehkanäle.

»Die Kameras sind an den Häusern angebracht, sicher verbunden mit einer Alarmanlage«, flüsterte Llewellyn. »Aber es scheint keinen Personenschutz zu geben. Monsieur Laroche muss sich sehr sicher fühlen.«

»Oder er benötigt tatsächlich keinen. Warum läuten wir nicht einfach und gehen rein?«, erkundigte sich Jack.

»Ich möchte mit ihm alleine reden.« Llewellyn schaute auf die Uhr. Es war bereits nach Mitternacht. »Seine Frau und die Tochter werden bestimmt bald schlafen gehen.«

»Bei *dem* Fernsehprogramm kein Wunder.« Westworth grinste. »Warten wir also noch ein Weilchen. Ich sehe mich inzwischen auf dem Grundstück um. Eine Rückversicherung kann nicht schaden.«

Llewellyn beobachtete weiterhin das Geschehen im großen Salon. Laroche, in seine Lektüre vertieft, hatte die Beine hochgelegt und schien entspannt. Die beiden Frauen unterhielten sich angeregt, ignorierten den Fernseher, in dem ein alter Louis-de-Funès-Film lief.

Familienidylle, dachte der Major. Hoffentlich wusste Compton, was er tat und wohin er sie schickte. Llewellyn hatte kein einziges Namensschild gesehen. Vielleicht war dieser Mann auf dem Sofa gar nicht Pascal Laroche... obwohl, das Alter mochte passen.

Die Tochter des Hauses schaltete derweil weiter durch die Programme. Nun waren die internationalen Sender dran, die über Satellit hereinkamen. Italienische, polnische, deutsche. Laroche blickte gleichgültig auf, wohl aufgeschreckt durch die fremden Sprachen. Mit einem Mal stutzte er, fuhr hoch. Auf dem Bildschirm prangte die Schlagzeile: »Mordserie in Berlin«, und hinter der Sprecherin der Spätnachrichten erschien das Bild der erhängten Mumie.

»Wie zum Teufel sind die Fernsehfritzen zu diesem Bild gekommen?«, wunderte sich Llewellyn und beneidete in diesem Moment Thomas Calis und Frank Lindner kein bisschen. Der Innensenator würde angesichts des Tatortfotos schäumen.

Laroche saß wie erstarrt und ließ den riesigen Bildschirm nicht aus den Augen. Die Fotos von älteren Männern folgten, dann eine verblasste Tätowierung, die nur schwer zu erkennen war. Offenbar suchte die Berliner Polizei nach Hinweisen aus der Bevölkerung, um die Identität der Mumie zu klären.

Die Zeitung war auf den Boden gerutscht, und Laroche hockte mit offenem Mund am Rand des Sofas und fixierte gebannt den Fernseher. Seine Frau redete auf ihn ein, doch er hob nur unwirsch die Hand, schob sie zur Seite und schaute weiter zu.

Llewellyn runzelte die Stirn. Was hatte Laroche mit der Mumie in Berlin zu tun?

Die beiden Frauen winkten ab, zuckten mit den Schultern und verließen den Salon, während Laroche noch immer unbeweglich auf den Flatscreen starrte, obwohl schon die nächste Meldung über den Bildschirm flimmerte.

»Showtime...«, entschied Llewellyn, stieß sich von dem Baum ab, unter dem er stand, und spazierte seelenruhig über die Terrasse, vorbei an exklusiven Gartenmöbeln und überbordenden Blumenschalen. Eine der Terrassentüren stand halb offen, und so betrat der Major den Salon einfach mit einem »Guten Abend«.

Laroche fuhr herum und starrte Llewllyn verständnislos an. »Wie... wie kommen Sie hier herein? Wer sind Sie?«

»Hoffentlich bald ein Freund der Familie.« Llewellyn lächelte gewinnend. »Es tut mir leid, dass ich Sie zu später Stunde noch störe, aber es ist dringend, und wir haben keine Zeit zu verlieren. Und da die Tür offen stand ...«

»Verlassen Sie sofort mein Grundstück, ich rufe sonst die Polizei!« Laroche war nervös und machte eine fahrige Bewegung in Richtung Telefon. Die Meldung mit der erhängten Mumie schien ihn aus dem Gleichgewicht gebracht zu haben. Schweißtropfen standen auf seiner Stirn.

»Geben Sie mir zehn Minuten, und ich bin auch schon wieder weg«, beruhigte ihn Llewellyn. »Ich will nichts stehlen, ich bin weder ein Attentäter noch ein Entführer oder Einbrecher. Im Gegenteil, ich habe Ihnen etwas mitgebracht.«

Er zog die Namensliste aus der Tasche und hielt sie Laroche hin.

»Sechs Namen, darunter Ihrer. Fünf Männer sind bereits tot, Sie jedoch leben noch. Fällt Ihnen dazu irgendetwas ein?«

Verwirrt nahm Laroche das Blatt Papier zögernd entgegen, sah den Major stirnrunzelnd an und warf dann einen Blick auf die Liste. »Woher haben Sie die?«, stieß er endlich hervor und ließ sich auf das Sofa fallen.

»Von einer Berliner Behörde, aus der Stadt der erhängten Mumie.« Llewellyn legte absichtlich den Finger in die Wunde und beobachtete Laroche, der prompt zusammenzuckte. In diesem Moment tauchten Alex und Jack aus dem Dunkel auf, bezogen vor der Fensterfront Posten und wandten dem Salon den Rücken zu, um den Garten zu überwachen.

»Das sind meine Männer«, erklärte Llewellyn dem alarmierten Hausherrn. »Ich schätze es nicht, wenn meine Unterhaltungen gestört werden. Die beiden sorgen für Ihre und meine Sicherheit.«

»Aber ...«

»Keine Angst, sie sind mit mir gekommen, und sie werden mit mir wieder gehen. Und Sie, Monsieur, sollten die Automatik Ihres Einfahrtstors zeitnaher programmieren. Eine bedenkliche Sicherheitslücke. Doch nun zu der Liste.«

»Wer sind Sie?«

»Das hat mich vor wenigen Tagen in Berlin schon mal jemand gefragt. Die Antwort ist simpel: ein internationaler Problemlöser. Auf höchster Ebene.« Llewellyn lehnte sich vor und fixierte den Hausherrn, der nach und nach seine Selbstsicherheit wiedergewann und in Richtung Telefon schielte. »Besser, Sie zählen nicht zu meinen Problemen, Monsieur Laroche. Die pflege ich nämlich aus der Welt zu schaffen. Für immer. Und jetzt reden wir über die Liste und die Namen, die darauf stehen.«

Dienstag, 7. Juni 2016
Frühmorgens

Kaiserdamm 18, Berlin-Charlottenburg/Deutschland

Thomas Calis lag im Bett und wälzte sich von einer Seite auf die andere. Es war bereits nach Mitternacht, aber er konnte nicht einschlafen.

Die Sonderkommission war nicht wirklich weitergekommen. Immer wieder waren sie mit ihren Ermittlungen in Sackgassen geraten. Und das lag nicht daran, dass die Kollegen nicht motiviert waren.

Das Gespräch von Frank Lindner mit dem Chef der Stasi-Unterlagen-Behörde hatte rasch ergeben, dass jeder von ungefähr zweihundert Mitarbeitern die Listen weitergegeben haben könnte. Es würde Wochen dauern, sie alle zu überprüfen, und selbst dann ... wer der Informant von Peter Compton war, würde sich nur mit viel Glück und der Hilfe des Zufalls rekonstruieren lassen. Was die zweite Liste anbetraf, so galt das Gleiche. Sie musste ebenfalls in den letzten Tagen rekonstruiert worden sein, und jemand musste die Nachricht nach draußen gegeben haben.

Direkt an den Cleaner?

Gab es nach wie vor ein Netzwerk der Ehemaligen? Schläfer, wie der ominöse Anrufer nach Mitternacht es genannt hatte.

»Die Schläfer haben ausgeträumt«, murmelte Calis und wälzte sich auf die andere Seite. Welche Aufgabe hatten die sechs alten Agenten? Warum waren sie nicht lange schon im

Trubel der Nachwendezeit verschwunden? Warum waren sie an Ort und Stelle geblieben? Worauf warteten sie?

Der Cleaner hatte sich in Luft aufgelöst. Seltsamerweise hatte es keine weiteren Todesmeldungen gegeben, auch nicht aus dem Berliner Umland, ja nicht einmal aus ganz Norddeutschland. Waren die beiden anderen toten Agenten einfach noch nicht gefunden worden? Die vier Ermordeten aus Berlin hatten zwar Namen, aber ebenfalls noch keine Vergangenheit, keine Beziehungen zueinander. Die kannte wohl nur der Cleaner. Sie drehten sich im Kreis.

Calis seufzte und lauschte auf Martinas ruhige Atemzüge. Was war da noch? Die Agenda schien mit jedem Tag länger und nicht kürzer zu werden.

Bassa manelk ... darum würde er sich gleich morgen, nein, heute früh kümmern.

Die Zahl zwo-sechs-neun ... wenn sie nicht nur auf die beiden Worte hinwies? Konnte sie noch in einem ganz anderen Zusammenhang mit dem Fall stehen?

Dann war da noch Wilhelm Hauff und sein *Lichtenstein*. Calis starrte auf die dunkle Wand, als würde da die Lösung stehen. Warum hatte jeder der Agenten das Buch zu Hause?

Über den toten Asiaten aus Gustavs Garten hatten die Kollegen auch nicht viel herausgefunden. Sie waren jetzt einmal davon ausgegangen, dass es sich um einen Chinesen handelte, und die chinesischen Behörden hatten auch prinzipiell jede Unterstützung zugesagt, aber handfeste Resultate hatten sie noch nicht geliefert, obwohl ihnen Bilder und Fingerabdrücke bereits vorlagen.

Und was war mit Gustavs Entführung aus dem Krankenhaus – angeblich in eine Privatklinik? Natürlich hatten sie alle infrage kommenden Kliniken abgeklappert. Erfolglos.

Drei Asiaten auf der Flucht. Die Triaden in Berlin?

Und die erhängte Mumie? Calis schloss erschöpft die Augen. Aus Shanghai eingeflogen, in Maßklamotten gekleidet, einen Drachen auf den Unterarm tätowiert. Seit mehr als fünfundzwanzig Jahren tot. Hatte versucht, mit den Leuten der HVA Kontakt aufzunehmen. Zumindest behauptete das ein abgebrochener Zwerg in Marzahn...

»Grüne Ameise«, murmelte Calis verzweifelt. »Grüne Ameise ... was für ein Schwachsinn! Und ich habe keine Ahnung, was das bedeuten soll.«

»Klingt wie ein Ausflugslokal«, brummte Martina verschlafen und drehte sich auf den Rücken. »Kannst du nicht mal im Schlaf aufhören zu arbeiten?«

»Ich schlafe noch nicht«, gab Calis zurück. »Was hast du gesagt? Ausflugslokal?«

»Bei uns gibt es so was auch.« Martina nickte im Halbschlaf. »Zum wilden Eber oder Zum weißen Hirsch. Meist irgendwo im Grünen, bestens geeignet für Familienausflüge am Sonntag. Grüne Ameise klingt zwar skurril, aber man kennt ja den Berliner Humor...«

»Genial!« Calis küsste Martina und sprang aus dem Bett. »Schlaf weiter, ich muss etwas überprüfen...«

Als Calis den alten Golf durch den nächtlichen Hamannweg in Marzahn lenkte, wich er zwei Katzen aus, die gemeinsam auf Streifzug durch die umliegenden Gärten gingen. Rechts lagen schöne Einfamilienhäusern hinter gut gepflegten Vorgärten, links erstreckte sich das große Gebiet der »Kleingartensparte Oberfeld e. V.«, und Calis kam sich mit einem Mal vor wie in seiner Laubenpieperkolonie in Charlottenburg. Wie hatte sein japanischer Nachbar letztes Mal gemeint? »Kannst du dein Haus nicht mehr erspähen, wird's höchste Zeit zum Rasenmähen.«

»Was für ein Blödmann«, knurrte der Kommissar und bog in einen unbefestigten Weg ein, der direkt ins Herz der Kolonie führte. »Isch abe gar geinen Rasen, Signorina.«

Martina hatte Recht gehabt, zumindest teilweise. Die Grüne Ameise war das Vereinslokal der Kleingartensparte, allerdings stand es auch Nicht-Mitgliedern offen. Und das farbige Krabbeltier schien es in Marzahn zu einer gewissen Bekanntheit gebracht zu haben, schaute man sich die zahlreichen Autos an, die davor geparkt waren. Auffällig war, dass die meisten davon neueste Modelle einheimischer Premiummarken waren, auf Hochglanz poliert.

Ist das hier eine Nobel-Laubenpieper-Kolonie, und ich weiß nichts davon? Calis wunderte sich und suchte ein Plätzchen für seine Rostlaube. »Oder trifft sich hier nach Mitternacht die Elite der Autoschieber?« Er ließ seinen Golf unversperrt, die Zentralverriegelung funktionierte sowieso nur mehr, wenn es ihr passte, und angesichts des Edelblechs auf dem provisorischen Parkplatz war sein altersschwacher Golf so sicher wie in Abrahams Schoß.

Wer stahl schon gerne rostige Probleme?

Der große Schankraum war bis auf den letzten Platz gefüllt, der Lärmpegel lag auf Bahnhofshallenniveau zu Stoßzeiten, und das Rauchverbot war nicht einmal das vergilbte Papier wert, auf dem die große durchgestrichene Zigarette prangte. Calis musste husten. Die blauen Schwaden hingen dicht im Raum. Der Kommissar schob sich langsam durch Gruppen von Männern, die keinen Platz mehr an den Tischen gefunden hatten und die nun, ein Bier in der Hand, beisammenstanden und diskutierten. Die beeindruckende Theke, die fast durch den gesamten Raum lief, war dicht umlagert. Die Grüne Ameise musste der bevorzugte Treffpunkt der gärtnernden Kampftrinker in Marzahn sein.

Die beiden spärlich bekleideten Mädels hinter der Bar waren groß, schlank und sahen keineswegs wie ein abgebrochener Zwerg aus. Calis erkämpfte sich einen Platz an der Front und bestellte ein Bier, das sekundenschnell und eiskalt vor ihm auf der Theke landete. Dann sah er sich um. Das Lokal war überraschend groß. Ein paar Plakate mit Ansichten der Kleingartensiedlung hingen an der Wand, hinter der Theke hatte jemand das Bild Honeckers mit einem vertrockneten Kranz aus Brennnesseln dekoriert, und daneben stand in Erinnerung an alte Zeiten eine Flasche Blauer Würger, eine legendäre Wodka-Spirituose aus den Beitrittsländern.

Nachdem er sein Bier geleert hatte, winkte Calis eine der Gartengrazien mit brünettem Haar näher.

»Ich suche jemanden, der ohne Leiter nicht auf den Barhocker raufkommt. Dreikäsehoch, Turnbeutel plus Ball. Ein Freund von mir nannte ihn ›einen abgebrochenen Zwerg‹.«

Die Brünette grinste. »Damit kann nur Pepe gemeint sein, was wollen Sie von ihm?«

»Mein Freund hat mir erzählt, dieser Pepe sei das Orakel von Marzahn. Weiß alles, was hier so läuft.«

»Und jetzt wollen Sie das Orakel befragen?« Sie lehnte sich weit über den Tresen, schob ihr Dekolleté vor und strahlte Calis an. »Vielleicht schweigt Pepe aber lieber? Wen soll ich denn melden?«

»Sagen Sie ihm, Gustav schickt mich, das muss reichen.« Der Kommissar lehnte sich ebenfalls vor, bis sein Gesicht nur mehr Zentimeter vor dem der Brünetten war. »Und wenn er seit Neuestem ein Schweigegelübde abgelegt hat, dann werde ich dafür sorgen, dass er es bricht.«

»Uh, ich fürchte mich schon.« Das Mädchen hinter der Bar lächelte lausbübisch.

»Sollten Sie auch.« Calis nickte, und sein Blick wurde hart.

»Ein Freund von mir ist entführt worden, und sollte Pepe nicht sein Spatzenhirn anstrengen und Sie mich nicht sofort zu ihm bringen, dann sorge ich im Handumdrehen dafür, dass die Finanzfahndung die Grüne Ameise in die ewigen Jagdgründe schickt. Und ich werde es an alle Glocken hängen, dass es allein Ihre Schuld war. Das wird die Jungs hier alle so richtig motivieren, nett und freundlich zu Ihnen zu sein.«

Die Selbstsicherheit der Brünetten war wie weggewischt. Sie schluckte, nickte nur und meinte: »Kommen Sie mit. Ich bringe Sie zu Pepe.«

Der Zigarettenqualm im Extrazimmer gleich hinter dem Gastraum wirkte beinahe undurchdringlich. Niedrig hängende Lampen warfen scharf umrissene Lichtkegel auf die Tischplatten, ließen die Gesichter der Gäste jedoch im Dunkel.

»Links hinten im Eck, das ist er«, murmelte die Brünette und verschwand rasch wieder in den großen Gastraum.

An den vier Tischen ging es so hoch her, dass keiner Calis beachtete. Die Stapel Banknoten, die in der Mitte jedes Tisches lagen, machten klar, warum die Grüne Ameise ein nächtlicher Anziehungspunkt war. Strategisch inmitten der Kleingartenkolonie gelegen, versteckt und abseits aller Durchgangsstraßen, wurden hier die wahren Umsätze zwischen eins und vier gemacht. Kein Wunder, dass Gustav hier auf seinen Runden vorbeischaute.

Ein paar Kiebitze standen an den Tischen und beobachteten schweigend das Spiel. Calis schob sich in ihrem Rücken näher an den Ecktisch, an dem Pepe saß. Der Zwerg musste ein Kissen auf die Sitzfläche des Stuhls gepackt haben, denn er wirkte kaum kleiner als seine Mitspieler. Und doch verrieten die kurzen Arme und der etwas zu große Kopf den Kleinwüchsigen.

Der Stapel an Geldscheinen, der vor Pepe lag, machte klar, wer an dem Tisch am Gewinnen war. Calis schätzte, dass hier an die fünfzigtausend Euro am Tisch des Zwergs unterwegs waren. Die meisten Scheine stapelten sich vor Pepe.

Als das Spiel zu Ende ging, trat Calis hinter den Kleinwüchsigen, beugte sich zu ihm und flüsterte: »Man sollte sein Glück nicht überstrapazieren. Zeit für eine kleine Pause, Hellseher.«

Der Zwerg schaute sich überrascht um und machte: »Hä?«

»Sprich in ganzen Sätzen!«, zischte Calis. »Gustav ist überfallen worden, nachdem er mit dir gesprochen hat, und jetzt ist er verschwunden. Es ist spät, und meine Geduld ist schon schlafen gegangen. Was weißt du über die Mumie in Charlottenburg?«

»Gibt's Probleme, Pepe?«, ereiferte sich ein Glatzkopf auf der anderen Seite des Tisches und griff mit einer Hand demonstrativ an den Gürtel. Die beiden übrigen Mitspieler musterten den unbekannten Besucher mit sauren Mienen, und Calis kam sich mit einem Mal nicht wirklich beliebt vor. An den anderen drei Tischen begannen einige der Kiebitze sich für die Ereignisse rund um Pepe zu interessieren.

»Ein paar Fragen, und ich bin wieder weg«, versprach Calis beschwichtigend in die Runde. »Alle bleiben sitzen, Pepe hat eine Verabredung.«

»Davon weiß ich gar nichts!«, ereiferte sich der Zwerg, und, an seine Mitspieler gewandt, gestikulierte er keifend: »Ich kenn den Typen gar nicht!«

»Das holen wir nach«, beruhigte ihn Calis gönnerhaft und zog den Sessel samt Pepe vom Tisch zurück. »Gehen wir nach draußen, da redet es sich leichter.«

»Pepe geht nirgendwohin!«

Der Glatzkopf hatte eine Pistole im Anschlag, entsicherte

und zielte auf Calis. »Da draußen gibt es genügend Blumenbeete, die auf Dünger warten!«

Plötzlich war es im gesamten Raum totenstill.

Da ertönte eine weibliche Stimme, die keinen Widerspruch duldete: »Pistole runter, auf den Tisch legen, und alle treten einen Schritt zurück, ich will die Hände sehen! Polizei!«

Martina Trapp trat aus dem Schatten, ihren Ausweis gut sichtbar vorgestreckt, die Waffe im Anschlag. Sie ging auf den Glatzkopf zu, der unsicher seine Mitspieler ansah. Im selben Moment flog die Tür auf, und Frank stürmte in den Raum, die Waffe in der Hand.

»Polizei! Hände hoch und alle an die Wand!«, rief er, während hinter ihm bewaffnete Polizisten in Uniform in das Extrazimmer drängten und aus dem großen Gastraum lautes Protestgeschrei zu hören war.

»Alles okay?«, erkundigte sich Martina, die noch etwas verschlafen aussah. »Ich konnte dich doch nicht alleine ins Unglück rennen lassen. Und auf dem Weg hierher hab ich Frank aus dem Schlaf geschreckt. Sicher ist sicher. Ist das der abgebrochene Zwerg?«

Pepe saß auf seinem Stuhl wie ein Häufchen Elend. »Ich weiß gar nicht, was Sie von mir wollen«, wiederholte er immer wieder, während er krampfhaft versuchte, sein Geld in Sicherheit zu bringen. Bis Frank ihm auf die Finger klopfte und es mit einem »Das wird sichergestellt« aus seiner Reichweite schob.

»Informationen, jede Menge.«

Calis schnappte Pepe am Kragen und stellte ihn auf die Beine. »Wenn du plauderst wie ein Wasserfall, dann kann ich mir vorstellen, über das illegale Glücksspiel hinwegzusehen. Wenn nicht, dann reicht das bei deinen Vorstrafen für ein paar Jahre in Moabit, und die werden dort Kegel spielen mit dir. Also? Ich hab's eilig!«

Der Zwerg sah nun aus wie eine erschreckte Zeichentrickfigur aus Schneewittchen. Er schleckte sich über die Lippen, blickte misstrauisch in die Runde und nickte schließlich. »Ist gut, fragen Sie.«

»Gustav hat sich nach der erhängten Mumie in Charlottenburg erkundigt. Was hast du ihm erzählt?«

»Nicht viel, wir waren mitten in einem Spiel, und ich war am Gewinnen. Gustav schneite hier rein und war hektisch wie üblich. Faselte etwas von einer Mumie in der Quedlinburger.« Er zuckte mit den Schultern. »Ist eine alte Geschichte.«

»Und du bist aus Zufall reingeschlittert, ich weiß«, ergänzte Calis. »Gustav hat ein paar Andeutungen gemacht, aber ich denke, wenn du dich anstrengst, dann fällt dir noch viel mehr ein. Du warst doch damals schon aktiv, als die Mumie aufgeknöpft wurde.«

Der Zwerg nickte und sah Calis forschend an. »Aber ich will nicht da reingezogen werden.«

»Du kannst ihn kaum aufgehängt haben«, folgerte Calis logisch angesichts der Größe und des Gewichts von Pepe, »und alles andere interessiert mich nicht. Ich bin von der Mordkommission. Also?«

Der Raum hatte sich geleert, ein Beamter stellte das Geld auf den vier Tischen sicher, Frank leitete den Einsatz im Gastraum, und nur Martina lehnte neben Pepe am Tisch.

»Gut. Ich war da.« Der Zwerg knetete seine Hände.

»Was heißt das?«, erkundigte sich Calis ungläubig.

»Ich bin da eingestiegen. In der Quedlinburger. Kurz nachdem der Chinese aufgehängt worden war.«

Calis sah ihn verblüfft an. »Wann soll das gewesen sein?«

»1991 oder 1992, im Sommer. Das Fenster stand offen, im letzten Stock, und ich dachte mir, vielleicht gibt's was zu holen. Ich war in einer Minute drin, mit dem Besteck, ist meine Spezialität.« Pepe bewegte seine Finger wie ein Klavierspieler. »Die Haustür war kein Problem, simples Schloss. Dann bin ich durch das ganze Haus. War leer bis auf ein paar Büromöbel. So ein Scheiß, dachte ich und bin bis ganz hinaufgestiegen. Vielleicht war ja doch noch unter dem Dach irgendetwas Brauchbares übrig geblieben. Da hab ich ihn gesehen...«

»Moment, nicht so schnell. Wie bist du durch die Doppelflügeltür in der obersten Etage gekommen?«

»Die stand offen«, antwortete Pepe, ohne zu zögern. »Ich biege ums Eck und denke, mich trifft der Schlag. Da pendelt dieser Typ im Luftstrom! Echt gruselig, sage ich Ihnen, wie in der Geisterbahn. Na, ich hab eine Runde durch das Zimmer gedreht, aber da war auch nichts zu holen, nur der Chinese, der da abhing. Ein Stuhl und der Zettel am Boden.«

»Was für ein Zettel?«

»Na, so ein Stück Papier mit drei Zeichen drauf, chinesischen. Wollte es zuerst mitnehmen, aber dann dachte ich, das ist vielleicht sein Name, das bringt Unglück. So hab ich nur die Zeichen abgezeichnet. War nicht schwer. Dann wollte ich wieder verschwinden...«

»Aber? Lass mich raten... Du hast seinen Anzug durchsucht, aber da war nichts. Die Taschen waren leer.«

Der Zwerg nickte. »War ein blöder Tag«, murmelte er.

»Und dann?«

»Dann hab ich den Riegel vorgelegt, von außen, mit dem Besteck, durch den Zwischenraum der beiden Türen. Wollte nicht, dass da jemand so leicht reinkam wie ich. Der wirkte so friedlich.«

Calis verdrehte die Augen. »Ist jetzt nicht wahr. *Du* warst das?«

Pepe nickte eifrig. »Bin dann mit den Zeichen zu 'nem Kumpel, der kassierte bei... Is egal. Er sagte mir, das ist die

Unterschrift der chinesischen Mafia, und ich soll besser die Mumie vergessen und mir nicht die Finger verbrennen. Ist heiß.«

»Du hast Gustav erzählt, die chinesische Mafia hat Kontakte zur HVA gesucht, mit Leuten von drüben. Wie kommst du drauf?«

»Hat mir der Kumpel damals berichtet. Der war auf Du und Du mit den Schlitzis hier in Berlin. Hat jede Menge Jobs für die erledigt.«

»Geht das genauer?«

»Er meinte, die chinesische Mafia hat einen Beobachter geschickt, kurz nach der Wende, der sollte was auskundschaften. Hat scheinbar ordentlich umgerührt. Na ja, ob's geholfen hat? Irgendwer hat ihn dann aufgehängt, in der Quedlinburger.«

»Kann man deinen Kumpel noch interviewen?«, wollte Calis wissen und zog seinen Block heraus.

»Negativ, der hat schon vor mehr als zehn Jahren ins Gras gebissen. Verkehrsunfall, ganz blöd gelaufen.«

»Lass mich raten, der andere war ein unzufriedener Chinese?«, grinste Calis.

»Ein städtischer Bus«, gab der Zwerg trocken zurück. »War sternhagelvoll und ist vor den Bus gelaufen. War 'ne ziemliche Sauerei.«

»Haben sich irgendwelche Chinesen bei dir gemeldet, nachdem Gustav bei dir war?«, wollte Calis wissen.

»Hier rennen dauernd Chinesen herum, ist ein Wunder, dass heute keine da sind«, meinte Pepe. »Dazu Vietnamesen, Albaner, Kosovaren, Polen und Russen, und was weiß ich noch alles. Spielen oder kiebitzen. Oder machen Geschäfte an der Theke.«

»Irgendwer hat Gustav gesehen und die Unterhaltung mitgehört«, warf Martina ein. »Die waren schnell...«

Calis seufzte. »Also dann – Name, Adresse, Telefonnummer. Und bleib in der Stadt. Vielleicht fällt mir ja noch etwas ein, und ich verspüre den unstillbaren Drang, mit dir zu reden.«

Pepe trottete mit hängendem Kopf davon, und der Kommissar sah ihm nachdenklich hinterher. »Ein Papier mit drei chinesischen Zeichen ... Dann frage ich mich, warum wir das in der Quedlinburger nicht gefunden haben. Oder warum die Studentin, die als Erste an der Mumie war, nichts davon erzählt hat.«

ROUTE DU BAGUIER 374, BORMES-LES-MIMOSAS/FRANKREICH

»Sechs Männer, sechs Namen. Einer davon ist Ihrer. Wer sind die anderen fünf? Ich möchte die ganze Geschichte. Diese Liste ist kein Zufall. Sie versammelt fünf Tote und einen Lebenden, zumindest sind das meine letzten Informationen.« Llewellyn beobachtete Laroche, der vor der Fensterfront auf und ab wanderte, die Hände tief in seinen Taschen versenkt.

Jack und Alex sicherten noch immer die Umgebung, unbeweglich, doch aufmerksam und professionell.

»Damals standen sechs lebende Männer auf der Liste«, begann Laroche leise und lehnte sich mit dem Rücken an die Glasscheibe. Er warf einen Blick auf das Blatt und lächelte schmerzlich. »Aber das ist alles so lange her.«

»Einerseits ja, andererseits doch nicht«, gab Llewellyn zu bedenken. »Die Vergangenheit ist oft präsenter, als wir uns vorstellen können. Ich kenne bisher nur zwei Namen auf der Liste – Ihren und den von Charles Parker. Die anderen Namen sagen mir überhaupt nichts.«

»Charles Parker, hochintelligenter Anthropologe, sprach und las Chinesisch fließend, das war eine Leidenschaft von ihm. Wir wussten alle Bescheid über seine Veranlagung und seine Vergangenheit in Oxford. Er hatte aus Liebe für die Russen spioniert und war aufgeflogen, aber den Klauen der englischen Dienste irgendwie entkommen. Wahrscheinlich war er nicht interessant genug, ein kleiner Fisch im Teich. Aber er wusste wohl mehr, als er zugeben wollte oder die Briten aus ihm herausholen konnten. Machte sich nach seiner Flucht an die Ostdeutschen ran und war dort als ehemaliger russischer Spion hochwillkommen. Er kannte China, kannte Afrika, war mit den Machtverhältnissen im Europa des Kalten Krieges vertraut. Sie nahmen ihn mit offenen Armen auf, und er hatte sogar Reisefreiheit, was in der ehemaligen DDR ein Sonderrecht war.«

»Und er starb nicht 1976 auf einer Insel in Indonesien?«, unterbrach ihn Llewellyn.

»Ach wo, das war eine Legende, die in die Welt gesetzt wurde, um Charles den Rücken freizuhalten.« Laroche winkte ab. »Nach Toten sucht man nicht mehr. Er hatte aus Schottland einige seiner Bücher, aber vor allem seine Unterlagen und Manuskripte mitgebracht. Und brauchte ein wenig Zeit und Ellenbogenfreiheit zum Forschen.«

»Wussten die Ostdeutschen von der Scharade?«

»Selbstverständlich, die sorgten dafür, dass die Meldung noch schneller verbreitet wurde. War nur in ihrem eigenen Interesse. Nach einem toten Spion kräht kein Hahn mehr.«

»Wann fiel Charles Parker bei den Ostdeutschen in Ungnade?«, wollte Llewellyn wissen. »Schließlich landete er 1986 auf der ominösen Liste, die Sie in Händen halten.«

»Sie machen einen Denkfehler«, entgegnete Laroche ruhig. »Das war keine Todesliste.«

»Wie bitte?«

»Das war keine Todesliste«, bekräftigte Laroche, »das war eine Liste von Personen, die besonders geschützt werden mussten. Von allen Auslandskommandos, die bei Honecker und Mielke in Brot und Lohn standen, so nennt man das doch.«

Llewellyn fuhr sich über seine kurz geschnittenen grauen

Haare und fragte sich, was Peter Compton zu dieser Entwicklung sagen würde. Aber irgendetwas war da noch, das nicht ins Bild passte.

»Warum starben dann alle Männer bis auf Sie im Laufe des Jahres 1986? Hatten die Bewacher einen so schlechten Job gemacht?« Doch im gleichen Moment erkannte der Major die Antwort, und sie war so offensichtlich, dass er sich ärgerte, sie nicht früher entdeckt zu haben. »Warten Sie! Ich glaube, ich habe verstanden. Was mit Parker so gut funktionierte, würde auch bei anderen klappen. Mal sehen, ob ich das noch zusammenbekomme ... Nummer eins warf sich angeblich in einem der Prager Außenbezirke vor einen Zug und wurde komplett verstümmelt, richtig?«

»Peter Wachsfeld. Einer der besten investigativen Journalisten, die ich je kennenlernte.«

»Nummer zwei hatte einen tödlichen Autounfall, bei dem der Wagen völlig ausbrannte.«

»Es passierte auf einer kleinen Straße in den österreichischen Alpen. Professor Franz Steinberg, Historiker an der Universität Wien.«

»Nummer drei stürzte von einem Fischerboot in die sturmgepeitschte italienische Riviera und konnte trotz aufwändiger Suche der Küstenwache nicht mehr gefunden werden.«

»Mario Belmonte, begnadeter Archäologe und Meeresarchäologe. Die Universität Padua trauerte lange um ihn. An dem Tag waren die Wellen in der Adria besonders hoch.«

»Nummer vier sind Sie, Monsieur Pascal Laroche, Privatier, Erbe eines großen Vermögens, das Ihre Familie fast ein Jahrhundert lang geschickt vermehrt hat. Sie leben noch, was irgendwie nicht ins Konzept passt.«

Laroche lächelte, erwiderte jedoch nichts.

»Nummer fünf war offiziell schon tot, Charles R. Parker

war bereits Jahre zuvor angeblich auf einer Insel verstorben und aus dem Rampenlicht verschwunden. Ihn musste man nicht mehr unsichtbar machen.«

Diesmal nickte der Hausherr nur stumm.

»Und Nummer sechs wurde, soweit ich informiert bin, das letzte Mal in Marrakesch gesehen. Dann verlor sich seine Spur irgendwo zwischen Tanger, Casablanca und Algier. Auch er tauchte nie wieder auf und wurde 1999 offiziell für tot erklärt.«

»Jan van Leeuwen, ein holländischer Geschäftsmann aus Amsterdam. Seine Firma war spezialisiert auf Importe aus Asien. Sie ging leider in Konkurs, drei Jahre nach seinem Verschwinden.«

»Bleibt die Frage nach Pascal Laroche. Warum blieb er hochoffiziell am Leben?«, stieß Llewellyn nach.

»Weil man immer einen Verbindungsmann nach draußen braucht, einen unverdächtigen, alteingesessenen und über jeden Verdacht erhabenen. Der keiner öffentlichen Tätigkeit nachgeht, nicht zu fixen Zeiten in Hörsälen stehen oder in Zeitungsredaktionen seine Artikel abliefern muss. Das Internet steckte damals noch in den Kinderschuhen.« Laroche stieß sich von der Scheibe ab. »Dieser Verbindungsmann war ich.«

»Klingt verdammt logisch«, musste Llewellyn zugeben. »Das heißt, die Männer auf dieser Liste verschwanden 1986 einer nach dem anderen von der Bildfläche, und Honeckers Agenten sollten nicht nur ein Auge auf sie haben, sondern sie bei Bedarf auch beschützen. Die HVA wusste also, wo die fünf Männer waren?«

»Bis zum Mauerfall ja«, antwortete Laroche entschieden.

»Hatten die ostdeutschen Agenten auch Sie unter Beobachtung?«

»Das Nachbargrundstück war auf den geheimen ostdeutschen Bereich Kommerzielle Koordinierung eingetragen, der unter der Leitung von Oberst Alexander Schuhmann stand. Er wurde 1986 sogar Mitglied des Zentralkomitees der SED. Wie Sie wissen, bestand die Hauptaufgabe der KoKo in der Devisenbeschaffung mit allen legalen und illegalen Mitteln, ein Auftrag, den Schuhmann weidlich ausnutzte. Es gab mehrere Firmen, und einer davon gehörte plötzlich das Grundstück neben meinem. Was nicht weiter auffiel. Die KoKo hatte in den Jahrzehnten ein umfassendes Tätigkeitsnetz aufgebaut. Sie kaufte im westlichen Ausland kleinere Firmen auf, hatte Treuhandunternehmen in Liechtenstein, Luxemburg und der Schweiz und betrieb einen regen Waffenhandel. Außerdem wurde mit Geldern in Millionenhöhe an westlichen Waren- und Termingeldbörsen spekuliert.«

Llewellyn erhob sich und begann, tief in Gedanken versunken, auf und ab zu gehen. Schließlich blieb er vor Laroche stehen. »Also überlebten alle auf dieser Liste das Jahr 1986 und erfreuten sich bester Gesundheit, bewacht und beschützt von den Agenten der HVA. Das erklärt manches, aber nicht alles.«

»Das ist mir klar, aber ich habe alles erzählt, was ich Ihnen dazu sagen kann«, erklärte Laroche bestimmt. »Mehr gibt es von mir nicht. Ich bin schon lange kein Verbindungsmann mehr, aber das ist eine andere Geschichte...«

Er drehte sich um und blickte durch die hohen Fenster auf den Golf von Lavandou.

»Sehen Sie, genau deswegen habe ich vor langer Zeit dieses Anwesen gekauft. Wegen dem unverbaubaren Blick auf das Meer und die Küste. Wir haben das Maurenmassiv hinter uns und den Golf zu unseren Füßen. Ein wunderbarer Flecken Erde.«

Llewellyn wollte etwas erwidern, da zersplitterte mit einem ohrenbetäubenden Knall die Scheibe vor Laroche, dann die nächste daneben. Kugeln pfiffen durch den Raum, Glassplitter sausten wie Schrapnelle durch die Luft, prasselten auf den Boden. Dann barsten auch schon die nächsten riesigen Scheiben, und das Chaos war perfekt.

Jack und Alex ließen sich sofort fallen, robbten in Deckung, zogen ihre Waffen und versuchten, den Schützen zu orten. Llewellyn, die Pistole in der Hand, stand hinter einer der großen Säulen und lauschte. Für einen Moment war es totenstill, dann ertönten die ersten unsicheren Rufe aus dem Obergeschoss. Der Major stürzte zu Laroche, der auf dem Rücken lag, mit Glassplittern bedeckt. Seine starren Augen standen weit offen, ein Ausdruck der völligen Überraschung auf seinem Gesicht. Aus dem Einschussloch auf seiner Stirn rann ein dünner Blutfaden.

»Scheiße, wo ist der Kerl?«, rief Llewellyn und stürzte ins Freie.

»Keine Ahnung, muss ganz weit weg sein«, antwortete Jack prompt und setzte das Nachtglas ab. »Ein Scharfschütze, wenn du mich fragst. Kann überall auf dem Berghang sitzen. Verwendet einen Schalldämpfer.«

»Dann nichts wie weg, bevor hier alles von Polizei wimmelt! Los, los, zum Wagen!« Llewellyn umrundete das Haus, stürmte zum Tor, setzte darüber hinweg und lief bergan. »Wo steht der Jaguar?«

»Noch zweihundert Meter, rechte Seite«, meinte Alex, der zu ihm aufschloss. »Gut getarnt unter einem Baum.«

In diesem Moment zersplitterte eine der Straßenlampen über ihnen und erlosch.

»Er hat ein Nachtsichtgerät! Deckung!«, schrie Jack und warf sich hinter einen niedrigen Busch am Straßenrand. Die Kugeln summten wie zornige Hornissen durch die Dunkelheit und schlugen bedrohlich nahe Funken auf dem Asphalt.

»Er will uns hier festnageln, bis die Polizei kommt!«, rief Alex aus seiner Deckung. »Und wir sitzen auf der Straße wie auf dem Präsentierteller. Gute achtzig Meter bleiben bis zum Jaguar und keine Deckung weit und breit.«

Die nächste Salve folgte und riss große Splitter aus dem Strommast, der direkt neben Jack stand. »Wir können nur froh sein, dass die Polizei tief schläft um diese Zeit und länger braucht.«

»Hier bleiben können wir trotzdem nicht«, meldete sich Llewellyn aus seiner Deckung. In diesem Moment ertönte ein Motorengeräusch auf der Route du Baguier, zwei Lichtkegel bohrten sich durch die Dunkelheit. Sofort robbte Llewellyn zurück, sprang auf und lief dem Wagen entgegen, der ziemlich langsam den Berg hochkam. Im Schutz einer hohen Hecke bedeutete er dem Fahrer, stehen zu bleiben.

»Sprechen Sie Englisch?«, fragte der Major durchs offene Fenster den etwa vierzigjährigen Fahrer, der ihn mit rotem Gesicht und etwas glasigem Blick anstaunte.

»Trägt die Queen die Krone?«, schallte es im besten Cockney-Englisch zurück. »Natürlich, ich vertrete Sheffield hier im Land der Froschfresser ... Das Bier ist grauslich, aber der Wein, der Wein, den sie hier haben, der ist nicht schlecht.«

»Das trifft sich.« Llewellyn war erleichtert. »Das Empire braucht Sie, old chap. Borgen Sie mir Ihren Wagen für fünf Minuten? Uns hat jemand unter Beschuss genommen, und ich will es ihm heimzahlen.«

»Was? Unglaublich! Normalerweise ist das eine friedliche Gegend hier, man könnte auch sagen, stinklangweilig. Viel Aussicht, russische Geldsäcke und geldgeile Schlampen.« Er brummte noch etwas Unverständliches vor sich hin. Dann quälte er sich zu Llewellyns Erleichterung stöhnend aus dem Fahrersitz.

»Schlüssel steckt, Motor läuft.« Er schwankte ein wenig. »Ich warte hier.«

»Bin gleich zurück!« Llewellyn legte den Gang ein und überlegte kurz. »Jetzt wirst du gleich Sterne sehen«, knurrte er und fuhr los, an Jack und Alex vorbei, die noch immer im Straßengraben lagen. Dann riss er das Steuer nach rechts, brachte den Wagen knapp vor dem Abhang zum Stehen und blendete auf.

»Rennt!«, schrie er durchs Fenster, aber das musste man Jack und Alex nicht zweimal sagen. Sie stürmten los in Richtung Jaguar, durch das Dunkel, über die offene Strecke.

Kein einziger Schuss fiel.

»Wird ein bisschen dauern, bis du wieder klar siehst, du Ratte.« Llewellyn zählte bis drei, dann löschte er das Licht komplett, rollte zurück und stieg grinsend wieder aus.

»Aktion beendet, die Regierung dankt.«

Der englische Fahrer sah etwas enttäuscht aus. »Das war alles?« wunderte er sich.

»Warten Sie noch ein wenig, bevor Sie weiterfahren«, riet er dem Fahrer. »Die Polizei ist unterwegs und wird gleich da sein. Cheerio!« Dann sprintete der Major geduckt los und drückte sich die Daumen, dass der Scharfschütze noch immer leuchtende Sterne und Kreise sah und nichts wirklich genau erkennen konnte.

Prompt zwitscherten zwei Kugeln als Querschläger über die Straße und bohrten sich in die Felswand auf der anderen Seite, gingen aber weit daneben. Dann hatte Llewellyn den Jaguar erreicht, ließ sich auf die Rückbank fallen, und Alex legte einen Le-Mans-Start hin.

Durch die Zweige konnten sie die rotierenden blauen Lichter von zwei Einsatzfahrzeugen sehen, die aus Bormes-les-Mimosas kommend die Route du Baguier bergauf fuhren.

»Hoffentlich kommt unsere hilfsbereite britische Saufnase ungeschoren davon«, meinte Llewellyn. »Und jetzt in ein Hotel. Ich muss nachdenken und mit Peter Compton sprechen. Allerdings brauchen wir ein Fünf-Sterne-Haus, das um diese Zeit noch geöffnet hat.«

»Port Grimaud?«, erkundigte sich Alex nach einem Blick auf die Navigation. »Weltbekannter Nobelhafen. Da gibt es sicher nur Fünf-Sterne-Häuser.«

»Dann los!« Llewellyn lehnte sich in den Sitz zurück. »Ich habe das ganz blöde Gefühl, dass jemand Laroche umgebracht hat, um die Gruppe in die Öffentlichkeit zu zwingen. Jetzt, wo ihr Verbindungsmann erschossen wurde, müssen die Toten wiederauferstehen.«

»Gruppe? Tote auferstehen?«, fragte Alex verwirrt.

»Erkläre ich dir alles, wenn ich mit dem alten Fuchs in der Charlotte Road gesprochen habe. Wir brauchen Schlaf und ein herzhaftes Frühstück, dann sehen wir weiter. Mir ist vieles unklar, ich habe keine Ahnung, was diese Gruppe überhaupt bezweckte, aber jetzt frage mich vor allem eines: Warum war Laroche so aufgebracht und erschrocken, als er den Bericht über die erhängte Mumie in Berlin im Fernsehen verfolgte?«

Dienstag, 7. Juni 2016
Morgens

F<small>LUGHAFEN</small> S<small>CHÖNEFELD</small>, B<small>ERLIN</small>-B<small>RANDENBURG</small>/
D<small>EUTSCHLAND</small>

John Finch lenkte den Leihwagen vor bis an die Schranke und zeigte dem Mann im Wärterhäuschen seine Genehmigung.

»Ah, guten Morgen, Mr Finch, Sie sind aber früh auf den Beinen.« Der Sicherheitsmann trug John in seine Liste ein und schaute über seine Brille auf Johns Beifahrerin. »Mrs Rain! Haben Sie gestern Abend noch Berlin unsicher gemacht?«

Amber nickte verschlafen und gähnte laut. »Sieht man das so deutlich? Na ja, unsicher machen … wie man's nimmt. Wir waren essen, hatten ein Glas Rotwein und dann noch eines, dann ins Hotel, fernsehen, schlafen. Man wird älter …«

»Das kann ich mir bei Ihnen gar nicht vorstellen.« Der Pförtner lächelte charmant und reichte John die Genehmigung zurück. »Wie lange bleiben Sie noch bei uns?«

»Bis unsere Kunden das Zeichen zum Aufbruch geben. Aber wann das sein wird, das steht in den Sternen.« John faltete das Papier sorgfältig zusammen und verstaute es in seiner Fliegerjacke. »Aber wenn's nach mir ginge, dann wäre ich am liebsten schon unterwegs.«

Der Pförtner lehnte sich aus dem Fenster und zwinkerte John zu. »Schon wieder zu lange am Boden?«

»Flügellahm wie eine alte Ente«, grinste John. »Bis später!«

Die Schranke öffnete sich, und der kleine blaue Ford Fiesta rollte aufs Flughafengelände.

»*Einmal* hat man eine neue Maschine, nichts zu reparieren, nichts auszutauschen, keinen Reparaturstau. Alles dreht sich, alles bewegt sich, und nichts quietscht«, maulte Amber. »Ein wahrer Formel 1 unter den Helikoptern. Und dann sitzt man sinnlos in der Gegend herum und wartet und wartet.«

»Vergiss nicht, es ist ein gut bezahlter Warteraum, geradezu luxuriös«, erinnerte John sie und nahm die nächste kleine Straße zu den Hangars. »Wir haben schon in anderen Buschhütten auf den Rückflug gewartet.«

»Llewellyn sitzt sicher bereits an der Côte d'Azur und schlürft Austern. Dazu schüttet er geradezu unanständige Mengen an Champagner in sich hinein.« Amber war nicht in der Stimmung für Beschwichtigungen. »Und ohne die blöden Chinesen wären wir bereits auf dem Weg in die Emirate. Und dann auf den Spuren von Saint-Exupéry unterwegs von Dakar nach Toulouse. Ich liebe Südfrankreich, wie du weißt. Das wäre Urlaub pur gewesen.«

»Du willst ja nur die DC-3 fliegen, gib es ruhig zu.«

»Ich will vor allem nicht diese Chinesen fliegen«, gab Amber bissig zurück. »Irgendetwas stimmt nicht mit denen. Haben erst keine Ahnung, wo sie hinwollen, ordern alle auf Stand-by und tauchen dann nicht auf. Oder hast du etwas von ihnen gehört?«

John schüttelte den Kopf. Er parkte den Ford an der Rückwand des Hangars. »Kein Wort, und ich habe auch keine Telefonnummer von ihnen bekommen. Kein Rückruf möglich.«

Seine Copilotin schnitt eine Grimasse und stieg aus. Selbst das gute Wetter konnte ihre Stimmung nicht heben. Der Sommermorgen über Brandenburg schien direkt aus einem Tourismusplakat zu stammen: Wolkenlos, tiefblauer Himmel, und die Sonne wärmte den Asphalt. John streckte sich und schaute hinüber zur Startbahn, wo ein Airbus A330 mit donnernden Triebwerken abhob.

Südwärts.

Amber lehnte am Auto, die Arme trotzig vor der Brust verschränkt.

»Gib zu, dir ist Sparrow zu schweigsam in letzter Zeit.« John lehnte sich neben sie, und der Papagei auf seiner Schulter blickte interessiert in die Runde. »Aber ich verspreche dir, wir fliegen gemeinsam von Dakar nach Toulouse, zu dritt.«

»Alle Mann in die Wanten!«, krähte Sparrow und plusterte sich auf.

»Ach was, dieser Schwerenöter! Blamiert mich überall, nennt mich alte Schabracke in der Öffentlichkeit, und alle mögen ihn dafür auch noch. Aber das ist es nicht. Mir fehlt ein Abenteuer, John Finch. Das ganze Jahr nur alte Flugzeuge reparieren, im kalten, regnerischen England, das kann einem schon die Laune vermiesen. Ich war das letzte Mal in Afrika, als wir die DC-3 aus Libyen geholt haben. Das ist schon wieder ein Jahr her; mein Gott, wie die Zeit vergeht.«

»Ich weiß, und du wirst jedes Jahr wieder um zwölf Monate älter«, gab John unbeeindruckt zurück.

»Mach weiter so, und du kannst dir einen neuen Copiloten suchen«, schnappte Amber.

»Einen jüngeren?«, grinste der Pilot.

Mit einem »Pfff!« stieß sich Amber ab und machte sich auf den Weg in den Hangar. »Pfff«, ahmte Sparrow sie nach und rieb seinen Kopf an Johns Wange.

Der Pilot schloss die Augen und hielt sein Gesicht in die Morgensonne. Es roch nach Kerosin und Öl und Reifen. Die Turbinen des nächsten Flugzeugs heulten auf, und Sekunden später donnerte eine weitere Maschine über den Asphalt.

»Na denn«, murmelte John und öffnete die Augen. »Wartesaal, die dritte.«

Er schlenderte zum Eingang, als Amber aus der Tür schoss und auf ihn zu lief. Ihrem Gesichtsausdruck nach zu schließen, stimmte etwas ganz und gar nicht.

»Du glaubst es nicht, John Finch«, stieß sie hervor. »Der X3 ist weg!«

»Wie ... weg?«

»Ganz weg, abgeflogen, verschwunden.« Amber sah etwas ratlos aus.

»Moment, jemand hat ihn gestohlen? Aus dem bewachten Hangar? Unmöglich.« John runzelte die Stirn. »Was sagt der Hallenmeister? Warst du bei ihm?«

»Klar, wir hatten ja gestern den Schlüssel für den X3 bei ihm deponiert. Als ich ihn holen wollte, meinte er nur, dass jemand den Heli heute früh aus dem Hangar gerollt hat und damit weggeflogen ist.«

John schüttelte den Kopf und lief los. Der Hallenmeister, ein junger Mann in Jeans und T-Shirt, erwartete ihn bereits am Eingang. »Mr Finch, ich hätte Sie vielleicht anrufen sollen, aber ich hatte keine Nummer. Die beiden Piloten standen gestern Abend vor der Tür, haben einen Kaufvertrag vorgelegt, zum Beweis, dass der X3 tatsächlich der Firma gehört, für die sie fliegen. Ich musste ihnen den Schlüssel geben.«

»Das ist mir klar«, beruhigte ihn John. »Sie haben sicher alles richtig gemacht. Waren das zwei Asiaten?«

Der Hallenmeister schüttelte den Kopf. »Nein, keine Asiaten, westliche Durchschnittstypen. Die beiden sprachen Englisch ohne besonderen Akzent. Der Kaufvertrag war das Original, und ich hatte keinen Grund ... ich meine ...«

»... Sie können sich nicht an die Namen erinnern«, ergänzte

John. »Wissen Sie noch, auf welche Firma der Kaufvertrag gelautet hat?«

Der junge Mann nickte eifrig. »Ja, es war ein Unternehmen in Shanghai, eine Xin Del Shanghai Ltd.«

»Die Chinesen sind verschwunden und haben ihren Heli mitgenommen«, murmelte John ratlos. Er klopfte dem jungen Mann beruhigend auf die Schulter. »Sieht so aus, als habe alles seine Richtigkeit. Kann man nichts machen, damit sind wir unseren Kunden und unseren Job los.« Damit verabschiedete John sich und zog Amber am Arm in Richtung Auto.

»Ich habe einen ganz blöden Verdacht...«

»Wer den Heli mitgenommen hat?« Amber sah ihn überrascht an.

»Viel schlimmer.« Dann stieg er schweigend in den Ford und fuhr wortlos bis zum Terminal A.

Amber kannte ihn gut genug, um ihn nicht anzusprechen. Sie liefen durch das Erdgeschoss hinüber auf die rechte Seite. *Euro Change Wechselstube* stand über dem Schalter, und die Dame hinter der schusssicheren Scheibe sortierte hingebungsvoll Euro-Münzenstapel.

»Könnten Sie den für mich überprüfen?«, fragte John und zog einen 500-Euro-Schein aus der Tasche. Sie nickte lächelnd, und zehn Sekunden später stand fest, dass es eine erstklassige Fälschung war.

»Oh nein...«, murmelte Amber enttäuscht. »Das schöne Geld...«

»Oh ja!«, zischte John wütend. »Sie haben uns von Anfang an reingelegt. Sie wollten nie mit uns fliegen.«

»Aber wozu das alles? Das ergibt doch keinen Sinn. Die Chinesen hätten den X3 doch gleich mitnehmen und ihre eigene Crew einfliegen können, wir haben uns nicht aufgedrängt.« Amber war ratlos.

John lief mit gesenktem Kopf wie ein Kampfstier durch die Flughafenhalle. »Sie haben uns bis heute Morgen in Berlin festgenagelt, und das muss einen Grund gehabt haben. Dann haben sie den X3 aus dem Hangar geholt und sich in Luft aufgelöst. Wir haben lediglich den Namen Fang Shi, aber keine Telefonnummer, keine Auftraggeber und keinen Job mehr, dafür einen Haufen gefälschter Scheine, die wir gleich bei Thomas Calis abgeben können.«

»Vergiss nicht, wir haben auch kein Fluggerät mehr«, erinnerte ihn Amber. »Gestrandet in Berlin.«

»Wolltest du nicht endlich in ein Abenteuer aufbrechen?«, fragte John und ließ sich in den Fahrersitz des Fiesta fallen. »Ich will diese Chinesen finden und ihnen die Hölle heißmachen. Aber außerhalb ihrer geschützten Position in Shanghai. Wir sollten die gefälschten Fünfhunderter zuerst Kommissar Calis bringen und dann mit Llewellyn reden. Der hat mir etwas von einer Drachentätowierung und einem toten Asiaten erzählt.«

»Dann los!« Amber war wütend auf die Chinesen, und das tat ihr gut. »Je länger wir warten, umso größer wird ihr Vorsprung. Zuerst zu Calis, dann brauchen wir schnellstens ein Fluggerät. Aber leider findet sich im Moment in meiner Halle in Duxford nichts Passendes.«

»Wohin willst du fliegen?«, erkundigte sich John. »Wir wissen nicht, wohin die Chinesen verschwunden sind. Oder ... Moment mal.«

Einen Anruf später bei der Flugsicherung stand fest, dass die Chinesen einen Flugplan nach Innsbruck eingereicht hatten. »Aber das war unter Umständen nur ein Zwischenziel«, gab John zu bedenken.

»Und wenn das alles mit Llewellyns Einsatz an der Côte d'Azur zu tun hat? Die Chinesen wollten uns in Berlin festnageln. Warum? Dann wird es kaum mit den Ereignissen in Berlin zusammenhängen.«

»Gut überlegt«, musste John zugeben. »Aber was könnten die Chinesen mit Llewellyns Auftrag in Frankreich zu tun haben?« Er startete den kleinen Ford und machte sich auf den Weg in die Innenstadt.

»Hättest du ihn und Alex nach Nizza geflogen, wenn der X3 hier nicht tagelang an der Leine gelegen wäre?« Amber ließ keine Ruhe und bohrte weiter.

John nickte. »Wäre ein kleiner Umweg gewesen, aber klar, warum nicht?«

»Und dann wäre er verdammt schnell an seinem Ziel gewesen, viele Stunden früher als mit dem Wagen. Vielleicht zu früh?«

»Du hast Sherlock Holmes zu Gast in deinem Hangar gehabt... und ihm dabei über die Schulter geschaut.« John war ehrlich beeindruckt. »Also gut, das wäre eine Möglichkeit. Lass uns mit Thomas Calis sprechen, dann mit Llewellyn, und dann, ja dann werden wir improvisieren müssen. Darin sind wir Meister, solange ich denken kann.«

Hotel Le Verger Maelvi, Grimaud/Frankreich

Llewellyn trat auf die Frühstücksterrasse des Hotels, die unter einem schattenspendenden Vordach lag, und genoss die Aussicht und den warmen südfranzösischen Vormittag. In dem leuchtend blauen Swimmingpool, der nur einen Steinwurf entfernt war, drehten die ersten Gäste ihre Morgenrunden.

Er suchte nach dem Tisch mit den passenden Zimmernummern, auf dem ein großer Strauß aus Rosen, Lavendel und Ginster südliche Urlaubsfreude verbreitete. Das Le Verger Maelvi war eine grüne, luxuriöse Oase in der trockenen Landschaft am Fuß des Maurenmassivs und bestand aus einer Hand voll niedriger, perfekt in die Landschaft eingepasster Landhäuser im südfranzösischen Stil.

In der Nacht hatte die Navigation des Jaguar auf dem Weg nach Port Grimaud Alarm geschlagen. Von Alex auf alle Hotels programmiert, deren Rezeption rund um die Uhr geöffnet war, hatte das kleine Gerät sie verlässlich bis vor die Haustür geleitet. Zwei der vierzehn Zimmer waren noch frei gewesen, was Alex mit einem »Ich schlafe sowieso auf einer der Liegen beim Pool, von da sieht man die Einfahrt« quittiert hatte. »Nehmt ihr die weichen Betten.«

Nun, nach einer ruhigen Nacht und einer erfrischenden Dusche, fanden sich alle drei ausgeschlafen zu einem späten Frühstück auf der Terrasse ein.

»Keine besonderen Vorkommnisse«, meldete Beaulieu und

ließ sich in den Korbsessel fallen. »Bis auf den Bäcker, der um sieben die frischen Baguettes vorbeibrachte, kam oder ging niemand.«

Jack Westworth strich schweigend Butter auf das knusprige Weißbrot. Er war kein Mann vieler Worte. *I use to work with wooden boats and iron men* stand in gotischen Lettern auf dem Rücken seines schwarzen T-Shirts, und die wenigen Worte fassten für Westworth alles zusammen, was es zu sagen gab. Er lebte seit Jahren auf einem Kahn auf dem Leeds-Liverpool-Kanal, einem in den traditionellen Farben Schwarz und Grün gestrichenen Flussschiff.

Und er war glücklich da.

Westworth, ein wortkarger, aber freundlicher und hilfsbereiter Mann, war nach seiner Scheidung aufs Wasser gezogen und hatte den Kanal lieben gelernt. Viele Jahre hatte er dem SBS, dem Special Boat Service, der Royal Marines angehört, wie die SAS ein Teil der Spezialeinsatzkräfte der britischen Streitkräfte. Genauer gesagt war Westworth Mitglied der *Black Troop* des sogenannten *M-Squadron* gewesen, spezialisiert auf Antiterror-Operationen und das Entern von Schiffen und Bohrinseln mit und vom Hubschrauber aus. Am 24. September 2007 war er bei der Befreiung zweier italienischer Soldaten aus der Gewalt der Taliban in Afghanistan schwer verwundet und daraufhin seines Alters und seiner Verdienste wegen mit allen Ehren in den Ruhestand versetzt worden. Bei der Aktion damals waren die Geiseln zwar verletzt, aber alle acht Geiselnehmer getötet worden, was Jack im Nachhinein immer wieder mit Befriedigung erfüllte. Er hatte sechs von ihnen ins Jenseits befördert.

Doch die wahren Höhepunkte waren für den muskulösen, trotz seines Alters noch immer durchtrainierten Westworth jene Einsätze, die Major Llewellyn Thomas für ihn seit einigen Jahren bereithielt. Heikle Missionen in Südamerika, Afrika oder entlegenen Gegenden Asiens. Westworth war stets der Erste gewesen, der zugesagt hatte. So auch vergangenes Jahr, als er an der Seite Llewellyns in Italien und England gegen den IS und eine Geheimloge gekämpft hatte, bei einem Zweikampf schwer verletzt wurde und trotzdem wieder sofort zugesagt hatte, als Llewellyn ihn diesmal rief.

In den vergangenen Monaten war ihm das Leben als Pensionist allzu langweilig und eintönig geworden, sosehr er die Ruhe auf dem Leeds-Liverpool-Kanal auch schätzte. So war der zweite Adjutant Llewellyns nur zu gerne in die Maschine nach Nizza gestiegen, bereit, die Welt oder zumindest das Vereinigte Königreich zu retten.

»An das Haus könnte ich mich gewöhnen, vor allem weil das Meer nur sechs Kilometer entfernt ist«, meinte er schließlich und roch genießerisch an der Marmelade.

»Aber der Kanal ist weit weg«, erinnerte ihn Llewellyn und gab dem aufmerksamen Kellner ein Zeichen für eine weitere Runde Kaffee.

»Man kann nicht alles haben«, brummte Jack.

»Peter Compton wird bei der Rechnung Kopfschmerzen bekommen.« Alex blickte sich um. »Luxus pur. Was haltet ihr von zwei Wochen Urlaub hier? Damit es ihm so richtig weh tut?«

»Der alte Mann in der Charlotte Road wird noch aus ganz anderen Gründen schlaflose Nächte haben. Nachdem ich ihn angerufen habe.« Llewellyn verputzte den Rest des Buttercroissants und lehnte sich zurück. »Ihr hört am besten gleich mit, dann brauche ich die Geschichte nicht zweimal erzählen.« Er sah sich um. »Haben Sie die heutigen Tageszeitungen?«, fragte er den Kellner. Der nickte und verschwand mit einem »Sofort, Monsieur«.

Fünf Minuten später stand fest, dass keine der lokalen Zeitungen über den Mord an Pascal Laroche berichtet hatte.

»Nicht ein einziges Wort, obwohl die Polizei vor Ort war«, wunderte sich Alex. »Was geht hier vor?«

»Das sollte uns das Orakel aus London beantworten können, aber das wird selbst aus allen Wolken fallen, wenn es von dem nächtlichen Scharfschützen und dem Tod von Laroche erfährt.« Entschlossen griff der Major zu seinem Handy. Doch genau in diesem Augenblick begann es zu läuten.

»Sieh da, John Finch meldet sich«, meinte Llewellyn erfreut und nahm das Gespräch mit einem »Hast du Sehnsucht nach Südfrankreich, alter Buschflieger?« an.

»Mehr, als du glaubst«, meinte John und begann sofort zu erzählen.

Je länger Llewellyn dem Piloten zuhörte, umso düsterer wurde seine Stimmung. »Mir wird einiges klar. Die Chinesen wollten dich aus der ganzen Geschichte heraushalten, du solltest niemals für sie fliegen. Doch heute Morgen, nachdem Laroche tot war, konnten sie darauf verzichten, dich länger in Berlin festzuhalten.«

»Wer ist tot?«, erkundigte sich John überrascht, und Llewellyn berichtete ihm von seinem nächtlichen Gespräch mit dem französischen Privatier und dem Scharfschützen, der sie unter Feuer genommen und Laroche erschossen hatte.

»Dann muss das ein Wendepunkt in der ganzen Geschichte sein«, stimmte ihm John zu. »Jetzt fühlen sich die Chinesen so sicher, dass es ihnen egal sein kann, ob ich mit von der Partie bin oder nicht.«

»Wahrscheinlich haben sie den Schützen erst im letzten Moment einfliegen lassen können, und wir wären ihnen um Stunden zuvorgekommen, wenn du uns geflogen hättest. Dann wäre Laroche weich geworden und hätte uns alles erzählt, und sie hätten nichts dagegen tun können. Wir waren immerhin mit drei Mann vor Ort.« Llewellyn fuhr sich mit der

Hand über seine kurz geschnittenen grauen Haare. »Aber vorher? Was haben wir übersehen? Warum kam dieser Chinese schon am Sonntag zu dir und machte dir und Amber das Angebot?«

»Das werden wir herausfinden.« John war verärgert und machte daraus kein Hehl. »Ich habe gerade mit Thomas Calis gesprochen. Der versucht, mit zehn Fingern fünfzehn Löcher zuzuhalten. Aber mit jedem Tag wird es schlimmer. Erst entführt jemand diesen Gustav aus dem Krankenhaus, dann ist seine einzige Zeugin verschwunden, die in Charlottenburg die erhängte Mumie gefunden hatte.«

»Das wird immer mysteriöser.«

»Und noch etwas. Sie hatte Calis verschwiegen, dass es einen Zettel gab, der vor der erhängten Mumie auf den Fußboden gepinnt worden war. Die drei chinesischen Schriftzeichen darauf waren die Symbole für die Triaden, die chinesische Mafia.«

»Und der blutige Gurkha-Dolch wurde aus Hongkong verschickt«, murmelte Llewellyn.

»Du verwirrst mich«, gab John etwas ratlos zurück.

»Hör zu, wir müssen Kriegsrat halten, so schnell wie möglich.« Llewellyn sah auf die Uhr. »Alex, Jack und ich, wir sitzen hier in der Nähe von Port Grimaud, und mein nächstes Gespräch geht in die Charlotte Road. Und es ist mir egal, ob es eine offene Leitung ist oder nicht. Hier stimmt etwas ganz und gar nicht. Der alte Fuchs war hektisch und nervös, als er uns nach Südfrankreich geschickt hat, was sonst gar nicht seine Art ist. Hat er gewusst, dass ein Killer unterwegs ist?«

»Ich rieche eine typische Compton-Aktion«, gab John zurück. »Wie im vergangenen Jahr, als er uns von Anfang an nur an der Nase herumgeführt hat. An ihm ist ein brillanter Schachspieler verlorengegangen.«

»Aber diesmal zünde ich ihm das Brett unter der Hand an, bevor er auch nur die erste Rochade versuchen kann«, knurrte Llewellyn. »Ist Amber noch immer bei dir?«

»Ja, und sie ärgert sich wie ich über den miesen Trick der Chinesen. Wir haben Kommissar Calis die Blüten in die Hand gedrückt. Der war schon sauer wegen der Entführung seines Informanten aus dem Krankenhaus, jetzt ist er richtig wütend. Die Qualität der Fünfhunderter-Scheine ist wirklich gut, und er macht sich Sorgen, wie viele davon die Triaden in Berlin unter die Leute gebracht haben.«

»Dann können wir mit seiner Unterstützung im Ernstfall rechnen?«

»Darauf kannst du wetten«, meinte John. »Er würde am liebsten sofort losschlagen, die Sonderkommission arbeitet auf Hochtouren. Hier brennt es an allen Ecken und Enden, aber ihm fehlen, wie uns allen, die handfesten Informationen. Calis und sein Chef haben einen internationalen Haftbefehl angedacht, allerdings mit nur einem Namen und ohne die nötigen Personalien der übrigen Chinesen. Wer weiß, ob Fang Shi sein richtiger Name ist?«

»Lass mich mit London telefonieren, wir hören uns danach.« Damit beendete Llewellyn das Gespräch und blickte seine beiden Adjutanten an. »Ich denke, jetzt ist es Zeit für den alten Mann in der Charlotte Road, seine Karten auf den Tisch zu legen.«

»Er wird immer einen Trumpf im Ärmel behalten«, gab Alex zu bedenken. »Das liegt in seiner Natur.«

»Aber er muss nicht das ganze Kartenspiel in seinen Ärmel packen«, brummte Llewellyn unwillig und leerte seine Kaffeetasse. »Sonst ziehe ich ihm seinen Morgenmantel aus.«

Dann begann er zu wählen.

CHARLOTTE ROAD, BARNES, SÜDWEST-LONDON/ENGLAND

Peter Compton trat aus der Terrassentür, zog den Gürtel um seinen Morgenmantel enger und blickte zum Himmel. Das Wetter war überraschend warm für Anfang Juni in London, das Thermometer zeigte knapp zwanzig Grad. Theresa May hatte sich zum Lunch angesagt, und sie würden wohl auf der Terrasse speisen können. May wollte mit ihm über die bevorstehende Abstimmung Camerons über den Verbleib des Vereinigten Königreichs in der EU sprechen. Und den möglichen Folgen, die noch niemand abschätzen konnte.

Der ehemalige Geheimdienstchef seufzte. Der Premier spielte mit dem Feuer und drohte so ganz nebenbei einen Flächenbrand auszulösen. Selbst die Buchmacher, die Wetten auf den Ausgang des Referendums annahmen, meldeten jeden Tag neue Trends und Quoten. Es war die Stunde der Populisten.

Niemand wusste, was wirklich geschehen würde, am 23. Juni.

Aber Compton befürchtete es.

Und er würde mit seiner Meinung nicht hinter dem Berg halten. Er hielt es für leichtsinnig, das Volk über so grundlegende Fragen abstimmen zu lassen. Vor allem, nachdem unverantwortliche Populisten die Stimmung aufgeheizt hatten. Es gab für Großbritannien seiner Ansicht nach keine Alternative als die unverbrüchliche Mitgliedschaft bei der EU.

Wirtschaftlich, sicherheitspolitisch, militärisch.

Alles andere wäre der Anfang vom wirtschaftlichen Ende, der Abwertung des Pfunds und brächte unweigerlich die Gefahr eines Auseinanderbrechens des Landes mit sich.

Schierer Wahnsinn ...

Compton schüttelte den Kopf und ging wieder zurück ins Wohnzimmer. Aus der Küche drangen die ersten Wohlgerüche. Seine Frau Margret und deren Schwester Susan kochten um die Wette. Spätestens zum Dinner würden alle Besucher und Personenschützer in der Charlotte Road nicht mehr ausreichen, um eine Bresche in das üppige kulinarische Angebot zu schlagen.

Compton ging zur Haustür und zog sie auf. Die beiden üblichen schwarzen Limousinen der Regierung waren durch einen weiteren Kleinbus mit verdunkelten Scheiben verstärkt worden. Der Besuch von Theresa May warf seine Schatten voraus. Bald würde die gesamte Straße mit Regierungsfahrzeugen zugeparkt und Comptons Nachbarn wieder mal stinksauer sein.

»Gibt es etwas Besonderes, Sir?« Einer der Personenschützer war ausgestiegen und kam mit einem besorgten Gesichtsausdruck auf ihn zu.

»Nein, alles in Ordnung, danke, ich wollte nur frische Luft schnappen.« In diesem Moment begann das Handy in seiner Tasche zu vibrieren, und Compton runzelte die Stirn. Nur wenige Leute kannten seine private Mobilnummer. Wenn einer von ihnen anrief, dann handelte es sich meist um einen Notfall.

Die Straße war um diese Tageszeit verlassen, abgesehen von den Männern in den schwarzen Limousinen und einer Gruppe von Bauarbeitern, die das Haus schräg gegenüber renovierten.

Und die ebenfalls zu einer Spezialeinheit der Regierung gehörten.

Also schlenderte Compton beruhigt die kurze Sackgasse entlang, aufmerksam beobachtet von den Sicherheitsleuten im schwarzen Kleinbus. Im Morgenmantel kam er sich ein wenig dekadent vor, aber seine Nachbarn hatten sich in all den Jahrzehnten bereits an diesen Anblick gewöhnt.

Compton sah aufs Display, und als er Llewellyns Nummer las, atmete er auf. »Warum hast du nicht auf meinem Festnetzanschluss angerufen?«, meldete er sich. »Theresa May kommt zum Lunch, und ich wette, sie wird gleich durchklingeln.«

»Dann wird sich die ehrenwerte Innenministerin gedulden müssen«, entgegnete Llewellyn kurz angebunden. »Hör zu, Peter. Ich mag es nicht, wenn du uns alle an der Nase herumführst. Schon gar nicht, seitdem heute Nacht ein gewisser Pascal Laroche von einem Scharfschützen in seinem Haus direkt neben mir erschossen wurde. Und Alex und Jack in der Schusslinie standen.«

»Das tut mir leid«, meinte Compton nur, während er fieberhaft nach Worten suchte. Genau das hatte er befürchtet.

»Das ist mir zu wenig«, stieß Llewellyn nach, »viel zu wenig. Diese ganze Geschichte stinkt zum Himmel. Du hast uns nach Südfrankreich geschickt, und wir sollten keine Zeit verlieren. Du wolltest Jack dabeihaben, und ich habe mich während der gesamten Fahrt gefragt, warum. Alex und ich sollten zu zweit in der Lage sein, ein Gespräch mit Monsieur Laroche in seinem Anwesen an der Côte d'Azur zu führen, oder? Wir haben schon ganz andere Abenteuer bestanden. Aber ein nervöser Peter Compton beharrte auf einem dritten Mann.«

Llewellyn machte eine Pause, die der ehemalige Geheimdienstchef für den halbherzigen Einwand: »Ist das eine sichere Leitung?«, benutzte.

»Das war lahm, alter Mann«, knurrte Llewellyn. »Nein, ist

es nicht, und es ist mir im Übrigen egal. Drück dich nicht mit irgendwelchen Phrasen um die Antworten, meine Geduld ist erschöpft. Seit ich aus Schottland aufgebrochen bin, auf den Spuren von Charles R. Parker und dem blutigen Gurkha-Dolch, schickst du mich kreuz und quer durch Europa auf die Jagd nach Geistern der Vergangenheit. Erst laufe ich Parker selbst nach, den ihr irgendwann einmal aus den Augen verloren habt, der ja angeblich irgendwo in Asien gestorben ist, dann doch wieder am Leben ist. Dann geht es um eine ominöse Liste, die plötzlich in Berlin aufgetaucht ist und eigentlich keine Aktualität mehr hat. Nur mehr von historischem Interesse, doch du willst sie ganz dringend haben. Dann geht es mit einem Mal um die Männer auf dieser Liste, die angeblich alle bereits seit Langem tot sind, um schließlich bei Monsieur Laroche zu landen, wo uns die Kugeln um die Ohren fliegen, weil sich jemand in den Kopf gesetzt hat, nicht nur Laroche, sondern auch gleich noch die Zeugen, nämlich uns, zu beseitigen. Und genau da wurde ich stutzig.«

Compton ging mit gesenktem Kopf weiter in Richtung Hockey Club und spürte die Blicke der Personenschützer in seinem Rücken. »Llewellyn...«, begann Compton, doch der Major unterbrach ihn sofort. »Überleg dir, was du sagst, Peter. Keine Hinhaltetaktik mehr. Der Scharfschütze hätte uns alle innerhalb weniger Sekunden erschießen können. Wir standen im Licht, Alex, Jack und ich. Keine drei Meter voneinander entfernt. Aber nein, er erledigte nur Laroche und ließ uns laufen, zumindest bis auf die Straße. Da wollte er uns so lange festnageln, bis die Polizei uns vom Asphalt auflesen würde. Ein Hinterhalt wie aus dem Bilderbuch, und ich habe das dumme Gefühl, dass du mehr dazu weißt.«

Der ehemalige Geheimdienstchef überlegte fieberhaft, während er einen kleinen Stein vom Gehsteig kickte.

»Du kennst das Prinzip *need to know* ...«, meinte er schließlich.

»Darauf habe ich gewartet, das ist immer deine allerletzte Ausflucht, wenn du in die Enge getrieben wirst. Gut, dann will ich dir ein paar Neuigkeiten verraten. Diese angebliche Todesliste war alles andere als das. Es war eine Aufstellung besonders schützenswerter Personen für die Auslandsagenten der HVA. Alle sechs Personen auf dieser Liste waren zurzeit des Zusammenbruchs der DDR noch am Leben. Deine Informationen waren falsch, wo immer du sie auch ausgegraben hast. Die gesamte Gruppe hat das Jahr 1986 überlebt.«

»Das hatte ich vermutet«, murmelte Compton.

»Du hast es vermutet?«, explodierte Llewellyn. »Ich fasse es nicht! Wie wäre es, wenn du deine Vermutungen mit uns geteilt hättest? Ich fiel bei Laroche aus allen Wolken, als er das erzählte. Wir sind immer von einer Todesliste ausgegangen, auf der unser Mann Charles Parker landete, nachdem ihn die Ostdeutschen beseitigen lassen wollten.«

»Ich hatte gehofft, dass Laroche noch so lange leben würde, um meinen Verdacht zu bestätigen«, erklärte Compton kalt. »Eine der Unwägbarkeiten in meinem Plan. Das spurlose Verschwinden aller Beteiligten im Jahr 1986 war zu perfekt arrangiert.«

»Du hast also gewusst, dass Laroche in Gefahr war, das Opfer eines Attentats zu werden? Kein Wunder, dass du uns so rasch wie möglich vor Ort haben wolltest. Dass der Killer uns dann auch noch gleich unter Feuer nahm und uns wie auf dem Präsentierteller serviert bekam, weil wir völlig ahnungslos waren, das war wohl auch eine deiner Unwägbarkeiten.« Llewellyn war stinksauer. »Du weißt genau, nächtliche Scharfschützen mit Schalldämpfer sind so ziemlich das Fieseste, was es gibt.«

»Aber ihr seid die Besten, die ich habe«, gab Compton etwas hilflos zurück.

»Dann schick uns nicht unvorbereitet ins Feuer! Deine Winkelzüge waren letztes Jahr bereits grenzwertig, als es um den Nostradamus-Coup ging, aber das hier kann ich nicht mehr verantworten, und zwar meinen Männern gegenüber. Seit Beginn stolpern wir mit Sonnenbrillen bei mondloser, stockdunkler Nacht in unbekanntem, vermintem Gelände herum. Entweder du legst die Karten jetzt auf den Tisch, oder wir fahren nach Hause, Laroche ist sowieso tot. Das beschauliche Glenfinnan am Loch Shiel wartet auf mich, und Jack ist schneller wieder auf seinem Boot am Kanal, als Margret ihre Plätzchen fertigbacken kann. Und bei der Gelegenheit gleich noch eine Frage: Was hast du mit den Chinesen zu tun?«

Die Frage erwischte Compton eiskalt und unvorbereitet. »Wieso Chinesen?«

»Keine Gegenfrage, alter Mann, das zieht auch nicht mehr. John Finch und Amber Rain wurden in Berlin von Chinesen, die höchstwahrscheinlich den Triaden angehören, als Piloten engagiert. Man drückte ihnen massenweise Geld in die Hand und ließ sie auf ihren Einsatz warten. Heute Morgen waren die Auftraggeber weg, gemeinsam mit dem Hubschrauber, und das Geld stellte sich als hervorragend gemachte Blüten heraus.«

»Interessant. Und...?«

»Interessant, sagst du? Ist das alles? Findest du es nicht seltsam, dass John genauso lange in Berlin festsaß, bis sich herausstellte, dass Laroche tot war? Was hätte der uns erzählt, wenn wir ihn Stunden früher in seinem Haus angetroffen hätten? Fünf oder sechs Stunden Vorsprung, den John uns hätte bescheren können, indem er uns mit dem X3 gestern nach Nizza geflogen hätte?«

»Denkst du nicht etwas ums Eck?«, wandte Compton ein.

»Hast du mir das nicht beigebracht?«, gab Llewellyn unbeeindruckt zurück. »Wussten diese Chinesen von unserer Reise?«

»Was hat Laroche noch gesagt?«, entgegnete Compton.

»Ich habe zuerst gefragt, und hör mit dem Katz-und-Maus-Spiel auf, Peter, dazu kennen wir uns bereits zu lange. Keine Gegenfragen mehr.«

Compton war am Zaun angekommen, der die Charlotte Road vom Hockey-Feld trennte. Ein paar Schüler liefen in der Ferne lachend einem Ball nach und schlugen nach ihm.

»Du bist und bleibst ein sturer Waliser«, meinte er schließlich seufzend. »Diese Aktion ist zu wichtig, um sie zu gefährden. Ich habe lange darauf hingearbeitet, hinter den Kulissen. Dieses Land hat in seiner Vergangenheit sicher viele Fehler gemacht, große Fehler, Llewellyn. Einige sind in Vergessenheit geraten, man hat nur zu gern den Mantel des Schweigens über sie gebreitet. Manche verfolgen uns wie irrlichternde Dämonen, die immer wieder dann aufblitzen, wenn wir es am wenigsten brauchen können. Und andere wieder tauchen auf wie Ungeheuer aus der Tiefe der Geschichte, mit hässlichen Fratzen, mächtig und mit einem Mal aktueller denn je, auch wenn es uns nicht gefällt.«

Llewellyn schwieg und wartete.

»Du hast Recht, ich habe dich aus deinem ruhigen Sommer in Schottland gelockt, mit dem an Parker adressierten Paket. Ich hatte keine Ahnung, dass die Klinge blutig war. Aber zwei Tage zuvor war diese verdammte Liste aufgetaucht, in Berlin, mit dem Namen Parkers, und alles hat wieder von vorn begonnen«

»Das erste Ungeheuer«, ergänzte Llewellyn.

»Ach was, damals dachte ich noch, das ließe sich alles leicht wieder beruhigen. Seit Parkers Verschwinden war viel Zeit vergangen. Man hatte vergessen. Ich wollte nur die Liste in die Hand bekommen und einen fähigen Mann vor Ort haben.«

»Warum hast du nicht einfach den BND kontaktiert und um Zusammenarbeit gebeten?«, erkundigte sich Llewellyn.

Compton schwieg und kniff die Augen zusammen, blickte über das Spielfeld in eine Erinnerung, die nur er sah.

»Weil ich damals einen großen Fehler gemacht habe«, gab er endlich leise zu, »den ich mir nie verziehen habe.«

»Es hätte schlafende Hunde geweckt, wäre der BND aufmerksam geworden und hätte die Liste genauer untersucht?«

»Es hätte Zerberus aufgeweckt, wenn der jemals schlafen würde«, murmelte Compton. »Also habe ich es versucht. Aber es konnte nicht funktionieren, aus mehreren Gründen, die ich dir jetzt und hier nicht erklären kann. Wir würden es eine Verkettung unglücklicher Umstände nennen.« Er machte eine Pause. »Und weil die Liste einen ganz anderen Zweck hatte, als wir angenommen haben, das hat uns Laroche bestätigt. Was hat er dir noch gesagt?«

»Er war der Verbindungsmann einer Gruppe von Männern, die 1986 alle aus der Öffentlichkeit verschwanden und von Honeckers Agenten international beschützt wurden. Die HVA wusste bis zum Mauerfall, wo jeder Einzelne sich befand. Und wahrscheinlich darüber hinaus. Sie hatten alle unter Beobachtung, auch Laroche.«

»Verbindungsmann zwischen der Gruppe und wem?«, wollte Compton wissen.

»Darauf hat Laroche keine genaue Antwort gegeben. Er erwähnte allerdings die sogenannte Kommerzielle Koordinierung, die ihre Finger in der ganzen Aktion gehabt haben musste.«

»Oberst Alexander Schuhmann«, murmelte Compton.

»Der Tausendsassa der ostdeutschen Devisenbeschaffung. Hungrig und unersättlich, skrupellos und gerissen.«

»Genau. Ihn erwähnte Laroche, bevor er wie eine Auster zuklappte und befand, er habe nun genug gesagt. Sekunden später war er tot. Aber du hast meine ursprüngliche Frage nie beantwortet. Was hast du mit den Triaden zu tun?«

»Gar nichts, natürlich«, antwortete Compton unwillig. »Einer dieser unglücklichen Umstände. Die erhängte Mumie in Berlin wurde zum falschen Zeitpunkt entdeckt.«

»Was weißt *du* darüber?«, fragte Llewellyn überrascht. »Und was hat die Mumie mit Laroche zu tun? Er war völlig aus dem Häuschen, als er den Bericht im Fernsehen sah.«

»Kein Kommentar. Das ist eine offene Leitung.« Compton klang bestimmt und endgültig. »Hast du die Kopie der Liste noch?«

»Was ist das für eine Frage? Hast du gedacht, ich lasse sie für die Polizei liegen?«

»Meine Informationen waren zwar richtig, aber unvollständig. Die Männer auf der Liste verschwanden 1986, wahrscheinlich unter Mithilfe der Stasi. Wir müssen so schnell wie möglich herausfinden, was genau mit ihnen geschehen ist und ob einer von den restlichen vier noch lebt. Laroche ist tot, das wissen wir, und Parker...«

»...starb angeblich in Asien«, fiel ihm Llewellyn ins Wort. »Wir hatten ein seltsames Gespräch mit einem Cleaner der HVA. Er hatte in Berlin mehrere ehemalige ostdeutsche Auslandsagenten in einer Nacht umgebracht, und ich habe Calis fragen lassen, ob er Parker kannte. Eine Eingebung, wenn du so willst. Und er meinte, das sei alles so lange her, Parker lange tot, in irgendeinem verlausten Bett zwischen DaNang und Vientiane gestorben. Er nannte ihn einen ›einsamen, gebrochenen, fanatischen alten Mann‹.«

»Ein Cleaner der HVA?«, fragte Compton überrascht nach. »Ich glaube, ich muss dringend mit Kommissar Calis telefonieren. Es bleiben also vier Männer von der Liste, und die Zeit läuft uns davon.«

»Weil die Chinesen ebenfalls auf der Spur der vier Männer unterwegs sind?« Llewellyn ließ nicht locker.

»Die Liste war jahrzehntelang verschwunden, warum konnte sie es nicht bleiben?« Compton hatte sein Haus fast wieder erreicht. »Setzt alles daran, mehr über die vier Männer herauszufinden. Bevor irgendjemand mit ihnen reden oder sie erschießen kann.«

»Dann werden wir John und Amber brauchen, um uns zu fliegen«, gab Llewellyn zu bedenken, »und ich bin es den beiden schuldig, ihnen reinen Wein einzuschenken.«

Compton knurrte etwas, das im weitesten Sinn als Zustimmung ausgelegt werden konnte. Die Zahl der Personenschützer vor seinem Haus war inzwischen auf die Größe einer kleinen Belagerungsarmee angewachsen. Wagen rangierten, auffällig unauffällige Herren in dunklen Anzügen schlenderten betont lässig durch die Straße, während sie in ihren Anzugärmel sprachen.

Theresa May würde nicht mehr lange auf sich warten lassen.

»Hast du irgendeine Ahnung, was hinter dieser Gruppe steckt?«, wollte Llewellyn wissen. »Weshalb sind die sechs Männer untergetaucht und haben ihren Tod inszeniert? Wozu das alles?«

»Weil sie durch Zufall auf etwas gestoßen sind«, murmelte Compton. »Charles Parker ist Ende der Sechzigerjahre aus Schottland verschwunden. Zuvor stand er in Korrespondenz mit den verschiedensten Leuten in Fernost. Wir dachten uns nichts dabei, die Briefe waren unverfänglich, es ging um asiatische Fragen, wirtschaftliche Einschätzungen, Geschichte. Nichts, was uns im Mindesten interessierte. Sagt dir Jim Thompson, der Seidenkönig, etwas? Der verschwand 1967 spurlos und tauchte nie wieder auf. Bis heute kennt niemand sein Schicksal.«

»Und vier Jahre später verschwand Parker aus Schottland und tauchte ebenfalls unter. Reiner Zufall, nehme ich an.« Llewellyns Stimme troff vor Sarkasmus. »Herrschaftszeiten, wie naiv kann man eigentlich sein? Habt ihr damals tief geschlafen, oder war Parker so uninteressant, dass er eigentlich auch gleich noch die Kronjuwelen mitnehmen hätte können? Und der MI5 hätte ihm beim Packen geholfen?«

»Du bist unfair, Llewellyn«, brummte Compton. »Thompson oder Parker – wer immer auch zuerst irgendetwas entdeckte, musste den anderen informiert haben. Zumindest nehme ich das heute an. Aber Vermutungen bringen uns nicht weiter, wir brauchen Klarheit. Also müsst ihr die vier übrigen Männer auf der Liste finden!« Damit legte er ohne ein weiteres Wort auf.

In diesem Augenblick bog der Wagen mit der Innenministerin langsam um die Ecke. Peter Compton eilte ins Haus, rief: »Margret, Theresa ist da!«, und ging rasch in den Salon, um sich ein Jackett anzuziehen. Als er an seinem Schreibtisch vorbeikam, sah er den alten Gurkha-Dolch, den Llewellyn bei seinem Besuch auf einen Stapel Briefe gelegt hatte. Für einen Moment dachte Compton daran, ihn in einer der Schubladen zu verstauen, dann überlegte er es sich anders. Vielleicht konnte er diesen Besuch ja auch für etwas anderes nutzen, als den Premierminister durch den Kakao zu ziehen oder den Brexit und seine Folgen zu diskutieren.

Etwa um Fehler der Vergangenheit auszubügeln.

HOTEL LE VERGER MAELVI, GRIMAUD/FRANKREICH

»Also, was haben wir?«

Llewellyn legte die Liste auf den Tisch, nachdem er Jack und Alex von seinem Gespräch mit Peter Compton berichtet hatte, und erläuterte ihnen seine Notizen.

»Sechs Männer, sechs Namen. Beginnen wir mit Pascal Laroche, Privatier. Verbindungsmann der Gruppe, gestern in seinem Haus erschossen. Ihn können wir nicht mehr fragen. Dann Charles R. Parker, zwar nicht 1976 gestorben, wie es die Legende berichtet, aber inzwischen irgendwo zwischen DaNang und Vientiane verblichen. Fällt ebenso flach. Bleiben vier Mann.«

Jack und Alex lehnten sich vor, während der Major die Liste von Beginn an durchging.

»Peter Wachsfeld, investigativer Journalist, warf sich angeblich in einem der Prager Außenbezirke vor einen Zug und wurde komplett verstümmelt.«

»Also haben die Auslandskommandos der HVA eine Leiche genommen und sie statt Wachsfeld vor den Zug geworfen«, nickte Alex, »und der Erste der Gruppe war ausgestiegen.«

»Franz Steinberg, Historiker an der Universität Wien, hatte einen tödlichen Autounfall in den österreichischen Alpen, bei dem sein Wagen völlig ausbrannte«, zählte Llewellyn weiter auf.

»Die vielleicht noch vorhandenen verkohlten Reste vom

Fahrer sind sicherlich nie auf die passende DNA untersucht worden. Warum sollte man auch?«, ergänzte Jack. »Das Prinzip war das gleiche wie bei dem Selbstmord in Prag.«

»Laroche meinte, es passierte auf einer kleinen Straße in den österreichischen Alpen, also gab es keine Zeugen«, nickte der Major. »Nummer zwei war abgetreten. Nummer drei, Mario Belmonte, bekannter Archäologe und Meeresarchäologe, stürzte von einem Fischerboot in die aufgewühlte italienische Riviera und konnte auch von der für ihre Professionalität bekannte italienische Küstenwache nicht mehr gefunden werden.«

»Damit war der dritte Mann von der Bildfläche verschwunden.« Alex tippte mit dem Zeigefinger auf Laroche und Parker, die als Nächstes auf der Liste standen. »Die beiden haben wir schon zu Beginn abgehakt, bleibt Nummer sechs.«

»Jan van Leeuwen, holländischer Geschäftsmann aus Amsterdam, leitete eine Firma, die auf Importe aus Asien spezialisiert war. Wurde das letzte Mal in Marrakesch gesehen, bevor sich seine Spur zwischen Tanger, Casablanca und Algier verlor. Auch er tauchte nie wieder auf und wurde 1999 offiziell für tot erklärt.«

»Sie verschwanden in Tschechien, Österreich, Italien und dem Maghreb«, zählte Jack auf. »Aber wo kamen sie her? Leeuwen war Holländer, Belmonte Italiener und Steinberg Österreicher. Aber woher kam dieser Journalist, dieser Peter Wachsfeld, der sich angeblich in Prag vor den Zug stürzte? Der Name klingt nicht tschechisch.«

»Gute Frage«, brummte Llewellyn. »Lebt einer von den vieren noch? Oder alle? Und vor allem wo? Sollten die Chinesen tatsächlich an dieser Gruppe interessiert sein, dann haben sie nicht nur einen Informationsvorsprung, sondern noch einen weiteren Trumpf in der Hand: den X3, den schnellsten Hubschrauber der Welt.«

»Und wir könnten John und Amber dagegensetzen, dann sehen die Chinesen alt aus«, lächelte Alex.

»Genau das habe ich vor, aber der Wettlauf hat erst begonnen, und wir haben keine Ahnung, wo wir mit der Suche beginnen sollen. Bestimmt sind die Chinesen bereits viel weiter als wir.« Llewellyn faltete die Liste wieder zusammen und steckte sie ein.

»Dann lass uns doch bei Laroche beginnen«, schlug Alex vor.

»Bei wem?« Llewellyn und Jack schauten ihn erstaunt an.

»Bei Laroche. Ist eigentlich logisch, vielleicht sogar zu offensichtlich. Seine Frau muss etwas von der Gruppe gewusst haben, wenn die tatsächlich seit 1986 bestanden hat. Ich kann mir nicht vorstellen, dass Laroche sie niemals eingeweiht hat. Mit etwas Glück kennt sie den Aufenthaltsort aller vier Männer. Und wir sind keine dreißig Kilometer von ihrem Haus entfernt.«

Llewellyn nickte. »Völlig richtig. Brechen wir unsere Zelte hier ab und fahren zurück nach Bormes-les-Mimosas. Mit John telefonieren wir, wenn wir wissen, wohin uns die erste Reise führt, und vereinbaren einen Treffpunkt.«

Fünfundvierzig Minuten später parkte Alex den Jaguar unter dem Baum in Sichtweite des Anwesens von Pascal Laroche. Alles war ruhig bis auf das ewige Konzert der Zikaden. Ein einsamer Polizeiwagen parkte in der Hauseinfahrt, die Fenster standen offen.

»Die Spurensicherung muss bereits fertig sein.« Jack steckte den Kopf in den Streifenwagen. Er roch einen Hauch von Parfum. »Eine Beamtin, wahrscheinlich wegen Madame Laroche und ihrer Tochter.« Dann sah er eine Ray-Ban-Sonnenbrille und ein französisches Männermagazin auf der Rückbank. »Plus ein Beamter, mindestens...«

»Dann spielen wir doch die überraschten Geschäftsfreunde, die auf einer Sommertour durch die Provence ihren alten Freund Laroche besuchen wollten«, murmelte Llewellyn und nickte seinen Männern zu. Damit stieß er das Tor auf, das nicht verschlossen war, und ging voran.

Der Weg in den Garten und damit zur Terrasse um das Haus herum war leer und verlassen. Keiner der Polizisten ließ sich blicken, und selbst als die drei Männer vor der zerschossenen Glasfront der Terrasse standen, war niemand zu sehen oder zu hören. Jack und Alex verständigten sich mit einem Blick und verschwanden fast lautlos im Garten. Llewellyn trat vorsichtig durch die fensterlosen Türen ins Haus, zog seine Waffe und lauschte.

Nichts. Es war absolut still in der modernen Villa.

Llewellyn ging tiefer in den Salon hinein, sah sich um. Die Möbel standen an ihrem Platz, die Glasscherben waren verschwunden.

Wo waren die Polizisten?

Er umrundete das Sofa, um zur Treppe nach oben zu gehen. Die Polizistin lag auf dem Rücken, halb entkleidet, ein Ausdruck von Entsetzen eingefroren auf ihrem Gesicht. Die Blutlache unter ihr war riesengroß, und Llewellyn machte sich keine Illusionen mehr, als er nach ihrem Puls fühlte.

Täuschte er sich, oder kam aus dem ersten Stock ein Wimmern? Das Geräusch klang nach einem kleinen Hund, der unglücklich vor sich hin fiepte. Doch bevor der Major die Treppe nach oben nahm, öffnete er eine Tür neben der Treppe, um nicht in einen Hinterhalt zu geraten. Eine Bibliothek lag vor ihm, mit Lesesessel, alten Teppichen und gut gefüllten

Regalen entlang der Wände. Das einzige Bild, beleuchtet von zwei Strahlern, zeigte ein Schiff vor einer exotischen Landschaft. Der leblose Körper, der darunterlag, trug die Uniform der französischen Polizei. Aus seinem aufgeschlitzten Bauch quollen die Eingeweide, noch im Todeskampf hatte er versucht, sie mit seinen Händen zurückzuhalten.

Llewellyns Augen bekamen einen metallischen Glanz, der seine Konzentration und seinen Zorn verriet. Er ärgerte sich, zu spät gekommen zu sein. Mit einem Ruck drehte er sich um, stürmte die Treppe hoch, stieß die erste Tür zu seiner Rechten auf. Ein Schlafzimmer, ganz in dunklem Holz, mit schweren Vorhängen und einem breiten Bett, auf dem jedoch nur ein Kopfpolster lag. Hier hatte Pascal Laroche geschlafen, dachte Llewellyn, durchsuchte rasch das anliegende Badezimmer, das leer war.

Der Gang war noch immer leer, das Wimmern war verstummt. Llewellyn wandte sich der nächsten Türe zu, öffnete sie. Ein Jugendzimmer, Poster von Musikgruppen an der Wand, ein ungemachtes Bett, offen stehende Kommode, Wandschrank, kleiner Schreibtisch, das übliche Durcheinander.

Niemand zu sehen. Rasch eilte er weiter. Noch zwei Türen.

Voller Vorahnungen stieß Llewellyn die nächste auf und stand im zweiten Schlafzimmer. Die Frau, die blutüberströmt gefesselt im Lehnsessel kauerte, erkannte der Major rasch als Madame Laroche. Unter ihr, auf dem gefliesten Fußboden, hatte sich eine große Blutlache gebildet. Ihr Körper war mit Schnitten und Einstichen übersät. Jemand hatte sie lange gefoltert, bevor der Tod sie erlöst hatte.

Doch da war noch die Tochter von Laroche gewesen!

Llewellyn drehte sich um, stürmte auf den Gang, drückte die letzte Tür auf und stand mitten im Chaos. Das Arbeitszimmer Laroches war durchwühlt worden, Schubladen lagen kreuz und quer, Papiere bedeckten den Boden. Ein Regal war umgestoßen worden, offenbar als der Täter nach einem Safe suchte. Ein abgezogenes Netzgerät und eine einsame drahtlose Logitech-Maus zeugten davon, dass die Täter auch den Laptop Laroches mitgenommen hatten.

Doch woher war das Wimmern gekommen? Madame Laroche konnte es nicht gewesen sein, sie war bereits länger tot.

Schritte kamen die Treppe herauf, und Augenblicke später stand Jack in der Tür, ein Ausdruck von Abscheu in seinem Gesicht. »Dem dritten Polizisten haben sie noch zwei Mal in den Hinterkopf geschossen. Ich habe ihn im Garten gefunden. Seine Kollegin haben sie übel zugerichtet. Ziemliche Sauerei.«

»Dann schau mal rüber ins Schlafzimmer, da ist Madame Laroche.« Llewellyn kniete sich hin und überflog die verstreuten Papiere, ohne sie zu berühren.

Wenig später war auch Alex im Obergeschoss angelangt. »Der Garten ist sauber«, murmelte er. »Die müssen gekommen sein, nachdem die Spurensicherung weg war.«

Der Major blickte düster. »Die haben keine Zeit verloren, während wir geschlafen haben. Ich habe mir eingebildet, ein Wimmern gehört zu haben, als ich den Salon durchsucht habe. Das kann aber auch von draußen gekommen sein.«

»Bin schon unterwegs.« Alex machte kehrt und lief fast in Jack hinein, der aus dem Schlafzimmer Madame Laroches kam.

»Der Typ muss völlig krank sein.« Jack schüttelte den Kopf. Dann legte er den Kopf schräg und lauschte. »Pst! Habt ihr das gehört?«

Der langgezogene Klagelaut schien durch die Luft zu schweben, zerbrechlich, geisterhaft.

»Das kommt nicht von draußen.« Alex stieß entschlossen die Tür zum Jugendzimmer auf. »Das kommt von hier.« Doch der Raum war leer, das Wimmern wieder verstummt.

Jack war ihm gefolgt, mit gerunzelter Stirn, den Kopf vorgestreckt wie ein Suchhund. Er warf einen Blick auf den großen Wandschrank und bedeutete Alex, ruhig zu bleiben. Dann ging er langsam auf die Schiebetüren zu, blieb stehen.

»Wir sind hier, um Ihnen zu helfen«, sagte er sanft. »Es wird Ihnen nichts geschehen. Wer immer auch hier war, er ist weg. Ich möchte Sie nicht noch mehr erschrecken und auf gut Glück alle Türen aufreißen. Klopfen Sie von innen gegen das Holz, damit ich weiß, wo Sie sind.«

Stille. Jack wartete geduldig. Alex hielt den Atem an und lauschte.

Ein leises Klopfen ertönte, vom linken unteren Eck der Schrankwand. Jack zog behutsam die Schiebetür auf. Laroches Tochter kauerte am Boden, zwischen Kleidern und Mänteln, zitternd und mit panischem Blick.

Jack kam nicht näher, sondern ging in die Hocke und nickte ihr zu. »Mein Name ist Captain Jack Westworth, da drüben steht mein Kollege Captain Alex Beaulieu. Wir gehören zu einer Spezialeinheit und sind hier, um Sie sicher aus dem Haus zu bringen. Vertrauen Sie mir bitte, sonst müssen wir Sie hier zurücklassen. Und das möchte ich nicht.«

Die junge Frau sah ihn an, mit angsterfüllten Augen. Schließlich nickte sie, machte aber keine Anstalten aufzustehen.

»Es tut mir leid, aber in diesem Haus sind alle tot bis auf Sie«, fuhr Jack sanft fort. »Und wir müssen so schnell wie möglich hier raus. Ich kann nur für Ihre Sicherheit garantieren, wenn Sie mit uns kommen. Ich weiß, ich verlange viel, aber vertrauen Sie uns bitte. Wir haben nicht viel Zeit. Kommen Sie!« Er streckte seine Hand aus. Die junge Frau erhob sich zögernd, kroch zitternd aus dem Schrank und ergriff dann Westworths Hand wie einen Rettungsanker.

»Packen Sie die nötigsten Dinge ein, ich helfe Ihnen. Dann bringen wir Sie in Sicherheit.«

Zehn Minuten später rollte der Jaguar über die D 41 in Richtung Maurenmassif. Cathérine Laroche, die Augen fest geschlossen, lehnte völlig apathisch auf der Rückbank. Sie mochte Mitte zwanzig sein, mit kurzen dunklen Haaren, einem griechischen Profil und einem skeptischen Zug um den Mund, der nun ängstlich verkniffen war.

»Wohin bringen wir sie in Sicherheit?«, fragte Alex und beobachtete im Rückspiegel aufmerksam die Straße hinter ihnen.

»Eine alte Freundin meiner Exfrau ist Ärztin in der Nähe von Savona«, schlug Frank vor.

»Ausgezeichnet, damit ist sie außer Landes und in guten Händen«, nickte Llewellyn zufrieden. »Nimm die Küstenautobahn in Richtung Genua. Alle schalten ihr Smartphone aus, bis wir in Italien sind.« Dann wandte er sich an die Tochter von Pascal Laroche. »Es tut mir leid, aber ich muss Ihnen eine Frage stellen. Es ist wichtig. Haben Sie die Angreifer gesehen, bevor Sie sich versteckt haben? Waren es Chinesen?«

Die junge Frau presste ihre Augen noch fester zusammen, so als könne sie dadurch die grausamen Bilder, die Schreie und die Schüsse ausblenden. Ihre Fäuste ballten sich, und die Tränen kullerten über ihre Wangen.

Dann nickte sie stumm.

Landeskriminalamt, Abteilung 1, Keithstrasse 30, Berlin/Deutschland

»Wir machen uns auch große Sorgen, Herr Kommissar.« Die Stimme am Telefon klang nervös und beunruhigt. »Unsere Tochter hätte gestern bereits bei uns im Ferienhaus eintreffen sollen. Sie hat nicht einmal angerufen, das sieht ihr gar nicht ähnlich.«

Thomas Calis drehte den Kugelschreiber zwischen seinen Fingern und überlegte. Annette Krügers Mutter war keine große Hilfe, was den Bekanntenkreis ihrer Tochter in Berlin betraf. Wenn die Studentin tatsächlich verschwunden war, dann würde er sie nicht mit Hilfe ihrer Eltern finden. Calis hatte stundenlang versucht, Annette anzurufen. Stets war die Mailbox angesprungen. Schließlich hatte Calis über die Universität ihre Eltern ausfindig gemacht, die bereits in ihrem Ferienhaus auf ihre Tochter warteten.

»Hat sie Ihnen vom Praktikum bei der Berliner Bauaufsicht erzählt?«, machte der Kommissar einen letzten Versuch.

»Wissen Sie, unsere Tochter lebt, seit sie in Berlin studiert, ihr eigenes Leben. Früher kannten wir ihre Freunde, hatten sie öfter zu Besuch bei uns im Haus. Heute sehen wir sie noch drei oder vier Mal im Jahr, meist an den Feiertagen. Das letzte Mal hat sie uns vor einigen Wochen besucht, zum Geburtstag meines Mannes. Aber...« Die Stimme wurde leiser, und Calis konnte spüren, dass Annettes Mutter ihre Tochter viel lieber öfter sehen würde. »Auch da hat sie nicht viel erzählt. Wir haben gefeiert, gemeinsam den Speicher aufgeräumt, alte Familiensachen durchgesehen, und sie hat die Schachteln mit den Kriegstagebüchern ihres Großvaters mitgenommen. Da waren wir uns seit langer Zeit wieder einmal nahe.« Sie schluckte. »Es tut mir leid, ich wollte Ihnen das alles gar nicht erzählen.«

»Das ist schon okay«, beruhigte Calis sie. »Ich kann Ihre Sorge verstehen. Ich möchte mit ihr reden, weil sie diese Mumie gefunden hat und wir noch einige Auskünfte von ihr brauchen.«

»Ja, wir haben sogar in der Zeitung davon gelesen, richtig gruselig. Das war das letzte Mal, dass wir mit Annette telefoniert haben. Da hat sie uns von ihrer Besichtigung des alten Hauses erzählt und von ihrem Fund. War der Mann schon lange tot?«

»Ach, mehr als fünfundzwanzig Jahre«, beschwichtigte Calis sie. »Wahrscheinlich hätte man ihn erst beim Abriss des alten Hauses gefunden, wenn Ihre Tochter nicht zufällig vor Ort gewesen wäre. Sollte sich Annette bei Ihnen melden, dann rufen Sie mich bitte an.«

Calis legte auf und sah Martina über den Tisch hinweg an. »Ihre Eltern sind auch ratlos. Ob sie einfach so auf Urlaub gefahren ist, mit ihren Freunden?«

»Dann hätte sie Bescheid gesagt.« Trapp schüttelte den Kopf. »Aber wir werden die Lösung dieses Rätsels verschieben müssen. Professor Pirkner wartet auf uns, und ich habe zu lange auf ihn eingeredet, um den Termin jetzt platzen zu lassen. Auf zur Deutschstunde!«

Der hochgewachsene Mann im grauen Anzug und den streng gescheitelten Haaren sah aus wie der Inbegriff eines Deutschprofessors. Nur die Designerbrille und die etwas gewagte Krawatte setzten Farbtupfer im modischen Grau. Hannes Pirkner saß an seinem Schreibtisch im Institut für Germanistik und sah Calis und Trapp neugierig entgegen.

»Sie verzeihen meine Überraschung, aber normalerweise interessieren sich Ihre Kollegen nicht wirklich für die deutsche Sprache«, lächelte er und schüttelte die Hände. »Schon gar nicht für die Feinheiten. Deshalb war mir die Dringlichkeit der Angelegenheit nicht wirklich bewusst.« Er blickte auf das rote Buch, das Martina auf seinen Schreibtisch legte. »Sie haben mir Hauff mitgebracht?«

»Ja, wie ich Ihnen schon am Telefon erzählt habe, geht es um zwei Worte aus dem Buch. Wir rätseln über die Bedeutung.« Trapp schlug den Band auf Seite 269 auf und zeigte auf *Bassa manelk*. »Ich habe dazu im Internet nichts wirklich Ergiebiges gefunden.«

Pirkner überflog die Seite, nickte dann und lehnte sich zurück.

»Denken Sie nun nicht, ich werde Ihnen die endgültige Antwort liefern«, er lächelte, »die gibt es wahrscheinlich in diesem Fall nicht. Wir sind auf Auslegungen und gelegentliche Mitteilungen von Autoren und Dichtern angewiesen. In diesem Fall gilt als so gut wie sicher, dass es sich dabei um kraftvolle Flüche aus dem Ungarischen handelt. Ob *bassa manelk* wie bei Hauff oder *bassa manelka* wie bei Kleist, gemeint ist stets das Gleiche. Aber wie kommen preußische Soldaten dazu, auf Ungarisch zu fluchen? Nun, seit im 18. Jahrhundert ungarische Husaren im preußischen Heer dienten, übernahmen die deutschen Soldaten nicht nur Tresse, Tschako und Säbel von ihnen, sondern auch die Flüche, die übrigens bereits vor Kleist oder

Hauff niedergeschrieben wurden. Lautmalerisch und ohne zu wissen, was sie genau bedeuten. Man hat sie daher auch als lautmalende Kampfrufe bezeichnet, was nicht wirklich weit vom Fluch entfernt ist. Denken Sie an das deutsche ›Potz Blitz‹ etwa.«

Professor Pirkner nahm die Brille ab und begann sie mit einem Papiertaschentuch zu putzen.

»Aber so einfach ist es dann auch wieder nicht. Ich habe vor Jahren meine eigenen Überlegungen angestellt und herausgefunden, dass wahrscheinlich im Ursprung diese Flüche der türkischen Sprache angehört haben und aus den Türkenkriegen stammen. Was allerdings die ungarische Theorie nicht ausschließt, wenn man weiß, wie groß der türkische Einfluss über Jahrhunderte auf die Ungarn war. Das macht jedoch eine wortgetreue Übersetzung unmöglich, da die Flüche von den Türken zu den ungarischen Husaren und dann zu den preußischen Soldaten überkommen sind. Sie wurden von allen verschieden verstanden und auch wiedergegeben. Nehmen Sie dann noch die Probleme der Aussprache, und Sie sehen die Schwierigkeiten, denen wir heute bei der Deutung gegenüberstehen.«

Pirkner setzte die Brille wieder auf und zwinkerte ein wenig. »Kommen wir zu den einzelnen Worten, soweit dies möglich ist. Bassa wird oft als eine alte Form für Pascha bezeichnet. Sie finden es bei Mozart wieder, in seiner *Entführung aus dem Serail*, wo der Bassa Selim eine zentrale Rolle spielt. Was wiederum für den türkischen Ursprung sprechen könnte. Im Volksglauben ist ›Assa, Bassa, Wassa‹ ein bannendes Zauberwort.«

Er lächelte und machte damit klar, was er von Zauberworten hielt. »Nun zu dem zweiten Wort. Dazu gleich eine Notiz am Rande: *Manelka* heißt im Polnischen ›kleines Metallarmband‹, wird aber auch als Vor- und Nachname verwendet. Doch ich denke, dass dies bei Hauff und Kleist keine Rolle spielt. Was bleibt, ist der Fluch oder Kraftausdruck.«

Der Germanist nahm das kleine rote Buch und blätterte darin. »Ich denke überhaupt, dass dies in Ihrem Fall die beste Erklärung ist. Hauff hat dieses *bassa manelk* in seinem Buch *Lichtenstein* einem Soldaten in den Mund gelegt. Nehmen Sie es hier als einen fremdländisch-exotisch klingenden Fluch oder Kraftausdruck ohne konkrete Bedeutung. Wie etwa ›Beim Barte des Propheten!‹ oder ›Potz Blitz!‹«

»Gibt es eine Erklärung dafür, dass Hauff *manelk* und nicht *manelka* verwendete?«, wollte Calis wissen.

»Nein. Und das stützt nur meine These des exotisch klingenden Kraftausdrucks in diesem Fall. Das ›a‹ spielte keine Rolle. Vielleicht dachte Hauff, es klänge ohne ›a‹ besser und füge sich phonetisch glatter in seinen Text ein.«

»Weshalb die andere Schreibweise? Die beiden Worte sind in einer anderen Schrift als der übrige Text gesetzt worden«, machte Trapp Pirkner aufmerksam.

»Das wurde in dieser Zeit oft so gemacht, wenn Worte in einer anderen Sprache in den Text eingebracht wurden«, nickte der Professor. »Kein unübliches Merkmal, man wollte damit wohl den exotischen Ausdruck im Satz hervorheben.« Pirkner sah die Kommissarin über seine Brille hinweg nachdenklich an. »Ich weiß nicht, ob ich Ihnen damit wirklich weiterhelfen konnte, aber mehr gibt es dazu nicht zu bemerken. Doch wie kommen Sie ausgerechnet auf diese beiden Worte im gesamten Buch?«

»Das können wir Ihnen leider nicht sagen«, meinte Calis und erhob sich. »Wir wissen es im Moment auch nicht genau. Trotzdem vielen Dank für Ihre Hilfe, Professor. Wir sind nun zumindest einen kleinen Schritt weitergekommen.«

»Wir sind weitergekommen? Tatsächlich?«

Martina blickte Thomas Calis neugierig an, als sie die Stufen zum Ausgang hinunterliefen.

»Dann muss mir etwas entgangen sein. Eine Lautmalerei, ein Fluch, ein Kraftausdruck. Nicht einmal einzigartig. Wie du gehört hast, hat es Kleist auch bereits verwendet.«

»Eben«, lächelte Calis zufrieden.

»Eben?« Martina schüttelte den Kopf. »Dann ist mir doch etwas entgangen.«

»Schau, wenn die Auslandsagenten dieses Buch zugeteilt bekommen haben, und darüber gibt es für mich keinen Zweifel, dann wegen dieser ominösen Seite und der beiden Worte *bassa manelk*. Das hat uns auch der Cleaner bestätigt. Die, wie du so richtig sagst, nichts Besonderes sind, aber trotzdem anders gesetzt worden waren, um sie hervorzuheben. Also ideal, um sie jemandem in Erinnerung zu rufen, der schon lange, vielleicht Jahrzehnte, nicht mehr in dieses Buch hineingesehen hat. Es geht also um die beiden Worte, nicht um ihre konkrete Bedeutung.«

»Aha.« Martina wirkte dennoch etwas ratlos.

»Du folgst mir noch nicht? Ich gebe dir ein paar Beispiele. Es gibt Sparbücher mit Losungsworten, Schlüssel für eine Dechiffrierung oder Kennwörter bei verschiedenen Anlässen.« Calis sperrte den Golf auf. »Vielleicht hat auch die Seite in diesem Zusammenhang eine Bedeutung. Die zwo-sechs-neun.«

»Ich verstehe«, lächelte Trapp. »Also Banksafe Nummer zwei-sechs-neun, Codewort *bassa manelk*.«

»Gut denkbar.« Calis nickte und stieg ein. »Oder wir finden verschlüsselte Aufzeichnungen, dann wären die beiden Worte meine erste Wahl.«

»Und wohin jetzt?«

»Mir lässt diese Geschichte mit der verschwundenen Zeugin keine Ruhe. Annette ... wie war noch ihr Nachname?« Calis startete den Golf.

»Krüger, Annette Krüger.«

»Richtig. Ich habe mir dafür die Adresse gemerkt, Dudenstraße 30 in Berlin-Tempelhof. Lass uns da vorbeischauen. Irgendetwas Neues bei den Privatkliniken?«

Martina Trapp schüttelte den Kopf. »Die Kollegen haben fast alle infrage kommenden Kliniken durchgerufen, kein Neuzugang in den letzten vierundzwanzig Stunden, der auf Gustav passen könnte.«

Calis schnitt eine unzufriedene Grimasse. »Wir werden uns um Attila kümmern müssen. Fährst du später im Garten vorbei und siehst nach dem Rechten?«

»Mach ich.« Martina nickte.

»Du kannst den Golf haben, ich wollte noch ein letztes Mal mit John Finch sprechen, bevor er aus Berlin verschwindet. Gehen wir zum Mexikaner zum Abendessen?«

»Wahrscheinlich müssen wir danach wieder zu einer späten Besprechung mit Frank«, gab Martina zu bedenken. »Also fahren wir zuerst in die Dudenstraße, und dann sehen wir weiter.«

Das Haus Dudenstraße 30 war einer jener typischen Berliner Bauten aus den Zwanzigerjahren. Balkone, hohe Fenster, gepflegt, gutbürgerlich. Ein paar Blumenkästen brachten Farbe in die graublaue Fassade, die wohl vor dem Zweiten Weltkrieg üppiger gewesen sein mochte. An der braunen Haustür hing ein Zettel: »Schloss kaputt, bitte einfach aufdrücken und nicht läuten!« Darunter eine unleserliche Unterschrift, wahrscheinlich die des Hausmeisters.

Calis überflog die Namensschilder am Klingelbrett. Krüger war der zweite Name von oben.

»Irgendwo knapp unter dem Dach«, meinte Trapp und verschwand im Haus.

Im dritten Stock lagen drei Wohnungen, darunter die von Annette Krüger, ein geflochtener Strohkranz mit ihrem Namensschild an der Tür verbreitete ländliche Sommerstimmung in der Großstadt.

Es roch nach frisch gebackenem Kuchen.

Calis läutete an der Tür der Nachbarwohnung. Martina nahm sich die andere Seite vor, die am Ende eines schmalen Ganges lag.

Die junge Frau in Jeans und T-Shirt, die dem Kommissar öffnete, trocknete sich die Hände an einem Küchentuch ab, musterte ihn von oben bis unten und zwinkerte ihm lausbübisch zu. »Staubsauger, Versicherungen oder Zeitungsabonnements?«

»Informationen.« Calis zeigte seinen Ausweis.

»Muckibude oder Leistungssport? Ich wusste gar nicht, dass die Berliner Polizei auch Beamte mit Sixpack hat.« Die junge Frau streckte ihre Hand aus. »Marlies Schörrle. Und Sie sind?«

»Thomas Calis. Ich wollte Sie zu Ihrer Nachbarin befragen, Annette Krüger.«

Schörrle nickte. »Studentin, ganz nett. Wir kochen ab und an zusammen. Haben Sie was mit ihr?«

Calis grinste und schüttelte den Kopf. »Wann haben Sie Frau Krüger zum letzten Mal gesehen?«

»Hm ... das muss vergangene Woche gewesen sein. Ich war übers Wochenende bei Freunden, und danach ist sie mir nicht mehr begegnet. Aber da waren diese beiden Männer ... hat mich irgendwie gewundert. Annette war keine Lebemaus. Waren auch nicht ihre Altersklasse.«

»Männer?«, hakte Calis nach.

»Ich bin Sonntagabend wieder nach Hause gekommen, und wenig später hörte ich Männerstimmen im Flur. Also hab ich durch den Türspion geschaut und zwei Unbekannte gesehen, die aus Annettes Wohnung kamen. Die habe ich vorher noch nie hier gesehen. Sie hatten jedoch die Schlüssel, haben sorgsam wieder die Tür versperrt und sind dann die Treppe hinuntergegangen.«

»Haben sie etwas aus der Wohnung mitgenommen?«

»Ach so, Sie meinen Fernseher oder die Nähmaschine?« Die junge Frau grinste. »Nein, die waren auch nicht mehr in dem Alter dafür, eher Mitglieder einer Rentnergang. Einer trug eine gefüllte Plastiktüte, sonst habe ich nichts gesehen. Waren gut angezogen, könnten auch Verwandte gewesen sein.«

»Würden Sie die beiden wiedererkennen?«

Marlies Schörrle schüttelte den Kopf. »Eine der Lampen im Flur ist durchgebrannt, da sieht man nicht wirklich viel in der Nacht. Ich habe es schon dem Hausmeister gemeldet.« Sie winkte ab. »Sie sehen ja, das Schloss an der Haustür ist auch schon seit mehr als zwei Wochen kaputt. Der Hauseigentümer ist ein Nachkomme Dagobert Ducks. Geizig, alt und verkorkst. Möchten Sie frischen Kuchen?« Sie strahlte Calis an. »Ich kann uns auch Kaffee machen ...«

»Verführerisches Angebot, aber ...«, ein diskretes Räuspern ertönte in Calis' Rücken, »... aber wir müssen leider weiter. Hat irgendwer im Haus den Schlüssel zu Krügers Wohnung?«

Marlies Schörrle zuckte mit den Schultern. »Der Hausmeister vielleicht? Fragen Sie ihn doch, bevor Sie gehen, er wohnt im Erdgeschoss.« Die junge Frau beäugte Martina Trapp kritisch, wollte etwas sagen, überlegte es sich dann doch wieder. Dann strahlte sie Calis erneut an. »Sollten Sie noch Fragen haben, Sie wissen ja, wo Sie mich finden.« Und mit einem letzten Augenzwinkern schloss sie die Tür.

»Tag und Nacht...«, zischte Martina aus dem Hintergrund, »sie hat vergessen hinzuzufügen... Tag und Nacht!«

»Ihr Kuchen riecht auf jeden Fall hervorragend.« Calis wich lachend den Fäusten von Martina Trapp aus, die spielerisch nach ihm schlug, während sie die Treppe hinunterliefen.

Wenige Minuten später stellte sich heraus, dass der Hausmeister tatsächlich einen Schlüssel zu Krügers Wohnung hatte. Nachdem Calis ihm klargemacht hatte, dass er keine Begleitung brauchte, hatte der misstrauische Mann seinen Dienstausweis millimeterweise untersucht, mürrisch genickt und ihn mit einem »Sieht echt aus« zurückgegeben.

»Versperren Sie die Tür gut, wenn Sie wieder gehen, ich möchte keine Schwierigkeiten mit Fräulein Krüger«, brummte er und drückte Calis den Schlüssel in die Hand. »Ist nämlich eine Nette. Ich hoffe, sie steckt nicht in Schwierigkeiten.«

»Nur ein Routinebesuch«, erwiderte Trapp. »Wird nicht lange dauern.«

»Routinebesuch?« Calis runzelte die Stirn, als er neben der Kommissarin die Treppen hochlief. »Macht ihr in Frankfurt bei Studentinnen Routinebesuche? Ich würde sofort die Stadt und die Uni wechseln. Auf Routinebesuche der Polizei könnte ich verzichten.«

Die Tür von Annette Krügers Wohnung wies auf den ersten Blick keine Einbruchsschäden auf. Weder am Schloss noch am Türblatt oder am Rahmen. Trapp sperrte auf und betrat den Flur, der außer einer Garderobe und einem schmalen Schuhschrank ziemlich schmucklos war.

»Schuhfetisch hat Annette Krüger keinen«, zog Calis nach einem Blick in den Schrank Bilanz. »Von Postern oder Bildern an den Wänden hält sie auch nicht viel.«

Die Zweiraumwohnung war aufgeräumt und wirkte ein wenig unpersönlich. Man merkte, dass es nur eine Studentenbude war, nur vorübergehend gemietet. Die Einrichtung stammte aus Second-Hand-Läden oder von IKEA. Der Blick aus dem Fenster entschädigte für den fleckigen Holzboden und die alten Türen, von denen der Lack abblätterte. Er ging weit über die Dächer der Stadt.

Ein Regal mit Büchern, eine Kommode mit Wäsche und persönlichen Dingen. Das Schlafzimmer war klein. Vorhänge und Kerzen machten es behaglich, das Bett sah unberührt aus. Auf dem kleinen Tisch, das als Nachtkästchen diente, lagen ein Foto und ein Blatt Papier. Calis betrachtete den Mann auf dem Bild, der etwa sein Alter haben musste. Er lehnte an einer Reling, in einer schmutzigen Monteurkluft, die an einen Overall erinnerte. Über seiner Schulter lag ein fleckiges Tuch. Das schulbubenhafte Grinsen verriet Unbekümmertheit, der Haarschnitt den Militärdienst. Calis drehte das Foto um.

»Kapitän« *Wolfgang Krüger, Rangalore, Dezember 1940*, stand da, in einer etwas altertümlichen, aber regelmäßigen Handschrift. Hatte die Mutter von Annette Krüger nicht von den Kriegstagebüchern des Großvaters erzählt, die ihre Tochter von zu Hause mitgenommen hatte? Dann war der Mann auf dem Bild sicher jener weitgereiste Großvater. Doch warum stand das Wort »Kapitän« in Anführungszeichen? Und wo war *Rangalore*? In Indien? Ach nein, das war Bangalore...

Der Kommissar nahm das Blatt Papier, das verblichen aussah. Als er es umdrehte, sah er die drei chinesischen Zeichen:

Dann hielt er die Seite gegen das Licht, sah das altmodische Wasserzeichen und die Löcher im Papier.

»Ich denke, wir haben den Epitaph der erhängten Mumie gefunden!«, rief er Martina zu, die in der kleinen Küche die Schränke durchsuchte. »Annette Krüger hat ihn uns vorenthalten, und ich frage mich, wieso.« Er blickte abwechselnd auf das alte Foto und die drei chinesischen Buchstaben, dann steckte er beides in einen Umschlag und in seine Jackentasche. Pepe hatte sie nicht angelogen. Er war tatsächlich vor Ort gewesen, hatte den Zettel unter der Leiche gesehen, den Riegel vorgelegt.

Martina Trapp war aus der Küche zurückgekehrt und schüttelte ein wenig ratlos den Kopf. Doch Calis war mit seinen Gedanken ganz woanders.

»Pepe hat die Wahrheit gesagt. Die Triaden haben einen Mann nach Berlin geschickt, damals, nach der Wende, zu Beginn der Neunzigerjahre. Er sollte Kontakt mit ehemaligen HVA-Mitarbeitern aufnehmen, warum auch immer. Damit muss er allerdings jemandem gehörig auf den Schlips getreten sein. Oder er hat seinen Gegner unterschätzt. Auf jeden Fall landete er am Ende eines Stricks unter dem Dach des Hauses in der Quedlinburger. Zu seinen Füßen ...«, Calis griff in seine Tasche und zeigte Trapp den Zettel, »... fixierte jemand diese drei Zeichen. Als Warnung an nachfolgende chinesische Kundschafter? Als eine Art Grabsteinersatz? Wie auch immer, es war völlig egal. Warum? Weil niemand den Toten fand. Erst als Pepe durch Zufall in das verlassene Haus stolperte und seinem Freund davon berichtete, erinnerte der sich an den Chinesen, der damals Kontakt zur HVA suchte. Da war aber bereits ein Jahr vergangen, und Pepe hatte keine Lust, die Sache an die große Glocke zu hängen. Es war nicht sein Tag gewesen, der Anzug der Mumie leer. Also hatte er den Riegel vorgelegt, er hatte ja sein Besteck mit, und war verschwunden. Dann, viele Jahre später, kam Annette Krüger, und jetzt wird's wirklich interessant.« Er zeigte Trapp das Foto von Wolfgang Krüger. »Aus Zufall hatte sie gemeinsam mit ihrer Mutter beim Aufräumen des Speichers Großvaters Kriegsaufzeichnungen gefunden und sie mitgenommen. Das Foto des Maschinisten Krüger auf ihrem Nachtkästchen zeigt, dass sie sich selbst im Bett damit beschäftigt hat. Und jetzt die Preisfrage, und wir müssen logisch denken: Warum würdest du den Zettel mit den chinesischen Schriftzeichen mitnehmen und ihn nicht dem ermittelnden Kommissar geben, nachdem du eine erhängte Mumie gefunden hast?«

»Aus Versehen? Weil ich es vergessen habe?«, überlegte Martina.

»Dann hätte Annette den Zettel erst gar nicht vom Fußboden gelöst und eingesteckt«, erwiderte Calis. »Sie musste einen anderen Grund gehabt haben.«

»Weil sie die Zeichen kannte?« Martina lächelte. »Vielleicht aus den Kriegsaufzeichnungen ihres Großvaters, die sie gerade durcharbeitete?«

»Genau. Dann fallen alle Puzzleteile an ihren richtigen Platz. Sie war überrascht, sie hier zu finden. Aber...«, er sah sich suchend im Wohnzimmer um, »...wo sind dann die Kriegstagebücher des Wolfgang Krüger?«

Zwanzig Minuten später stand fest, dass sie sich nicht in der kleinen Wohnung befanden.

»Hat Annette sie mitgenommen, um sie jemandem zu zeigen?«, fragte Calis, der etwas verloren mitten im Wohnzimmer stand.

»Kommst du mal her?«

Martina Trapps Stimme kam aus der Küche. Als der Kommissar durch die Tür schaute, kniete sie vor einem der beiden

Hochschränke, der Oberkörper steckte schon tief im Schrank. »Die Rückwand ist lose, und dahinter befindet sich ein Hohlraum in der Wand. Muss einmal die Nische für einen Wasserzähler gewesen sein. Schau mal ...«

Ihr Kopf tauchte wieder auf, und in ihrer Hand hielt sie eine weitere Schwarz-Weiß-Fotografie, die versehentlich aus den Tagebüchern Krügers gerutscht sein musste. Eine der Ecken fehlte, der ehemals weiße, gezackte Rand war vergilbt, das gesamte Bild etwas zerknautscht.

Calis sah genauer hin. Seltsam. Es schien, als ob eine Schafherde auf dem Deck eines Schiffes weidete! Am Rand der Fotografie war ein Rettungsring zu sehen. Der Kommissar bemühte sich, die Aufschrift zu entziffern.

Komet?

Könnte es Komet heißen? Calis drehte das Foto um. Nichts. Kein Datum, keine Erklärung.

»Annette muss die Tagebücher ihres Großvaters hier versteckt haben«, folgerte Trapp.

»Bis zwei ältere Männer mit passendem Schlüssel sie in einer vollen Plastiktüte am Sonntagabend mitnahmen«, erinnerte Calis sie an die Aussage der Nachbarin.

»Du meinst ...?«

»Ich versuche zwei und zwei zusammenzuzählen. Und dabei fange ich gerade an, mir ernsthaft Sorgen um Annette Krüger zu machen.«

Kapitel 8

DER KARDINAL

Dienstag, 7. Juni 2016
Frühabends

FLUGHAFEN MARCO POLO, VENEDIG/ITALIEN

Die Maschine der Alitalia setzte sanft auf, und der Pilot gab Gegenschub. Die Sonne war bereits hinter dem Horizont verschwunden, und das bläuliche Abendlicht verwandelte die Lagune von Venedig in eine fast unwirkliche Kulisse von majestätischer Schönheit.

»Die Stadt scheint über dem Wasser zu schweben«, meinte Amber verträumt. »Es ist einer jener magischen Plätze, von denen es nur wenige auf der Welt gibt.«

John Finch und sie hatten nach einer Telefonkonferenz mit Llewellyn und Peter Compton in Berlin die Abendmaschine nach Venedig genommen, hatten Thomas Calis versprochen, in Kontakt zu bleiben, und waren von Martina Trapp bis zum Flugsteig begleitet worden.

»Frank Lindner und Peter Compton haben lange telefoniert«, hatte sie Amber und John verraten. »Es sieht so aus, als lägen unsere Interessen sehr nahe beisammen in diesem Fall. Ich hoffe also, Sie finden die Chinesen und klären das Geheimnis um die mysteriöse Liste. Viel Glück!«

»Wir werden jedes Quäntchen brauchen können«, hatte Amber geantwortet und ihr zum Abschied noch mal zugewinkt. Nun, keine zwei Stunden später, drang die warme Mittelmeerluft durch die offene Flugzeugtür herein, und es roch nach Meer.

»Könnten wir nicht einfach so tun, als ob wir einen Urlaub

in Venedig planen?«, fragte Amber, zwinkerte der Stewardess zu und stieg hinter John aus dem Flugzeug, auf dessen Schulter Sparrow interessiert die Umgebung musterte.

»Für dreißig Sekunden, wenn es dir gefällt«, erwiderte John und wies auf einen jungen Mann, der trotz der späten Stunde noch eine Sonnenbrille trug und John erwartungsvoll entgegenblickte.

»Mr Finch? Mrs Rain? Mein Name ist Franco Ballestre von Finmeccanica. Darf ich Sie in Tessera begrüßen und Sie bitten, mir zu folgen? Wir haben eine spezielle Clearance von den zuständigen Sicherheitsbeamten des Flughafens erhalten und müssen nicht durch die Schleuse.« Er sah Sparrow mit einem schrägen Blick an, bevor er eine Tür aufstieß und eine schmale Treppe aufs Flugfeld hinunterstieg. »Ihr Gepäck wird gebracht, keine Sorge.«

Der Wagen, der auf sie wartete, war ein Mercedes Kleinbus mit verdunkelten Scheiben und einem stilisierten roten Fallschirm mit der Aufschrift Leonardo's Aircraft Division. Ballestre forderte sie auf, einzusteigen.

»Sie müssen Verbindungen nach ganz oben haben«, meinte er schließlich, und eine gehörige Portion Respekt schwang in seiner Stimme mit. »Der Heli hätte morgen an die Defence Helicopter Flying School der Royal Airforce ausgeliefert werden sollen.«

»Wir werden ihn nach RAF Shawbury bringen, Sie können sich darauf verlassen«, beruhigte ihn John. »Die Jungs dort werden allerdings noch einige Tage ohne ihn auskommen müssen.«

Ballestre lenkte den Bus sicher durch die Dämmerung. Die Fahrt war kurz und endete vor einem riesigen Hangar. Davor stand ein fabrikneuer AgustaWestland AW139 Helicopter in den schwarz-gelben Farben der englischen Flugschule, von

Scheinwerfern beleuchtet und von einer Hand voll Technikern umringt.

»Wie Sie wissen, haben wir zwei Fertigungsstätten in Italien, eine in Vergiate und eine hier auf dem Flughafen Marco Polo in Tessera.« Ballestre lächelte und nickte John zu, der auf dem Beifahrersitz Platz genommen hatte. »Und heute schieben hier eine Menge Leute Überstunden für Sie. Sogar unser leitender Techniker hat es sich nicht nehmen lassen, um Sie kennenzulernen. Er war in Berlin und hat Sie den X3 fliegen gesehen.«

»Seitdem hat er Angst um seinen Helikopter, deshalb konnte er nicht schlafen«, grinste Amber, öffnete die Schiebetür und bewunderte den auf Hochglanz polierten AW139. Dann wies sie auf Sparrow, der überraschend schweigsam war und auf Johns Schulter hin und her trippelte. »Aber dafür haben wir ja ein Maskottchen und eine Copilotin mitgenommen.«

»Auch wenn die Chinesen das schnellere Rennpferd haben, damit liegen wir nur knapp dahinter auf Platz zwei«, bemerkte John zufrieden und kletterte ins Cockpit.

Der Mann in Jeans und Pullover, der an die Maschine trat und sie begrüßte, hatte kurz geschnittene schwarze Haare und dunkelbraune Augen. Er betrachtete John nachdenklich über den Rand seiner altmodischen Nickelbrille.

»Luigi Bernardi, Leiter des technischen Teams von Finmeccanica in Tessera. Mr Finch? Mrs Rains?« Er nickte beiden zu. »Ich habe Ihre Vorführung in Berlin sehr genossen. Es war beeindruckend, was Sie mit dem X3 so alles angestellt haben. Sind Sie mit dem AW139 vertraut?«

»Ich bin eine Zeit lang Personen- und Versorgungsflüge auf Offshore-Gasfeldern in Qatar geflogen, genau mit diesem Modell«, sagte John. »Einer der zuverlässigsten und sichersten

Helikopter, den es derzeit gibt. Und schnell genug, um die Dreihundert-Stundenkilometer-Marke zu knacken. Zwei Turbinen, bis zu fünfzehn Passagiere, mehr als dreitausend PS, kann von einem oder zwei Piloten geflogen werden. Einer der Gründe, warum ich genau diesen Typ haben wollte.«

Bernardi lächelte. »Und uns damit die Überführung nach England ersparen. Mr Compton stellte deutlich klar, dass wir...«, er sah auf die Uhr, »...die AW139 um zehn Uhr heute Abend übergeben sollten. Geben Sie uns noch zehn Minuten, Mr Finch, dann ist der Vogel Ihrer. Der Flugplan ist eingereicht.«

»Danke, wir müssen sowieso noch auf unsere Passagiere warten. Weisen Sie Mrs Rains inzwischen ein?« John ließ Sparrow auf die Lehne des Pilotensitzes klettern, warf der Gruppe von Technikern einen zufriedenen Blick zu und schlenderte etwas tiefer in die Dunkelheit hinein. Der Hubschrauber blieb im gleißenden Scheinwerferlicht zurück. Warme Luft lag über dem Asphalt, der Lichtschein am Horizont verriet die Stadt in der Lagune. Amber hatte Recht, man sollte hier Urlaub machen, glückliche Wochen verbringen, sich mit den Touristen treiben lassen, von einem Café ins nächste.

John blickte hoch zum klaren, wolkenlosen Nachthimmel. Die Milchstraße teilte das Firmament in zwei ungleiche Teile, und er musste an seinen Vater denken, dem nur so wenig Fliegen in Friedenszeiten vergönnt gewesen war. Für ihn und für Saint-Exupéry würde er von Dakar nach Toulouse fliegen.

Aber erst, nachdem er den Chinesen das Leben schwer gemacht hatte.

Es war ein Glücksfall gewesen, dass Finmeccanica gerade jetzt einen von vier bestellten Hubschraubern zur Auslieferung nach England freigegeben hatte. Für Peter Compton war der Rest ein Kinderspiel gewesen. Er hatte ein paar Strippen gezogen, einige Anrufe getätigt, alte Beziehungen aktiviert. Auffallend schnell, auffallend effizient, auffallend widerspruchslos.

»Der alte Mann in der Charlotte Road hat kein gutes Gewissen diesmal.« Llewellyns Stimme kam aus der Dunkelheit direkt hinter ihm.

»Kannst du meine Gedanken lesen?«

»Wie ein altes Ehepaar. Wir kennen uns bereits seit Ewigkeiten, oder täusche ich mich?«, gab der Major zurück und stellte sich neben John, die Nase im Wind und den Blick in den Himmel gerichtet. »Wir haben den Teufel auf dem Weg in die Hölle verfolgt und sind mit heiler Haut davongekommen. Wir haben Geheimlogen demaskiert und kaltgestellt, sind mit dem vatikanischen Geheimdienst in den Krieg gezogen und mit Papst Franziskus inkognito eine Pizza essen gegangen. Wir haben dem IS ein Schnippchen geschlagen, legendäre Schätze gefunden und Schweizer Banker in die Knie gezwungen. Wir haben einen Freund aus den Klauen der Schneeleoparden gerettet, als niemand mehr einen einzigen Cent auf sein Leben gewettet hätte, und wurden von Piraten mitten in Medellin mit alten Kanonen beschossen. Und stets war Peter Compton der Strippenzieher im Hintergrund, der Puppenspieler, der große Zampano in den Kulissen, der oft genug das Stück auch noch geschrieben und inszeniert hatte. Aber diesmal...«

John sah Llewellyn an und wartete. Das kantige Gesicht seines Freundes hob sich wie ein Schattenriss gegen den Nachthimmel ab.

»Diesmal, John, diesmal treibt ihn etwas ganz Persönliches an. Seine Vergangenheit holt ihn ein, oder etwas, das noch viel früher geschehen ist. Die Geschichte.«

»Geht es etwas genauer?«

Llewellyn schüttelte den Kopf. »Leider nicht. Wenn ich es wüsste, würde ich es dir sagen. Alex und Jack sind nun schon seit Jahrzehnten an meiner Seite, und sie haben niemals gefragt, was zum Teufel wir in Medellin oder in Turin, in Paris oder in Duxford gemacht haben. Sie waren einfach da, haben ihren Kopf hingehalten, und ich habe sie eingeweiht, sobald und soweit ich konnte. Doch diesmal tappe ich genauso im Dunkeln wie du.«

Die beiden Männer standen am Rande des Rollfelds und schauten hinaus auf die Lagune.

»Wir haben also die Chinesen gegen uns?«, stellte John fest.

»Sie haben Pascal Laroche von einem Scharfschützen erschießen lassen, seiner Frau die Haut in Streifen abgezogen, bis sie tot war«, murmelte Llewellyn. »Ihre Tochter hat einen Nervenzusammenbruch nach dem nächsten, liegt nun bei einer Freundin von Jack in einem künstlichen Tiefschlaf, und wir, wir haben keine Ahnung, wo sich die übrigen vier Männer der Gruppe befinden.«

»Hatte einer von denen mit Österreich zu tun?«, wollte John wissen. »Die Chinesen haben in Berlin einen Flugplan nach Innsbruck eingereicht, bevor sie mit dem X3 abgezogen sind.«

Llewellyn fuhr herum. »Innsbruck?«

»Also habe ich auch einen eingereicht. Venedig – Innsbruck.« John lächelte zufrieden, als er Llewellyns Erstaunen sah. »Dachte ich's mir doch...«

»Kannst du Gedanken lesen?« Der Major grinste. »Dann lass uns von hier verschwinden.«

»Warte!« John hielt Llewellyn zurück. »Du hast gesagt, Compton sei ein Getriebener, eingeholt von seinen Fehlern oder von der Geschichte. Wir sollten also keine Hilfe von ihm erwarten. Wer gibt schon gerne seine Fehler zu?«

»Der alte Fuchs sicher nicht«, bestätigte Llewellyn. »Er war schon immer bekannt dafür, dass er allenfalls die Hälfte seines Wissens preisgibt. Aber diesmal sind wir bei maximal fünfzehn Prozent.«

»Also brauchen wir Hilfe von anderer Seite. Wir können nicht gleichzeitig fliegen und recherchieren, wir brauchen ein Heimteam, auf das wir uns verlassen können. Rodney ist tot, also denke ich an zwei Genies in Paris...« John zog sein Telefon aus der Tasche und sah den Major fragend an.

»Die beiden Brüder vom Priesterseminar St.-Sulpice, Joseph und Frederic, die uns letztes Jahr im Auftrag des vatikanischen Geheimdienstes durch die Entschlüsselung des Tagebuchs geführt haben? Warum sollten uns die beiden helfen?«

»Du hast sie selbst als unbestechlich, wandelnde Lexika, Computerfreaks, blitzgescheit und grundehrlich bezeichnet«, meinte John.

»Ja, aber sie sind Kardinal Sanseverino verpflichtet, seines Zeichens Leiter des vatikanischen Geheimdienstes Pro Deo, und der wird...«

»...sich nur allzu gerne an sein Versprechen vom letzten Jahr erinnern«, vollendete John. »Ich denke, nach dem Nostradamus-Coup haben wir im Vatikan einen Stein im Brett. Und den könnten wir jetzt dringend gebrauchen. Mir wäre mit den *Terrible Twins* im Rücken eindeutig wohler.«

»Eine geniale Idee. Dafür wird uns Peter Compton sein restliches Leben lang hassen, und schon deshalb sollten wir es tun.« Llewellyn grinste. »Wir verbünden uns mit der katholischen Konkurrenz. Was für ein Schlag für den überzeugten Protestanten! Noch ein Grund mehr, es zu versuchen.«

»Dann schauen wir, ob der vatikanische Geheimdienst

bereits schlafen gegangen ist«, nickte John schmunzelnd und wählte Sanseverinos private Nummer.

*

Kardinal Lorenzo Sanseverino lächelte freundlich nach allen Seiten, während er langsam zum Ausgang des Palazzo Corsini spazierte. Es war an der Zeit, Franziskus Bericht zu erstatten. Der Heilige Vater wünschte einen täglichen Report, bevor er abends zu Bett ging, und dem Kardinal war es nur recht. So konnte er den gesamten Tag nochmals Revue passieren lassen und das eine oder das andere Problem gleich mit dem Papst direkt besprechen.

Sanseverino blieb stehen, wechselte kurz einige Worte mit dem Kommandanten der Carabinieri, der zum Abschied stramm salutierte, verabschiedete sich freundlich von dessen Frau und Tochter und schlenderte weiter. Während die Signora ein Verhältnis mit einem bekannten Rechtsanwalt der Stadt hatte, vögelte sich die gerade volljährige Tochter durch Trastevere, dem Künstlerviertel Roms. Sanseverino seufzte still und stellte wieder einmal fest, dass sein Beruf es mit sich brachte, zu viel über zu viele zu wissen.

Dinge, die man gar nicht wissen wollte, über Menschen, die einem egal sein konnten.

Der Antrittsempfang des neuen italienischen Polizeichefs Guido Gabrielli, der vor wenigen Wochen als Generaldirektor für die öffentliche Sicherheit die Leitung der entsprechenden Abteilung im Innenministerium übernommen hatte, war ein Pflichttermin im übervollen römischen Terminkalender. Also war auch Sanseverino gekommen, um Small Talk und *Acte de présence* zu machen. Es gab Anlässe, die konnte man nicht ignorieren. Gabrielli und der Kardinal kannten und schätzten sich bereits seit Jahren. Man hatte gemeinsam mehrere Krisen gemeistert und wusste sehr gut, was man vom anderen erwarten konnte.

Der Kardinal blickte sich kurz nach Franco und Giorgio um, die ihn nicht aus den Augen ließen. Der hagere, fast asketisch wirkende Geistliche überragte seine beiden Personenschützer um einen Kopf, und die bodenlange schwarze Soutane mit roten Knöpfen und gleichfarbigem Nahtbesatz ließ ihn noch größer und schmaler erscheinen.

Sanseverino hatte seinen Dienst im Vatikan unter Papst Pius XII. in den späten Fünfzigerjahren angetreten, war sieben Päpsten zur Seite gestanden und galt immer noch als einer der wichtigsten Männer der Kurie. Manche bezeichneten ihn sogar als den heimlichen Papst Roms, andere wiederum behaupteten, er sei seit mehr als einem halben Jahrhundert die Graue Eminenz der katholischen Kirche.

Die Familie Sanseverinos selbst gehörte zu den ältesten italienischen Adelsgeschlechtern, dem ersten der sieben großen Häusern des Königreichs Neapel, das nach seinem Aufstand gegen die Staufer und das Haus Anjou fast vernichtet worden und danach trotzdem erneut zu alter Pracht und Gloria aufgestiegen war.

Dem Kardinal, der bald seinen achtzigsten Geburtstag feiern würde, sah man sein hohes Alter nicht an. Sein Kopf wurde noch immer von einer dichten Mähne schwarz-grauer Haare beherrscht, die nur mühsam zu bändigen waren und die er, einziges Zugeständnis an seine Eitelkeit, regelmäßig, aber behutsam nachfärben ließ. Seinen Augen, wach und keineswegs müde, schien nichts zu entgehen. Nur sein intimster Kreis wusste, dass Sanseverino stets eine geladene Beretta unter seiner Soutane trug. So auch an diesem Abend. Der Kardinal war immer im Dienst und stets auf der Hut.

Sanseverino stand seit Jahren an der Spitze des Pro Deo, des Vatikanischen Geheimdienstes, dessen ausgesuchte Agenten sich aus den Besten der Besten der Schweizer Garde rekrutierten und der zwei Vorbilder hatte, was Effektivität und Rücksichtslosigkeit beim Erreichen seiner Ziele betraf – die Assassinen und den Mossad.

»Franco?«

Der Kardinal hob in einer unmerklichen Geste die Hand, und sein persönlicher Vertrauter und Leibwächter Franco Spadolini schloss sofort zu ihm auf.

»Lass die Wagen vorfahren. Ich brauche noch fünf Minuten, dann brechen wir auf. Wir wollen den Heiligen Vater nicht zu lange warten lassen.«

In diesem Moment klingelte sein Handy leise und vibrierte dezent, und Sanseverino, etwas überrascht angesichts der späten Stunde und der Tatsache, dass es seine Privatnummer war, die nur wenige kannten, zog sich in einen ruhigen Seitengang des Palazzo zurück, bevor er das Gespräch annahm.

»Einen schönen guten Abend, und ich hoffe, ich störe Sie nicht, Eminenz«, begrüßte ihn eine Stimme, die er noch gut in Erinnerung hatte.

»Mr Finch! Sie stören mich nicht, im Gegenteil, ich freue mich, Sie zu hören.« Sanseverino lächelte ehrlich erfreut und spazierte weiter in Richtung Ausgang. »Ich verlasse gerade einen äußerst langweiligen Empfang im Palazzo Corsini und bin auf dem Weg in den Vatikan. Ich habe gehofft, früher von Ihnen zu hören. Auch der Heilige Vater hätte Sie gerne wiedergesehen nach all den gemeinsamen Abenteuern im vergangenen Jahr. Aber Sie waren wie vom Erdboden verschwunden.«

»Sie kennen meine Schwäche für Afrika, Eminenz, dann kam ein privater Umzug in die Schweiz, und von dem Kulturschock habe ich mich noch nicht ganz erholt. Und nachdem ich vor wenigen Tagen in Berlin auf der Luftfahrtausstellung als Testpilot einen Auftritt hatte, ist mir ein alter walisischer Agent über den Weg gelaufen, der wieder einmal bis zum Hals in Schwierigkeiten steckt und mich vom Fleck weg engagiert hat.«

»Ah, Major Llewellyn, ich verstehe, das alte Dream-Team. Sind Mr Westworth und Mr Beaulieu auch bei Ihnen?« Sanseverino stieg bedächtig die Stufen zur Eingangshalle hinunter.

»Man kann Ihnen nichts verheimlichen, Eminenz.«

»Ich hätte Sie lieber heute als morgen in Rom, Mr Finch, an meiner Seite. Die katholische Kirche und der Vatikan haben Ihnen viel zu verdanken.« Er lachte leise. »Und ich habe noch immer einen oder zwei Flüge frei, wenn ich mich richtig erinnere.«

»Wohin immer Sie möchten, Eminenz«, bekräftigte John, »und zu jeder Zeit. Vorher allerdings müssen wir hier noch ein mittleres Problem lösen ... ehrlich gesagt der Grund meines Anrufs.«

»Ich habe Ihnen mein Wort gegeben, dass Sie jederzeit mit meiner Unterstützung rechnen können, Mr Finch. Der Heilige Vater hat das bei unserem letzten gemeinsamen Treffen nochmals bekräftigt, wenn Sie sich erinnern. Und in unseren Kreisen zählt das gegebene Wort und ein Handschlag mehr als alles andere. Vielleicht sind wir alle Dinosaurier aus einer anderen Zeit, die zwar den Kometeneinschlag überlebt haben und nun trotzdem langsam abtreten müssen. Aber solange ich hier die Entscheidungen treffe, stehe ich auch dazu.«

»Und ich stehe auf dem Vorfeld des Flughafens Marco Polo, und mir fällt gerade ein Stein vom Herzen«, gestand ihm John. »Nach dem Tod von Rodney McFarlane fehlt uns eine schlagkräftige Unterstützung an der Heimatfront ...«

»Ah, ich sehe.« Sanseverino lachte und hüstelte, und es klang, als würde Papier rascheln. »Lassen Sie mich raten? Frederic und Joseph aus St.-Sulpice? Wie haben Sie die beiden so richtig getauft? The Terrible Twins?« Das Papier raschelte nochmals. »Wie Sie bereits wissen, sind die beiden jungen Männer die besten Studienabgänger des berühmten Priesterseminars in Paris. Die Brüder studieren auch nach wie vor an der Sorbonne. Der eine Mathematik, Informations- und Kommunikationstechnik, der andere Kunstgeschichte, alte Sprachen, dazu Kirchengeschichte im Seminar. Sie haben nach wie vor kein Gelübde abgelegt, sich lediglich der Compagnie der Priester von St.-Sulpice verpflichtet und sind noch immer in Jeans und meist unmöglichen T-Shirts unterwegs.«

»Es gibt Dinge, die ändern sich wohl nie«, warf John lachend ein. »Aber Genies waren immer schon ein wenig anders.«

»Wie wahr, wie wahr.« Sanseverino seufzte. »Im Moment befinden sich die beiden im vorletzten Jahr ihres Studiums und stehen mitten in den Prüfungen. Ich werde sofort mit Paris telefonieren und alles in Bewegung setzen, um Ihnen Joseph und Frederic trotzdem rund um die Uhr zur Verfügung zu stellen. Ich nehme an, die Lage ist ernst.«

»Sonst würde ich Sie nicht bemühen, Eminenz. Sie sind sozusagen ... unsere Ultima Ratio.«

Sanseverino stieg in die gepanzerte Mercedes Limousine, die vor dem prächtigen Eingang des Palazzo mit laufendem Motor wartete, flankiert von zwei schwarzen Range Rovern mit getönten Scheiben und Kennzeichen des Vatikans.

»Mr Finch, wie Sie bereits wissen, sind die Brüder durchaus in der Lage, als Ersatz für Mr McFarlane zu dienen. Der Generalsuperior von St.-Sulpice ist ein alter Freund von mir, er hat Frederic und Joseph bereits letztes Jahr für ihre Aufgabe sorgfältig ausgewählt, und ich bin sicher, er wird sie auch diesmal bis auf Weiteres freistellen.«

»Wir stehen in Ihrer Schuld, Eminenz«, gab John zurück. »Und ich meine es.«

»Nein, Mr Finch, im Gegenteil, ich kann meine endlich zurückzahlen. Ich werde entgegen meiner üblichen schlechten Gewohnheiten keine Fragen stellen. Wenn der Zeitpunkt gekommen ist, da bin ich mir sicher, werden Sie mich auf dem Laufenden halten. Ich möchte weder Sie noch Major Llewellyn oder seine Männer in einen Gewissenskonflikt bringen.«

»Frederic und Joseph werden von Anfang an über alles Bescheid wissen«, gab John zu bedenken. »Und der Draht von St.-Sulpice nach Rom wird ein sehr kurzer sein, nehme ich an.«

Sanseverino lachte leise. »Ach, Sie kennen die beiden doch. Manchmal etwas renitent, meist starrköpfig, oft chaotisch, immer jugendlich anarchisch. Waren wir nicht alle so? Mir wäre es lieber, direkt von Ihnen oder Major Llewellyn die harten Fakten zu erfahren.«

»Der Major steht neben mir, hört mit und nickt soeben energisch«, informierte John den Kardinal.

»Ausgezeichnet, Mr Finch. Ich vertraue Ihnen und muss gestehen, ich habe Mr Compton dafür beneidet, dass er auf Ihrer beider Talente zurückgreifen konnte. Aber wenn Gott will, wird mir das ja in Zukunft auch beschieden sein.«

»Ein Anruf genügt, und ich fliege Sie ans Ende der Welt, Eminenz. Wie heißt der alte Spruch? *On the wings of an angel* ...«

»... *and for the devils smile*«, vollendete Sanseverino und schloss die Augen, während seine Limousine fast lautlos durch die Straßen Roms rollte. Erinnerungen stürmten auf ihn ein, ein Kaleidoskop aus Bildern aus seiner Jugend, die er mit John in einem stillen Moment letztes Jahr geteilt hatte. Als John in einem belgischen Krankenhaus gelegen hatte, nachdem eine Explosion seinen Helikopter über den Asphalt gefegt hatte wie ein unerbittlicher Feuersturm. John hatte mit letzter Kraft Llewellyn aus dem zerstörten, brennenden Hubschrauber gezogen und war im Krankenhaus wieder aufgewacht. Neben seinem Bett war Sanseverino gestanden, einen besorgten Ausdruck auf dem hageren Gesicht. An seiner Seite hatte ein einfacher Mönch in schwarzer Kutte stumm gebetet und dabei John mit gütigem Gesichtsausdruck beobachtet. Schließlich hatte der Jesuit Franziskus gelächelt und sich auf Johns Krankenbett gesetzt. Aus dem geplanten kurzen Besuch des Papstes waren Stunden voller Geschichten und Geschichte geworden. Sanseverino hatte aus seinen abenteuerlichen Jugendjahren auf den Straßen Neapels erzählt, John über seine Flüge und Abstürze in Afrika. Schließlich hatte der Mönch in der schwarzen Kutte, der harte Mann aus den Slums von Buenos Aires, beide gesegnet, mit einem gütigen und nachsichtigen Blick. Und mit den Worten: »Gottes Wege sind unergründlich. Aber vergesst nie – er weiß stets, was er tut.«

Sanseverino öffnete die Augen, kehrte abrupt zurück in die Gegenwart und meinte mit Nachdruck: »Sie haben Pro Deo an Ihrer Seite, Mr Finch. Sorgen Sie dafür, dass dem Teufel das Lachen vergeht.«

Leopoldsgasse am Karmelitermarkt, 2. Bezirk,
Wien-Leopoldstadt/Österreich

Es war immer später geworden, und Alexander Reiter hatte sich geärgert, nachdem er den ganzen Tag über versucht hatte, Kardinal Sanseverino auf seinem privaten Handy zu erreichen.

Vergebens.

Entweder der Leiter des vatikanischen Geheimdienstes Pro Deo eilte von einer Besprechung mit dem Heiligen Vater zum nächsten Meeting, oder er war in einem Funkloch unterwegs.

Nach seinem Telefonat mit dem alten Geheimdienstchef in London am Vortag traute Reiter Peter Compton nicht über den Weg. Er hielt zwar immer irgendetwas zurück und kochte sein eigenes Süppchen, doch diesmal hatte er sogar eine Tarnkappe über den Kochtopf gezogen.

Andererseits schienen Reiters Verbindungen im Vatikan derzeit unerreichbar zu sein, und damit war er in einer Sackgasse gelandet. Professor Steinberg lange tot, der Bericht von Calice mit ihm verschwunden, der Mossad ungeduldig um die Beute streichend wie ein Rudel Wölfe ... Und das Angebot Shapiros verlockend.

Reiter wählte erneut. Zu seiner Überraschung hob der Kardinal diesmal nach dem ersten Läuten ab.

»Heute bekomme ich zu meiner Freude keine Anrufe mit Hiobsbotschaften.« Der Kardinal klang aufgeräumt und in bester Laune. »Sondern von Freunden und Weggefährten. Guten Abend, Rebus, wie schön, Sie zu hören.«

»Eminenz, ehrlich gesagt ist die Freude auf meiner Seite. Ich hoffe, ich störe Sie nicht vor Ihrer täglichen Besprechung mit dem Heiligen Vater.«

»Sie haben ein beneidenswertes Gedächtnis, aber ich sitze noch in meinem Wagen auf dem Weg in den Vatikan. Der Empfang im Palazzo Corsini war lang, unnötig, ein laues Gesichtsbad in der wohlbekannten, abgestumpften und selbstgefälligen Menge von Bürokraten und Wichtigtuern.« Papier raschelte, Sanseverino lachte leise.

»Sind es nicht gerade diese Termine, die uns die wirklich wichtigen Dinge im Leben schätzen lassen?«, fragte Reiter und blickte nachdenklich hinunter auf den Karmelitermarkt.

»Ich hätte es nicht besser sagen können«, stimmte der Kardinal zu. »Und ich weiß, Seine Heiligkeit denkt genau wie Sie in dieser Frage. Deshalb schiebt er wohl mir die Termine zu. Um mich meine Demut nie vergessen zu lassen.«

»Richten Sie Papst Franziskus bitte meine besten Wünsche aus, wenn Sie ihn gleich sehen. Ich denke oft an unseren gemeinsamen ... Ausflug im letzten Jahr zurück.«

»Der die Schweizer Garde in eine tiefe Sinnkrise stürzte, mich schlaflose Nächte kostete und Franco noch immer den Schweiß auf die Stirn treibt, wenn er nur daran denkt. Setzen Sie dem Heiligen Vater bloß keine Flausen in den Kopf. Sonst werden diese nächtlichen Pizza-Schlemmermahle zu einer Institution und Seine Heiligkeit zu einer Art katholischer Harun ar-Raschid Roms.«

Nun musste Reiter lachen. »Ich werde mich hüten, Eminenz, aber ich darf Sie daran erinnern, dass Sie das beste Team dabeihatten, das man sich für solche Einsätze vorstellen kann. John Finch, Major Llewellyn, Alex Beaulieu und Jack Westworth hätten überall für die Sicherheit des Heiligen Vaters garantiert.«

»Sie stellen Ihr Licht unter den Scheffel, Major Alexander Reiter. Zur Einsatzgruppe Cobra kommt man nicht als Faserschmeichler.« Sanseverino hüstelte ein wenig.

»Ich bin immer wieder beeindruckt von Ihrem Wissensstand, Eminenz, und manchmal sogar erschrocken.«

»Was ich mir kaum vorstellen kann«, versicherte ihm Sanseverino gut gelaunt. »Ihre Geheimnisse sind bei mir in guten Händen, das wissen Sie. Und apropos John Finch. Ich habe gerade vorhin mit ihm telefoniert. Es sieht ganz so aus, als wären er und Major Llewellyn wieder in ein Abenteuer geraten.«

»Wo sind sie?«

»Soviel ich weiß in Norditalien, er erwähnte den Flughafen Marco Polo.«

»Also Venedig.« Reiter begann in seinem Wohnzimmer auf und ab zu gehen. »Ich will mit offenen Karten spielen, Eminenz. Ich habe vor Kurzem den Anruf eines Geheimdienstes im Nahen Osten erhalten...«

»Mossad?«, warf Sanseverino ein.

»Metsada«, gab Reiter zurück.

»Wie geht es dem alten Shapiro? Ich habe lange nichts mehr von ihm gehört«, erwiderte der Kardinal, und Reiter glaubte ein Glucksen zu vernehmen.

»Er klang überaus motiviert, und er hatte einen Auftrag für mich...«

Dann begann Reiter zu erzählen.

Franco blickte den Kardinal forschend an, als sie die Tore des Vatikans hinter sich gelassen hatten und der Fahrer in Richtung der Gemächer des Heiligen Vaters abbog. Sanseverino hatte seit Minuten nichts mehr gesagt, nur zugehört. Als er nun den Blick seines Leibwächters spürte, machte er eine kreisförmige Bewegung mit dem Zeigefinger.

»Fahr ein paar langsame Runden«, wies Franco den Fahrer des Mercedes leise an. Der nickte nur wortlos und rollte langsam weiter.

Der Kardinal lauschte noch immer voll konzentriert den Ausführungen von Reiter. Er sah das Äthiopische Kolleg vorübergleiten, den französischen Garten vor der Leoninischen Mauer und sah sie doch nicht.

»Zerberus-Schlüssel...«, flüsterte er gebannt, und irgendwo in seiner Erinnerung, vergraben unter Jahrzehnten von Geheimdiensterfahrungen und Tausenden Berichten, schrillten Alarmglocken.

»Können Sie damit etwas anfangen, Eminenz?«, hörte er Reiter fragen. »Oder sind es nur Spinnereien eines alten, demenzkranken Mannes?«

»Ich wünschte, ich könnte tatsächlich damit etwas anfangen. Aber ich habe weder von dem Bericht des Grafen Calice noch von einem Zerberus-Schlüssel gehört...« Sanseverino gab Franco das Zeichen, in Richtung der Päpstlichen Akademie der Wissenschaften abzubiegen und bat Gott um Vergebung. »Zumindest nicht bewusst. Wie kann ich Ihnen in der Angelegenheit behilflich sein?«

»Ich möchte wissen, wieso Shapiro so hinter dem Bericht her ist wie der Teufel hinter den armen Seelen. Es hat sich bis auf den Gauleiter von Wien, Baldur von Schirach, und Professor Steinberg in hundertfünfzig Jahren niemand dafür interessiert. Wieso jetzt plötzlich? Was ist passiert, dass der längst vergessene Bericht mit einem Mal so viel Interesse erweckt? Ich habe keinen Zugang zu Geheimdienstkreisen außer über

Peter Compton, und der hat etwas seltsam reagiert, als ich ihn darauf angesprochen habe.«

»Interessant...«, murmelte der Kardinal. Die Alarmglocken wurden lauter. Franco deutete ungeduldig auf seine Armbanduhr, um Sanseverino daran zu erinnern, dass sein Termin beim Heiligen Vater überfällig war.

»Lassen Sie mich einige Anrufe tätigen«, fuhr Sanseverino fort. »Geben Sie mir bis morgen früh, und ich denke, dann wissen wir mehr. Die Geschichte beginnt mich zu interessieren.«

»Ich melde mich bei Ihnen morgen um acht?«, erkundigte sich Reiter.

»Wir machen es anders. Ich rufe Sie an, sobald ich etwas in Erfahrung gebracht habe. Die Nummer ist die gleiche wie letztes Jahr?«

»Ja, Eminenz, und Sie sind einer der Wenigen, die sie kennen.«

»Und das soll auch so bleiben, Rebus.« Damit verabschiedete sich Sanseverino und gab Franco ein Zeichen. »Lassen wir Seine Heiligkeit nicht länger warten.«

Während Franco im Wagen wartete, betrat der Kardinal das vatikanische Gästehaus Santa Marta, in dem Franziskus wohnte. Der bescheidene Mann aus Argentinien hatte es stets abgelehnt, in die große Wohnung im dritten Stock des Apostolischen Palastes zu ziehen. Es gefiel ihm, inmitten der anderen Mitglieder der Geistlichkeit zu wohnen und nicht in der Isolation der traditionellen päpstlichen Gemächer. Das Gästehaus Santa Marta umfasste einhundertzwanzig Zimmer, in denen während des Konklaves die Kardinäle untergebracht worden waren. So auch Franziskus, der sich nach seiner Wahl gerade noch dazu bewegen hatte lassen, sein kleines Zimmer gegen eine Suite mit drei Räumen auszutauschen.

Der Schweizer Gardist in Zivil an der Eingangstür nickte

Sanseverino zu, als der Kardinal wenige Minuten später die Wohnung von Papst Franziskus betrat und schnurstracks in den Salon ging, der auch als Arbeitszimmer diente. Der Mann, der hinter dem Schreibtisch saß und schrieb, blickte kurz auf und lächelte, als er Sanseverino erkannte.

»Ich dachte schon, Ihr habt unseren Jour fixe vergessen, Lorenzo«, meinte Franziskus. »Ihr seid sonst nie unpünktlich. Oder komme ich meist so spät, dass es mir nicht auffällt?«

»Es tut mir leid ...«, setzte der Kardinal an, doch der Papst winkte ab.

»Nur ein Scherz, ich habe mir Arbeit aus der Bibliothek mitgenommen, also alles halb so schlimm. Ihr habt sicher Eure Gründe.«

»Und genau über die wollte ich mit Euch sprechen, Eure Heiligkeit.« Sanseverino setzte sich auf den Besucherstuhl, lehnte sich zurück und legte die Fingerspitzen aneinander. »Mit dem Empfang im Palais Corsini möchte ich Euch nicht langweilen. Der übliche belanglose Tratsch. Aber ich habe heute zwei Anrufe erhalten, die Euch sicher interessieren werden ...«

Im Anflug auf den Flughafen Innsbruck/Österreich

Der Flug nordwärts von Venedig über Bassano del Grappa, die Sellagruppe und das Suganertal war spektakulär gewesen. Im letzten Tageslicht und im Schein des Vollmonds leuchteten die Schneereste der Cima Tosa, als John die AW139 in eine sanfte Kurve legte und über der Autobahn Verona–Brenner einschwenkte. Unter ihnen zog Trient vorbei, und die ruhige Stimme des Fluglotsen, der sie nun der Flugüberwachung Bozen übergab, kam laut und klar über die Kopfhörer.

Llewellyn, Jack und Alex hatten es sich in der großen Kabine bequem gemacht, die im Vergleich zu anderen Militärhubschraubern, in denen sie bereits Nächte verbracht hatten, geradezu verschwenderisch luxuriös war. Ledersessel, Klapptische und »Beinfreiheit bis zum Horizont«, wie Beaulieu genüsslich feststellte. Sparrow saß auf einem der kleinen Klapptischchen und knackte zufrieden Körner.

Amber lehnte mit glänzenden Augen und voll konzentriert im Copiloten-Sitz, bewunderte die Rundumsicht durch die riesigen Cockpitscheiben, und als John ihr den Helikopter übergab, war sie endgültig in ihrem Element.

»Vollausstattung bekommt bei diesem Vogel eine ganz neue Bedeutung«, meinte John, als er die Kopfhörer absetzte. »Die Defence Helicopter Flying School der Royal Airforce hat sogar einen Autopiloten einbauen lassen, um punktgenaue Schwebeflüge ganz ohne Piloten durchführen zu können.«

»Wo ist die Stereoanlage mit USB-Anschluss und CD-Wechsler?«, wollte Amber wissen.

»In der Passagierkabine, gleich neben der Bar«, gab John unbeeindruckt zurück, »und unter dem Fernseher. Hier hat jemand das unermüdliche Arbeitstier der Ölplattformen zum Edel-Lipizzaner gemacht, mit allem Pomp und vergoldetem Zaumzeug. Wahrscheinlich setzt die Schule ihn als VIP-Transport ein. Bleib über der Autobahn, dann nimm die Route nach Meran und über das Passeiertal nach Sterzing.«

Amber wies auf das große Mitteldisplay, eine Art aufgewerteter Navigation, das sich in die verschiedensten Modi umschalten ließ. »Damit werde ich selbst das schlafende Murmeltier am Jaufenpass nicht verfehlen können. Geh nach hinten, und versuch ein paar Hotelzimmer für uns in Innsbruck aufzutreiben.«

»Aye, aye, Madam«, salutierte John und schob sich aus dem Cockpit. In der geräuschgedämmten Kabine saßen Llewellyn, Alex und Jack beisammen und beratschlagten. Auf dem Flachbildfernseher unterzeichnete der türkische Präsident Erdogan ein Gesetz, das die Immunität von mehr als hundert Parlamentsabgeordneten aufhob. Der italienische Sprecher betonte, dass vor allem die prokurdische Oppositionspartei HDP davon betroffen sei. Gerade als John sich in einen der tiefen Ledersessel fallen ließ, läutete sein Handy.

»*This is Paris calling, Mr Finch.*« Ein gut aufgelegter Frederic meldete sich am Telefon. »Seine Eminenz hat uns wissen lassen, Sie hätten Entzugserscheinungen.«

»Noch hält sich das Zittern der Hände in Grenzen, aber wir sind knapp davor, auf Grund zu laufen, weil uns Rodney fehlt. Deshalb – danke, dass du angerufen hast.«

»Ich glaube, wenn ich das nicht gemacht hätte, dann wäre meine Karriere bei der Kurie kurz, aber heftig gewesen. Ich hätte alle Kerzenleuchter im Vatikan putzen müssen, bevor mich Sanseverino mit großem Fußtritt in die Wirklichkeit zurückgeholt hätte. Er kann ziemlich überzeugend sein ... außerdem erreichen Sie uns in einem günstigen Augenblick, Mr Finch. Das Studium ist sterbenslangweilig, die Prüfungen auf unterstem Niveau, und Joseph hat aus schierer Verzweiflung schon begonnen, eine Vaterunser-App zu programmieren. Völliger Nonsens, wenn Sie mich fragen.«

John musste lachen und verband sein Handy über Bluetooth mit dem Kabinenlautsprecher.

»Ich habe unser Gespräch gerade laut geschaltet, damit Major Llewellyn, Jack Westworth und Alex Beaulieu mithören können. Wir sind in einen Wettlauf geraten, Frederic, der aussichtslos scheint. Die Geschichte, die dahintersteckt, ist lang, und ihr werdet nach und nach alles erfahren. Vertrau mir, wir werden keine Information zurückhalten. Jetzt aber gilt es, den Aufenthaltsort oder das Schicksal von vier Männern zu eruieren, die seit mindestens fünfundzwanzig Jahren verschwunden sind.«

»Klingt nach einer echten Herausforderung«, gab Frederic zurück. »Wer läuft gegen uns? Ein Geheimdienst?«

»Die Triaden, ganz offen und brutal. Wer im Schatten noch auf seine Chance lauert, das werden wir im Laufe des Rennens erfahren.«

Der junge Geistliche pfiff leise durch die Lippen. »Das Netzwerk der Triaden ist bekannt gut und weltumspannend. Das macht es umso interessanter. Selbst Joseph hört uns jetzt zu. Was weiß Kardinal Sanseverino?«

»Nichts, er hat nicht gefragt. Sondern sofort angeboten, euch zu kontaktieren und uns zu helfen.«

»Der Stein, den Sie bei Seiner Eminenz im Brett haben müssen, hat das Ausmaß des Felsens von Gibraltar«, gab

Frederic ungläubig zurück. »Wie weit ist Peter Compton eingeweiht?«

»Wer?«, gab John zurück.

Frederic pfiff leise vor sich hin. »Ich verstehe, Mr Finch, Sie spielen gerade ein gefährliches Spiel, und ich freue mich darauf, die Spielregeln zu erfahren. Aber dafür ist später Zeit. Vier Männer, sagten Sie?«

»Ursprünglich waren es sechs. Einer davon ist bereits vor Jahrzehnten gestorben, in Asien. Ursprünglich ein russischer Spion, den die Briten aufdeckten, ihn nach Schottland brachten, dann mehr oder weniger vergaßen und aus den Augen verloren. Die Triaden haben einen weiteren gestern Abend in seiner Villa in Südfrankreich erschossen und seine Frau die halbe Nacht lang gefoltert.«

»Um den Aufenthaltsort der anderen vier zu erfahren?«

»Genau«, sagte John düster. »Sie haben ihr die Haut in Streifen abgezogen.«

Frederic zog hörbar die Luft durch die Lippen. »Hat sie etwas gesagt?«

»Keine Ahnung, als Major Llewellyn sie gefunden hat, war sie tot. Die Chinesen haben einen Flugplan nach Innsbruck eingereicht. Wir sind ebenfalls auf dem Weg dahin.«

»Wieder mit einem Hubschrauber, wie in Belgien vergangenes Jahr?« Frederic war die letzte Strecke als Navigator mit John geflogen und hatte jede Sekunde des Flugs genossen.

»Eine AW139, geräumig genug, falls ihr an Bord kommen wollt.«

»Klingt verlockend, aber für den Moment sind wir in Paris besser aufgehoben. Der Generalsuperior von St.-Sulpice ist nicht so gut auf uns zu sprechen. Wir müssen hier erst mal einiges ausbügeln.«

»Lass mich raten – ein weiteres Skandal-T-Shirt?« John grinste.

»Zwei, und beide kamen nicht so gut an«, gluckste Frederic. »Ich hatte einen alten Bus aufdrucken lassen, darunter: ›Meine Kirche ist führender Reiseveranstalter für Gruppenfahrten ins Schuldbewusstsein.‹ Das sorgte bereits für einige Verstimmung. Dann kam mein Bruder, und der war da ziemlich konsequenter. Er hatte einen feuerspeienden schwarzen Heiligen Geist auf seinem Shirt und darunter: ›Wenn du die Hitze nicht verträgst, dann kitzle den Drachen nicht.‹«

»Was den Generalsuperior nicht wirklich amüsiert hat«, ergänzte John.

»Nein, aber man hat einen Ruf zu verlieren, das werden Sie doch verstehen, Mr Finch ... Im gesamten Kollegium.«

»Sanseverino nimmt es noch gelassen hin, also habt ihr noch Spielraum. Dazu kommt vor allem der Genie-Bonus. Ich schicke euch eine SMS mit den Details der Männer und allem, was wir wissen. Lass uns in zwei Stunden wieder telefonieren, dann sind wir sicher in einem Innsbrucker Hotel.« John wurde ernst. »Und Frederic? Wenn wir den Triaden nicht zuvorkommen, dann werden am Ende einer Blutspur alle Hinweise auf den Ursprung der ganzen Geschichte vernichtet sein.«

»Wir werden alles versuchen, um Sie auf den vorderen Plätzen zu halten«, gab Frederic zurück. »Schicken Sie uns die Details, und wir legen sofort los. Bleiben Sie in Innsbruck über Nacht?«

»Ja, unter anderem auch, weil wir keine Ahnung haben, wo wir sonst mit der Suche beginnen könnten.«

»Joseph scharrt bereits in den Startlöchern, fährt gerade den zweiten PC hoch und meint, Schlaf sei sowieso überbewertet.

Lassen Sie uns nur machen. Was sollen wir Kardinal Sanseverino sagen, wenn er anruft?«

»Die Wahrheit«, gab John, ohne zweimal zu überlegen, zurück. »Das sind wir ihm schuldig.«

»Das macht es einfacher, Mr Finch. Bis später!«

Ein dunkler Keller irgendwo in der Hauptstadt,
Berlin/Deutschland

Annette war mit sich zufrieden. Wenn alles gut ging, würde sie noch in dieser Nacht wieder in Freiheit sein.

Sie lag auf dem Bett, nackt bis auf einen Slip, und wartete. Die Stehlampe warf einen schwachen Lichtschein auf ihr Verlies. Annette hatte ihr T-Shirt darübergelegt und so das Licht gedämpft.

Es hatte keine zwei Tage gedauert, um ihrem ohne Zweifel jungen Bewacher erfolgreich schöne Augen zu machen. Zwar hatte sie sein Gesicht niemals gesehen, doch an den linkisch-schlaksigen Bewegungen, an den versteckten Blicken, wenn sie wie unabsichtlich nur in T-Shirt und Slip am Tisch saß, an der Stimme und seinem etwas unbeholfenen Benehmen hatte sie rasch erkannt, dass er kaum älter sein konnte als sie selbst. Sie war stets freundlich geblieben, hatte sich aber nie einschüchtern lassen. Er hatte immer länger gebraucht, um ihre Mahlzeiten abzuräumen, sie hatte immer noch ein paar kleine zusätzliche Wünsche gehabt.

Dann hatte sie begonnen, ihren Fluchtplan zu entwickeln.

Ihr Verlies war jetzt zwar wohnlich eingerichtet, man hatte ihr Bücher gebracht, Licht und eine Elektroheizung installiert. Tisch, Sessel, ein kleines Regal, Waschsachen. Niemals hatte sie einen ihrer Entführer ohne Maske zu Gesicht bekommen. Annette mutmaßte, dass es drei Männer waren, die hinter ihrer Entführung steckten. Zwei lösten sich als Wachen ab. Der dritte, offenbar der Anführer, war nach dem ersten Auftritt vor dem starken Scheinwerfer nie wieder zurückgekommen.

Die junge Frau blickte auf die Uhr. Noch sechs Minuten, dann würden die Reste des Abendessens abgeholt werden, wie gestern, kurz vor Mitternacht. Alles hier war streng geregelt, die Abläufe minutengenau getaktet.

Sie brauchte nur noch zu warten.

*

Es war kurz vor Mitternacht, als ein Schatten sich aus dem Dunkel der Allee löste und die Fahrbahn überquerte. Der weite dunkle Mantel und die schwarze, tief ins Gesicht gezogene Strickmütze würden einem zufälligen Beobachter angesichts der lauen Nacht etwas deplatziert erscheinen, doch das kümmerte den Mann nicht. Er sollte schon lange nicht mehr hier sein, in dieser Stadt, in diesem Land, auf diesem Kontinent.

Und doch. Der Tod zog erneut durch die Stadt.

Er bewegte sich leichtfüßig und schnell zwischen den geparkten Autos, seine Hände tief in den Manteltaschen. Als er vor dem Haustor Neuendorfer Straße 70 in Spandau stand, zog er sein Werkzeug aus der Innentasche seines Mantels, setzte die schmale Klinge an und begann leise zu zählen. Bei »zehn« stieß er zufrieden die Tür auf und trat in den Flur, in dem es nach Bohnerwachs roch.

Rasch orientierte er sich. Links ging es zur Kellertreppe, und natürlich gab es eine Tür, aus altem Holz und mit interessanten Graffiti versehen wie »Schützt die Bäume, esst mehr Biber!« oder »Saugeil war gestern, rattenscharf ist heute«.

Ein Blick auf das Schloss genügte, um den Mann zum Schmunzeln zu bringen. Das war kein Schloss, das war ein Loch in der Tür. Primitiv. So stieg er wenige Augenblicke später vorsichtig die Kellertreppe hinunter und schirmte dabei den Kegel seiner Taschenlampe mit der Hand ab.

Das war entschieden zu leicht gegangen. Und leicht war uninteressant. Vielleicht gab es keine Gegner mehr auf seiner Augenhöhe.

Obwohl ... dieser Kommissar Calis würde ihn schon reizen.

Die massive Stahltür, die ein Stück weiter den Kellergang versperrte, war schon von einem anderen Kaliber. Vorsichtig fuhr er mit den Fingerspitzen den Rahmen entlang, sah den Türspion, las die Spuren im feinen Staub.

Zwei Männer gingen hier regelmäßig ein und aus.

Er war am richtigen Platz. Schließsystem DPI von EVVA. Wenigstens eine kleine Herausforderung und andererseits viel zu aufwändig für eine einfache Kellertür.

Zufrieden zog der Unbekannte sein Etui mit den verschiedenen Werkzeugen aus der Tasche, wählte das richtige, lauschte kurz an der Tür und begann das Spiel mit den Stiften und dem Zylinder, den Federn und Sperren.

Zwei Minuten später drückte er die Klinke, und die Tür schwang lautlos auf.

Vorsichtig ließ er den dünnen Strahl der Lampe durch den Spalt fallen. Ein weiterer Flur erstreckte sich vor ihm, etwa fünf Meter lang, an dessen Ende ein Licht brannte. Leise Musik war zu hören und das Klappern von Tellern, dann stellte jemand eine Frage, und eine tiefere Stimme antwortete.

Der Jüngere oder der Ältere? Wer würde zuerst sterben?

Der Unbekannte zog eine Pistole mit Schalldämpfer aus der

Innentasche des Mantels. Dann ging er leise und ohne Hast dem Licht entgegen.

Annette sah auf ihre Uhr und stutzte. Der Junge hatte sich verspätet. Es war bereits nach Mitternacht und noch immer keine Spur von ihm. Würde er heute nicht kommen? Dann wären alle Vorbereitungen umsonst gewesen.

Na gut, ich gebe ihm noch fünf Minuten, dachte die junge Frau, dann ziehe ich mich wieder an und gehe schlafen. Morgen ist auch noch ein Tag.

In dem kleinen Kellervorraum sah der Unbekannte interessiert zu, wie der Junge starb. Er hatte ihm zweimal in die Brust geschossen, nachdem er ihm auf dem letzten Meter des Ganges entgegengekommen war. Dann hatte er ihn zurück ans Licht geschleift, wo ein älterer, glatzköpfiger Mann sich mit zurückgerollten Ärmeln vor einem Spülbecken mit dem Geschirr zu schaffen machte. In der Ecke dudelte laut ein Radio.

»Setzen Sie sich!«, herrschte er den Glatzkopf an, der panisch nickte und sich unentwegt die Hände an einem Tuch abtrocknete.

Wortlos setzte der Mann im schwarzen Mantel einen Topf mit Wasser auf.

»Sie haben Pech«, stellte er wie nebenbei fest. »Der Junge hat es fast hinter sich, und in wenigen Minuten werden Sie ihn beneiden.«

Dann zog er einen Stuhl näher und setzte sich. »Ist die junge Frau da drin?«, fragte er und deutete auf die Metalltür.

Der Alte nickte. Seine Hände zitterten.

»Gut«, sagte der Unbekannte, »sehr gut. Was geht hier vor?«

»Wir sollen auf die Studentin aufpassen, nur aufpassen, sonst nichts. Was wollen Sie von uns?«

Der Unbekannte wischte die Antwort mit einer ungeduldigen Handbewegung beiseite. »Das ist mir ziemlich egal. Ich will wissen, warum sie entführt wurde.« Das Wasser im Topf begann leise zu zischen. Es war knapp vor dem Siedepunkt. »Was steckt hinter dieser Geschichte? Und vor allem – wer?«

Der Alte zuckte die Schultern. »Hören Sie zu, von mir aus nehmen Sie die Kleine mit. Ist mir auch recht. Aber lassen Sie mich da raus.«

Der Unbekannte schüttelte den Kopf. »Zu spät, viel zu spät. Gleich fällt hier der Vorhang, und du hast noch ein paar letzte Worte. Überleg sie dir gut ...«

Abrupt stand er auf, nahm den Topf von der elektrischen Kochplatte und stellte ihn vor dem Alten auf den Tisch. Das Wasser brodelte noch immer.

»Wir können das hier schnell über die Bühne bringen oder einen Dreiakter daraus machen. Liegt ganz bei dir. Wer und was steckt hinter dieser Aktion?«

Annette war eingeschlafen. Als sie aufwachte und hochschreckte, schaute sie auf die Uhr.

01.30 Uhr morgens.

Ein Blick auf den Tisch verriet ihr, dass niemand dagewesen war, um das Geschirr abzuholen. Seufzend zog sie ihr T-Shirt an. Dieser Versuch war wohl danebengegangen. Sie nahm das Metallrohr, das sie aus der Rückseite des Regals gelöst und in ihrem Bett versteckt hatte, und lehnte es hinter dem Bett an die Wand. Vielleicht konnte sie es dem Jungen ja morgen über den Kopf ziehen, während er fasziniert auf ihren Busen starrte.

Seltsam, dass keiner ihrer Bewacher da gewesen war, dachte sie irritiert. Das sah ihnen gar nicht ähnlich.

Aus Gewohnheit trat sie an die Tür und drückte versuchsweise die Klinke nieder, wie schon Dutzende Male zuvor. Und diesmal ... Annette konnte es nicht glauben ...

Die Tür schwang auf!

Sie hielt den Atem an und steckte den Kopf durch den Spalt. Im Kellervorraum sah es aus wie im Schlachthaus eines Metzgers. Blutspritzer an den Wänden, umgestürzte Möbel, Blutlachen auf Tisch und Boden. In einer der größten lag der Junge, mit weit aufgerissenen Augen, in denen Panik stand.

Annette schlug die Hand vor den Mund und würgte.

Die zweite Leiche sah aus, als hätte sie jemand durch einen Fleischwolf gedreht und sie danach noch abgebrüht. Sein Gesicht war unkenntlich.

Am ganzen Körper zitternd kehrte sie in ihr Verlies zurück, sammelte fieberhaft ihre Sachen zusammen und versuchte, den Anblick des Bluts und der Toten im Kellervorraum zu verdrängen.

Dann stürmte sie nach draußen.

Gegenüber dem Hauseingang, auf der anderen Richtungsfahrbahn der Neuendorfer Straße, saß der Mann im schwarzen Mantel in seinem dunkelgrünen BMW 7er und beobachtete, wie die junge Frau aus der Haustür stolperte, hastig nach links und rechts sah, dann lehnte sie sich kurz an die Mauer neben dem Eingang und strich sich mit einer fahrigen Handbewegung die Haare aus dem Gesicht.

»Was für eine Überraschung«, murmelte der Cleaner. Die Straße war menschenleer um diese Zeit, die Fenster der Wohnhäuser dunkel. Er musste keine Angst haben, dass ihn irgendjemand identifizieren würde.

Die junge Frau stieß sich ab, musterte die Fassade mit der Hausnummer kurz, dann lief sie los.

Zufrieden zog der Cleaner sein Smartphone aus der Manteltasche und suchte die richtige Nummer. Er war wieder im Spiel. Dann begann er zu telefonieren.

Mittwoch, 8. Juni 2016

Adlers Hotel, Brunecker Strasse 1,
Innsbruck/Österreich

Der hypermodern aussehende Hotelturm im Herzen der Tiroler Landeshauptstadt überragte die umliegenden Wohnhäuser um acht Stockwerke. In seinen Scheiben spiegelten sich die Berge der Nordkette, der Axamer Lizum und der Tuxer Alpen im Süden. Der Frühstücksraum in der obersten Etage bot neben einem riesigen Büfett einen atemberaubenden Blick auf das Inntal und die Stadt.

»Wie wichtig ist eine sichere Leitung?«, wollte Frederic von John wissen, der sich gerade ein Glas Apfelsaft eingoss und für Sparrow ein wenig Wasser in ein Schälchen rinnen ließ. Der Papagei stolzierte auf und ab wie ein Filmstar auf dem roten Teppich. Das Publikum in Form von drei Kellnerinnen, die fasziniert jede seiner Bewegungen verfolgten, war begeistert. Angesichts der frühen Stunde waren kaum Hotelgäste am Büfett und an den Tischen.

»Nicht wirklich, und hoffentlich irre ich mich jetzt nicht«, antwortete der Pilot. »Aber diesmal haben wir keine Geheimdienste mit modernstem elektronischen Arsenal als Gegenspieler. Also bleiben wir bis auf Weiteres bei der offenen Leitung. Niemand außer Sanseverino weiß von unserem kleinen Deal. Und der braucht uns nicht abzuhören...«

»... weil er einfach fragen kann«, ergänzte Frederic glucksend. »Wie wahr, wie wahr, wie der Kardinal sagen würde.

Dann wollen wir loslegen. Sechs Mann, sechs Schicksale, auch wenn zwei davon bereits sicher nicht mehr am Leben sind. Lassen Sie mich rekapitulieren. Da war zuerst einmal Charles Parker, Anthropologe und russischer Spion in Oxford. Von den Engländern enttarnt, verhört, in die Einsamkeit Schottlands geschickt. An einen Ort namens...«

»... Glenfinnan«, ergänzte John. »Llewellyn machte da Urlaub, als ihn Peter Compton mit einem Trick nach London lockte.«

»Derselbe Compton, der für Parkers Wohlergehen und Sicherheit in Schottland damals verantwortlich war«, fuhr Frederic ungerührt fort. »Parker war schwul zu einer Zeit, als sich das noch nicht auf cool reimte. Er galt als überdurchschnittlich intelligent, sprach mehrere Sprachen und kannte sich in den Archiven und Bibliotheken Oxfords aus wie kein Zweiter. Er muss ein fotografisches Gedächtnis gehabt haben, sprach, las und schrieb Chinesisch fließend, und wir sind der Überzeugung, dass er damals irgendetwas gefunden hatte in den Tiefen der Archive Oxfords. Doch – genau dieser Fund oder die Berichte darüber tauchen nirgendwo auf. Weder bei den damaligen Reports der Russen noch denen des MI5. Die sind übrigens alle bereits deklassifiziert und einsehbar. Parker war ein kleines Licht in den Augen der Briten als auch der Russen, ein Mitläufer aus Liebe. Wenn Sie jedoch genau hinschauen, dann beginnt in dieser Geschichte alles mit ihm, Mr Finch.«

»Wieso?«

»Beginnen wir mit dem zeitlichen Ablauf: Als Parker aus Schottland und damit dem Gesichtsfeld Comptons von einem Tag auf den anderen verschwindet, sind die übrigen fünf Männer, die später die Gruppe der sechs bilden werden, über die gesamte Welt verstreut, drücken die Schulbank oder ärgern ihre Tante im Kindergarten. Parker taucht erst unter, dann bei den Ostdeutschen wieder auf, und die rieben sich die Hände. Ein Ex-KGB-Spion, frei Haus geliefert! Nach grünem Licht aus Moskau, um ihm mehr Ellenbogenfreiheit zu verschaffen und störende Nachforschungen abzublocken, ließ man ihn offiziell sterben. Die Legende des einsamen Mannes auf der einsamen Insel in Indonesien, der ins Gras beißt. Nicht der Erste, nicht der Letzte.«

»Nein, da war auch noch dieser Jim Thompson, den Compton in seinem letzten Gespräch mit Llewellyn erwähnt hatte. Er stand in Kontakt mit Parker.«

»Eine illustre Figur, dieser Seidenkönig«, gab Frederic zu. »Niemand hat ihn je wieder gefunden, er ist tatsächlich 1967 spurlos verschwunden. Warum, das weiß bis heute niemand. Joseph stürzt sich gerade in seine Lebensgeschichte.«

»Laroche sagte Llewellyn, dass die Ostdeutschen von der Scharade Parkers wussten.«

»Nicht nur wussten, Joseph und ich denken, die steckten selbst hinter der Legende. Wahrscheinlich wollten sie ihn weiter einsetzen. Totgesagte leben länger und ungestörter.«

»Dann kam dieses ominöse Jahr 1986«, fuhr John fort, »und alles beschleunigte sich mit einem Mal.«

»Ja, die Ostdeutschen brauchten weitere Männer im Untergrund, die spurlos im Schatten agieren konnten. Offensichtlich hatte Parker bei seinen Forschungen einen entscheidenden Fortschritt erzielt, und vier wichtige Männer wurden aus dem öffentlichen Leben abgestellt, um noch besser arbeiten zu können.«

»So weit klingt alles logisch«, gab John zu, doch er schien nicht überzeugt zu sein.

»Peter Wachsfeld, die Nummer eins auf Ihrer Liste, warf sich angeblich in einem der Prager Außenbezirke vor einen

Zug und wurde komplett verstümmelt. Er war investigativer Journalist, rasender Reporter, lebte allein, und ich hätte ihn ebenfalls ausgesucht, wenn ich an einer Geschichte dran gewesen wäre. Aber den haben wir wegen Nummer zwei vorläufig zurückgestellt.«

»Der österreichische Historiker?«

»Professor Franz Steinberg, Historiker an der Universität Wien, der auf der Fahrt von Fulpmes auf das Kreuzjoch mit seinem Wagen auf einer schmalen Bergstraße von der Fahrbahn abkam und in eine Schlucht stürzte. Sein Ford brannte völlig aus. Wahrscheinlich haben sie einen Teil der Asche der Sitzpolster gleich in seine Urne gefüllt. Es dauerte nämlich drei Tage, bis das Wrack gefunden wurde. Von ihm selbst war zu diesem Zeitpunkt nichts mehr übrig.«

»Aber ... findet man nicht immer irgendwelche Reste, selbst wenn der Wagen völlig ausbrennt?«

»Normalerweise schon, nur am Fuß der Schlucht toste ein Wildbach, dessen Wasser durch Regen in den nächsten zwei Tagen weiter anwuchsen und durch das Wrack spülten.«

»Wie passend«, murmelte John. »Weiß man, was Steinberg auf dieser kleinen Bergstraße wollte?«

»Dazu komme ich gleich. Gehen wir erst kurz auf die anderen drei ein. Nummer drei war Professore Mario Belmonte, der von einem Fischerboot in die hohen Wellen der italienischen Adria fiel und spurlos verschwand. Seltsam nur, dass er in seiner Jugend drei Medaillen bei verschiedenen internationalen Schwimmwettbewerben gewonnen hatte. Doch die Suche der Küstenwache verlief ergebnislos, der Meeresarchäologe der Universität Padua war verschwunden, und die untersuchende Staatsanwaltschaft sprach den Fischer, von dessen Boot er ins Wasser fiel, von jeder Mitschuld frei.«

»Nummer vier ist ... war Pascal Laroche, der gestern erschossen wurde«, ergänzte John.

»Nummer fünf ist unser bekannter Freund Charles Parker, der bereits im Untergrund lebte. Eine schillernde Figur übrigens, mein Bruder hat sich die halbe Nacht mit ihm beschäftigt. Aber auch dazu später. Der Letzte, Nummer sechs, der holländische Geschäftsmann Jan van Leeuwen, hatte sich zwar auf Importe aus Asien spezialisiert, verbrachte aber viel Zeit in Nordafrika. Warum, daran arbeiten wir noch. Man sah ihn das letzte Mal lebend in Marrakesch, von wo aus er nach Tanger aufbrechen wollte. Angeblich traf ihn noch jemand, eine Freundin, in Casablanca wenig später, dann verschwand er endgültig und wurde 1999 offiziell für tot erklärt.«

»Das deckt sich mit dem, was Laroche dem Major berichtete, bevor er erschossen wurde. Also können wir annehmen, dass er Llewellyn reinen Wein einschenkte. Doch vielleicht nicht die ganze Flasche ...« John sah, dass Amber in den Frühstücksraum kam, und winkte ihr zu. »Nun aber zu unserem Österreicher. Warum sollten die Chinesen einen Flugplan nach Innsbruck einreichen, wenn der Professor nicht als Nächster auf ihrer Liste steht?«

»Weil sich der Unfall in Tirol ereignet hat«, antwortete Frederic prompt. »Sie versuchen den roten Faden von hinten aufzurollen, ausgehend vom Unfall. Der Professor war auf dem Weg zu einer Skihütte, die seiner Familie gehörte. Seltsamerweise allerdings in einem warmen Herbst und nicht im Winter. Zum Zeitpunkt des Unfalls war es neblig, und es regnete leicht in den Bergen. Den Zeitungsberichten nach konnte seine Frau keine Auskunft darüber geben, was er da oben wollte. Professor Steinberg, fünfundvierzig Jahre alt, war ein angesehener Historiker an der Universität Wien mit dem Spezialgebiet Kolonialpolitik in Asien. Darüber dissertierte er auch. Seine Prüfungen waren gefürchtet, sein Wissen bezeichnen Freunde und Weggefährten als ›phänomenal‹. Und bevor Sie fragen, Mr Finch, ja, wir haben einige Leute aus dem Schlaf geholt heute Nacht.«

»Ich habe nichts anderes erwartet.« Llewellyn hatte sich zu John gebeugt, die letzten Sätze mitgehört und meldete sich umgehend zu Wort. »Frederic, hier warten alle nur noch auf Ihre Hinweise. Allerdings haben wir den X3 am Innsbrucker Flughafen nirgendwo gesehen.«

»Guten Morgen, Major, und gut, Sie zu hören. Doch zurück zu Professor Steinberg. Wir haben die Zeitungsberichte und Nachrufe durchgesehen. Außer faulen Studenten schien Steinberg keine Feinde gehabt zu haben. Alle sprechen noch heute gut von ihm, die Nachrufe waren voll mit Superlativen. Doch zu seinem Werdegang. Er wurde in Murau, in der Steiermark, geboren, die Familie lebte bereits seit mehr als zweihundert Jahren dort. Sein Vater war Lehrer, seine Mutter die Tochter eines Gastwirts, die mit den drei Kindern ganz offensichtlich genügend zu tun hatte. Jedenfalls war sie Hausfrau, soweit wir feststellen konnten. Studium in Graz, Promotion zum Doktor, dann Assistentenposten in Wien, am Institut für Geschichte. Ziemlich zeitig die Ernennung zum Professor.«

»Geboren in der Steiermark, aber eine Skihütte in Tirol?«, warf John ein.

»Richtig bemerkt. Sein Großonkel war aus Murau nach Innsbruck gegangen, hatte am dortigen Gymnasium gelehrt, war ein begeisterter Bergsteiger und sein Leben lang Single, wie man heute sagen würde. Er kam bei einem Lawinenabgang ums Leben. Seinen gesamten Besitz, darunter die Hütte, hatte er seiner Familie in Murau vermacht.«

»Gute Recherche«, lobte ihn John.

»War nicht schwer, es gibt nur eine Hütte am Ende der

Straße, und der Familienname war der gleiche wie bei unserem Professor Steinberg. Der Lawinenabgang schaffte es damals in die Zeitungen, und die berichteten den Rest. Aber zurück zum Historiker und seinem Verschwinden. Der Professor fuhr also in die Tiroler Alpen, an einem Herbsttag, an dem man besser zu Hause bleibt. Doch der Regen und der Nebel waren perfekt für sein Vorhaben. Und nun hilft nur noch Logik. Der Unfall ereignete sich auf einer Höhe von über zweitausend Meter. Da geht man nicht mehr so einfach ins Tal zurück, schon gar nicht, wenn man verschwinden möchte und nicht gesehen werden darf. Also musste es einen Helfer gegeben haben, mit einem zweiten Fahrzeug. Die italienische Grenze liegt rund zwanzig Kilometer entfernt, es gibt aus dem Tal allerdings keine Straße, die nach Italien führt. Es ist ein sogenanntes Sacktal.«

»Also mussten sie nach Fulpmes zurück und von da aus weiter.«

»Von da aus geht es nur in eine Richtung, nördlich nach Innsbruck«, erläuterte Frederic. »Der Flughafen kam nicht infrage, wir schreiben das Jahr 1986, und die Europäische Union mit ihrer Reisefreiheit lag noch in weiter Ferne. Professor Steinberg hätte einen Pass vorzeigen müssen, sowohl bei der Ausreise als auch bei der Einreise.«

»Und wenn man ihn mit einem ostdeutschen Pass ausgestattet hätte?«

»Dann wäre er doppelt so genau kontrolliert worden. Wir haben lange darüber diskutiert, aber Joseph und ich sind fast sicher, dass er mit dem Wagen an einen sicheren Ort in Österreich gebracht worden ist, zumindest in einem ersten Schritt. Er war Österreicher, sprach den lokalen Dialekt, konnte sich – etwa mit Bart und Sonnenbrille – als Tourist ausgeben und Gras über sein Verschwinden wachsen lassen. Aber da waren noch immer die Ostdeutschen, die Drahtzieher, die ihn wahrscheinlich nicht aus den Augen lassen wollten. Deshalb haben wir uns die DDR-Einrichtungen in Österreich vorgenommen und haben erfreut festgestellt, dass es nicht wirklich viele in diesen Jahren gab. Die Botschaft und angeschlossene Vereine waren viel zu auffällig; wenn man Steinberg da entdeckt hätte, dann wäre ein diplomatischer Skandal nur das Geringste gewesen, das auf die DDR zugekommen wäre. Österreichischer Historiker taucht unter, fingiert seinen Tod und läuft zur DDR über? Nicht gut. Schlagzeilen über Schlagzeilen und jede Menge Fragen. Steinberg war bekannt, sowohl durch Publikationen als auch durch seine teilweise provokanten Ansichten über die westliche Kolonialpolitik in Asien, die er auch in Fernsehdiskussionen und sehr überzeugend in Talkshows vertrat. So musste er zwar vor der Öffentlichkeit verborgen werden bis zu seiner Abreise aus Österreich, andererseits sollte er ja weiterarbeiten können. Die Ostdeutschen haben ihn ja zu einem bestimmten Zweck verschwinden lassen, und er hatte zugestimmt. So einen Schritt macht man nicht leichtfertig, vor allem nicht, wenn man erfolgreich in den wissenschaftlichen Betrieb einer großen Universität integriert ist. Da muss der Köder, den man ihm vor die Nase gehalten hat, schon ein großer gewesen sein.«

»Und genau davon bin ich nicht überzeugt«, meinte John nachdenklich. »Wer sollte sein gesamtes Leben für immer aufgeben, nur wegen eines Geheimnisses? Seine Familie, seine Karriere, seine Firma? Unwahrscheinlich. Ich habe die halbe Nacht mit Llewellyn diskutiert, der als Letzter mit Pascal Laroche gesprochen hat. Der Franzose bezeichnete sich als Verbindungsmann einer Gruppe, die es eigentlich gar nicht gab, weil alle offiziell tot waren. Nun, Tote brauchen keinen Verbindungsmann. Ein Widerspruch, zu dem wir Laroche nicht mehr befragen können. Also hat er zumindest in einem

Punkt gelogen. Wir sind daher zu dem Schluss gekommen, dass die vier Männer nur für eine gewisse Zeit untertauchen sollten, vielleicht um mit Parker zusammenzutreffen, der bereits im Untergrund war und dort blieb, weil es für ihn als enttarntem, schwulen Spion keine andere Zukunft mehr gab. Aber alle vier Männer auf der Liste, die verschwanden, hatten ein geordnetes Leben, eine vielversprechende Zukunft, waren angesehen und standen mitten im Leben. Zwei Wissenschaftler, ein Journalist und ein Geschäftsmann mit einer gut gehenden Firma. Keiner von denen wäre einverstanden gewesen, für immer zu verschwinden. So groß hätte der Köder gar nicht sein können.«

Frederic blieb für einen Moment stumm. Dann sagte er leise: »Natürlich, Sie haben Recht, es kann gar nicht anders gewesen sein. Mich hat von Anfang an etwas gestört an dieser Liste, und ich konnte den Finger nicht draufflegen, aber nur so fallen alle Teile des Puzzles an ihre richtige Stelle. Die vier Männer nahmen an, wenig später mit einer weltbewegenden Sensation wieder aufzutauchen, einen journalistischen und wissenschaftlichen Scoop zu landen!«

»Ganz genau, deshalb stimmten sie zu, tauchten unter und arbeiteten weiter, unter dem Schutz der Auslandsagenten der HVA«, fuhr John fort. »Doch dann, dann lief etwas aus dem Ruder. Irgendetwas ging schief, und keiner kam mehr zurück.«

»Was dafür sprechen würde, dass doch keiner mehr lebt, nach all der Zeit, und alle vier tot sind«, gab Frederic zu bedenken.

»Wollen wir das Risiko eingehen?«, fragte ihn John. »Das Risiko, dass wir uns irren und die Triaden uns zuvorkommen?«

»Ich glaube, dieses Risiko könnte niemand übernehmen und dann noch ruhig schlafen«, stimmte Frederic zu. »Die Chinesen werden früher oder später zu denselben Überlegungen kommen wie wir. Ich denke also, Sie beginnen am besten mit Steinbergs Familie in Murau. Geben Sie uns ein wenig Zeit, um mehr über die anderen drei Männer herauszufinden. Wir melden uns, sobald wir etwas Handfestes haben. Wir haben schon einmal in Ihrem Namen eine Außenlandungsgenehmigung bei Murau beantragt. Sie können den Rest am Flughafen Innsbruck erledigen.«

John legte das Smartphone neben seinen Teller, tief in Gedanken versunken. Llewellyn stocherte in seinem Rührei, und Amber nippte an ihrem Espresso, während Jack und Alex aus Gewohnheit auf der Dachterrasse Posten bezogen hatten, ihre Tassen in der Hand, und von dort den Frühstücksraum im Auge behielten.

»Warum hat uns Peter Compton nicht genau *diese* Überlegungen mit auf den Weg gegeben?« Llewellyn ließ die Gabel fallen und warf frustriert seine Serviette auf den Teller. »Diese Liste mit dem Namen von Charles Parker, die plötzlich in Berlin aufgetaucht war und von der wir alle dachten, sie sei eine Todesliste und nur noch von historischem Interesse ... Trotzdem holte er mich aus Schottland. Dann Comptons Gespräch mit Lindner und dem Innensenator ... und zwar *nachdem* er von mir die restlichen Namen erhalten hatte und jeden einzelnen recherchiert hatte. Dann der Auftrag an uns, mit Laroche zu sprechen, obwohl er wissen musste, dass der Killer bereits unterwegs war. Und bei alldem kein einziges Wort über die Hintergründe. Hier stimmt etwas ganz und gar nicht, und es stinkt gewaltig zum Himmel.«

John nickte, hob Sparrow auf seine Schulter, nahm seine Kaffeetasse und stand auf. »Kommt, lasst uns zu Frank und Alex hinausgehen und einen letzten Blick über die Stadt werfen, bevor wir aufbrechen. Ich muss an der frischen Luft nachdenken.«

Die Terrasse lief um den gesamten Frühstücksraum herum und war fast leer. Lediglich einige Raucher hatten sich eingefunden und frönten ihrem Laster. An einem der Stehtische lehnten Alex und Jack und unterhielten sich. Als John dazutrat, runzelte Jack die Stirn, hielt ihn fest und raunte ihm ins Ohr: »Dreh dich nicht um, es sind gerade drei Chinesen in den Frühstücksraum gekommen. Könnten das deine Auftraggeber mit den Fünfhunderter-Blüten sein?«

John reagierte schnell. Er rief: »Amber? Kommst du bitte?«, und trat an das Geländer der Terrasse, hinter einem der zahlreichen Sonnenschirme vor Blicken geschützt. »Jack meint, es seien drei Chinesen beim Frühstück. Dreh dich vorsichtig um. Könnten das unsere Freunde aus Berlin sein? Ich möchte nicht, dass sie mich sehen.«

Amber lugte an dem Schirm vorbei, dann nickte sie. »Ich erkenne den geschniegelten Typen aus Shanghai, wie war noch schnell sein Name? Fang Shi? Die beiden anderen sehen aus wie seine Leibwächter.«

John grinste. »So trifft man sich wieder. Sie sind genauso auf der Suche wie wir, und Frederic hatte recht. Sie haben in Innsbruck begonnen, weil Steinbergs Unfall sich unweit von hier ereignet hat.«

»Bleiben wir an ihnen dran, oder überholen wir sie?«, wollte Jack wissen.

»Als Erstes müssen wir unerkannt von hier verschwinden.« John sah sich suchend um. Weiter hinten erkannte er einen Koch, der rauchend am Geländer lehnte. »Amber und ich gehen durch die Küche, du gibst den anderen Bescheid. Und dann nichts wie weg.«

Kaiserdamm 18, Berlin-Charlottenburg/Deutschland

Thomas Calis tauchte aus den Tiefen des Schlafs auf und landete unsanft in der Realität. Ein Telefon klingelte laut und durchdringend.

»Bringt es zum Schweigen!«, zischte er und tastete verzweifelt auf seinem Nachtkästchen herum. Er weigerte sich, die Augen zu öffnen. Seinem Gefühl nach musste es zwischen vier und fünf Uhr früh sein. Neben sich spürte er Martina, die sich streckte und unwillig brummte.

»Herrschaftszeiten! Idiotisches Handy!« Calis öffnete die Augen, suchte das Nachtkästchen ab.

Das Smartphone klingelte immer noch.

Verwundert darüber, dass es draußen bereits hell war, beugte sich Calis vor und sah das Mobiltelefon auf dem Boden neben seinen Socken liegen. Er schnappte es sich, nahm das Gespräch an und ließ sich aufatmend in das Kopfpolster zurückfallen.

»Calis ... und das ist jetzt besser wichtig«, brummte er.

»Herr Kommissar? Sind Sie das? Hier spricht Annette Krüger, und mir fällt ein Stein vom Herzen, dass ich Sie erreiche. Ich dachte schon, ich hätte Ihre Nummer verloren.«

Calis war blitzartig wach.

»Krüger? *Die* Annette Krüger? Wo sind Sie gewesen? Ihre Eltern haben Sie gesucht, und wir waren sogar in Ihrer Wohnung!«

»Da war ich auch ganz kurz, aber nur um Ihre Visitenkarte zu holen. Da suchen die mich zuerst. Ansonsten bin ich ziellos in der Stadt herumgelaufen.« Die junge Frau begann zu schluchzen. »Ich bin entführt worden und gefangen gehalten in einem Keller, in einem Haus in Spandau. Neuendorfer Straße 70. Aber jetzt sind alle tot!«

»Moment, wer ist tot?«, fragte Calis verwirrt.

»Meine Entführer, die Leute, die auf mich aufgepasst haben!« Annette schluchzte laut. »Alles voller Blut! Es war furchtbar!«

»Wo sind Sie jetzt?« Calis schwang die Beine aus dem Bett und suchte halb blind nach seinen Jeans.

»Ich bin zuerst zu Fuß gelaufen, dann habe ich den Bus genommen, und jetzt bin ich im ehemaligen Kaiserstein am Mehringdamm. Die haben heute schon früher geöffnet...«

»Wie spät ist es überhaupt?«, murmelte Calis schuldbewusst. Wo zum Teufel war ein gebügeltes T-Shirt?

»Viertel vor acht. Ich warte hier auf Sie. Bitte beeilen Sie sich.«

*

Der Cleaner beobachtete, wie Annette Krüger wieder an ihren Platz ging. Er hatte seinen Wagen auf der anderen Seite des Mehringdamms geparkt und konnte die junge Frau durch die hohen Fenster des Lokals genau sehen. Während ihres gesamten Weges durch die halbe Stadt hatte er sie stets im Auge behalten. Hätte sie die U-Bahn genommen, hätte er seinen BMW stehen lassen müssen. Doch so...

Er lehnte sich zufrieden in seinem Fahrersitz zurück und war gespannt, wie lange Kommissar Calis brauchen würde. Denn es stand für ihn außer Zweifel, dass Krüger ihn angerufen hatte. Sollte er mit sich selbst wetten? Er blickte auf die

Uhr. 07.58 Uhr. Bei aller Sorge um seine Zeugin sollte es der Kommissar unter zwanzig Minuten schaffen.

*

Auf dem Innsbrucker Flughafen ließ John genau in diesem Augenblick die Turbinen der AW139 warm laufen. Wie es aussah, waren sie der Aufmerksamkeit der Chinesen entwischt. Doch der Vorsprung würde unter Umständen nur von kurzer Dauer sein.

Amber saß auf dem Copiloten-Sitz und schloss die Preflight-Checks ab. Sie hatte zwar die Flugkarte vorbereitet, sie aber dann wieder zusammengefaltet und sich auf die Elektronik verlassen. »Die Navigation ist programmiert. Unsere Flugstrecke beträgt rund zweihundertzwanzig Kilometer Luftlinie und führt an einigen der schönsten Plätze in den österreichischen Alpen vorbei. Großglockner, Kitzsteinhorn, Gasteinertal.«

»Flugzeit also unter einer Stunde.« John nickte zufrieden. »Wetter?«

»Abgesehen von einigen lokalen Nebelfeldern optimal. Wir sollten einen atemberaubenden Blick über die Berge haben.«

John fuhr die Drehzahl hoch und sah nach oben in den blauen Morgenhimmel. Über Funk kam die Starterlaubnis des Towers, und Amber streckte ihren Daumen nach oben.

»Dann verschwinden wir von hier«, meinte er, zog die AW139 hoch und legte sie in eine weite Rechtskurve. Die Tiroler Landeshauptstadt lag vor ihnen im Morgenlicht, dahinter die beeindruckende Kulisse des Inntals mit den majestätischen Bergketten.

*

Es war genau 08.30 Uhr, als Thomas Calis die Tür zum ehemaligen Kaiserstein aufstieß und sich suchend umsah. Das Lokal hatte einige Male den Besitzer gewechselt, nun hieß es offiziell Dolden Mädel, doch die alte Aufschrift leuchtete noch immer von der Fassade.

Annette saß in einer der Fensterlogen mit Blick auf den Mehringdamm vor einer großen Tasse Schokolade. Als sie den Kommissar erkannte, lächelte sie erleichtert. »Endlich!«

Dann begann sie zu erzählen.

Zwei Cappuccino später hatte der Kommissar mehr Fragen als zu Beginn des Gesprächs. Er hob die Hand und stoppte Krügers ungeordneten Redefluss. »Moment, nur zum besseren Verständnis. Sie wurden entführt, weil jemand die Kriegstagebücher Ihres Großvaters haben wollte?« Annette nickte. »Er brachte Sie dazu, ihm das Versteck zu verraten, und hielt Sie dann aus Sicherheitsgründen weiter fest?« Annette nickte erneut. »So was höre ich zum ersten Mal.« Calis schüttelte ratlos den Kopf. »Wer wusste überhaupt von den Aufzeichnungen? Ihre Mutter behauptete, Sie hätten die Bücher beim Aufräumen des Speichers gemeinsam gefunden. Da waren Sie beide und wer noch?«

»Niemand.« Annette versuchte, ihre Gedanken zu sammeln. »Ich habe einige Seiten für einen Freund von mir kopiert. Na ja, eher fotografiert, weil mein Scanner nicht funktionierte. Dessen Vater hat sich mit dem Pazifik-Verband beschäftigt ...« Sie verstummte mit einem Mal und schaute Calis betroffen an.

»Sie meinen den Verband mit dem Schiff, auf dem auch Ihr Großvater gefahren ist?«, stocherte Calis weiter.

»Er meinte, es gebe keine bekannten Aufzeichnungen mehr von diesem Verband, abgesehen von den offiziellen, die jedoch nicht ins Detail gingen.«

»Also haben Sie einige Seiten fotografiert und Ihrem Freund mitgebracht«, rekapitulierte Calis. »Damit der sie wiederum an seinen Vater weitergibt. Richtig?«

»Nicht ganz«, korrigierte Annette. »Die Seiten waren verschlüsselt, und ich hatte keine Ahnung, was drinsteht. Aber der Vater von Stefan interessiert sich nicht nur für Zeitgeschichte, sondern kennt auch einen Experten für Geheimschriften. Und der sollte die Seiten entziffern.«

Calis runzelte die Stirn. »Und nachdem Sie die Seiten Ihrem Freund gegeben haben, wurden Sie entführt ... und in einem Keller festgehalten ... und nach allen Tagebüchern gefragt ... Seltsames Zusammentreffen, finden Sie nicht?«

»Daran habe ich auch gerade gedacht ...« Annette Krüger klang verunsichert. Dann brach sie in Tränen aus. »Ich war so dumm ... ich habe Stefan mit dieser Geschichte nicht in Verbindung gebracht.«

»Vielleicht hat er auch gar nichts damit zu tun.« Calis versuchte sie zu beruhigen. »Es kann ja durchaus sein, dass er die Seiten seinem Vater gegeben hat, und damit war für ihn die Sache erledigt.« Der Kommissar griff in die Tasche und zog den Zettel mit den chinesischen Buchstaben heraus. »Eine wichtige Frage: Warum haben Sie das für sich behalten und mir nicht gegeben?«

»Es tut mir leid ...«, schniefte Annette und versuchte sich zu beruhigen. »Zuerst hatte ich den Zettel eingesteckt und einfach vergessen, doch am Abend kamen mir die Zeichen bekannt vor. Ich hatte sie bereits irgendwo gesehen und verglich sie mit denen im Tagebuch meines Großvaters. Und tatsächlich, es waren die gleichen.« Sie schnäuzte sich und trocknete ihre Tränen. »Ich weiß, ich hätte Sie gleich anrufen sollen. Dann erfuhr ich, dass es sich bei den drei Zeichen um den Namen der Triaden handelt, der chinesischen Mafia. Das hat mir ein anderer Student verraten. Sein Vater arbeitet an der chinesischen Botschaft in Berlin.«

Calis zog eine Grimasse. »Ausgerechnet! Herzlichen Dank, spätestens dann waren alle beteiligten Parteien alarmiert. Was hatte ihr Großvater mit den Triaden zu tun?«

Annette zuckte die Schultern. »Die Erklärung dazu muss in den verschlüsselten Seiten stehen. Oder mit den geheimnisvollen Zeichnungen von Inseln und Fahrtrouten und Ziffernfolgen erklärt werden. Aber ...«

»Ja?«

»Mein Entführer hat jetzt alle Aufzeichnungen in der Hand. Ich habe ihm das Versteck verraten ...«

»... in der Küche, an der Rückseite des hohen Schranks, ich weiß«, vollendete Calis. »Die waren auch prompt da und haben sie abgeholt, zu zweit. Ihre Nachbarin hat sie dabei gesehen.« Sein Smartphone klingelte, und Calis hob ab.

»Wachtmeister Schindler hier, Herr Kommissar. Waren Sie das, der die Leitstelle alarmiert hat? Wir sind vor Ort in der Neuendorfer Straße und haben die beiden Toten im Keller gefunden. Sollen wir die Spusi verständigen, oder machen Sie das?«

»Machen Sie nur, ich schicke einen Kollegen vorbei, sobald es geht. Und befragen Sie inzwischen die Bewohner, ob die etwas gesehen oder gehört haben.«

Calis legte auf und tippte mit dem Zeigefinger nachdenklich auf das alte Blatt Papier aus der Quedlinburger Straße. »Wir haben das Verlies gefunden, die Toten auch.«

Annette zitterte und hielt sich an der Tasse mit der Schokolade fest.

»Kennen Sie eigentlich den Nachnamen dieses Stefan?«

Die junge Frau dachte kurz nach und schüttelte den Kopf. »Ich hab ihn erst zweimal getroffen.«

»Adresse? Telefonnummer? E-Mail?«

»Nein, das könnten wir nur über diesen schmierigen Antonio Scaglietti herausfinden, die sind beide in einer Clique. Ich glaube aber, der ist bereits auf Urlaub zu seinem Vater gefahren, nach Italien.«

»Haben Sie eine Telefonnummer von diesem Scaglietti?«, erkundigte sich Calis, und Annette nickte. »Konnten Sie irgendetwas von Ihrem Entführer erkennen? Statur, besondere Gesten, Stimme?«

»Kein Gesicht, die Statur war ... normal, etwa eins achtzig groß. Die Stimme würde ich möglicherweise wiedererkennen, aber sonst ...« Sie verstummte hilflos. »Ich bin mir sicher, dass er bereits älter war. Keinesfalls ein junger Mann.«

Calis griff zu seinem Telefon und rief Martina Trapp an.

»Bist du schon im Büro? Hast du Zeit für eine Befragung?«

»Beide Male lautet die Antwort – ja!« Sie gähnte. »Vorausgesetzt, ich bekomme noch einen Kaffee.«

»Lass dir eine ganze Kanne bringen. Annette Krüger hat einige sehr interessante Dinge zu erzählen. Am besten, du holst gleich Frank dazu. Ich schicke sie mit einer Streife zu dir. Danach bringen wir sie zu ihren Eltern ins Ferienhaus, da ist sie sicher.«

»Und du?«

»Ich mache ein paar Anrufe, und mit Glück überrasche ich den Entführer, bevor er das Verschwinden von Annette Krüger bemerkt. Er wollte die Kriegstagebücher von Krügers Großvater, und das ist mehr als seltsam.«

»Er hat sie deswegen entführt?«, wunderte sich Martina.

»Sieht ganz so aus, und frag mich nicht, ich habe keine Ahnung, was dahintersteckt. Fest steht nur, dass die Triaden darin vorkommen.«

»Zufall?«

»Ich habe gerade meine Kristallkugel verlegt, aber vielleicht wissen wir heute Abend bereits mehr.«

*

Das Telefon in seiner Fliegerjacke läutete, als John Finch gerade das Kitzsteinhorn überflog.

»Wir sind wieder ein Stück weitergekommen«, meldete sich Frederic aus Paris. »Das Verschwinden der vier Männer lief stets nach einem gleichen Schema ab. Jedes Mal wurde eine ostdeutsche Einrichtung benutzt, um die ersten Tage oder Wochen zu überbrücken. Bis sozusagen Gras über die Geschichte gewachsen war, blieb der kürzlich Verstorbene Gast in einer DDR-Einrichtung. In Prag war es wohl die Außenstelle des Kulturinstituts, in Italien die Botschaft in Rom, an Nordafrika arbeiten wir noch.«

»Und in Österreich?«, wollte John wissen.

»Da haben wir uns gefragt, wohin Professor Steinberg gebracht wurde, Wien ist doch ziemlich weit von Innsbruck entfernt, und das Risiko, auf der Fahrt von einer Polizeistreife entdeckt oder kontrolliert zu werden, nicht zu vernachlässigen. Also haben wir etwas Näheres gesucht und sind fündig geworden. Oberhalb des legendären Toplitzsees in der Steiermark gab es ein Erholungsheim, in dem sich verdächtig viele ehemalige Soldaten einfanden, vor allem in den sechziger und Siebzigerjahren. Ob das in Zusammenhang mit den immer wieder vermuteten Schätzen im See stand, lassen wir jetzt einmal dahingestellt. Das Heim wurde jedenfalls von einem ostdeutschen Paar geführt und galt als Außenstelle der Stasi. Es lag ziemlich einsam im Wald und wurde erst in den Neunzigern, nach der Wiedervereinigung, geschlossen.«

»Das perfekte Versteck«, gab John zu.

»Aber nicht für lange«, fuhr Frederic fort. »Ende Oktober 1986 tauchte ein österreichisches Klein-U-Boot für zwei Tage im See. Davon gibt es zwar Zeitungsmeldungen, es lässt sich jedoch kein einziges Foto über den Taucheinsatz finden, nicht einmal im Internet. Das Boot ging von da zu seinem nächsten Einsatz an die Ostsee, begleitet von zwei Mechanikern.«

»Eine gut überlegte Tarnung.«

»Und sie funktionierte, wie sich rasch zeigte, Steinberg war sicher außer Landes gebracht. Genauso wie Peter Wachsfeld, der einige Tage zuvor beim Verlassen der DDR-Botschaft durch den Hinterausgang von einem Agenten der CIA zufällig fotografiert wurde. Aber man schenkte ihm keine Aufmerksamkeit, weil er in Begleitung von Werner Mauss war, einer schillernden Persönlichkeit in Geheimdienstkreisen, der damals für mehrere Dienste tätig war. Das Foto wurde über den großen Teich nach Langley geschickt, aber der Mann neben Mauss interessierte offenbar niemanden. Mauss war damals in Südamerika tätig, vor allem in Kolumbien, und deshalb für die Amerikaner von großem Interesse. Er versuchte den Bau einer Pipeline gegen den Widerstand der Guerillagruppe ELN durchzusetzen und vier entführte Manager einer deutschen Firma zu befreien. Mauss gründete dann zusammen mit der katholischen Kirche eine Hilfsorganisation und erhielt dafür vom Apostolischen Vikariat von Arauca am 9. September 1985 den Friedenspreis von Sarare in Kolumbien. Nun wissen Sie auch, woher wir unsere Informationen haben. Pro Deo war äußerst kooperativ.« Frederic klang zufrieden. »Die Kontakte, die Mauss in dieser Zeit in Südamerika knüpfte, waren unschätzbar für alle Geheimdienste, selbst die DDR wollte daran teilhaben. So traf man sich in Prag sozusagen auf neutralem Terrain. Und beim Verlassen der Botschaft schmuggelte man den Journalisten Wachsfeld gleich mit hinaus. Mit Bart und einer Sonnenbrille ... Mauss war wohl mit Diplomatenpass unterwegs, den hatte Wachsfeld dann auch, allerdings einen der DDR. Der Rest war leicht. Von Bruderland zu Bruderland, ohne Aufsehen.«

»Viel Aufwand für einen Journalisten, einen Historiker, einen Unterwasserarchäologen und einen Unternehmer«, gab John zu bedenken. »Wozu das alles?«

»Vergessen Sie nicht, für jeden wurde außerdem ein Agent abgestellt, der für seine Sicherheit verantwortlich war.«

»Oder sie rund um die Uhr überwachte«, gab John zu bedenken.

»Oder so. Charles Parker muss einer richtig großen Sache auf der Spur gewesen sein. So verlockend, dass vier Männer, die alle mitten im Leben standen und etwas zu verlieren hatten, bereit waren, unterzutauchen.«

»Ohne ihre Familien zu informieren?«

»Das können Sie heute in Murau herausfinden«, erwiderte Frederic. »Wir haben die Adresse der Frau von Professor Steinberg herausgefunden. Sie wohnt direkt in der Innenstadt, hat vor sechs Jahren nochmals geheiratet. Details kommen per SMS.«

»Danke, Frederic. Gab es Kinder?«

»Einen Sohn und eine Tochter, beide leben inzwischen in Übersee. Aber wir glauben nicht, dass die Triaden sie gefunden haben oder auch nur über eine Spur zu ihnen verfügen. Weil sie sonst bereits tot wären.«

Anna-Neumann-Strasse, Murau, Steiermark/
Österreich

Das dreistöckige Wohnhaus auf dem sonnigen, langgezogenen Platz war himmelblau, mit weißen Fenstereinrahmungen und einer frisch gestrichenen Haustür, die noch nach Farbe und Verdünnung roch. Murau, bereits zur Bronze- und Römerzeit besiedelt, war idyllisch am Fuße eines großen weißen Schlosses gruppiert, die Altstadt überschaubar groß und adrett restauriert.

Der Spaziergang vom Landeplatz an der Mur in die Anna-Neumann-Straße war kurz gewesen. Die Gegensprechanlage neben der Haustür wies nur vier Klingelknöpfe und keine Überwachungskamera auf. John läutete bei Sonnwieser, während Llewellyn die Umgebung im Auge behielt. Doch der schmale Platz vor dem Haus war leer bis auf einige Einheimische, die mit vollen Einkaufstaschen vorbeieilten.

Amber, Jack und Alex waren beim Helikopter geblieben, den John auf einer großen Wiese neben der Mur, direkt an der Stadtgrenze und nur einen Steinwurf vom Bahnhof entfernt, gelandet hatte.

»Ja bitte?«, meldete sich endlich eine weibliche Stimme.

»Frau Sonnwieser? Mein Name ist John Finch, und wir sind gekommen, um mit Ihnen kurz über Ihren verstorbenen Mann, Professor Steinberg, zu sprechen. Hätten Sie ein wenig Zeit für uns?«

Stille, gefolgt von einem zögernden: »Ich weiß nicht...«

»Es ist wichtig, Frau Sonnwieser, sonst würden wir Sie nicht stören.«

»Sie ... Sie kommen aus England?«, erkundigte sich die Stimme nervös.

»Ja, im weitesten Sinn...«

Stille. Dann ein leises: »Mein verstorbener Mann hat damals viel mit England korrespondiert.«

Schließlich, fast eine halbe Minute später, ertönte der Türöffner. Die Frau, die John und Llewellyn an der Wohnungstür erwartete, war schlank und groß und mochte zwischen fünfzig und sechzig Jahre alt sein. Sie sah die beiden Besucher etwas unsicher an, während sie sich die Hände an einem Küchentuch abtrocknete.

»Es ist lange her, dass jemand nach Franz gefragt hat«, meinte sie leise, während ihr Blick unsicher zwischen John und Llewellyn hin und her irrte. »Was möchten Sie wissen?«

»Wir würden das nicht so gerne zwischen Tür und Angel besprechen«, meinte John. »Dürfen wir kurz hereinkommen? Mein Name ist John Finch, und das hier ist Major Llewellyn Thomas.«

»Major?« Frau Sonnwieser blickte überrascht und zugleich etwas alarmiert auf Llewellyn. »Sind Sie vom Militär?«

»Nein«, der Major lächelte, »eher ein pensionierter Beamter mit ewig gestrigen Vorgesetzten. Aber es würde zu lange dauern, um das zu erklären. War Ihr Mann auf der Spur irgendwelcher seltsamer Ereignisse, bevor er verunglückte?«

»Wie meinen Sie das?«

»Hat er Ihnen von seinen Forschungen erzählt?«, stieß John nach. »Oder ließ er seine Arbeit in der Universität?«

Frau Sonnwieser lächelte unsicher. »Das hätte Franz nie gekonnt, er ging in seiner Forschung auf. Aber kommen Sie doch herein, ich koche gerade das Mittagessen«, meinte sie entschuldigend.

Die Wohnküche war überraschend groß und gemütlich eingerichtet, mit einem ausladenden Tisch in der Mitte und jeder Menge alter Ansichten von Murau an den Wänden. Am Herd kochte, brodelte und brutzelte es in drei Töpfen.

»Franz war fasziniert von seiner Arbeit«, fuhr Frau Sonnwieser fort, nachdem John und Llewellyn am Tisch Platz genommen hatten. »Er hätte wahrscheinlich am liebsten die Koffer gepackt und wäre für immer nach China oder Laos, nach Thailand oder Kambodscha gegangen. So blieb er die Woche über in seiner kleinen Mietwohnung in Wien und kam an den Wochenenden nach Hause. Für ihn war Österreich zu klein.« Ihre Stimme wurde leise, und sie rührte betont angestrengt in einem der Töpfe.

»Sein Spezialgebiet war die Kolonialpolitik in Asien, soviel ich weiß«, warf John ein.

»Ja, das war wohl einer der Gründe, warum er so viel mit England und Frankreich korrespondierte. Die Briten und die Franzosen waren ja die beherrschenden Kolonialmächte in der Region. Aber er hat nie viel darüber gesprochen. Ich war damals Lehrerin am Gymnasium und hatte selbst genug zu tun. Ich erinnere mich, dass wir beide noch bis spät in die Nacht Arbeiten korrigiert haben, selbst am Wochenende. Ich die meiner Schüler und Franz die seiner Studenten.«

»Professor Steinberg soll überdurchschnittlich viel Wissen, nicht nur in seinem Fachgebiet, angesammelt haben«, erinnerte Llewellyn sie, und Frau Sonnwieser lächelte daraufhin versonnen.

»Manche bezeichneten ihn als Klugscheißer, vor allem seine Studenten waren genervt davon. Aber Franz war wie ein Schwamm, der alles aufsaugte und bei Bedarf problemlos darauf zurückgreifen konnte. Für ihn war das nichts Besonderes. Er verstand gar nicht, dass keineswegs alle Mitmenschen diese Fähigkeit besaßen und sich vieles erst mühsam aneignen mussten.« Sie drehte sich zu den beiden Besuchern um, den Kochlöffel in der Hand. »Aber wonach suchen Sie eigentlich?«

»Was wollte Ihr Mann auf der Tiroler Berghütte?«, fragte John geradeheraus.

Für einen Moment war es still in der Küche, nur das leise Brodeln der Suppe war zu hören. Frau Sonnwieser ließ den Kochlöffel sinken. »Wenn ich das wüsste. Glauben Sie mir, ich habe mich das hunderte und tausende Male gefragt. Ich dachte, er sei in Wien, aber dann kam der Anruf der Gendarmerie, und ein Teil meines Lebens ging zu Ende.«

»Hat er zuvor irgendwelche Andeutungen gemacht, von wichtigen Entdeckungen gesprochen oder von einer Auszeit, die er nehmen wollte?«

Frau Sonnwieser runzelte die Stirn. »Nein, keineswegs. Mr Finch, was soll die Frage? Franz stürzte mit seinem Wagen in den Abgrund. Es war neblig, die Fahrbahn nass, das Wetter schlecht. So hat es mir die Gendarmerie berichtet. Ich kenne die Straße zur Berghütte, sie ist gefährlich und teilweise nicht befestigt. Ich verstehe also beim besten Willen nicht...« Sie brach ab und fixierte John. »Ich habe ihn begraben und lange genug darunter gelitten. Ich habe unsere Kinder großgezogen und sie auf den Weg gebracht. Und nun habe ich das Glück, mit meinem zweiten Mann ein beschauliches und glückliches Leben zu führen. Murau ist nicht der Nabel der Welt, aber ein ruhiges Städtchen in einem schönen Teil Österreichs.«

John sah Llewellyn an, der unmerklich nickte und sich erhob.

»Vielen Dank für Ihre Zeit, Frau Sonnwieser, wir möchten

Sie wirklich nicht mehr länger aufhalten. Das ist alles lange vorbei, und wir versuchen etwas mehr Klarheit in die alten Geschichten zu bringen, aber wie es aussieht, sind wir auf einer falschen Spur.«

Als John und Llewellyn auf die Anna-Neumann-Straße traten, die Haustür hinter sich zu zogen und die Fahrbahn überquerten, sahen sie Frau Sonnwieser am Fenster stehen und ihnen nachsehen.

»Sie hat keine Ahnung.« John schüttelte den Kopf. »Er hat ihr kein Sterbenswörtchen gesagt, und sie denkt bis heute, dass er in den Tiroler Alpen gestorben ist. Wie fanatisch muss man sein...?«

»Um alles aufzugeben?« Llewellyn zuckte die Schultern. »Vielleicht träumte er tatsächlich davon, wie der Phönix aus der Asche mit einer wissenschaftlichen Sensation wenige Monate später zurückzukehren.«

»Vielleicht dachten das alle vier Männer«, gab John zu bedenken. »Vielleicht ist es genau das, was sie dazu prädestiniert hat, Teil der ominösen Forschungsgruppe zu werden. Wer immer sie ausgesucht hat, wusste genau, wen er haben wollte.«

»Wonach forschten die vier? Oder die fünf, wenn du Parker mitrechnest...«, hakte Llewellyn nach. »Beginnen wir mit Peter Compton, der irgendetwas in seiner persönlichen Vergangenheit zu vertuschen sucht. Oder wiedergutzumachen.«

»Wenn es nach Steinberg geht, dann hat es etwas mit Kolonialgeschichte zu tun, spielt in Asien, berührt die Geschichte Großbritanniens und Frankreichs«, ergänzte John. »Nehmen wir noch den italienischen Meeresarchäologen dazu, den investigativen Journalisten Peter Wachsfeld, den holländischen

Kaufmann in Nordafrika...« Der Pilot schüttelte den Kopf. »Tut mir leid, so kommen wir nicht weiter.«

Die beiden Männer überquerten die Mur auf der alten Brücke in Richtung Bahnhof, als Johns Handy läutete. »Frederic ruft an, mal sehen, was die Brüder Neues herausgefunden haben.«

»*Paris calling, Monsieur Finch.*« Frederic schien bester Stimmung zu sein. »Sind Sie noch in Murau?«

»Ja, aber nach einem Gespräch mit der Frau von Professor Steinberg genauso schlau wie zuvor.« John berichtete kurz von der Unterhaltung mit der ehemaligen Lehrerin. »Wir sind jetzt auf dem Rückweg zum Hubschrauber.«

»Nicht so schnell, wir haben da noch etwas gefunden«, meinte Frederic. »Während des Zweiten Weltkriegs befand sich in Murau ein Gefangenenlager der deutschen Wehrmacht, in dem 1945 vor allem britische Kriegsgefangene interniert waren. In den ersten Maitagen vor Kriegsende befreiten österreichische Widerstandsgruppen diese Gefangenen, um den anrückenden sowjetischen Truppen bei ihrem Einmarsch vorzugaukeln, dass Murau schon von den Briten besetzt worden sei. Das Täuschungsmanöver klappte, die Sowjets zogen wieder ab und überließen die Stadt den Briten, die sie dann auch bis 1955 unter ihrer Verwaltung hatten. Einer der Befreiten war ein junger Soldat aus Birmingham, Paul Edgecombe. Er war damals gerade mal achtzehn Jahre alt und blieb in Murau, wurde Lehrer für Englisch am örtlichen Gymnasium und unterrichtete natürlich auch Franz Steinberg, was bei knapp über viertausend Einwohnern kein Wunder ist.« Frederic gluckste in sich hinein. »In dem Städtchen *muss* jeder jeden kennen.«

»Das würde mich nicht wundern«, stimmte ihm John zu.

»Edgecombe entwickelte aufgrund der Ereignisse in Murau

zu Kriegsende ein reges Interesse für britische Militärgeschichte und wurde deshalb nicht nur zu einem Mentor für den jungen Steinberg, sondern im Laufe der Zeit auch zu einem seiner besten Freunde. Wo sind Sie jetzt genau, Monsieur Finch?«

»Wir stehen vor dem Bahnhof«, antwortete John etwas verwirrt.

»Ausgezeichnet. Drehen Sie sich um. Hinter Ihnen gibt es einen Fußgängersteg über die Mur. Nehmen Sie ihn, dann gelangen Sie auf eine Straße, die Murfeld heißt. Das sechste Haus auf der rechten Seite ist Ihres.«

»Meines? Geht das etwas ... genauer?«

»Nun, Mr Paul Edgecombe sitzt zwar im Rollstuhl, erfreut sich sonst jedoch bester geistiger Gesundheit. Die Stadt zeichnete ihn anlässlich seines neunzigsten Geburtstags aus, mit Ansprache, Blumen, Urkunde und allen Ehrungen. Und wir denken, Sie sollten mit ihm reden.«

Der alte Mann, der im Garten zwischen gepflegten Blumenbeeten unter einem riesigen Sonnenschirm saß, ein aufgeschlagenes Buch auf dem Schoß, blickte John und Llewellyn neugierig entgegen und schien in seinem Rollstuhl zu verschwinden.

»Vater, du hast Besuch aus England.« Der Mann in steirischer Tracht, einer der Söhne von Edgecombe, raunte in Johns Ohr: »Reden Sie etwas lauter, er hört nicht mehr so gut ... Aber das wird er lautstark abstreiten, wenn Sie ihn darauf ansprechen. Ich lasse Sie allein, ich muss noch einkaufen fahren.«

»Aus good old Britain?« Die Stimme Edgecombes war kräftiger, als sein schmächtiger Körper vermuten ließ. Er streckte seine Hand aus, die mit Altersflecken übersät war, doch sein Händedruck war fest, als John sie schüttelte und sich vorstellte.

»Danke, dass Sie uns so unkompliziert Ihre Zeit widmen.«

»Ach, Mr Finch, wie Sie sehen, habe ich nicht wirklich dringende Termine. Der Einzige, der noch auf mich wartet, sitzt da oben.« Grinsend wies Edgecombe zum blauen Himmel. »Hoffe ich zumindest.« Er musterte mit schräg gelegtem Kopf Llewellyn, der vor ihm in die Hocke gegangen war. »Military oder ...?«

»Oder ...?« Der Major grinste.

Der schmale Kopf des alten Mannes wankte vor und zurück. »Bin ich dem Empire plötzlich so wichtig? Nur weil ich es bis neunzig geschafft habe?« Edgecombe kicherte vergnügt. »Liegt an der gesunden steirischen Luft. Was kann ich für Sie tun, Gentlemen? Sie sind sicher nicht zur Sommerfrische in Murau. Eher mit dem Helikopter, der vor dreißig Minuten am anderen Ufer der Mur gelandet ist.« Er blickte Llewellyn lauernd an. John gab im Geist Edgecombes Sohn Recht: Der alte Herr war geistig voll da.

»Es geht um einen Ihrer Freunde, der in den Achtzigerjahren verunglückt ist. Professor Franz Steinberg.«

Edgecombe sagte nichts und wartete. Wenn er überrascht war, dann verbarg er es meisterhaft. Sein faltiges Gesicht war unbewegt, seine wachen Augen fixierten Llewellyn.

»Steinberg war mein Schüler, dann war ich sein Mentor und schließlich sein Freund. Er war ein brillanter Geist und wissenschaftlicher Unruhestifter, ein Querdenker und Grenzgänger. Er war eine erfreuliche Abwechslung im angepassten Universitäts-Allerlei.« Edgecombe sah von einem zum anderen seiner Besucher. »Er hat mir gefehlt, nach seinem Unfall, und tut es immer noch. Aber das ist über dreißig Jahre her, und viel Wasser ist die Mur hinuntergeflossen. Wen interessiert das heute noch?«

»Uns beide«, meinte John und ging neben Llewellyn in die Hocke, um auf Augenhöhe mit Edgecombe zu sein. »Hat Steinberg an irgendetwas Besonderem geforscht oder gearbeitet? Hat er Ihnen davon erzählt?«

»Wir haben über vieles gesprochen«, erinnerte sich Edgecombe. »Ich war damals noch nicht in Pension, und meine Frau hat noch gelebt. Er hat viele Nachmittage bei uns verbracht, wenn er in Murau war. Ich habe die Arbeiten meiner Schüler korrigiert, und er hat erzählt. Dann ist er verunglückt...« Der alte Mann schaute in die Ferne, hinauf in den Wald der umliegenden Berge. »Und ein Jahr später starb meine Frau. Es war keine gute Zeit...« Edgecombe verstummte.

»Wovon hat er erzählt?«, holte Llewellyn ihn wieder in die Wirklichkeit zurück. »Was hat Steinberg bewegt, bevor er verunglückte?«

Der Ausdruck in den Augen des alten Mannes veränderte sich schlagartig. Misstrauen flammte auf. »Warum interessiert Sie das? Es ist lange her.«

»Und trotzdem unter Umständen heute noch von Bedeutung, Mr Edgecombe«, hakte Llewellyn nach. »Weil die Vergangenheit der Teppich ist, auf dem wir uns heute noch alle bewegen.«

Der alte Mann nickte und sah auf seine Hände. »Franz hatte sich zuletzt intensiv mit der Plünderung und Zerstörung des Sommerpalasts in Peking im Herbst 1860 beschäftigt, eines seiner Lieblingsthemen in den letzten Jahren. Die kaiserlichen Gärten, die in Europa unter der Bezeichnung Alter Sommerpalast bekannt sind, wurden ab Anfang des 18. Jahrhunderts errichtet. Es handelte sich um drei aneinandergrenzende Garten- und Palastkomplexe, die von allen nachfolgenden Kaisern ausgebaut und verschönert wurden. Zuletzt umfasste er rund einhundertvierzig Gebäude auf einer Fläche von rund dreihundertfünfzig Hektar. Der Alte Sommerpalast war nicht nur für seine Gärten berühmt, sondern auch für seine Kunstsammlungen und eine kostbare Bibliothek.«

Edgecombe verstummte. Dann zuckte er hilflos mit den Schultern. »Natürlich haben wir uns auch über andere Dinge unterhalten, aber Franz war von den Ereignissen im Oktober 1860 fasziniert. In der Mitte des 19. Jahrhunderts verbrachten die Kaiser im Alten Sommerpalast den Hauptteil ihrer Zeit, obwohl der Kaiserpalast im Herzen Pekings als offizieller Regierungssitz galt.«

»Wer plünderte den Palast?«, wollte John wissen.

»Englische und französische Truppen nahmen alles mit, was nicht niet- und nagelfest war.« Edgecombe seufzte. »Ich habe mich selbst ein wenig in die Geschichte eingearbeitet, im Alter hat man ja genug Zeit dazu. Durch Berichte von Jesuiten war der Ruf des Sommerpalasts und der Gärten bis nach Frankreich gedrungen. In Großbritannien wiederum war es Lord Macartney, der von König Georg III. 1792 nach China gesandt wurde, um Handelsbeziehungen mit China anzuknüpfen. Er wurde im Sommerpalast von dem damals schon sehr alten Kaiser Qianlong empfangen, der zwar die englischen Geschenke annahm, aber nicht im Geringsten daran dachte, Handelsbeziehungen zu Großbritannien aufzunehmen. Macartney war beeindruckt vom Reichtum und der Pracht des Palastes und der Gärten und berichtete ausführlich darüber.«

»Aber bis 1860 sollte noch viel Zeit vergehen«, wandte Llewellyn ein.

»Ja und nein«, lächelte Edgecombe. »Sie vergessen, dass nach einer weiteren gescheiterten diplomatischen Mission der Briten 1816 kein Vertreter einer westlichen Macht nach Nordchina kam, und zwar bis 1858. China war ein ziemlich abgeschottetes Land.«

»Gab es einen Grund für die Plünderungen?«, wollte John wissen.

»Aber ja. Die Plünderung und Zerstörung des Sommerpalastes war der traurige Höhepunkt des Zweiten Opiumkrieges. In dessen Verlauf rückten alliierte britisch-indische und französische Truppen im Spätsommer 1860 nach Peking vor, um das Gesandtschaftsrecht durchzusetzen. Die Situation eskalierte, als Truppen der Regierung im September die dreißigköpfige britisch-französische Verhandlungsdelegation gefangen nahm. Sie internierten und folterten die Gesandten, die nach dem Abschluss des Vertrags von Tientsin die Aufnahme diplomatischer Beziehungen vorbereiten sollten. Sieben Franzosen und dreizehn Engländer wurden getötet. Daraufhin besetzten englische und französische Truppen den Sommerpalast, befreiten die Geiseln und plünderten zur Strafe die Gebäude. Doch damit nicht genug. Unter der Führung von Lord Elgin legten die Briten mehrere Pekinger Palast- und Gartenanlagen, darunter den Alten Sommerpalast, in Schutt und Asche, während der Befehlshaber der französischen Truppen, General Montauban, an dieser Vergeltungsaktion nicht teilnahm.« Edgecombe grinste lausbübisch. »An der vorhergehenden Plünderung hatten sich die Franzosen jedoch sehr wohl beteiligt, und zwar voller Enthusiasmus.«

John und Llewellyn sahen sich nachdenklich an.

»Und das war kein kleiner Griff in die Schatulle des chinesischen Kaisers«, erklärte der alte Mann. »Im Rahmen dieser sogenannten Strafaktion der britischen und französischen Truppen wurde tagelang geplündert. Bereits in den Abendstunden des 6. Oktober 1860 war das Haupttor des Alten Sommerpalasts gestürmt worden. Die britischen Truppen legten aber erst am 17. und 18. Oktober systematisch in allen Bereichen Feuer. Sie können sich vorstellen, wie groß die Beute gewesen sein muss, die in den Gebäuden gemacht wurde, wenn man zehn Tage dazu brauchte, um sie abzutransportieren. Vieles verschwand spurlos, anderes tauchte nach und nach in Museen weltweit wieder auf. Dieser Vandalismus stellte eine kulturelle Katastrophe für China dar. Unzählige Kulturgüter, Kunstschätze und Raritäten waren geraubt oder vernichtet worden. Franz meinte stets, diese Aktion der Briten und Franzosen stelle in der kollektiven Erinnerung Chinas nach wie vor ein Symbol chinesischer Demütigung durch imperialistische Aggressoren dar.«

»Das war es, was Steinberg beschäftigte, bevor er verunglückte?« Llewellyn richtete sich auf und streckte sich.

Edgecombe nickte stumm.

»Was hatte es mit den Jesuiten auf sich? Sie haben gesagt, die Franzosen hätten aus ihren Berichten von dem Alten Sommerpalast erfahren.« John versuchte, die Puzzleteile an die richtigen Stellen zu rücken.

»Im 18. Jahrhundert wirkte fast dreißig Jahre lang eine Gruppe Jesuiten als Missionare in China, die das Vertrauen des Kaisers Qianlong gewinnen konnten. Er schätzte die künstlerischen Fähigkeiten der Fremden und wollte in den kaiserlichen Gärten rund um den Sommerpalast auch einen europäischen Teil schaffen. Die Abbildung eines europäischen Springbrunnens hatte den Kaiser derart begeistert, dass er diese bislang in China unbekannten Wasserspiele auch an seinem Hof wünschte. So entstand ein Garten westlicher Art im Stil des italienischen Rokoko. Im Gegensatz zu den meisten Häusern, Hallen und Tempeln verwendeten die Ordensbrüder nicht Holz, sondern Stein als Material für die Bauwerke. Also entstanden Springbrunnen, ein zweiflügeliges Schloss mit

Nebengebäuden, ein Irrgarten, Pavillons, Volieren, Triumphpforten, Beobachtungstürme, Becken und ein Landschaftstheater. Darüber berichteten die Jesuiten voller Begeisterung, als sie wieder nach Frankreich und Italien zurückkehrten.«

»Was dachte Steinberg darüber?«, wollte Llewellyn wissen. »Über die Plünderungen und die Brandstiftung.«

»Darüber hat er nie explizit gesprochen«, antwortete Edgecombe bestimmt. »Er meinte einmal wie nebenbei, er sei einer wissenschaftlichen Sensation auf der Spur. Als ich nachfragte, winkte er nur ab und meinte, ich werde mich noch etwas gedulden müssen...«

»...doch dann verunglückte er«, schloss John.

»Dann verunglückte er«, bestätigte Edgecombe düster.

»Fällt dir etwas auf?«

John ging mit Llewellyn über die Murbrücke. Der schwarze Helikopter auf der Wiese neben dem Fluss glänzte wie poliert in der Sonne. »Alle Nationen von damals sind wieder mit an Bord: die Engländer mit Peter Compton und uns, die Italiener mit Kardinal Sanseverino, die Franzosen mit unseren beiden Computerfreaks und die Chinesen mit den Vertretern der Triaden.«

»Und die Österreicher sind auch vertreten mit ... tja, wie sollte man *den* wohl nennen?«

Die Stimme in ihrem Rücken ließ John und Llewellyn herumfahren. Alexander Reiter stand feixend vor ihnen, in den obligaten Jeans und einem grauen, ausgewaschenen T-Shirt, einen Seesack über der Schulter.

»Wie wär's mit Tagedieb?«, schlug John grinsend vor.

»Treffen sich drei Männer auf einer Brücke in der Steiermark«, begann Rebus den alten Spruch.

»Fragt der eine den anderen erstaunt: Ist nicht wahr, was machst du hier?«, lachte John, und Llewellyn schloss sich an: »Sagt der Dritte: Das kann nun wirklich kein Zufall sein. Murau ist nicht gerade der Nabel der Welt. Wie hast du uns gefunden?«

»Über unsere gemeinsame Anlaufstelle im Vatikan.« Rebus schüttelte den beiden die Hand. »Diesmal sieht es ganz so aus, als würden alle Fäden bei einem Kardinal in Rom zusammenlaufen, der über Nacht blitzschnell Informationen aus dem Ärmel geschüttelt hat, die ich wahrscheinlich niemals aus Peter Compton herausbekommen hätte.«

»Du hast mit Peter gesprochen?« Llewellyn runzelte die Stirn. »Wann genau?«

»Vor zwei Tagen.«

»Der alte Fuchs hat kein Wort davon erzählt«, grummelte der Major. »Bei mir regt sich gerade das altbekannte, begründete Misstrauen.«

»Diesmal muss sein schlechtes Gewissen im wahrsten Sinne des Wortes von London nach Peking reichen«, ergänzte John. »Vorausgesetzt, wir sind auf der richtigen Fährte.«

»Glaubst du wirklich, dass es um die Plünderung des kaiserlichen Sommerpalasts in Peking geht?«, fragte ihn Llewellyn zweifelnd. »Damals war selbst der Dinosaurier Peter Compton noch nicht auf der Welt. Was will die chinesische Mafia dabei? Jagt sie Altertümer, die seit mehr als hundertfünfzig Jahren in alle Winde zerstreut sind? Will sie die chinesische Identität wiederherstellen? Das kann ich mir nicht vorstellen. Und was hätten die Ostdeutschen davon gehabt?«

»Moment ... Ostdeutsche? Chinesische Mafia? Sommerpalast in Peking? Wann war diese Plünderung? Kann es sein, dass sich der Reisebericht eines gewissen Grafen Calice auf genau jene Ereignisse bezieht?«, wollte Reiter wissen.

Als er die ratlosen Blicke von John und Llewellyn sah, winkte er ab. »Egal. Ich denke, es ist an der Zeit für einen grundlegenden Informationsaustausch. Ich könnte noch den Mossad einbringen, Ori Shapiro, das Naturhistorische Museum in Wien...«

»Was macht die Metsada in deinem Hinterhof?« Llewellyn runzelte besorgt die Stirn.

»Sagt euch der Name Professor Steinberg etwas?«, fragte Reiter in die Runde.

Diesmal sahen John und Llewellyn sich überrascht an.

»Allerdings, sehr viel, aber woher kennst du *die* Geschichte?«, wollte der Major wissen. »Wir kommen gerade von seinem alten Lehrer, der da drüben wohnt.«

»Dann ist der Historiker das Bindeglied, das Sanseverino gefunden hat«, nickte Reiter zufrieden. »Er ist brillant, aber das sollte man ihn nicht jeden Tag wissen lassen.«

»Das weiß er wahrscheinlich längst«, winkte John ab. »Frederic und sein Bruder machen in unserem Auftrag schon wieder das Internet unsicher, und ich nehme an, der Kardinal hat eine Beichte von den beiden eingefordert, nachdem du ihn angerufen hast. Wie hast du uns so schnell gefunden?«

»Sanseverino wusste, dass ihr auf dem Weg nach Murau seid. Und so viele Helikopter stehen hier nicht herum. Ich nehme an, das ist euer schwarzer Schwan?« Reiter wies auf den Helikopter am Flussufer.

»Und langsam wird er voller.« John lächelte. »Willkommen an Bord.«

Das war der Moment, als der X3 wie ein wütendes Insekt nur wenige Meter über der Mur mit atemberaubender Geschwindigkeit hinter der Biegung auftauchte, einen Wasserwirbel im Schlepptau, und direkt auf die Fußgängerbrücke zuhielt.

Vor dem Kaiserstein, Mehringdamm 80,
Berlin/Deutschland

Der Streifenwagen mit Annette Krüger verschwand rasch in Richtung Dudenstraße, und Thomas Calis lehnte sich für einen Moment an die Hauswand neben dem Eingang zum ehemaligen Café Kaiserstein. Einerseits war er erleichtert, dass die Studentin nun in Sicherheit war, andererseits war die Suche nach Gustav nach wie vor ergebnislos verlaufen, der Cleaner befand sich noch immer auf freiem Fuß, die erhängte Mumie blieb ein Rätsel, dafür waren jede Menge Fünfhunderter-Blüten im Umlauf, während die Chinesen sich in Luft aufgelöst hatten und Frank Lindner um einen internationalen Haftbefehl rang.

Von den erdrosselten alten Agenten ganz zu schweigen ... Inzwischen hatten die Kollegen der Kripo in Magdeburg und in Emsdetten die übrigen beiden Leichen gefunden, inklusive Hauff im Regal und dem obligaten Waffenlager im Bad.

Calis schüttelte den Kopf. Das ergab alles keinen Sinn. Wo war der Zusammenhang? Was hatte er übersehen? Und vor allem – warum das alles? Wegen eines Kriegstagebuchs? Was stand auf diesen beschissenen verschlüsselten Seiten?

»Alles Blödsinn«, murmelte er, versenkte die Hände in den Taschen seiner Jacke und trabte los zu seinem geparkten Golf.

Erst diesen Scaglietti anrufen, dann den ominösen Stefan, wie immer er auch mit Nachnamen hieß, um über ihn an seinen Vater zu kommen. Calis zweifelte keine Sekunde daran, dass der hinter der Entführung von Annette steckte. Alles andere würde keinen Sinn ergeben.

Aber was ergab in diesem Fall schon einen Sinn?

»Was für ein Chaos«, seufzte Calis leise, als er sich auf den Fahrersitz fallen ließ und die Tür zuzog.

»Führen Sie immer Selbstgespräche?«, ertönte eine raue Stimme an seinem Ohr. Zugleich spürte er den Lauf einer Pistole an seinem Hals. »Aber vielleicht haben Sie ja Recht. So widerspricht Ihnen wenigstens keiner.«

Das leise, spöttische Lachen in seinem Rücken machte Calis nervös. Er erkannte die Stimme nur zu gut.

»Sie sind ins falsche Taxi gestiegen«, meinte er und versuchte, einen Blick in den Rückspiegel zu werfen, doch der war offenbar absichtlich verdreht worden. Er sah nur den leeren Teil der Rücksitzbank seines Golfs. »Dieses hier fährt Sie direkt nach Moabit in den Knast.«

»Das glaube ich nicht, Kommissar Calis. Legen Sie die Hände auf das Lenkrad, damit ich sie sehen kann. Ich möchte mich gerne in Ruhe mit Ihnen unterhalten. Dann dürfen Sie mir dafür danken, dass ich die Entführung der jungen Frau so rasch und effektiv beendet habe. Und am Ende, ja am Ende werden wir uns leider wieder trennen müssen.«

»Die beiden Toten in der Neuendorfer Straße gehen auf Ihr Konto?«

»Ist das Ihre einzige Frage? Das kann ich mir nicht vorstellen. Sie haben doch im Moment eine wahre Flut an Problemen. Jetzt lassen Sie bloß den Kopf nicht hängen, und hören Sie mir zu.«

»Wieso sind Sie überhaupt noch am Leben?«, erkundigte

sich Calis mit einem ironischen Unterton. »Waren Sie nicht auf dem Sprung ins Jenseits?«

»Unvorhergesehene Dinge geschehen nun mal, und Sie sollten davon profitieren. Es war nicht geplant, dass ich noch einmal nach Berlin zurückkehre.«

»Habe ich mich verhört?«, fragte Calis erstaunt nach. »Profitieren?«

»Aber ja! Sie tappen wie ein kleines Kind durch die stockdunkle Geisterbahn, ecken überall an und haben keine Ahnung, in welchem Albtraum Sie eigentlich gelandet sind. Mittlerweile haben die Dämonen Sie nicht nur fest im Griff, sie jagen Sie bereits vor sich her. Also besser, Sie hören mir zu.«

Calis hätte am liebsten den Golf gestartet und wäre losgefahren, aber der Mann auf der Rückbank war ein Profi, und der Kommissar zweifelte nicht eine Sekunde daran, dass der Cleaner dann sofort reagieren würde. Und er starb nicht gerne mit eingeschlagener Schädeldecke am Steuer seines alten Golfs.

»Dieser Fall reicht weit zurück, viel weiter, als Sie glauben. Weit vor Ihre Zeit. Da haben Sie noch nicht mal die Schulbank gedrückt und versucht, den Mädels unter den Rock zu schauen.« Der Cleaner gluckste. »Also, betrachten Sie unser Treffen als ein informelles, und lassen Sie mich einige Dinge klarstellen.«

»Weshalb sollten Sie das? Sie können mir hier das Blaue vom Himmel erzählen. Warum sollten Sie der Polizei helfen?«

»Ich habe meine guten Gründe«, kam es von der Rückbank. »Schauen Sie nach vorn, drehen Sie sich nicht um, und hören Sie gut zu. Versuchen Sie keine Tricks, sonst müsste ich Ihnen die Pistole über den Schädel ziehen und wäre verschwunden, bevor Sie wieder ins Tageslicht blinzeln. Ich bin kein Anfänger mehr.«

»Dann schießen Sie los, wir parken illegal«, scherzte Calis. »Und ich habe Zeit.«

»Schön für Sie, ich leider nicht. Aber man kennt das ja von den Pensionären – je älter sie werden, desto mehr Hektik und Stress verbreiten sie.« Er lachte wieder leise. »Doch zurück zur stockdunklen Geisterbahn. Wollen Sie Fragen stellen, oder soll ich einfach erzählen?«

»Wer ist die erhängte Mumie?«, begann Calis. »Was machte er in Berlin?«

»Der Mann hieß Zughé Fong, die Triaden hatten ihn nach Berlin geschickt nach dem Fall der Mauer. Er sollte gewisse ... Ergebnisse auskundschaften und versuchte deshalb, mit leitenden Leuten der HVA in Verbindung zu treten. Die Chinesen hatten eine Gruppe von Forschern aus den Augen verloren, die unter dem Schutz der DDR standen.«

»Warum ausgerechnet zu diesem Zeitpunkt?«

»Weil Umbrüche immer zu Unsicherheit und Chaos führen. Kennen Sie das alte chinesische Sprichwort nicht? Chaos heißt auch Chance? Vorher hätten sie sich schwergetan, mit den Verantwortlichen des HVA unbemerkt in Kontakt zu treten. Doch nach der Wende war alles möglich. Außerdem brachen alte Animositäten auf, die bis dahin im Verborgenen geköchelt hatten. Seilschaften setzten sich ab und brauchten Geld, niemand wusste, was die Zukunft bringen würde. Eines allerdings stand fest – sie würde teuer werden.«

»Was wollten die Triaden tatsächlich von den ostdeutschen Diensten? Die Stasi war zu diesem Zeitpunkt doch bereits zerschlagen, es war eine ›Rette sich, wer kann‹-Stimmung. Alles löste sich auf.« Calis versuchte vergeblich, im Rückspiegel einen Blick auf den Cleaner zu werfen.

»Von zerschlagen kann keine Rede sein, höchstens von untergetaucht«, belehrte ihn der Mann auf der Rückbank.

»Seilschaften lösen sich nicht einfach so auf, sie gehen in den Untergrund. Das war am Ende des Zweiten Weltkriegs genauso. Da haben alte Seilschaften noch fünfzig Jahre später perfekt funktioniert. Warum sollte es bei der DDR anders sein?«

»Die Triaden schickten also einen ihrer Männer aus China hierher, wir nehmen an, aus Shanghai ...«

»Korrekt«, stimmte der Cleaner zu.

»... um Forschungsergebnisse zu recherchieren. Was für Forschungsergebnisse?«

»Dazu kommen wir später. Es gelang ihm, die richtigen Kontakte zu knüpfen, mit den ehemaligen Führungsoffizieren zu sprechen, die alle von der Wende frustriert waren und nur zu auskunftsbereit. Mit einem Wort, er war in kurzer Zeit ziemlich erfolgreich.«

»Sein Todesurteil?«, erkundigte sich Calis wie nebenbei und versuchte, wie zufällig eine Hand vom Lenkrad rutschen zu lassen. Sofort war der Pistolenlauf wieder an seinem Hinterkopf.

»Ja, und es sollte zugleich eine Warnung an die Triaden sein, es nicht wieder zu versuchen. Sozusagen ein Exempel, das publik werden sollte.«

»Das ist allerdings völlig danebengegangen«, warf Calis ein.

»Wer konnte schon ahnen, dass dieses Bürogebäude in den kommenden dreißig Jahren leerstehen würde? Dass niemand den Erhängten entdecken würde? Das war so ganz anders geplant. Egal. Zughé Fong scheiterte und verschwand. Interessanterweise schickten die Triaden keinen Nachfolger, und wir haben uns immer gefragt, warum ...«

»Wir?«, hakte Calis nach.

»Nächste Frage«, kam es bestimmt von der Rückbank.

»Kommen wir zu den beiden Listen«, entschied der Kommissar. »Eine, die vor allem die Engländer auf den Plan gerufen hat, die andere, die mich brennend interessiert. Die mit den Namen der alten Männer, die Sie beseitigt haben.«

»Wir alle dachten, die Listen seien vernichtet worden in den letzten Tagen der Stasi. Beide Listen. Es ist kein Zufall, dass sie ziemlich zeitnah wieder zusammengesetzt wurden. Ich wette, sie wurden nur im Abstand von Minuten geschreddert.« Der Cleaner verstummte.

Calis wartete.

»Sie gehörten auch zusammen, kamen wohl aus derselben Akte. Der Umbruch im Osten machte alles so schwierig... mit einem Mal waren wir von allen Informationen abgeschnitten. Die Führungsoffiziere verschwanden im Untergrund, wollten unerkannt bleiben, die Folgejahre unbeschadet überstehen. Es blieben die sechs Agenten, wie Sie richtig vermutet hatten. Sie waren alle in der Bundesrepublik stationiert, ironischerweise für genau den Fall, der dann eintrat – den Zusammenbruch der DDR.«

»Sie gehörten nicht dazu?«, wollte Calis wissen.

»Ich gehöre zu ... Egal, nein, nicht zu jener Gruppe. Ich habe nur meinen Job gemacht und die losen Enden gekappt. Wäre die Liste nicht ans Tageslicht gekommen, sie wären alle in irgendeinem Altersheim gestorben, vergessen und alleine. So aber...«

»So aber?«, ließ der Kommissar nicht locker.

Der Cleaner seufzte etwas theatralisch. »Gut, holen wir etwas weiter aus und stellen wir einige Dinge klar. Erstens: Die Gruppe der sechs Männer auf der ersten Liste waren Forscher, die sich unter dem Schutz des Ministeriums für Staatssicherheit auf die Suche nach, nun, sagen wir, gewissen historischen Tatsachen und Artefakten gemacht haben. Und nein, nicht in Ostdeutschland, sondern international. Sie wurden von sechs ausgesuchten Personenschützern bewacht. Zweitens: Die Männer auf der zweiten Liste, die nun ebenfalls auftauchte, waren auch zu ihrer Bewachung abgestellt worden, aber im weitesten Sinne des Wortes. Sie waren eine Art Back-up-Team, für den Fall, dass es zur Wiedervereinigung kommt, die Agenten des ersten Teams nicht mehr handlungsfähig waren oder eine Unterstützung von Operationen erforderlich wurde, die einen soliden westlichen Hintergrund erforderten. Mit dem passenden Reisepass, einer Menge westlichen Bargelds oder auch ganz einfach Ortskenntnissen.«

»Deshalb die Kriegskassen?«

»Sie hätten jederzeit an jeden beliebigen Punkt der Erde beordert werden können. Solche Reisen zahlt man nicht aus der Portokasse.«

Calis überlegte. »Aber irgendetwas passierte doch«, sagte er nach einer Weile. »Abgesehen vom Mauerfall, meine ich. Die Agenten kamen nie zum Einsatz, oder? Sie waren Schläfer, die niemand aufweckte. Warum?«

»Weil etwas Unvorhergesehenes geschah«, antwortete der Cleaner. »Die ursprünglichen Bewacher wurden einer nach dem anderen eliminiert.« Er machte eine Pause. »Und die Gruppe der Forscher verschwand spurlos. Nicht gleichzeitig, aber zeitnah. Beides Ereignisse, die ich leider viel zu spät erfahren habe. Was blieb, war das Back-up-Team.«

»Also warteten die Agenten in Westdeutschland all die Jahre vergeblich auf ihren Einsatz«, fasste der Kommissar zusammen. »Was zurückblieb, war eine Mumie in der Quedlinburger Straße, die niemand fand. Ein toter Kundschafter der Triaden. Was hatten die überhaupt mit der ganzen Sache zu tun?«

Der Cleaner ignorierte die Frage. »Sie sind zu ungeduldig,

Kommissar. Zughé Fong jedenfalls war kein Vorbild an asiatischer Tapferkeit. Er bettelte um sein Leben und hätte wahrscheinlich alles getan, um seinen Kopf wieder aus der Schlinge zu bekommen.«

»Woher wissen Sie das?«

»Weil ich ihn aufgehängt habe«, sagte der Mann auf der Rückbank kalt.

AM UFER DER MUR, MURAU, STEIERMARK/ÖSTERREICH

Der X3-Helikopter stürmte knapp über dem Fluss fliegend heran wie die Heerscharen der Apokalypse. Eine lange Salve aus einer Maschinenpistole war deutlich durch den Lärm des Rotors und der Propeller zu hören.

»Weg von der Brücke!«, schrie Llewellyn und stieß John an, doch der hielt den Major zurück.

»Er muss noch mal hochziehen vor der Straßenbrücke, und er kann nicht wissen, dass wir auf der zweiten Brücke stehen!«, rief er. »Er hat es auf unseren Hubschrauber abgesehen. Hoffentlich kann Amber ...«

Doch die war vorbereitet gewesen, und der AW139 schoss vertikal in den Himmel mit einer atemberaubenden Geschwindigkeit, die selbst den Piloten der X3 überraschen musste. Dann ließ Amber den Helikopter nach links abkippen, zwang ihn in eine enge Kurve und steuerte ihn in Richtung Fußgängerbrücke. Die Schallwellen der Turbinen wurden von den Berghängen zurückgeworfen.

»Braves Mädchen!«, rief Llewellyn und zog seine Pistole. »Damit zwingt sie ihn in unsere Schusslinie.«

»Wer ist hier auf dem Kriegspfad?«, wollte Rebus wissen.

»Die chinesischen Triaden sind nicht so glücklich, dass wir ihnen ins Handwerk pfuschen«, antwortete John und verfolgte gespannt das Manöver von Amber.

Der AW139 donnerte auf sie zu, während der X3 im Hintergrund zum Sprung über die Straßenbrücke ansetzte.

»Ist nicht langweilig bei euch«, grinste Rebus, der in die Hocke gegangen war und gespannt in Richtung des anfliegenden X3 blickte, während er in seiner Sporttasche kramte. Als seine Hand wieder zum Vorschein kam, hielt er eine Kugel in der Hand, die nicht größer als ein Golfball war.

Amber fegte in einer Welle aus Sturm und Lärm nur wenige Meter über die Fußgängerbrücke und zwang den Hubschrauber noch näher hinunter an die Wasseroberfläche der ruhig dahinfließenden Mur. Als sie in den Schwebeflug überging, berührten die Kufen des AW139 fast die kleinen Wellen, die nun in einem Gischtnebel verschwanden.

Der X3 war bereits über die Straßenbrücke gefegt und wurde rasch größer und größer. Auch er stürmte nur wenige Meter über dem Wasser dahin. Dann begann die Maschinenpistole erneut zu feuern, und eine Reihe von Einschlägen auf der Wasseroberfläche zog sich wie eine gerade Linie von Fontänen auf John, Llewellyn und Rebus zu. Hinter ihnen versuchte Amber, den Hubschrauber ruhig zu halten und die näher kommenden Einschläge zu ignorieren.

Rebus streifte einen Handschuh über und zog eine Folie von der Kugel. Gleichzeitig begann Llewellyn zu feuern, doch John machte sich keine Illusionen.

Pistole gegen Helikopter funktionierte nur in Filmen.

Der X3 setzte seinen Weg unbeirrt fort, und John fragte sich, ob ihr Weg hier und jetzt zu Ende sein würde.

Die Maschinenpistole hörte auf zu feuern, als der Pilot des X3 seine Maschine hochziehen musste, um nicht die Fußgängerbrücke zu rammen. Außerdem musste er den AW139 gesehen haben, der im Schatten der Brücke lauerte, denn er wurde langsamer.

Rebus nahm Maß, richtete sich auf und warf die Kugel mit voller Kraft auf den hereinschwebenden X3.

»Das ist Aluminium!«, schrie John, doch Rebus schien ihn nicht zu hören. Er blickte konzentriert nach oben, sah wie die Kugel auf das Leitwerk hinter der Turbine traf und wie von Geisterhand haften blieb.

Amber hatte todesmutig den AW139 hochgezogen, um den X3 zu rammen. Im letzten Augenblick riss der Pilot des X3 seinen Hubschrauber nach links, weg von der Stadt, hin zu den Bergen. Dann zog auch schon Amber wie in einem Fahrstuhl an ihm vorbei und verfehlte die Rotoren des X3 um wenige Zentimeter.

Die Maschinenpistole begann wieder zu schießen, doch diesmal lagen die Einschläge weit entfernt.

Rebus legte Llewellyn, der seine Pistole erneut anlegte, die Hand auf den Arm. »Nicht nötig. Er hat noch vier Sekunden, dann ist er auf dem Weg in den chinesischen Himmel und begegnet seinem Schöpfer.«

Llewellyn sah ihn fragend an.

»Kann auch die chinesische Hölle sein, je nachdem...« Damit drehte sich Rebus seelenruhig um und ging, um seine Sporttasche zu holen. In diesem Moment fegte eine gewaltige Explosion den X3 vom Himmel, zerfetzte ihn wie eine aufplatzende Konservendose, deren Reste hinter dem Bahnhof in einen kleinen Wald trudelten. Die Druckwelle und der Lärm der Explosion ließ die Fußgängerbrücke schwingen und hätte John und Llewellyn beinahe von den Füßen geholt.

»Was um Himmels willen war *das?*«, stieß Llewellyn hervor, als er sich aufrichtete.

»Neuartiger Sprengstoff in einer Kugel, die mit einem ultrageheimen Kleber aus den Laboren der CIA beschichtet ist.« Rebus warf sich die Sporttasche über die Schulter und lächelte wie ein Schuljunge, dem ein besonders guter Streich gelungen war. »Sobald das Ding klebt, ist es nicht mehr loszuwerden. Dazu ein Mikro-Zeitzünder ... Bumm! Abgang, großes Finale.«

Aus der Ferne waren die ersten Sirenen der Einsatzfahrzeuge zu hören. Die Zentrale der Feuerwehr von Murau war nicht fern, und die Polizei würde nicht viel länger brauchen. Amber hatte den AW139 inzwischen vom Wasser weggesteuert, auf die andere Seite der Mur, und den Helikopter am Ende der Fußgängerbrücke über einer kleinen Wiese stabilisiert.

John, Llewellyn und Rebus verloren keine Sekunde und sprinteten los. Wenige Augenblicke später halfen Jack und Alex ihnen in den bereits schwebenden Hubschrauber, bevor Amber den AW139 fast auf die Nase stellte, ihn in eine elegante Kurve legte und knapp über den roten Dächern der Einfamilienhäuser in Richtung Talausgang beschleunigte.

Kapitel 9
DER WETTLAUF

Mittwoch, 8. Juni 2016

Vor dem Kaiserstein, Mehringdamm 80,
Berlin/Deutschland

»Sie waren das?«

Thomas Calis versuchte nochmals vergeblich, einen Blick auf den Cleaner auf der Rückbank seines Golfs zu erhaschen.

»Sie haben den Chinesen in der Quedlinburger aufgehängt? Warum?«

Der Cleaner seufzte theatralisch. »Sie verstehen auch nichts, wenn man es Ihnen nicht auf dem Silbertablett serviert. Dachten Sie, dass sich mit der Wende der gesamte Apparat der Stasi einfach auflöste? Die Strukturen funktionieren heute noch, mehr als ein Vierteljahrhundert später! Unbemerkt von allen. Vor allem die alten Seilschaften, eingeschworen und zusammengeschweißt seit Jahrzehnten, helfen sich wie eh und je. Das war doch nach dem Zusammenbruch des Dritten Reichs nicht anders. Wo immer etwas im Chaos versinkt, bleiben Inseln im Meer des Untergangs zurück, Männer und Frauen, die sich erkennen, erneut zusammenarbeiten, ihre Schäfchen ins Trockene bringen und dafür sorgen, dass niemand hinter ihre Geheimnisse kommt oder die Leichen im Keller findet. Sie folgen mir noch, Herr Kommissar?«

Calis nickte stumm und überlegte, wie skurril die Situation geworden war. Statt den Cleaner auf der Dienststelle zu verhören und danach in Moabit einzuliefern, saßen sie mitten in der Stadt auf einer vielbefahrenen Straße, in einem alten Golf, den der Kommissar im Parkverbot abgestellt hatte. Und weit und breit kein Knöllchenverteiler zu sehen ...

»Als der Schlitzi damals hier den Schlamm aufwühlte und krampfhaft versuchte, sensible Kontakte herzustellen, um mehr über die verschwundene Gruppe der Forscher zu erfahren, da sprach sich das binnen weniger Tage herum. Kein Wunder. Der Umbruch, verbunden mit dem Mauerfall, die Hektik und die Unsicherheit – jeder war auf der Hut, alle Antennen waren ausgefahren. Die feindliche Übernahme durch den Westen drohte, und jeder versuchte noch rasch, seine Schäfchen ins Trockene zu bringen. In dieser Zeit kam also der Chinese und begann unangenehme Fragen zu stellen, zu Themen, die man damals am liebsten vergessen hätte. Es waren ja nicht nur die Forscher verschwunden, die unter dem Schutz der HVA standen, sondern auch ihre ursprünglichen Bewacher waren einer nach dem anderen eliminiert worden. Und welcher Geheimdienst verliert schon gerne seine Schützlinge, die Agenten, und kann sich beides nicht erklären?«

»Der Chinese stach also in ein Wespennest, als er nach Berlin kam«, fasste Calis zusammen. »Die Forscher waren tot, ihre Bewacher ebenfalls, und die Triaden konnten sie keinesfalls beseitigt haben, es musste jemand anders gewesen sein. Sonst hätte der Chinese aus Shanghai nicht versucht, ehemalige Führungsoffiziere der HVA zu kontaktieren, um Näheres zu erfahren.«

»Die Chinesen tappten im Dunkeln, wie ich damals auch«, stimmte der Cleaner zu. »Ich war mit der ganzen Aktion in den Achtzigerjahren nicht vertraut gewesen und musste nur wieder einmal die Feuerwehr spielen, nachdem schon alles lange den Bach hinuntergegangen war ...«

»Wie immer«, nickte der Kommissar.

»Wie immer ...«, kam es bestätigend von der Rückbank.

»Gründlich, im Verborgenen und endgültig. Aber das wird Ihnen Major Llewellyn ja erklärt haben.«

»Hat er, sehr eindrücklich«, sagte Calis. »Kommen wir also zu meiner ursprünglichen Frage. Warum das alles? Warum passten ostdeutsche Agenten auf eine Gruppe von Forschern auf, die ganz offensichtlich keine Staatsbürger des Honecker-Staates waren? Warum tauchten dann die Chinesen hier auf, und was wollten die Triaden von der HVA wissen?«

»Ah, jetzt kommen wir der Sache schon näher. Aber glauben Sie mir, das geht weit über Ihren Horizont hinaus, Kommissar. Über Ihren geografischen als auch Ihren Zuständigkeitshorizont. Verschwenden Sie Ihre Bemühungen nicht, der Beginn dieses Abenteuers verliert sich im Dunkel der Geschichte. Steigen wir lieber im 20. Jahrhundert ein. Ich nehme an, die ostdeutsche Gier nach Devisen und der Hauptprotagonist in diesem Zusammenhang, der Sonderbeauftragte im Dienste des MfS, der sich damals allgemein ›Schuhmann‹ nannte, in Wirklichkeit jedoch einen allseits bekannten Doppelnamen hatte und heute im Westen lebt, ist Ihnen wohlbekannt.«

Calis nickte. Wer kannte die KoKo und ihre zwielichtigen Geschäfte nicht?

»Nun, Schuhmann war nicht zimperlich, wenn es darum ging, dem Arbeiter- und Bauernstaat Devisen zu verschaffen. Da kam ihm ein Schiff voller Opium gerade recht. Natürlich wollte er das Schiff samt seiner Ladung für sich und seine zwielichtigen Geschäfte haben wollte.«

»Ein Schiff voller Opium?«, fragte Calis ungläubig nach. »Warum nicht gleich einen Flugzeugträger?«

»Weil es die damals noch nicht gab, als das Opium beiseitegeschafft worden war«, antwortete der Cleaner lakonisch und ohne jeden Zynismus. »Fünfhundert Tonnen. Mindestens.«

Calis pfiff lautlos durch die Zähne. »Das reicht für lange Träume...«

»... für ein ganzes Land«, ergänzte der Cleaner. »Ich weiß nicht, wie gut Sie in Geschichte aufgepasst haben, aber vielleicht sagen Ihnen ja die Opiumkriege etwas. Damals fluteten die Briten jahrelang mit Hilfe der Triaden China mit Rauschgift, bis praktisch die halbe Bevölkerung auf Droge war. Natürlich behielten sich die Triaden ihren Anteil, schafften ihn beiseite, und als Handlanger der Engländer waren sie unantastbar. Sie konnten praktisch machen, was sie wollten, der schwache chinesische Kaiser war kein ebenbürtiger Gegenspieler. Aber ihr vereinbarter Anteil reichte ihnen nicht, also zweigten sie noch zusätzlich Opium ab. Eine ganze Schiffsladung... Dämmert es?«

»Ehrlich gesagt nein«, murmelte der Kommissar. »Wenn sie das Opium sowieso haben, warum sollten sie dann einen Mann nach Berlin schicken und es suchen?«

»Ganz einfach, weil sie es nicht mehr hatten. Das Opium war so etwas wie die letzte Reserve der Triaden, die Kriegskasse, die niemals angetastet worden war. Das ging jahrhundertelang gut, doch dann kam der Zweite Weltkrieg, und China zog tatsächlich in den Krieg. Der Ferne Osten war mit einem Mal nicht mehr so weit von Europa entfernt, und Hitler brachte mit den japanischen Verbündeten den Krieg in den Pazifik. Die Triaden mussten ihre eiserne Reserve in Sicherheit bringen. Also verluden sie das Opium auf ein Schiff und wollten es in ruhigere Gewässer schippern, weit weg von den Kämpfen und Krisen. Doch das ging gründlich daneben. Die deutsche Marine fing das Schiff ab.«

»Die deutsche Marine?«, stieß Calis ungläubig nach. »Die war doch meines Wissens nie in Fernost... Oder...? Moment mal...« Er wollte sich überrascht umdrehen, doch der Lauf der Pistole an seinem Kopf hielt ihn im letzten Augenblick davon ab.

»So, jetzt beginnt der Groschen zu fallen, nicht wahr?«

Die Stimme des Cleaners war eine Mischung aus spöttisch und gönnerhaft.

»Ein deutscher Hilfskreuzer mit dem Namen *Komet* war seltsamerweise zur richtigen Zeit am richtigen Ort. Die Mannschaft kaperte das Schiff, die chinesische Besatzung hatte sich bereits vorher umgebracht, in alter Tradition. Sie wollten dem Feind nicht in die Hände fallen und kamen zugleich den Triaden zuvor. Die hätten sie bis ans Ende der Welt gejagt und in kleine Scheiben zerschnitten. Also bekam der Opiumfrachter einen neuen Kapitän und eine deutsche Mannschaft...«

»Lassen Sie mich raten... der deutsche Kapitän hieß Wolfgang Krüger.« Calis schlug mit den Händen frustriert auf das Lenkrad. So logisch! So verdammt logisch!

»Genau. Er war Maschinist auf dem Hilfskreuzer *Komet* und der Großvater Ihrer Zeugin, die Sie gerade mit dem Streifenwagen zu den Kollegen geschickt haben. Krüger brachte fast das gesamte Opium in Sicherheit und verstieß damit gegen den Auftrag, den die *Komet* ursprünglich hatte, allerdings mit Zustimmung von Kapitän Tyssen.«

»Ich habe Sie schon wieder verloren«, seufzte Calis. »Wieso verstieß er gegen den Auftrag?«

»Weil er das gesamte Opium ins Dritte Reich schaffen sollte«, erwiderte der Cleaner kalt. »So eine Gelegenheit wollte sich von Hitler über Himmler bis Göring niemand entgehen lassen. Eine kostenlose Schiffsladung Opium! Also schickte man den sogenannten Pazifik-Verband los, sogar mit Hilfe der Russen, welche Ironie.«

»Wollte Hitler das Deutsche Reich in einen Dauerrausch versetzen?«, unterbrach ihn Calis spöttisch.

»Haben Sie jemals von Pervitin gehört? Eine synthetisch hergestellte Substanz, die man heute unter dem Begriff Crystal Meth kennt. In Berlin entwickelten die Temmler-Werke im Oktober 1937 eine neue Methode, um Pervitin herzustellen. In unglaublich großen Mengen. Bereits im Jahr darauf brachten sie den Stoff in den Handel. Der Schlager waren mit Pervitin versetzte Pralinen, sogenannte *Hausfrauenschokolade*, dann folgten die *Panzerschokolade*, *Stuka-Tabletten*, *Hermann-Göring-Pillen* und das *Fliegermarzipan*. Ganz Deutschland war scheinbar auf Crystal Meth. Insbesondere während der Blitzkriege gegen Polen und Frankreich in den Jahren 1939 und 1940 wurde Pervitin eingeworfen wie Traubenzucker. Ein paar Zahlen gefällig? Allein in der Zeit von April bis Juni 1940, also in nur drei Monaten, bezog die Wehrmacht mehr als fünfunddreißig Millionen Tabletten Pervitin. Das war das Klima, in dem Hitler und Himmler die *Komet* losschickten. Übrigens – ab Mitte 1941 war Pervitin durch das geänderte sogenannte Reichsopiumgesetz nicht mehr frei, sondern nur noch auf Rezept erhältlich. Klingelt es bei dem Begriff?«

Der Kommissar schwieg und starrte geradeaus.

»Hitler selbst war spätestens seit 1942 pervitinabhängig, über die Rauschmittelvorlieben der anderen Größen des Dritten Reichs gibt es genügend Fachliteratur. Die Auswertung der Aufzeichnungen von Hitlers Leibarzt, Theodor Morell, liefert Indizien für regelmäßigen Drogenkonsum des Führers. Darauf noch einen Joint!«

Der Cleaner lachte glucksend.

»Doch zurück zu unserer Geschichte. Pervitin unterdrückte Müdigkeit, Hungergefühl und Schmerz, machte leistungsfähiger und schob den körperlichen Zusammenbruch hinaus. Aber irgendwann kam er dann doch. Das haben wohl die meisten Rauschmittel gemeinsam. Also konnte es Tyssen nicht mit seinem Gewissen vereinbaren, die Schiffsladung des langsamen Todes ins Dritte Reich zu bringen. Er zweigte einen verschwindend kleinen Teil der Ladung ab, um etwas vorweisen zu können, wenn er nach Deutschland zurückkehrte, ließ sich eine Ausrede einfallen und die Mannschaft inklusive der Offiziere bestätigten sie pflichtgemäß. Bis hin zum Maschinisten ... Der überwiegende Teil des Opiums wurde jedoch von Krüger mit Hilfe einer Hand voll Männer in Sicherheit gebracht. Wohin weiß niemand, alle Beteiligten sind bereits lange tot.«

»Aber da ist sein Tagebuch...«, murmelte Calis gedankenverloren.

»Die Polizei ist wieder auf Linie und denkt mit«, lobte der Cleaner spöttisch. »Wie erfreulich. Die Triaden jedoch waren ganz und gar nicht erfreut, das können Sie sich vorstellen. Doch ihnen waren die Hände gebunden. Erst durch den Krieg, dann durch die Tatsache, dass es keine Augenzeugen von dem Vorfall gab. Sie kannten nicht einmal den Namen des Schiffs, das ihren Opiumtransport aufgebracht hatte. Oder hatte es ihn einfach versenkt und auf den Grund des Pazifiks geschickt? Womöglich war das Rauschgift schon längst in den Fluten versunken und die halbe Fischpopulation im Umkreis auf Droge. Also mussten sie sich wohl oder übel mit dem Verlust abfinden. Doch dann, in den Achtzigerjahren, tauchte in Asien eine Gruppe von Männern auf, die ebenfalls nach dem Schiff suchten. Leute, die wussten, was sie taten. Sie kennen ja die Liste. Es sprach sich blitzschnell herum, die Triaden waren alarmiert und begannen, die Gruppe zu beobachten. Dabei stellten sie fest, dass die Männer von ostdeutschen Agenten bewacht wurden. Oder beschützt, je nachdem...« Wieder das hämische Lachen.

»Und dann geschah etwas, womit niemand gerechnet

hatte«, fuhr Calis fort. »Die Forscher wurden einer nach dem anderen umgebracht, ebenso wie ihre Bewacher. Eine professionelle Aktion. Die Triaden waren ratlos, zögerten, schickten schließlich einen Kundschafter nach Berlin, um mehr herauszufinden. Vielleicht hatten ja die Agenten der HVA eine Ahnung, wer hinter der Säuberungsaktion steckte.«

»Hmm...«, stimmte der Cleaner zu. »Er kam jedoch zu einem ungünstigen Augenblick. Zughé Fong war beileibe keine Leuchte des Geistes, aber er begann, die richtigen Fragen bei den richtigen Leuten zu stellen, und der Schmutz stieg an die Wasseroberfläche.«

»Also bekamen Sie den Auftrag, ihn zu eliminieren«, schloss Calis. »Um Ruhe in den Goldfischteich zu bringen. Und die Geister wieder in die Dunkelheit zurückzuschicken.«

Der Cleaner brummte erneut zustimmend. Dann fuhr er fort: »Damit waren auch die Schläfer unbedeutend geworden. Die Forscher waren tot, ihre Bewacher ebenfalls, und die zweite Linie hatte keine Aufgabe mehr zu erfüllen. Sie hätte in Ruhe bis an ihr glückliches Ende leben können. Doch dann kam die Liste mit ihren Namen aus dem ePuzzler, und ich musste noch einmal aus dem Ruhestand antreten.«

»Wer beauftragte Sie?«

»Ach, Herr Kommissar, es gibt leider nicht auf alle Fragen Antworten. Nur so viel – nicht alle in der Hauptverwaltung Aufklärung zogen am selben Strang oder mochten Schuhmann und seine Methoden. Seilschaften können zwar den gleichen Berg besteigen, aber auf durchaus verschiedenen Routen. Finden Sie den Entführer der kleinen Krüger, und setzen Sie ihn fest, stellen Sie das Tagebuch ihres Großvaters sicher, und schließen Sie es in einen Safe ein. Dann werfen Sie den Schlüssel weg. Mehr können Sie nicht tun. Das Schiff ist noch immer da draußen, irgendwo. Der Krieg ist noch nicht vorbei.«

»Aber das Opium ist doch längst verrottet«, warf Calis ein.

»Sie irren sich, in diesem Zustand hält es ewig. Doch das wissen nur die Wenigsten. Und jetzt wird es Zeit zu gehen. Au revoir, Kommissar Calis. Ich hätte Sie gerne früher gekannt. Wir hätten viel Spaß haben können. Aber, c'est la vie. Wenn Rom Recht hat, dann bekommen wir eine zweite Chance und sehen uns wieder, früher oder später.«

Calis erwartete die Tür klappen zu hören, dachte über den letzten Satz des Cleaners nach, wollte etwas sagen, aufspringen, doch der Schuss, der plötzlich wie ein Kanonenschlag durch den kleinen Wagen donnerte, erschreckte ihn zu Tode und ließ seine Ohren klingeln.

Er fuhr herum. Dem Mann, der auf seiner Rückbank lag, fehlte der halbe Hinterkopf. Blut rann über die Fenster, Gehirnmasse klebte auf der Heckscheibe. Doch der Ausdruck auf dem Gesicht des Cleaners war der einer tiefen Zufriedenheit und einer seltsamen Ruhe.

Im Luftraum über der Steiermark/Österreich

Amber hatte den AW139-Helikopter in eine weite Kurve gelegt und war immer höher gestiegen. Während die Täler zurückblieben, öffnete sich die Landschaft, der Blick ging weit über die grünen Hänge und Gipfel nach Süden bis zu der beeindruckenden Bergkette der Karawanken an der Grenze zu Slowenien.

»Und jetzt? Wohin?«, fragte Amber John und wies auf die Computernavigation des AW139. In der Kabine waren Rebus und Llewellyn in einen intensiven Informationsaustausch vertieft, Alex und Jack hörten aufmerksam zu.

»Ich werde versuchen, die Terrible Twins in Paris zu erreichen. Bleib einfach auf Kurs Richtung Süden, knapp über den Gipfeln und unter den Flugrouten. Sag der Flugsicherung, wir wollen nach Italien, warten aber noch auf das endgültige Okay unserer Kunden.« Damit schob John den Kopfhörer zurück, wählte die Nummer in Paris, und nach dem zweiten Läuten nahm Frederic das Gespräch an.

»Wir haben schon auf Ihre Rückmeldung aus Murau gewartet, Mr Finch. Was haben Sie herausgefunden?«

John gab dem jungen Geistlichen einen kurzen Überblick über die Ereignisse. Von ihrem Gespräch mit der Frau von Professor Steinberg bis hin zu dem Angriff der Chinesen im X3 und dem erfolgreichen Sprengstoffgegenschlag von Rebus.

»Alexander Reiter ist auch bei Ihnen?« Frederic lachte und

pfiff leise vor sich hin. »Der Kardinal hat seine Kräfte zusammengezogen. Er will für alles vorbereitet sein, denken Sie nicht? Der Wettlauf um das Geheimnis geht in die Endphase.«

»Wir würden nur gerne wissen, um welches Geheimnis es eigentlich geht«, erwiderte John trocken. »Unser österreichischer Historiker hat seine ratlose Frau zurückgelassen und sich vor seinem angeblichen Tod mit der Plünderung und Zerstörung des Sommerpalastes in Peking intensiv beschäftigt. Der fand auf dem Höhepunkt des Zweiten Opiumkrieges statt. Steinberg scheint davon fasziniert gewesen zu sein. Wie Edgecombe uns berichtete, war die Plünderung und Zerstörung des Sommerpalasts eine schwere Demütigung für die Chinesen, von der sie sich kulturell gesehen bis heute nicht erholt haben.«

Durch das Telefon konnte John die Tastatur Frederics klappern hören. Der junge Geistliche recherchierte bereits, während er mit John sprach.

»Und man sollte es nicht glauben, aber es waren die Jesuiten gewesen, die fast dreißig Jahre lang am chinesischen Kaiserhof als Missionare tätig waren und den Anstoß zu einem Teil der Gärten des Sommerpalasts gaben. Darüber berichteten sie bei ihrer Heimkehr begeistert, als sie nach Italien und Frankreich zurückkamen. Europa erfuhr vom Luxus, in dem der chinesische Kaiserhof lebte ...«

»... und das weckte bestimmt nicht nur Neugier, sondern auch Begehrlichkeiten«, stimmte Frederic nachdenklich zu. »Die Berichte liegen jetzt sicherlich in den Archiven des Vatikans.«

»Die Archive des Vatikans ...« John überlegte kurz. »Eine reizvolle Überlegung. Ich denke, ihr solltet wissen, dass der Mossad plötzlich aufgetaucht ist. Alexander Reiter berichtet darüber gerade Llewellyn und seinen Männern, und ich höre mit einem Ohr mit. Der Leiter der Metsada ist an ihn herangetreten, um ein Manuskript für ihn zu stehlen. Das Reisetagebuch eines Wiener Diplomaten, der als Erster Botschafter der österreichisch-ungarischen Monarchie in Fernost war.«

Für einen Augenblick war es still in der Leitung.

»Sie sollten den Kardinal darüber informieren«, entschied Frederic dann. »Was wie eine kleine Suche nach vier verschwundenen oder toten Männern begonnen hat, zieht immer weitere Kreise. Zuerst war es nur Peter Compton, dann kamen die Triaden dazu, die Berliner Polizei, dann Pro Deo, und nun ist auch noch der Mossad hinter etwas her, das wir nicht kennen.«

»Was weiß Seine Eminenz, was wir nicht wissen?«

Frederic atmete tief durch. Dann antwortete er lakonisch mit einer Gegenfrage: »Was weiß Mr Compton, was wir nicht wissen?«

»Touché! Du hast Recht«, gab John zu. »«Wir haben in beiden Fällen keine Ahnung. Ich kenne nicht einmal die Rolle, die Peter diesmal in der ganzen Geschichte spielt.«

»Vielleicht sollten Sie den Vatikan besuchen?«, schlug Frederic vor. »Ich denke, der Kardinal würde es nicht nur zu schätzen wissen, von Ihnen direkt auf dem Laufenden gehalten zu werden, sondern er könnte sein Netzwerk aktivieren, und das ist weltumspannend. Wir müssen bei Geheimdienstaktivitäten leider passen, Mr Finch. Nicht unsere Abteilung.«

»Ich weiß, Frederic. Konzentriert euch neben der Suche nach den vier Forschern auf die Plünderung des Sommerpalastes in Peking. Edgecombe hat keinen Zweifel daran gelassen, dass Steinberg davon fasziniert war, bevor er verschwand, aus welchem Grund auch immer. Rebus hat gerade berichtet, dass es der Historiker war, der die Aufzeichnungen des österreichischen Diplomaten im Wiener Naturhistorischen Museum eingesehen und vielleicht sogar mitgenommen hat. Genau jenes Dokument, dass der Mossad jetzt sucht.«

»Das kann kein Zufall sein«, war Frederic überzeugt, »das passt einfach zu gut. Wir werden uns also in die chinesische Geschichte vertiefen. Joseph arbeitet inzwischen mit Hochdruck an den Lebensläufen der verschwundenen Forscher. Und noch etwas ... Da gibt es doch diesen Berliner Kommissar ... Calis heißt er, glaube ich ... wir haben den Namen nur gehört.«

»Thomas Calis, ja, wir haben ihn getroffen, Llewellyn und ich. Er arbeitet an einem Fall, bei dem ein Cleaner sechs ehemalige Agenten des ostdeutschen Geheimdienstes aufgrund einer Liste eliminiert hat, die bei der Stasi-Unterlagen-Behörde zusammengesetzt wurde. Außerdem baumelt noch eine erhängte Mumie über seinem Kopf, die ihm schlaflose Nächte bereitet.«

»Ich würde gerne mit ihm sprechen«, meinte Frederic. »Wir haben hier im Fernsehen einen Bericht über die Mumie in Berlin gesehen. Es war zwar nur ein Foto, aber der Kommentator meinte, es könne sich bei dem Erhängten um einen Asiaten handeln. Dann gab es Ausschnitte einer Pressekonferenz ... und ein Interview zu dem Erhängten mit Calis. Untersuchungen hätten ergeben, dass der Mann Ende der Achtzigerjahre aufgehängt worden war und versucht hätte, vorher mit dem ostdeutschen Geheimdienst in Kontakt zu treten. Jenen Geheimdienst, der den Forschern half, abzutauchen. Wir sollten keine Spur vernachlässigen, meint Joseph ...«

»Womit er Recht hat. Im Moment wimmelt es von Chinesen in Berlin. Amber und ich, wir hatten bereits das Vergnügen, Llewellyn ebenfalls.« John blickte den Major fragend an, und der nickte nur. »Ich schicke dir die Telefonnummer des Kommissars per SMS. Er ist auf unserer Seite, du kannst ihm alles erzählen. Dagegen hätte auch Seine Eminenz nichts.«

»Dann fliegen Sie jetzt nach Rom?«

»Ich denke, das wird das Beste sein«, stimmte John zu. »Ihr könnt zwar die Lebensläufe der vier Forscher recherchieren, aber nicht den Aufenthaltsort oder ihr Schicksal nach ihrem Verschwinden rekonstruieren. Sanseverino aber sitzt an der Quelle der Informationen.«

»Sie werden ihn einweihen müssen«, gab Frederic zu bedenken.

»Das hatte ich sowieso vor. Peter Compton traue ich diesmal nicht einen Meter weit über den Weg, nach allem, was Llewellyn und Rebus berichtet haben. Der Kardinal hat sicher ebenfalls eigene Interessen, aber er hat nie gedrängt, war stets loyal uns gegenüber und kocht auch nur mit Wasser.«

»Genauer gesagt mit Weihwasser…« Frederic klang ganz und gar nicht katholisch in diesem Moment, und John musste lachen.

»Keine Angst, ich weiß, was du meinst. Ich werde es nicht vergessen. Der Major möchte dich noch kurz sprechen«, meinte John zum Schluss und reichte das Smartphone an Llewellyn weiter.

»Hallo Frederic! Alexander Reiter sitzt mir gegenüber und bringt gerade die Ergebnisse seiner bisherigen Recherchen ein. Je länger ich ihm zuhöre, umso öfter taucht ein Begriff dabei auf, der mich beunruhigt, weil ich damit ebenso wenig etwas anfangen kann wie er. Sagt dir der Zerberus-Schlüssel etwas?«

»Zerberus-Schlüssel?«, wiederholte der junge Geistliche verwundert. »Nie gehört. Was soll das sein? Eine Methode zur Entschlüsselung alter Geheimdokumente?«

»Keine Ahnung«, gab Llewellyn zu. »Der Begriff steht

angeblich in Zusammenhang mit dem Reisebericht des österreichischen Diplomaten, hinter dem der Mossad her ist.«

»Ist notiert«, meinte Frederic nachdenklich. »Alle Fäden laufen in Fernost zusammen in dieser Geschichte. Wir kümmern uns darum. Wenn Sie aus der Besprechung mit Kardinal Sanseverino kommen, weiß ich vielleicht schon mehr.«

»Sanseverino? Wir fliegen nach Rom?«, wunderte sich Llewellyn.

»Direkt in den Vatikan. Aber besser, Sie besprechen das mit dem Piloten, Major«, riet der junge Geistliche. »Ich telefoniere inzwischen mit Berlin.«

*

Der Mann in der schwarzen Mercedes S-Klasse ließ frustriert das Smartphone neben sich auf die Rückbank fallen. Er konnte niemanden erreichen und verstand nicht, warum. Besorgt blickte er auf die Landschaft, die vorüberzog wie auf einer riesigen Leinwand. Wälder, Berge, kleine Häuser. Österreich war ein schönes Land, es gefiel ihm besser als Deutschland.

Als die Nachrichten zur vollen Stunde im Radio gesendet wurden, drehte Ken-Shu, der die schwere Limousine lenkte, die Lautstärke hoch. Die erste Meldung betraf eine rätselhafte Explosion in der Nähe von Murau, bei der ein Hubschrauber komplett zerstört wurde und in der Nähe der Mur abstürzte.

Fang Shi lächelte triumphierend. Allerdings nur, bis der Nachrichtensprecher davon berichtete, dass es sich bei dem zerschellten Helikopter um einen X3 handelte, den schnellsten Hubschrauber der Welt. Alle Insassen seien ums Leben gekommen, die Untersuchungen angelaufen.

Der Chinese fluchte laut und ballte die Faust um die schwarze Münze mit dem roten Drachen. Die Piloten kümmerten ihn nicht, aber er hatte den X3 verloren und einen seiner langjährigen Leibwächter, Kim. Nun waren sie nur mehr zu zweit, und er konnte auf keinen Fall einen weiteren Mann aus Shanghai einfliegen lassen. Dann würde er sein Gesicht verlieren. Vor dem »Großen Bruder« Song Li und all jenen, die nur darauf warteten, dass er einen Fehler machte.

Um seinen Platz einzunehmen. Die Triaden vergaben nicht, und sie vergaßen noch viel weniger.

Schon der Verlust des X3 würde Song Li nur schwer zu erklären sein ... und würde sich nur durch einen Erfolg auf der ganzen Linie kompensieren lassen: der Sicherstellung des Zerberus-Schlüssels. Doch bis dahin war es noch weit.

Fang Shi spürte die Wut hochsteigen wie eine Flut, die seine Sinne benebelte. John Finch und Amber Rains waren also noch immer in der Luft, Major Llewellyn und seine Männer würden in der Zwischenzeit zu ihnen gestoßen sein.

Der Nachrichtensprecher hatte keinen zweiten Helikopter erwähnt. Also war ihr Hubschrauber offenbar unbeschädigt, der Anschlag misslungen und ihr Vorsprung wuchs stündlich.

Fang Shis Plan, mehr Zeit zu gewinnen, war fehlgeschlagen. Schon in Berlin war er zum falschen Zeitpunkt bei diesem Gustav aufgetaucht und hatte bei der darauffolgenden Schießerei einen Mann verloren, war nur knapp der Polizei entkommen, um am Ende festzustellen, dass die Spur von Zughé Fong kalt geworden war in fünfundzwanzig Jahren. Selbst durch seine ausgezeichneten Kontakte in Berlin hatte er es nicht geschafft, die Schritte des Kundschafters nachzuvollziehen.

Was hatte Zughé Fong damals herausgefunden? Mit wem

hatte er gesprochen? Hatte er eine Spur von der *Rangalore* gefunden? War das Schiff mit dem Opium noch irgendwo da draußen?

Und wo war der Zerberus-Schlüssel?

Ich brauche mehr Zeit, dachte Fang Shi fieberhaft, aber die habe ich nicht. Sie zerrinnt mir immer schneller zwischen den Fingern. Immerhin war es ihm gelungen, Finch in Berlin festzunageln und so ein paar zusätzliche Stunden und Tage herauszuschinden. Er kannte die Freundschaft, die den Piloten seit Jahren mit Major Llewellyn verband, ihre langjährige Beziehung zu Peter Compton.

Compton. Der alte, von vielen unterschätzte Mann in London. Verschlagen, undurchsichtig, unvorhersehbar, unerbittlich und gefährlich.

Fang Shi legte den Kopf zurück und überlegte. Er hätte John Finch gleich umbringen sollen, und Amber Rains ebenfalls. Dann hätte er zwar Compton zum Feind gehabt, aber jetzt ein unmittelbares Problem weniger. So aber...

Laroche war tot, und seine Frau? Die hatte keine Ahnung gehabt vom Zerberus-Schlüssel. Er hatte es in ihren Augen gesehen, als sie unter seinen Händen starb.

Fang Shi fühlte keinerlei Bedauern oder Mitleid. Das war emotionaler Luxus, den er sich nie geleistet hatte. Man hatte ihm eine Aufgabe übertragen, und er würde sie ausführen. Schade, dass er in Berlin begonnen hatte und erst zu spät von Laroche erfahren hatte. Als er endlich nach Südfrankreich gekommen war, war Pascal Laroche bereits tot gewesen. Das letzte Bindeglied zu der Forschergruppe um Charles Parker war einer Kugel zum Opfer gefallen, und Fang Shi hatte den nächtlichen Scharfschützen inzwischen mindestens hundert Mal verflucht. Der hatte mit diesem einen Schuss die letzte Verbindung zu einer Tausende Jahre alten Geschichte gekappt.

Mit nur einem einzigen, fatalen Schuss!

Fang Shi fragte sich seither immer wieder, wer ihn nach Südfrankreich geschickt hatte, wer der geheimnisvolle Schütze war und wieso er auf Laroche geschossen hatte. Die junge Polizistin, die in der Nacht auf Madame Laroche aufpassen sollte, hatte es leider auch nicht gewusst. Bevor sie gestorben war, hatte sie ihm noch bereitwillig zwischen Schreien und flehentlichen Bitten die ersten Ergebnisse der anlaufenden Untersuchung mitgeteilt. Schmerzen konnten Menschen motivieren, dachte Fang Shi. Sie machten das Sterben leicht.

Fang Shi fühlte den fragenden Blick von Ken-Shu im Rückspiegel auf sich ruhen. Auch der wartete darauf, dass er eine Entscheidung treffen würde. Dringend.

Und diesmal sollte es besser die richtige sein.

Wenn nicht, dann brauchte er nie wieder nach Shanghai zurückkehren. Denn dann war er so gut wie tot. Die Gesellschaft der Drei Harmonien würde ihn auf der ganzen Welt jagen, finden und dann ganz unharmonisch in kleine Stücke schneiden. Bei lebendigem Leib. Danach würde sie ihn an die Fische verfüttern, an jener Stelle im Pazifik, an der die *Rangalore* aufgebracht worden war, vor mehr als siebzig Jahren. Denn Symbole dieser Art waren der altehrwürdigen Gesellschaft heilig.

Vor dem Kaiserstein, Mehringdamm 80,
Berlin/Deutschland

Thomas Calis saß auf der niedrigen Mauer, die den Gastgarten begrenzte, und blickte gedankenverloren auf die Mitglieder der Spurensicherung, die den Innenraum seines Golfs minutiös untersuchten. Zahlreiche Polizisten leiteten den Verkehr auf dem Mehringdamm um, schickten Fußgänger auf die andere Straßenseite und versuchten Neugierige nachdrücklich zum Weitergehen zu bewegen.

Winnetou Bergner stand vor dem Kommissar, eine Plastiktüte mit der Pistole des Cleaners in der Hand, und blickte ihn vorwurfsvoll an.

»Das war jetzt kein professionelles Beispiel für Vorsicht und Umsicht im Dienst«, meinte Bergner, und in seiner Brille spiegelten sich die Blaulichter der Einsatzfahrzeuge. »Es hätte auch dein Gehirn sein können, das den Innenraum verunziert hätte.«

»Verziert meinst du«, grinste Calis, obwohl ihm nicht nach Lachen zumute war. »Jetzt verkaufe ich die Blechruine endgültig«, brummte er dann ausweichend.

»Du weißt genau, was ich meine.« Bergner sah Calis strafend an. »Der Typ hatte nichts mehr zu verlieren. Serientäter, Profikiller. Er hätte dich in die ewigen Jagdgründe mitgenommen, ohne nur einmal mit der Wimper zu zucken.«

»Nein, hätte er nicht.« Calis schüttelte den Kopf. »Das

hat er von Anfang an so geplant. Außerdem hat er mir einen Auftrag hinterlassen.«

Frank, der den Experten der Spurensicherung über die Schulter geschaut hatte und dann sichtlich erschüttert zu Calis und Bergner getreten war, sah den Kommissar verständnislos an. »Er hat *was?*«

»Der Typ hatte wirklich etwas an der Waffel«, brummte Bergner kopfschüttelnd.

»Nicht mehr als wir«, erwiderte Calis. »Er hatte seine Arbeit erledigt, die Schläfer waren eliminiert, die Verbindungen gekappt, Annette Krüger wieder frei.«

»Er war es, der Krüger fand?«, stieß Frank überrascht aus.

Calis nickte. »Und das Problem auf seine Weise löste, indem er die Aufpasser noch vor Ort umbrachte. Dann beobachtete er Annette Krüger, die panisch durch die Straßen lief und mich anrief. So führte sie ihn zu mir, weil er darauf setzte, dass Annette mich kontaktieren würde. Dann musste er nur noch warten.«

»Wozu das alles?«, wollte Frank wissen.

»Weil er mir alles das erzählen wollte, das nach ihm niemand mehr wissen konnte.« Calis fuhr sich durch die Haare. »All die Geschichten, die er mit ins Grab nehmen würde. Wenn du so willst, legte er eine letzte Beichte ab, auf seine Art, bevor er sich in Jenseits verabschiedete.«

»Und er spielte sein Spiel bis zum Ende nur nach seinen Regeln.« Frank nickte. »Und jetzt, jetzt sind wir ganz Ohr.« Er setzte sich neben Calis auf die Mauer und zog Bergner mit sich. »Du warst von Anfang an dabei, jetzt bist du auch zum Finale eingeladen.« Frank schaute den Kommissar erwartungsvoll an. »Das ist jetzt besser sensationell, Thomas, sonst zerreißt uns der Innensenator zum Mittagessen in der Luft vor der versammelten Presse...«

In genau diesem Moment läutete das Smartphone von Kommissar Calis. Als er stirnrunzelnd einen Blick auf das Display warf, murmelte er: »Null-null-dreiunddreißig ... wo ist das jetzt wieder?«

»Frankreich«, antwortete Bergner spontan. »Mein Weinhändler ...«

»Kein Wort mehr«, unterbrach ihn Calis sauer und nahm das Gespräch an.

Zwei Minuten später saßen alle drei Männer in Franks Dienstwagen, hatten das Smartphone auf Laut gestellt, während sie gebannt den Ausführungen eines jungen Geistlichen in Paris lauschten, der alle Querverbindungen nur so aus dem Ärmel zu schütteln schien.

Zehn Minuten später füllte Calis seinerseits die Wissenslücken von Frederic und ganz nebenbei auch von Frank, der es sich auf der Rückbank bequem gemacht hatte, sich gebannt vorbeugte und Notizen für den Innensenator machte.

Zwanzig Minuten später war Calis mit einem Einsatzwagen der Polizei unterwegs, mit Blaulicht, aber ohne Folgetonhorn. Er hoffte inständig, dass der italienische Möchtegern-Playboy in Taormina, mit dem er soeben telefoniert hatte, keinen Schwachsinn erzählt hatte. Der kannte nicht nur den ominösen Stefan, dem Annette die Auszüge aus dem Tagebuch anvertraut hatte, sondern wusste sogar, wo in Charlottenburg die Wohnung lag, in der er gemeinsam mit seinem Vater lebte.

»Hoffentlich blamiere ich mich jetzt nicht bis auf die Knochen«, murmelte Calis. Dann wählte er kurz entschlossen die Nummer von Martina. »Kannst du bitte mal nachschauen, ob wir über einen Markus Braunke irgendetwas in der Kartei haben? Fotos, Fakten, Vorstrafen?«

»Bist du schon auf dem Weg?«, wollte Martina wissen. »Annette Krüger sitzt noch hier bei mir. Ihre Eltern kommen nachher, um sie abzuholen.« Das Klappern von Tasten drang durch die Leitung, gefolgt von einem leisen, anerkennenden Pfeifen. »Direkte Weiterleitung zum BND-Server. Zugriff nur für Berechtigte. Mit Passwort und den üblichen Warnhinweisen ... Warte mal ...« Neuerliches Klappern. »Ich habe ein Foto gefunden, etwas unscharf, aber es sollte genügen. Ich schick es dir aufs Handy.«

»Und zeige es auch gleich Annette Krüger, vielleicht erkennt sie ihn ja.«

Wenige Sekunden später piepste es leise, und Calis öffnete die Nachricht. Das Bild eines fast kahlköpfigen Mannes mit einer Hakennase, dünnen Lippen, einem markanten Kinn und stechenden Augen erschien auf dem Display.

»Willkommen, Markus Braunke ...« Der Kommissar klopfte einer spontanen Eingebung folgend dem Fahrer des Einsatzwagens auf die Schulter. »Wir machen einen Abstecher in die Dudenstraße. Ich möchte jemandem etwas zeigen.«

*

Marlies Schörrle trug diesmal Shorts und ein ausgewaschenes Top, dessen offener Reißverschluss keinen Zweifel daran ließ, dass die junge Frau von BHs nicht viel hielt. Sie lächelte überrascht, als sie Calis wiedererkannte.

»Hat Ihnen Ihre Kollegin Ausgang gegeben, Herr Kommissar?«, erkundigte sie sich augenzwinkernd. »Calis war der Name, stimmt's? Oder darf ich Thomas sagen?«

»Solange Sie mir ein paar Fragen beantworten, gerne. Ich bin heute nur auf dem Sprung.« Er zog sein Smartphone aus der Tasche. »Kennen Sie diesen Mann?«

Schörrle sah sich das Bild aufmerksam an. »Soll das einer der Männer sein, die bei Krüger in der Wohnung waren?«

»*Sie* sagen es mir.«

»Vom Alter her würde er hinkommen. Wie gesagt, eine der Lampen im Flur ist durchgebrannt, und mit der zweiten, noch funktionierenden kann man eine Ratte kaum von einem Pudel unterscheiden. Ich wusste nicht, dass es auch Zehn-Watt-Lampen für die Treppenhäuser von Geizhälsen gibt.«

Sie ließ das Porträt nicht aus den Augen.

»Irgendwie...« Sie tippte mit dem Fingernagel auf das Display. »Kennen Sie das? Ihr Unterbewusstsein sagt Ihnen: Den hast du schon einmal gesehen. Aber wenn Sie es festmachen sollen, dann glitscht Ihnen das entscheidende Bild immer wieder durch die Finger. Ich möchte wetten, der war damals dabei. Das Licht der Lampe hat sich in seiner Glatze gespiegelt, auch wenn sein Gesicht im Dunkel lag.«

»Danke, das hilft mir wirklich weiter«, nickte Calis zufrieden.

»Das Kuchenangebot gilt noch immer. Selbst wenn ich frisch backen müsste...« Sie strahlte Calis an. »Was tut man nicht alles für die Polizei...«

Calis grinste. »Tut mir leid, ich habe nicht viel Zeit, die Kollegen warten unten«, wehrte er ab. »Vielleicht ein andermal.«

»Die Cafeteria hier hat jederzeit für Sie geöffnet«, nickte Schörrle herausfordernd, lehnte sich an den Türstock und atmete tief ein. Der Reißverschluss gab weiter nach. »Die beiden Männer... irgendetwas war da. Einer war eindeutig der Chef und ging vorneweg, der andere wieselte hinterher. Fast unterwürfig, mit gesenktem Kopf. Wie ein willfähriger Beamter.«

»Und der Chef könnte der Mann auf dem Foto sein?«, hakte Calis nach.

Die junge Frau nickte. »Ich denke schon, jetzt, nachdem ich die Szene in meinen Gedanken immer wieder durchspiele ...«

*

Das Haus Schlossstraße 67 sah aus wie eine venezianische Villa. Das hellgelbe, einstöckige Gebäude mit seinen Säulen, Vordächern und grünen Rollläden lag etwas zurückgesetzt von der Straße. Der Vorgarten, eher eine chaotische Ansammlung von Gebüschen und niedrigen Bäumen, wirkte vernachlässigt und wollte so ganz und gar nicht zu der gepflegten Villa passen.

»Fahren Sie langsam vorbei«, meinte Calis, während er aufmerksam das Gebäude und die Umgebung musterte. Vor dem zweiflügeligen Tor am Hauseingang stand ein Schuttcontainer, der bereits wohlgefüllt war.

»Biegen Sie rechts ein, in die Stallstraße, und lassen Sie mich da aussteigen. Sobald ich drin bin, behalten Sie den Eingang im Auge. Keiner geht rein, keiner verlässt das Haus ohne Kontrolle. Die Verstärkung sollte in fünf Minuten da sein.«

Der Kommissar stieg aus und lief die wenigen Meter zurück zu dem Gebäude. Die Rollläden waren noch immer geschlossen, die Haustür ebenfalls.

Zwei Klingelschilder, daneben zwei Knöpfe.

Zwei Parteien im Haus?

Calis sah genauer hin. Keines der beiden Schilder lautete auf Braunke. Die »Interport« war sicher ein Unternehmen, das im oberen Teil des Hauses residierte, S. M. B. P. ... konnte alles sein. Wenn es eine Videoüberwachung gab, dann war sie gut versteckt, dachte Calis und drückte erst auf den oberen, dann auf den unteren Klingelknopf.

Und wartete.

Nichts, keine Reaktion.

Calis warf einen Blick in den offenen Container. Schutt, Mauerziegel, alte Leitungen, zerbrochene Dielenbretter. Alles ziemlich frisch. Renovierungsarbeiten im Gange.

Hatte sich dieser junge Italiener in der Adresse geirrt? Stand er vor dem falschen Haus? Calis läutete nochmals und ärgerte sich über die unbestätigten Informationen. Wohnte in diesem Haus tatsächlich Markus Braunke? Und warum führte eine Nachfrage zu seinem Namen im Polizeiinformationssystem auf direktem Weg zum BND? Wer war dieser Braunke?

Zwei Streifenwagen bogen mit quietschenden Reifen in die Schlossstraße ein, sahen die Kollegen am Straßenrand und hielten an. Einer der Uniformierten kam zu Calis gelaufen.

»Haben Sie die zusätzlichen Wagen angefordert?«, erkundigte er sich. »Wir sind mit vier Mann angerückt. Genügt das?«

Der Kommissar nickte und schaute die Fassade hoch. »Wie es aussieht, ist keiner da, und wir sind hier alle überflüssig.«

»Ich bin nicht weit von hier aufgewachsen«, meinte der junge Beamte hilfsbereit. »Die Hinterhöfe waren unsere Spielplätze, wir kannten alle Schleichwege. Es gibt fast überall in diesem Viertel Gärten und einen Hintereingang, den erreicht man meist von der Seitenstraße her. Wenn Sie wollen ...?«

»Worauf warten wir noch?« Calis nickte und joggte los, während zwei Streifenbeamte lässig plaudernd die Bewachung des Haustors übernahmen. So sahen sie auch nicht, dass sich der Rollladen im ersten Stock leicht bewegte. Zwei Lamellen wurden auseinandergedrückt, ein Paar dunkle Augen beobachtete die beiden Beamten, die Einsatzfahrzeuge vor dem Haus. Dann schloss sich der Spalt im Rollladen langsam wieder.

Als Calis gerade gemeinsam mit dem uniformierten Polizisten den Weg über den niedrigen Zaun antreten wollte, um etwas unkonventionell in den Garten der Villa einzudringen, läutete sein Smartphone, was ihm einen strafenden Blick von seinem Begleiter eintrug.

»Winnetou, du störst«, meldete sich Calis nach einem Blick aufs Display. »Wir sind gerade auf dem Kriegspfad.«

»Wann bist du das nicht?«, entgegnete Bergner trocken. »Ist die Presse dabei? Hast du dein Muskel-T-Shirt ausgepackt? Oder den rosa Regenschirm? Oder bist du etwa tatsächlich am Arbeiten?«

»Du solltest den Stoff wechseln, den du rauchst, mein roter Bruder. Was soll die Störung?«

»Bist du noch immer an dem Zigarettenpapier interessiert, das wir bei Paul Dietrich am Olivaer Platz gefunden haben? Im Gegensatz zu dir arbeiten wir nämlich rund um die Uhr. Mir hat das Stückchen Papier keine Ruhe gelassen. Warum sollte jemand ein unbenutztes, brüchiges Zigarettenpapier in den alten Hauff einlegen? Als Lesezeichen? Kaum.«

»Ich bin ganz Ohr«, meinte Calis und gab seinem Begleiter ein Zeichen, kurz zu warten.

»Ich habe also ein paar Tests machen lassen und logisch nachgedacht«, fuhr Bergner fort. »Auch wenn es sich um ehemalige ostdeutsche Agenten handelt, dann muss das nicht heißen, dass alle Chemie studiert haben. Aufwändige Aktionen kamen also kaum infrage. Dann habe ich mich an unsere Kindheit erinnert und das alte Spiel mit den unsichtbaren Schriften. Du weißt schon, Zitronensaft und so.«

»Ja, unsichtbare Zaubertinte war der große Hit bei mir in der Grundschule«, stimmte Calis zu.

»Eben. Also habe ich einen meiner Mitarbeiter angewiesen, unser Zigarettenpapier vorsichtig zu erhitzen, über einer

Kerzenflamme. Dann noch ein paar weitere Tricks aus meiner Geheimschublade. Und siehe da ... Gerade hat er mich angerufen.« Bergner klang zufrieden. »Simsalabim erschienen die Buchstaben wie von Zauberhand. Dietrich muss ein Vergesslicher gewesen sein, oder er wollte absolut sichergehen. Er notierte LGT VAD. 269. Muss aber schon ziemlich lange her sein. Das Zigarettenpapier gibt es bereits seit den frühen Neunzigerjahren nicht mehr. Jetzt so frei von der Leber weg ... LGT ist eine bekannte Bank im Fürstentum. Und nur zur Erinnerung für Berliner Provinzpolizisten – VAD könnte die Abkürzung für Vaduz sein, die Hauptstadt von Liechtenstein. Allerdings mit ›ie‹ und nicht so wie bei Hauff...«

»Du bist der Größte«, unterbrach ihn Calis. »Ich beginne die Rolle des Büchleins zu verstehen. Ruf Martina an, sie soll Frank verständigen und schon mal versuchen, mehr über die Bank herauszufinden. Endlich eine heiße Spur in die Vergangenheit.«

»Immer gerne zu Diensten, Monsieur le Commissaire. Wir machen hier noch weiter, damit du irgendwann deinen Golf wieder beziehen kannst.«

»Vergiss es«, erwiderte Calis. »Der geht in die Schrottpresse. Ich könnte nie wieder damit fahren, ohne an den Cleaner zu denken.«

»Auch eine Art Memento mori«, gab Bergner zu bedenken und legte auf. Calis steckte das Mobiltelefon ein und schüttelte den Kopf.

»Können wir jetzt endlich?«, fragte der junge Polizist ungeduldig und wies auf das Haus. »Wenn uns jemand beobachtet hat, dann ist er jetzt über alle Berge oder hat das vernichtet, was wir nicht finden sollen.«

»Und wohin sollte er? Fliegen? Aber ... es ist ja gut, Sie haben Recht«, beschwichtigte ihn Calis. »Los jetzt!«

Damit flankte der Kommissar über den niedrigen Zaun und lief auf die Rückseite des Gebäudes zu. Und wusste in genau diesem Moment, dass er viel zu spät kommen würde, um noch irgendetwas aufzuhalten.

Heliport, Bastion an den westlichen Vatikanischen Gärten, Vatikanstadt/Vatikan

John ließ es sich nicht nehmen, den AW139 nach einem eleganten Anflug über die Dächer der Ewigen Stadt exakt in der Mitte des viereckigen Helipads zu landen, während Amber fasziniert die Peterskirche, die Bastionen und die Vatikanischen Gärten betrachtete.

Nur wenige Meter entfernt von dem rechteckigen Landeplatz warteten zwei Range Rover und drei Männer in schwarzen Anzügen, die ihre Augen effektvoll hinter Sonnenbrillen versteckten und grimmig-ernst dreinschauten.

»Portus helicopterorum«, verkündete Rebus nach einem Blick aus dem Seitenfenster. »Kein Scherz, der Flugplatz des Papstes heißt wirklich so. Und unser Empfangskomitee besteht aus drei Profis...«

»...von denen wir einen gut kennen«, ergänzte Llewellyn und wies auf den Mann in der Mitte. »Franco Spadolini, der persönliche Vertraute und Leibwächter von Kardinal Sanseverino.« Er sah Rebus forschend von der Seite an. »Spadolini war Mitglied der GIS, der berüchtigten Spezialeinheit der italienischen Carabinieri. Umfasst nur etwa hundertzwanzig Mann, Spezialgebiet Anti-Terroreinsätze, Zerschlagung der organisierten Kriminalität, Terrorbekämpfung und Geiselbefreiungen. Die italienische Cobra.«

Westworth blickte interessiert auf den schlanken, großgewachsenen Mann im makellos sitzenden Anzug, während John die Systeme herunterfuhr.

»Dann ist er Fallschirmjäger gewesen.« Beaulieu nickte. »Einer der besten. Zur GIS kommen nur Mitglieder des 1. Fallschirmjäger-Regiments Tuscania, nachdem sie mindestens zwei Jahre in der Eliteeinheit des Militärs gedient und dann die Ausbildung überstanden haben. Wir haben bei zwei Einsätzen mit der GIS in Afghanistan zusammengearbeitet.«

»Er hat die Einheit verlassen, um zu Pro Deo zu wechseln«, ergänzte Llewellyn. »Seither ist er der Schatten des Kardinals.«

»Sanseverino muss einen ruhigen Schlaf haben«, murmelte Jack Westworth, während Rebus die Tür öffnete und auf den warmen Asphalt sprang.

Der intensive Geruch von Hibiskus und Rosen drang in die Kabine des Helikopters.

Franco kam ihm mit großen Schritten entgegen, nachdem er den beiden anderen bedeutet hatte zu warten. »Major Alexander Reiter ...« Spadolinis Stimme war leise und tief. Er nahm die Sonnenbrille ab, lächelte höflich und streckte Rebus seine Hand entgegen. »Welche Überraschung! Schön, Sie wiederzusehen, Seine Heiligkeit wird sich freuen.«

»Das Vergnügen ist auf meiner Seite«, entgegnete Reiter und schmunzelte. »Ich hoffe, wir nehmen diesmal nur offizielle Essenseinladungen wahr.«

Er erinnerte sich nur zu gut an die kulinarische Nacht-und-Nebel-Aktion mit Papst Franziskus bei seinem letzten Besuch. John und er waren inkognito durch Trastevere gezogen, mit einem vergnügten Heiligen Vater, einem leicht amüsierten Sanseverino und einem verdrießlichen Franco im Schlepptau.

»Ihr Wort in des Kardinals Ohr«, gab Franco zurück und begrüßte Beaulieu und Westworth mit einem »Willkommen im Vatikan!«, bevor er Llewellyn zunickte. »Sie haben diesmal das Transportmittel gleich dabei, Major? Lassen Sie das bloß nicht den Papst wissen, sonst macht er gleich Pläne, mit Mr Finch in die päpstliche Sommerresidenz in Castel Gandolfo zu fliegen.« Er schüttelte Llewellyn die Hand. »Das war eine überraschende Entscheidung, den Vatikan anzufliegen.«

»Fragen Sie die beiden französischen Computerfreaks und unseren Piloten.« Der Major grinste. »Die treffen die Entscheidungen, wir sind nur die Kavallerie.«

John und Amber bildeten die Nachhut und blinzelten in die Nachmittagssonne. Als John sich umdrehte, sah er Sparrow, der den beiden aus der Kabine des Helikopters nachblickte und schließlich nach hinten in die Kabine flatterte, wo John Nüsse und Körner in einer Schale für ihn zurückgelassen hatte.

»Mrs Rains, Mr Finch, schön, Sie wiederzusehen. Eine Abteilung der Schweizergarde wird den Hubschrauber bewachen, Sie können also völlig beruhigt sein.« Franco schüttelte beiden die Hand, dann gab er seinen Männern ein Zeichen, die daraufhin die Range Rover starteten. »Kardinal Sanseverino erwartet Sie in seiner Wohnung. Es ist nur eine kurze Fahrt«, meinte er und wies einladend auf die schwarzen, glänzenden Geländewagen.

*

Keine zehn Minuten später stand die Gruppe auf einem breiten Treppenabsatz vor einer hohen Doppeltür, die reich verziert und kunstvoll geschnitzt war. Das weitläufige Treppenhaus mit den Fresken und Stuckapplikationen führte weiter hinauf zu den päpstlichen Gemächern, und Amber, die zum ersten Mal hier war, sah sich staunend um.

Bevor er die Tür öffnete, drehte sich Franco um und wandte sich an Llewellyn, Beaulieu und Westworth. Er streckte stumm die Hand aus, um die Waffen einzufordern.

In diesem Augenblick ertönte eine sonore Stimme von der Treppe her. »Ich denke nicht, dass Major Llewellyn und seine Männer gekommen sind, um dem Kardinal oder mir nach dem Leben zu trachten, Franco.« Papst Franziskus stieg die letzten Stufen hinunter und lächelte. »Das hätten sie bereits vor einigen Monaten ganz unauffällig erledigen können, als wir durch die Lokale von Trastevere gezogen sind. Ich bin jedoch noch immer am Leben, und die Gesundheit des Kardinals ist beneidenswerterweise über jeden Zweifel erhaben. Also ... es ist gut. Sanseverino würde genauso denken.«

Franco verneigte sich leicht und trat zurück. »Eure Heiligkeit wissen ...«, versuchte er eine Entschuldigung.

»Das Böse lauert an jeder Ecke, selbst im Vatikan«, Franziskus nickte, »das ist mir sehr wohl bewusst. Aber nicht jetzt und nicht hier.« Er schüttelte allen die Hand. »Ich denke vielmehr, dass ich in den letzten Monaten noch nie so sicher war wie in diesem Moment.« Er legte Franco die Hand auf den Arm. »Sorgen Sie bitte dafür, dass wir nicht gestört werden. Unter gar keinen Umständen. Das hier ist zu wichtig.«

Damit stieß Franziskus die Tür auf und ging mit wehender Soutane voran.

*

»Ich muss gestehen, dass ich mich einerseits auf dieses Treffen gefreut habe.« Kardinal Lorenzo Sanseverino stand groß und hager wie ein schwarzer Leuchtturm Gottes inmitten seines Arbeitszimmers, die Hände auf dem Rücken verschränkt.

Der Papst hatte hinter Sanseverinos Schreibtisch Platz genommen, alle anderen hatten die diversen Sitzgelegenheiten in dem großen Raum mit Beschlag belegt. Kostbare Möbel, zahllose Ölgemälde an den Wänden, schwere antike Teppiche auf dem Sternparkettboden. Das Arbeitszimmer Sanseverinos spiegelte die Pracht und den Prunk der Jahrhunderte im Vatikan wider.

Außer dem Kardinal stand nur Jack Westworth an den Türrahmen der einzigen Tür gelehnt – »eine Gewohnheit, die ich nicht ablegen kann«, hatte er sich bei Sanseverino entschuldigt, und der hatte nur wissend genickt.

»Andererseits...?«, hakte John nach. »Kommen wir ungelegen, Euer Eminenz?«

»Sie wissen, dass Sie stets willkommen sind, Mr Finch. Das gilt für jeden hier im Raum, und ich denke, ich spreche auch im Namen Seiner Heiligkeit.« Die Stimme des Kardinals machte klar, dass es sicher keinen Widerspruch geben würde.

»Andererseits«, fuhr er nach wenigen Augenblicken fort, »andererseits habe ich gehofft, dass ich eine Besprechung aus diesem Anlass nicht mehr erleben würde. Dass mich der Herr dann bereits von diesem Amt abberufen hätte. Es sieht jedoch so aus, als habe er andere Pläne.« Er sah nachdenklich einen nach dem anderen in der Runde an. »Wahrscheinlich hat er in seiner unendlichen Weisheit recht. Ein besseres Team wird schwer zu finden sein, auch wenn der Zeitpunkt ein heikler ist.« Sanseverino trat an seinen Schreibtisch und drückte auf einen verborgenen Knopf.

Eines der Ölbilder senkte sich, und dahinter kam ein großer Flatscreen zum Vorschein.

»Lassen Sie sich von dem Mobiliar nicht täuschen. Das hier ist meine Einsatzzentrale mit allen technischen Möglichkeiten, die uns die moderne Kommunikationstechnik bietet.«

Er nahm eine Fernbedienung vom Tisch, drückte ein paar Knöpfe, und auf dem Flatscreen erschien das Gesicht von Frederic in Paris, der lächelnd ein jugendlich unbeschwertes »Paris calling, Rome douze points« in die Runde warf.

John stieß Llewellyn an und verbiss sich ein Lachen, vor allem, als er das T-Shirt des jungen Geistlichen sah, auf dem unter einem liebevoll gezeichneten Kleinbus mit Kreuz geschrieben stand: »Komm zur Mission, wir bremsen für niemanden!«

Der Kardinal kniff die Augen zusammen und legte seine Stirn in Sorgenfalten. Doch nach einem Blick auf Papst Franziskus, der unmerklich leicht amüsiert den Kopf schüttelte, verkniff sich Sanseverino jede Bemerkung und seufzte nur leise.

»Ich denke, wir haben nun alle Beteiligten beisammen.« Der Kardinal begann, langsam auf und ab zu laufen, die Hände auf dem Rücken verschränkt. »Lassen Sie mich die Geschichte zusammenfassen, und ich darf jeden der hier Anwesenden um seinen Beitrag ersuchen, uns auf den neuesten Stand zu bringen, sollte ich etwas vergessen oder übersehen haben. Alles begann vor langer Zeit, genauer gesagt vor mehr als zweitausend Jahren in China. Damals gründete Qin Shi Huang Di, ›der Erste erhabene Gottkaiser‹, wie man ihn nannte, das chinesische Kaiserreich. Nach dem frühen Tod seines Vaters bestieg der künftige Kaiser bereits im Alter von dreizehn Jahren den Königsthron, unterwarf als junger Mann in mehreren Feldzügen alle verfeindeten Staaten und vereinte damit China zu einem einzigen großen Kaiserreich. Er baute einen Beamtenstaat auf, liebte die völlige politische, wirtschaftliche und gesellschaftliche Kontrolle des Reiches und seiner Untertanen, führte Reformen durch und regulierte die Normen wie Maße und Gewichte. Außerdem knechtete er sein Volk unbarmherzig durch Zwangsarbeit und eine rücksichtslose Gewaltherrschaft, die Millionen das Leben kostete. Das hat man ihm selbst im langen Lauf der Geschichte in China nie vergessen. Sein Ansehen in der modernen Volksrepublik ist deshalb nach wie vor äußerst umstritten.«

Sanseverino blieb vor dem Flatscreen stehen und blickte zu Frederic hinauf, der konzentriert in seinen Unterlagen blätterte und schließlich aufsah.

»Dieser Qin Shi Huang Di war das, was man heute einen seltsamen Vogel nennen würde«, ergänzte der junge Geistliche. »Er dachte einerseits unglaublich fortschrittlich und war doch fest in seiner Zeit, den Traditionen und dem Aberglauben verankert. So befahl er die Anlage eines sechstausendachthundert Kilometer langen Straßennetzes durch sein Reich, ließ eine etwa achthundert Kilometer lange gerade Straße bauen, die schnurgerade von seinem Sommerpalast nach Norden bis tief in die Innere Mongolei führte. Die neuen Straßen dienten seiner Armee als Marschrouten und den Kaufleuten und Händlern als wichtigste Handelsverbindungen. Andererseits gab es auf allen Straßen eine mittlere Spur, die ausschließlich dem Kaiser und ausgewählten Angehörigen seiner Familie vorbehalten blieb. Da Qin Shi Huang Di ein Anhänger der Fünf-Elemente-Lehre war, verglich er sich mit dem Wasser, das die Flammen der Kriege erstickt hatte. Die zugeordnete Zahl war Sechs. Also befahl er, dass die eckigen Amtshüte der Minister, Berater, Höflinge und Schreiber in ihrer Höhe sechs Finger messen sollten, die Karren der Bauern sechs Fuß lang sein sollten. Sechs Fuß maß das von ihm standardisierte Längenmaß bu, entlang der Straßen des Reiches im Abstand wurden von fünf bu Bäume gepflanzt.«

Frederic war in seinem Element. Im Hintergrund sah man seinen Bruder auf einem großen Touchscreen Elemente hin und her schieben.

»Dazu kam, dass dieser Qin Shi Huang Di nicht nur ein Kontrollfreak, sondern auch ein pedantischer Regulierer war. Er normierte die Achsbreite der Wagen, ja selbst die Menge an Fett, mit der die einzelnen Räder geschmiert werden durften. Der Kaiser entschied über den Sitz des Haarknotens bei Männern, die Form des Schnurrbarts und den Schnitt der Kleidung seiner Untertanen. Und da kannte er keinen Spaß. Wer nicht mitmachte oder dagegen verstieß, dem wurden schnell einmal verschiedene Körperteile abgehackt, oder er wurde ins Jenseits befördert.« Frederic fuhr sich mit seinem Zeigefinger ziemlich drastisch waagrecht über den Hals.

»Der Kaiser ließ allerdings auch das komplizierte chinesische Schriftsystem standardisieren, strich ein Viertel aller Schriftzeichen. Trotz aller Bemühungen gelang es ihm nicht, die lokalen Dialekte abzuschaffen, doch die einheitliche Schrift wurde zu einem Fundament der chinesischen Kultur«, ergänzte Sanseverino. »Jeder von uns kennt die Chinesische Mauer, eines der beiden Lieblingsprojekte Qin Shi Huang Dis. Sie sollte die Nordgrenzen des Reiches gegen marodierende Nomadenstämme absichern und hat die Zeiten überlebt. Das zweite große Projekt steht am Anfang *unserer* Geschichte. Das Mausoleum des ersten chinesischen Kaisers. Ein wahrer Monsterbau.«

Der Kardinal blickte wieder zu Frederic, der nickte und ein Blatt aus seinen Unterlagen zog.

»Schon im ersten Jahr seiner Regierung gab Qin Shi Huang Di ein Mausoleum in Auftrag, an dem in der Mehrzahl verurteilte Kriminelle arbeiteten. Doch als die Kriege geschlagen waren, verloren jede Menge Soldaten, die nicht in ihre alten Berufe zurückkehren konnten, ihre Beschäftigung und wurden als Arbeiter auf den Großbaustellen des Reiches eingesetzt: der Mauer und dem Grabmal. Da diese beiden Projekte mit der Zeit eine unvorstellbare Größe erreichten, wurde es immer schwieriger, eine ausreichende Anzahl an Arbeitern zu finden. Also erließ der Kaiser ein Gesetz, demzufolge alle männlichen Bauern im Alter zwischen siebzehn und sechzig für einen Monat im Jahr zwangsrekrutiert werden konnten. So beschaffte er sich einfach und schnell Arbeiter.«

»Dann muss das kaiserliche Grabmal ja ziemlich rasch fertig geworden sein«, warf Amber ein.

»Irrtum, Madame Rains«, entgegnete Frederic. »An der Chinesischen Mauer sollen etwa dreihunderttausend Zwangsrekrutierte gearbeitet haben und an seinem Mausoleum in der Nähe der Hauptstadt siebenhunderttausend, die rund dreißig Jahre lang daran werkten. Sagt Ihnen die Terrakotta-Armee etwas? Achttausend lebensgroße Soldaten aus Ton, die den Kaiser als schützende Leibwache in das Leben nach dem Tod begleiten sollten.«

»Er glaubte also an ein Leben nach dem Tod?«, wollte Alex Beaulieu wissen.

»Geradezu fanatisch«, antwortete Sanseverino, »aber dazu kommen wir gleich. Und denken wir jetzt nicht an ein Mausoleum nach unseren Vorstellungen, irgendwo in der Ecke eines Friedhofs. Die gesamte Anlage nimmt eine Fläche von etwa sechzig Quadratkilometern ein, unweit der ehemaligen Hauptstadt Xi'an.« Der Kardinal sah zuerst Franziskus und dann John an. »Was so viel wie ›ewiges Leben‹ bedeutet.«

»Der Kaiser war kein Kleingeist«, bemerkte Llewellyn trocken.

»Nein, sicher nicht«, fuhr Sanseverino fort. »Die Größe des Gräbergebietes in Xi'an beträgt fast sechs mal die des Ruhrgebiets. Es ist damit die weltgrößte Grabanlage, die von manchen als das achte Weltwunder bezeichnet wird. Qin Shi Huang Di war sicher eine widersprüchliche Persönlichkeit, aber auch ein faszinierender Charakter. Und mit ihm beginnt alles in dieser undurchsichtigen Geschichte. Denn der Kaiser war der festen Überzeugung, dass auch der Tod besiegbar wäre und ihm als gottgleichen Kaiser das ewige Leben zustünde.«

Für einen Moment war es totenstill in dem Raum.

»Leider oder glücklicherweise hat er es nicht geschafft«, tönte die Stimme Llewellyns durch die Stille. »Ich nehme an, er hat früher oder später sein Grab bezogen, wie wir alle.«

»Bedauerlicherweise ist das nicht so einfach, Major«, warf Frederic ein. »Denn da gibt es ein paar seltsame Fakten, die Sie nicht kennen. Die chinesischen Archäologen haben sich bis heute nicht getraut, den Grabhügel des Kaisers zu öffnen. Die Legende besagt, dass sich sein Sarg auf einer Barke befindet, die auf einem Quecksilbersee schwimmt, der wiederum von Quecksilberflüssen gespeist wird. Fakt ist, dass Untersuchungen einen überdurchschnittlich hohen Quecksilberwert im Boden ergeben haben. Das scheint also zu stimmen. Da nach dem Abschluss der Arbeiten die Konstrukteure der Anlage sowie die Arbeiter auf Befehl des Kaisers lebendig begraben wurden, gibt es keine genauen Kenntnisse über den Aufbau der Anlage. Es existiert jedoch ein Bericht eines zeitgenössischen Historikers über das Grabmal.« Frederic drückte eine Taste auf seinem Laptop und las vor: »An einer hohen Decke sind tausende von Perlen und Edelsteinen befestigt, die den Sternenhimmel symbolisieren sollen. Auf dem Boden jedoch befindet sich ein Panorama von China, in dem alle Seen und Flüsse aus Quecksilber nachgebildet wurden. In der Mitte der riesigen Halle, auf einem See aus Quecksilber schwimmend, befindet sich der Sarg des ersten Kaisers von China auf einer Barke.« Frederic blickte hoch. »Doch niemand, Major, behauptete damals oder heute, der Sarg wäre tatsächlich belegt.«

»Glauben Sie etwa ...?«, setzte Alexander Reiter an, doch Sanseverino unterbrach ihn. »Was wir hier in diesem Raum glauben, steht nicht zur Debatte, Rebus. Was die Menschen da draußen zu glauben bereit sind, das ist entscheidend. Weil es sie zu Taten motiviert, die sonst nicht zu erklären sind.«

»Qin Shi Huang Di war von der Idee des ewigen Lebens geradezu besessen«, fuhr Frederic fort. »Wer sich nur ein wenig mit seinem Leben beschäftigt, der findet Erstaunliches. Auf einer seiner ersten Inspektionsreisen durch sein Reich erfuhr er zum ersten Mal von den ›Inseln der Unsterblichkeit‹, die China vorgelagert sind. Er schickte sofort dreitausend Mann los, die ihm das Elixier des Lebens beschaffen sollten. Die Expedition kehrte angeblich nie zurück und blieb für immer verschollen. Kein Wort darüber in den Geschichtsbüchern, vielleicht aufgrund eines persönlichen Verbots des Kaisers. Hatten sie etwas gefunden? Ab diesem Zeitpunkt gab Qin Shi Huang Di Unsummen aus, um Forschungen zu finanzieren. Und mit den Jahren, die verstrichen, wurde er immer ungeduldiger. Er schien sich seiner Sache jedoch auch immer sicherer zu werden. Er hinterließ nie einen letzten Willen, entgegen aller Traditionen der damaligen Zeit. Viele Zeitgenossen behaupteten steif und fest, man habe ihn nach seinem Tod noch gehört und gesehen. Sein Grabmal sei leer, die Anlage verberge aber alle Hinweise auf den Weg zur Unsterblichkeit. Angeblich auch einer der Gründe, warum er die Architekten umbringen und einmauern ließ.«

»Also liegt dieser Qin Shi Huang Di jetzt in seinem Grab oder nicht?« Die pragmatische Stimme von Jack Westworth ließ alle herumfahren und zur Tür schauen.

»Das weiß niemand, Mr Westworth«, antwortete Sanseverino. »Das würde die Sache einfach machen. Oder zumindest einfacher, auch im spirituellen Sinn. Aber es hat sich bisher keiner der internationalen Wissenschaftler getraut, das Grab zu öffnen.«

»Joseph und ich haben vor einer knappen Stunde einen digitalisierten alten Bericht gefunden, der uns zu denken gegeben hat«, schloss Frederic an. »Er lag in einem passwortgeschützten Ordner der Universität Xi'an. Darin heißt es, dass ein alter chinesischer Historiker überzeugt davon war, dass Qin Shi Huang Di seinen Terrakotta-Soldaten Leben einhauchen könne. Deshalb habe er die achttausendköpfige Armee überhaupt aufgestellt. Er wollte wiederkommen und dann über eine Streitmacht von ihm ergebenen Elitekämpfern verfügen können. Der Historiker war davon überzeugt, der erste Kaiser hätte das Geheimnis des ewigen Lebens entschlüsselt und Macht über Leben und Tod gehabt.«

»Solche Sagen und Legenden gibt es einige in den letzten Jahrtausenden«, erinnerte ihn John.

»Schon richtig, Mr Finch, aber wie erklären Sie dann, dass eine der vier Gruben, in denen die achttausend Elitekämpfer aufgestellt wurden, leer ist? Nur die Fußabdrücke belegen noch, dass hier ebenfalls Figuren gestanden haben. Sie waren bereits verschwunden, als die Anlage entdeckt und geöffnet wurde. Der Leichnam Qin Shi Huang Dis wurde jedenfalls nie gefunden.«

Frederic kramte in seinen Unterlagen, während jeder im Raum seinen Gedanken nachhing.

»Die Krieger, die der erste Kaiser modellieren ließ und die heute noch sein Grab bewachen, sind alle zwischen einem Meter achtzig und zwei Meter zehn groß. Riesen im Vergleich zur damaligen Körpergröße der chinesischen Bevölkerung. Sie sind so etwas wie perfekte Kampfmaschinen, ideale Menschen in Übergröße XXL, aufs Modernste bewaffnet und alle individuell aus Ton geformt. Jedes Gesicht, jede Frisur, jedes

Gewand ist anders. Warum? Und erinnert uns der Ton als Material nicht an den Golem des Rabbi Löw in Prag?«

»Staub bist du, und zu Staub wirst du wieder werden«, zitierte Papst Franziskus die Bibelstelle. »Mich hat diese Geschichte um den ersten chinesischen Kaiser stets fasziniert. Qin Shi Huang Di war ein Suchender, zeit seines Lebens.«

»Aber hat er auch etwas gefunden?«, warf John ein. »Oder ist das alles nur ein Cocktail aus immer weiter ausgeschmückten Legenden, Volksmärchen und Wunschdenken?«

»Deswegen sind zu viele Menschen gestorben in den letzten Jahren«, gab Sanseverino zu bedenken. »Und damit sind wir in der Gegenwart angelangt.« Er nahm wieder seine unruhige Wanderung durch das Arbeitszimmer auf. »Die Grabpyramide des Kaisers liegt genau zwei Li vom nächsten Fluss entfernt, und ihre Konstruktion ist so ausgeklügelt, dass man sie vielleicht erst in Jahrzehnten verstehen wird. Woher ich das weiß? Zwei österreichische Autoren haben vor rund acht Jahren ein Buch geschrieben, einen Roman, der zwei Kaiser nebeneinanderstellte, die eigentlich auf den ersten Blick nichts miteinander zu tun haben: Friedrich III. und Qin Shi Huang Di. Beide waren von der Unsterblichkeit fasziniert, hinterließen Rätsel und faszinierende Bauwerke, die heute noch erhalten sind. Der Roman, in dem der chinesische Geheimdienst und der Mossad um das geheime Wissen der beiden Kaiser kämpften, kam der Wirklichkeit erstaunlich nahe. Damals waren kirchliche Kreise in Wien in heller Aufregung, sprachen davon, das Buch verbieten zu lassen und auf den Index zu setzen.«

»Der Wirklichkeit?«, unterbrach ihn Reiter stirnrunzelnd. »Und was soll diese Wirklichkeit sein? Ein unsterblicher chinesischer Kaiser, der mit einer Armee von einigen tausend Mann durch die Welt zieht?«

»Genau gesagt 1735 Terrakotta-Soldaten und vierundzwanzig Streitwagen mit sechsundneunzig Pferden«, ergänzte Frederic grinsend. »Wenn wir uns an die Fakten halten. Ihre Abdrücke auf dem Boden der Grube vier können Sie heute noch da sehen. *Sooo* einfach ist die Sachlage nicht, Monsieur Reiter. Sonst würde diese Grabanlage nicht so viele Begehrlichkeiten wecken. Oder hat Sie der Mossad nicht angerufen und um inoffizielle Amtshilfe gebeten? Angeblich wegen eines Reiseberichts eines österreichischen Diplomaten, der plötzlich ebenso spurlos verschwunden ist wie die Soldaten in Xi'an?«

»Was uns zu unserer eigentlichen Geschichte bringt...« Sanseverino nickte zufrieden. »Die beiden österreichischen Autoren konzentrierten sich in ihrem Buch auf den Habsburger-Kaiser Friedrich III. In ihrem Roman erfanden sie ein Pulver, versteckt in der österreichischen Kaiserkrone, das unsterblich machen könne, und einen geheimnisvollen Orden, der es durch die Jahrhunderte bewachte, vor dem Zugriff der verschiedensten habgierigen Zeitgenossen rettete und schließlich vernichtete. Ende der Geschichte. Das Buch wurde ein Erfolg, und einigen Verantwortlichen muss damals ein Stein vom Herzen gefallen sein, weil sich die Autoren – ein Journalist und ein Wissenschaftler – nur in zweiter Linie mit Qin Shi Huang Di beschäftigten. Und dabei etwas übersahen: Der österreichische Kaiser Friedrich hatte sein angebliches Geheimnis der Nachwelt vermacht, in Form von Andeutungen und Symbolen in Gebäuden, Unterschriften auf Dokumenten und in Form des Pulvers. Was die beiden nicht wussten... Qin Shi Huang Di hatte es ebenso gemacht. Er hinterließ der Nachwelt den sogenannten Zerberus-Schlüssel.«

Sanseverino trat an den Schreibtisch und sah den Heiligen Vater fragend an. Der nickte nur, stand auf und trat ans Fenster, das auf die Vatikanischen Gärten ging.

»Dieses Objekt hatte im Laufe der Jahrhunderte und Jahrtausende verschiedene Namen. Es beschäftigt die Kirche bereits seit geraumer Zeit, vor allem, weil es schon seit langer Zeit verschwunden ist und niemand weiß, wer es in Besitz hat und wo es versteckt wurde.«

»Der geheimnisvolle Zerberus-Schlüssel«, murmelte Rebus. »Also war der alte Mann doch nicht völlig durch den Wind.«

Sanseverino trat zu ihm und lächelte entschuldigend. »Als Sie mich angerufen haben, habe ich Ihnen nicht die Wahrheit gesagt, als ich meinte, ich hätte den Namen noch nie gehört. Ich war alarmiert, vor allem, als Sie den Mossad und Shapiro erwähnten. Der Zerberus-Schlüssel ist ein subtiles Thema, vergleichbar mit dem Heiligen Gral oder dem Stein der Weisen. In allen diesen Fällen ist es schwer, zwischen Legende und Wahrheit zu unterscheiden. Doch die Symbolkraft ist unglaublich. Und wie Sie wissen, ist auch Pro Deo den Fakten verpflichtet, auch wenn wir für den Glauben einstehen.«

»Und für die katholische Kirche«, erinnerte ihn Llewellyn lakonisch. »Wie etwa der MI5 oder MI6 der britischen Regierung verpflichtet sind. Was uns zu Peter Compton bringt, der mich mit einem blutigen Gurkha-Dolch aus meinem Sommerurlaub in Schottland geholt hat. Und zu Charles R. Parker, an den das Paket adressiert war und der damit wohl am Beginn der Zerberus-Geschichte steht.«

»Ich muss Sie korrigieren, Major«, fiel ihm Frederic ins Wort. »Es begann nicht mit dem Verschwinden von Mr Parker aus Glenfinnan, sondern im Jahr 1967 mit einem Mann namens Jim Thompson, dem Seidenkönig von Bangkok. Ich denke, Sie haben bereits alle von ihm gehört. Absolvent von Princetown, dann als Architekt in New York tätig, meldete er sich 1940 zum US-Wehrdienst und wurde vom OSS, der späteren CIA, rekrutiert. Zu Kriegsende war Thompson in Asien im Einsatz und auf dem Weg nach Bangkok, um das Büro des OSS zu übernehmen. Im Dezember 1946 wurde er in allen Ehren aus der Armee entlassen und kehrte sofort nach Asien zurück. Zwanzig Jahre später verschwand er spurlos und tauchte nie wieder auf.«

Sanseverino gab Frederic ein Zeichen und wandte sich an Llewellyn.

»Major, ich fürchte, Sie werden feststellen müssen, dass die Briten in der Geschichte nicht gerade die ruhmreichste Rolle spielten. Weder vor noch nach dem Verschwinden von Thompson.«

»Das dachte ich mir schon«, brummte Llewellyn, »als ich das letzte Mal mit Peter Compton telefoniert habe. Er klang ganz und gar nicht amused. Im Gegenteil, ich hatte den Eindruck, er war gehetzt und in die Ecke gedrängt.«

Der Kardinal blickte zu Boden, überlegte kurz und nahm dann seine Wanderung wieder auf. »Wie ich aus Geheimdienstquellen erfahren habe, erhielt Thompson einen Auftrag von der CIA, bevor er verschwand. Über eine sichere Leitung, die er in seiner Firma in Bangkok installieren ließ. Der Inhalt? Die Aktivitäten eines kleinen deutschen Verbands im Pazifik zu Beginn des Krieges. Der Grund? Die Amerikaner wollten endlich Klarheit darüber, was genau die vier Schiffe der deutschen Kriegsmarine so weit nach Osten gebracht hatte. Inzwischen wissen wir dank eines Telefonats mit Kommissar Thomas Calis in Berlin, dass dieser kleine Verband dazu abkommandiert worden war, einen Transport der Triaden abzufangen. Ein Schiff voller Opium.«

»Die Triaden? Opium?« John runzelte die Stirn. »Mir wird einiges klar...«

»Der Auftrag muss Thompson ziemlich unvorbereitet getroffen haben. Immerhin waren seit dem Einsatz des Verbandes im Pazifik mehr als fünfundzwanzig Jahre vergangen. Hatte jemand Unterlagen darüber in den National Archives gefunden und die Geheimdienste alarmiert? Wie auch immer, Langley griff also auf Thompson in Bangkok zurück. Doch der hatte mit einem echten Problem zu kämpfen. Er war eine Berühmtheit in Thailand und den angrenzenden Ländern. Wo immer er in Asien hinfuhr, was immer er tat, ein Rattenschwanz aus Beobachtern, Fotografen, Schickimickis und Gesellschaftsreportern folgten ihm quer durch den Kontinent. Sein Ruhm, seine gesellschaftliche Stellung ließen ihm nur eine einzige Möglichkeit, um dem CIA-Auftrag nachzukommen: Er musste spurlos verschwinden. Und das tat er auch.« Sanseverino überlegte kurz, dann fuhr er fort: »Ich habe bereits vor Jahren die Polizeiprotokolle aus dem Jahr 1967 von der Untersuchung in den Cameron Highlands in Malaysia ausheben und übersetzen lassen. Dabei waren zwei Dinge auffällig. Erstens erhielt Thompson am Tag seines Verschwindens einen Anruf aus England, genauer gesagt aus Schottland. Zweitens nahm er einen wertvollen Khukuri aus dem Arbeitszimmer seines Gastgebers mit.«

»Einen Khukuri?« Llewellyn war überrascht. »Könnte es jener Dolch gewesen sein, der Jahre später an Parker nach Schottland geschickt wurde und schließlich vor wenigen Tagen bei mir landete? Wollte Thompson Parker damit ein Zeichen geben?«

»Können wir Peter Compton dazu befragen?«, wollte Sanseverino wissen.

»Der weiß von dem Dolch weniger als wir«, winkte Llewellyn ab. »Er hat damals das Paket aus Hongkong nie geöffnet, sondern nur durchleuchtet. Peter wusste nicht mal, dass der Dolch blutig war. Er wollte mich lediglich aus meiner schottischen Einsamkeit nach London locken. Er brauchte jemanden, um diskret die Liste in Berlin zu recherchieren, auf der auch Parker stand.«

»Dazu komme ich gleich.« Der Kardinal sah ganz und gar nicht glücklich aus. »Was ich Ihnen nun berichten werde, ist kein Ruhmesblatt für die Europäer und noch weniger für die britischen Geheimdienste. Ich weiß, dass sie alle mehr oder weniger mit Peter Compton verbunden sind. Aber ...« Sanseverino zögerte.

»Wenn Sie damit sagen wollen, Eminenz, dass Peter Compton von Anfang an seine Finger im Spiel hatte, dann brauchen Sie uns nicht darauf vorzubereiten«, meinte John, »das war bereits im Nostradamus-Coup der Fall.«

»Doch diesmal ist es etwas anders«, meinte Sanseverino leise. »Diesmal hat er sie tief in Blut getaucht. Und zwar schon vor Jahren. Er war es, der alle Wissenschaftler unter den Augen der Ostdeutschen eliminiert hat.«

Schlossstrasse 67, Charlottenburg, Berlin/Deutschland

Thomas Calis ging vorsichtig tiefer in den Flur hinein. Im Haus war es völlig ruhig. Nur die leisen Schritte des jungen Polizisten, der sich hinter dem Kommissar über die halbdunkle Veranda tastete, klangen wie ein Echo seiner eigenen.

War Markus Braunke noch im Haus oder bereits über alle Berge? Wohnte er überhaupt hier, oder hatte der Italiener irgendeinen Nonsens geredet, um sich wichtigzumachen?

Calis fühlte sich mit einem Mal unwohl in seiner Haut. Das Haus war dunkel, schien verlassen und abweisend. Die Einrichtung war unpersönlich, etwas abgewetzt, die Polstermöbel fadenscheinig. Calis kam sich vor wie in einem Hotelzimmer der Siebzigerjahre. Angestaubt, verloren in der Zeit.

Er lief die Treppen hoch, stieß die nächste Tür auf. Ein Wohnzimmer, nach vorn auf die Schloßstraße hinaus. Die Jalousien waren heruntergelassen, und Calis trat ans Fenster, zog am Riemen. Die Jalousie ratterte hoch.

Sowieso schon egal, dachte der Kommissar, hier ist keiner.

Draußen im Flur hörte er den Polizisten die nächsten Türen aufstoßen.

Er sah sich um. Auch hier wenig Persönliches. Ein paar Bücherregale, Bilder an der Wand, eine Sitzgarnitur, die ihre besten Zeiten lang hinter sich hatte. Entweder wohnte hier ein Pedant mit manischem Ordnungssinn oder gar niemand mehr.

Auf einer Kommode fand Calis dann doch noch drei Fotos in dünnen Bilderrahmen. Ein junger Mann, etwa zwanzig oder fünfundzwanzig Jahre alt, wahrscheinlich dieser Stefan, von dem Annette erzählt hatte. Dann eine fröhlich dreinblickende Frau in den Vierzigern und … ja, ein Foto von Markus Braunke. Er war jünger als auf dem Bild, das Calis auf seinem Handy hatte. Der Kommissar sah genauer hin. Braunke trug eine Uniform auf dem Foto. Kurz entschlossen nahm er alle drei Fotos mit.

Der junge Polizist war inzwischen in den obersten Stock der Villa gestiegen. Calis hörte ihn mit halbem Ohr durch die Gänge und Zimmer wandern. Warum führte eine Nachfrage zu Markus Braunke auf direktem Weg zum BND? War er ein Informant? Ein V-Mann, der zu schützen war?

Wer war dieser Braunke wirklich? Und warum hatte er Annette entführt? Waren die Tagebücher des alten Krüger tatsächlich der Schlüssel zu all dem? Zu der Mumie, zu den toten Agenten, zu Gustavs Entführung?

Fragen über Fragen.

Calis öffnete ein paar Schubladen, auf gut Glück. Zeitungen, Kartenspiele, ein Schachbrett. In der anderen alte Handys plus Ladegeräte, Brillen, eine Bestecklade.

»Kommissar Calis?« Der junge Polizist steckte den Kopf durch die Tür. »Die oberen Räume sind alle menschenleer. Sieht nach einem Büro aus, wenn Sie mich fragen. Dann noch ein Jugendzimmer, mit Postern an der Wand. Den Motiven nach zu schließen ein männlicher Teen mitten im Hormonschub. Haben Sie jemanden gefunden?«

Calis schüttelte den Kopf. »Nichts außer ein paar Fotos. Wir könnten die Spurensicherung holen, aber das Haus von unten nach oben gründlich zu untersuchen kostet Tage. Und so viel Zeit haben wir nicht. Wir brauchen also den Besitzer.«

»Dann bleibt uns nur noch der Weg in den Keller.« Der junge Uniformierte blickte skeptisch, zuckte die Schultern und zog seine Taschenlampe aus dem Gürtel. »Einen Versuch ist es wert.«

»Und schließlich die Fahndung...«, ergänzte Calis wenig enthusiastisch und folgte ihm die Treppen hinunter.

Einen Mitarbeiter des BND zur Fahndung auszuschreiben würde bei Frank gar nicht gut ankommen. An die Reaktion des Innensenators mochte Calis gar nicht denken.

Der Zugang zum Keller war durch eine Eisentür verschlossen, die sich jedoch lautlos in den Angeln drehte. Es roch weder modrig noch feucht, wie Calis überrascht feststellte. Er tippte dem Polizisten auf die Schulter und gab ihm das Zeichen, stehen zu bleiben. Dann lauschte er ins Dunkel.

Von irgendwoher kam ein seltsam schleifendes Geräusch, das unentwegt die Tonhöhe änderte und Calis an einen entfernten Zahnarztbohrer erinnerte. Der junge Uniformierte zog seine Waffe und stürmte den schmalen Gang entlang. Unter einer der Türen schien gelblich ein Lichtstreif.

»Na denn...«, flüsterte Calis, zog ebenfalls seine Waffe und trat die Tür auf.

Einen Wimpernschlag später standen die beiden Männer, die Pistolen im Anschlag, vor einer riesigen Modell-Autorennbahn, auf der ein einsamer Porsche 917 seine Runden zog. Der Junge an den Reglern blickte auf, ließ vor Schreck alles fallen, machte in Panik einen Schritt zurück, stolperte über einen Sessel und verschwand mit wedelnden Armen unter einem Tisch.

Calis erkannte sofort den Jungen vom Foto im Wohnzimmer.

»Stefan? Sind Sie das? Kripo Berlin! Kommen Sie da unten hervor, wir müssen mit Ihnen reden!«, rief der Kommissar und steckte die Waffe weg. »Durchsuchen Sie den Rest des Kellers«, raunte er dem Polizisten zu, dann ging er an der Autorennbahn entlang weiter in den Raum hinein.

Der Junge, der wenig später mit verschrecktem Gesichtsausdruck vor ihm stand, hatte kurze mittelblonde Haare, ein schmales Gesicht und sah ihn aus dunkelbraunen Augen misstrauisch an. »Wie sind Sie hier hereingekommen?«, fragte er verwirrt.

»Scalextric oder Carrera?«, entgegnete Calis.

»Hey! Sie kennen sich aus. Scalextric. Aber...«

»Sie sind doch Stefan Braunke, der sich mit Annette getroffen hat, um die Kopien des Tagebuchs zum Entschlüsseln mitzunehmen?«

Stefan nickte, doch das Misstrauen war sofort wieder da.

Calis zog seinen Ausweis aus der Tasche und hielt ihn dem Jungen unter die Nase. »Nur rasche Antworten sind gute Antworten. Wo ist Ihr Vater?«

»Ist er nicht oben?«, fragte Stefan verwirrt. »Er war den ganzen Tag hier, wir haben gemeinsam gefrühstückt. Er wollte noch arbeiten.«

»Und was genau?«, stieß Calis nach.

»Mein Vater hat eine Consultingfirma, eigentlich ist er aber schon in Pension. Sonst interessiert er sich für Zeitgeschichte und verbringt mehr Zeit in Archiven als zu Hause. Seine Büros sind ganz oben unterm Dach. Ist er da nicht?«

»Ist er nicht.« Calis überlegte kurz, dann zog er das Foto der Frau aus der Tasche und schob es Stefan zu. »Ihre Mutter?«

Der Junge nickte. »Ja, sie ist vor zwei Jahren gestorben. Mein Vater hat den Trauerflor vor vier Wochen erst abgenommen. Es hat ihn sehr mitgenommen.«

Calis zog das Bild Braunkes aus der Tasche und legte es vor

Stefan. »Ihr Vater, das ist klar. Aber welche Uniform ist das, die er da trägt?«

»Eine ostdeutsche, das hat er mir zumindest erzählt, aber ich kenne mich da nicht so genau aus. Mein Vater war früher bei irgendeinem Amt in Ostberlin. Meine Mutter hat er erst Jahre nach der Wende kennengelernt.«

Bingo, dachte Calis. Der Kreis schließt sich.

»Sie haben Annette von einem Spezialisten für Geheimschriften erzählt...«

Stefan nickte eifrig. »Mein Vater kennt einen Experten für Verschlüsselung, der ist allerdings schon lange in Pension und pflegt nur noch seinen Kleingarten. Hat jede Menge Zeit...«

Das verstehe ich nicht, dachte Calis, ich habe auch einen Kleingarten, aber nie Zeit...

Laut fragte er: »In welcher Anlage? Wie lautet sein Name?«

»Ich war mit meinem Vater mal dort, am Goslarer Ufer, ich hab vergessen, wie die Anlage heißt...«

»Edelweiß, sie heißt Edelweiß«, murmelte Calis mit einem bitteren Geschmack im Mund.

»Ja! Genau, so hieß sie... Woher wissen Sie das?«

»Weil ich selbst... Na ja, ich habe einen Garten da geerbt, vor einigen Jahren. Zwischen einem kleinen Japaner, der unter ständigem Gemurmel seinen Rechen durch Kubikmeter von Kies zieht, und einem Modelleisenbahner, der seine rechtwinkelig gezogenen Blumenrabatten von Legionen durchgeknallter Gartenzwerge bewachen lässt. Egal. In welcher Parzelle wohnt der Verschlüsselungsexperte?«

»Es gibt da so etwas wie einen Hauptplatz«, erinnerte sich Stefan. »Am oberen Ende, ein Gartenhaus mit grünem Dach und einem Schlafwandler aus Porzellan am First.«

Calis nickte resigniert. »Das passt. Die haben alle mehr als eine Latte locker am Zaun. Kommen Sie mit, wir besuchen ihn. Doch vorher noch mal: Wo kann Ihr Vater sein?«

Stefan zuckte die Schultern. »Keine Ahnung. Ich dachte, er wäre in seinem Büro...«

In diesem Moment kam der junge Polizist wieder zur Tür herein, schüttelte den Kopf und steckte seine Waffe weg. »Keiner da.«

»Bleiben Sie hier, ich organisiere eine ständige Überwachung. Los, Stefan!«

Calis lief die Treppen hinauf, ließ Stefan das Haustor aufsperren und trat zu einem der Uniformierten vor dem Haus. »Ich brauche einen Einsatzwagen, schnell! Sie bleiben hier und bewachen den Eingang!«

Zwei Minuten später schoss der blau-silberne VW Passat mit Blaulicht und Sirene auf der Gegenfahrbahn über den Spandauer Damm stadteinwärts und wich so dem üblichen Stau aus. Stefan klammerte sich an die Haltegriffe und starrte mit weit aufgerissenen Augen auf den Gegenverkehr, der erst im letzten Moment auswich und empört hupte.

»Kann es sein, dass Ihr Vater bei der Hauptverwaltung Aufklärung war?«, fragte Calis seinen Beifahrer, der verzweifelt versuchte, in den Kurven nicht den Halt zu verlieren.

»Ist möglich, aber ich weiß es wirklich nicht, mein Vater hat nie darüber gesprochen. Er meinte immer, er habe damals einen Bürojob gehabt.«

»Klar, und ich bin Ali Baba, und das ist der fliegende Teppich.« Der Kommissar ignorierte die nächste rote Ampel. »Wussten Sie, dass Ihr Bürohengst von Vater Ihre Freundin Annette entführt und gefangen gehalten hat?«

»Was?« Stefan starrte ihn ungläubig an. »Das ist nicht möglich... Aber... warum?«

»Genau das wollte ich ihn fragen«, antwortete Calis bitter.

»Und jetzt beten Sie lieber inständig zu dem da oben. Wenn wir nämlich den ostdeutschen Entschlüsselungsexperten nicht in die Finger bekommen, dann sind auch die Seiten des Tagebuchs von Wolfgang Krüger verloren, Annettes Großvater. Und dann bekommen Sie richtig Ärger, dafür sorge ich persönlich.«

»Aber...«, versuchte Stefan einen Einwurf.

Calis beschloss, die Schraube noch etwas anzuziehen. »Waren nicht Sie es, der Annette an Ihren Vater vermittelt hat? Der seinerseits selbstverständlich sofort wusste, was der Pazifik-Verband war? Was Ihnen überhaupt nicht seltsam vorkam? Im Gegenteil, Sie besorgten auch noch die codierten Seiten...völlig ahnungslos? Das erklären Sie dann mal den Kollegen und dem Gericht.«

Stefan wurde immer kleiner in seinem Sitz.

»Zum letzten Mal. Wo ist Ihr Vater?« Calis trieb den Passat durch die Kaiserin-Augusta-Allee.

»Ich weiß es nicht! Verdammt, ich habe keine Ahnung!«

Calis schaltete die Sirene ab und jagte den Polizeiwagen um die Kurve auf das Goslarer Ufer. »Dann bleibt Ihnen wirklich nur noch das Beten.«

Und mir auch, fügte er im Stillen hinzu.

In der Wohnung Kardinal Sanseverinos, Vatikanstadt/Vatikan

»Moment! Habe ich das gerade richtig verstanden? Peter Compton hat die Wissenschaftler auf der Liste selbst eliminieren lassen?« Llewellyn hatte sich vorgebeugt und blickte Kardinal Sanseverino zweifelnd an. »Ich traue ihm viel zu, aber warum schickte er mich dann nach Berlin, angeblich, um die Liste zu recherchieren, wenn er die Namen doch bereits kannte?«

»Weil er in Wahrheit hinter etwas ganz anderem her ist«, antwortete Sanseverino und wippte auf den Zehenspitzen.

»Eminenz, Sie sind bemerkenswert gut informiert über den Zerberus-Schlüssel und alles, was damit zusammenhängt«, warf John ein. »Bei allem Respekt für den vatikanischen Geheimdienst, wie kommt es, dass Sie gerade jetzt so gut Bescheid wissen?«

»Mr Finch, ich kann Ihre Frage gut verstehen. Aber der Zerberus-Schlüssel ist etwas, das uns nicht erst seit wenigen Tagen beschäftigt. Genauso wenig wie der Gral, die Katharer, die Qumran-Rollen, die Templer, Stonehenge, die Osterinsel, Kornkreise oder UFO-Sichtungen, die Frage nach außerirdischem Leben. Pro Deo ist wie alle anderen Geheimdienste dieser Welt äußerst aktiv, wenn es um ungeklärte, seltsame Fälle geht, die auch die Medien oder die Öffentlichkeit bewegen oder die Welt der Spionage berühren. Daher haben unsere

Nachforschungen 1967 begonnen, als Jim Thompson, der Seidenkönig von Bangkok, spurlos verschwand.« Der Kardinal blickte hoch zu dem Flatscreen, auf dem Frederic gerade seine Schreibtischschublade durchsuchte. Dann wandte er sich wieder John und Llewellyn zu. »Warum? Ganz einfach, weil Thompson der Leiter des CIA-Büros in Bangkok war.«

»Ein befreundeter Dienst?«, wollte Amber wissen.

Sanseverino lächelte dünn. »In dieser unserer Welt gibt es, wie Sie sicher wissen, vorübergehende Zweckpartnerschaften, öffentlichkeitswirksame Allianzen sowie Kontakte hinter den Kulissen. Die meisten westlichen Dienste unterstützen sich gegenseitig, und wir machen da keine Ausnahme. Aber befreundet … wäre doch ein großer Begriff. Geheimdienste haben keine Freunde. Doch zurück zu Thompson.« Der Kardinal nahm seinen Rundgang wieder auf. »Unsere Nachforschungen haben ergeben, dass Thompson von der CIA den Auftrag erhielt, den Verbleib eines Schiffes zu recherchieren, das der Pazifik-Verband der deutschen Kriegsmarine 1940 aufgebracht hatte.«

»Den Transport der Triaden, das Schiff voller Opium, von dem Sie zuvor gesprochen haben«, hakte Westworth nach.

»Genau, die *Rangalore*, beladen mit mehr als achthundert Tonnen Opium.« Sanseverino nickte. »Es war seit der Kaperung durch die Deutschen verschwunden. Doch das war nicht alles, was die Amerikaner bedrückte. Da war noch etwas, etwas viel Wertvolleres. Der Zerberus-Schlüssel. War er ebenfalls auf dem Schiff gewesen?«

»Moment! Wenn der Schlüssel ein Vermächtnis des ersten chinesischen Kaisers war, warum sollte er dann auf einem Schiff der Triaden in den Vierzigerjahren des vergangenen Jahrhunderts sein?«, gab Rebus zu bedenken.

»Richtiger Einwand!« Sanseverino nickte. »Weil das

Rauschgift aus der Zeit der beiden Opiumkriege, die das britische Empire gegen die Chinesen geführt hatte, stammte und der Zerberus-Schlüssel etwa zur gleichen Zeit wieder auftauchte. Doch eins nach dem anderen.« Er gab Frederic ein Zeichen.

»Mit Vergnügen, Eminenz. Der Erste Opiumkrieg war ein militärischer Konflikt, der 1839 begann und drei Jahre dauerte. Nach der Niederlage wurde China nicht nur zur Öffnung seiner Märkte, sondern vor allem zur Duldung des Opiumhandels gezwungen. Mit einem Wort, es war ein dreckiger Krieg mit noch schmutzigeren Folgen. England erzwang mit militärischer Gewalt den freien Opiumimport nach China zur Durchsetzung der kolonialen Wirtschaftsinteressen. Der Drogenhandel musste wieder zugelassen werden, und Hongkong fiel an die Briten. Da die Briten einen Verbündeten in China brauchten, was lag näher als die Triaden mit der Verteilung des Opiums zu beauftragen? Gegen einen beträchtlichen Anteil übernahmen die kriminellen Vereinigungen nur zu gern die schmutzige Arbeit, und China versank im Drogenrausch.«

»Kein Ruhmesblatt der britischen Kolonialpolitik«, murmelte Llewellyn.

»Nein, Major, bei Weitem nicht. Ein paar weitere Fakten gefällig?« Frederic klappte einen Laptop auf, den er aus der Schublade gezogen hatte. »Beginnen wir mit der Situation, die zum Ersten Opiumkrieg führte, dann werden Sie rasch verstehen, warum das alles Monsieur Compton rückblickend äußerst unangenehm war. Ab 1820 verstärkte die britische East India Company den Export bengalischen Opiums nach China ziemlich hemmungslos. In den folgenden fünfzehn Jahren verfünffachte sich die umgeschlagene Menge, und die zuständigen Stellen sorgten dafür, dass der britische Opiumhandel ungehindert weiterwuchs. Die Chinesen versuchten gegenzusteuern, beschlagnahmten in einem Jahr dreiundsiebzig Tonnen Opium und siebzigtausend Opiumpfeifen, doch zwischen 1830 und 1840 war die East India Company der weltweit größte Drogenhändler. Ständig knapp bei Kasse, füllte die Gesellschaft den Mangel an Bargeld durch den tonnenweisen Export von in Indien hergestelltem Opium nach China. Dann eskalierte die Situation. China ließ auf Befehl des Kaisers 1839 rund dreihundertfünfzig in den Opiumhandel verwickelte Ausländer in ihren Handelsniederlassungen internieren. So gelang es den zuständigen Beamten, über tausendvierhundert Tonnen Opium von den Briten zu beschlagnahmen. Die Chinesen verbrannten die Berge von Rauschgift zwanzig Tage lang in der Nähe von *Humen* und spülten es anschließend ins Meer. Das ließen sich die Briten nicht gefallen, und der Erste Opiumkrieg begann.«

»Den die Chinesen verloren, wenn ich mich an meinen Geschichtsunterricht erinnere«, warf Amber ein.

»Ja, Madame Rains, den sie verloren, und damit wurde es noch schlimmer. Vierzehn Jahre lang strömte Opium ungehindert nach China, vorwiegend über die East India Trading Company, um damit Tee, Porzellan, Seide und andere Handelsgüter zu bezahlen. Das ganze Land war auf Droge, die Briten avancierten zu den größten Rauschgiftdealern der Welt, unterstützt von den Triaden, die die Verteilung übernommen hatten und glänzend daran verdienten. China entwickelte sich zum Pulverfass, und so genügte 1856 ein kleiner Funken, um den nächsten Krieg anzuzetteln. Ein unter britischer Flagge laufendes Schiff war von den Chinesen gekapert worden und seine Besatzung festgesetzt. Der Vorwurf? Piraterie, Schmuggel und illegaler Opiumhandel. Als die Chinesen auf die beiden Forderungen Großbritanniens nicht reagierte, die Mannschaft freizulassen und das Schiff zurückzugeben, erklärten die Briten kurzerhand China den Krieg. Die Franzosen schlossen sich sofort an, offiziell unter dem Vorwand der Rache für die Hinrichtung eines französischen Missionars. In Wahrheit wollten die Franzosen unkompliziert ihre Einflusssphäre in China erweitern. Der Zweite Opiumkrieg war vom Zaun gebrochen...«

»... und diesmal entschied sich auch das Schicksal des Zerberus-Schlüssels«, unterbrach Sanseverino den jungen Geistlichen in Paris. »Im Endstadium des Krieges nahmen die franko-britischen Truppen Peking ein und verwüsteten die beiden Sommerpaläste der Kaiserfamilie. Man plünderte nach Herzenslust, nahm alles mit, was nicht niet- und nagelfest war. Bilder, Teppiche, Kunstgegenstände aller Art, Gastgeschenke an den Kaiser, Familienschätze, Juwelen, darunter auch jene kostbaren Uhren, die Georg III. dem Kaiser Qianlong als Geschenk übersandt hatte. Man machte selbst vor fünf Pekinesen-Hunden nicht Halt, die bis dahin nur dem Kaiserhaus vorbehalten waren. Sie sollten zu Stammeltern der europäischen Pekinesen werden. Und ... die Soldaten nahmen den Zerberus-Schlüssel mit, der von Generation zu Generation im Kaiserhaus vererbt worden war. Sie wussten es nur nicht ... Für sie war es ein Objekt unter vielen.«

»Wie sieht dieser Schlüssel aus?« Rebus lehnte sich interessiert nach vorn.

»Qin Shi Huang Di ließ sein Geheimnis in das kostbarste Objekt gravieren, das man zu seiner Zeit kannte. Einen Narwalzahn, den man früher auch als das Horn des Ainkhürns bezeichnete. Des legendären Einhorns ...«

»Dann würde das Geheimnis doch jeder sehen«, wandte Rebus ein. »Ein so auffälliges und kostbares Objekt musste zu allen Zeiten die Blicke auf sich ziehen. Es wurde als eines der kostbarsten Materialien überhaupt geschätzt und oft für Herrscherinsignien verwendet, soviel ich weiß, als ein Symbol göttlicher Macht, dem größte Heilkraft zugeschrieben wurde. Auch das Zepter und der Reichsapfel des Kaisertums Österreich in der Wiener Schatzkammer sind teilweise aus Narwalzahn. Diese Objekte standen stets im Mittelpunkt des Interesses der Mächtigen. Und darauf ein Geheimnis verbergen?«

»Unterschätzen Sie den Kaiser der Chinesen nicht«, gab Sanseverino zu bedenken. »Seine Gelehrten hatten bereits festgestellt, dass ein mit Wasser gefülltes Gefäß Gegenstände vergrößern konnte. Also ließ er in die Vertiefung des gedrehten Zahns mit sehr kleinen Schriftzeichen sein Geheimnis gravieren. So gut wie unsichtbar für nicht Eingeweihte.«

»Cool!« Frederic war sichtlich begeistert. »Das also ist der Zerberus-Schlüssel...«

»Jetzt wird mir einiges klar. Das erklärt das Interesse des Mossads an der Reise des österreichischen Diplomaten Graf Calice nur knapp zehn Jahre nach dem Raub...« Reiter nickte. »Die Israelis sind ebenfalls hinter dem Narwalzahn her, und sie wissen genauso wenig wie alle anderen, wo er heute ist. Aber sie hoffen, dass Calice etwas über den Verbleib in seinem Reisebericht geschrieben hat, was gut möglich ist. Dumm nur, dass Professor Steinberg das Büchlein im Naturhistorischen Museum vorher in die Finger bekommen hat...«

»... und dann verschwunden ist, gemeinsam mit den anderen auf der Liste«, ergänzte John.

»Thompson war der Erste, der sich nach dem Zweiten Weltkrieg auf die Suche machte«, fuhr Sanseverino fort. »Zuerst nach der *Rangalore*, dann zählte er zwei und zwei zusammen und forschte auch nach dem Zerberus-Schlüssel. Ihm folgte Parker, nachdem er Schottland und England hinter sich gelassen hatte. Und dann kamen die anderen vier Männer, die mit Hilfe der Ostdeutschen, die ihrerseits auf der Suche nach dem

Opiumschiff und dem Zerberus-Schlüssel waren, ihre Recherche starteten.«

Llewellyn hatte die Liste aus der Tasche gezogen und las vor: »Wachsfeld, Steinberg, Belmonte und van Leeuwen. Der französische Berufserbe Laroche musste ja nie verschwinden. Er war der Verbindungsmann der Gruppe zur Außenwelt, wie er es so schön nannte, misstrauisch beobachtet oder auch bewacht von den Ostdeutschen lebte er in Südfrankreich wie die Made im Speck, während die anderen sich in Asien mit Mücken, Malaria und Montezumas Rache herumschlugen.«

»Seltsam. Je länger wir hier konferieren, umso mehr Fragen habe ich«, stellte Alexander Reiter ratlos fest. »Die wichtigste ist wohl – welches Geheimnis birgt der Zerberus-Schlüssel?«

Sanseverino nahm seine Wanderung wieder auf.

Papst Franziskus stand nach wie vor am Fenster und blickte hinaus auf die Vatikanischen Gärten. »Es gibt eine sehr irdische Vermutung und eine Legende.« Der Heilige Vater wandte sich um und blickte in die Runde. »Die Chinesen hätten den Narwalzahn gerne wieder, weil ihr erster Kaiser darauf vermerkt hat, wie man unbeschadet in sein Mausoleum eindringen kann. Die Wissenschaftler haben nicht umsonst so lange gewartet. Man spricht von mörderischen Fallen, von Gift, von Falltüren, Selbstschussanlagen und Unmengen von Quecksilber, das die Umwelt überfluten und vergiften würde. Qin Shi Huang Di war kein Träumer. Er wusste von gierigen Grabräubern, und er schützte sein Mausoleum wohl sehr wirksam. Wohl einer der Gründe, warum die Triaden nicht nur nach dem Schiff suchen, sondern auch nach dem Zerberus-Schlüssel. Ihre Macht wäre mit einem Schlag gestärkt, selbst im kommunistischen China.«

»Und die Legende?«, wollte John wissen.

Diesmal war es Sanseverino, der antwortete: »Zerberus, der

Dämon der Grube, bewacht den Eingang zur Unterwelt. Das Grab des ersten chinesischen Kaisers ist tatsächlich eine Unter-Welt, China als Modelllandschaft. Doch Zerberus soll dafür sorgen, dass kein Lebender eindringt und kein Toter herauskommt. Ersteres hat er bisher geschafft, ob er keinen Toten entkommen ließ, darüber gehen die Meinungen auseinander.«

»Wie meinen Sie das, Eminenz?« John beugte sich interessiert vor.

»Mr Finch, wir sind wohl alle Realisten in diesem Raum, egal welcher Glaubensrichtung wir angehören. Wir wissen, dass es das ewige Leben im körperlichen Sinn nicht gibt und rein physiologisch nicht geben kann. Es wäre das Ende der uns bekannten Welt. Eine ständig anwachsende Anzahl von Neugeborenen würde die Weltbevölkerung innerhalb kürzester Zeit explodieren lassen, weil es keine Sterbefälle mehr gäbe. Manche denken jedoch, Qin Shi Huang Di liege gar nicht in seinem Grab, habe das Geheimnis des ewigen Lebens entschlüsselt und es für alle Zeiten niedergeschrieben. Auf dem Zerberus-Schlüssel. Danach habe er mehr als tausendsiebenhundert Soldaten seiner Terrakotta-Armee Leben eingehaucht und sei an Zerberus vorbei ins Leben zurückgekehrt. So die Legende.«

Für einen Moment war es still in dem großen Arbeitszimmer.

»Tut mir leid, wenn ich das pragmatisch und sehr realistisch sehe.« Jack Westworth stieß sich von der Wand ab und trat zu Sanseverino. »Ich bin ein alter Soldat und kein Philosoph. Neben mir sind Menschen gestorben, und keiner von ihnen ist je wiedergekommen, sosehr ich das manchmal auch bedauert habe. Aber egal was auf diesem Zerberus-Schlüssel steht, wir sollten dafür sorgen, dass er in die richtigen Hände kommt. Es gibt zu viele Spinner auf dieser Welt, die schon kleinere und unbedeutendere Symbole als Vorwand für große Konflikte genommen haben. Wenn ich allerdings höre, dass Peter Compton jene Männer ins Jenseits befördert hat, die danach gesucht haben, dann werden wir von seiner Seite keine Hilfe zu erwarten haben.« Er sah Llewellyn und Beaulieu an. »Ich nehme an, der alte Fuchs wollte ihn selbst finden und für die Krone sicherstellen.«

»Dasselbe will der Mossad auch, ob er nun an die Legende glaubt oder nicht«, meinte John, »deswegen hat er Rebus kontaktiert. Die Triaden sind ebenfalls dahinterher, und wenn man den Nachrichten aus Berlin trauen kann, dann sind ehemalige ostdeutsche Netzwerke bis heute tief in die Geschichte verstrickt. Und was will Pro Deo?«

Der Kardinal hielt Johns Blick stand. »Ich möchte Sie daran erinnern, dass ich mich ursprünglich an keinen von Ihnen gewandt habe, Mr Finch, Sie sind alle zu mir gekommen. Was mich freut und mir auch zu einem gewissen Grad schmeichelt. Andererseits wäre ich ein schlechter Taktiker, wenn ich jetzt nicht die Gelegenheit beim Schopf ergreifen würde. Ein besseres Team werde ich wohl kaum zusammenstellen können. Lassen Sie uns nach dem Zerberus-Schlüssel suchen.«

»Und sollten wir ihn finden?« John ließ nicht locker.

Papst Franziskus hatte sich an den Schreibtisch Sanseverinos gesetzt und aufmerksam zugehört. Nun legte er die Fingerspitzen zusammen, blickte John nachdenklich an und antwortete an Sanseverinos Stelle. »Mr Finch, ich kann Ihre Bedenken verstehen. Würde es Sie beruhigen, wenn ich Ihnen mein Wort gebe, dass die endgültige Entscheidung am Ende bei Ihnen liegt? Das wird es für Sie nicht einfacher machen, weil ich damit das Schicksal des Zerberus-Schlüssels in Ihre Hand lege. Aber zumindest können Sie sicher sein, dass der Vatikan, Pro Deo oder die katholische Kirche nicht automatisch einen Besitzanspruch anmelden, nur weil es um das ewige Leben geht. Mit einem Wort, ich überlasse es Ihnen und Ihren Freunden, über den legendären Schlüssel zu entscheiden.«

*

John Finch war der Letzte, der die Wohnung Kardinal Sanseverinos verließ.

An der geschnitzten Eingangstüre wartete der alte, hochgewachsene Leiter des päpstlichen Geheimdienstes in der schwarzen Soutane auf ihn, schüttelte ihm die Hand und hielt ihn kurz zurück. »Mr Finch, Sie wissen, dass Pro Deo an Ihrer Seite steht. Soll ich die Teams von Cäsarea in Alarmbereitschaft versetzen lassen?«

Sanseverino hatte bereits vor Jahrzehnten aus den Reihen der Schweizergarde effektive, kleine Kampfgruppen mit modernster Bewaffnung zusammengestellt, die unter dem Namen Cäsarea operierten. Sie stellten die Ultima Ratio der katholischen Kirche dar und unterstanden ihm persönlich.

»Ich weiß Ihr Angebot zu schätzen, Eminenz«, gab John nach kurzem Nachdenken zurück. »Aber wenn wir den Zerberus-Schlüssel oder das Schiff der Triaden tatsächlich finden sollten, dann lösen wir das Problem auf unsere Weise. Sie kennen Major Llewellyn in der Zwischenzeit. Er hat am liebsten den Rücken frei...«

»...und mag es nicht, wenn jemand hinter ihm steht.« Sanseverino lächelte. »Ich kann ihn verstehen, ich habe es auch stets so gehalten. Aber da sind noch immer Daniel Shapiro, der Mossad, die Triaden und Peter Compton...«

»Viel Feind, viel Ehr, Eminenz. Ich denke, wir haben einen guten Vorsprung, und ich gedenke nicht, ihn zu verspielen.«

Kapitel 10

DER
ZERBERUS-SCHLÜSSEL

8. Juni 2016
Später Nachmittag

KLEINGARTENSIEDLUNG »EDELWEISS«, GOSLARER UFER, BERLIN/DEUTSCHLAND

Kommissar Calis kannte den Weg zum Hauptplatz der Kleingartensiedlung nur allzu gut. Das Vereinsheim stand da, der Versammlungsort aller »Edelweiß-treuen Hardcore-Pflanzen-zu-Tode-Dünger«, wie Martina die eingeschworene Truppe nannte. Calis war ein Außenseiter in dieser Welt zwischen Gartenzwergen und Buchsbaumreihen, Teerpappe-gedeckten Mini-Chalets und Kampfgrills in Bereitschaftsstellung. In diesem Leben würde er auch nicht mehr dazugehören, damit hatte er sich bereits abgefunden.

Daher ließ er mit einer gewissen Befriedigung den Einsatzwagen über die Grünfläche schleudern und zeichnete lange Reifenspuren in den Rasen. »Gefahr im Verzug«, sagte er zu sich selbst, während sich Stefan auf dem Beifahrersitz verkeilte und ängstlich durch die Frontscheibe auf ein niedriges, weiß getünchtes Haus deutete. Auf dem grünen Dachfirst schien ein kleiner Schlafwandler, beide Hände weit vorgestreckt, Anlauf für den Sprung in die Tiefe zu nehmen.

Calis seufzte, stellte das Blaulicht ab und ließ den Wagen direkt vor dem Gartentor ausrollen. Dann sprang er aus dem Passat, ignorierte das »Achtung, bissiger Hund!«-Schild und stand einen Augenblick später auch schon vor der frisch gestrichenen Holztür der kleinen Laube. Der Kommissar stieß gegen die Tür und stand bereits im einzigen Raum des niedrigen Hauses, in dem es muffig und nach Essen roch.

Der alte, schmächtige Mann, der an einem überladenen, ausladenden Schreibtisch saß, fuhr überrascht herum und musterte seinen Besucher mit gerunzelter Stirn. »Sie haben sich in der Parzelle geirrt«, meinte er mit einer überraschend hohen Stimme. »Moment mal ... Kenne ich Sie nicht? Haben Sie nicht einen Garten hier, einen Block weiter westlich?«

Calis ließ sich auf keine Diskussionen ein, zückte seinen Ausweis und hielt ihn dem Kleingärtner vor die Nase. »Heute in offizieller Mission, Herr ...?«

Inzwischen war auch Stefan durch die Tür gekommen und nickte dem alten Mann unsicher zu.

Der runzelte erneut die Stirn, setzte seine Brille auf. »Stefan? Bist du das? Wo ist dein Vater?«

»Das wollen wir heute alle wissen, aber die Glaskugel ist trübe.« Calis trat an den Schreibtisch und ließ seinen Blick über die Stapel an Büchern, Dokumenten, Ausdrucken und Zeitschriften schweifen. »Doch eines nach dem anderen. Zuerst Ihren Namen?«

»Walter Neels.« Er studierte den Ausweis, den ihm Calis hinhielt. »Was kann ich für die Berliner Kripo tun?«

»Fangen wir mit ein paar Kriegstagebüchern an. Dann schauen wir mal, was mir noch so einfällt zu dem Thema. Stichworte deutsche Kriegsmarine, Pazifik-Verband, Wolfgang Krüger, Geheimschrift seitenweise. Gehe ich richtig in der Annahme, dass Sie früher als Dechiffrierungsspezialist für ein ostdeutsches Amt gearbeitet haben? Stasi? HVA? Nationale Volksarmee?«

Calis stellte sich bewusst zwischen Stefan und Walter Neels, um jede visuelle Kommunikation von vornherein zu unterbinden.

»Hauptverwaltung Aufklärung, Abteilung AVII, Auswertung und Information, unter Oberst Birnbaum«, antwortete Neels mit einem fast trotzigen Unterton. »Oder ist das verboten?«

»Kennen Sie Markus Braunke aus dieser Zeit?« Calis ignorierte geflissentlich die Gegenfrage.

»Und wenn? Jetzt sind wir beide in Pension. Alte Männer, die in einem Schrebergarten abends ein Bier trinken, ab und zu.« Neels wandte sich wieder seinem Schreibtisch zu.

»Und nebenbei ein wenig in der Geschichte stochern. Dumm nur, wenn man etwas nachhelfen muss und dazu eine Studentin entführt, um an das Tagebuch ihres Großvaters zu gelangen. Dann ist man wegen Beihilfe dran. Waren Sie nicht in der Dudenstraße, gemeinsam mit Braunke, in der Wohnung der Studentin, um die Bücher zu holen?«

Neels zuckte mit den Schultern. »Sie können sich alles Mögliche zusammenreimen. Ich weiß nicht, wovon Sie reden.«

»Dann kann ich Ihrer Erinnerung ganz schnell auf die Sprünge helfen.« Calis beugte sich zu dem schmächtigen Mann hinunter. »Soll ich die Nachbarin von Annette Krüger zu einer Gegenüberstellung einladen? Die kommt mit Begeisterung, sie hat Sie beide nämlich gesehen, Braunke und Sie. Die Tagebücher unter dem Arm, auf dem Weg aus der Wohnung von Krüger, ziemlich siegessicher. Zu einem Zeitpunkt, als Annette Krüger zitternd vor Angst in einem Keller saß, den Ihr Freund Markus Braunke eingerichtet hatte. Damit sind Sie wegen Beihilfe dran und können sich schon um einen Nachfolger für die Scholle hier umsehen. Vor Ihrem Ableben werden Sie nicht mehr zum Blumenpflücken kommen.«

Neels' Sicherheit war mit einem Mal nicht mehr so unerschütterlich. »Ich habe Markus nur begleitet...«, verteidigte er sich.

»... beim Diebstahl von sensiblen, privaten Kriegstagebüchern in einer fremden Wohnung, klar.« Calis klopfte ihm freundschaftlich auf die Schulter. »Ein Kavaliersdelikt für ehemalige Angehörige der HVA. Wollen Sie mich für blöd verkaufen? Hat er Ihnen erzählt, die Mieterin wäre in Urlaub und er hätte ganz zufällig einen Schlüssel? Bevor Sie die Bücher aus einem Versteck in der Küche gezogen haben, das Ihr guter Freund Braunke selbstverständlich kannte? Schon mal was von Eigentumsdelikten wie Diebstahl gehört? Sollte sich sogar bis in die Hauptverwaltung Aufklärung herumgesprochen haben, auch wenn man es damals bei Bedarf damit nicht so ernst genommen hat.«

»Ist ja gut«, wehrte Neels resigniert ab. »Was wollen Sie eigentlich?«

»Die Tagebücher von Wolfgang Krüger, und zwar schnell, inklusive der Entschlüsselung der codierten Seiten. Und erzählen Sie mir jetzt nicht, Sie sind leider noch nicht dazugekommen, sie zu transkribieren. Weil ich dann mit Vergnügen diese Bretterbude so lange auseinandernehme, bis nur mehr Streichhölzer übrig bleiben. So lange, bis ich jeden noch so kleinen Papierschnitzel finde, der Ihnen in den letzten Jahren in die Dielenritzen gefallen ist.« Calis legte seine Hand auf ein Mobiltelefon, das vor ihm auf dem Tisch zwischen alten Zeitungsausschnitten lag. »Oder soll ich meine Spezialisten ein Bewegungsprofil erstellen lassen? Inklusive aller Telefonate, die Sie mit Ihrem Freund Braunke geführt haben? Was war der eigentlich? Major? Oder gar Oberst?«

Neels' Augen irrten über die Stapel auf der Tischplatte.

»Waren Sie eigentlich auch in der Neuendorfer Straße, wo Annette Krüger in einem Kellerverlies festgehalten und terrorisiert wurde?« Calis ließ nicht locker, und diesmal kam ihm Stefan zu Hilfe.

»Was habt ihr euch nur dabei gedacht!?«, stieß er hervor und schüttelte den alten Mann an den Schultern. »Annette hat mir vertraut! Mein Vater entführt sie einfach, und Sie wissen davon? Seid ihr alle verrückt geworden? Wegen ein paar banalen Seiten in einem alten Tagebuch?«

»Sei still, Stefan, du hast keine Ahnung!«, rief Neels, und seine Stimme überschlug sich. »Hier geht es um viel mehr! Wir waren jahrzehntelang an der Geschichte dran, haben gute Männer verloren und selbst gegenüber den Bruderdiensten dichtgehalten! Und jetzt...«

Calis schlug mit der flachen Hand auf den Tisch. Es klang wie ein Knall, der alle Diskussionen beendete.

»Weil das Ministerium für Staatssicherheit die Beute für sich selbst haben wollte, aber das sagen Sie nicht laut. Weil Sie skrupellos genug gewesen wären, um nahtlos in die Fußstapfen der Triaden zu treten. Als einer der größten Drogenhändler weltweit. Alles für den Sieg des Sozialismus? Immer vorwärts, nie zurück? Dass ich nicht lache.«

Stefan sah verwirrt von einem zum anderen und verstand gar nichts mehr.

»Aber willkommen im Jahr 2016, die Zeit der alten Antifaschisten ist endgültig vorbei. Die Tagebücher! Jetzt! Bevor meine Geduld zu Ende ist.«

Wortlos zog Neels eine Schublade des großen Schreibtisches auf und griff hinein. Calis reagierte prompt. Er stieß mit dem Knie die Schublade wieder zu und klemmte damit die Hand des alten Mannes ein, der prompt begann, wie ein Schwein zu quieken. Doch Calis drückte unerbittlich nach, während er seine Pistole aus dem Halfter zog und sie Neels an die Schläfe setzte.

»Jetzt noch einmal, langsam!«, zischte er. »Und wenn das drin ist, was ich vermute, dann dürfen Sie Ihre Gefängnistasche packen. Eine einzige falsche Bewegung, und Sie brauchen nicht einmal mehr die. Sondern werden hier rausgetragen. Los jetzt!«

Neels, dem inzwischen der Schweiß auf der Stirn stand, zog die Lade langsam wieder auf, dann demonstrativ noch langsamer seine leere Hand aus der Lade.

»Weg vom Tisch!«

Calis schob einfach den Sessel mitsamt dem alten Mann in die Mitte des Raums. Dann ging er in die Knie, warf einen Blick in die halboffene Lade und pfiff lautlos durch die Zähne, als er die Makarov PB mit angebautem Schalldämpfer sah.

»Dienstwaffe der HVA? Klar, braucht man ja in der Kleingartensiedlung wie Spaten und Heckenschere. Oder sollte ich sagen, wie Sichel und Hammer?« Der Kommissar zog die Handschellen heraus und fesselte den leise vor sich hin fluchenden Neels kurzerhand an den Sessel.

Dann rief er Frank an.

»Hast du die Tagebücher?«, lautete die erste Frage seines Chefs.

»Noch nicht, aber ich war noch nie so knapp dran«, antwortete Calis und gab die Adresse der Gartenlaube durch. »Schick mir die Spurensicherung vorbei und ein paar Kollegen zur Verstärkung. Und Frank? Kein Wort zu irgendjemandem. Hier stinkt einiges gegen den Wind. Sprich mit Martina. Wie weit ist sie mit der Bank im Fürstentum?«

»Wir machen Fortschritte, wird allerdings nicht einfach werden«, erwiderte Frank vorsichtig. »Wann kommst du ins Büro?«

»Sobald ich die Tagebücher in Händen halte. Sag Martina, sie soll eine Fahndung nach Markus Braunke rausgeben, sie hat alle Details. Ich melde mich wieder bei dir.«

Stefan sah Calis mit großen Augen an. »Nach meinem Vater wird gefahndet?«

»Wir wollen ihn dringend sprechen, doch davor müssen wir ihn finden. Komm, Stefan, mach dich nützlich. Drei Tagebücher, schwarzer Einband, sehen alle ziemlich gleich aus, wie Annette mir verraten hat. So groß ist die Laube nicht. Fangen wir beim Schreibtisch an. Irgendwelche kreativen Vorschläge, Herr Neels?«

Der alte Mann in seinem Sessel schwieg hartnäckig und starrte vor sich hin.

Wenige Minuten später, als zwei Streifenwagen auf den Hauptplatz rollten und die Polizisten sich unsicher und ein wenig neugierig umsahen, fand Calis die drei Bände unter einem gehäkelten Deckchen, auf dem ein Grundig-Kofferradio stand. Zwischen einzelnen Seiten steckten weiße DIN-A4-Blätter.

»Ist das die komplette Entschlüsselung der codierten Passagen?«, wollte er von Neels wissen, doch der zuckte nur mit den Schultern.

»Und darum geht es?«, wollte Stefan wissen und wies auf die drei dünnen Bücher.

»Ja, drei Tagebücher von einem Maschinisten, der sich mit einem Mal im Pazifik wiederfand, weit von zu Hause, auf einer besonderen Mission. Er sollte ein Schiff voller Opium verstecken oder in Sicherheit bringen, wie immer wir es nennen wollen.«

»Und in seinen Aufzeichnungen hat er festgehalten, wohin er das Rauschgift gebracht hat?«

»Genau.« Calis nickte. »Das Schiff ist noch immer da draußen, seit dem Zweiten Weltkrieg, und die Gier der Menschen kennt weder Grenzen, Religionen oder politische Systeme. Sie frisst sie von innen auf.«

»Genug billige Moral in der Gartenlaube...« Die Stimme kam von der Holztür und ließ alle herumfahren.

»Markus!« Walter Neels war der Erste, der sich von seiner Überraschung erholt hatte.

Der große, schlanke Mann mit der Hakennase hielt eine Makarov PB mit angebautem Schalldämpfer in der Hand. Der Lauf wies auf Calis, und er zitterte nicht. Um die dünnen Lippen Braunkes spielte ein spöttisches Lächeln. »Stefan? Nimm dem Kommissar die Pistole ab.«

»Aber...« Der Student blickte etwas hilflos in Richtung Calis, der ihm beruhigend zunickte.

Braunke legte den Kopf schräg, als er seinen Sohn zögern sah. Er bewegte seine Hand unmerklich zur Seite, dann machte es zweimal »Plopp«, rasch hintereinander, und Walter Neels stürzte vom Sessel, riss ihn mit sich und blieb mit weit aufgerissenen Augen auf dem rohen Dielenboden liegen.

Die Makarov zeigte bereits wieder auf Calis.

Stefan stand wie versteinert, mit dem Rücken an die Wand gepresst, unfähig sich zu bewegen. Er starrte seinen Vater verständnislos an, dann die Blutlache, die sich neben Neels bildete.

»Ihre Pistole, Kommissar!«

Calis zog seine SIG Sauer mit zwei Fingern aus dem Holster und legte sie auf den Schreibtisch.

»Weiter wegschieben!«

Der Kommissar gab der Pistole einen Stoß, und sie verschwand unter einer aufgeschlagenen Zeitung.

Calis fragte sich, wo seine Kollegen abgeblieben waren, die Frank zu seiner Unterstützung beordert hatte.

»Sollten Sie auf Verstärkung hoffen, sieht schlecht aus.« Braunke schien seine Gedanken lesen zu können. »Ich habe sie woanders hingeschickt, zu einem anderen Kleingarten. Die

Anlage ist etwas unübersichtlich, und sie werden länger brauchen, um sich zurechtzufinden. Wir sind also ganz unter uns.« Braunke sah seinen Sohn an. »Stefan, es ist besser, du gehst jetzt. Der Kommissar und ich haben ein paar Dinge zu klären.« Er trat zur Seite, und Stefan stürzte leichenblass aus der Tür.

»Geschichte – der Teppich, auf dem wir uns alle bewegen.« Der hagere Mann lehnte sich an den Türstock, ließ Calis nicht aus den Augen. »Das muss diese Generation noch lernen. Nichts ist vergessen. Der Schatten der Ereignisse wird zwar immer länger, aber er verblasst nicht.«

»Wer macht jetzt Philosophie in der Gartenlaube?«, fragte Calis spöttisch. »War Walter Neels nicht mehr von Nutzen? Hatte er seine Schuldigkeit getan und die codierten Seiten entschlüsselt?«

»Walter konnte sich nie umstellen, hat den Anschluss verpasst nach 1990. Ihn hatte die Geschichte der DDR nie losgelassen, er blieb in dem Teppich hängen.«

»Vielleicht weil er so verfilzt war?«, warf Calis ein.

»Vielleicht weil Walter zu ehrlich war. Für ihn gab es nur schwarz oder weiß. Grauzonen waren ihm ein Gräuel. Er blickte immer verklärt zurück, die Brille war nie rosa genug, die Mauer notwendig. Aber lassen wir das. Kommen wir zu den Tagebüchern...«

*

Stefan rannte wie von Furien gehetzt über die schmalen Wege, die keinem erkennbaren Plan folgten, sondern an Grundstücksgrenzen entlangliefen, dann plötzlich abbogen, durch Hecken verliefen, dann mit einem Mal an einem Zaun endeten.

Diese Kleingartensiedlung ist ein wahres Labyrinth, dachte der Student verzweifelt und hetzte weiter. Wo zum Teufel waren die Einsatzfahrzeuge?

Bei jeder Wegkreuzung schaute er links und rechts, konnte jedoch keine Spur von den Polizisten erkennen. An der nächsten Möglichkeit bog er instinktiv links ab, rannte weiter.

Da!

Einer der Polizisten stand an einem Gartenzaun und sprach mit dem Besitzer, während sein Kollege telefonierte.

»Kommen Sie!«, schnaufte Stefan. »Rasch! Es ist jemand erschossen worden!« Er holte erneut Luft. »Vorn am Hauptplatz. Mein Vater...« Er schüttelte keuchend den Kopf, wollte den Gedanken verjagen.

Die Polizisten sprinteten los.

*

»Die Tagebücher!« Braunke streckte die Hand aus. »Es wäre doch schade, wenn sie in die falschen Hände gelangen würden.«

»Und was sind Ihrer Meinung nach die richtigen Hände? Bestimmen Sie darüber?« Calis lehnte sich an den Rand des Schreibtisches.

»Kennen Sie einen gewissen Oberst Alexander Schuhmann? War eigentlich ein Tarnname, aber egal. Schuhmann stand einer Abteilung vor, die Kommerzielle Koordinierung hieß, kurz KoKo. Er war unverzichtbar für die DDR, war seit 1986 sogar Mitglied des Zentralkomitees der SED. Keine kleine Nummer also. Schuhmann war eine gefräßige, unersättliche Raupe. Er hatte stets Hunger, für die Devisenbeschaffung waren ihm alle legalen und illegalen Mittel recht. Schuhmann verscherbelte alles. Können Sie sich vorstellen, wie gerne er seine Hand auf die

Hunderte Tonnen Opium gelegt hätte? Die hätten ihn unsterblich gemacht.«

»Aber er kam nicht an die Beute ran«, ergänzte Calis. »Warum eigentlich nicht?«

»Weil er nicht nur Freunde hatte, sowohl im MfS als auch in der SED. Zuerst spuckten wir ihm in die Suppe, dann die Engländer und schließlich die Zeitgeschichte.«

»Die Engländer?« Der Kommissar war irritiert. »Was haben die Engländer mit den ostdeutschen Agenten zu tun?«

»Wenn Sie es bis jetzt nicht wissen, dann soll es wohl so sein. Die Tagebücher, Kommissar Calis! Legen Sie sie auf den Boden, dann gehen Sie hinüber in die Zimmerecke.«

Calis überlegte fieberhaft. Die Zeit zerrann ihm zwischen den Fingern. Behutsam legte er die drei Bücher auf den Dielenboden und trat zurück.

»Weiter! Ins Eck, habe ich gesagt. Knien Sie sich hin, Hände hinter dem Kopf verschränkt. Ich bewege mich keinen Zentimeter, bis Sie nicht auf den Knien sind.«

Das läuft hier alles völlig aus dem Ruder, schoss es Calis durch den Kopf. Er suchte fieberhaft nach einer Lösung. Dann ging er auf die Knie, sah Braunke näher kommen, fast überlebensgroß.

Der bückte sich und griff nach den Tagebüchern.

»Sie wissen, dass Sie damit nicht so einfach durchkommen«, versuchte es Calis und wusste selbst, wie lahm sich das anhören musste.

Braunke sah ihn belustigt an. »Ich wüsste nicht, warum. Leben Sie wohl, Kommissar Calis.« Er zielte mit der Makarov genau auf Calis' Kopf.

»Wegen Ihrer Verbindung zum BND?« Ein Schuss ins Blaue.

Der Lauf sank wieder nach unten. »Sieh an, Sie haben Ihre

Hausaufgaben gemacht. Ja, natürlich, oder denken Sie, ich will unter die Opiumhändler gehen?«

Calis wurde schlagartig alles klar. »Es ist Ihr Freibrief ... für alle Zeiten ... für alle Ihre Verbrechen«, flüsterte er.

»Genauer gesagt sind es meine Rückversicherung, meine Pension und meine Garantie für ein sorgloses Leben bis an das Ende desselben, Herr Kommissar. Meine Zusicherung für eine Villa am Chiemsee, ein Leben in Saus und Braus. Der BND bekommt die Tagebücher samt Entschlüsselung. Ich gebe meinen Trumpf an die weiter. Oder wollen Sie andeuten, der westdeutsche Geheimdienst oder die Regierung seien die falschen Hände für diese Informationen? Trauen Sie Ihren eigenen Leuten so wenig?« Braunke lachte laut. »Wird Ihnen jetzt langsam klar, dass sich nicht so viel geändert hat, wie viele Leute es gerne hätten? Wer kostet wie viel? Wie hoch ist der Preis für einen Platz in der Geschichte? Achthundert Tonnen Opium sind eine Menge Geld, selbst für einen Nachrichtendienst oder eine Regierung. Ich werde zusehen, wer als Erster schwach wird. Von meinem Logenplatz in Prien oder Gstadt, Villa mit Seeblick. Was sind zwei Tote in einer Gartenlaube dagegen? Nichts, was ein geschickter Cleaner nicht in wenigen Stunden rückstandslos bereinigen kann. Gestorben im aufopfernden Dienst für Volk und Vaterland. Ach so, das nennt man je heute anders. Ist aber nach wie vor dasselbe.« Braunke hob die Makarov. »Zeit zu gehen, für Sie und für mich. Adieu, Herr Kommissar.«

Der Schuss ließ das Fenster mit einem Knall zerbersten, die Glasstücke prasselten auf den Boden, und Braunke sah ungläubig an sich hinunter. Aus einer Wunde in seiner Brust strömte pulsierend Blut. Dann krachte ein weiterer Schuss, der ihn von den Beinen riss und gegen den Schreibtisch schleuderte.

Dann war es für einen Augenblick totenstill.

Ein Polizist riss die Holztür auf, seine Pistole in der Rechten, erfasste mit einem Blick die Situation, stand auch schon im Zimmer und sah Calis besorgt an. »Alles okay?«

Der Kommissar stand auf und nickte stumm. Er schloss kurz die Augen, dann ging er an dem Beamten vorbei, langsam in den Garten hinaus, wo die Schatten immer länger wurden.

An eine der Hauswände gelehnt hockte Stefan, dem die Tränen über das Gesicht liefen. Calis hockte sich daneben.

In der Ferne wurden Sirenen lauter. Polizisten telefonierten hektisch, Funkgeräte quäkten, weitere Einsatzfahrzeuge rollten auf den Hauptplatz.

Das warme Holz im Rücken tat Calis gut. Neben ihm schluchzte Stefan und konnte nicht aufhören.

Calis fühlte sich leer, suchte nach Worten und fand doch keine.

Nach einer Weile sagte er einfach: »Danke.«

VATIKANISCHE GÄRTEN, VATIKANSTADT/VATIKAN

»Warten Sie nicht auf uns, Franco.« John lehnte das Angebot, sie wieder zum Hubschrauber zurückzufahren, dankend ab. »Wir gehen die paar Schritte zum Heliport, das wird uns guttun.«

Franco zog eine Visitenkarte mit dem päpstlichen Siegel aus der Tasche und reichte sie dem Piloten. »Auf der Rückseite steht meine persönliche Mobilnummer, Mr Finch. Der Kardinal wollte es so, aber ich hätte Ihnen die Nummer auch sonst gegeben. Rufen Sie mich an, wann immer Sie Unterstützung benötigen. Ich habe mit Einverständnis Seiner Eminenz Cäsarea auf Code Orange gesetzt. Ich möchte nicht unvorbereitet den Einsatzgruppen des Mossad gegenüberstehen, ganz egal wo auf dieser Welt. Und Sie sollten es auch nicht. Der Zerberus-Schlüssel weckt Begehrlichkeiten, ruft Söldner auf den Plan. Das wissen Sie am besten, Major. Freibeuter der Gewalt, die niemandem verpflichtet sind, außer dem eigenen Ego und ihrer Gier.«

Llewellyn wollte etwas erwidern, doch John fiel ihm ins Wort. »Warte, mir fällt gerade etwas ein! Das ist schon so lange her, aber jetzt, wo Franco Söldner erwähnt hat ... und in Verbindung mit Parker ...«

Der Major und Franco sahen ihn fragend an.

»Kennt ihr das? Dunkle Bilder, die unter der Oberfläche der Erinnerung lauern ... unscharf ... Man versucht so oft, sie ans

Licht zu bringen, aber sie entwischen dir, du bekommst sie nicht zu fassen.« John griff nach seinem Mobiltelefon. »Llewellyn, haben wir eigentlich ein Foto von diesem Charles Parker?«

Der Major sah ihn verwirrt an. »Hmm ... Nein, noch nie eines gesehen. Peter Compton hatte keinen Anlass, mir eines zu geben, und ich hatte keinen Grund, nach einem zu fragen ...«

»Franco, könnten Sie ...?«

»Bin schon unterwegs.«

Franco eilte zurück ins Haus, während John die Schweizer Nummer von seiner Freundin Fiona Klausner wählte. Nach dem kurzen Gespräch trat er zu den anderen, die in einiger Entfernung auf ihn gewartet hatten.

»Ich habe einen Verdacht«, meinte er nachdenklich und schilderte ausführlich sein Abenteuer mit Schuhmann und dessen Söldner im Angola der frühen Siebzigerjahre. »Freddy Horneborg ging einige Jahre später nach Asien, Amber wurde meine Copilotin, und ehrlich gesagt habe ich den Flug, den farblosen Passagier und das Kuvert, das er mir anvertraute, bis vor wenigen Minuten vergessen. Bis Franco die Söldner erwähnte ...«

»Du glaubst, dieser farblose Typ war tatsächlich Charles Parker?«, erkundigte sich Llewellyn erstaunt. »Was hätte der in Schwarzafrika gemacht?«

»Wer immer es war, er ist gemeinsam mit diesem Schuhmann um die Häuser gezogen, fühlte sich aber nicht wohl dabei«, erinnerte sich John. »Dass Parker als ehemaliger russischer Spion zu den Ostdeutschen gehen würde, das war nachvollziehbar. Ich denke, seine Genossen waren nach seiner Enttarnung nicht zu gut auf ihn zu sprechen. Aber Schuhmann hat ihn sicher mit offenen Armen aufgenommen. Parker war Engländer, hatte in Oxford studiert, konnte gute Beziehungen aufweisen, war weltgewandt, sprach mehrere Sprachen, darunter Chinesisch, fließend, publizierte Forschungsberichte, hatte Insiderinformationen über die Briten – alles Dinge, die Schuhmann fehlten. Ich denke, er wollte Parker aushorchen, sehen, wie nützlich er für ihn sein könnte.«

»Und erfuhr so über kurz oder lang vom Zerberus-Schlüssel«, warf Alexander Reiter ein.

»Genau das denke ich auch.« John nickte.

In diesem Moment kam Franco mit zwei Fotos in der Hand aus dem Haus geeilt. »Das ist seltsam«, murmelte er, als er John die beiden Bilder in die Hand drückte. »Ich habe im Pro-Deo-Archiv nach Charles R. Parker suchen lassen. Und habe diese beiden Fotos geschickt bekommen. Eines muss aus den Sechzigerjahren sein, ein anderes wurde wesentlich später aufgenommen. Nur...« Franco verstummte ratlos.

John sah auf dem ersten Bild den Mann aus Angola, blass und mit streng gescheitelten blonden Haaren. Das zweite Bild zeigte ebenfalls einen blonden Mann, jedoch mit völlig anderen Gesichtszügen. Die Nase war länger, die Wangenknochen breiter, die Augen stechender, während die Lippen schmaler zu sein schienen und das Kinn männlicher wirkte.

»Das ist nie und nimmer derselbe Mann«, stellte Amber kategorisch fest.

»Den hier habe ich damals mit Schuhmann nach Angola geflogen. Kein Zweifel.« John tippte auf das ältere Foto.

»Also war Parker tatsächlich in Afrika, nachdem er aus Schottland verschwunden war«, schloss Llewellyn daraus, »gemeinsam mit einem hohen Tier des MfS in deinem Flugzeug. Und wer ist der andere Typ?«

»Von dem gibt es zahlreiche Fotos aus den späten Siebziger- und Achtzigerjahren«, meinte Franco. »Die allerdings alle aus Asien stammen. Er tauchte immer wieder in verschiedenen großen Städten auf, vorwiegend im Dunstkreis ostdeutscher Botschaften und Konsulate. Ich habe das Beste herausgesucht und ausgedruckt.«

»Ebenfalls unter dem Namen Charles R. Parker?«, wollte Reiter wissen.

Franco nickte.

»Dann hat es der echte Parker nicht aus Angola herausgeschafft, wie er es befürchtet hatte.« John betrachtete aufmerksam das Foto aus den Sechzigern. »Wahrscheinlich weigerte er sich, mit Schuhmann zusammenzuarbeiten und ihn auf die Spur des Zerberus-Schlüssels zu bringen. Doch da war die Katze schon aus dem Sack. Schuhmann erfuhr durch ihn von dem Narwalzahn des ersten chinesischen Kaisers, ob durch Zufall, an einem feuchtfröhlichen Abend oder weil er ihn erpresste. Und dann warf er ihn den Löwen zum Fraß vor. So konnte Parker sein Wissen niemandem mehr verraten, egal ob Freund oder Feind. Vielleicht ließ Schuhmann ihn zurück und er verreckte in dem mörderischen Klima, oder der Ostdeutsche lieferte ihn einfach an die Freiheitskämpfer aus. Für ein paar Diamanten sorgten die dafür, dass Parker verschwand. Die verkauften damals alles, selbst ihre eigene Großmutter und ihre Seele, wenn es nötig gewesen wäre.«

»Und garantierten dafür, dass Parker nie wieder aus Angola herauskommen würde.« Llewellyn nickte. »Die hatten weder Skrupel noch Moral.«

»Aber woher kam dann *dieser* Charles Parker?«, fragte Amber und tippte auf das zweite Bild, das Franco mitgebracht hatte.

»Ich bin mir sicher, der war Schuhmanns Geschöpf, eine Art Doppelgänger, den er nach Bedarf manipulieren konnte.« John begann, die Strategie und den perfiden Plan des Ostdeutschen zu durchschauen. »Der echte Parker hatte ihm nie die ganze

Wahrheit verraten, nur Andeutungen gemacht, historische Fakten, die wir nun auch kennen: Qin Shi Huang Di, sein Grab, seine Expeditionen, sein Vermächtnis in Form des Narwalzahns. Ob Schuhmann daran glaubte oder nicht, das wissen wir nicht. Aber er hielt es immerhin für so wichtig, dass er Parkers Wissen niemand anders überlassen wollte. Und dann, 1974, geschah etwas Unerwartetes. Ein Bauer fand durch Zufall bei Brunnengrabungen zerbrochene Figuren der Terrakotta-Armee. Die Meldung ging um die Welt, und Schuhmann war bestimmt ebenso fasziniert wie die Archäologen. Sollte an den alten Legenden doch etwas dran sein und Charles Parker recht gehabt haben? Schuhmann handelte und schuf einen Doppelgänger, Parker II, der auf die Suche gehen konnte, ohne Aufsehen zu erregen, ihm andererseits völlig ergeben war. Ich wette, selbst die HVA hatte den wahren Parker nie gesehen. Was lag also näher, als einen neuen auferstehen zu lassen, mit einer Vergangenheit als russischer Spion, die selbst den hartgesottensten Geheimdienst-Offizier beeindrucken musste?«

»Irgendwie genial«, murmelte Franco. »Wer würde schon nachfragen?«

John nickte. »Dann brauchte er nur noch mithilfe des Geheimdienstes das Gerücht streuen, dass Charles R. Parker gestorben sei, irgendwo in Asien, was man in den richtigen Kreisen nur allzu gerne glaubt.«

»Selbst Peter Compton fiel darauf rein«, bestätigte Llewellyn. »Und alle waren froh. Die Engländer, weil sie keine Verwendung mehr für den Spion aus alten Tagen hatten, die Russen, weil der schwule Parker glücklicherweise sowieso nicht mehr zu ihnen wollte, und der Rest der Welt, weil der Kalte Krieg langsam seinem Ende zuging und Parker auf dem besten Weg war, zu einem Anachronismus zu werden. Nur die

Hauptverwaltung Aufklärung war im Bilde, und die benötigte Schuhmann auch, schon allein wegen der Unterstützung in Asien. Er brauchte die Botschaften und Konsulate als Stützpunkte und Kommunikationsplattformen. Sein raffinierter Plan ging auf. Jetzt war er im Rennen um den Zerberus-Schlüssel in der Pole-Position. Er hatte einen Vertrauensmann vor Ort, stattete ihn mit den Informationen aus, die er von Parker in Angola bekommen hatte, und ließ ihn vor Ort recherchieren.«

»Es fehlte ihm allerdings das Wissen des echten Charles Parker.« Reiter nahm John das Bild ab und betrachtete Parker II aufmerksam, bevor er John das Bild zurückgab. »Deshalb brachte er sicher nicht die Erfolge, die sich Schuhmann erhofft hatte. Er kam dem Zerberus-Schlüssel in mehr als einem Jahrzehnt keinen Schritt näher. Die HVA und das MfS wurden ungeduldig, also griff Schuhmann zu der nächsten List. Mit Parkers Namen und seiner angeblichen Vergangenheit, dem Halbwissen, das er vom echten Parker bekommen hatte, und mit der Aussicht auf Ruhm und Ehre köderte er Steinberg, van Leeuwen, Belmonte und Wachsfeld und hielt ihnen den Zerberus-Schlüssel als Köder vor die Nase. Doch die zehn Jahre Nachforschungen in Asien hatten einige Leute aufgeschreckt, und Schuhmann wollte kein erneutes Risiko eingehen. Hatte er Parker noch an der langen Leine gelassen, dann ließ er ab sofort die Gruppe beschützen, von ostdeutschen Agenten vor Ort.«

»Oder überwachen, je nachdem, wie man es sieht«, ergänzte Llewellyn. »Außerdem baute er eine zweite Linie von Agenten auf, in Berlin, die im Notfall einspringen sollten. Die Männer auf der zweiten Liste. Sie waren eingeweiht, gut ausgebildet und für alle Notfälle gerüstet. Waffen, Geld, Verbindungen.«

»Nicht schlecht«, musste Franco zugeben. »Schuhmann war auf alle Eventualitäten vorbereitet.«

»Nicht auf alle«, widersprach Llewellyn. »Er scheiterte an seiner eigenen Perfektion und seinen Ansprüchen. Denn ich wette, die Leute, die er geködert hatte, stellten rasch fest, dass es mit Parkers Wissen nicht so weit her war. Einem Professor Steinberg machte man nicht so einfach etwas vor, das ist mir in Murau klar geworden. Der kannte die Geschichte der Opiumkriege bis zur letzten historischen Konsequenz und war mit dem ersten chinesischen Kaiser vermutlich auf Du und Du.«

»Also hatte Parker seine Schuldigkeit getan und starb zum dritten Mal, diesmal wirklich und endgültig, in irgendeinem verlausten Bett zwischen Da Nang und Vientiane, wie uns der Cleaner in seinem Telefonat berichtete«, stellte John fest. »Er hat also tatsächlich nicht gelogen.«

»Damit blieben die vier Spezialisten vor Ort und Monsieur Pascal Laroche an der Heimatfront«, erinnerte ihn Llewellyn. »Wobei mir dessen Funktion noch immer ein Rätsel ist, ehrlich gesagt.«

»Wenn du Berichte oder Ergebnisse lancieren und jede Verbindung zu den Ostdeutschen verhindern möchtest, dann brauchst du eine zuverlässige und unverdächtige Quelle.« John steckte die beiden Fotos in die Tasche seiner Fliegerjacke. »Was gibt es Besseres als einen reichen Franzosen, der sich auch den Luxus der privaten Forschung leisten könnte? Würde irgendjemand hinter ihm den ostdeutschen Auslandsgeheimdienst vermuten? Niemals. Glaubwürdiger geht nicht.« Er wandte sich an Sanseverinos Leibwächter. »Franco, wir haben Sie lange genug aufgehalten. Danke für Ihre Hilfe. Richten Sie bitte Seiner Eminenz aus, wir melden uns bei ihm, egal, wie unsere Suche ausgeht.«

Franco nickte kurz allen zu, verabschiedete sich mit einem »Viel Glück!« und eilte zurück in das päpstliche Gästehaus.

»Das war ein wenig zu offensichtlich. Warum wolltest du ihn nicht mehr dabeihaben?« Alexander Reiter sah dem ehemaligen Elitekämpfer nach, der mit federnden Schritten die wenigen Treppen zum Haustor hinauflief.

»Weil wir nun zur unrühmlichen Rolle der englischen Geheimdienste kommen, unter der Leitung von Peter Compton. Wie hatte Sanseverino gesagt? Compton hat seine Finger diesmal tief in Blut getaucht. Er war es, der alle Wissenschaftler unter den Augen der Ostdeutschen eliminiert hat.« John sah Llewellyn zweifelnd an. »Kann das stimmen?«

»Warum fragen wir ihn nicht?« Llewellyn wollte zum Telefon greifen, doch John hielt ihn zurück.

»Nein. Flieg mit Amber nach London, nehmt die nächste Linienmaschine. Jetzt kannst du ihm nur mehr persönlich auf den Zahn fühlen, sonst rettet er sich wieder in neue Ausflüchte. Du kennst ihn länger als ich. Amber, stehst du noch immer in Kontakt mit Charly?«

Conte Charles de Sévigny, von seinen Freunden »Charly« genannt, flugzeugbegeisterter Vorstandsvorsitzender des staatlichen Mineralölkonzerns Elf und Liebhaber betagter Flugzeuge samt ihren attraktiven Pilotinnen, hatte vor Jahren mit Vergnügen seinen Learjet 36 zur Verfügung gestellt, als er erfahren hatte, dass es Amber war, die ihn dringend brauchte.

Amber grinste lausbübisch. »Das wird mich ein Abendessen im Epicure kosten. Oder besser gesagt – meine Zeit und dein Geld. Du willst seinen Jet buchen?«

»Wir werden ihn vielleicht brauchen, und ich weiß, dass er perfekt gewartet ist. Außerdem stellt Charly keine Fragen und zwingt uns keine Crew auf, die wir nicht haben wollen.« John sah auf die Uhr. »Nehmt ein Taxi, ihr solltet den letzten Flug nach London heute Abend locker schaffen.«

»Alitalia fliegt um 21.20 Uhr nach Heathrow.« Alex Beaulieu steckte sein Smartphone wieder ein. »Sollen Frank und ich mitkommen?«

Llewellyn schüttelte den Kopf. »Bleibt bei John, der hat sicher noch ein paar Aufgaben für euch. Ich fliege morgen mit Amber und dem Learjet zurück auf den Kontinent, nachdem ich Peter Compton die gezinkten Karten aus dem Ärmel gezogen habe. Er hat uns lange genug an der Nase herumgeführt. Langsam wird mir der Kardinal im Vatikan sympathischer als der alte Fuchs in der Charlotte Road. Und *das* ist beängstigend.«

Ristorante Due Ladroni, Piazza Nicosia 24, Rom/Italien

Als Alexander Reiter, Jack Westworth, Alex Beaulieu und John Finch beim altehrwürdigen Ristorante Due Ladroni ankamen, begrüßte Paolo, der Sohn des Hauses, John wie einen alten, verschollen geglaubten Familienangehörigen, der nun überraschenderweise wieder von den Toten auferstanden war: lautstark und gestenreich, überschwänglich und begeistert. Er bewunderte Captain Sparrow, der auf Johns Schulter saß, kraulte ihn und hatte augenscheinlich auch schon das Herz des Papageis erobert, als er ihm eine Schüssel mit Sonnenblumenkernen auf den Tisch stellte.

»Ihr wart also hier im vergangenen Sommer, Llewellyn und du? Das kann ich gut verstehen. Bei *dem* Essen wäre ich hier Dauergast.« Alex Beaulieu blickte sehnsüchtig auf das übervolle Riesentablett, auf dem Paolo die Speisen durch das altertümliche Lokal trug.

Alle Tische waren besetzt, die Gäste redeten lautstark durcheinander. Hier gab es keine Touristen, hier aßen die Einheimischen zu Abend.

Reiter vertiefte sich in die Speisekarte, auf deren Vorderseite zwei wenig vertrauenerweckende Gestalten, auf den Stufen eines Hauses sitzend, Karten spielten.

»Die kannst du sowieso vergessen«, sagte John und nahm Rebus kurzerhand die braune Mappe aus der Hand. »Paolo kommt immer wieder vorbei und bringt das, was seine Mutter am Herd gerade fertiggekocht hat. Du schüttelst ganz einfach den Kopf oder winkst ab, wenn du nicht mehr kannst. Ansonsten nickst du, und es geht weiter. Am Schluss gibt's Kaffee und die Rechnung. So einfach ist das hier.«

»Du hast mich schon überzeugt.« Reiter lächelte.

»Die Geschichte des Lokals ist amüsant.« John schenkte allen Rotwein ein. »Hier gab es bereits viele Jahre lang eine Osteria, bevor sie in den frühen Fünfzigerjahren von zwei Kellnern übernommen wurde. Mit der steigenden Qualität gingen auch die Preise nach oben. Aber die beiden waren offenbar nicht sehr ehrlich mit ihrer Kundschaft und trauten sich außerdem gegenseitig nicht über den Weg. Die Stammkunden begannen, sie ›die beiden Gauner‹ – *due ladroni* – zu nennen. Der Spitzname sprach sich rasch herum und wurde schließlich der Name des Restaurants, selbst als die Osteria neu übernommen wurde. Das hat mir Paolo letztes Jahr erzählt.«

Beaulieus Handy piepste. »Der Major und Amber haben zwei Plätze im Flieger nach London«, gab er den Inhalt der SMS wieder. »Und Charly freut sich auf das Abendessen mit deiner Copilotin.«

»Das heißt, wir haben den Learjet.« John nickte zufrieden. »Lasst uns Kriegsrat halten, dann brauchen wir noch ein paar Zimmer für heute Nacht...«

»Brauchen wir nicht«, fiel ihm Reiter ins Wort. »Ich habe eine kleine Dachwohnung in Trastevere, mit einer großzügigen Terrasse zwischen Schornsteinen und Fernsehantennen und einem unvergesslichen Blick über Rom bis zu den Hügeln. Das weiß allerdings eigentlich niemand, und es wäre schön, wenn das so bleiben könnte.«

»Keine Sorge, du hast unser Wort.« John gab Paolo ein Zeichen, und wenige Augenblicke später standen Teller mit

Cannelloni in einem Sugo aus Thunfisch, Pinienkernen, frischem Pecorino und Parmesan auf dem Tisch. »Lasst uns essen, dann ziehen wir nach Trastevere, telefonieren mit Frederic und planen unsere nächsten Schritte.«

*

Es war knapp vor Mitternacht, die Männer hatten es sich auf einer Dachterrasse hoch über den Firsten von Rom gemütlich gemacht. John lehnte lässig am Geländer, während Westworth und Beaulieu es sich an einem großen Tisch zwischen den Schornsteinen gemütlich gemacht hatten. Die Mauern strahlten die Wärme des Tages ab, von den Straßen hörte man die Stimmen der Nachtschwärmer, die in die nächste Bar oder den angesagtesten Club in Trastevere zogen.

»Ob er nun gut oder schlecht war, der falsche Charles Parker hat immerhin zehn Jahre damit verbracht, den Zerberus-Schlüssel zu suchen. Dann kam die Gruppe, die Schuhmann zusammengestellt hatte. Doch alle fanden nichts.« Alexander Reiter lehnte sich neben John ans Geländer und drückte ihm ein Glas Islay-Whisky in die Hand. Sparrow saß auf der Schulter des Piloten und sah aus, als würde er gleich einschlafen. »Ich frage mich schon die ganze Zeit, warum nicht.«

»Du kannst meine Gedanken lesen. Betrachten wir es logisch ... Gehen wir davon aus, dass der Zerberus-Schlüssel damals den Franzosen und Engländern nicht in die Hände gefallen ist.« John stieß mit Reiter an und nippte an dem Laphroaig.

»Möglichkeit eins«, stimmte Rebus zu. »Die Kaiserfamilie hatte das Unglück vorhergesehen und den Narwalzahn schon vor dem Angriff aus ihrem Palast entfernt, ihn versteckt, woanders hingebracht. Dann muss es allerdings einen Hinweis geben. Niemand würde etwas so Wertvolles verbergen und dann die Gefahr in Kauf nehmen, dass es für immer verloren geht.«

»Sehe ich auch so. Andererseits wissen wir auch, dass ein Narwalzahn zu allen Zeiten einen ungeheuren Wert hatte und Prestige brachte. Hätten ihn dann die plündernden Truppen, egal welcher Nation, nicht erwähnt? Selbst die Pekinesen haben Eingang in die zeitgenössischen Schilderungen, die Bücher und Militärberichte gefunden.« John schüttelte den Kopf. »Ich denke auch nicht, dass er jemals den Triaden in die Hände gefallen ist. Die hätten damit angegeben, selbst wenn sie ihn wahrscheinlich nicht entziffert hätten. Doch das Symbol alleine wäre unschätzbar wertvoll gewesen und hätte ihren Status in China unermesslich gesteigert. Nein, ich denke nicht, dass die englischen und französischen Truppen ihn bei der Plünderung des Sommerpalasts gefunden und mitgenommen haben. Wir müssen also auf den Ergebnissen der Forscher aufbauen.«

»Hast du jemals darüber nachgedacht, warum Compton die Gruppe liquidieren ließ?« Reiter hielt sein Whisky-Glas mit beiden Händen und roch genießerisch an der bernsteinfarbenen Flüssigkeit. »Ich zweifle nicht eine Sekunde an der Behauptung Sanseverinos, der alte Fuchs stehe hinter der Aktion. Warum? Hätten die englischen Truppen bei der Plünderung des Sommerpalasts den Schlüssel gefunden, dann wäre das alles nicht notwendig gewesen. Weil ein Schiff mit achthundert Tonnen Opium kaum das Gewissen Comptons belastet, wie ich ihn kenne. Nein, er wusste genau, dass der Schlüssel noch gefunden werden konnte, und dem wollte er zuvorkommen. Das Schiff interessierte ihn nicht.«

»Wir sollten es nicht vergessen: Hier geht es um zwei verschiedene verschwundene Dinge, den Zerberus-Schlüssel und das Schiff voller Rauschgift. Deshalb sind die Triaden auf dem Kriegspfad. Sie wollen ihr Schiff wiederhaben, das ihnen die Deutschen abgenommen haben. Sollte bei der Suche nach dem Opium der Zerberus-Schlüssel auch noch für sie abfallen, umso besser. Wir haben in Murau erfahren, dass Professor Steinberg geradezu brillant in seinem Fachgebiet war. Ich nehme also an, dass die anderen drei Männer nicht weniger gut waren. Schuhmann hat sorgfältig ausgewählt, er holte sich die Besten, die er kriegen konnte. Und doch...«

»...und doch kamen sie zu keinem Resultat. Sonst hätte unser guter Schuhmann den Zerberus-Schlüssel mit Vergnügen gegen jede Menge harter Devisen ins westliche Ausland verkauft. Das waren keine goldenen Jahre für die DDR. Die KoKo hat alles versilbert, was ihr in die Hände fiel. Schlussfolgerung?« Reiter schaute John mit schräg gelegtem Kopf an.

»Die DDR hatte ihn nie, davon können wir ausgehen. Daran gibt es für mich auch keinen Zweifel. Schuhmann hat den Fehler gemacht, den echten Parker beseitigen zu lassen, bevor er ihm alle Geheimnisse entlockt hatte. Aber...« John lächelte und warf einen Blick zum Nachthimmel, der sich über der Ewigen Stadt spannte. »Bevor wir aus diesem Nest in Angola abgeflogen sind, hat er mir etwas in die Hand gedrückt, einen Umschlag. Er meinte, er werde ihn später bei mir abholen. Tatsächlich kam er nie wieder. In diesem Fall sollte ich das Kuvert öffnen und dann entscheiden, was damit geschehen soll.«

»Und? Hast du?«

John schüttelte den Kopf. »Ich muss gestehen, ich hatte ihn völlig vergessen. Bis Franco eben von den Söldnern gesprochen hat. Die haben mir damals das Leben gerettet. Schuhmann hätte mich in Angola verraten und verkauft und sterben lassen, wie er es später mit Parker getan hat.«

»Eine Ratte. Lebt er noch?«

»Wie die Made im Speck. Er ist hochbetagt, hat ein großes Anwesen in der Toskana, bewacht von Ex-DDR-Agenten, geschützt von den Geheimdiensten. Er hat mit Menschen gehandelt wie auch mit Museumsstücken, es war ihm egal. Er nahm Geld für beides. Sein Wissen schützt ihn, die Leichen im Keller des Westens sind seine Überlebensgarantie, und keiner traut sich an ihn heran. Nach Afrika ist er nicht mehr geflogen, das hätte ich erfahren, denn die Buschtrommeln funktionieren noch immer.« John nahm einen großen Schluck Laphroaig. »Wir haben den Umschlag Parkers bis spätestens morgen Vormittag in Rom. Dann sehen wir weiter.«

»Die DDR hatte ihn nicht, die Engländer und die Franzosen ebenfalls nicht, die Chinesen haben ihn heute allerdings auch nicht mehr, weil sonst die Triaden Bescheid wüssten und die Wissenschaftler in Xi'an schon längst im Grab Qin Shi Huang Dis stehen würden. Also haben auch sie die Spur verloren, und er muss noch irgendwo da draußen sein«, sagte Rebus. »Verschwunden ist er damit vor 1860, dem Jahr der Plünderung des alten Sommerpalasts in Peking. Wäre er zu der Zeit noch in den kaiserlichen Sammlungen gewesen, dann hätten ihn die Engländer und Franzosen gefunden, mitgenommen, und er würde heute im Louvre oder im British Museum zu bewundern sein. Ist er aber nicht. Ich habe während des Gesprächs mit Sanseverino ein wenig das Internet durchforstet. Es gibt weltweit eine sehr übersichtliche Anzahl von Narwalzähnen. Aus dem Material sind der Thron der dänischen Könige, Zepter und Reichsapfel des Kaisertums Österreich und ein Schwert aus dem Besitz Karls des Kühnen, das in der Wiener Hofburg aufbewahrt wird. Zu den unveräußerlichen Erbstücken des Hauses Habsburg gehört ein ganzer Narwalzahn, der sich ebenfalls in der Wiener Schatzkammer befindet. Er darf weder verschenkt noch verkauft werden. Dann gibt es noch im Markusdom in Venedig zwei ganze Narwalzähne, die von einem der Kreuzzüge aus Konstantinopel mitgebracht wurden, und das sind alle.«

»Also wäre ein weiterer Zahn sofort aufgefallen. Die Museen hätten sich darum gestritten, die Chinesen wären auf den Plan getreten, die Medien hätten ihre Schlagzeilen gehabt.«

»Solche Objekte kannst du nicht unbemerkt in den Kunstmarkt bringen. Irgendwer plaudert immer. Sonst hätte ich kein Netzwerk an Informanten.« Reiter grinste lausbübisch. »Und ich hatte, bevor ich euch getroffen habe und Sanseverino davon erzählte, noch nichts vom Zerberus-Schlüssel gehört. Allerdings werde ich jetzt irgendwann Shapiro berichten müssen, was meine Suche nach dem kleinen Büchlein des österreichischen Diplomaten Calice ergeben hat. Ich kann mir gut vorstellen, dass Calice von Kaiser Franz Joseph den Auftrag bekommen hat, sich unauffällig nach dem Verbleib des Narwalzahns zu erkundigen. Als treuer Untertan und Beamter Seiner Majestät hat er seine Zeit in Asien natürlich auch der Suche nach dem Zerberus-Schlüssel gewidmet, hat davon in seinen Reiseerinnerungen berichtet und trat dann seinen nächsten diplomatischen Posten an. Sein Büchlein landete nicht im Haus-, Hof- und Staatsarchiv, sondern im Naturhistorischen Museum und geriet in Vergessenheit. Bis Professor Steinberg es fand und sicherheitshalber mitnahm. Dann verschwand es mit ihm.«

»Ich denke, den Mossad können wir in dieser Geschichte ein wenig vernachlässigen. Die Reiseerinnerungen von Calice waren für Shapiro die letzte Chance, doch noch einen Augenzeugenbericht aus der Zeit in die Hand zu bekommen.« John leerte sein Glas in einem letzten Zug.

»Unterschätze ihn nicht. Es gibt sonst einfach keine geschriebenen Quellen mehr, nachdem die Gruppe samt ihren Leibwächtern beseitigt wurde und alle Materialien wahrscheinlich vernichtet wurden. Unter Umständen ist Shapiro bereits weiter als wir.«

»Aber er hat kein Vermächtnis von Charles R. Parker«, erinnerte ihn John. »Er weiß nicht einmal, dass es eines gibt. Das wissen nur wir, und so soll es vorläufig auch bleiben.« John blickte zu Westworth und Beaulieu hinüber. »Und jetzt lass uns schlafen gehen. Die Nacht ist warm, ich nehme den Liegestuhl da drüben. Jack wird es auch nicht drinnen aushalten; ich wette, er schläft ebenfalls auf der Terrasse. Alex bleibt wie immer nahe an der Tür, du wirst also deine Wohnung fast für dich alleine haben. Abgesehen von Sparrow, der übernachtet am liebsten auf Vorhangstangen unter der Decke.«

Reiter streckte seine Hand aus, und der Papagei spazierte von Johns Schulter auf seinen Arm. »Na, dann wollen wir schlafen gehen, alter Schwerenöter. Hauptsache, du schnarchst nicht...«

Charlotte Road, Barnes, Südwest-London/England

Es war genau Viertel vor zwölf in der Nacht, als der pakistanische Taxifahrer Llewellyn in der Charlotte Road aussteigen ließ.

»Soll ich auf Sie warten, Sir?«, fragte er in einem akzentfreien Englisch.

»Das möchte ich Ihnen nicht antun«, antwortete der Major grimmig. »Die Straße steht unter ständiger Beobachtung des MI5, die Personenschützer in den beiden schwarzen Vans da vorn machen sich einen Sport daraus, Ihre Vergangenheit zu zerpflücken, und wenn Sie zu lange parken, dann landen Sie auf einer Gefährderliste, von der Sie nur der Tod wieder erlöst.«

»Ich verstehe, Sir.« Seine Miene strafte ihn Lügen. Er verstand kein Wort. Oder nahm wohl an, dass Llewellyn sturzbetrunken war. Also lächelte er nachsichtig. »Dann beneide ich Sie nicht um den Besuch, Sir.«

»Ich mich auch nicht«, murmelte Llewellyn und gab dem Fahrer ein großzügiges Trinkgeld. »Fahren Sie schnell weg, schauen Sie nicht in den Rückspiegel, und halten Sie nicht an, egal, was passiert.«

»Selbstverständlich, Sir. Wenn Sie es sagen. Gute Nacht!«

Llewellyn stieg aus und drückte sanft die Tür ins Schloss. Er stand ein paar Häuser entfernt von Comptons Grundstück auf dem schmalen Gehsteig und streckte sich nach dem langen

Flug und der Taxifahrt. Der Nachthimmel über ihm war mit Sternen übersät.

Amber war von einem ihrer Mechaniker in Heathrow abgeholt worden, der Learjet würde morgen früh in Duxford landen. Treffpunkt war um neun Uhr in der Halle der ARC, Amber Rains' Firma, Abflug nach Rom wenig später.

So weit, so gut, dachte Llewellyn. Er wusste, was nun kommen würde, aber er wollte zumindest das Überraschungsmoment auf seiner Seite haben. Also schlenderte er gemächlich die Charlotte Road hinunter. Hinter einigen Fenstern brannte noch Licht, von irgendwoher kam leise Musik. In den beiden schwarzen Vans blieb es dunkel, nichts rührte sich. Llewellyn hatte nichts anderes erwartet. Der Major bog auf den Weg zu Comptons Haustür ab. Fünf Sekunden, sagte er sich, vier ... drei ... zwei ... eins ... null!

»Halt! Bleiben Sie stehen! Wohin wollen Sie?«

Llewellyn ignorierte die Frage geflissentlich und zwinkerte verschwörerisch dem Gartenzwerg mit dem Messer im Rücken zu.

»He!«, schallte es hinter ihm her.

Als er die Hand auf seiner Schulter spürte, schnellte er herum und bohrte dem Personenschützer mit Genuss seine Pistole in den Bauch. »Ihr seid zu laut, zu langsam, zu ineffektiv.«

Der untersetzte Mann schnappte nach Luft wie ein Goldfisch auf dem Trockenen. Sein Mund klappte auf und zu, doch kein Ton kam heraus.

»Sag den Heinis, sie sollen im Wagen bleiben, sonst bekommen sie eine Lektion, die sie so bald nicht vergessen. Seid ihr alle schon im Tiefschlaf?« Er schnupperte an dem peinlich berührten Anzugträger. »Oder habt ihr die Flasche kreisen lassen? Ich lasse euch die Charlotte Road rauf und runter robben, damit ihr wach und nüchtern werdet. Ein Taxi in der Straße, und ihr seid noch nicht auf Betriebstemperatur? Wird schon nichts sein?«

»Alles klar?«, kam ein Ruf vom zweiten Van her. Ein Mann in wild gemustertem Hawaiihemd beugte sich durch das offene Fenster.

Llewellyn verdrehte die Augen. »Major Llewellyn Thomas, MI5, MI6 und ein paar andere Einheiten, von denen du noch nie etwas gehört hast!«, zischte der Major dem perplexen Personenschützer zu und steckte seine Pistole weg. »Ich möchte in der nächsten Stunde nicht gestört werden und Mr Compton ebenfalls nicht.« Er zog seinen Ausweis heraus und hielt ihn seinem Gegenüber vor die Nase. »Und wenn ich hier wieder rauskomme, dann seid ihr hellwach, die beiden Vans stehen nicht wie ein einziges großes Zielobjekt eng hintereinander geparkt, sondern weit voneinander entfernt, und zwei Mann patrouillieren die Straße rauf und runter. In Tiefschwarz und nicht in lächerlichen Hawaiihemden. Ich hab noch ein paar Jobs in Afghanistan zu besetzen, bei der Sicherung der Quartiere in Laschkar Gah. Dort überlebt ihr keine drei Wochen, dann kratzen sie eure Reste von den Lehmmauern.« Damit drehte sich Llewellyn um und ließ den verdatterten Personenschützer stehen.

Wenige Augenblicke später betätigte er die Klingel der Comptons und verspürte angesichts der späten Stunde eine tiefe Befriedigung dabei. John hatte recht. Es gab gewisse Dinge, die machte man besser persönlich.

Peter Compton hatte noch nicht geschlafen. Als er die Tür öffnete, sah er aus wie immer. Akkurat gekämmt, der Morgenmantel makellos, das Stecktuch perfekt.

»Je später der Abend...«, murmelte der alte Mann überrascht.

»... desto illustrer die Gäste, wolltest du sicher sagen«, vollendete Llewellyn.

»Warum hast du nicht angerufen? Seit wann bist du wieder in London?«

War da für einen Moment ein Ausdruck von Unsicherheit in den Augen Comptons?

»Weil ich dich zu Hause auch antreffen wollte«, antwortete der Major kurz angebunden. »Willst du zwischen Tür und Angel konferieren, oder darf ich reinkommen?«

Compton trat zur Seite und ging wortlos voran in den Salon. »Margret schläft bereits, es ist spät«, sagte er und ließ sich in seinen Lehnsessel fallen.

»Böse Zungen würden behaupten, es sei *zu* spät«, gab Llewellyn ungerührt zurück. »John schickt mich. Er meinte, wir sollten das persönlich erledigen.« Der Major setzte sich in den Besuchersessel gegenüber von Compton. »Wenn ich ehrlich sein soll, dann hätte ich dich am liebsten nur angerufen. Um dir zu sagen, dass du meine Nummer und meinen Namen vergessen und aus deinen Büchern streichen kannst.«

Der alte Geheimdienstchef blieb stumm und blickte wie angelegentlich auf seine Fingernägel.

»Peter, wir kennen alle deine Verdienste um das Königreich, deine legendäre Begabung, Sachlagen zu analysieren, Regierungen zu destabilisieren, Falschinformationen zu streuen und Kommando-Operationen auszuhecken. Ich war an vielem beteiligt, es war oft ein schmutziges Geschäft. Aber es gab immer eine eiserne Regel bei uns: Unbeteiligte sind zu schützen. Deshalb bin ich stets hierher in dieses Haus gekommen, wenn du gerufen hast. Wir sind für dich durchs Feuer gegangen und wieder zurück, auch wenn deine Tricks in letzter Zeit ziemlich grenzwertig geworden sind. Meine Männer wussten um das Risiko, sie haben mir vertraut. Und damit auch dir.«

Peter Compton nickte gedankenverloren.

»Aber diesmal läuft alles aus dem Ruder, weil du uns von Beginn an angelogen hast. Und nein, versuch erst gar nicht, es zu beschönigen. Zuerst hast du mich mit einem Köder aus dem Urlaub in Schottland geholt: dem blutigen Khukuri. Wie wir in der Zwischenzeit erfahren haben, stammte der eigentlich von einem gewissen Jim Thompson, der ihn aus dem Arbeitszimmer seines Gastgebers mitnahm, bevor er untertauchte und nie wieder gesehen wurde. Eine asiatische Legende ...«

»... die ich natürlich kenne, aber was den Ursprung des Dolchs betrifft, da weißt du mehr als ich«, warf Compton mit flacher Stimme ein.

»Und das ist nicht gut, Peter, weil du sonst alles weißt. Es bestärkt mich darin, dass ihr damals unglaublich sorglos vorgegangen seid. Ihr habt Parker in Glenfinnan festgesetzt und ihn irgendwann vergessen.«

»Wir hatten damals Dringenderes zu tun«, wandte Compton ein, »als einen schwulen, ausgemusterten Sowjet-Spion Tag und Nacht zu bewachen. Selbst die Sowjets wollten ihn nicht, es gab niemals ein Austauschgesuch.«

»Als Erster jedoch verschwand Jim Thompson, der Seidenkönig, 1967, während eines Besuchs der Cameron Highlands im Dschungel Malaysias. Da lebte Parker noch immer in Slatach House und arbeitete an seinen Publikationen, seinen Forschungen und wahrscheinlich an den Vorbereitungen seiner Flucht wenige Jahre später. Thompson erhielt am Tag seines Verschwindens einen Anruf aus Schottland. Vieles spricht dafür, dass er mit Parker telefonierte. Wusstest du davon?«

»Damals nicht, ich habe es erst viel später erfahren«, räumte Compton ein. »Wir haben den Kontakten Parkers nicht mehr viel Bedeutung zugemessen. Er verhielt sich unauffällig, war kooperativ, jedes Mal, wenn wir irgendwelche Fragen hatten, und begann, sich in die Gemeinschaft in Glenfinnan einzufügen. Du kennst die Gegend. Nicht gerade ein konspirativer Hotspot.«

»Nein, weit davon entfernt. Aber er muss in Oxford etwas erfahren haben, das er euch vorenthielt und an dem er im Geheimen weiterforschte. Parker sprach und las Chinesisch zu einer Zeit, als das noch eine wahre Seltenheit in Westeuropa war. Hätte Parker seine Notizen in Chinesisch abgefasst, wäre es ein zusätzliches Problem gewesen. Ihr habt schon seine englischen Aufzeichnungen nicht gelesen.«

»Ja, du hast recht, rückblickend haben wir bei Parker auf ganzer Linie versagt.« Compton zuckte die Schultern. »Nicht mehr zu ändern.«

»So einfach ist es nicht, und das weißt du sehr gut«, gab Llewellyn zurück. »Jim Thompson war CIA-Agent, Parker arbeitete erst für die Russen, dann für die Ostdeutschen, aber nie für dich. Und doch musste es zwischen den beiden eine Gemeinsamkeit gegeben haben, und zwar bereits 1967.«

»Beide interessierten sich für Asien?«, versuchte es Compton lahm.

»Mach dich nicht lächerlich, alter Mann. Wie wäre es zur Abwechslung einmal mit der Wahrheit? Beide Männer suchten nach einem Schiff voller Opium. Achthundert Tonnen oder mehr. Aufgebracht von den Deutschen, auf den Weg geschickt von den Triaden zu Beginn des Zweiten Weltkriegs. Ihre Beute aus den beiden Opiumkriegen, aus der Unterstützung der skrupellosen Engländer in China im 19. Jahrhundert. Ein Vermögen, eine Art eiserner Reserve. Und mit einem Mal spurlos in den Weiten des Pazifik verschwunden – keine Zeugen, keine Hinweise, vielleicht versenkt im Auftrag des Führers?«

War da ein Funken Erleichterung, der in den Augen des alten Fuchses aufblitzte? Darauf hatte Llewellyn gewartet.

»Aber Parker war noch etwas ganz anderem auf der Spur. Er hatte davon in der Bibliothek der Universität gelesen, war neugierig geworden, hatte weitergeforscht, unter dem Deckmantel der Kolonialgeschichte des Empire. Da ging es nicht mehr um Rauschgift, um die düstersten Jahre der East India Trading Company und der Krone. Nein, da gab es etwas viel Wertvolleres, viel Geheimnisvolleres, geradezu Legendäres. Es hatte das Zeug zur wissenschaftlichen Sensation: der Zerberus-Schlüssel.«

»Woher weißt du davon?«, entfuhr es Compton, der mit einem Mal aufrecht in seinem Lehnsessel saß und den Major mit großen Augen anstarrte.

»Obwohl du es mir nicht gesagt hast? Du weißt gar nicht, wie lächerlich du dich gerade machst. Weil inzwischen selbst der Mossad danach sucht? Weil alle Welt ihn gerne hätte? Weil es die Spatzen vom Dach pfeifen, dass du seit Jahrzehnten Himmel und Hölle in Bewegung setzt, um ihn in die Finger zu bekommen? Danke für dein Vertrauen, es ist immer wieder ein Vergnügen, mit dir zusammenzuarbeiten.«

Compton starrte düster vor sich hin.

»Parker war also weg, zu den Ostdeutschen entkommen, weil die Russen ihn nicht haben wollten. Schuhmann schnappte ihn sich und nahm ihn unter seine Fittiche. Doch dann geschah etwas, das du nicht vorhergesehen hattest. Schuhmann beseitigte Parker, weil er den gleichen Fehler machte wie du. Er dachte, er habe Parker ausgequetscht wie eine Zitrone. Wer brauchte noch die leere Schale? Damit war Schuhmann der Einzige, der um den Zerberus-Schlüssel Bescheid wusste. Dachte er zumindest.«

Compton schlug wutentbrannt auf die Armlehne des Sessels. »Dieser Idiot! Er war gierig und dumm, und diese Kombination war schon immer tödlich. Es war unnötig, Parker zu töten. Der nahm sein Wissen mit ins Grab und hinterließ es nicht Schuhmann.«

»Mein Mitleid mit dir hält sich in Grenzen, aber dazu später. Parker war also Vergangenheit, und wenn es nach dir gegangen wäre, dann hätte es für immer so bleiben können. Doch Schuhmann ließ Parker wiederauferstehen. Vermutlich, weil die HVA nie ein so aufwändiges Projekt finanziert hätte, wenn es keinen Charles Parker gegeben hätte, den Schuhmann vorweisen konnte. Den russischen Spion, der aus England kam und in Oxford alles ausgegraben hatte, was es zum Zerberus-Schlüssel gab. Sein Joker im neuen Spiel.«

»Ich wusste sofort, dass der Mann, den Schuhmann präsentierte, nicht der richtige Charles Parker war«, ergänzte Compton bereitwillig. »Er sah dem echten Parker kaum ähnlich. Aber wer würde das schon bemerken? Menschen verändern sich in zwanzig Jahren, und wenige hatten den echten Parker in England gekannt.«

»Also kam er mit seiner List durch. Doch vor einigen Tagen tauchte mit einem Mal eine Liste auf, in Berlin. Eine Liste, die dir schlaflose Nächte bereitete. Warum? Weil du versucht hast, Fehler der Vergangenheit zu kaschieren, und prompt neue gemacht hast.«

Für zwei lange Minuten war das Ticken der großen Standuhr der einzige Laut, der im Salon zu hören war.

»Du bist bemerkenswert gut informiert«, seufzte Compton schließlich.

»Das hast du mir beigebracht«, erwiderte Llewellyn ungerührt. »Du hast mich also nach Berlin geschickt, auf die Spur einer Liste gesetzt, die du bereits von früher kanntest. Du wusstest, dass sie existierte, lange bevor sie durch einen Scanner rekonstruiert wurde. Du hast allerdings gehofft, dass sie mit dem Mauerfall untergehen würde, auf Nimmerwiedersehen verschwinden, vernichtet durch die letzten Stasi-Einheiten. Doch nun war sie plötzlich wieder da, und du hattest keine Ahnung, wer davon wusste und wer dich informiert hatte.«

Peter Compton fuhr sich mit der Hand über das Gesicht und sagte nichts. Er sah mit einem Mal sehr alt aus, müde und resigniert.

»Ist dir eigentlich damals ein großer Stein vom Herzen gefallen, als sich die Liste nicht in den Rosenholz-Dateien befand?« Der Major bohrte unerbittlich nach. »Hast du die beiden Russen auch auf dem Gewissen?«

»Llewellyn...«, versuchte Compton einen Einwurf.

»Oh nein, diesmal nicht. So billig kommst du diesmal nicht davon, und ich bin noch lange nicht fertig. Du hast mich auf den Weg nach Berlin geschickt, hast den Unwissenden gespielt, wolltest wissen, wer in Berlin die Liste kannte, wer sie entdeckt und wer dich anschließend alarmiert hatte. Und wieso ausgerechnet dich? Warum hast du das alles nicht gleich gesagt, sondern mich wie einen Anfänger losgeschickt?«

»Das ist eine lange Geschichte...«, setzte Compton an.

»Dann solltest du langsam beginnen, sie zu erzählen. Weil ich sonst nämlich aufstehe, die Tür hinter mir zumache und nie mehr wiederkomme. Und, Peter, diesmal meine ich es ernst. Versuch nicht, mir nochmals Wasser für Wein zu verkaufen. Dazu bin ich zu lange in diesem Job.«

»Du warst immer schon ein sturer Waliser«, begann Compton. »Ich wusste, wer mir die Liste zugeschickt hatte.«

»Du hast es gewusst?« Llewellyn wunderte sich.

Der alte Mann im Lehnstuhl nickte. »Er kannte meine Leichen im Keller in diesem Fall. Er wusste von dem falschen Parker, von der Gruppe, die Schuhmann rekrutiert hatte. Er kannte die Leibwächter. Es war ein Mitglied des ostdeutschen

Geheimdienstes, der sich selbst ›der Cleaner‹ nannte und diese Funktion auch tatsächlich sehr ernst nahm.«

»Der Cleaner hat dir die Liste geschickt? Aber wozu war ich dann in Berlin?«

»Ich wollte jemanden vor Ort haben, auf den ich mich verlassen konnte. Der mich über den Stand der Dinge auf dem Laufenden halten würde. Das hättest du nicht mehr gemacht, wenn du die Wahrheit gekannt hättest. Die ganze Wahrheit.« Compton stützte den Kopf in seine Hände. »Wie auch immer, das Auftauchen der Liste alarmierte den Cleaner, und der machte seinen Job. Er arbeitete eine zweite Liste ab, die ebenfalls gefunden wurde und die mit der ersten unmittelbar zusammenhing. So liquidierte er das Back-up-Team. Nichts sollte mehr an die Aktion erinnern, die damals unter Schuhmann begonnen hatte.«

»Doch mit einem Mal lief alles aus dem Ruder...«, warf Llewellyn ein.

»...und ich war froh, dich in Berlin zu haben. Als dann noch die erhängte Mumie in Charlottenburg vom Plafond eines maroden Hauses baumelte und es sich herausstellte, dass es ein ehemaliger Kundschafter der chinesischen Triaden war, der Kontakt zur HVA gesucht hatte, da war der Hase aus dem Hut, und niemand würde ihn je wieder hineinbringen.«

»Weil mit einem Mal das Opiumschiff aus der Versenkung aufgetaucht war wie ein U-Boot vergangener Zeiten. Dazu kam eine äußerst motivierte Delegation aus Shanghai, die nicht lange auf sich warten ließ, in Berlin auftauchte und unangenehme Fragen stellte. Waren die Listen selbst noch unverfänglich gewesen, bekam die Aktion wieder ein Gesicht, einen Hintergrund, eine Sprengkraft. Das Schiff voller Rauschgift, die brutale, menschenverachtende britische Kolonialpolitik in Asien, die Opiumkriege, der Zerberus-Schlüssel. Und die gierigen Hyänen krochen schon aus ihren Höhlen.« Llewellyn schüttelte den Kopf. »So hattest du das alles nicht geplant. Und deshalb bist du plötzlich mit der Information herausgerückt, dass in Südfrankreich ein gewisser Pascal Laroche lebte. Der Einzige, der noch etwas wissen könnte. Und wir Idioten haben uns prompt auf den Weg gemacht...«

»Es tut mir leid, Llewellyn«, murmelte Compton.

»Du hast Zeugen gebraucht, nicht wahr? Laroche ist noch sehr lebendig! Also wahrscheinlich leben die anderen der Gruppe ebenfalls! Schöner Schein. Du hast versucht zu retten, was noch zu retten war, hast alle deine Pläne über Nacht umgeworfen. Doch so schnell konntest du deine Fußtruppen nicht mobilisieren. Also was tun? In Wahrheit war Laroche tatsächlich der Letzte auf der Liste, der noch lebte. Der Letzte aus der Gruppe, die Schuhmann aufgestellt hatte, um den Zerberus-Schlüssel zu finden. Jenen legendären Narwalzahn, den Parker immer wieder erwähnt hatte. Wenn dir einer gefährlich werden könnte, dann war es Laroche. Er kannte die Geschichte und die Hintergründe. Du wolltest ihn aber noch lebend vorführen. Also mussten wir zu ihm, aber nicht zu rasch. Sonst hätte dein Plan nicht funktioniert. Wir sollten also auch noch auf Jack warten, der aus England nach Nizza flog.«

Compton stand auf und trat ans große Fenster. »In dieser Geschichte ist alles von Anbeginn an schiefgelaufen. Ich weiß, das ist keine Entschuldigung, aber vielleicht eine Erklärung.«

»Und dann kam dein Schachzug, den ich dir nicht verzeihe, alter Mann. Du hast einen exzellenten Scharfschützen einfliegen lassen, mit Nachtsichtgerät und Zielfernrohr. Der läuft nicht einfach so auf der Straße herum, solche Spezialisten sind rar gesät. Hast du also die Armee kontaktiert in der Eile, das Special Air Service Regiment, und ihnen einen Befehl für die

Liquidierung von Laroche in die Hand gedrückt? Unterschrieben von jemandem ganz oben? Die drei Zeugen sollten am Leben bleiben, aber für einige Zeit verschwinden, nicht wahr? Am besten in französischem Polizeigewahrsam. Alte Militärtaktik – die Feinde durch Dauerbeschuss in der Deckung so lange festhalten, bis die Einsatzkräfte kommen und sie mitnehmen.«

Die Schultern Comptons sackten nach unten.

»Du hättest deine eigenen Leute ausgeliefert, nur um dir einen Freibrief zu beschaffen und den Verdacht auf die Triaden zu lenken. Die aber kamen nach uns und haben der Frau von Laroche die Haut in Streifen geschnitten. Dabei konnte sie gar nichts sagen, die Arme, sie wusste ja nichts. Wie sollte sie auch? Schuhmann und seine Wissenschaftler haben nie etwas herausgefunden, bevor sie beseitigt wurden. Nicht über das Schiff, nicht über den Zerberus-Schlüssel. Beide sind noch da draußen irgendwo ...« Llewellyn verstummte.

Compton starrte durch die Scheiben in den Garten, wo der Mond einige der Blüten reinweiß erstrahlen ließ.

»Sanseverino hatte recht«, murmelte der Major. »Verdammt, er hatte recht, und ich habe gehofft ... Egal ...«

»Lorenzo Sanseverino von Pro Deo?«, fuhr Compton hoch. »Was hat der Kardinal damit zu tun?«

»Das wirst du schon selbst herausfinden müssen. Ich will nur noch eine einzige Antwort von dir, bevor ich gehe. Hast du die Gruppe von Steinberg, van Leeuwen, Belmonte und Wachsfeld in den Achtzigerjahren liquidieren lassen, gemeinsam mit ihren Leibwächtern? Genauso skrupellos wie Laroche vor wenigen Tagen?«

Compton versenkte seine Hände in den Taschen seines Morgenmantels. »Wir konnten es nicht riskieren, dass die Ostdeutschen den Zerberus-Schlüssel finden. Das hätte politische

Auswirkungen von unvorstellbarer Tragweite gehabt. Stell dir vor, die Chinesen hätten die Ostdeutschen gestützt, politisch und finanziell, wirtschaftlich und international. Als Gegenleistung für einen legendären Narwalzahn, den der erste chinesische Kaiser als sein Vermächtnis betrachtete. Zu einem Zeitpunkt, als Gorbatschow die Russen auf Perestroika eingeschworen hatte, sich aus den Bruderländern zurückzog und Honecker verzweifelt nach Partnern in der Welt suchte, um den Untergang zu verzögern oder zu verhindern, war China auf der Suche nach seiner Geschichte und seiner Identität, nach Größe und Bedeutung. Die Plünderung des Sommerpalasts in Peking war ein verhängnisvoller Fehler gewesen, ein kultureller Aderlass für eine ganze Nation, eine unvorstellbare Demütigung für die Chinesen. Sie wären nur allzu gerne bereit gewesen, ihre Einflusssphäre auszudehnen und der DDR mit Geld aus der finanziellen Patsche zu helfen. Das mussten wir verhindern.«

»Also hast du vier völlig unbeteiligte Menschen liquidieren lassen, nur weil sie nach etwas gesucht haben, das du haben wolltest. Weil du deine früheren Fehler vertuschen und verhindern wolltest, dass es den vier gelingen könnte, was euch nicht gelungen ist. Hast du dich angeboten, um die Kolonialpolitik wiedergutzumachen? Den Zerberus-Schlüssel zu finden und ihn an die Chinesen zurückzugeben, in einem großen Staatsakt der Güte und Verbundenheit? Dass ich nicht lache.« Llewellyn schüttelte den Kopf und nahm den Khukuri vom kleinen Tisch neben dem Lehnsessel. »Die Geschichte kannst du dir für deine Autobiografie aufheben, vielleicht glaubt sie dann ein unbedarfter Leser. Ihr wolltet mehr politischen Einfluss in China, einen Vorsprung gegenüber den anderen Westmächten, den Fuß in der Tür zum Osten. Dumm nur, dass die britische Krone ein Jahrhundert zuvor halb China in den Opiumrausch getrieben, zwei Kriege angezettelt und ein paar Paläste niedergebrannt hat und dann auch noch die kaiserlichen Sammlungen plünderte. Nicht gerade die beste Ausgangsbasis für konstruktive Gespräche unter Freunden.« Der Major ging zur Tür, zog sie auf und drehte sich dann um. Er deutete auf das Messer. »Mit dem Dolch hat alles begonnen, und damit endet es auch. Für mich jedenfalls. Schönen Gruß von John, er ist auch draußen. Diesmal darfst du deine Probleme selbst lösen. Wie du aus dieser Geschichte wieder herauskommst, weiß der Himmel. Mich würde das Bild der blutüberströmten Madame Laroche Tag und Nacht verfolgen. Ihre Tochter ist übrigens in Sicherheit, nach einem Nervenzusammenbruch. Aber das würdest du vermutlich als Kollateralschaden bezeichnen.« Damit verließ Llewellyn den Salon, zog leise die Tür hinter sich zu.

Im Flur roch es nach Plätzchen und warmer Schokolade.

Als der Major wieder vor dem Haus stand, lehnte er sich einen Moment lang neben der Tür an die Mauer und blickte die Charlotte Road hinauf und hinunter. Einer der schwarzen Vans parkte vor dem Haus, der andere war nicht zu sehen. Zwei dunkle Schatten patrouillierten am gegenüberliegenden Gehsteig.

»Na also, geht doch.« Llewellyn grinste und lief die wenigen Stufen zur Straße hinunter.

Dann machte er sich auf den Weg zur Lonsdale Road und zum nächsten Taxistandplatz. Er überraschte sich bei dem Gedanken, dass er Peter Compton bedauerte. Der alte Mann war gefangen in seiner eigenen Welt aus Halbwahrheiten, Winkelzügen und Verpflichtungen gegenüber dem Staat und der Krone und sich selbst. Ein englischer Macchiavelli, aus der Zeit gefallen, hinweggefegt von Fake News, der fast unbegrenzten Einflussnahme von sozialen Netzwerken in einer Welt, die immer kleiner wurde. Und immer unübersichtlicher und komplizierter.

Vielleicht sind wir alle schon Geheimdienst-Dinosaurier, deren Zeit abläuft, dachte Llewellyn. Der Kometeneinschlag würde nicht mehr lange auf sich warten lassen. Dann würde Jack endgültig auf sein geliebtes Kanalschiff ziehen, John den Ausblick auf den Genfersee genießen, Alex Beaulieu seine Sammlung alter Jaguars in der Scheune restaurieren, Amber mit fliegenden Oldtimern die Landepisten Europas unsicher machen.

»Und ich?«, murmelte der Major. »Was mache ich?«

Als das Taxi anhielt und Llewellyn sich auf die Rückbank fallen ließ, war ihm beim besten Willen noch immer nicht eingefallen, was er in den kommenden Jahren machen sollte. Doch eines stand für ihn fest: Er würde den Zerberus-Schlüssel finden und eine alte Schuld begleichen.

Donnerstag, 9. Juni 2016

Kaiserdamm 18, Berlin-Charlottenburg/Deutschland

Thomas Calis konnte nicht schlafen. Er saß auf dem Sofa im Wohnzimmer, die Tagebücher des Maschinisten Wolfgang Krüger auf dem Schoß, und dachte nach.

Bei einem Abstecher ins Büro hatte er Martina mitgenommen und Frank beruhigt. Danach hatten sie Attila abgeholt und waren in ein kleines thailändisches Restaurant zum Abendessen gegangen.

»Jetzt müssen wir nur noch Gustav finden«, hatte Martina festgestellt und den Kopf des Dobermanns gestreichelt. »Wir haben alle privaten und öffentlichen Kliniken durch, alle Notaufnahmen und Sanatorien. Wenn sie ihn ins Umland gebracht haben, dann ...« Martina hob hilflos ihre Hände.

»Und dann ist da noch das Zigarettenpapier in dem Hauff-Buch«, hatte Calis geantwortet. »Was habt ihr herausgefunden?«

»Leider nicht viel. Die Buchstaben ›FGT VAD. 269‹ deuten auf eine bekannte Bank hin. Die FGT ist ein Finanzunternehmen mit Sitz in Vaduz im Fürstentum Liechtenstein. Es ist eines der Unternehmen des Fürstenhauses, das die FGT auch persönlich führt. Die FGT Bank AG ist das Mutterhaus, die Bonität der ganzen Gruppe ist beneidenswert und wird mit A+ von den Rating-Agenturen bewertet.«

»Stabil wie der Granit der Alpen ...«

»Über zweitausendfünfhundert Mitarbeiter an mehr als

zwanzig Standorten in Europa, Asien, Amerika und im Nahen Osten. Das ist keine Provinzbank...«

»Schließfächer?«, hatte sich Calis erkundigt.

»Jede Menge in der Hauptstelle in Vaduz, weit über fünfhundert. Daran hab ich auch sofort gedacht. Allerdings sind sie alle mit Schlüssel und Losungswort geschützt. Heißt, du brauchst einen Schlüssel, einen zweiten stellt die Bank, und du brauchst ein Losungswort. Beides haben wir nicht.«

Dann war das Essen gekommen, und Calis hatte zwei Flaschen Wein auf seinen zweiten Geburtstag getrunken. Als Martina den kleinen Mercedes nach Hause gelenkt hatte, war Calis auf dem Beifahrersitz eingeschlafen.

Doch jetzt war er hellwach.

Der Kommissar blätterte und las in den Tagebüchern. Er mochte die Art, wie Krüger seine Eindrücke beschrieb. Einerseits waren die Tagebücher sehr persönlich, andererseits eine Reiseschilderung der besonderen Art. Der Maschinist hatte die seltene Gabe, über sich selbst zu lachen. Das machte ihn sympathisch und seine genauen und nicht immer unkritischen Beobachtungen umso treffender.

Doch nach und nach wechselte der Ton in den Tagebüchern. Die Gedanken Krügers wurden düsterer, je weiter die Fahrt voranging; man konnte spüren, dass ihn etwas bedrückte. Das Klima an Bord der *Komet* war rauer geworden, die Mannschaft desillusionierter. Während die Technik des Schiffs bis auf die üblichen kleineren Reparaturen durchhielt, ging die Stimmung der Männer nach und nach in den Keller.

Krüger hatte wohl einen Fotoapparat auf seine Reise mitgenommen, und die Bilder, die er geschossen hatte, gleich an Bord entwickelt. So waren Fotos eingefügt, an manchen Stellen sogar eine ganze Seite voll, mit Fotoecken eingeklebt. Calis füllte die Lücken mit den beiden Fotos, die er in Annettes

Küche gefunden hatte. Nun verstand der Kommissar auch das Bild mit den Schafen an Deck. Und konnte sich den Gestank vorstellen, der die Mannschaft zusätzlich demoralisiert haben musste.

Calis konnte sich nicht losreißen, die Fahrt der *Komet* hatte ihn in seinen Bann gezogen. Als er das nächste Mal auf die Uhr schaute, war es kurz vor drei am Morgen. Er war bei den chiffrierten Seiten angelangt und zögerte. Nun würde er das Schicksal des Opiumschiffs erfahren ...

Wohin Krüger es gebracht hatte ...

Und dann?

Was hatte der Cleaner gesagt? *»Es ist immer noch da draußen ...«*

Walter Neels war tot, Markus Braunke ebenfalls. Und niemand anders hatte die entschlüsselten Seiten je gesehen ... Calis hielt inne. Noch ein paar Minuten, dann würde alle Verantwortung bei ihm liegen. Dann wäre er der einzige lebende Mensch, dem Wolfgang Krüger sein Geheimnis offenbart hatte.

Achthundert Tonnen Opium ... Calis rechnete und überschlug den aktuellen Marktwert. 3,6 Milliarden Euro.

Braunke hatte recht gehabt. *»Eine Menge Geld, selbst für einen Nachrichtendienst oder eine Regierung ...«*

Wem konnte man bei so einer Summe noch trauen? An wen sollte er die Information weitergeben? Wer würde den selbstlosen Mut haben, die Ladung zu zerstören?

Sosehr der Kommissar auch grübelte, er fand niemanden. Die Verlockung war einfach zu groß.

Deswegen die Tagebücher zerstören? Jetzt, nachdem Calis sie gelesen hatte, wäre ihm das wie ein Frevel vorgekommen, das Ausradieren eines Lebens, das jemand sorgsam aufgezeichnet hatte.

3600 Millionen Euro.

Calis schloss die Augen.

Es gab Summen, die man sich nicht mehr vorstellen konnte. Diese hier gehörte dazu.

Er begann, den Kapitän der *Komet* zu verstehen. Man hatte Tyssen weder vorgewarnt noch vorbereitet, sondern ihn mit seiner Entscheidung alleine gelassen. Ein Schiff voller Rauschgift nach Hause bringen? Oder damit rechnen, dass irgendjemand bei der Menge schwach werden könnte? Dass die Gier und die Dummheit siegen könnten?

Die drei Tagebücher lagen auf seinem Schoß und schienen den Kommissar erwartungsvoll anzublicken.

Sollte er Martina wecken?

Calis lehnte sich zurück und spürte die SIG Sauer im Halfter an seinem Rücken. Er hatte sie noch nicht in die Schublade der Kommode gelegt, wie er es aus Gewohnheit stets machte, wenn er nach Hause kam... Die Müdigkeit...

Plötzlich kam ihm eine Idee.

Er sprang auf und holte aus der Schublade sein scharfes Fahrtenmesser. Vorsichtig klappte er die Tagebücher auf und trennte sorgsam die codierten Seiten heraus, legte sie auf die Blätter mit den Entschlüsselungen, schob sie unter eine Zeitung, die auf dem Tisch lag.

»Hervorragend. Und so ordentlich, man könnte fast sagen preußisch!«

Die Stimme ließ Calis herumfahren.

Mitten in der großen Tür zum Flur stand ein Chinese. Schlank, überraschend groß, die schwarzen Haare glatt nach hinten gekämmt.

»Wie kommen Sie hier herein? Was machen Sie in meiner Wohnung?«

Der Mann im schwarzen Anzug lächelte nachsichtig.

»Kommissar Calis, sagt man nicht immer, die Schuster haben die schlechtesten Schuhe? Ein Kind könnte ihr Türschloss mit einer Haarnadel knacken. Und da fragen Sie mich, wie ich hereingekommen bin? Antwort – ganz einfach durch die Tür.«

Calis wollte zu seiner Pistole greifen, doch der Chinese schüttelte nur den Kopf und wies mit einem Finger zur zweiten Tür. Da stand ein weiterer Chinese im Maßanzug, seine Waffe im Anschlag.

»Keine Fehler jetzt, Kommissar. Oder glauben Sie, ich bin ohne Rückversicherung auf Besuch gekommen? Nun zu Ihrer nächsten Frage. Was ich in Ihrer Wohnung mache? Sie haben etwas, das uns gehört und seit Jahrhunderten gehört hat. Aber alles der Reihe nach, wir wollen doch die Form wahren. Mein Name ist Fang Shi, ich bin Führer der Kampfeinheit der Wo-Triade in Shanghai, und ich denke, Sie wissen, warum ich hier bin.«

»Und wenn ich sage, ich habe keine Ahnung?«, versuchte es Calis.

»Dann würden Sie meine Intelligenz beleidigen, und Ihre ebenfalls. Unterschätzen Sie unsere Kontakte nicht, Kommissar. Allerdings muss ich zugeben, dass uns diesmal der Zufall ein guter Freund war. Vielleicht ist er an der Seite der legitimen Besitzer, haben Sie darüber schon einmal nachgedacht?«

»Eine kriminelle Organisation, die aus illegalen Geschäften Rauschgift abzweigt, kann achthundert Tonnen Opium wohl kaum als legitimer Besitzer reklamieren.«

»Ein Gedankenfehler Ihrerseits. Wir waren damals an der Seite der ach so guten Engländer, wenn ich Sie daran erinnern darf.« Fang Shi lächelte schmallippig. »Der Westen brauchte uns, um unvorstellbare Mengen an Rauschgift in China zu verteilen, das die hochnoble British East India Company ins Land schleuste. Wir erhielten wie vereinbart einen Anteil des

Opiums als Lohn für unsere Arbeit. Ganz offiziell, mit Wissen der Krone und aller britischen Verantwortlichen. Daher sehe ich das anders, Kommissar. Es waren damals legale Geschäfte, und niemand hat sich darüber gewundert oder moralisch entrüstet. Dann verschwand die *Rangalore* im Pazifik, und es hat Jahre gedauert, bis wir überhaupt herausgefunden haben, dass es die Deutschen waren, die das Schiff gekapert hatten.« Fang Shi straffte sich. »Wer hat also in diesem Fall gestohlen, Kommissar Calis?«

Der Chinese betrat den Raum und sah sich um. »Sie sind das beste Beispiel dafür, dass es in der Berliner Polizei wohl keine Korruption gibt. Sonst wären Ihre Möbel nicht so abgewohnt. Beamte Ihres Ranges haben in China ein eigenes Haus und fahren ein deutsches Auto.«

»Fahre ich auch«, gab Calis giftig zurück und dachte an seinen altersschwachen Golf, »und ein Haus habe ich seit Jahren. Sogar mit Garten.« Er schob die Tagebücher über den Tisch, doch Fang Shi schüttelte den Kopf.

»Aber nicht doch, Kommissar, die wollen wir gerne der Familie überlassen. Mich interessieren die Seiten, die Sie so vorsichtig herausgetrennt und dann unter die aktuelle Ausgabe der *Berliner Zeitung* geschoben haben.«

Tyssen, Krüger, Braunke – und jetzt liegt die Last der Verantwortung bei dir, schoss es Calis durch den Kopf.

Dieses Schiff voller Opium war wie die Büchse der Pandora, eine Versuchung für alle, die mit seiner Geschichte in Berührung kamen. Jeder musste sich entscheiden ...

Calis griff langsam unter die Tageszeitung. Mit der anderen Hand versuchte er, so nah wie möglich an seine Waffe zu gelangen.

Dann überschlugen sich die Ereignisse.

Mit einem lauten Knall zersprang die dicke Glasvase im Flur

in tausend Stücke, die Splitter rauschten über den Boden, und beide Chinesen fuhren herum. Calis nutzte die Gunst der Stunde, riss die SIG Sauer aus dem Holster, warf sich zwischen Tisch und Sofa aufs Parkett und schoss noch im Fallen.

Der Leibwächter stöhnte auf, wurde vom Einschlag der Kugel gegen die Wand geworfen, rutschte wie in Zeitlupe auf die Knie. Seine Waffe zeigte noch immer auf den Kommissar, in seinen Augen standen die Wut und der Schmerz, bevor er schließlich zur Seite kippte und starb.

Fang Shi hatte keinen Augenblick gezögert, blitzschnell nach den Seiten des Tagebuchs gegriffen. Nun hielt er sie triumphierend in der Hand, zog mit der anderen seine Waffe und legte auf Calis an, krümmte den Finger ...

Ein Schuss peitschte durch den Raum, dann noch einer. Ein Ausdruck der Verwunderung trat in Fang Shis Gesicht, bevor er der Länge nach hinschlug.

Hinter ihm stand Martina im Schlafanzug, blass und mit wirren Haaren, die Waffe im Anschlag. »Oh mein Gott...«, flüsterte sie. Als Calis sie in die Arme nahm, ließ sie die Pistole fallen und begann zu schluchzen.

*

»Du hast heute zwei Schutzengel gehabt.« Arthur Bergner blickte ernst auf Thomas Calis und ließ sich dann neben ihn auf das Sofa fallen. »Vielleicht wäre es angebracht, den Verschleiß an den Gesandten des Himmels etwas einzuschränken. Sonst ist im entscheidenden Moment keiner mehr verfügbar. Und ich will dich nicht irgendwann tot an einem meiner Tatorte finden.«

Calis nickte stumm und blickte auf, als Dr. Sternberg ins Zimmer kam und seine Tasche auf den Tisch stellte.

»Ich hab Martina eine Spritze gegeben, sie wird die nächsten acht bis zwölf Stunden tief schlafen. Ich rufe Frank an, und ihr beide nehmt morgen dienstfrei. Soll ich dich auch noch in die Mangel nehmen?«

»Um Gottes willen«, wehrte Calis ab. »Ich war bisher kerngesund. Nachdem du mich untersucht hast, bin ich krankenhausreif.« Er lächelte gequält. »Danke, dass ihr so schnell gekommen seid.« Er zog die Tagebuchseiten unter der Zeitung hervor und schob sie in die Mitte des Tisches. »Ich brauche euch als Zeugen. Hier...« Calis tippte mit dem Finger auf die Blätter. »...liegt die Schatzkarte zu 3,6 Milliarden Euro. Ein Schiff voller Opium. Die Versuchung des Teufels.«

Dann begann der Kommissar zu erzählen.

Vor den Fenstern graute schon der Morgen. Bergners Männer hatten zusammengepackt, die Leichen der beiden Chinesen waren abgeholt worden. Sternberg stand am Fenster und blickte hinunter auf den Kaiserdamm, die Hände tief in den Taschen seiner Anzugjacke versenkt.

»Eine unglaubliche Geschichte«, murmelte er kopfschüttelnd.

Arthur Bergner saß stumm neben Calis und schob die gefalteten weißen Seiten der Entzifferung von links nach rechts, wie die Figuren in einem unsichtbaren Schachspiel.

»Hast du sie gelesen?«, wollte er von Calis wissen, doch der schüttelte den Kopf.

»Nein, und ich will um jeden Preis verhindern, dass irgendwer sie jemals liest.« Mit diesen Worten zog der Kommissar ein Feuerzeug aus der Tasche, ließ es aufschnappen und hielt die Flamme unter das dünne Konvolut der Tagebuchseiten und der Entzifferung.

Die Flammen wanderten hoch, breiteten sich aus. Bevor das Feuer die äußerste Ecke erreicht hatte, ließ Calis die Reste auf die Ausgabe der *Berliner Zeitung* fallen und sah zu, bis auch der letzte Papierfetzen zu Asche verbrannt war. Dann schlug Bergner mit der flachen Hand auf die wenigen schwelenden Reste.

»Sie ist noch irgendwo da draußen, sagte der Cleaner.« Calis steckte zufrieden und müde das Feuerzeug ein. »Wo immer Krüger sie auch versteckt hat. Und da soll sie auch verrotten, mitsamt ihrer Fracht.«

»Und führe uns nicht in Versuchung.« Dr. Sternberg nickte.

»Sondern erlöse uns von allem Übel«, ergänzte Calis und zerrieb die Asche.

»Amen!«, schloss Bergner.

Flughafen Giovan Battista Pastine,
Rom-Ciampino/Italien

Amber landete den Learjet mit leichter und sicherer Hand auf der Piste 15/33 des zweiten, kleineren römischen Flughafens Ciampino.
Der Himmel war zwar bewölkt, die Sicht jedoch klar, und Llewellyn genoss den Blick auf das Meer. Er hatte fast den gesamten Flug verschlafen und war erst aufgewacht, als Amber mit dem Landeanflug begonnen hatte.
»Gut geschlafen? Dein Schnarchen hab ich bis ins Cockpit gehört. Eine Stunde und neunundfünfzig Minuten für 1490 Kilometer. Was wollen wir mehr?«, stellte Amber zufrieden fest, als der Major den Kopf ins Cockpit steckte. »Ich lande hier viel lieber als in Fiumicino. Der Flughafen ist übersichtlicher, und wegen der kurzen Piste gibt es keine Langstreckenflugzeuge. Also weniger Stress.«
Nach Rücksprache mit dem Tower steuerte Amber den Jet zum südlichen Vorfeldbereich.
»Da gibt es jede Menge Parkpositionen für Geschäftsflugzeuge«, erklärte sie Llewellyn.
Sie rollten langsam entlang des Vorfelds, vorbei an Hangars und Lagerhallen, Bürogebäuden und Verwaltungsbauten diverser Frachtfluggesellschaften.
»Ciampino feiert sein hundertjähriges Bestehen. Er war lange Zeit Militärflugplatz, und der Tower wurde erst 2013

von zivilen Fluglotsen übernommen. Von hier flog 1930 der erste Helikopter der Welt seine Runden.«

Als Amber den Learjet auf seiner Position abstellte und die Systeme herunterfuhr, öffnete Llewellyn die Tür und klappte die kurze Gangway herunter.

Es war sommerlich warm, und ein leichter Wind wehte vom Meer her.

»Wie weit ist es von hier bis nach Rom?«, wollte der Major wissen.

»Wir sind rund fünfzehn Kilometer südöstlich vom Stadtzentrum entfernt.« Amber schnappte sich die kleine Pilotentasche und verschloss den Jet. »Solange wir nicht wissen, wohin wir fliegen, ist der Lear hier gut geparkt. Nah an der Stadt, rasches Auftanken, weniger Wartezeit beim Start.«

»Hast du mit John telefoniert?«

»Einer musste ja arbeiten, während du schläfst.« Amber grinste. »Wir treffen uns in einem kleinen Restaurant namens La Fornace, nur einen Steinwurf vom vatikanischen Heliport entfernt. Der AW139 kann ja nicht da stehen bleiben, auch wenn die Schweizergarde ihn bewacht. Wir bringen ihn nach Ciampino und steigen in den Learjet um.«

»Guter Plan«, stimmte Llewellyn zu. »Jetzt müssen wir nur noch in die Stadt kommen.«

»Der Taxistandplatz ist direkt vor dem Ausgang. Lass mich den Papierkram erledigen, dann sind wir auch schon unterwegs.«

*

Das La Fornace war ein urtypisch italienisches Restaurant, mit einer lilafarbenen Markise und den passenden Tischtüchern auf den Tischen, die entlang der Hauswand aufgestellt waren.

Der Kellner hätte als Double von Peppone, dem kommunistischen Bürgermeister von Brescello in den bekannten Filmen der Fünfzigerjahre, sofort einen Job bekommen. Er strahlte Amber und Llewellyn an, begrüßte sie mit großen Gesten und führte sie ins Lokal, das nur spärlich besetzt war. Es roch nach frischer Pizza mit viel Oregano. An einem großen Tisch saßen bereits John Finch, Alex Beaulieu, Jack Westworth und Alexander Reiter und winkten ihnen zu, und Sparrow kreischte »Alle Mann in die Wanten!« zur Begrüßung.

»Ich habe UPS Bescheid gegeben, den Boten mit dem Umschlag hierherzuschicken«, meinte John, nachdem Llewellyn sein Treffen mit Peter Compton geschildert hatte. »Auf den alten Fuchs in der Charlotte Road brauchen wir nicht mehr zu zählen, der hat sich diesmal selbst ins Aus geschossen. Also sind wir auf uns gestellt.«

»Und du glaubst wirklich, uns gelingt, was anderen in zwanzig Jahren und mehr nicht gelungen ist?«, fragte Amber zweifelnd.

»Parker hat lange geforscht, und er muss in der Oxford Library etwas gefunden haben, das ihn auf die Spur des Zerberus-Schlüssels gebracht hat«, antwortete John nachdenklich. »Vergiss nicht, er sprach und las fließend Chinesisch, er war fasziniert von der Kolonialpolitik der Engländer und Franzosen in Asien, und darin müssen er und Professor Steinberg sich sehr ähnlich gewesen sein.«

»Schade, dass sich die beiden nie kennengelernt haben«, sagte Rebus. »Aber Parker hätte ihm wahrscheinlich nie verraten, wo der Schlüssel versteckt worden war.«

»Nein, das glaube ich auch nicht«, stimmte ihm John zu. »Ich bin überzeugt, er wusste es. Als er in Schottland seine Forschungen abgeschlossen hatte, verschwand er einfach. Er wollte sicher versuchen, den Schlüssel selbst zu finden. Doch dann traf er eine verhängnisvolle Entscheidung: Er wollte zu den Ostdeutschen, und da geriet er prompt an den Falschen. Er konnte Schuhmann mit Halbwahrheiten und Andeutungen hinhalten, aber irgendwann war es dem MfS-Mann sicher zu dumm geworden. Diamanten aus Afrika, Kunstschätze oder Sammlungen aus den einheimischen Museen waren real und zu Geld zu machen, während Parker aus Angst vor präzisen Angaben sicher immer nur von geheimnisvollen Orten und leider verschwundenen Dokumenten sprach. Er hätte gerne die Hilfe der Ostdeutschen gehabt, aber die wollten Handfestes, und das wollte Parker ihnen wiederum nicht geben. Dann muss irgendwann der Augenblick gekommen sein, da machte Schuhmann denselben Fehler wie Compton: Er nahm an, Parker hatte nichts mehr zu bieten, alles erzählt. Es blieb ein farbloser, abgehalfterter, von den Engländern ausgequetschter, schwuler Exspion, den nicht mal die Russen haben wollten. Schuhmann war ein Mann schneller Entschlüsse. Angola war ideal, um den ungeliebten Parker verschwinden zu lassen. Damit war dessen Schicksal besiegelt.«

»Was für eine Ratte«, schüttelte Llewellyn den Kopf.

»Das sagte Freddy Horneborg damals auch«, erinnerte sich John. »Aber Parker hatte einen letzten Ausweg offen gelassen. Den Umschlag, den er mir in die Hand drückte, bevor wir starteten. Als hätte er geahnt, dass Angola seine letzte Station sein sollte.«

»Du hast ihn wenigstens aufgehoben...?« Rebus sah John mit hochgezogenen Augenbrauen an.

»...und vergessen«, vollendete John. »Mein Fehler. Und wäre ich jetzt nicht in die Schweiz umgezogen, dann hätte ich mich vielleicht nicht einmal mehr daran erinnert. So aber landete er mit vielen Erinnerungsstücken in den Umzugskisten.«

»Und wenn wir Glück haben, dann liegt er gleich auf dem Tisch vor uns.« Jack zeigte auf einen der charakteristischen UPS-Wagen, der vor dem La Fornace anhielt.

Der Fahrer eilte ins Lokal und sah sich suchend um. Nach Ausweiskontrolle und Unterschrift hielt John den Umschlag in der Hand.

»Entweder das Abenteuer endet jetzt und hier, oder Parker war cleverer und gerissener als Compton und Schuhmann, hat alle an der Nase herumgeführt und kannte tatsächlich die Wahrheit«, meinte Llewellyn, als John den Umschlag nach so vielen Jahren aufriss.

Der Inhalt war übersichtlich. Drei Blatt Papier, kariert, mit Maschine beschrieben, durch die Jahrzehnte etwas vergilbt. Alle beugten sich vor, als John zu lesen begann.

Die Geschichte des Schlüssels des Qin Shi Huang Di (genannt »der Zerberus-Schlüssel«)

Wie alle anderen auch dachte ich anfangs, die Geschichte um den sogenannten Zerberus-Schlüssel sei eine Legende. Doch Schriftstücke und Fakten, auf die ich später eingehen werde, ließen mich zu der Überzeugung gelangen, dass der gravierte Narwalzahn, der ursprünglich als Schlüssel des Qin Shi Huang Di bekannt war, tatsächlich existiert. Er wurde vom ersten chinesischen Kaiser in Auftrag gegeben, um das Geheimnis seines Grabes für seine Nachfahren zu bewahren. Keinem Grabräuber sollte es gelingen, in sein unterirdisches Reich einzudringen und als Unbefugter Licht ins Dunkel des ewigen Lebens zu bringen. Der Schlüssel wurde stets sorgsam in den kaiserlichen Sammlungen verwahrt, als Zeichen der Macht über Leben und Tod, als Wächter zwischen dem Reich der Lebenden und der Toten. Doch alles änderte sich, als am 2. September 1820 Kaiser

Jiaqing starb. Unter seiner Regierung hatte die Ostindien-Kompanie die Opiumeinfuhr nach China massiv gesteigert. So war der englische Handel mit China nicht mehr defizitär, im Gegenteil. Tonnen von Rauschgift wogen alle Importe aus dem Reich der Mitte auf. Der Schmuggel mit dem Opium bewirkte nicht nur Gesundheitsschäden bei den Süchtigen, sondern erhöhte auch die allgemeine Korruption und unterminierte die ohnehin bereits geschwächte chinesische Wirtschaft. So trat sein Nachfolger Kaiser Daoguang ein schwieriges Erbe an. Er war ein engagierter, fähiger Herrscher, der Weitsicht bewies. Rund um das chinesische Kaiserreich etablierten die Briten ihre Kolonien, die Franzosen und Niederländer versuchten es ihnen gleichzutun. China war im Würgegriff der Ostindien-Kompanie, die Zukunft sah düster aus. Also entschloss sich Daoguang, den »Schlüssel des Qin Shi Huang Di«, wie er ihn nannte, in Sicherheit zu bringen. Der Kaiser verehrte Konfuzius, den weisen Mann aus Qufu, und so brachte er den Narwalzahn, das wertvollste Stück im kaiserlichen Besitz, in einer Nacht-und-Nebel-Aktion in die Provinz Shandong und versteckte ihn in dem weitläufigen Garten des Tempels und des Anwesens der Familie Konfuzius, auf dem mehr als vierhundertachtzig Gebäude stehen. Kaiser Daoguang ließ ein Aquarell anfertigen, das den entscheidenden Hinweis zur Wiederauffindung geben sollte. Die letzten Pinselstriche setzte er selbst, dann verfasste er einen Brief an seinen Nachfolger, den er in den kaiserlichen Sammlungen aufbewahrte. Darin schilderte er die Verbringung des Erbstücks, die Sorge, die ihn dazu veranlasste, und die Existenz eines Aquarells.

Im Jahr 1850, nach dem Tod von Daoguang, bestieg sein Sohn Xianfeng den Thron. Im Gegensatz zu seinem Vater galt er als genusssüchtig und haltlos. Er verfiel dem Alkohol und dem Opium, seine Kaiserzeit war von Aufständen, Unruhen,

Kriegen und einer Eskalation des Verhältnisses mit den Briten geprägt. So kam es von 1856 bis 1860 zum Zweiten Opiumkrieg und zur Zerstörung des Alten wie des Neuen Sommerpalasts. Die koordinierte Vergeltungsaktion vom 5. Oktober 1860 der Briten und Franzosen war verheerend, die Plünderung der Gebäude dauerte tagelang an. Unzählige Kunstschätze verschwanden in den Taschen und Tornister der Soldaten. So auch der Brief des Kaisers Daoguang, den sein Sohn nie gelesen hatte, und das Aquarell, das der alte Kaiser hatte anfertigen lassen. Schließlich wurden die Gebäude auf Befehl von Lord Elgin am 18. und 19. Oktober niedergebrannt.

Auf verschlungenen Wegen, die ich nicht völlig rekonstruieren konnte, fand der Brief schließlich einen Platz in der Bibliothek von Oxford und nicht im British Museum. Dort entdeckte ich ihn zwischen vielen anderen Schreiben aus einem Nachlass, der im frühen 20. Jahrhundert der Universität übergeben worden war. Er war der Ausgang meiner Forschungen.

Was das Aquarell betrifft, so war ihm ein noch abenteuerlicheres Schicksal beschieden. Es hat Jahre der Forschung gebraucht, um aus chinesischen, englischen und französischen Berichten, diplomatischen Depeschen und Korrespondenzen seinen Weg nachzuzeichnen. Zum Glück fiel mir ein rares Buch in die Hände, das Robert Swinhoe 1861 geschrieben hatte. Swinhoe stand im Dienst des britischen Konsulats und war als Dolmetscher für die Truppen abgestellt worden. In seinen Erinnerungen, die damals noch sehr frisch waren, beschrieb er ausführlich die Plünderungen und die anschließende Zerstörung. Ob er ganz objektiv war, das bleibt dahingestellt. Er schrieb: »Ohne Schwertstreich nahmen die Franzosen Besitz vom kaiserlichen Sommerpalast und plünderten die ungeheuren Schätze desselben mit einer Rücksichtslosigkeit, welche von der öffentlichen Meinung laut gemissbilligt worden ist, wäh-

rend die Engländer sich an dieser Plünderung nicht beteiligten.« Was nicht stimmen kann, weil Lord Elgin danach wertvolle Uhren, die als Geschenk an den chinesischen Kaiser gegangen waren, nach England zurückbrachte. Die Franzosen behaupteten das Gegenteil. Montauban habe sich, angewidert von der britischen Zerstörungswut, geweigert, an dem Exzess teilzunehmen.

Wie auch immer, das Aquarell tauchte in einer Reisebeschreibung eines österreichischen Diplomaten wieder auf, eines gewissen Heinrich Graf Calice, der 1871 Generalkonsul und Ministerresident bei den Höfen von China, Japan und Siam wurde, als erster ständig residierender Diplomat der habsburgischen Krone in Shanghai. Er erwarb es angeblich bei einem englischen Botschaftsmitglied in Peking und fügte es seinem Reisebericht an, den er 1874 dem österreichischen Kaiser Franz Joseph widmete und wahrscheinlich auch persönlich überreichte, bevor er seinen Posten in Bukarest antrat.

»Es gab also doch eine Illustration in Calices Bericht!« Rebus unterbrach John aufgeregt. »Der alte Mitarbeiter des Naturhistorischen Museums in Wien ... Ihr erinnert euch? Ich habe euch von ihm erzählt. Er meinte, es habe ein Beiblatt gegeben, eine kolorierte Zeichnung. Er selbst hatte sie nie gesehen, aber er war fest überzeugt, es habe sie gegeben.«

»Wie zuverlässig ist der alte Mann?«, wollte Llewellyn wissen.

»Er war zeitweise richtig weggetreten, aber er wusste vom Schlüssel. Und das kann er nur aus Calices Bericht erfahren haben. Wenn damals das Aquarell nicht mehr bei dem Bericht war, dann muss es vorher verschwunden sein, vielleicht in der

Kriegszeit oder noch früher. Angeblich war das Buch in der persönlichen Sammlung von Baldur von Schirach, dem letzten Gauleiter von Wien.«

»Schauen wir, was Parker dazu schreibt«, beschloss John und las weiter.

Dann verliert sich die Spur des Berichts im Dunkel der Gründerzeit. Ob Kaiser Franz Joseph ihn behielt oder innerhalb des Hauses Habsburg weitergab, ist nicht überliefert. Das Büchlein landete jedenfalls zu keiner Zeit im Haus-, Hof- und Staatsarchiv. Nach dem Tod des Kaisers und dem Ende der Monarchie, den Unruhen und Putschversuchen 1918 muss der Reisebericht, wie andere Dokumente aus dem Kaiserhaus, die nicht in Archiven endeten, auf dem freien Antiquitätenmarkt gelandet sein. Da erwarb ihn eines Tages die Familie Alfons Rosenstein, Textilgroßhändler und Kunstmäzene, die ursprünglich aus Galizien eingewandert waren.

Als Österreich 1938 von den Deutschen besetzt und der Anschluss vollzogen wurde, fiel der Bericht Calices im Zuge der Arisierung jüdischen Besitzes in die Hände des Dritten Reichs. Die SS erfasste von Anfang an im Auftrag Heinrich Himmlers alle brisanten Dokumente in der Ostmark, die für die Forschungen des Reichsleiters interessant sein könnten. Und Himmler hatte viele Interessen, von der Hexenverbrennung bis zu den tibetischen Wurzeln der Arier. So fielen der Reisebericht und das Aquarell aus dem Besitz der Rosensteins in die Hände der Forschungsgemeinschaft Deutsches Ahnenerbe. Die hatte sich die Finanzierung von Ausgrabungen und Expeditionen auf die Fahnen geschrieben und schickte 1940 im Rahmen einer Operation Zerberus den sogenannten Pazifik-Verband auf die Reise. Der sollte ein von den Triaden auf den Weg geschicktes Opiumschiff kapern und damit die Mitarbeit der Triaden erpressen, den Zerberus-Schlüssel für das Ahnenerbe aus dem Versteck im Garten des Konfuzius zu holen. Seitdem hat der Narwalzahn seinen Namen. Die SS zog hinter den Kulissen die Fäden, schickte einen ihrer Männer mit auf die Reise der Komet, *doch dann ging alles schief. Der SS-Mann verschwand spurlos und kam nie wieder, der Verband kehrte mit leeren Händen zurück, und der Verlauf des Krieges stoppte alle weiteren Anstrengungen in dieser Richtung. Doch sicherheitshalber sorgte das Dritte Reich für eine Ablenkung. Man taufte den erfolgreichen Durchbruch dreier deutscher Kriegsschiffe im Ärmelkanal 1942 »Operation Cerberus«. So konnte man eventuell auftauchende Gerüchte im Keim ersticken.*

Und dann geschah etwas Entscheidendes: In den Wirren des letzten Kriegsjahres verschwand das Aquarell, angeblich in der Sammlung eines der größten Kunsthändler und -sammler des Dritten Reichs. Sein Name war Hildebrand Gurlitt. Meine Forschungen ergaben, dass Teile seiner Sammlung 1945 in Aschbach von den Alliierten beschlagnahmt worden waren, darunter auch das Aquarell des Gartens von Konfuzius. Alle Werke wurden fünf Jahre später an Gurlitt zurückgegeben und befinden sich noch in Besitz seines Sohns, Cornelius.

Der Bericht des Grafen Calice kehrte mit Baldur von Schirach nach Wien zurück. Schirach war am 24. Februar 1945 nach Berlin zu Adolf Hitler bestellt worden und hatte den Befehl bekommen, als Reichsverteidigungskommissar Wien bis zum letzten Atemzug zu verteidigen. Nach dem Krieg wurde der Reisebericht in die Bibliothek des Naturhistorischen Museums in Wien eingegliedert.

John blickte auf. »Hier endet Parker abrupt ...«

»Einiges wussten wir bereits, anderes ist neu«, sagte Llewellyn etwas ratlos. »Aber wirklich ans Ziel bringt uns das auch nicht.«

Rebus lächelte wissend. »Doch, Llewellyn, es erklärt vieles. Gurlitt war eine große Nummer des Kunsthandels im Dritten Reich. Er lebte mit seiner Familie nach dem Februar 1945 im Haus seiner Mutter in Possendorf bei Dresden. Von dort floh Gurlitt mit seiner Frau und seinen zwei Kindern vor den anrückenden Russen und erreichte am 25. März mit einem Lastkraftwagen voller Kunstwerke Aschbach bei Bamberg. Am 14. April 1945 marschierten die amerikanischen Truppen ein, griffen Gurlitt auf und stellten ihn unter Hausarrest.«

»Woher weißt du das so genau?«, wollte Llewellyn wissen.

»Weil ich mich lange mit den Gurlitts beschäftigt habe. Es erklärt auch, warum Charles Parker zuerst zu den Ostdeutschen ging. Er hoffte, in Possendorf oder in Dresden noch irgendetwas herauszufinden, die Familie lebte lange dort. Die Amerikaner beschlagnahmten 1945 Gurlitts Kunstwerke kurzerhand, brachten sie zunächst nach Bamberg, dann nach Wiesbaden und behielten sie fünf Jahre lang. Gurlitt bemühte sich intensiv um die Herausgabe seiner Sammlung, was ihm 1950 schließlich auch gelang. Darunter befand sich ganz sicher das Aquarell, nach dem wir suchen.«

John sah Rebus zweifelnd an. »Was macht dich so sicher?«

Reiter lachte. »Weil ich es gestohlen habe.«

KAISERDAMM 18, BERLIN-CHARLOTTENBURG/DEUTSCHLAND

Thomas Calis fühlte sich wie gerädert und stöhnte laut. Er versuchte, den Wecker zu hypnotisieren, aber die Anzeige änderte sich nicht.

13.28 Uhr.

»Ist jetzt nicht wahr«, ächzte er und gähnte.

Martina lag neben ihm und schlief noch immer tief und fest, wie Sternberg es vorausgesagt hatte. Calis schwang sich vorsichtig aus dem Bett und tapste ins Bad, taumelte unter die Dusche und stellte auf kalt.

Attila, dachte er, jemand muss den armen Hund füttern! Und überhaupt... Gustav... Es gab keine Forderung, keinerlei Kontakt mit dem Entführer, nichts. Es war, als wäre Gustav von der Oberfläche der Erde spurlos verschwunden. Keine Hinweise, keine Spuren.

Wo sollte man ansetzen? Der Cleaner hatte über Gustav nichts gewusst. Die Triaden hätten ihn als Druckmittel eingesetzt, um die Tagebücher in die Finger zu bekommen. Warum hatte man Gustav also überhaupt entführt? Was hatte er bei seinen Recherchen im Milieu herausbekommen, wem war er auf die Zehen getreten?

Gustav war nun drei Tage verschwunden... War er noch am Leben?

Calis machte sich Vorwürfe. Er zog sich an, nahm sein Smartphone von der Ladestation und hinterließ Martina einen

Zettel auf dem Küchentisch: »Keine Sorge, bin ins Büro gefahren, schlaf dich aus.« Er überlegte kurz, dann malte er ein Herz darunter.

Als er die Treppen hinunterlief, läutete sein Mobiltelefon. Frank, dachte Calis schuldbewusst, ich hätte ihn anrufen sollen... Doch es war nicht Frank, es war eine unbekannte Nummer, und der Kommissar nahm das Gespräch an.

»Herr Kommissar? Hier ist Stefan Braunke.«

»Guten Morgen, Stefan... na ja, eher schönen Nachmittag. Aber ich bin erst seit einer halben Stunde wieder unter den Lebenden. Geht's dir gut?«

»Nicht wirklich. Die Psychologin ist wieder gegangen, das Haus ist leer, und die Decke fällt mir auf den Kopf. Deswegen habe ich angerufen. Können Sie mir sagen, wo ich Annette finde?«

»Die ist bei Ihren Eltern im Ferienhaus. Warte mal, ich habe die Telefonnummer ihrer Mutter. Ruf sie an. Willst du Annette besuchen?«

»Ja, ich muss weg von hier, zumindest für ein paar Tage...« Stefans Stimme versiegte.

Calis konnte ihn nur allzu gut verstehen.

»Und die Renovierungsarbeiten? Musst du die Arbeiter nicht ins Haus lassen?«

»Ach wo, das hat mein Vater alles selbst gemacht. Diesmal baute er den Keller weiter aus, aber ich hab mich, ehrlich gesagt, nicht darum gekümmert. Er hat ständig irgendwo im Haus gewerkelt. Türen erneuert, Böden ausgebessert, Bäder umgebaut. Das Haus war viel zu groß für uns, nachdem meine Mutter gestorben war und seine Firma so gut wie nicht mehr existierte. Aber das hatte er nie wahrhaben wollen. Mich hat nur überrascht, dass er vor zwei Wochen eine dicke Stahltür mit Dämmung geliefert bekommen hat. Ich habe ihn darauf angesprochen, aber er meinte nur, das wäre eine Feuerschutztür.«

»Komisch, ich habe keine gesehen...«, meinte Calis.

»Ich weiß auch nicht, wo er sie einbauen wollte.« Stefan klang verwirrt. »Vielleicht...« Er zögerte, und Calis konnte seine Gedanken lesen.

»Ein schalldichtes Verlies? Du denkst an die Entführung von Annette? Da wollte ich dich sowieso nochmals anrufen. Es waren zwei Männer an der Entführung beteiligt, beide sind tot. Wir suchen jemanden, der sie identifizieren kann. Vielleicht hast du sie ja irgendwann einmal bei euch zu Hause getroffen. Ich habe die Fotos bei mir. Könntest du...?«

»Klar, kommen Sie einfach vorbei.«

*

Diesmal fand Calis einen Parkplatz direkt vor dem Haus Schloßstraße 67. Viele Fenster standen offen, und als der Kommissar die Klingel an der Gegensprechanlage drückte, war Stefan innerhalb eines Augenblicks dran und öffnete die Tür. Während Calis die Tür aufdrückte und versuchte, sich an die Treppe in den Keller zu erinnern, hörte er Stefan im oberen Stockwerk telefonieren. Seinem Tonfall nach hatte Annettes Mutter den Hörer an ihre Tochter übergeben.

Im Keller war es ruhig, und als Calis das Licht einschaltete und sich umsah, stellte er fest, wie sorgfältig Braunke die Räume ausgebaut hatte. Bis auf das fehlende Tageslicht hätte man annehmen können, in einer Erdgeschoss-Wohnung zu sein. Zwei Spiel- und Hobbyräume, in einem davon die Autorennbahn, ein gut ausgerüsteter Bastelkeller, ein kleiner Fitnessraum. An einem Ende des langen Gangs gab es sogar eine Sauna mit einem Whirlpool, gefliesten Duschen und einem Ruheraum. Alles war blitzblank, erschien so gut wie unbenutzt. Braunke musste viel Geld investiert haben. Entweder hatte er vor, das Haus bald zu verkaufen, und wollte den Wert erhöhen, oder er plante Partys im großen Stil.

Calis wollte bereits wieder nach oben gehen, da bemerkte er etwas, das er vorher übersehen hatte. Eine dünne Linie, die rund um ein zwei Meter hohes Rechteck lief. Es war eine Art Tür, die plan in die Wand eingelassen und mit Raufaser tapeziert war. Es gab keine Klinke, kein Schloss.

Der Kommissar klopfte mit der Faust dagegen. Nichts, es klang dumpf. Er lehnte sich fester an die Tür, drückte mit der Schulter nach, und plötzlich sprang sie mit einem Klick auf. Dahinter kamen Stufen zum Vorschein, die sich im Dunkel verloren.

Eine Treppe, die in die Tiefe führte.

Ein weiterer Keller, vielleicht aus der Zeit des Zweiten Weltkriegs, ein alter Luftschutzbunker, dachte Calis und suchte nach einem Lichtschalter.

Als die Neonröhren aufflammten, war der alte Abgang taghell erleuchtet. Der Kontrast der alten Steine und der modernen Beleuchtung ließ alle Härchen auf dem Unterarm des Kommissars strammstehen. Die Luft, die ihm entgegenschlug, war kalt, viel kälter als im Hobbykeller. Die Stufen waren ausgetreten, aber sauber. Eine lange Zeit musste der Gang oft benutzt worden sein. Unzählige Schuhe hatten die Ziegel abgeschliffen.

Calis zählte fünfundfünfzig Stufen, dann erreichte er eine Art Plattform, die frisch betoniert worden war. An den Wänden verblassten Schriftzeichen, die der Kommissar nicht mehr entziffern konnte.

Vor ihm befand sich die neue, armierte und gedämmte Feuerschutztür. Der Schlüssel steckte auf Calis' Seite, so sperrte er auf und zog den Schlüssel ab, steckte ihn in die Tasche.

Sicher ist sicher, dachte der Kommissar. Dann zog er die schwere Tür auf, die sich lautlos in den Angeln drehte.

Der Schlag kam wie ein Blitz aus heiterem Himmel. Er traf Calis voll an der Brust und schleuderte ihn nach hinten. Es war, als hätte ihn ein Elefant getreten und sich anschließend auf seine Füße gesetzt. Sein Kopf prallte schmerzhaft mit voller Kraft gegen den Rahmen der Metalltür, die im Begriff war, wieder zuzufallen. Calis sah Sterne, die im Dunkel ihre leuchtenden Bahnen zogen. Er ging in die Knie und stöhnte. Ein starkes Licht flammte auf und schien sich direkt in die Netzhaut zu fräsen.

»Is' nich wahr, det is 'n Ding! Der Kommissar! Zuerst komm ick, denn kommt lange jarnüscht, denn kommen Sie vorbeigestiefelt.«

»Gustav ...«, schnaufte Calis. »Was war das für ein Schlag? Und nimm den Elefanten von meinen Beinen!«

»Keen Elefant, nur 'n Kleiderschrank.« Gustav bemühte sich redlich, den Metallschrank von Calis' Beinen zu ziehen, aber er war einfach zu schwach. »Hamm Se mer doch noch jefunden«, stieß er hervor und ließ sich neben Calis auf den Boden fallen.

»Alles okay mit dir?«, wollte Calis wissen und schob den schweren Schrank mühselig von seinen Beinen.

»Allet paletti!« Gustav winkte ab und lehnte sich gegen die Wand. »Hamm Se den Braunke festjesetzt? Den hab ick jefress'n.«

»Lange Geschichte, Gustav.« Calis raffte sich auf und half Gustav hoch. »Wieso hat er dich aus dem Krankenhaus entführt?«

»Den hab ick uff 'n Kieka jehabt«, sprudelte es aus Gustav nur so heraus. Und diesmal wechselte er ins Hochdeutsche, um die Bedeutung zu unterstreichen. »Ich hab Ihnen doch bei der halben Leiche im Bett neben mir die Grüne Ameise hinterlassen. Herrschaftszeiten, soll ich's aufmalen?«

»Wir waren ja dort, Gustav, reg dich nicht auf. Wir haben den Zwerg geschnappt, und er hat ausgepackt. Martina hat gleich das halbe Lokal verhaftet.«

Gustav lächelte schmerzverzerrt und hielt sich die Seite. »Ick bin so wat von knülle. Aber die Kommisseuse is schon 'ne knorke Biene.« Er wedelte mit seiner Hand vor Calis' Augen herum und wies nach oben. »Hab ick aber nicht gemeint. Dem da oben gehört die grüne Ameise, über 'nen Strohmann. Alte Stasi-Klicke. Und Braunke arbeitet neuerdings wieder für die Schlapphüte. Gottlieb Wendehals. Eine ganz miese Ratte.«

»BND? Ich weiß. Was hast du alles über ihn herausgefunden?«

»Genug, um ihn ein paar Nächte nicht mehr schlafen zu lassen.« Gustav grinste. »Der muss ein großes Ding in der Planung haben, und da wollte er mich vorher von der Bühne schubsen. Hab wahrscheinlich zu viel mit den Bullen konferiert im Krankenhaus für seinen Geschmack.« Er zwinkerte Calis zu.

»Tut mir leid, Gustav, hättest du früher sagen sollen. Komm, ich bring dich raus hier. Du musst wieder ins Krankenhaus...«

»Nu mach ma halblang! Nix da, nie wieder! Ick hab Bammel vor de Schwestern. Nüscht für unjut...« Gustav schüttelte energisch den Kopf. »Legen Sie mich zu Hause ab, auf meiner Couch, Herr Kommissar... wird schon wieder.«

»Dann schick ich dir wenigstens einen Arzt vorbei, ihr werdet euch gut verstehen«, gab Calis nach, dachte an Dr. Sternberg und Attila und Gustavs Baracke und musste leise lachen. Dann stützte er Gustav und humpelte mit ihm die Treppen hinauf.

Stefan machte einen hilf- und ratlosen Eindruck, als Calis Gustav in seinen Wagen verfrachtete.

»Ich möchte das Haus von oben bis unten durchkämmen lassen.« Der Kommissar schnallte Gustav an und machte die Tür der kleinen Mercedes A-Klasse zu. »Die Spurensicherung wird mindestens zwei bis drei Tage brauchen.«

»Ist schon okay«, meinte Stefan, »ich fahre zu Annette ins Ferienhaus ihrer Eltern. Wird uns beiden guttun. Mir liegt nichts an dem Haus. Sobald das Erbe erledigt ist...« Er verstummte.

»Dann solltest du Annette zu einem Urlaub einladen, was hältst du davon? Ich fahre auch weg, so bald wie möglich, südwärts, und überlasse Berlin den anderen. Schick den Hausschlüssel bitte an diesen Mann.« Calis drückte Stefan die Visitenkarte von Kriminaloberrat Frank Lindner in die Hand. »Solange ich nicht im Lande bin, vertritt er mich. Er kann's jedes Mal kaum erwarten.«

Antwerp International Airport, Antwerpen/Belgien

Die Landepiste 11/29, für die der Fluglotse dem Learjet die Landeerlaubnis erteilte, lag in einem goldenen Nachmittagslicht. Der Asphalt flimmerte, die Stadt Antwerpen schien greifbar nahe, als John die Landeklappen setzte und das Gas zurücknahm.

Amber unterhielt sich in der Zwischenzeit angeregt mit dem Ground Controller, der ihnen einen abgelegenen Stellplatz zuteilen wollte, jedoch nicht mit der Hartnäckigkeit von Johns Copilotin gerechnet hatte.

»Wir bleiben nicht einmal für vierundzwanzig Stunden«, argumentierte Amber. »Bei dem derzeitigen Flugaufkommen sollte es doch für uns einen Platz in der Nähe des Hauptterminals geben und nicht knapp vor dem Treibstofflager.«

»Aber Madame...«, versuchte es der Controller nochmals.

»Ich wollte mit dem Taxi nach Antwerpen fahren und nicht mit dem Jet.« Amber klang fest entschlossen. »Wie sieht es mit einem Stellplatz vor dem Stampe & Vertongen Museum aus? Das hat letztes Mal perfekt geklappt.«

Das tiefe Seufzen des Controllers war über den Kopfhörer laut und deutlich zu vernehmen. »Ich habe noch vier unmarkierte *ramps* vor dem Museumsbau frei. Suchen Sie sich eine aus, und informieren Sie mich.«

»Woher kennst du das Museum hier?« John hielt den Learjet mühelos auf Kurs. Es war windstill, und er genoss die letzten Augenblicke des Flugs vor der Landung.

»Die haben hier eine North American T-8G Texan, die bei allen Luftwaffen der Welt in den Fünfziger- und Sechzigerjahren als Trainer eingesetzt war. Diese stammt aus Südafrika und wurde bei uns restauriert und gewartet, bevor sie nach Antwerpen ins Museum kam.« Amber nahm die Sonnenbrille ab und holte einen Lageplan des Flughafens aus ihrer Pilotentasche. »Das Ding hat einen 600-PS-Pratt-&-Whitney-Motor. Geht ziemlich gut. Ich hab sie damals hierhergeflogen.«

John setzte den Jet direkt am Beginn der Piste sanft auf und bremste sachte ab. Die Länge der Runway war geradezu luxuriös für das geringe Landegewicht des Learjet 36. In der Kabine hörte er Sparrow umherflattern.

»Nimm den Taxiway A ganz am Ende der Piste, dann halte dich rechts. Das runde Gebäude ist das Museum, davor gibt es jede Menge Platz für uns.«

»Wer waren eigentlich Stampe und Vertongen?«

»Zwei belgische Flugpioniere, Jean Stampe und Maurice Vertongen, die ihre Flugschule hier 1923 eröffneten und gleich noch ein Flugzeugwerk anschlossen. Das Museum selbst funktioniert wie Duxford, vor allem durch die Mitarbeit von freiwilligen Helfern, die hier alles am Laufen halten. Kostenlos und aus Begeisterung an der Sache. Außerdem bringen sie hier ihre alten Flugzeuge in die Luft. Passagiere sind immer gern gesehen.«

»Klingt nach einem Museum, das ich mag.« John hatte die Reihe von Stellplätzen entdeckt und fädelte den Learjet in einen freien Bereich. »Vergiss nicht, deinen Freund im Tower zu informieren«, stichelte er. »Sonst lässt er uns womöglich abschleppen.«

Dann fuhr er die Systeme herunter, schloss die Ventile der Benzinzufuhr und kappte schließlich die Stromversorgung zu den Triebwerken.

Alexander Reiter steckte den Kopf zur Cockpittür herein. »An Privatjetflüge könnte ich mich gewöhnen. Komfortabler als die Reisen im Güterzug.«

»Allerdings nicht so anonym«, gab John zu bedenken. »Für unerkannte Trips sind bequeme Waggons in Güterzügen unerreicht. Vorbei an jeder Passkontrolle.«

»Punkt für dich. Doch diesmal sind wir offiziell unterwegs und brauchen uns nicht zu verstecken. Ich bringe euch auf den neuesten Stand, und dann fahren wir nach Antwerpen.«

»Macht das mal alleine. Ich erledige inzwischen den Papierkram und besänftige meinen neuen Freund im Tower«, entschied Amber. »Dann treffen wir uns im Terminal.«

John nickte, schlängelte sich zwischen den Sitzen nach hinten und ließ sich in einen der bequemen Lederfauteuils des Jets fallen. »Gut, dann schieß los!«

»Ich wusste bereits seit vielen Jahren von der atemberaubenden Sammlung Gurlitt, wie übrigens auch viele halbwegs interessierte Kunsthistoriker in Süddeutschland. Auch wenn die Öffentlichkeit und die staatlichen Stellen völlig ahnungslos waren, aber das sind sie öfter. Die Amerikaner hatten penibel Listen erstellt, als sie den LKW voller Kunstwerke in Verwahrung genommen hatten. Die blieben erhalten, selbst als Gurlitt seine Bilder, Aquarelle, Skulpturen und Zeichnungen wieder zurückerhielt. Selbstverständlich war dies ein erfasster Bestand von 1950, und in mehr als sechzig Jahren konnte viel geschehen.«

»Wie groß war die Sammlung?«, wollte Llewellyn wissen.

»Rund tausendfünfhundert Objekte, aufgeteilt in einen

kleineren Bestand, der in Salzburg lagerte, und einen weitaus größeren, der in der privaten Münchner Wohnung von Cornelius Gurlitt, dem Sohn von Hildebrand, gestapelt wurde. Nach dem Tod seiner Eltern hatte Gurlitt hin und wieder ein Werk verkauft, um seinen sehr bescheidenen Lebensunterhalt zu bestreiten. Das Problem war jedoch die Herkunft der Sammlung. Hildebrand Gurlitt war nämlich während der Zeit des Nationalsozialismus sowohl als Einkäufer als auch als Verkäufer tätig. Er war einerseits damit beauftragt, sogenannte ›Entartete Kunst‹, die in deutschen Museen beschlagnahmt worden war, ins Ausland zu verkaufen, andererseits war er nach Beginn des Zweiten Weltkriegs einer der Haupteinkäufer für das Hitler-Museum in Linz. Damit war er maßgeblich am Kunstraub beteiligt, der vor allem in Frankreich, aber auch in allen anderen besetzten Ländern stattfand. Man bediente sich schamlos an jüdischem Besitz.«

»Mit einem Wort, er saß an der Quelle, nein, an zwei Quellen«, warf John ein.

»So könnte man es nennen. Bis heute ist die Provenienzforschung der Werke in der Sammlung noch nicht abgeschlossen, aber es gibt ein ganz gutes Beispiel, das veranschaulicht, um wie viel Geld es geht. Im Auftrag von Gurlitt verkaufte ein Auktionshaus im Sommer 2011 eine Arbeit von Max Beckmann für 864 000 Euro. Das Auktionshaus forschte nach, und es kam der Verdacht auf, der jüdische Kunsthändler Alfred Flechtheim habe das Werk nach 1933 verfolgungsbedingt verkauft. Zu einem viel zu niedrigen Preis an Vater Gurlitt. Also einigte man sich mit den Erben Flechtheims in einem Vergleich darauf, den Verkaufserlös zu teilen. Aber so einfach ist es nicht immer. Wir begeben uns auf ein juristisch gesehen sehr schwieriges Terrain. Die rechtliche Beurteilung von Eigentumsrechten an Kunstobjekten, die von den Nationalsozialisten als ›entartet‹ bezeichnet und aus öffentlichen Museen oder von den meist jüdischen Besitzern beschlagnahmt wurden, ist sehr, sehr komplex. Darüber streiten sich die Juristen seit Jahrzehnten.«

»Also hast du dich entschlossen, kurzen Prozess zu machen und eines der Werke an seinen rechtmäßigen Besitzer zurückzugeben«, fasste Llewellyn zusammen. »Das Aquarell des chinesischen Kaisers aus dem Reisebericht Calices.«

Rebus nickte. »Parker hatte das ganz richtig nachgeforscht. Ich wusste nichts von dem Reisebericht des Grafen, doch die Erbin der Familie Alfons Rosenstein informierte mich über das Aquarell. Ihr Vater hatte es in seinem Besitz, bevor es im Zuge der Beschlagnahme der jüdischen Sammlungen in die Hände der Nationalsozialisten gelangte. Die Rosensteins schafften es, ihre Kinder aus Österreich nach Westen zu schicken, sie selbst wurden in Mauthausen vergast. Nach dem Krieg ließen sich die Kinder in Antwerpen nieder, schräg gegenüber der Synagoge. Nachdem der Sohn Rosensteins in den Neunzigern des letzten Jahrhunderts gestorben war, blieb nur noch seine Tochter in dem kleinen Haus. Sie wünschte sich das Aquarell als einzige Erinnerung an ihren Vater, nachdem sie Wien nur mit einem kleinen Koffer verlassen hatte. So geriet ich in die ganze Geschichte hinein, fuhr nach Salzburg und stieg in das Haus Gurlitts ein.«

»Das alles nur wegen des Aquarells?«, wollte John wissen.

Rebus schüttelte den Kopf. »Nein, es gab noch einige andere Werke aus jüdischem Besitz, die ich Familien in Triest zurückbrachte. Dann fuhr ich nach Antwerpen und brachte Dinah Rosenstein das Aquarell, das sie sich so sehr wünschte. Wahrscheinlich das wertloseste Werk in der Sammlung, kunsthistorisch gesehen. Wer ahnte schon, dass es die Wegbeschreibung zum Zerberus-Schlüssel sein könnte?«

»Wann war das?«

»Vor sechs Jahren«, erinnerte sich Rebus. »Dann rief ich Shapiro beim Mossad an und brachte die Gurlitt-Affäre ins Rollen. Ich wollte, dass die Sammlung endlich einer seriösen Provenienzforschung unterzogen würde.«

»Das also brachte den Mossad auf die Spur der Liste der Kunstwerke«, meinte Llewellyn. »Der nächste Schritt war nicht schwer. Shapiro erfuhr von dem Reisebericht Calices, der das Aquarell einmal enthielt und den er im Wiener Naturhistorischen Museum vermutete. Wo er sich ja auch befand, bis Professor Steinberg ihn mitnahm. Und mit ihm verschwand. Der Kreis schließt sich.«

»Dann los, fahren wir in die Stadt.« Jack Westworth stemmte sich aus dem bequemen Sessel. »Sparrow bleibt als Wache zurück, sein Schnabel vertreibt jeden allzu neugierigen Zeitgenossen. Aber ich will endlich dieses Aquarell sehen.«

*

Das Haus Bouwmeesterstraat 14 in Antwerpens Zuid District lag tatsächlich schräg gegenüber der Synagoge, die mit ihren beiden Türmen und trotz des orientalisierenden Stils auch als Kirche hätte durchgehen können. Der Taxifahrer ließ die Gruppe in der schmalen, verkehrsberuhigten Straße aussteigen und rollte wieder davon. Diese Gegend von Antwerpen war bekannt als ruhiger, gutbürgerlicher Wohnbezirk. Offene, freundliche Plätze mit viel Grün, breite Boulevards, etliche Sehenswürdigkeiten, stattliche Herrenhäuser und zahllose gute Restaurants machten das Viertel attraktiv für Einheimische und Touristen.

Auch die Häuser in der Bouwmeesterstraat waren alle

gepflegt, die meisten frisch gestrichen. Die Nummer 14 war ein schmales, niedriges Haus, das sich zwischen zwei höheren Gebäuden zu ducken schien. Das Klingelschild war leer, aber das war bei belgischen Häusern oft der Fall.

Rebus wollte gerade auf den Knopf drücken, da öffnete sich die Tür, und ein junger Mann in Jeans und T-Shirt trat aus dem Haus und musterte die Gruppe interessiert.

»Kann ich Ihnen helfen?«, erkundigte er sich freundlich.

»Ja, ich suche Dinah Rosenstein, ist sie zu Hause?« Alexander Reiter blickte nach oben, in der Hoffnung, die alte Frau Rosenstein am Fenster zu sehen.

»Nein, leider nicht, da kommen Sie zwei Jahre zu spät. Frau Rosenstein ist 2014 verstorben.« Er sah das Erstaunen im Gesicht seines Gegenübers. »Sind Sie ein Freund von ihr gewesen? Dann haben Sie die alte Dame lange nicht besucht.«

»Das ist richtig, ich war das letzte Mal 2010 hier«, meinte Rebus nachdenklich. »Haben Sie das Haus gekauft?«

»Ja, vom Nachlassverwalter«, antwortete der junge Mann bereitwillig. »Frau Rosenstein hatte keine Familie mehr, keine Nachfahren. Sie muss eine sehr ordentliche Frau gewesen sein. Sie hinterließ ein ausführliches Testament, so erzählte man mir. Alles war geregelt, sie hatte wohl Angst, dass der Staat alles bekommen sollte. Der Erlös des Hauses ging an eine jüdische karitative Einrichtung, ihre Möbel an die jüdische Gemeinde hier in Antwerpen, persönliche Erinnerungsstücke an ihr Leben nach dem Krieg an ein Museum in Israel.« Der junge Mann lächelte etwas verschämt. »Wissen Sie, ich wollte wissen, wer vor mir in dem Haus gewohnt hat. Ich glaube an einen guten Geist, der Mauern und Steine durchdringt und ein Gebäude lebenswert macht. Halten Sie mich nicht für verrückt, aber ich wäre nicht in das Haus eines Kriminellen gezogen.«

»Das kann ich gut verstehen«, meinte Jack, »ich lebe auf einem Kanalschiff. Und unser Freund John in Flugzeugen und Grandhotels. So hat jeder seinen Tick.«

Der junge Mann lachte. »Kanalschiff wäre für mich auch eine Alternative gewesen, aber ich denke, meine Freundin hätte nicht mitgespielt. Sie kann nicht schwimmen... Nun ja, so sind wir eben hier eingezogen. Es ist ein kleines Haus, aber in einem ruhigen Bezirk. Und die Synagoge hat nur noch zwei Mal im Jahr geöffnet.« Er wies auf den schlanken, hohen Bau. »Antwerpen gilt als das Jerusalem des Nordens, rund 20 000 orthodoxe Juden leben hier. Kein Wunder, dass Frau Rosenstein auch hierherzog. Die jüdische Gemeinde in Antwerpen besteht aus Mitglieder aus aller Welt.«

»Wir sind auf der Suche nach einem Aquarell, das Frau Rosenstein in ihrem Besitz hatte«, nahm John den Faden wieder auf. »Sie haben mit dem Nachlassverwalter gesprochen. Hat er es vielleicht zufällig erwähnt?«

»Seltsam, jetzt, wo Sie davon sprechen...« Er drehte sich um und deutete auf ein stattliches Gebäude, das inmitten jenes großen Platzes stand, auf den die Bouwmeesterstraat zulief. »Sehen Sie das Museum dahinten? Es ist das Königliche Museum der Schönen Künste. Der Nachlassverwalter sagte mir, dass Frau Rosenstein dem Museum ein Aquarell vermachen wollte. Da es jedoch seit Jahren wegen Renovierung geschlossen ist und es auch noch bis 2019 bleiben wird, nimmt das Haus schon lange keine Schenkungen mehr an. Also blieb das Aquarell, wo es war. Im Nähzimmer der alten Dame.«

John sah den jungen Mann verwirrt an. »Sie meinen...«

»Ich musste mich verpflichten, das Bild ins Museum zu bringen, sobald es wieder geöffnet hat. Der Nachlassverwalter meinte, es habe keinen großen Wert, und bat mich, es zwischenzeitlich hängen zu lassen. Das wäre sicher im Interesse von Frau Rosenstein.«

Rebus legte seine Hand auf die Schulter des jungen Mannes und lächelte. »Dann werden Sie staunen, wenn wir Ihnen jetzt eine Geschichte erzählen...«

Epiloge
I.

Tempel- und Wohnanlage des Konfuzius, Qufu Shi, Shandong/China

»Die Grabkammer des ersten chinesischen Kaisers Qin Shi Huang Di wurde mit Modellen von Palästen, Türmen, Edelsteinen und seltenen Objekten gefüllt. Die Handwerker befestigten Selbstschussanlagen, auf dass sie jeden, der einzudringen wagte, töten sollten. Die hundert Flüsse, der Jangtse und der Gelbe Fluss, die Meere wurden mit Quecksilber nachgeformt und mit Maschinen künstlich am Strömen gehalten. Oben waren die Himmelskörper dargestellt, unten die Formen der Erde.« Professor Duan Qingbo zitierte den alten chinesischen Historiker Sima Qian aus dem Gedächtnis.

John fragte sich, wie oft Duan sich diese Zeilen bereits vorgesagt hatte. Der Archäologieprofessor leitete seit zehn Jahren die Ausgrabungen in Xi'an, an der letzten Ruhestätte des Kaisers Qin Shi Huang Di.

Es hatte vier Tage gedauert, bis Amber, John, Llewellyn und Rebus sich auf den Weg nach China gemacht hatten. Hochoffiziell, auf Einladung der staatlichen archäologischen Gesellschaft. Jack Westworth und Alex Beaulieu waren nach England zurückgekehrt und hatten Sparrow mitgenommen. Westworth wollte dem alten »Seeräuber« Sparrow ein paar Wochen Abwechslung auf seinem Boot bieten, und so hatte John schließlich zugestimmt, bevor er mit dem Aquarell im Gepäck und Amber im Copilotensitz im Learjet nach Qufu geflogen war.

Auf dem chinesischen Provinzflughafen waren sie wie Ehrengäste der Regierung empfangen worden, hatten Zimmer im neuen Shangri-La Hotel bezogen und sich anschließend nach Einbruch der Nacht mit Professor Duan auf dem Gelände des Konfuzius-Tempels getroffen – unter den wachsamen Augen von Polizei, Mitgliedern der Provinzregierung, einer Gruppe von Studenten von Professor Duan und einigen weiteren Archäologen aus Peking.

»Entschuldigen Sie die späte Stunde, aber wir müssen die Anlage für Besucher großräumig absperren, und das ist in den Nachtstunden am einfachsten«, begrüßte Duan seine Besucher. Der Professor wies mit einer umfassenden Handbewegung auf das große Areal, das der Tempel und die Wohnhäuser der Familie Kong einnahmen. »Kong Fuzi, den die westlichen Mönche später ›Konfuzius‹ nannten, bezeichnete man als den ersten Lehrer und den großen Weisen. Nur wenige haben China so stark geprägt wie er. Obwohl er bereits seit rund 2500 Jahren tot ist, bleibt der Konfuzianismus eine vorherrschende Geistesströmung in unserem Land. Kein Wunder also, dass Kaiser Daoguang den Schlüssel des Qin Shi Huang Di hier versteckte. Er war ein prominenter Anhänger der Lehren des Kong Fuzi.«

John holte vorsichtig das Aquarell aus seiner Tasche und reichte es Professor Duan. »Ich nehme an, Sie sind neugierig und gespannt auf unser Geschenk. Hier ist es, nach einer langen Odyssee schließlich und endlich wieder zurück in China.«

»Und wir alle denken, es gehört hierher«, ergänzte Rebus.

Duans Augen glänzten, als er das Aquarell ins Licht einer starken Taschenlampe drehte, um es besser betrachten zu können. Alle drängten sich plötzlich um den Professor, sprachen durcheinander, aufgeregt und begeistert.

»Das ist ganz eindeutig eine Szene aus dem Anwesen der Familie Kong.« Einer der Archäologen aus Peking wies auf die kleine Brücke im Vordergrund des Bildes.

Duang nickte. »Ein Narwalzahn kann leicht verbrennen, doch Wasser kann ihm nichts anhaben«, meinte er nachdenklich und fuhr mit seinem Zeigefinger vorsichtig über das Glas des gerahmten Aquarells. »Heißt es nicht, der Kaiser selbst habe die letzten Pinselstriche geführt?«

Seine Kollegen nickten andächtig.

Duang holte ein Vergrößerungsglas aus seiner Jackentasche und beugte sich über das Bild, dann lächelte er. »Sehen Sie! Der Kaiser hat das Zeichen eines Schlüssels auf einen Stein der Brücke gemalt. Sehr klein, farblich fast Ton in Ton, aber für den, der es sucht, eindeutig sichtbar.«

Alle drängten sich erneut um das Aquarell, während Duan kurz mit den Sicherheitsleuten und den Polizisten konferierte. Dann trat er zu Amber, John, Llewellyn und Rebus. »Ich habe den Auftrag gegeben, das Gebiet um die Brücke zusätzlich durch Sicherheitskräfte absperren zu lassen, damit wir völlig ungestört arbeiten können. Aus verschiedenen Gründen möchte ich die Entdeckung des Schlüssels nicht an die große Glocke hängen. Deswegen haben wir auch keine Medienvertreter eingeladen.«

Mit einer höflichen Verbeugung lud der Professor seinen Besuch zu einem kurzen Fußmarsch ein, am Tempel des Konfuzius vorbei zum Anwesen der Familie Kong.

»Sehen Sie, meine Kollegen und ich arbeiten seit Jahrzehnten an dem Grab von Qin Shi Huang Di. Wir haben große Fortschritte erzielt, wichtige Entdeckungen gemacht, und doch stehen wir, so seltsam es klingen mag, noch immer am Anfang. Seit 1974 forschten Archäologen und Wissenschaftler an diesem Mausoleum, doch die Rätsel werden nicht weniger.

So legen nun jüngste Ausgrabungen die Vermutung nahe, dass China schon lange vor Marco Polo in Kontakt mit der westlichen Welt stand. Vor der Fertigstellung des Mausoleums war es in China nämlich nicht üblich, lebensgroße menschliche Statuen zu errichten. Alle bis dahin bekannten Plastiken waren kleine, rund zwanzig Zentimeter hohe, einfache Figuren. Doch plötzlich gab es die Terrakotta-Armee ... Wo sie herkommt und wer sie gebaut hat, das ist heute noch die große Frage. Nun haben wir in den letzten Monaten noch weitere Figuren gefunden, Statuen von Zirkusakrobaten und bronzene Vogelfiguren, deren Fertigungstechnik der des alten Griechenland und Ägypten ähnelt. Das lässt darauf schließen, dass es tausendfünfhundert Jahre vor Marco Polo bereits einen Austausch zwischen der chinesischen Bevölkerung im Osten und den Griechen im Westen gab. Wir gehen sogar so weit, dass wir von einer ›griechischen Schule‹ hier in China ausgehen. Bildhauer waren anscheinend vor Ort und haben die Einheimischen ausgebildet. Warum ich das behaupte? Weil an den Ausgrabungsstätten europäische mitochondriale DNA gefunden wurde, was darauf schließen lässt, dass Europäer bereits zur Zeit des ersten Kaisers nach China gereist sind, sich hier niedergelassen haben und auch hier gestorben sind. Dann müssten wir allerdings Chinas Geschichte umschreiben – und das ist nicht nur ein kultureller Schritt, sondern auch eine politische Entscheidung.«

»Um die ich Sie nicht beneide«, warf John ein.

Duan fuhr sich mit der Hand durch sein dichtes graues Haar und lächelte entschuldigend. »Das war früher einmal ganz schwarz, Mr Finch. Qin Shi Huang Di lehrt uns Demut und gibt uns ein Rätsel nach dem anderen mit auf den Weg. Er verschafft mir schlaflose Nächte und atemberaubende Tage. Denn tagsüber verfolge ich ihn bei meinen Forschungen, in der Nacht verfolgt er mich.« Der Professor zog die Schultern hoch und dachte kurz nach. »Für Außenstehende mag das alles schwirig zu verstehen sein. Nur um Ihnen einen Eindruck zu geben: Ich leite die Forschungen und Ausgrabungen an einer Grabstätte, die insgesamt fast einhundert Quadratkilometer groß ist. Die größte archäologische Ausgrabungsstätte der Welt. Das bringt uns zum sogenannten Zerberus-Schlüssel. Ihn zu haben bedeutet einen sicheren Weg ins Grab zu finden, und schon das allein wäre eine Sensation. Denn das kaiserliche Grab liegt nach wie vor ungestört unter einer Pyramide. Es wäre aus verschiedenen Gründen bisher viel zu riskant gewesen, es zu öffnen. Darum ist der Schlüssel für uns von unschätzbarem Wert. Qin Shi Huang Di hatte keinen Aufwand gescheut, als es um seine Grabstätte ging. Die Sicherheitsvorkehrungen, die er getroffen hat, sind Legende, die Zahl der Fallen lässt sich nicht einmal abschätzen. Bei Qin Shi Huang Di ist alles ein wenig größer. Allein die Straße, die zur Grabstätte führt, ist sechsundsechzig Meter breit. Das entspricht der Größe einer sechzehnspurigen Autobahn...«

Zehn Minuten später standen sie vor der kleinen Brücke, die über eine Art Goldfischteich führte. Im Hintergrund sah man eine parkähnliche Grünanlage im Halbdunkel, mit Bäumen und einem Pavillon mit Pagodendach. John warf einen Blick auf das Aquarell und verglich es mit der Realität. Jede Einzelheit war genau festgehalten worden, der Maler hatte nichts beschönigt. Er war da gestanden, wo sie nun auch standen, fast zweihundert Jahre später.

Große Scheinwerfer waren aufgestellt worden, und die Gruppe der Studenten, bis zu den Knien im Wasser, drängte sich um den Brückenpfeiler. Einige der Archäologen hatten ihre Fotoapparate gezückt, andere verglichen das Aquarell und den bezeichneten Stein mit der kleinen Brücke vor ihnen. Dann hatte man sich auf den richtigen Stein geeinigt, und die ersten Hammerschläge hallten übers Wasser.

John, Rebus und Llewellyn gingen neugierig näher und sahen, wie Studenten einen Stein aus dem Pfeiler lösten. Dahinter lag ein dunkler Hohlraum, in den auch das Licht der Scheinwerfer nicht reichte. Professor Duan rief etwas auf Chinesisch, und die Studenten traten zurück, bildeten eine Gasse und blickten erwartungsvoll auf die Besucher.

»Als ein Zeichen unserer Dankbarkeit möchten wir Sie ersuchen, den Zerberus-Schlüssel aus seinem Versteck zu holen«, meinte der Professor. »Ohne Ihre Hilfe wären wir jetzt nicht hier.«

Llewellyn steckte kurz entschlossen die Hand in den Hohlraum und tastete. Schließlich nickte er. »Da ist tatsächlich ein Metallzylinder, etwa dreißig Zentimeter im Durchmesser. Gebt mir eine Taschenlampe!« Der Major leuchtete in den Hohlraum. »Jede Menge Spinnweben, sonst sieht der Behälter unversehrt aus.«

Begeisterte Rufe wurden laut, der Major zog den Metallzylinder vorsichtig aus seinem Versteck. Es war ein mit Grünspan besetzter Kupferbehälter, etwa zwei Meter lang, reich verziert und schwer. John, Llewellyn und Rebus trugen ihn gemeinsam zu einem langen, gepolsterten Tisch, der auf einem der Wege zur Brücke aufgestellt worden war.

Die Wissenschaftler beugten sich begeistert darüber, öffneten den Behälter, und nur wenig später schlugen sie ein rotes Tuch zurück, das die Jahre wunderbarerweise fast unbeschadet überstanden hatte. Die zahllosen gestickten Drachen darauf schienen mit ihren drohenden Fängen den Inhalt gegen Unbefugte zu verteidigen.

»Der Zerberus-Schlüssel...«, raunte Llewellyn ergriffen,

als das jahrtausendealte Symbol der Macht glänzend im Scheinwerferlicht vor ihnen lag.

Der fast zwei Meter lange Narwalzahn hatte eine Goldfassung an seiner Basis, die bis auf den letzten Millimeter mit Tiersymbolen und chinesischen Schriftzeichen bedeckt war.

Professor Duan schüttelte jedem seiner Besucher begeistert die Hand, bedankte sich überschwänglich und strahlte über das ganze Gesicht.

Amber nahm John zur Seite. »Und wenn das Grab des Kaisers nun leer ist, er tatsächlich seinen Kriegern Leben eingehaucht hat und die Formel des ewigen Lebens auf dem Zerberus-Schlüssel eingraviert ist?«

Bevor John darauf antworten konnte, ertönte hinter ihnen eine Stimme. »Dann haben wir soeben die Büchse der Pandora geöffnet, Mrs Rains.« Der Mann im schwarzen Anzug, der unbewegt hinter ihnen stand, verzog keine Miene. Er sprach akzentfreies Englisch, sein Blick war etwas abschätzig, aber die dunklen Augen schienen zu leuchten. »Doch ich kann Ihnen eines versichern. In diesem Fall würde keiner, der heute Abend im Garten des Konfuzius war, überleben. Und der Zerberus-Schlüssel würde ein Opfer der Flammen werden und dahin zurückgeschickt, wo er hergekommen ist. In die Hölle.«

Damit drehte er sich um und verschwand lautlos im Dunkel.

II.

CHARLOTTE ROAD, BARNES, SÜDWEST-LONDON/ENGLAND

Der Abend war über der Charlotte Road hereingebrochen. In den Fenstern der Einfamilienhäuser gingen die Lichter an, das letzte Spiel am Hockeyfeld des traditionsreichen Barnes Sports Club hatte vor einer Stunde geendet. Die wenigen Parkplätze entlang der kurzen Straße und in den schmalen Einfahrten waren vergeben. Es versprach, ein ruhiger Sommerabend zu werden. Von irgendwoher zogen die Schwaden eines Grills und verbreiteten den Duft von Würstchen und Steaks.

Margret beendete ihre Gartenarbeit. Sie hatte in der vergangenen Stunde die Kühle des Abends genutzt und ihre Kräuter zurückgeschnitten. Es verwunderte sie etwas, dass der Gartenzwerg mit dem Messer im Rücken verschwunden war, aber vielleicht putzte ihn Peter in seiner kleinen Werkstatt neben der Garage.

Sie winkte kurz den Personenschützern zu, die wie üblich in zwei dunklen Vans vor der Tür Wache hielten. Dann verschwand sie im Haus.

*

Der Anruf kam eine Stunde später.

Der Leiter der Bewachungsgruppe des Innenministeriums, ein drahtiger, großer Mann in T-Shirt, Jeans und Dockers, dessen Umsicht und Erfahrung fast schon legendär waren, lauschte, ohne ein Wort zu sagen. Dann beendete er das Gespräch mit einem »Verstanden, Madam!« und wandte sich an seine Männer.

»Wir verschwinden für heute. Befehl von ganz oben. Die Wagen bleiben hier, ein Bus des Ministeriums holt uns in der Lonsdale Road in fünf Minuten ab. Los, Männer! Ab nach Hause!«

Die Besatzungen der beiden Vans, insgesamt sechs Mann, versperrten sorgfältig die Wagen und joggten los. Alle waren froh, dass der Dienst vorbei war. Die Ablösung würde die Nachtschicht übernehmen.

Die Charlotte Road lag wieder ruhig und verlassen da.

*

Zehn Minuten später fuhr ein Motorrad mit zwei Männern die kleine Gasse hinauf bis zum Ende, wendete am Hockeyfeld, dann rollte es fast lautlos wieder zurück.

Langsam. Auffällig langsam.

Der Beifahrer beobachtete aufmerksam die Häuser, warf einen Blick in jeden abgestellten Wagen. Als das Motorrad auf der Höhe der beiden Vans angelangt war, wurde es noch langsamer, hielt fast an. Der Beifahrer holte etwas aus seiner Tasche, ließ es unter den ersten Van rollen. Sofort heulte der Motor der schweren Maschine auf, das Motorrad beschleunigte die restliche Straße hinunter, bog um die Ecke und verschwand.

Dann brach die Hölle los.

Die erste Explosion riss den schwarzen Van in zwei Teile, schleuderte ihn hoch und entzündete den Treibstoff, der meterweit spritzte und alles in Brand setzte, was er traf.

Kaum war der Knall der Explosion verklungen, rasten drei Mercedes Limousinen heran, ohne Kennzeichen, aber mit aufgeblendeten Scheinwerfern und offenen Fenstern. Acht vermummte Männer sprangen aus den Wagen, alle mit Panzerfäusten und tragbaren Raketenwerfern bewaffnet.

Sie eröffneten sofort das Feuer.

Die kleine, gutbürgerliche Welt am Rande Londons schien in einem Sturm aus Detonationen, Feuer, berstenden Fenstern und heulenden Alarmsirenen unterzugehen.

Die Männer jagten Granaten, Raketen und großkalibrige Geschosse in das Haus von Peter Compton, das in Sekunden lichterloh in Flammen stand. Eine Welle aus Lärm und Feuer und Explosionen wälzte sich durch die kurze Straße.

»Allahu akbar!«, schrien die Männer immer wieder, dann feuerten sie erneut.

Schließlich zog einer der Männer eine golfballgroße Kugel aus der Tasche seines Tarnanzugs, warf sie in das Inferno und stürmte zurück zu seinem schweren Mercedes, der inzwischen gewendet hatte.

Alle Männer sprangen wieder in die Wagen, und die Limousinen starteten mit quietschenden Reifen in Richtung Lonsdale Road.

Hinter ihnen erschütterte eine schwere Explosion die Reste von Peter Comptons Haus, das in einem Funkenregen in sich zusammenstürzte.

Einer der Männer, der auf der Rückbank des zweiten Mercedes saß, war nicht ausgestiegen. Sein Gesicht war vermummt, auch er trug einen Tarnanzug. Die Augen, die unbewegt durch die Sehschlitze der schwarzen Sturmhaube auf die dunklen Straßen blickten, waren graublau.

Als der Mercedes beschleunigte und er das Fenster schloss, zog er die Handschuhe aus. Im Licht der vorbeihuschenden

Straßenlaternen blinkte ein seltsamer Ring, in dessen Mitte ein sechszackiger Stern leuchtete.

*

Wenige Minuten später trafen die ersten Einsatzfahrzeuge in der Charlotte Road ein. Die Umgebung wurde weitläufig abgesperrt, und die Feuerwehr begann damit, den Brand zu bekämpfen. Zu dieser Zeit waren die Mercedes Limousinen bereits weit weg und im nächtlichen Straßengewirr des angrenzenden Stadtteils Richmond verschwunden.

Aufgeregte Nachbarn rannten durch die Charlotte Road, konnten jedoch keine vernünftige Aussage zu den Vorfällen machen. Die einen hatten sich versteckt und es nicht gewagt, auf die Straße zu gehen, die anderen konnten lediglich von gesichtslosen Männern in Schwarz berichten, die aus allen Rohren gefeuert hatten.

Ja, ausschließlich auf das Haus der Comptons. Und ja, sie hätten etwas auf Arabisch geschrien.

Die Polizei nahm die Untersuchungen auf, sobald die Feuerwehr den Brand unter Kontrolle hatte. Die Beamten waren erstaunt, als man keinerlei menschliche Überreste in den beiden komplett ausgebrannten Vans fand, und fragten sich, warum dann die zwei Kleinbusse überhaupt in Brand gesteckt worden waren. Ein Ablenkungsmanöver?

Nur wenige Minuten später traf eine Spezialeinheit des MI5 ein und übernahm das Kommando. Die Polizei wurde bis auf wenige Kräfte abgelöst, das Gebiet von Agenten abgeriegelt, und die Bewohner wurden in ihre Häuser geschickt. Mit der beruhigenden Feststellung, man habe alles unter Kontrolle und es habe sich um eine private Abrechnung und keinen Terroranschlag gehandelt.

Pressevertreter, angelockt durch die Meldungen im Polizeifunk, wurden für Details auf den nächsten Tag vertröstet, Fotos und Filmaufnahmen seltsamerweise jedoch zugelassen. So dauerte es keine halbe Stunde, und die britischen Fernsehgesellschaften brachten spektakuläre Berichte aus der Charlotte Road, die von den internationalen Medien prompt übernommen wurden.

Als man zwei bis zur Unkenntlichkeit verbrannte Skelette in den Resten des Hauses fand, stand fest: Die Familie Compton war dem brutalen Angriff zum Opfer gefallen. Die Medien wurden umgehend informiert und holten den passenden Nachruf aus den Schubladen.

An der Beerdigung zwei Wochen später am Putney Vale Cemetery im Südwesten von London nahm das Who-is-who der britischen Politik teil, alles, was Rang und Namen hatte, inklusive der Innenministerin Theresa May und Premier David Cameron.

Seltsamerweise nahmen weder Major Llewellyn Thomas noch John Finch an der bewegenden Feier teil.

III.

LGT Bank, Herrengasse 12, Vaduz/Liechtenstein

»Das nennst du Urlaub, Herr Kommissar?« Martina Trapp lehnte sich gegen die Tür ihres kleinen Mercedes und schaute Thomas Calis strafend an. »War da nicht die Rede von Sommer in der Steiermark, Konditoreien in Wien oder Heurigen in Niederösterreich?«

»Jetzt sei nicht so ungeduldig«, gab Calis zurück. »Es ist unser erster Urlaubstag, und wir können auch in Vorarlberg und Tirol mit dem Sommerurlaub beginnen.«

»Deshalb sind wir ja auch in Liechtenstein«, stichelte Trapp, »dem Einfallstor nach Westösterreich. Vor allem von Berlin aus gesehen ...«

»Bist du etwa nicht neugierig?« Calis schloss den Wagen ab und blickte die Fassade des großen weißen Gebäudes empor, auf dem das rautenförmige Logo der Bank prangte. »Geldgeschäfte in Sichtweite des Fürstenhauses ...« Er zeigte auf den Berghang, auf dem die Stammburg der Liechtensteiner Regentenfamilie in der Sonne thronte und das Tal überblickte.

»Die Bank gehört dem Fürstenhaus, solltest du es schon vergessen haben«, erinnerte ihn Trapp. »Komm, schauen wir in dieses Schließfach, und dann ab in die Ferien.«

Der Bankangestellte, der sie begrüßte, Edgar Bargetze, war Mitte dreißig, überaus freundlich und zuvorkommend. Er hielt Ausdrucke der Mails und Mitschriften der Telefonate bereit, kannte die Hintergründe und versuchte alles, um den deutschen Behörden entgegenzukommen, ohne das Bankgeheimnis zu verletzen.

»Normalerweise hat jeder unserer Bankschließfachkunden einen Schlüssel. Wir haben dann einen zweiten, und damit können wir das Fach gemeinsam öffnen«, erklärte er, als er gemeinsam mit Calis und Trapp den Vorraum zu den Schließfächern betrat. »In diesem Fall war es etwas schwieriger, weil wir ja gleich mehrere Berechtigte hatten, und für so viele Schlüssel ist unser System nicht ausgelegt. Daher fanden wir eine andere Lösung. Es gab eine Liste der Personen, die Zutritt zu dem Schließfach hatten in Verbindung mit einem Losungswort. Außerdem...« Bargetze zögerte. »Außerdem mussten sie ein gewisses Buch vorlegen, das war ein Teil der Legitimation.«

Martina Trapp zog ein Exemplar von Hauffs *Lichtenstein* aus ihrer Handtasche. »Ich nehme an, Sie sprechen von diesem hier.«

»Ja!« Bargetze war erstaunt und versuchte gar nicht, es zu verbergen. »Woher...?« Er räusperte sich. »Verzeihung, das geht mich nichts an.« Er sah Calis und Trapp an. »Es gab allerdings noch ein Sicherheitsmerkmal. Die Personen, die an das Schließfach wollten, mussten die Nummer des Fachs wissen. Sehen Sie, normalerweise ist die Nummer auf dem Schlüssel vermerkt. Man legt den Schlüssel vor, der Bankangestellte liest die Fachnummer ab. Hier allerdings...« Er ließ das Ende des Satzes offen.

»Ich verstehe.« Calis nickte. »Kein Problem. Fach 269.«

Bargetze schluckte, kramte in seinen Unterlagen oder tat zumindest so. »Ja, hmm, ja, das ist richtig. Fach 269.«

»Und das Losungswort lautet *Bassa Manelk*«, ergänzte Trapp, die nochmals in ihre Tasche griff, um eine Liste herauszuziehen. »Das sind die Namen der in Deutschland ermordeten ehemaligen ostdeutschen Agenten. Gehe ich recht in der Annahme, dass sich diese mit Ihrer Liste deckt?«

Bargetze war für einen Moment perplex. Dann verglich er pflichtgemäß die Namen und nickte schließlich. »Ja, es sind alle Namen, die ich auch hier stehen habe. Wenn diese Personen alle tot sind, dann ...«

»... gibt es niemanden mehr, der legal Zugriff auf das Schließfach hat«, vollendete Calis.

»Ja, in der Tat, das ist jetzt eine schwierige Situation. Sie verfügen zwar über das Buch, die Schließfachnummer und das Losungswort, aber Ihr Name steht nicht auf der Liste. Ich kann diesen Fall nur unseren Juristen übergeben, aber wie die entscheiden ...«

»Wie wäre die Lage, wenn Herr und Frau Normalbürger sterben und ein Schließfach hinterlassen?«, wollte Trapp wissen.

»Einfacher.« Bargetze lächelte schmallippig. »Jeder normale Kunde, der verstirbt, hat einen Rechtsnachfolger in irgendeiner Form. Angehörige, Verwandte, die sein Vermögen erben. Oder der Staat, sollten keine Erben da sein. Aber in diesem Fall ... Wir haben es hier mit sechs Personen zu tun, die alle gleichberechtigt waren. Alle sechs werden Erben haben ...« Er zuckte mit den Schultern. »Die werden sich dann einigen müssen oder gemeinsam hierherkommen.«

»Hat eigentlich irgendwann einmal seit der Einrichtung dieses Schließfachs einer der Männer auf Ihrer Liste hier vorgesprochen und Zutritt verlangt?«, wollte Trapp wissen.

Bargetze kontrollierte eine Liste, schüttelte dann den Kopf. »Nein, das ist nicht vorgekommen.«

»Wann wurde das Fach gemietet?«

»Lassen Sie mich so sagen: Es war Mitte der Achtzigerjahre«, erklärte Bargetze. »Genauer kann ich nicht werden, darf ich nicht werden. Reicht Ihnen das?« Er blätterte wieder in seinen Unterlagen. »Eines ist mir aufgefallen. Als das Schließfach gemietet wurde, hat jemand die Miete für vierzig Jahre im Voraus bezahlt. Das ist zumindest ungewöhnlich...«

»Ich mache Ihnen einen Vorschlag«, sagte Calis. »Bevor wir die Pferde scheu machen und dieses ominöse Schließfach womöglich leer ist, lassen Sie uns einen Blick hineinwerfen. Das wäre im Zuge unserer Ermittlungen eine große Hilfe.«

Der Bankangestellte zögerte. »Sie haben das Buch, das Losungswort, die Nummer des Fachs...«, murmelte er. »Ihr Name steht nicht auf meiner Liste, aber Sie sind von der Kriminalpolizei...« Er klopfte mit seinem Kugelschreiber gegen seine Zähne, lächelte dann. »Gehen wir«, entschied er unvermittelt. »Schauen wir uns das Fach an.«

Bargetze öffnete die schwere Gittertür und ging voran. Das Schließfach mit der Nummer 269 lag ganz unten, auf Fußbodenniveau.

Als Calis die Größe des Fachs sah, pfiff er leise durch die Zähne. »Das ist ja eine Familiengruft«, raunte er Martina zu.

»Das ist das größte Fach, das Sie bei uns mieten können«, erklärte Bargetze, »zwei Kubikmeter. Manche Kunden bewahren hier Kunstwerke auf.« Er holte den Schlüssel aus seinen Unterlagen und sperrte auf. »Normalerweise verlasse ich nun den Raum, aber in diesem Fall...«

»Bleiben Sie bitte hier«, ersuchte ihn Calis, »ich hätte gerne einen Zeugen.« Dann zog er die beiden Türen auf und hielt den Atem an.

Bargetze machte »Pfff...«, und Martina Trapp entfuhr ein »Ist nicht wahr...«.

Das riesige Fach war bis auf den letzten Zentimeter mit Banknotenbündeln vollgestopft.

Calis wollte eines davon herausziehen, doch Bargetze hielt ihn zurück: »Halt! Warten Sie! Lassen Sie mich das machen.« Er griff sich wahllos eines der Bündel und zeigte es dem Kommissar. »Hundert-Dollar-Noten, hundert Stück in einem Bündel. Zehntausend Dollar.«

Calis schluckte.

Er versuchte, die Zahl der Bündel abzuschätzen, doch Bargetze kam ihm zuvor. »Gehen Sie davon aus, dass sich in diesem Schließfach ein Millionenbetrag befindet, im dreistelligen Bereich.«

»Sie meinen so um die hundert Millionen?«

»Eher dreihundert bis vierhundert Millionen Dollar, ist aber schwer genau zu schätzen.« Er steckte das Bündel wieder zurück, schloss die Türen und drehte den Schlüssel um. »Ich hoffe, ich konnte Ihnen damit helfen. Über alles andere werden sich die Rechtsanwälte unterhalten müssen, fürchte ich.«

Als Calis und Trapp in den Mercedes einstiegen, hing jeder seinen eigenen Gedanken nach.

»So viel Geld auf einem Fleck habe ich noch nie gesehen«, stellte Calis ergriffen fest. »Warum war keiner der Agenten hier und hat sich bedient? Ein einziger Griff ins Volle, und keiner von denen hätte jemals wieder arbeiten müssen.«

»Vielleicht weil sie bis zuletzt stramme Volksgenossen waren? Unerschütterlich im Glauben an den Arbeiter- und Bauernstaat? Weil das Geld zweckgebunden war? Oder weil sie darauf zurückgreifen sollten, wenn der Tag X gekommen wäre?« Martina zuckte die Schultern. »Darauf werden wir keine Antwort mehr erhalten.«

Calis startete den Motor und reihte sich in den spärlichen Verkehr ein. »Suchen Forscher bei uns nicht noch immer nach Teilen des Vermögens der SED? Ich denke, wir sollten ihnen einen Hinweis geben. Aber das ist eine Aufgabe für meine Urlaubsvertretung. Kriminaloberrat Frank Lindner. Rufst du ihn an?«

»Wen? Lindner? Kenn ich nicht. Ich bin auf Urlaub.« Damit schaltete Martina Trapp demonstrativ ihr Handy aus und verstaute es in der Türablage.

Im Radio sang Rainhard Fendrich sein *I am from Austria*.

Calis und Trapp sangen lauthals mit.

Der Urlaub hatte begonnen.

Nachwort

Ich gestehe es, ich liebe die Geschichten und Abenteuer der drei Musketiere.

Von Alexandre Dumas geschaffen, reiten und fechten sie seit 1844 unentwegt in Filmen, Fernsehserien, Büchern und nun sogar im Internet. Sie haben Fanseiten, Blogs und Facebook-Profile. Ihr Kampf gegen die Garden des Kardinals Richelieu hat Generationen fasziniert, doch nur die Wenigsten wissen, dass Dumas' Roman auf einem Büchlein mit dem Titel *Les Mémoires de Monsieur d'Artagnan* eines gewissen Gatien de Courtilz de Sandras aus dem Jahr 1700 basiert.

Wie auch immer, ich fieberte natürlich mit den Musketieren mit, mich interessierte jedoch die historische Persönlichkeit des Kardinals viel mehr als die des langweiligen Königs. Und in einem Gespräch vor einiger Zeit mit meiner Lektorin bei LangenMüller und jetzigen Freundin Tanja Frei beschloss ich – ich möchte meinen eigenen Kardinal Richelieu in meinen Büchern! So entstand die Person von Kardinal Lorenzo Sanseverino, der im *Nostradamus-Coup* seinen ersten Auftritt hatte. Er war, wie Alexander Reiter alias Rebus, gekommen, um zu bleiben.

Die Reaktionen meiner Leser gaben mir recht.

Alle waren von Sanseverino und Rebus gefesselt, wollten mehr Geschichten mit ihnen und über sie. Dann kam die erhängte Mumie (die ihren Ursprung in dem Fund einer Mumie in der Innenstadt von Lille hatte, am 19. Oktober 2012), und was lag näher, als sie nach Berlin, der Stadt von Kommissar Thomas Calis, zu verlegen? Jener Stadt, die seit dem Krieg bis 1989 geteilt war und dann langsam wieder zusammenwuchs? In der ich einige Jahre lebte, sie lieben und hassen lernte. Bei meinen Spaziergängen durch die Quedlinburger Straße kam ich immer wieder an dem einzelnen, bis heute verlassenen Haus vorbei, aus dessen Balkonen die Birken wuchsen und von dem der Putz in großen Stücken auf die Straße fiel.

So weit zum Setting, zur Ausgangslage dieses Buches.

Als ich 2009 mit David G. Weiss unseren ersten Thriller *Ewig* geschrieben hatte, waren wir beide vom österreichischen Kaiser Friedrich III. beeindruckt. Von den Dokumenten, den Gebäuden, den Erinnerungen, die er hinterlassen hatte, von der Möglichkeit, dass der Kaiser der Nachwelt versteckte Hinweise vermacht haben könnte. Die mögliche Verbindung mit dem ersten chinesischen Kaiser faszinierte uns, und wir bemühten uns, die Möglichkeit aufzuzeigen, dass beide Kaiser, gefesselt von Alchemie und dem Wunsch nach einem Leben nach dem Tod, am Ende doch möglicherweise ihren Kampf gegen die Sterblichkeit gewonnen hatten. Was wir damals in unserem Buch nicht in Betracht zogen, war die Möglichkeit, dass Qin Shi Huang Di ebenfalls einen Wegweiser in die Ewigkeit hinterlassen haben könnte, neben der Anleitung zur Öffnung der bestgeschützten Grabanlage der Welt.

So begann der *Zerberus-Schlüssel* Gestalt anzunehmen ...

Wie immer in meinen Geschichten spielen wahre Fakten eine große Rolle, reale Persönlichkeiten wie auch tatsächliche Orte, Städte und Häuser. Ich kann Sie nur einladen, wie auch bei meinen vorherigen Büchern, die Wege der Protagonisten nachzuverfolgen. Sich Murau anzusehen, mit seinem stolz über der Stadt thronenden Schloss, in Berlin-Charlottenburg auf den Spuren von Kommissar Calis unterwegs zu sein oder versuchen, mehr über den Pazifik-Verband der deutschen Kriegsmarine herauszufinden, die Terrakotta-Krieger, die Auslandsagenten Honeckers.

Den Hinweis auf den Pazifik-Verband verdanke ich einem guten Freund von mir, Hermann Mückler, Professor für Ethnologie, Kultur- und Sozialanthropologie an der Universität Wien und Präsident der Anthropologischen Gesellschaft Wien. Wir sprachen an einem langen Abend vor einigen Jahren darüber, und ich machte mir eine Notiz, wie bei vielen Dingen, die mich beeindrucken und die schließlich den Weg in meine Bücher finden. Dann hatte ich das Glück, einen Teil des Schiffstagebuchs der *Komet* wiederzufinden. Die Teile, die sich im *Zerberus-Schlüssel* auf die Fahrt des Verbands beziehen, werden alle durch dieses Tagebuch belegt. Ich habe nichts dazu erfunden, außer ein paar Personen, um die Berichte lebendiger erscheinen zu lassen.

Das Leben schreibt eben die besten Geschichten ...

John Finch und Sparrow sind also endlich in die Schweiz übergesiedelt, das Zigeunerleben in den nordafrikanischen Hotels ist erst einmal vorüber, ein weiterer Lebensabschnitt vorbei. Die DC-3 steht bei Amber Rains in Duxford, Llewellyn hat sich wieder nach Schottland zurückgezogen, auf der Suche nach dem ruhigen Leben auf dem Land. Alexander Reiter spielt mit dem Gedanken, sich ein Haus irgendwo hoch oben in den Bergen als neuen Adlerhorst einzurichten, während Jack Westworth mit seinem Boot wieder den Leeds-Liverpool-Kanal unsicher macht. Alles scheint so friedlich – nachdem Peter Compton abgetreten ist und beerdigt wurde.

Doch in meinen Büchern war noch nie alles so, wie es scheint, die nächste Geschichte kommt bestimmt ...
Ich hoffe, Sie sind wieder dabei.

G. S.
Im Mai 2017

Wenn Sie mit einer Zeitmaschine in die Zeit von Jesu Kreuzigung reisen könnten – *würden Sie versuchen ihn zu retten?*

Andreas Eschbach
DER JESUS-DEAL
Thriller
ISBN 978-3-404-17353-2

Wer hat das originale Jesus-Video gestohlen? Stephen Foxx war immer überzeugt, dass es Agenten des Vatikans gewesen sein müssen. Es ist schon fast zu spät, als er die Wahrheit erfährt: Tatsächlich steckt eine Gruppierung dahinter, von deren Existenz Stephen zwar weiß, von deren wahrer Macht er aber bis dahin nichts geahnt hat. Die Videokassette spielt eine wesentliche Rolle in einem alten Plan von unglaublichen Dimensionen – einem Plan, der nichts weniger zum Ziel hat als das Ende der Welt, wie wir sie kennen …

Bastei Lübbe

Die Community für alle, die Bücher lieben

Das Gefühl, wenn man ein Buch in einer einzigen Nacht verschlingt – teile es mit der Community

In der Lesejury kannst du
- ★ Bücher lesen und rezensieren, die noch nicht erschienen sind
- ★ Gemeinsam mit anderen buchbegeisterten Menschen in Leserunden diskutieren
- ★ Autoren persönlich kennenlernen
- ★ An exklusiven Gewinnspielen und Aktionen teilnehmen
- ★ Bonuspunkte sammeln und diese gegen tolle Prämien eintauschen

Jetzt kostenlos registrieren: www.lesejury.de
Folge uns auf Facebook:
www.facebook.com/lesejury